张海鸥 ◎ 主编

张宁 ◎ 执行编辑

今风雅

—— 2014年广东省诗词研究与传承研究生暑期学校讲演录

· 广州 ·
中山大学出版社

版权所有　翻印必究

图书在版编目（CIP）数据

今风雅：2014年广东省诗词研究与传承研究生暑期学校讲演录/张海鸥主编．—广州：中山大学出版社，2015.3
ISBN 978-7-306-05237-7

Ⅰ.①今… Ⅱ.①张… Ⅲ.①诗词研究—中国—演讲—文集 Ⅳ.①I207.2-53

中国版本图书馆 CIP 数据核字（2015）第 054100 号

出 版 人：	徐　劲
封面题字：	陈永正
策划编辑：	刘丽丽
责任编辑：	刘丽丽
封面设计：	林绵华
责任校对：	黄燕玲
责任技编：	何雅涛
出版发行：	中山大学出版社
电　　话：	编辑部 020-84111996，84113349，84111997，84110779
	发行部 020-84111998，84111981，84111160
地　　址：	广州市新港西路 135 号
邮　　编：	510275　传　真：020-84036565
网　　址：	http://www.zsup.com.cn　E-mail：zdcbs@mail.sysu.edu.cn
印 刷 者：	广州中大印刷有限公司
规　　格：	787mm×1092mm　1/16　29.25 印张　420 千字
版次印次：	2015 年 3 月第 1 版　2015 年 3 月第 1 次印刷
定　　价：	30.00 元

如发现本书因印装质量影响阅读，请与出版社发行部联系调换

前　言

《今风雅》原拟名《新风雅》，是仿照王水照先生主编的《新宋学》之例。陈永正先生建议为《今风雅》，因为他刚刚主持编辑出版了《今文言》。"今"与"新"，皆指"现代"。陈师应我之请，特为此题签。

随着中华诗教学会工作的持续，《今风雅》将持续编辑出版，每本书在《今风雅》之下都有一个独立的书名，第一本是《大学生诗词创作大赛获奖作品集（2006—2014）》，第二本是《2014年广东省诗词研究与传承研究生暑期学校讲演录》。

此集主要收录教授们的演讲稿。因有一位教授暂时不愿发表，所以收录了十七份讲稿，其中有的是教授本人提供的，有的是学生据录音整理、经教授审阅修订的。此外收录本期学校的一些文献资料，主要是师生诗词作品选、部分学员的学习小结、中华诗教学会理事会名单、全体师生名录。

中华诗教学会的同仁们将一如既往地在陆港澳台四地高校开展格律诗词教育事业，包括诗词赛事、各种传道授业活动、学术研究等等，《今风雅》之后续，将陆续记录和反映之。

张海鸥特识于2014年孔子诞辰前夕

目 录

上篇 讲 稿

谈诗词"写境"与"造境"的理论和创作 ……… 陶文鹏（3）
谈诗词的声情 ……………………………… 王伟勇（14）
中国现当代旧体诗词平议 …………………… 李遇春（27）
诵读古典是写作诗词的门径 ………………… 莫砺锋（44）
诗歌的正解与误读 …………………………… 陈永正（66）
有我、无我之境说与王国维之语境系统 ……… 彭玉平（93）
只有回归真实　才能重焕生机
　　——诗词创作及常见病救治例说 …………… 熊东遨（115）
民国词研究的现状及其思考 ………………… 朱惠国（129）
20世纪香港诗词概说 ………………………… 黄坤尧（141）
汉魏六朝诗歌如何表现诗人自我形象 ………… 胡大雷（191）
种子推翻泥土，溪流洗亮星辰
　　——网络诗词平议 ………………………… 马大勇（214）
当代学人诗选讲 ……………………………… 徐晋如（243）
审美惊奇论 …………………………………… 张　晶（273）
现代格律诗词学的若干问题 ………………… 张海鸥（286）
律诗平仄规范的速成教学法及其日常应用 …… 王兆鹏（298）
对仗艺术及其诗用 …………………………… 赵维江（319）

时空观念与诗歌艺术 ················· 尚永亮（342）

下篇　作　品

教授作品（选）····················（373）
学员作品（选）····················（394）

附　录

开学典礼报告 ················ 张海鸥（449）
结业致辞 ··················· 张海鸥（452）
学员学习总结（选）············· 曹一鸣等（454）
中华诗教学会理事会名单 ·············（456）
诗词学校师生名录 ················（457）

上篇　讲　稿

谈诗词"写境"与"造境"的理论和创作

中国社会科学院　陶文鹏

一、诗词"写境"与"造境"的理论

诗词的"写境"与"造境"是王国维在1908年发表的《人间词话》第一讲第一则至第二十一则中首先提出的。在第二则《造境与写境》中,他参照西方文学的"现实主义"和"浪漫主义"理论,提出了中国古典诗歌"有造境,有写境,此理想与现实二派所由分。然二者颇难分别。因大诗人所造之境,必合乎自然,所写之境,亦必邻于理想故也"。他告诉我们:写境和造境,是理想和现实所由分。但是两者不能截然分开,因为大诗人所造的境,即浪漫主义所创造的境界,必须是合乎自然、合乎生活的;而他所写的境,也要与理想有关系。

王国维在这方面的理论创新有三点:第一,他是第一个把西方文学的现实主义和浪漫主义这两种创作方法及其理论介绍到中国的人。此前,中国古代诗文论中也有零碎的关于写实与求奇的理论,如南朝梁代刘勰《文心雕龙·辨骚》中概括屈原的《楚辞》"酌奇而不失其真,玩华而不坠其实",指出了浪漫主义的艺术特征及其不能够违反现实生活的本质真实,这是相当精辟的。但还未见到有人把两种创作方法并列来谈。第二,王国维在引进这两种创作方法时,把现实主义和浪漫主义用自己创造的"写境"、"造境"两个概念来概括与表述,从而把西方文论纳入了中国古典诗歌理论。王国维以其独特的概念,把西方文论中国化了。"写境"与"造境"二术语,对现实主义与浪漫主义的概括简明、准确、生动、通俗,为中国学人所喜闻乐见,更容易掌握运用。第三,王国维指出,"写境"和"造境"的主要特征是表现理想以及表现现实和自然的分别,他又辩证地指出二者既是两种创作方法,但又不能截然分开,而是"颇难分别"。特别是在杰出的大诗人的作品中,这两者往往是交错的,也往往是结合的,这也是十分精辟的论说。

在王国维之后,1915 年,胡适先生先后发表了《读白居易〈与元九书〉》与《读香山诗琐记》二文,明确指出唐诗中有理想与写实两大流派、两种创作方法。很明显,王国维沿用的是旧中国的文人传统,而胡适则受西方影响较大。

历史悠久的中国古典诗词,从其一开始就有以《诗经》为代表的"写境"一派和以《楚辞》为代表的"造境"一派。其后,又产生了陶渊明、杜甫、白居易、鲁迅以及聂绀弩等以"写境"为主的大诗人。同时也产生了屈原、李白、李贺、李商隐、王令、龚自珍,一直到毛泽东等,主要属于浪漫主义的"造境"的杰出或伟大的诗人。还有一些伟大诗人,如苏轼、辛弃疾、陆游等,在创作中常兼用写实与造境两种创作方法,把现实和理想、写实和幻想虚拟结合起来。即使是基本上属于现实主义或浪漫主义的诗人,也有一些与其基本创作方法相对立的作品。例如女词人李清照,应属"写境"一派。但她又写过《渔家傲》词,是典型的浪漫主义作品,把真实的生活感受融入虚幻的梦境,把屈原的《离骚》、庄子的《逍遥游》以及神话传说写入词中,描写了天帝与她的对话,构成气度恢宏、浪漫神奇的意境。而在最浪漫的大诗人李白的诗歌中,我们不仅读到了《梦游天姥吟留别》、《蜀道难》等雄奇瑰丽的浪漫主义名篇,也读到他同情劳动人民疾苦的很多现实主义作品,例如《丁都护歌》写纤夫们在炎炎烈日中拖船的悲苦。落笔沉痛,句句逼真,千载以来,仍催人泪下。可见,写境和造境不仅是对立统一的,也是可以互相结合的。杜甫也有一些浪漫主义的章句,如"白摧朽骨龙虎死,黑入太阴雷雨垂",充满了奇妙的幻想色彩。

二、"写境"与"造境"诗词创作的共同要求

诗词要"言志"、"缘情",因此,诗词的创作者不管是要"写境"还是"造境",都应当具备以下的品质和修养:

第一,要有远大的理想抱负、宽阔的胸襟、高远的视野。同时,又要切实关注社会人生,贴近生活、贴近底层、贴近人民,要有爱国爱民、忧国忧民的情怀。只写一己之悲欢是难以创造出好的作品的,应当紧扣时代的脉搏。

第二,要有正义感与社会责任感。公正、诚信、善良、纯朴,心灵中要保持一片纯净的绿地。

第三,要对社会、人生、生活、大自然充满热情。太理智、太冷漠的人无法写出好诗。

第四,要爱憎分明,歌颂真善美,揭露假恶丑。

第五,要牢记诗词言志、抒情的本质特征。有诗词的基本艺术修养,包括熟读并能够学习、吸取古典诗词的思想与艺术营养。懂得诗词格律,但又不要只专注于守格律。在格律诗词的创作队伍中,有并存的两派。一派坚持严格的格律创作,韵部依然遵守平水韵;另一派认为随着语音的变化,并不需要严守平水韵。以《唐诗三百首》为例,其中有很多作品都是不合乎格律的,王维的《送元二使安西》一诗就上下联失粘,却是千古传唱的名篇。应该时时记住,是写诗,而并非写格律。有时为了表情达意的需要,可以适当突破格律。

第六,要善于从民歌、民谣、中外的现代新诗中吸收新鲜的思想与艺术营养。向民间歌谣学习,古今不少诗人已有成功的范例,如唐代的刘禹锡,现代的鲁迅、毛泽东。中外现代新诗中,有不少值得写作诗词的作者学习和借鉴之处。新诗最大的特点在于自由,朗诵起来也朗朗上口,易于记诵。如戴望舒的《萧红墓畔口占》:"走六个小时寂寞的长途/到你头边放一束红山茶/我等待着,长夜漫漫/你却卧听着海涛闲话。"写得精炼、自然,非常有感染力。其实现代新诗中的一些写法也为写传统诗的作者所吸纳,如艺术构思与意象的新奇、具象与抽象的焊接、意象的

叠加、矛盾修辞、畸联、幻化、隐喻、颠倒等等。其中的一些技巧在中国古典诗词中也有。如岑参的"孤灯燃客梦,寒杵捣乡愁"。孤灯燃烧的不是蜡烛,而是客梦;寒杵捣的不是衣服,而是乡愁,这可谓具象和抽象的结合。再如杜甫的"丛菊两开他日泪,孤舟一系故园心"、"香稻啄余鹦鹉粒,碧梧栖老凤凰枝",苏轼的"大瓢贮月归青瓮,小杓分江入夜瓶"等,但这样的例子较少。而在现代新诗中,这些技巧就运用得广泛、灵活、多姿多彩。如臧克家的"蝙蝠翅膀上闪出了黄昏,蛛网上斜挂着一眼闷热"、"列车动了,拖着一箱救亡的热情";余光中有这样的诗句:"云很天鹅",名词用作形容词,看似不通顺的语句,却很精炼,内涵丰富,比喻生动新奇。所以我们可以适当学习一些现代诗的表现技巧。

当代写格律诗词的诗人中有不少是很善于向新诗学习的,刘庆霖就是其中的佼佼者。他擅长七言绝句,主张"用旧诗的形式创作新诗,用新诗的理念经营旧诗"。他创作了很多意象新鲜、诗味浓郁的七绝。比如《乡村即景》:"山脚人家灯乍红,溪边打水照芳容。半枝花蕾插头上,一罐月光提手中。"又有《童年生活剪影》:"一把镰刀一丈绳,河边打草雪兼冰。捆星背月归来晚,踩响村头犬吠声。"最后一句往往是全诗最出彩之处,颇为巧妙。

另外一位诗人杨逸明,其七律既学新诗写法,又常用白话口语入诗。例如他的《下岗戏作》:"越愁生计越糟糕,下得岗来担怎挑?入学小儿需赞助,开刀老母缺红包。公司债务多于虱,领导人情薄似钞。卅载辛劳何所有?当年奖状挂墙高。"

其实古典诗歌中有不少语言通俗浅近的佳作,例如李白的《静夜思》、王维的《相思》、杜甫的《又呈吴郎》,以及曹邺的《官仓鼠》,都是非常通俗的诗歌,所以我们要多方面地向古典诗歌、现代新诗、民歌、民谣学习。

三、怎样写好真实感人的"写境"诗词

"写境"诗词,即现实主义的诗词。于此,我们首先要正确

处理歌颂与暴露的关系。可以生动而具体地歌颂中国梦、中华民族伟大复兴、深化改革开放中遇到阻力时的坚强决心，以及在此过程中出现的新人物、新气象、新现象。同时也要批判和揭露，如对贪污、腐败等社会上的丑恶现象要鞭策、揭露和讽刺。古典诗歌中有很多作品在揭露时弊方面是非常值得学习的。南宋诗人洪咨夔有一首作品名为《狐鼠》，钱锺书先生非常赞赏这首诗。

　　大约十年前，针对当代诗词创作存在的一些问题，我给《中华诗词》写了一篇题为《叙大事·写人物·蕴哲理》的文章，现在看来依然有意义。我们的格律诗词不要只写山水风景，应该多一些写人、写事的内容。杜甫的诗歌之所以堪称"诗史"，是因为诗中有事。抒情不仅可以从景物中来，也可以由事情而生发。所以叙述一些有关国家命运与人民生活的大事还是十分必要的，与人民群众相关的感人事迹，也应当作为叙事对象写入诗词中。譬如杜甫的《江南逢李龟年》，记述的也并非大事，但是普普通通的四句之中，却蕴含了唐王朝由盛转衰的重大历史变化。很多东西藏在文字之外，这种既能记录国家大事，又能道出个人的心声之作，十分精彩。

　　要写事，就要学会写人物。写景比较容易，写人物相对较难。要善于利用七言绝句或律诗的形式写人物，当然古风的形式更自由。唐代的李白、李颀、王维等人都属于善写人物的诗人。比如王维写其表弟崔兴宗隐士："绿树重阴盖四邻，青苔日厚自无尘。科头箕踞长松下，白眼看他世上人。"前两句写崔兴宗居处环境清幽，后两句描写隐士科头箕踞、白眼看人，十分传神地表现出他高傲不羁的性格。此处联想起鲁迅曾说过的一句话："要极省俭的画出一个人的特点，最好是画他的眼睛。"又如杜甫的《少年行》："马上谁家白面郎，临阶下马坐人床。不通姓字粗豪甚，指点银瓶索酒尝。"短短四句刻画出唐代"高富帅"的粗蛮无礼。我们要善于学习在篇幅短小的律诗、绝句中塑造栩栩如生的人物形象。

　　另外，写景也是不能忽略的，写景要写出特点。我们要向杜甫学习，对于写实境的作品，既要善于写小景，又要善于写大景。杜甫写景，有粗有细，既能写"细雨鱼儿出，微风燕子斜"

这样观察细致入微的作品，又可以写出"无边落木萧萧下，不尽长江滚滚来"、"星垂平野阔，月涌大江流"等宏大壮阔之景。

写诗，写景状物，要讲究立意，讲究寄托，立意要新、高、别开生面。杨逸明先生的《黄山夕眺有感》颇有新意："万壑生风走暮云，千峰翘首斗嶙峋。夕阳分配金黄色，高富低贫也不均。"诗歌颇有寄托，后两句既是写景又针砭了社会现实。写景咏物之诗要写出"人"来，表现出人的高尚品格。这其中最有代表性的作品当属杜甫的《春夜喜雨》，全篇无一"喜"字，但全篇都洋溢着喜气，并写出杜甫所追求的一种理想人格——"随风潜入夜，润物细无声"。再举杨逸明的一首《咏葱》诗：

指纤腰细影娉婷，身贱心高未可轻。
何惧赴汤成碎末？不辞投釜斗膻腥。
性情难改辛而辣，风气堪称白且清。
调入佳肴凭品味，有香如故慰平生。

作者通过咏葱来表现他所崇尚的风骨和人格。选取的题材新颖，句句紧扣葱的特点——白且清、辛而辣等。写物正应当做到不即不离，不粘不脱，托物寓意，借物写人。但与杜甫的《春夜喜雨》相比，这首诗略失于"露"，不够含蓄。

此外，写景状物还要注意，要既能写实，又能写虚，要由实入虚。如果句句写实，就会欠缺概括力。例如苏轼写西湖："水光潋滟晴方好，山色空蒙雨亦奇"，若无后两句"欲把西湖比西子，淡妆浓抹总相宜"的虚写，这首诗也无法成为千古绝唱。再如刘禹锡写洞庭湖，前两句实写："湖光秋月两相和，潭面无风镜未磨"，描写月光下，无风的湖面好像未磨的镜子；后两句"遥望洞庭山水色，白银盘里一青螺"尽管没有苏诗的概括力强，但也堪称咏洞庭绝唱。刘禹锡用新奇的比喻，把洞庭湖以及其中的君山比作银盘和青螺，由虚入实，颇具美感。

写实作品要特别注意细节的描写。在写景或状物诗歌的创作中，要能够找到一些生动真实、有特征的典型细节，这样才可以刻画出所写景物、人物的形与神。所以我们要善于捕捉细节。细节描写不单是小说创作的重要方法，对于诗歌创作也同样重要。

写实境的诗有时也需要从古典诗歌中翻出新意，或者作出一定的延伸。对于前人的优秀诗歌，我们可以根据自身需要进行翻写。比如杜甫的《茅屋为秋风所破歌》，最后有"安得广厦千万间，大庇天下寒士俱欢颜，风雨不动安如山！呜呼！何时眼前突兀见此屋，吾庐独破受冻死亦足"之句，当代诗人向世斌即据此作《寒士之言》一诗："广厦已成千万间，万千寒士莫欢颜。钻天高耸楼盘价，羞死囊中几个钱。"结尾翻出新意，反映了房价居高不下，寒士买不起房的社会现实。

唐人曹邺有《官仓鼠》一诗，揭露基层多贪官。当代诗人丁稚鸿从中得到启发，作《十月全民灭鼠有感》："硕鼠成群仓廪空，声声喊打累英雄。全民浩叹除难尽，躲向朱门地洞中。"最后一句十分有深意，道出老鼠之所以打不尽，是因为得到权贵有力庇护。讽刺较为深入，针砭时弊。这也是一种写实的技巧。

诗歌中的叙事和小说、散文中的叙事不同，小说、散文中的叙事一般是有头有尾的，但诗歌篇幅较短，不可能那么完整。所以要抓住一个细节、一个场面、一个镜头或者某个人物说的话来叙事。若能像贾岛在《寻隐者不遇》中采取的寓问于答方法，只写答不写问，也是可以节省大量篇幅的。这样就可以在诗歌中通过叙事来反映社会现实。

四、怎样写好"造境"的诗词

"造境"的诗词，即浪漫主义诗词。从总体上看，相比于现实主义的作品，我们对古典诗词中浪漫主义作品的研究依然是不够的。在古典诗歌发展的几千年中，浪漫主义的诗人本就少于现实主义的诗人。除了对屈原和李白的研究较为充分之外，还有相当一部分浪漫主义诗人的价值没有被发掘出来。

从创作成果来看，浪漫主义的诗歌也不及现实主义的诗歌。因为浪漫主义的诗歌创作需要几个条件。第一，诗人本身要有浪漫的情怀。借用毛泽东的话，就是要有远大的理想抱负——理想主义、英雄主义以及乐观主义，这三点应当具备。第二，写浪漫主义的诗词需要有幻想力。但并不是每个人都具备这样的能力。我也曾写过相关的文章：《论岑参诗歌创造奇象奇境的艺术》

(《齐鲁学刊》2009年第2期)、《论唐宋梦幻词》(《文学遗产》2008年第6期)、《论宋词浪漫神奇之"造境"》(《北京联合大学学报》2011年第2期)、《毛泽东诗词的浪漫主义艺术》(易行主编《中华诗词的现在与未来》),目的在于加强对中国古典诗歌浪漫主义传统的研究。

我认为,要写出优秀的浪漫主义诗词,除了上述第二点所讲到的条件外,创作者须认真学习屈原、李白、李贺、李商隐、韩愈、王令、苏轼、郭祥正、陆游、辛弃疾、刘克庄、吴文英、袁枚、龚自珍、陈三立、毛泽东等人的浪漫主义作品,他们均在"造境"方面有很大成就。

浪漫主义的作品并不按照生活的本来面目表现现实生活,相反,常常描写生活中不可能出现的事物,主要营造的是幻想或梦幻的境界。因此,就要求写"造境"的作者能够飞腾起大胆新奇、雄奇瑰丽、联翩而来、超越时空的艺术想象和幻想的翅膀。在修辞上,浪漫主义作品更多运用夸张、拟人、拟物、变形、比喻、象征、通感等艺术手法。

李白的"天姥连天向天横,势拔五岳掩赤城。天台四万八千丈,对此欲倒东南倾"把天姥山写得如此高大,这就是极端的艺术夸张。我在去过天姥山之后,才知道它不过是一座普通的小山。李白还有"白发三千丈,缘愁似个长"之句,也是极大夸张的一例。杜牧《江南春》有诗句"千里莺啼绿映红",明代的杨慎在《升庵诗话》中指责道:"千里莺啼,谁能听见?千里绿映红,谁可看见?"还欲改"千里"为"十里",其实十里也听不见、看不见。他经常在论诗时用统计学、数学或物理学的思维,这也决定了杨慎不可能成为一流的浪漫主义诗人。李贺为了表现李凭弹奏箜篌时的美妙乐声,写出了"空山凝云颓不流"、"江娥啼竹素女愁"、"昆山玉碎凤凰叫,芙蓉泣露香兰笑"的诗句,进而写道:"女娲炼石补天处,石破天惊逗秋雨。梦入神山教神妪,老鱼跳波瘦蛟舞。吴质不眠倚桂树,露脚斜飞湿寒兔。"诗人凭借想象的翅膀飞向天庭,飞向神山,把读者带入辽阔深广、神奇瑰丽的艺术境界。苏轼曾这样描写月亮:"明月未出群山高,瑞光万丈生白毫。一杯未尽银阙涌,乱云脱坏如崩涛。谁为天公洗眸子，应费明河千斛水。"(《中秋见月和子由》)他把月亮比作天公的眼睛，用银河水洗过的眼睛形容月光之明亮皎洁，想象奇绝。陆游为了抒写誓报国仇的壮志，在《长歌行》中写道："国仇未报壮士老，匣中宝剑夜有声。何当凯旋宴将士，三更雪压飞狐城！"辛弃疾的《太常引》："一轮秋影转金波，飞镜又重磨。把酒问姮娥：被白发欺人奈何？　乘风好去，长空万里，直下看山河。斫去桂婆娑，人道是清光更多。"超现实的浪漫想象，表达出他要扫荡侵略者和投降派等黑暗势力，把光明带给人间的壮志抱负。

毛泽东的大量作品中，两首《沁园春》是革命现实主义和革命浪漫主义两相结合的，《念奴娇·昆仑》、《答友人》和《送瘟神》则是浪漫主义的作品。在现当代诗词作品中，也有一些"造境"较为成功的代表之作。曾获得红豆诗词奖的一首七绝《相思》云："南国春风路几千，骊歌声里柳含烟。夕阳一点如红豆，已把相思写满天。"后二句兼用拟人、夸张、比喻，使抽象的相思成为可见的夕阳和满天的晚霞，此诗的意象与意境是作者灵机一动的独创，发前人所未发，是一首具有浪漫情调的佳作。获得纪念抗日战争胜利65周年诗词大奖的《卢沟落日》，作者董澍，诗云："晚来阵雨挟雷动，瑟瑟残阳坠水中。五百醒狮桥上立，凭栏齐唱满江红。"后两句妙用拟人和双关的手法，把卢沟桥上的五百石狮写成五百战士，凭栏齐唱满江的红霞，同时也是唱岳飞的爱国词篇《满江红》，鲜明有力地表达出中华民族同仇敌忾，抗击并战胜日本侵略者的壮志，堪称"造境"之力作。在新疆生活多年的诗人星汉有《葡萄沟食葡萄》一诗，也很有浪漫主义色彩："周身染绿入冰壶，一饱已贪无再图。万贯贾儿休傲我，而今满腹是珍珠。"

刘庆霖的《题张家界天子山》也是一篇较为出色的代表作品："手握金鞭立晚风，一声号令动山容。如今我是石天子，统御湘中百万峰。"诗人鸟瞰苍茫的峰林——天子山景观，从天子山之名得到灵感，用"反客为主"的写法，把看山变成登高一呼，号令群山，统御百万之峰。意象雄奇，豪气逼人，妙造新境。南宋词人朱敦儒《鹧鸪天·西都作》上阕云："我是清都山水郎,天教分付与疏狂。曾批给雨支风券,累上留云借月章。"词人自封为天都的水郎官,能够"给雨支风"、"留云借月",纵情游览各地名山大川之胜景。词人以浪漫、超现实的奇思妙想,表达其心灵与大自然契合的情意。或许刘庆霖的诗作从朱词中受到了启发,但他对作为石天子的"我"的描绘,比朱词更生动传神,更威风凛凛。

钟振振教授的《夜登重庆南山一棵树观景台》也很有浪漫情趣:"小夜新声溢绛河,无风老树亦婆娑。广寒今许诗人到,欲挽嫦娥舞探戈。"诗歌内容新鲜风趣。他的另一首参观宋代官窑的诗作亦佳:"广腹圆坛直口瓶,有容无畏足仪刑。而今正要陶钧手,烧此官窑一色青!"诗人托物寄意,巧妙联想,运用双关,道出万众心声。

星汉在2013年第10期《名家荐评》一栏中,评赞新疆师范大学学生简彦勇的诗作《月牙》:"谁骑天马跨长空,留下银蹄挂印踪。溅起参商南北斗,星河外泄浪千重。"作者把月牙比作骑着天马的神仙,跨越长空,满天繁星好像是马蹄溅起银河中的千重浪花。妙用曲喻手法,用钱锺书先生的说法,就是"认假作真,妙想联珠",是浪漫主义"造境"的佳作。

老诗人刘征有一首七律《夜思》:

雾幻楼台认未真,纸烟明灭夜深沉。
银潢度雀看无影,月桂摇风听有音。
湘管一支身忘老,新醅百盏味初醇。
诗心合逐征帆去,晓在关河第几津?

诗人的诗心不老,仍追逐征帆,畅游海阔天空,令人读之也顿觉返老还童。

我曾作诗纪念我的老师林庚先生诞辰100周年——《青春永恒》,以此作为这个演讲的结尾:

先生学者是诗人,不老童心不染尘。
妙说盛唐潮气象,高扬寒士火精神。
空间驰想天蓝路,梦里倾谈李白魂。
常忆南园修竹畔,朗吟清唱最纯真!

林庚先生是杰出学者,也是浪漫诗人,他和他的老师闻一多先生在诗歌的研究和创作两个方面都有很大的成就。希望大家也能创作出经得起时间淘洗的"写境"或"造境"的诗词佳作。

（讲稿整理人：中国社会科学院研究生院　王妍卓）

谈诗词的声情

台湾成功大学　王伟勇

　　诗词吟诵包括诵、吟、歌、唱。今天我第一个要介绍的就叫做诵，也就是要依平仄、节奏规矩，引声以读之。要知道平仄规律，就要首先懂得每个字的平上去入。现在有很多中文系的同学可能都无法准确区别平上去入，因为入声字已入派三声。其次，要懂得节奏，每一首诗都有节奏。大而言之，如果是五言诗，我们常说它大的句式是上二下三；七言诗，是上四下三。"上二"，中国人基本语言的结构就是两个字，也有一个字的，但很少。如果在近体诗，也就是律诗、绝句的规范之下，一定是两个字为一个单元的概念。所以如果五言诗上二，你不要再分成"一一"，"床前明月光"，"床前"为一个单元，下面三个字你要特别小心，它是"一二"还是"二一"，"明～月光"，还是"明月～光"？如果是"二二一"，这个句子多呆板啊，"床前、明月、光"，这样念多呆板啊！形容词可以当动词，"日色冷青松"，这个"冷"字用得多妙啊！所以，"床前明月光"念成"二一二"就漂亮了。其中"月"又是入声字不能拉长音，所以第一句就会念成"床前～明～月光～"，"月"因为是入声，所以要短。第二句"疑是地上霜"，结构是"二二一"。懂得这个道理，念起诗来就显得抑扬顿挫、铿锵有韵。韵文就是这样，语言精炼，你要懂得诠释它的内容。

　　那么七言诗呢，上四下三，有一个仄起式，有一个平起式的例子。比如说"清明时节雨纷纷"，"清明时节"四个字一断没有问题。我刚刚讲，中国的语言最基本的是两个元素，所以，"清明"、"时节"，有两个节奏点。"雨纷纷"是"一二"，"清明～时节雨纷纷～"，为什么还要这样念？因为还要加上平仄这个元素。所谓诵读，就是要依平仄、节奏规矩，引声以读之。通常所谓的读，声音是放出来的，所谓"清明～时节雨纷纷～，路上行人～欲断魂～，借问酒家～何处有，牧童～遥指杏花村～"。如果你会这样念，就叫做诵读。读的时候一定要用读音，不能用口语音。比如说，我们在台湾，这个"雨"字要念的时候，就像客家话说"落水"（下雨），"天空啊，落水啊"，这个是客家话、客家民谣，所以我们在念的时候，"雨"字不念"落雨"。可是你在读诗的时候不能说"落雨"，你要念"雨"。

我们现在来读一两首五言绝句。我先让你们诵读两首，一首是孟浩然的《春晓》，一首是李白的"床前明月光"。你们现在一起用诵读的概念读读看，如果你知道诵读的句式怎么断，就要再进一步知道拉长音的地方在哪里。只有一个地方可以拉长音，就是节奏点的平声字。因为作诗有它的原则，譬如第一句是"平平平仄仄"，第二句接什么？"仄仄仄平平"。你把原则弄懂了，就可以作旧体诗，但要作得好，还真不容易。"床前明月光，疑是地上霜。举头望明月，低头思故乡。"这首诗第四句五个字有三个点，"低头～思～故乡～"，五个字有三个拉长音的地方，很沉的声情，很可以加深你的印象。懂得这个道理之后，我们就可以进入第二阶段，叫做"吟"。

进入吟的层次，一定要依着平仄、节奏规矩，引声以咿唔之。"依平仄、节奏规矩"，这个原则没有动，但要"引声以咿唔之"。什么叫做"咿唔"，咿唔的声音不是"朗朗然的"，是把声音放在喉咙，非常悠缓地呈现出来："床前～明～月光～，疑是地上霜～。举头～望明月，低头～思～故乡～。"吟，就是声音出自喉咙，轻轻地带出来。接着我们诵读一遍"春眠不觉晓"，"不觉"两个字都是入声，因为上声要高呼猛烈，所以"晓"字是押仄声韵的上声韵，一定要把它拉上去，念一遍："春眠～不觉晓，处处闻～啼鸟。夜来～风雨声～，花落知～多少。"我现在以你诵读的音，用闽南语系来吟，听听看，是不是你刚刚拉长音的地方我就拉长音。我相信大家都听过这一句话："熟读唐诗三百首，不会吟诗也会吟"，有人说是"不会作诗也会作"，你来作作看，没么简单。但是你会吟，因为那个节奏的搭配，让你熟能生巧，这样念，韵味就出来了。

说到"歌"，就是强化节奏，缩短平仄差距，伴以檀板、响板等打击乐器，或随乐击掌，展喉发音。要知道到了"歌"的地步，你的声音不是在喉咙"咿唔"而已，你的声音是要放出来的，所以我们常常说"歌唱比赛"。不过有一个很大的区别，即它强化的节奏也许会缩短，但是平仄差距还是存在。而且搭配的乐器是檀板、响板等打击乐器，它不是古琴曲，可以用琵琶、古筝让你弹，然后跟着它唱。是它们来配你。所以在歌的时候，仍然以人为准，那些懂音乐的人拿乐器来配着你歌。我歌一下《将进酒》："君不见黄河之水天上来，奔流到海不复回。""君～不见"，仍然是在平声字的节奏点拉长音，绝对要记得这个节奏点的概念。"君不见，黄河之水"，黄河的"河"本来要拉长音，我说它缩短了平仄差距，它在这边省略，因为歌有它的节奏，往前走，声音要放出来。比如说台湾最流行的"歌仔调"："清明～时节雨纷纷～，路上行人～欲断魂～，借问酒家～何处有，牧童遥指、牧童遥指杏花村～。"因为"牧童遥指"四个字的音节要重复一次，所以它的音节就缩短。像李叔同那个年代的人，他们都是国学底子打好了，再运用西洋的音乐编配诗词，仍然是非常中国化的。如"长亭外，古道边，芳草碧连天。晚风拂柳笛声残，夕阳山外山。"每一字音都合乎我们传统的节奏，懂得这样处理，即使西洋的音乐传进来，我们也不会失去古典诗词的韵味。

唱就是"以音乐为主，伴以管弦乐器，随其板拍，展喉发声"。可见，唱并不那么容易。几分音符为一拍，每一节有几拍，你唱错了，老师就说，你走拍了。唱的方式，裁判要怎么判才公平？每个小节几拍，形式条件一下子就可以抓出来，现在最容易上手的就是唱。

《诗大序》说："诗者，志之所之也"，又说"情动于中而形于言"，诗就是要把你心里所想所思写出来。不管儿女私情也好，国家之情也罢，都可用诗的形式表现出来。但是，如果你有感触，情感动于内心，而不足以表达，让人家了解，他不能了解你，你就形之于言。如果言语没办法表达，怎么办呢？我没办法表达我的感情,你没办法随着我的喜怒哀乐而喜怒哀乐,那怎么办?"言之不足,故嗟叹之",我就用"嗟叹"的方式呈现。嗟叹接近我们的什么层次?就是"唉",感叹的层次当然是嗟叹。所以嗟叹之,就表示你要从吟的模式出来了。嗟叹之不足,就"咏歌"之,你就要歌啦;歌之不足,就群体一起来"舞之蹈之"。表现诗的方式,有这几种,现在把它归纳成诵、吟、歌、唱四种。

我们再来看"月落乌啼",你们念一遍:"月落乌啼~霜~满天,江枫~渔火对愁眠~。姑苏~城外寒山~寺,夜半钟声~到客船~。"我要教两个东西,就是要辨别平上去入,以及平上去入怎么发音。这个学了以后,你们就可以自己吟诗了。

"清明时节"的"节"是入声,在念的时候,这个"节"字一定要注意。"路上行人欲断魂"的"欲"、"牧童遥指"的"牧",都是入声字,你先要区别它,其他的三声就容易了。比如说"月落乌啼"的"月落"两个字都是入声,所以这两个入声加一起,它的节奏是很快的,"月落乌啼"在这个地方才拉长,把声音放出来,因为平声在"啼"字上。再来"到客船"的"客"是入声,所以入声一定要先明辨。平声字大概就是普通话的一二声,比如说"清明";第三声就是上声,所以声音出来要往上扬;第四声基本上就是仄声。所以,三声和四声就是仄声,不要忘了入声是最难处理的,因为元代以后,把入声派入了平、上、去三声,所以挺麻烦的。出去的"出"是平声还是仄声?是入声。如果用普通话读就变成平声,所以作诗的时候,一定要用回原来的中古音。如果你用现在的普通话实在是很麻烦的,现在学生最困扰的也是这个地方。

接着,要告诉大家平上去入怎么发音。有一个口诀,就是"平道莫低昂"等等,见于明代释真空《篇韵贯珠集·类聚杂法诀第八·讶四声》。

平声—平道莫低昂,上声—高呼猛烈强。去声—分明哀远道,入声—短促急收藏。你把上面两字割掉,就是五言,加起来就是七言。只要是平声字,你就平缓地出口;"道"就是说出来,平平地说出来,不要有高低。像"清明"平平说出来,莫低昂。"上声高呼猛烈强",上声像钩钩,声音出来一定要高呼上去,就叫做上声。所以你念这四声的时候,老师一定不会叫你念"平上"("上"读去声),会教你念"平上"("上"读上声)。但两个上声加起来,太阳刚了。所以在命名学上,姓是一个单元,名字是一个单元。上声高呼猛烈强,一定要上去。你看"借问酒家何处有",为什么"有"字要这样子勾上去,上声字,这里表现凄苦的声音,跟"牧童"两个字对上。牧童哪里晓得你不能回去祭祖,心里不舒服。可是对诗人来讲,就是需要买醉消除乡愁,牧童偏不知道。"去声分明哀远道",去声字,就是要分明哀远地说出来,好像声音卡在喉咙,声音往下沉,所以去声字如果处理得很好,是很动听的,尤其"去上"的声音是最美的。现在请同学念出平、上、去三声,开始"平、上、去"。接着是入声,大家看"短促急收藏",所以出口就断的字,就叫入声。接着念第二首:"月落乌啼霜满天,江枫渔火对愁眠。姑苏城外寒山寺,夜半钟声到客船。""月落乌啼"我用闽南语,你们听听看,你们拉长音的地方,我就拉长音,入声就是入声:"月落乌啼～霜～满天～,江枫～渔火对愁眠～。姑苏～城外寒山～寺,夜半钟声～到客船～。"各位有没有发现,这首诗哪一个字拖得特别曲折?"声"这个字,"夜半钟声",我刚刚说,平声是平道莫低昂,大家想想从寒山寺那边敲出来的钟声直传到江边来,多么曲折,吟唱者就是要诠释这样的内容。所以这个细节你注意了,吟诗就到位,而且动人。至于用什么语言,都无所谓。在台湾用闽南语吟唱,一直都没有中断。

　　我今天特别要提醒你们的是"依字行腔",现在回头先把"清明时节雨纷纷"跟"月落乌啼"讲完,我的后半段就是针对喜怒哀乐各举了一诗一词。我要叮咛一下,有一个吟诵秘诀,就是在同样的句式内,比如说"杏花村","牧童遥指杏花村",如果你念下去,按照我们的道理,平声节奏点所在,"花"字要拉长音。你看我这个地方"花"并没有拉长音,只要一个句式"上四下三",两个平声节奏点在一块的时候,比如"花"和"村"两个节奏点,又是平声,省略了上面那个声音,移到下面拉长声音,蒙下省略法。你绝对不能说"牧童遥指杏花～村～",

好难听,所以吟诵的时候,这个地方要留意。但是"醉卧沙场君莫笑"中"场"和"君"都要拉长,因为句式不一样,"场"是属于上四的最后一个音节,"君"是属于下三的第一个音节,所以两个都是平声节奏点,但不同句式都要拉长。所以要念成:"醉卧沙场~君~莫笑",这是比较精细的地方。第一首清明,刚刚我家乡的调子你们会了。接着来看"月落乌啼","月落"两个字都是入声,"月落乌啼霜满天"把那个"霜满天"的氛围先唱出来,再轻轻地把游子的愁绪表现出来;"江枫渔火"中"火"字是上声,一定要发得精准,尤其是在大句式节奏点上,上声要顿一下。"江枫渔火"闽南语说"火"字,要用读音,不要用语音。你讲话的时候可以说"着火"、"火烧"(闽南语火灾的意思),读音的时候要读"火"。两句再吟一次:"月落乌啼霜满天,江枫渔火对愁眠"。第三句低下来,"姑苏城外寒山寺";最后一句最动人了:"夜半钟声到客船"。

现在,我要分别教授喜、怒、哀、乐的诗词,诠释它们的声情。

下面我用闽南语吟唱,这是台中诗社的调子。在日据时代,台湾的栎社、南社、瀛社号称三大诗社,前两个诗社目前都不存在,最晚出现且到2014年已经有105年的瀛社,仍然有雅集活动。只是就吟调而言,瀛社在台湾并未传出流行的调子,不知何故。以吟调的流行来说,目前在新竹以北的,就是天籁诗社最活跃,有非常大的影响力。往南走就是新竹的笠社,客家人的诗社。譬如杜甫《客至》,我就用客家调吟唱:"舍南舍北皆春水,但见群鸥日日来。花径不曾缘客扫,蓬门今始为君开。盘餐市远无兼味,樽酒家贫只旧醅。肯与邻翁相对饮,隔篱呼取尽馀杯。"这就是客家调。

然后是台湾诗社的第二大群体鹿港诗社,鹿港跟天籁是台湾的两大诗社。比如我刚刚唱的"床前明月光"就是鹿港调;《将进酒》也是鹿港诗社传出来的。

有一些规模较小的诗社,譬如台北的滩音诗社也流传一些调子,如后面我们会教的《行行重行行》;又如基隆的貂山诗社,是漳州人立社的,比如说《将进酒》他是这样歌的:"君不见,黄河之水天上来,奔流到海不复回。"很不一样吧!因为《将进酒》的写作时间有两种说法:一是李白首次到长安,三十六七岁,不得志而返,现代学者基本上会接受这个说法。可是在清代之前,好多人说是作于"赐金放还"之后。如果是"赐金放还"之后,大概是五十岁左右。如果是五十几岁的时候,心情不太一样,所以那位漳州先生体会的是五十几岁的心情。可是我们想到:"千金散尽还复来"、"人生得意须尽欢,莫使金樽空对月"、"天生我材必有用"等句子,应该比较接受是37岁写的,所以鹿港诗人所唱的在台湾非常流行。至少那种豪情还在,对未来还有期待。但是如果是貂山吟社的调子,充满了人生经验以后的创伤,是很不一样的情怀。所以我才说你用什么调子,声情就很不一样,务必用心处理。

　　台湾南部的诗社叫南社,可是我到台南14年了,几乎没有听到这个诗社在活动。所以现在最大的两个群体,就是天籁跟鹿港,都还有人继续在传。台中后来最兴盛的是莲社,纯用普通话,也就是国语吟诵。可是现在我要吟的是中台诗社流传的调,很少见,也接近彰化的鹿港,台中跟彰化是接在一起的。你先听听看:《闻官军收河南河北》,多么高兴的事!杜甫辗转流离到四川,一听到可以回家去,那种喜悦绝对是到了欲狂的地步。所以这首诗你不能用吟,用吟的方式你就没办法"白日放歌",那种放歌的情怀你就没法诠释。这首要用歌,虽然它是律诗。"却看妻子——","看"是平声。"剑外忽传收蓟北","剑外"两个字都是去声。"忽"是入声,绝对不要念"忽～传",没有这样念的。"北"字也是入声。在台湾"江南可采莲"是这样唱的:"江南可采莲,莲叶何田田。鱼戏莲叶间。鱼戏莲叶东,鱼戏莲叶西,鱼戏莲叶南,鱼戏莲叶北。""北"字是入声,这是我们诗社谱出来的。但是我们大陆谱的,就把"北"字读平声,诠释的声情与内容相衬,我也会把它传下:"江南可采莲,莲叶何田田。鱼戏莲叶间。鱼戏莲叶东,鱼戏莲叶西,鱼戏莲叶南,鱼戏莲叶北。(莲叶东,莲叶西,莲叶南,莲叶北。)江南可采莲,莲叶何田田。莲叶何田田,鱼戏莲叶间。(莲叶何田田,鱼戏莲叶间。)"因为大家一起歌唱,好热闹,也把采莲的热情洋溢在歌声中。

"剑外忽传收蓟北",两个拉长音节奏点是"传"跟"收"。第二句:"初闻涕泪满衣裳",拉长音的节奏点在"闻"跟"裳",没有入声,前面的"忽"和"北"要特别小心。第三句:"却看妻子愁何在","却"是入声,两个拉长音节奏点是"看"跟"愁"。下一句:"漫卷诗书喜欲狂","欲"是入声,"狂"拉长音,有两个拉长音的节奏点。"白日放歌须纵酒","歌"是上面第四个字,"须"是下面的第一个字,两个不同句式,两个字都要拉长音。"白日放歌~须~纵酒","酒"是上声字,上声字要上扬。"纵酒","去上"非常好听。"青春作伴好还乡",这个"作"也应读入声。下面这一句有多少入声字?"即从巴峡穿巫峡","即"入声,"峡"也是入声,所以你在念的时候,"峡"字要断,不能念"峡~"。很高兴的情绪,马上就要回家了,下面就用相对的平声。"便下襄阳向洛阳","洛"是入声。所以前面入声,节奏短而有力;下面平声,慢慢地把情绪放出来。杜甫写这首诗,用许多入声字,绝对是有考虑的。因为入声字快、短促、急切,"喜欲狂"的"狂"才能表达出来。我把他翻译成普通话,你们再念一遍整首诗:"剑外忽传~收~蓟北,初闻~涕泪满衣裳~。却看~妻子愁~何在,漫卷诗书~喜欲狂~。白日放歌~须~纵酒,青春~作伴好还乡~。即从~巴峡穿~巫峡,便下襄阳~向洛阳~。"你们想学,我们一句一句来。节奏记得,它是歌,不是吟,所以,平仄的差距会缩短。如诗中的"传"字,明明是平,但为了前后呼应,只好缩短它的音长,因为他在歌嘛。第二句很平常:"初闻涕泪满衣裳",跟我们一般的吟没什么不同,"闻"跟"裳"两个字拉长音。这首诗歌起来不容易,到"歌"这个地步,要齐唱,基本上是很不容易的,因为"歌"是很个人的情怀表达,"吟"就可以。所以,你就用自己的体会,把这个调子诠释出来。接下来好高兴:"白日放歌",我会叹一口气,把那个喜悦的心情借着赞叹的声音把它拽一下。"白日放歌须纵酒",这个"酒"要高上去。两句:"白日放歌须纵酒,青春作伴好还乡。"这个决不能顿啊。"纵酒"两字,表示那个酒不是一瓶一瓶地喝,而是一下灌下去,好高兴。节奏要流畅,不然你的酒会卡到,会噎到。这种调子实在比较适合男孩子,女生就学一下男孩子的野吧!"即从巴峡穿巫峡",然后放出来:"便下襄阳到洛阳"。有个版本是"到"字,有个版本是"向"字,两个都是去声字,都可以。

  第二首宋词是"唱",听听看。内容是一个男孩子见到一个女生坐着轿子要到京城去,他就耍赖。我的老师说,唐诗宋词元曲怎么比喻?唐诗就是大老爷,宋词就是翩翩佳公子,元曲就是恶少。这个很有意思,诗"庄"像大老爷,词"媚"像翩翩佳公子,曲"俏"像恶少,这是郑骞(因百)老师的比喻,非常有意思。你看"晚逐香车入凤城。东风斜揭绣帘轻。漫回娇眼笑盈盈。消息未通何计是,便须佯醉且随行。依稀闻道太狂生。"依稀听到,她在骂我:"啊,他是疯子吗?"(这个是闽南语,不是真的粗话。)

  接着,我们看"怒"的诗,王昌龄的《出塞》,作者觉得当下没有一个飞将,所以让我们每年都在塞外征战。这一首是鹿港调,我先用闽南话,再用普通话:"秦时~明月汉时关~,万里长征~人~未还~。但使卢城~飞将在,不教~胡马度阴山~。"这是闽南语。我要特别强调"卢城",在《唐诗三百首》里,这两个字作"龙城"。各位知道,"龙城"是匈奴的城,"卢城"在右北平。李广守的是右北平,他绝对不会去称赞龙城的"飞将",所以,宋人选唐诗都是用"卢城"飞将。你们一定很好奇,为什么变成"龙城"?你们不要忘了,清代异族入关,只要能够歌颂他们英雄的,很多版本会改一改,这就好像韦庄的那一首《秦妇吟》:"内库烧为锦绣灰,天街踏进公卿骨",多么凄惨,他们就把它删掉了。岳飞本来是武圣,他期待"笑谈渴饮匈奴血",清代怎么可能忍受,就把他换下来,用关公取代了他。所以我这个版本要特别讲"卢城"。现在换用普通话:"秦时~明月汉时关~,万里长征~人~未还。但使卢城~飞将在,不教~胡马度阴山~。""教"不能念 jiào,要念 jiāo。使役动词,"悔教夫婿觅封侯",都要念 jiāo。唐诗里头,绝大多数"教"都念 jiāo,不会念 jiào。

  另外看一首"怒"的诗。我不晓得在大陆,有没有教岳飞

《满江红》古琴曲的唱法，柔了一点。现在我用闽南语"依字行腔"，就是我今天教给你，怎么去诠释这首词的声情，会更动容。但是同学先念一遍给我听。我刚刚讲"依字行腔"，"怒发"这个"发"字是入声："怒发冲冠，凭栏处、潇潇雨歇。抬望眼、仰天长啸，壮怀激烈。三十功名尘与土，八千里路云和月。莫等闲、白了少年头。"在诗词中没有念"了"（lē），要念 liǎo。继续念："莫等闲、白了少年头，空悲切。靖康耻，犹未雪。臣子恨，何时灭。驾长车踏破，贺兰山缺。壮志饥餐胡虏肉，笑谈渴饮匈奴血。待从头、收拾旧山河，朝天阙。"大家念得不错，但平声拉长音的地方，还没有拉长。你注意听。这是闽南的诗社，就是天籁诗社，用我们"依字行腔"的概念，把拉长音的地方、入声的地方清楚地唱给大家听。这阕词好多的入声，一定要留意。词是叫一阕，一阕就是音乐的一段；上半段就叫做上阕，也叫上片；下半段就叫做下阕，也叫下片。

"怒发冲冠～，凭栏～处、潇潇～雨歇。抬～望眼、仰天～长啸，壮怀～激烈。三十功名～尘～与土，八千～里路云～和月。莫等闲～、白了少年头～，空～悲切。　靖康～耻，犹～未雪。臣子恨，何时～灭。驾长车～踏破，贺兰～山缺。壮志饥餐～胡虏肉，笑谈～渴饮匈奴～血。待从头～、收拾旧山河～，朝～天阙。"请问大家：刚刚"依字行腔"的"怒气"跟古琴曲比较，哪个印象深刻？琴曲毕竟是弹，他弹的还比较雅了一点。这是依字行腔的结果，我刚刚讲，"歌"是可以随着你对这阕词的了解，表现出更悲切的情怀，何况押的又是入声韵。我最怕那个"怒"字读不好，因为气要够。

接着来吟"哀"的诗篇：《行行重行行》。这个"行"绝对不是诗体，不要跟《琵琶行》的"行"对等看待。这首古诗，你们体会多少？押平声，节奏点所在，才能拉长音。"行行重行行，与君生别离。相去万余里，各在天一涯。"这个"涯"，它有两个读音，这里一定要念 yí。就像我讲的"远上寒山石径斜（xiá）"，"斜"字不能念 xié，这样念就落韵了。"道路阻且长，会面安可知。胡马依北风，越鸟巢南枝。相去日已远，衣带日已缓。浮云蔽白日，游子不顾返。思君令人老，岁月忽已晚。弃捐勿复道，努力加餐饭。"你们在节奏拉长音的表现已经到位了，但是你们平上去入实在还不熟。这没办法，一定要积极学习。"白日"，你们念"白（bái）日"，不正确，"白"是入声，不能读成平声。"行行~重~行行~，与君~生~别离。相去万余~里，各在天~一涯~。道路阻且长~，会面安~可知~。胡马依~北风~，越鸟巢~南枝~。相去日已远，衣带日已缓。浮云~蔽白日，游子不顾返。思君~令人老，岁月忽已晚。弃捐~勿复道，努力加餐饭。"多么哀怨的情怀，这是滩音诗社传唱的调子。有没有发现哪些是入声字？

　　李煜的词，我先用两种方式，第一个依字行腔，用闽南语唱一遍，没有人记过谱，如果这边有音乐系的你就记谱下来，以后你就说"依字行腔，唱者王伟勇"。

　　其次，我还要介绍我们成功大学96岁的李老师的谱。他说是在抗日战争逃难期间，一群年轻人逃到江西的寺庙里。老和尚就告诉他们，寺庙旁的井里有很多东西。他们就在井里挖，挖了一个谱，而且这个谱非常特殊，是用反切切出声音的。李老师曾经在北京表演过，好像也在广东表演过，他原是教英文的老师，到美国加州去，也教外国人唱他的谱。因为李老师是浙江宁波人，用的是普通话。现在让我用闽南语依字行腔唱给大家听："春花~秋月何时~了，往事知~多少？小楼~昨夜又东风~，故国不堪~回首月明中~。　　雕栏~玉砌应~犹在，只是朱颜~改。问君~能有几多愁~？恰似一江~春水向东流~。"体会出亡国之音的伤痛吗？

　　这阕词的押韵方式，是A转B转C转D；"了"跟"少"一韵，"风"跟"中"一韵，"在"跟"改"一韵，"愁"跟"流"一韵。在词中叫做转韵格，A转B，两句一转韵。你们现在听听看，李老师依古谱谱出来的曲子，他是怎么诠释的。你听听看，亡国之音，阶下囚的声音是怎么诠释的："春花秋月何时了，往事知多少？小楼昨夜又东风，故国不堪回首月明中。雕栏玉砌应犹在，只是朱颜改。问君能有几多愁？恰似一江春水向东流。"这就叫做声情。拿来跟邓丽君唱的"春花秋月何时了"相比较，差距是很遥远的，因为她没唱出李煜生命中的沉痛之情。

接着，就是快乐的曲子，《长干行》我就不教了，但是你们得唱给我听。我才会教大陆谱出来的快乐曲子，叫作《望海潮》，我不知道是哪个音乐家谱出来，我觉得他谱出了柳永歌咏太平盛世的气象。柳永是怎么把富庶的杭州介绍出来，又多么希望孙沔太守有机会介绍他到中央去，这真是最委婉的投献词了。

　　东南形胜，三吴都会，钱塘自古繁华，烟柳画桥，风帘翠幕，参差十万人家。云树绕堤沙，怒涛卷霜雪，天堑无涯，（天堑无涯）。市列珠玑，户盈罗绮，（市列珠玑，户盈罗绮），竞豪奢，（竞豪奢）。

　　重湖叠巘（清嘉喂）。有三秋桂子，十里荷花。羌管弄晴，菱歌泛夜，嬉嬉钓叟莲娃。千骑拥高牙。乘醉听箫鼓，吟赏烟霞（吟赏烟霞）。异日图将好景，（异日图将好景），归去凤池夸，（归去凤池夸）（呀—喂—呀—喂）。

我所以介绍这样的歌谣，就是它在唱的时候，把词的内容用声情诠释得很美。我讲过这阕词可以依照传统"依字行腔"的方式唱，就像我在唱"春花秋月"一样。可是你也可用西洋音乐的概念编出曲子，也就是几分音符为一拍，每一小节有几拍等方式，但一定要把它的内容以及欢乐的气象谱出来。所以前面在唱的时候，你听"东南形胜，三吴都会，钱塘自古繁华"，这个大场面的描述，真要从容不迫；到了"烟柳画桥，风帘翠幕"，音乐就显得好愉快。因为每一节节拍要一样，所以有些句子就会重复，如："天堑无涯，天堑无涯。"为什么？因为"云树绕堤沙，怒涛卷霜雪"是一对，"天堑无涯"落单了，它就再补一句，重复那句。然后"市列珠玑，户盈罗绮，竞豪奢。""竞豪奢"落单了，因为这是三句，所以"竞豪奢"又重复一遍。知道这个谱曲人的技巧，就能了解下片"重湖叠巘"与上片"东南形胜"四字相对，次句"清嘉"怎么办？与"三吴都会"相对，少了两个字，只好用"清嘉喂～"来个衬音。所以我说这个作曲家厉害，谱得真好。

声情决定一切。你知道诗词的内涵后，不管谱了喜怒哀乐的哪一种情怀，相信都能引起听者跟你一起共鸣，听者才愿意跟你学这样的调子。如果说我们不是音乐系的，我们没这样的素养，我们没办法谱那样的曲子，你就回头来学"依字行腔"；毕竟它是有定谱、有规律，你当然每一首都可以依字行腔。比如前面提到"西塞山前白鹭飞，桃花流水鳜鱼肥"那一首，都可以这样来唱。"江南好，风景旧曾谙。日出江花红胜火，春来江水绿如蓝，能不忆江南？"这阕《忆江南》我就随口行腔唱出，因为比较短，比较容易学。我希望大家都努力学，把这韵文的美透过依字行腔的理念，先诵读，读好后，再去吟。然后有些需要的，你就用歌。有音乐素养的，你就把它谱成曲子，把它唱出来。但是谱成曲子的时候，你要先知道它的喜、怒、哀、乐，至少这个情感你要学会掌握，人家才会跟着你来传唱。

（讲稿整理人：肇庆学院　侯枫芸）

中国现当代旧体诗词平议

华中师范大学文学院 湖北文学理论与批评研究中心
李遇春

自1917年"文学革命"和现代白话文运动以来,随着胡适等人的"新诗"实验,中国传统诗词便只能以"旧体诗词"的名义而存在。可以说,"五四"以后中国"旧体诗词"实际上是和"新诗"如影随形地共存着的,没有"新诗"就没有所谓"旧体诗词",反之亦然。近百年来,"新诗"已然成为中国现当代文学史的主体,而"旧体诗词"却始终在主流文学史中付诸阙如。事实上,"中国现当代旧体诗词史"已经构成了一个绵延不绝的诗歌史段落。历史表明:"新诗"并没有"战胜"所谓"旧体诗词","旧体诗词"不仅没有死亡,而且一直在坚韧地存活着,并且在新世纪的传统文化热潮中日渐引起社会和学术界的关注。在很大程度上,中国现当代旧体诗词研究已经关系到中国现当代文学研究乃至中国文学史研究的整体学术格局。随着中国现当代旧体诗词研究的拓展和深化,中国现当代文学与中国古代文学之间的学术断裂必将因此而得以修复,而且中国现当代文学研究内部的新文学与旧文学的二元对立模式也必将得以消解,中国现当代文学也将因此而迈上新的历史征程。

一、民国时期的旧体诗词创作

撇开"新诗"和"旧体诗词"的文体对立不谈,客观地看,民国时期的旧体诗词创作不仅数量上十分繁盛,而且质量上也取得了很高的思想和艺术成就。众多风姿卓异的旧体诗词名家名作的涌现,是中国现代诗歌史上不可忽视的文学存在,因此可以说，民国旧诗坛足以与民国新诗坛分庭抗礼。虽然民国旧体诗词在传播与接受上不如新诗那样广泛地深入普通民众，但作为中国古典诗歌传统的一种接续或绵延，它依旧在民国知识精英群体中拥有巨大的影响力，包括新派知识精英和旧派传统文人在内，大多数人其实并不真正地或绝对地排斥和否定旧体诗词，甚至许多人像闻一多那样选择了"勒马回缰写旧诗"。即使有些新文学家曾经发表过否定旧体诗词的言论，那些言论其实也并非他们内心的真实想法，而是折射了他们内心中文化情感与历史理性的冲突，即他们在文化情感上依旧潜在地认同中华诗词传统，而历史理性上因整体认同西方现代性而不得不明确地拒斥旧体诗词。

民国时期的旧体诗词创作大体上可以分为两个阶段：一个是从"五四"到抗日战争前夕（1917—1936），一个是抗日战争和战后时期（1937—1949）。由于民国初年（1912—1916）尚未有现代意义上的"旧体诗词"或"旧诗"与"新诗"二元对立一说，故而民初或"五四"前夕只能作为短暂的过渡时期置放在前一个阶段里。

在前一个阶段里，尽管"新诗"创作处于异军突起的强势话语状态，但"旧体诗词"创作其实并未衰歇，主要史证有：

（1）以严复、林纾、王国维、章太炎、刘师培、章士钊、黄侃、黄节、吴梅等为代表的一批知名学人进入民国后不仅继续创作旧体诗词，而且还创办了《国故》月刊、《甲寅》周刊等杂志为传统文化、文言文和旧体诗词辩护。这些民国保守主义文人的诗词创作与文化立场如今在新的历史语境中逐步得到再评价。

（2）以吴宓等主编的《学衡》杂志为首，包括梅光迪、胡先骕、邵祖平、吴芳吉等在内的一批捍卫古典诗词传统的学人与"新诗"阵营展开了激烈而持久的学术论战。以往的现代文学史提及这段论争，往往站在新文学立场上，一味地否定和贬抑"学衡派"文人，而近些年来，学界已出现越来越多的替他们辩护的声音。

（3）晚清的"同光体"诗人群体进入民国后一直坚持旧体诗词创作，如赣派的陈三立、夏敬观，闽派的郑孝胥、陈宝琛、陈衍、李拔可、何振岱，浙派的沈曾植，以及鄂籍诗人陈曾寿等众多名家,他们的晚年诗词创作代表了晚清"同光体"诗派的民国馀响。

(4)以王闿运、陈锐、曾广钧、杨度等为代表的晚清"汉魏诗派"传统进入民国后依然不绝如缕。

(5)以梁鼎芬、樊增祥、易顺鼎等为代表的晚清"中晚唐诗派"进入民国后依旧拥趸甚众,当然樊、易二人晚年华靡诗风流弊不浅。

(6)以康有为、梁启超、夏曾佑、金松岑等为代表的晚清"诗界革命派"进入民国后的晚年创作同样不容忽视。

(7)以柳亚子、陈去病、高旭、高燮、苏曼殊、姚鹓雏、徐自华、林庚白等为代表的一批"南社"诗人词客进入民国后继续在诗界发挥巨大影响力。尽管南社的解体或分化给此派诗人带来了不少困扰,但新文化和新文学运动也促使此派诗人在坚守传统的同时不断地求新求变。苏曼殊和林庚白的诗词水准极佳。

(8)以陈独秀、胡适、鲁迅、沈尹默、郁达夫、周作人、闻一多、刘大白、刘半农、康白情、王统照、俞平伯、田汉、赖和等为代表的一大批新文学家在"五四"前后同样创作了大量的旧体诗词,而且达到了很高的思想和艺术水平。尤其是鲁迅和郁达夫的旧体诗词在这个时期堪称一座高峰。

(9)以于右任、黄兴、廖仲恺、胡汉民、谭延闿、马君武、叶楚伧等为代表的国民党人在本期创作了大量的旧体诗词,于右任和马君武堪称其中翘楚。

(10)以李大钊、邓中夏、恽代英、瞿秋白、毛泽东、周恩来等为代表的共产党人在本期也创作了大量的旧体诗词。

此外,本期还有一些书画大家的诗词创作也值得重视,如吴昌硕、齐白石、陈师曾、谢玉岑的诗词。总之,从"五四"前夕到抗日战争前夕,民国旧体诗词成绩斐然,不容小觑。这些民国早期涌现的旧体诗词名家名作绝对不比中国新诗草创时期的"白话诗"逊色,甚至随着时过境迁,如今再来平议这个时期的新旧诗坛,我以为除了徐志摩、闻一多、戴望舒、林徽因等少数早期新诗人的诗歌创作成就尚能传世之外,其实这一时期的旧诗成就是高于新诗的!

在第二个阶段里，即抗日战争和解放战争期间，民国旧体诗词创作在战乱环境中继承了中国古典诗歌的现实主义传统，由此"抗战诗词"达到了新的高峰。这同样可以在多个方面的史实中得到证明。

（1）抗战军兴，民族矛盾上升，中国新文学家们暂时打破了新旧文体壁垒，而在文学和文化上建立抗日统一战线。许多新文学家公开写作旧体诗词甚至得到公开发表。如郭沫若、茅盾、叶圣陶、朱自清、老舍、胡风等新文学家纷纷把曾经在"五四"时期中断的旧体诗词写作接续上来了。而郁达夫、田汉、俞平伯、张恨水等原本未曾中断旧体诗词创作的新文学家们，更是在这个民族主义情绪高扬的历史时期，把自己的旧体诗词创作推向了新的高度。

（2）以南京、昆明、重庆、北平等城市的大学为中心的知名学人群体也创作了大量的关怀民族命运的旧体诗词。知名学者诗人有章士钊、陈寅恪、吴宓、萧公权、顾随、胡小石、汪东、沈祖棻、陈匪石、陈中凡、乔大壮、曾缄、刘永济、马一浮、谢无量、王季思、缪钺、夏承焘、卢冀野、詹安泰、王力、吴世昌、丁怀枫、钱仲联、唐圭璋、钱锺书、冯沅君、唐玉虬、霍松林等，他们已经依据各自不同的地域而形成了不同风格的诗词创作群体，围绕他们而组建的许多旧体诗词社团也不在少数。这个时期的许多书画家如吴湖帆、钱名山、潘伯鹰、陈小翠、周炼霞等也大都与各自所在地域的学者诗人群体相过从。

（3）以延安为中心的解放区在抗日战争时期也迎来了一个抗战诗词写作高潮。如延安有著名的怀安诗社、江南新四军根据地的湖海艺文社等。毛泽东、朱德、董必武、陈毅、叶剑英、林伯渠、钱来苏、续范亭、董鲁安等共产党人在本时期都取得了较高的创作实绩。

（4）国民党元老和民主党派人士在本时期也达到了较高的诗词创作水平。如柳亚子、汪精卫、居正、叶恭绰、江庸、李根源、但焘、仇鳌、翁文灏、程潜、李济深、陈铭枢、罗卓英、成惕轩、黄炎培、马叙伦、张澜、沈钧儒、陈叔通、胡厥文等等。

（5）抗日战争时期的港台和海外华人的旧体诗词创作也取

得了很大成就。如台湾的栎社和瀛社的诗人群体的创作,香港刘伯端等人的旧体诗词创作,吕碧城、蒋彝等人的海外旧体诗词创作,潘受等新加坡和马来西亚等国的华人旧体诗词创作,等等。

总之,抗战诗词是民国旧体诗词的一座高峰。当然,抗日战争时期的新诗创作也取得了很高成就,包括艾青、冯至、卞之琳、穆旦为代表的中国新诗人在抗日战争时期的诗艺日渐成熟,中国新诗在现实主义与现代主义写作上都已然开辟新局,这是早期新诗所不可比拟的。由此我们大体可以判断,抗日战争及战后时期的旧体诗词创作与同时期的新诗创作处于二水分流、不相伯仲、比翼颉颃的状态。如果要写抗战诗歌史,显然应该是新旧诗各占半边天的文学史格局。

二、新中国的旧体诗词创作及其他

新中国成立以来的六十多年,当代旧体诗词创作虽然也有过曲折和艰难,但还是取得了快速的发展和较高的成就。大体而言,新中国成立以来的旧体诗词创作可以划分为两个时期:一个是1950—1970年代的旧体诗词创作(1949—1976),即毛泽东时代或曰革命年代的旧体诗词创作;一个是1980年代以来的旧体诗词创作,即新时期或曰改革年代的旧体诗词创作。六十多年来中国社会政治历史语境的变迁,赋予了不同时期的旧体诗词创作以不同的特点。

先看1950—1970年代的旧体诗词创作。研究中国当代文学的学者通常认为这个时期的中国文学属于泛政治化的文学,政治性大于艺术性,在思想性和审美性方面都不及改革开放以来的新时期文学的成就。但这个时期却是中国当代旧体诗词创作的一个高潮期,也是一个高峰期。理由有这样几点:

(1) 1957年《诗刊》创刊号发表毛泽东诗词19首并毛泽东致臧克家等人的信,掀起了当代旧体诗词创作的高潮。毛泽东诗词的广泛传播以及他对古典诗歌的重视,给当时的旧体诗词创作带来了良好的环境。虽然毛泽东在信中说过旧体诗词"束缚"人的话,但客观上还是带动了当时的旧体诗词创作,因为毛泽东同时期对"新诗"的批评更为严厉。

（2）一大批政治人物在毛泽东的影响下开始大规模地写作旧体诗词，并且得到了公开的发表，如《光明日报》专门创办了《东风》副刊发表旧体诗词。这里面有朱德、陈毅、叶剑英、萧克、张爱萍等元帅和将军，他们的诗词后来结集为《将帅诗词选》。这里面还有董必武、林伯渠、张澜、李济深、程潜、沈钧儒、黄炎培、陈叔通、胡厥文、赵朴初等党内或民主党派的元老级人物，他们的诗词在当时影响很大。

（3）新中国成立后一大批新文学家也在新的文学环境下进行旧体诗词创作，如郭沫若、茅盾、叶圣陶、俞平伯、周作人、田汉、老舍、丰子恺、沈从文、聂绀弩、胡风、臧克家、何其芳、邓均吾、王统照、饶孟侃、冯雪峰、施蛰存、萧军、罗烽、姚雪垠、石凌鹤、吴祖光、张光年、于伶、辛笛、阿垅、罗洛、关露、邓拓、吴晗、廖沫沙、吴奔星、张中行、马识途、公木、黄秋耘、张志民、陈大远、邵燕祥、梁上泉、胡征等人。其中，一部分人主要以政治化的"新台阁体"诗词写作为主，如郭沫若等；还有一部分人主要是"地下写作"或"潜在写作"，如胡风、聂绀弩等人由于遭受政治监禁或流放而投入旧体诗词写作；更多的人则经历过从"文革"前的"台阁诗词"向"文革"中的"受难诗词"的创作转变，整体诗风也由明朗粗豪转向了沉郁顿挫，创作原则则由伪浪漫主义转向了真正的现实主义。

（4）一大批学者和书画家也在这个时期创作了大量的旧体诗词。如章士钊、陈寅恪、吴宓、张伯驹、黄公渚、夏承焘、曾缄、常任侠、钱锺书、冒效鲁、徐燕谋、沈祖棻、顾随、黄泳雩、周谷城、翦伯赞、陈隆恪、陈方恪、刘永济、杜兰亭、马一浮、王敬身、刘景晨、钱仲联、张珍怀、洪敦六、丁怀枫、陈小翠、徐翼存、陈声聪、周炼霞、许白凤、霍松林、缪钺、王季思、杨树达、荒芜、吴鹭山、唐圭璋、程千帆、寇梦碧、陈朗、吕贞白、刘逸生、陈迩冬、詹安泰、苏渊雷、梅冷生、徐震堮、黄稚荃、王昆仑、沈轶刘、陈邦炎、李汝伦、吴世昌、周退密、陈九思、周采泉、徐定戡、张牧石、莫仲予、刘蘅、王沂暖、江婴、陈宗枢、王个簃、沈尹默、启功、黄宾虹、蔡若虹、林散之、邓散木、刘海粟、潘天寿、吴茀之、吴白匋、谢稚柳、陆维钊、朱庸斋、黄苗子、沈鹏、张采庵、周素子、孔凡章、吴玉如、刘夜烽、苏步青、石声汉、陈从周、苏仲湘、舒芜、曹大铁、裘沛然、罗密、林锴、洪潊崖、黄万里等一大串闪亮的名字。这些诗人词客主要集中在京津、苏沪、岭南、巴蜀、湖湘、浙闽等地区，这里面有国学大师，有古典文学研究大家，有书画名家，还有科学泰斗和中医圣手，他们绝大部分人都有单行本的旧体诗词集子印行，在现当代旧体诗坛享有美誉。他们中许多人的旧体诗词属于"地下写作"或"潜在写作"范畴，其思想和艺术价值不容低估。

（5）1976年的天安门"四五"诗歌运动以旧体诗词为主，自发地掀起了一个当代民间旧体诗词创作运动，对当代中国社会政治变革和文学变革产生过重大影响。

不难看出，新中国前三十年的旧体诗词创作其实异彩纷呈，既有主流的红色政治诗词写作热潮，也有被压抑的地下诗词创作潜流，且后者的成就无疑高于前者。如果参照同时期的新诗创作来做比较，比如拿那个时期最优秀的新诗人郭小川、贺敬之、闻捷、李瑛等人的新诗成就与聂绀弩、胡风、陈寅恪、李汝伦等人本期的旧体诗成就相互掂量彼此的艺术分量，我们将不得不承认，这个时期的新诗在旧体诗词面前是相形见绌、黯然失色的，这一点将随着时间的推移而越来越清晰。即使是把那个年代著名"地下"新诗人食指、芒克、唐湜等人拿来相较，无疑也还是聂绀弩、陈寅恪等旧体诗人水平为高。

至于新时期三十年的旧体诗词创作，从数量上来讲，比前一个时期有过之而无不及，但从质量上来看，则要逊色得多。新时期的旧体诗词创作只能说是一个高潮期，不能算高峰期。这一个时期随着经济的繁荣和社会的发展，尤其是政府的大力支持，各种诗词刊物和诗词团体如同雨后春笋般出现，遍及全国各省市，甚至地县乡镇。著名的地方性诗词社团有野草诗社、钱塘诗社、岳麓诗社、洞庭诗社、太白楼诗社、东坡赤壁诗社、广州诗社、江西诗社、春申诗社、嘤鸣诗社、银杏诗社、燕赵诗社、甘棠诗社等等。全国性的诗词团体中华诗词学会也于1987年正式建立，随之各省市纷纷成立地方性的诗词学会,覆盖全国。1994年中华诗词学会还正式创办了会刊《中华诗词》,在海内外拥有庞大的读者群,产生了世界性影响。随后各省市诗词学会也陆续创办各自的会刊,大都以省市命名,其中隐含了各级政府的助推力。据说《中华诗词》的发行量已经远远高过以发表"新诗"为主的《诗刊》的发行量。在这些地方性诗词刊物中,广东的《当代诗词》、四川的《峨嵋诗稿》、江苏的《江南诗词》、湖北的《东坡赤壁诗词》、北京的《野草诗辑》、上海的《上海诗词》、福建的《福建诗词》、湖南的《岳麓诗词》等创办得比较有自己的特色,其他大多数刊物则几乎千人一面、千部一腔地模式化,沦落为"老干体"、"歌德派"诗词的专刊了。此外,全国性的诗词大赛已多次举办,如"李杜杯"、"炎黄杯"、"回归杯"等等,由此催生了当代特色的"参赛体"诗词,流弊不浅。与此同时,全国性的当代诗词研讨会相继举行,迄今已办了将近二十届。中华诗词新时期的这种繁荣局面的到来既与社会经济的发展相关,也与党和政府在政策上的大力扶持分不开。1990年代以来,党和国家领导人不断有人公开倡导或者发表旧体诗词作品,此外,以厉以宁等为代表的一批经济学家,还有钱昌照、孙轶青等一大批离退休的老革命、老干部都对新时期旧体诗词的繁荣做出了相当大的鼓励和支持。进入新世纪以来,随着网络时代的到来,网络诗词也十分繁荣。各种旧体诗词网站层出不穷。网络诗词中涌现出了一大批青年才俊,他们的民间写作姿态代表了新世纪中华诗词的发展方向。但其总体创作成就还有待观察,少数实力派诗词写手还在艺术成长中,尚未进入成熟期。总之,旧体诗词在新时期改革开放的大背景下获得了新的生机,它在社会影响力上完全可以和"新诗"分庭抗礼,各自拥有自己坚定的支持者。

但毋庸讳言,新时期旧体诗词创作还存在着一些根本性的弱点,这是它表面上的繁荣所遮掩不住的尴尬。由于一大批旧体诗词作者都是横跨现当代的世纪老人,他们在进入新时期以后创作力必然衰退,精品不多,除了启功、杨宪益、缪钺、李汝伦、刘征等少数人外,大多数人垂暮之年的诗词大都无法与此前的诗词相提并论。此外，新时期旧体诗词界存在着一个庞大的老干部作者群，"老干体"的流行既推动了旧体诗词的传播与接受，同时也带来了很大的负面影响，甚至败坏了旧体诗词的声誉。而一批中青年诗词作者普遍缺乏深厚的国学修养和古典诗学底蕴，其诗词创作也存在着思想性和艺术性普遍不足的缺陷。这当然是时代的缺憾，不是在短时期内可以完全弥补的。但随着中华文化的复兴与重生，作为"国诗"的旧体诗词也必将会迎来真正的复兴。目前，在如何评价新时期旧体诗词成就的问题上比较让人犯难。这主要是因为对新时期旧体诗词的研究一直还处于比较低的学术水准，大量的诗词评论不过是浮光掠影、彼此吹捧的诗词鉴赏而已，呈现零散化和碎片化的状态，尚未抵达真正意义上的学术境界。新时期旧体诗词评论在学术性上的匮乏，导致了新时期旧体诗词创作在一种盲目自信的状态下畸形发展甚至是恶性膨胀。由于缺乏专业诗词评论家的良性批评，大量粗制滥造的旧体诗词文本铺天盖地、势不可挡，其中隐含了复杂的经济利益诉求，严重伤害了中华诗词复兴的文学大业。在这样一种情况下，我们很难对新时期旧体诗词创作的整体评价表示乐观，因为与新时期中国新诗创作的整体成绩比较起来，新时期旧体诗词的面纱尚未被真正地揭开，还未得到真正意义上的学术评估。比如新诗界三十多年来已经推出了自己的代表性诗人诗作，像北岛、舒婷、顾城、海子、翟永明、欧阳江河、西川、于坚、王家新等人的新诗已经构成了新时期中国文学史上不可或缺的艺术存在，而这段时期的旧体诗坛却未能推出足以与他们比肩的诗歌旗手或标志性人物。一些旧体诗坛大腕占据高位，而实际上则创作平平，相反那些真正有实力的中青年诗词作者则遭到各种压制或屏蔽，他们只能散居民间或隐身于网络虚拟空间，苦苦等待未来的文学史家的考古式发现。但这样的历史风险性极大，古往今来不知道有多少民间高手被历史无情地埋葬。侥幸如周啸天者，好不容易斩获2014年鲁迅文学奖之诗歌奖，而且这是鲁奖历史上首次授予旧体诗人，周啸天因此而名扬天下，从民间走向殿堂，但最终他的获奖却成了一曲滑稽戏，以他的名字命名的"啸天体"也遭到全国网民的集体吐槽。所以，当务之急还是需要呼唤专业性的旧体诗词评论家和学者的出现，只有古代文学和现当代文学的学术交融才能回应这种时代的召唤。倘若不能做到这一点，即不能做到旧体诗词评论的复兴，那么所谓中华诗词的复兴，就将沦为空谈。诗词创作的复兴与诗词评论的繁荣必须二位一体。

　　需要补充的是，1949年以后，由于历史的原因，中国并未得到全面的政治统一。台湾一直与大陆保持着距离，香港和澳门直到20世纪末才回归祖国的怀抱。与此同时，大量的海外华人遍及欧美和东南亚地区。凡此种种，带来了当代旧体诗词创作的丰富性、多元性和复杂风貌。因此，台港澳地区和海外华文文学中的旧体诗词创作也不能忽视。由于众所周知的原因，1949年后的台湾在保存中华传统文化和古典文学传统上比大陆要好，由此带来了当代台湾旧体诗词创作的繁荣。这主要表现为：①一批国民党元老或官员赴台后写了大量的旧体诗词，其中不乏于右任、周弃子、成惕轩这样的名家作手；②一批新文学家赴台后写作旧体诗词不辍，著名者如台静农、易君左、苏雪林、陈定山等；③一批学者诗人赴台后也坚持写作旧体诗词，著名者如董作宾、潘重规、罗家伦、方东美等；④以张大千、溥儒、陈含光为代表的赴台书画大师的旧体诗词创作堪称国粹；⑤一批台湾本土成长的学者和文人也写了大量的旧体诗词，如吴浊流、柏杨、高阳、汪中、琦君、张梦机等即是其中翘楚。1981年大陆时事出版社出版的《台湾爱国怀乡诗词选》中就收录了许多台湾当代旧体诗词作品，好评如潮。

　　当代香港旧体诗词创作亦十分繁荣，名家众多，作手如林。主要有：①以金庸、梁羽生为代表的新派武侠小说家的旧体诗词创作；②以饶宗颐、陈湛铨、苏文擢、罗忼烈、曾克耑、吴天任等为代表的一批学者诗人的诗词创作；③以高旅等为代表的一批现代报人的旧体诗词创作。相对而言，当代澳门旧体诗词创作较为逊色，优秀作手不多见。而在东南亚的华人圈，旧体诗词创作十分兴盛。如新加坡就产生了两位"国宝级"的大诗人潘受和张济川，其诗词集在大陆广为流播。在马来西亚，大马诗社名噪一时；在越南，华侨女诗人张纫诗的诗词尤其令人称道，有"诗姑"之美誉。至于在当今欧美国家，华人对旧体诗词的喜爱溢于言表。他们成立了众多诗词社团,如影响广泛的美国四海诗社等。一大批旅居欧美的华人学者都酷爱旧体诗词,其中不乏名家,如萧公权、蒋彝、顾毓琇、周策纵、李祁、叶嘉莹、阚家蓂、张充和等。总之,在台港澳和海外华人圈,旧体诗词堪称"国诗"和"国粹",是联系天下炎黄子孙的深层文化心理纽带。写作旧体诗词甚至成为许多海外华人日常生活的一部分,吟诗作赋、泼墨挥毫或者是他们学术生涯的必需品,或者是他们商海纵横中的一道文化风景。他们的诗词创作是对大陆当代旧体诗坛的重要补充。

三、当前旧体诗词研究的现状与问题

新世纪之交,当代中国文坛出现了一股"旧体诗词热",学术界关于旧体诗词的论争不再仅仅停留在旧体诗词合法性论证这个外围层面上,而是深入到了旧体诗词如何入史的学理层面,不少学者开始深入研究中国现当代旧体诗词发展史中出现的学理性问题,这就如同他们研究中国新诗史一样。由此出现了一批具有较高学术含量的中国现当代旧体诗词研究论文,甚至还出现了多部以旧体诗词为研究对象的博士学位论文,这在以前是不可想象的。追根溯源,近年来大陆旧体诗词热潮的出现与新世纪之交中国文化语境变迁有关。1990年代以来,在全球化背景下,中国思想文化界发生了裂变。与1980年代主要追求"西化"或现代化的"新启蒙主义"不同,1990年代以来大陆出现了回归本土、回归传统的"文化守成主义"思潮。这种思潮虽被反对者目为"新保守主义",但拥护者众多,甚至得到了一些1980年代的激进主义者的响应。他们从世界范围内的后殖民主义文化思潮中汲取思想资源,反对西方中心主义文化霸权,主张在全球化语境中保持本民族的文化品格。这种回归传统的思潮在新世纪以来得到了进一步强化。各种孔子学院在西方国家的风行正说明了中国传统文化的固有价值。虽然当前的传统文化热和"国学热"也存在着"虚热"和"浮躁"的倾向,但这种世界性的反思现代性的文化思潮却是势不可挡的。历史发展中从来不缺少戏剧性。20

世纪初年的反传统思潮，在百年后的21世纪初却被回归传统的思潮所取代。正所谓此一时彼一时，由于时代环境的不同而"风水轮流转"。这所谓的"风水"即"具体的国情"，20世纪初年"五四"先驱者的反传统自然有其历史合理性，其历史贡献也不容抹煞，但在21世纪到来时，历史语境已然发生了重大变化，中国的综合国力已经举世瞩目，在新的国际形势下，回归中华传统文化就成了必然的历史选择。近代以来一个半世纪的"文化自卑"情结开始逐步剥离，重视本民族的传统文化实际上是我们民族文化自信力增强的表现。当然，回归传统并不意味着盲目排外，西方文明依然是我们本土文化发生创造性转化的重要思想资源。在这个意义上，新世纪以来学术界重视旧体诗词研究就不是偶然的，而是历史发展中必然的文化选择。因为旧体诗词是"国诗"，是"国粹"，就像京剧（"国剧"）、中医（"国医"）和国画一样，理应得到今人的尊重和喜爱。况且中国现当代旧体诗词发展历程中涌现了众多诗词名家名作，它们具有重要的文学和文化价值。深入研究中国现当代旧体诗词发展史，将有助于我们对传统文化和古典文学的创造性转换的探究，这也是对当下全球化语境中民族化思潮的学术回应。

回顾中国现当代旧体诗词研究的历史可以发现，早在1930年代初，钱基博就在《现代中国文学史》中将民国旧体诗词纳入了文学史叙述。但继起者寥寥。进入1990年代以来，虽然现当代文学界关于旧体诗词能否入史的问题尚在争辩中，但古代文学界已经有两部史著公开出版，即吴海发的《二十世纪中国诗词史稿》（2004）和胡迎建的《民国旧体诗史稿》（2005）。与史著相比，有关现当代旧体诗词的论著则呈繁荣趋势，比较重要的专著有王林书等的《当代旧体诗论》（1993）、王小舒等的《中国现当代传统诗词研究》（1997）、施议对的《今词达变》（1997）、朱文华的《风骚余韵论——中国现代文学背景下的旧体诗》（1998）、刘士林的《20世纪中国学人之诗研究》（2005）、刘梦芙的《二十世纪名家词述评》（2006）、李遇春的《中国当代旧体诗词论稿》（2010）、尹奇岭的《民国南京旧体诗人雅集与结社研究》（2011）、李剑亮的《民国词的多元解读》

(2012)等。尤值一提的是由刘纳主编的《清末民初文人丛书》(1998)和孙中田主编的《中国近现代文学名家诗词系列解析丛书》(1999)，各十册，评传与笺注相结合，对民国旧体诗词界不少名家名作展开深入的个案研究，这是现代文学界对民国旧体诗词研究作出的重要贡献。

除了研究专著之外，新时期以来不少学者还在从事中国现当代旧体诗词的资料整理与编纂工作，出现了不少旧体诗词选本和大型的资料汇编丛书。比较重要的旧体诗词选本有：叶元章和徐通翰编选的《中国当代诗词选》(1986)及其续编《当代中国诗词精选》(1990)、华钟彦编的《五四以来诗词选》(1987)、于友发等编注的《新文学旧体诗选注》(1987)、毛谷风编的《当代八百家诗词选》(1990)和《二十世纪名家诗词钞》(1993)以及他与友人合编的《海岳风华集》(1996)及其续编《海岳天风集》(2010)、龚依群和林从龙主编的《当代诗词点评》(1991)、杨金亭编的《中国百家旧体诗词选》(1991)、毛大风和王斯琴编注的《现代千家诗》(1992)及其增订本《近百年诗钞》(1999)、严迪昌编注的《近现代词纪事会评》(1995)、施议对编的《当代词综》(2002)、钱理群等编注的《二十世纪诗词注评》(2005)、刘梦芙编的《二十世纪中华词选》(2008)、杨子才编的《民国五百家词钞》(2008)和《民国六百家诗钞》(2009)、林岗等编注的《现代十家旧体诗精萃》(2011)、李遇春编的《现代中国诗词经典》(2014)等。此外，新时期以来比较重要的有关旧体诗词资料整理的大型丛书有：①《二十世纪诗词文献汇编》，含《诗部》、《词部》、《文论部》，分别由巴蜀书社和黄山书社推出，已出版18册；②《二十世纪诗词名家别集丛书》，由黄山书社出版，含《翠楼吟草》等20余种；③《安徽近百年诗词名家丛书》，由黄山书社出版，含《还轩词》等8种；④岳麓书社近年推出《湖湘文库》，含《王先谦诗文集》等近现代旧体文集20余种；⑤《福建文史丛书》，由福建人民出版社推出，含《何振岱集》等7种；⑥巴蜀书社1990年代初推出《吴芳吉集》、《赵熙集》、《清寂堂集》等现代旧体诗文集多种；⑦上海社科院出版社推出《温州文献丛书》，含

《黄群集》、《杨青集》等多种现代旧体诗文集;⑧上海书店1990年代影印出版的《民国丛书》中收有《遐庵汇稿》、《双照楼诗词集》等多种;⑨上海古籍出版社出版的大型《中国近代文学丛书》中的许多诗文集里都含有各自作者在民国时期的诗词作品;⑩中国人民大学出版社和社科文献出版社1990年代曾集中推出《南社丛书》。这些旧体诗词研究资料的收集与编纂,必将不断地泽被学林,它们已经为推进新世纪中国现当代旧体诗词研究的深化营造了良好的学术条件。

以上说的是大陆新时期以来的旧体诗词研究现状,其实在大陆以外的台港澳地区乃至海外汉学界也有不少学者在从事中国现当代旧体诗词研究。比如日本学者木山英雄的专著《文学复古与文学革命——中国现代文学思想论集》(北京大学出版社2004年版)中便有部分文章重点探讨中国现当代旧体诗词创作,如他探讨鲁迅、周作人、聂绀弩、沈祖棻、启功的诗词专论都有很高的学术水平。又如旅加学者叶嘉莹先生对王国维、顾随、缪钺、石声汉等现当代知名学者的诗词创作也有比较精彩的专论文章。还有香港中文大学的黄坤尧先生,他不仅自己写作旧体诗词,而且多年来一直致力于香港旧体文学(主要是旧体诗词)的研究,他出版过专著《香港诗词论稿》,还整理出版过香港现当代诗词大家刘伯端的《沧海楼集》、陈步墀的《绣诗楼集》等,且在新世纪以来主持召开过两次香港旧体文学国际学术研讨会,都出版了会议论文集。黄先生的学术努力有目共睹,他是香港旧体诗词研究的当今重镇。还有老一代学者兼诗人饶宗颐、罗忼烈等也致力于旧体诗词研究,成果丰硕。邹颖文的《香港古典诗文集经眼录》则是一部不可多得的琳琅满目的学术佳作。至于台湾的旧体诗词研究就更加兴盛了,学术成果简直不胜枚举,像张梦机那样创作与研究并重的诗词名家不在少数,可惜大多未能在大陆正式出版流传,唯有许俊雅的《栎社研究》纳入陈思和和丁帆主编的中国现代文学社团史研究丛书中出版,让人惊艳。此外,新加坡著名学者郑子瑜先生的《诗论与诗纪》(友谊出版公司1983年版)也是研究近现代旧体诗的一部力作,其有关周氏兄弟和郁达夫旧体诗创作的文章尤其眼光独到、令人钦服。新加坡学者李庆年的大作《马来亚华人旧体诗演进史》(上海古籍出版社1998年版)则是海外华人研究海外旧体诗词创作的一部力作。新加坡另一位学者诗人徐持庆对新加坡旧体诗词创作也有独到的研究,他对新加坡"国宝诗人"潘受的研究专著已由中国社会科学出版社出版。而在美国,周策纵和田晓菲等新老学者对中国现当代旧体诗词研究也比较重视,限于资料比较匮乏,兹处不赘。

总的来看,新时期以来的现当代旧体诗词研究虽然取得了一定的成绩,但还有不少亟待深化和拓展的学术领地。首先是个案研究还很不够,目前的现当代旧体诗词作家个案研究主要还是集中在鲁迅、郁达夫、毛泽东、聂绀弩、沈祖棻等少数名家身上,有关他们诗词的选本和注本不少,相关的研究论文和专著也在不断涌现。但问题是我们的个案研究视野还应该不断拓展,我们需要对中国现当代旧体诗坛的不同诗人群体展开分门别类的系列个案研究,这主要包括对民国时期的晚清遗民诗人群体、新文学家旧体诗人群体、现代学人旧体诗人群体、现代书画家旧体诗人群体、国共乃至民主党派军政旧体诗人群体这五个大类的诗词名家个案展开系列的专题研究,可以同时对他们的诗词文本进行专门的笺注和解读。在这五个大类中,如果从性别研究的角度着眼,则中国现当代女性旧体诗人群体可以单列出来展开深度探究,包括吕碧城、沈祖棻、丁怀枫、陈家庆、陈小翠、周炼霞、李祁、叶嘉莹等在内的现当代女性诗词家成就斐然,尤为值得学界关注。

其次是旧体诗词社团和流派研究还有待拓展甚至是拓荒。民国以还,旧体诗词社团十分繁荣,只不过没有进入主流新文学史学术视野。比如同光体诗人在民国继续活动,南社解体后出现了新南社和南社湘集,以《学衡》为中心的诗人群体异常活跃,此外著名者还有超社—逸社、冰社—须社、冶春后社、晚晴簃诗社、虞社、上巳诗社、梅社、潜社、如社、午社、瓯社、之江诗社、山中诗社、椒花诗社、中兴诗社、西社、千龄诗社、展春园诗社、饮河诗社、怀安诗社、湖海艺文社、燕赵诗社、栎社、瀛社等,简直遍布全国各地,从国统区到沦陷区再到解放区,可谓旧体诗词社团蜂起,其诗词雅集,均在民国诗词坛卓有影响。这方面的专题研究目前基本处于拓荒阶段。而反观民国时期的新诗社团流派研究,则长期以来属于中国新诗研究乃至中国现代文学研究的焦点,学术成果丰硕。新中国成立以后,随着政权更迭和时代转换,诸多旧体诗词社团解体,但北京的稊园诗社(含庚寅词社)、上海的乐天诗社和"茂南小沙龙"的诗词活动依旧值得关注,它们的存在给那个政治年代的红色文坛增添了几许民间传统文人气韵。实际上那个政治年代里的民间诗词酬唱活动还有不少,除京沪之外,江浙、湖湘、巴蜀、岭南、秦晋诸地都有活跃的旧体诗词民间小圈子,比如1964年,山西诗人罗元贞、宋剑秋等人与当时在南京的徐翼存女史之间展开过一场民间"诗战",双方斗诗斗韵,风雅诙谐,颇得古人流风遗韵。关于这段诗坛掌故,马斗全刊发在1999年7月7日《中华读书报》上的文章《三十五年前的一场诗战》有过详细记述。

最后,一些现当代旧体诗词杂志也值得展开专题探究,可惜这方面成果依然少见。民国时期集中发表过旧体诗词的比较重要的文学杂志有《南社丛刻》、《南社湘集》、《民权素》、《东方杂志》、《庸言》、《小说月报》、《不忍》、《甲寅》、《学衡》、《青鹤》、《词学季刊》、《民族诗坛》、《国闻周报》等,新中国成立以后则有《诗刊》、《中华诗词》、《当代诗词》(李汝伦创办)、《野草诗辑》(萧军领衔)、《岷峨诗稿》等比较有声望的诗词刊物。像章士钊、吴宓、龙榆生、卢冀野、臧克家、萧军、李汝伦这样热心于现当代旧体诗词刊物创办的老诗人十分值得后人敬仰。

除了以上所说的具体研究问题之外,新时期以来的现当代旧体诗词研究在宏观视野上也需要作出调整。首先是缺乏历史视野,目前的研究大都无法将中国现当代旧体诗词研究纳入中国现当代文学的整体文学史研究框架中考察,而是停留于孤立地探究旧体诗词的思想和艺术问题。这妨碍了旧体诗词研究走向文学史研究的学术境界。其次是缺乏现代视野。很明显,近年来的旧体诗词创作复兴和研究升温,是与传统文化热联系在一起的。大多数旧体诗词研究者都对祖国的传统文化和古典文学充满了深厚感情,他们有较为深厚的旧学功底,但在不同程度上对现代文化和文学观念具有排拒心理。比如在胡迎建的《民国旧体诗史稿》中就存在着这种缺憾。胡著过高估价了陈三立等保守派同光体诗人的思想艺术成就,而有意无意地贬低了诗界革命派和南社诗人群体的传统诗词现代化探求。至于有些研究者还持有浓厚的绝对化的复古主义立场,这就更需要警惕。我赞同老诗人臧克家的观点:"新诗旧诗我都爱,我是一个两面派!"用"两栖诗人"邵燕祥的说法,新诗和旧体诗词之间应实行并行发展的"双轨制"。一方面,新诗要向传统诗词学习,要民族化;另一方面,旧体诗词也要向新诗学习,走现代化的道路。

诵读古典是写作诗词的门径

南京大学文学院　莫砺锋

我先说几句开场白。我本人 1977 年年底穿着大棉衣去参加高考，就是"文革"以后的第一次高考。1978 年春天，我就进了安徽大学的外文系，学了一年英文。然后 1979 年考到南京大学中文系，跟我的老师程千帆先生学古典文学。所以我开始学习古典文学的时候已经 31 岁了，是半道出家。虽然是半道出家，但是我跟诗词的结缘倒稍微要早一点。这跟今天我讲的内容有一点关系。实际上我对古典诗词的爱好是从我当知青的时候开始的。我在中学的时候因为喜欢数理化，虽然我们的语文老师非常棒，但我对课堂上学的古典诗词没有太往心里去。后来到了农村，一开始还想自学数学物理，一年两年以后，没有老师指点，学不下去了，后来就放弃了。那么在农余，在插秧割稻之馀，干什么呢？就读读闲书。在读闲书的过程中间当然读了一些古典文学，特别是古典诗词。通过阅读，我就跟陶渊明、李白、杜甫、苏东坡、辛稼轩这些人结交了。在茅檐底下读书，虽然生活艰苦，但是读书本身是个愉快的事情。

1979 年 4 月，我在安徽大学外文系二年级，那时班里有好几个年纪大一点的同学想提前考研，我也跟着去考研了。本来我想考英美文学的，结果一看，几个学校的英美文学都要考第二外语。而我们安徽大学在本科二年级的上学期，第二外语还没开，要到第四学期才开。所以我就没法考。我从南京大学的招生简章中查到了中文系的中国古代文学专业，研究方向是唐宋诗歌，导师是程千帆先生。我糊里糊涂的就考到中文系来了，从此就钻故纸堆了。我不是个学中文出身的人，所以到了南京大学以后，程先生对我说："哎呀，你的基础太差。要好好地补课。"所以我是很用功地读了五年书啊。我从 1979 年 9 月读到 1984 年 10 月。五年零一个月，硕士、博士也都拿下来了。毕业以后就留在南大任教，一直到现在。我今天只能讲讲自己读古典诗词的一些心得，先讲一讲我对诗歌的看法。

诗是什么？俄罗斯的文艺批评家别林斯基说，假如你问一个人什么是诗，那么，可能这个人给你的回答是水，那个人给你的回答是火。水火不相容。也就是说，各人的回答是完全不一样的。我可以肯定我们是没有办法找出一个大家都公认的关于诗歌的定义来的。它到底是什么，我们不知道，说不清楚。我比较认同金圣叹的话。金圣叹说："诗非异物，只是人人心头舌尖所万不获已，必欲说出之一句说话耳。"就是诗并不是其他东西，它就是人人心头都有都想要说出来的那句话。金圣叹说这就是诗。所以我一向不喜欢读小众化的诗。现在有些年轻诗人写的诗大家都读不懂，我是不喜欢读这种诗的。我喜欢读的诗是大家一看就懂的，大家一看就觉得这个人写的诗就是我心里想的一些事，我如果出现在这种情境下可能也会这样想也会这样写。我觉得这是好诗。

那么诗当然不是不需要技巧不需要技能的，诗是人人心头所有但是人人笔头所无的那个东西，就是这种感觉你一定是有的，但是你写不出来。古人写出来了，好的诗人写出来了，你一读就觉得，哎，我跟他想的差不多，怎么他就写得这么好呢！女作家冰心年轻时候说过一句话，她说她读古人诗的时候经常有这样的感觉，"恨不趁古人未说我先说"，就是这句话如果古人还没写就好了，我来写也许也能写出来，可惜现在古人已经写过了。

那么，写诗的人，要不要读书，要不要读古人留下来的文学遗产？这个问题古人就有争论，大家看讲义。

南宋的严羽在《沧浪诗话》中首先提出来这样的看法："夫诗有别材，非关书也。诗有别趣，非关理也。"就是诗歌需要的才具、需要的才能，它跟书本、跟知识积累是没关系的。它是另外一种才华。诗歌中间的趣味，也就是诗歌的意味、诗歌的美学价值，它也跟"理"没有关系。但是严沧浪下面又说："然非多读书，多穷理，则不能极其至。"但是你如果不多读书，你对道理的领悟也不透彻的话,那么你的诗也是写不好的。

再来看清代袁子才——袁枚的话。袁枚是性灵派。他主张写诗主要是凭性灵的,所以他也反对那种主张以学问、以考据为诗歌基础的一种途径。袁枚在一篇序言中说:"其人之天有诗,脱口能吟。"假如这个人的天分中有诗人气质的话,那么他不需要读书,直接就能吟诗了。"其人之天无诗,虽吟而不如其无吟。"假如他的天分中间没有诗人气质,那么虽然吟了,跟不吟一样,也就是吟出来的诗是没有价值的。我们先从下面一句说起。

应该说,我从原则上是承认袁子才的说法的。当然,我觉得这是针对优秀诗人而言的。你要想成为一个优秀的诗人,想成为一个杰出的诗歌写作者,那么首先需要的确实是才华。我们看到很多年轻的诗人并没有读很多书,已经写得很好了。我们也看到反过来,有的人一辈子都在写诗,书也读得很多了,学问也积累得相当丰富了,但他的诗就是写不好。袁子才的这个判断是对的。但是假如说仅仅是一般的诗歌训练,你说我并不想当李白杜甫,我仅仅是一般地写写,那么,我们通过学习可以获得一些技能、技巧、基本的一些写作规范。这是可以掌握的。

但是严羽和袁枚的话,我又不完全同意,我又觉得他们说得过分了。应该说,读书,特别是读古人的诗词作品,它对提高我们的诗词写作一定是有用的。在阅读过程中一定会不知不觉地有古人的写作经验呈现出来。你在那里欣赏、分析的时候,你对古人写作时的苦心,他为什么要这样用字,为什么要这样炼句,你会慢慢地有所琢磨,有所体会。不是说读的时候就想着怎么写好诗,它是一个客观上的水到渠成的东西。你慢慢积累得多了,有的问题就解决了,你的技能就提高了。所以这一点肯定是有用的。

其实古人写诗,也是这样走过来的。比如说黄庭坚。黄庭坚讲年轻的时候写诗,就是多读、多学,看古人的作品。南宋朱熹也是这样说的。朱熹推崇《文选》中的诗。他说你把《文选》中的诗拿出来读,《古诗十九首》,"青青河畔草",你读了以后模仿它也来这样写,慢慢地你就会作了。所以清朝人有一句话说:"熟读唐诗三百首,不会吟诗也会吟。"读多了,读熟了,至少起码的写作水准是会有的。

大家一定记得《红楼梦》里写的"香菱学诗"的故事。《红楼梦》第四十八回写香菱想要学诗了,然后林黛玉说,你要学诗你就拜我为师啊。香菱就拜她为师了。然后她们两个人说了几句话,交代了一些诗歌格律的一些问题,无非就是"一三五不论,二四六分明"等等。从《红楼梦》里的描写来看,不管是林黛玉也好,香菱也好,她们好像觉得这些东西都是不学就会的,自然而然就解决了。所以你看,香菱一开始写诗,写一首咏月亮的七言律诗,她一连写了三首七言律诗,都是咏月的。我检查了一下,香菱的三首七言律诗平仄都是对的,一点都没错,中间对仗也对得比较工整。她在写第三首的时候因为写得很苦,就跑到窗外去了。跑到竹子底下,在那里苦思冥索。然后探春在窗里面对香菱说:"菱姑娘,你闲闲吧。"香菱说,她是押"十四寒"的韵,"闲字是十五删的,错了韵了"。我觉得很佩服。她一听这个"闲"字就想到不是在"十四寒"里面而是在"十五删"里面,她把这些韵部,"东冬江支微,鱼虞齐佳灰"都背得滚瓜烂熟的,这些基础性的格律上的问题早就解决了。我现在想讲的是什么呢?是香菱拜林黛玉为师要学诗,林黛玉教她的过程是——"读诗"!林黛玉说,你先把王维的五言律诗读一百首,然后香菱就拿回去读。又说读一百二十首杜甫的七言律诗,然后第三步是李白的七言绝句读个一二百首,香菱就分三次从林黛玉那里借了书回去读了。

我们检查一下林黛玉这几句话,她给香菱布置的任务。熟读王维的五言律诗一百首,这个差不多。因为王维的五言律诗,我们现在有的版本,跟曹雪芹的时候也差不多,现在一共有一百零五首。那么她说一百首,差不多全读了,只少了五首,就是读全部的王维的五言律诗。然后又说读杜甫的一百二十首七言律诗。杜甫的七言律诗现存一百五十一首,那么她从中选了一百二十首,可以说四分之三都在里面,也读了大部分了。第三句话呢有一点点问题。因为她说读李白的七言绝句读它个一二百首。李白的七言绝句现存的只有八十多首,还不到九十首,所以这里曹雪芹有一个疏忽,没有那么多的。曹雪芹时代李白的七言绝句哪有一二百首啊，根本没有。

尽管如此，林黛玉的话说得有没有道理呢？我们先看这三个诗人。第一，王维；第二，杜甫；第三，李白。三个人全是盛唐人。林黛玉跟香菱讲诗中还批评了陆游的两句诗。"重帘不卷留香久，古砚微凹聚墨多。"这是陆放翁写的。香菱说很喜欢，林黛玉说这个太粗浅了，一开始不要学。好像隐隐约约地透视了林黛玉的诗学观，也有一点"诗必盛唐"的意味在里面。宋诗呢不要读，太浅显了。不管怎么说，不管我们认同不认同林黛玉，但是至少这里提供了一个案例，就是说学诗的初级阶段，首先是读诗，这是对的。你看香菱回去照林黛玉的说法开始读了，第三首写出来大家便都赞美了，说写得不错了。所以应该说这是一个可取的途径。

现在我们来看看，读诗的时候要注意些什么。陈垣先生有一本《史源学杂文》，是在北师大的一个讲稿。他在北师大历史系的讲堂上讲课时，首先引了《诗经》中间的一句话。我们知道《诗经》中间有三首《扬之水》，这是《郑风》中的《扬之水》。引了哪一句呢？他说："无信人之言，人实诳汝。""诳"就是欺骗的意思。就是陈垣先生对他的学生说，你们不要轻信别人的话，别人是骗你的。我们知道陈垣先生是一个很严肃的历史学家，为什么他在史源学这门课上一开始要引《诗经·郑风·扬之水》中间的这两句话？《郑风》大家知道，郑卫之音，里面多数作品都是跟男女爱情有关的。《扬之水》中的这两句话，它的基本含义就是说，有这么一位年轻人，我们不知道他的性别，他跟另外一位年轻人，可能是他的恋爱对象，说你不要轻信别人的话，别人是挑拨离间的哎，你不要相信他们。大概是这个意思。这是一句爱情诗。那么陈垣老先生为什么要谈爱情诗呢？他是要用来说明一个问题，就是你们不要轻信材料，你拿到一本书，不要一看到白纸黑字，书上有，就以为是真的，就相信它，就来读，就来理解，就来分析。它很可能是别人骗你的，很可能提供的是一个伪文本。我们在读古诗的时候，这个是首先要解决的问题。

我们现在读唐诗，最全的文献来源还是《全唐诗》。《全唐诗》现在学界正在重编，但是重编的还没出来的时候，我们只能读清人编的这个《全唐诗》。这个《全唐诗》里文献问题比较多，下面举几个例子。

《全唐诗》里有一首唐温如的诗，它的标题叫作《题龙阳县青草湖》："西风吹老洞庭波，一夜湘君白发多。醉后不知天接水，满船清梦压星河。"这首诗，作者不著名，大家肯定以前没听说过，他在《全唐诗》里只有一首诗。20世纪80年代，我的导师程千帆先生从《全唐诗》里把它挑出来了。他觉得这个作者虽然没名气，但诗写得很好。所以他专门写了一篇文章，来分析唐温如写的这首诗。说这是一个"遗珠"，长期埋没在《全唐诗》里没有被人们认识到。他进行了艺术分析。

过了不久，中山大学的陈永正先生写了篇文章，说程先生这个文献有问题。他认为，唐温如这个人不是唐朝诗人，这首诗是误收的。他考证出来唐温如应该是元代的诗人，清朝人编《全唐诗》的时候把这首诗混进去了。后来我们检查了文献，发现陈永正的说法是对的。

再看下面一首。《全唐诗》里面收了中唐诗人、大历十才子之一戴叔伦的《兰溪棹歌》，这首诗也很美："凉月如眉挂柳湾，越中山色镜中看。兰溪三月桃花雨，半夜鲤鱼来上滩。"写得非常好。特别是我这种插过队、在江南当过农民的人，读起来觉得真好，就像我们江南春天的那个景象，写得非常美。但是，我的师弟，现在在社会科学院文学所工作的蒋寅老师，他专门研究戴叔伦的。他后来就发现这首诗不是戴叔伦写的。它真正的作者是明代诗人汪广洋。我猜想大家也不认识汪广洋，也不是很有名的。这首诗也是误收到《全唐诗》里面去的。

《全唐诗》卷三十八有一首王绩的诗。王绩大家肯定知道的，初唐诗人。我当年通读《全唐诗》的时候，先从初唐开始读起，读前面的几十卷，读得昏头昏脑。为什么？因为《全唐诗》前面的部分基本上是以唐太宗为首的宫廷诗人的作品，我本人没兴趣。读到第三十八卷，出现了一个新的诗人，王绩。王绩虽然也在长安做官，但是他想念家乡的田园生活。所以他的诗很多内容是写田园生活的。他的诗风也比较近于陶诗，清新自然朴素。所以我读到那里，觉得一阵清风吹进来了。但是下面这首王绩的诗，标题是《在京思故园见乡人问》。王绩在长安，他想念家乡的田园，看到来了一个老乡，就问他。这首是五言古诗，二十多句，全首都是问号。这首诗大家不一定读过，很少出现在唐诗选本中间，除了马茂元先生的《唐诗选》以外其他都没选过。但是大家肯定熟悉跟它类似的一首王维的《杂诗》，王维《杂诗》很短，四句话，"君自故乡来，应知故乡事。来日绮窗前，寒梅著花未。"王绩诗的构思跟这首诗一样，不过他这首诗比较冗长，写了二十多句，都是问。这首诗应该说写得相当好，很有意思。但是我们现在来追查一下文献问题。一经追查，发现是可靠的，因为王绩的诗集现在有一个最好的本子，是在敦煌洞窟中发现的唐人手抄本，叫作《王无功文集（五卷本）》。我们拿那个五卷本的敦煌本来一看，就有这首诗。标题正文都没错。所以这首诗文献上是没有问题的，它不是混进去的，就是初唐诗人王绩写的诗。

那么我为什么要拿它举例子呢？原来同样在第三十八卷，往后看一点，又有另外一首诗，诗的标题叫作《答王无功问故园》。王绩号无功子，王无功就是王绩，第二首诗就是回答王绩的《在京思故园见乡人问》。第二首诗的内容呢，也确实是一个一个回答了王绩诗中提出的问题。王绩一共问了十二个问题，他就回答了十二个问题。从一般的逻辑来推理，第二首诗应该没有问题。你看第一首诗是王绩写的么，初唐诗人写的，第二首诗跟他一问一答，当然就应该也是同时代的人写的。好像没问题，这也骗过了一些我们当代的学者，譬如说山西大学的康金声教授整理的《王绩集编年校注》中，他解释王绩的《在京思故园见乡人问》，这个乡人是谁呢？他说乡人指朱仲晦，就是第二首诗的作者。我们读古诗，一般都要追究作者的，这个跟西方人有点不一样。西方在 20 世纪 40 年代以后兴起一种新批评（new criticism），认为文学作品，你读文本就行了，作者可以不管的，作者跟文本没关系。我们不需要研究作家生平，就直接去研究文本。这种观点至少在读中国古典诗歌的时候是完全不对的。因为中国古典诗歌绝对是个人的抒情诗，绝对是跟个人的生活经历有关的。你要不知道作者生平,很多诗就理解不好。比如说杜甫的诗,你要是不知道生平,不知道时代背景,很多东西就无法理解。

那么我们读到这首诗,就要追问一下,这个朱仲晦是什么人呢?他就是南宋理学家朱熹。朱熹字晦庵,一字仲晦。在《朱文公文集》卷四中就有这首诗,它的标题稍微有一点不一样,叫《答王无功在京思故园见乡人问》。我们现在看到的《朱文公文集》的最早本子是南宋刻本,是朱熹生前亲自编的,他身后四年他的儿子朱在刻出来的,南宋刻本就在北京图书馆,大家可以去找。《全唐诗》里原来还有一首南宋人朱熹写的诗,也混进去了。

当然朋友们也许会有疑问,这个南宋的朱熹,怎么写了一首诗,去回答初唐的王绩啊?两个朝代的人怎么在那里用诗歌进行对话?朱熹读到唐诗,看到王绩有一首诗问乡人,他就替代王绩的乡人,来跟他对话。这其实是中国古代写作的一个通则。古代很多人就是这样写。

举个最常见的例子。楚辞中的《天问》,按照汉人王逸注解,屈原被楚怀王放逐在外,他看到了很多楚国的宗庙,墙壁上画了古代神话传说,屈原对着这些壁画"呵而问之",提出很多追问。所以《天问》从头到尾就是问,问了一百七十三个问题。他追问,天上的日月星辰为什么不掉下来。他也追问社会秩序为什么是颠倒的,忠而见谤,奸邪反而受到信任。屈原想不通,他对大自然、对社会都有很多疑惑,屈原为什么跳汨罗江呢?他就是想不通才跳嘛。所以《天问》从头到尾都是问,没有回答的。但是到了唐代,柳宗元就写了一篇《天对》,或者叫作《对天问》,具体地回答了屈原的一百七十三个问题。这是异代对话,玩穿越,古人早就这样了。

刚才举的这几个例子说明什么呢?假如你读唐诗,你不以读《唐诗三百首》、《唐诗选》为满足,而要读全部的唐诗。当你深入这些文献的时候,你要注意,古代的白纸黑字的书不是全都可靠的。我们看上面举的例子,《全唐诗》里有元代的诗,有明代的诗,有宋代的诗。唐以后的几个朝代的诗它都有。《全唐诗》

唯一没发现的是清代的诗,因为《全唐诗》编的时候清代一共才没多少年,还来不及混进去。

我们稍微说开去一点。在座肯定有古代文学专业的同学,古代文学专业的研究生现在面临着一个很大的问题:选题困难。论文选题真的很难,你说你研究什么,假如你立志要研究唐诗,你说我要研究李白,我要研究杜甫。我不知道兄弟院校怎么样,如果在南大,开题时就被枪毙掉了。退而求其次,小李杜怎么样?我能不能写李商隐或者杜牧的论文?也是枪毙!用德国歌德的话说,"凡是有思考价值的都被人思考过了",你肯定不能写了。那么小李杜又不行了怎么办呢?再退而求其次。所以现在选题的趋势有一点像庄子说的"每况愈下"。一流诗人不行,就研究二流诗人、三流诗人。

《全唐诗》第四百五十七卷是牟融的诗,他有六十九首诗。但是唐朝没有牟融这个人,这个人是子虚乌有的。那《全唐诗》里怎么会有他一卷诗,有六十九首作品呢,原来这是明朝人编的假古董。清朝人批评明朝人两句话,一句是"明人学风空疏",第二句"明人好刻古书而古书亡"。明人喜欢刻书,刻书业很发达,但是古书亡掉了。为什么呢?它以假乱真,弄了很多假货充在里头,真正的古书反而不存在了。因为明朝人都是"诗必盛唐",崇拜唐诗,所谓的牟融诗实际上就是明朝的某个不法书商伪造了一个唐代诗人牟融的集子,说这是海内孤本,结果就畅销,赚了好多钱。这六十九首诗哪里来的呢,都是明朝无名诗人的诗。陶敏先生,原来湖南湘潭师范学院的老师,写了一篇文章叫作《全唐诗牟融集证伪》,他把这六十九首诗一首一首的从明朝人的诗集中间找出来了。所以大家读古人的作品时一定要小心,不要上当。

以上是我想要说的第一点。第二,大家不要受林黛玉教香菱的那个说法的诱导。不要以为真的是好诗都在唐,好词都在宋。肯定不是这样的。历代都有好诗,当然唐诗宋词是最突出一些。所以我们读古代作品不要有一个时代的局限,你不要先强调,我就是喜欢唐诗的,宋诗就不读。其实宋代有很多好作品。宋人在写诗的技巧方面、手法方面、题材方面有很多的开拓性。你不读宋诗就缺了很大一块。比如苏东坡为我们提供了那么丰富的经验，你就没有学到。所以不要受时代的局限。可惜我们文学史上一向有时代的偏见性，我们来检查一下这些理论。最早轻视宋诗的说法，是宋朝人本身提出来的。

首先是南北宋之交的张戒，张戒在《岁寒堂诗话》中非常明确地说："自汉魏以来，诗妙于子建，成于李杜，而坏于苏黄。"这个观点对后代影响非常大。南宋严羽在《沧浪诗话》中更加明确地把宋诗的缺点谈出来。严羽所谓的近代诸公，主要是指北宋元祐年间的苏、黄、王、陈，对他来说是近代，他认为宋代的这些诗人对诗歌有一种非常奇特的理解。奇特理解就是不符合唐诗规范的一些理解。所以他们在创作中间有了三种不好的倾向，他说宋诗是"以文字为诗，以才学为诗，以议论为诗"。我们来分析一下这三句话。

我们平心静气地读一下宋诗，读一下王安石、苏东坡、黄庭坚、陈师道这些人的作品，我个人觉得，严羽的这三个批评都站不住脚。或者说这三方面的情况是有，但是这并不是缺点。恰恰相反，这就是宋诗的特点。北宋人为什么要"以文字为诗"？王安石诗中的对仗为什么要把文字推敲到那么精细的程度？就在于唐诗在这方面已经发展得非常充分，宋人如果想要有开拓，要有提高的话，他必须要把杜甫和李商隐手里已经非常精细的那种对仗更加精细化，所以就进一步地推敲。这就是严羽说的"以文字为诗"。"以才学为诗"，这是宋诗的一个自然的结果。本来在唐代就有以才学为诗的，最成功的例子就是杜甫。杜甫读书破万卷，下笔如有神。接下来韩愈也算是。到了宋代，因为文化高度发达，宋代的诗人基本上都是学者。北宋的诗人哪个不是学者？比如说欧阳修、王安石、苏东坡，都有很多学术著作。这些学者来写诗，他本身的才学又没有湮没他的才性，没有湮没他的性情，写诗的时候既有性情又有才学，当然就有很多好作品。当我们读到苏东坡诗中信手拈来、用得非常贴切的那些典故的时候，你不佩服么？这当然是一种好的诗歌境界。至于"以议论为诗"更加不算缺点，我们看欧洲的很多诗歌就是发议论的，就在诗歌里面表现他们对于人生、对于社会的思考、价值判断。清代赵翼批评苏东坡写诗大放厥词,这不是他的缺点,而是他的特点。

所以我觉得我们千万不要让这种倾向影响了我们。江山代有才人出,各领风骚数百年。每一个朝代都有它的菁华部分,都有它的好的部分。你要广博一些。本来我们读诗为了什么,对喜欢创作的人来说就是从古人的创作中间汲取营养,吸收他们的经验。那么你与其从一两个人身上吸收经验,不如从七八个十来个人身上吸收经验。所以我们要扩大自己的阅读面。

更何况诗歌一代有一代的风格特点,我们只讲五七言诗的话,那么诗歌史上风格最有特点的应该是唐诗和宋诗。但是唐宋诗是不是完全不一样呢?是不是说唐诗完全是一个风貌,宋诗完全是另外一个风貌呢?实际上不是。实际上这两者是你中有我我中有你,两者是不可分离的。下面看一个例子。明朝人有句话,叫"文必秦汉,诗必盛唐"。明朝人在总体上是轻视宋诗的。个别的人,公安三袁可能重视宋诗,但其他人都轻视宋诗。我们看一些比较典型的议论。李东阳说"宋人于诗无所得",说宋朝的诗人对诗歌是不懂的,没有什么收获的。陈子龙更加厉害,说"终宋之世无诗焉",即宋朝诗歌是没有的。为什么没有呢,是没有价值,所以不存在了,一笔否定。这种观点可靠么?我们看一个例子。

杨慎在《升庵诗话》中记了这样一个例子。杨慎有一个朋友叫何景明,就是何大复,明代前七子之一,也是复古派的。这个何大复经常说"宋人诗不必观",杨慎不同意他这个观点。杨慎有一天就从宋诗中间挑了四首七言绝句,这个大家可以去找《升庵诗话》,原文都有。然后把它写在一张纸上,不写作者姓名,然后送给何景明看,说你看看这四首诗怎么样。何景明一看,说好诗好诗。杨慎说你觉得这是哪个朝代的诗呢?何景明说这还用说么,这肯定是唐诗啊,不是唐诗怎么会这样好。杨升庵就把原书翻出来给他看,四首全是宋诗。何景明一下没话说了。刚才肯定地说全是唐诗,实际上全是宋朝人写的。当然何景明这个人死不认错啦,杨慎给他翻出来看了以后,他又拿这张纸说"细看亦不佳"。所以我说,大家不要轻信有些判断,凡是大判断,多半是有问题的。你说一句话怎么把宋诗抹杀了呢?宋诗有那么多啊。现在北京大学编的《全宋诗》有24.7万首,《全唐诗》加上补编才有56700多首。所以大家不要轻信这种大判断,要用自己的一双慧眼,在历朝历代的诗中发现好作品。

还有一点,我们也不要像有些古人那样,喜欢专门摹拟某一家。那些人即使学得很像,也不是文学史上最有意义的东西。因为你学的对象一定是大家,那些人成就太高了,你一学他,往往就被他所笼罩,跳不出来了,即使你学得像,意义价值又何在?因为诗本来是自抒性灵的,每个人有每个人的性灵。你就算是学杜甫,杜甫那么伟大,但是你怎么会和杜甫完全一样呢。袁子才在《随园诗话》中这一句话就说得很好,他说:"比如学杜而竟如杜,学韩而竟如韩。人何不观真杜、真韩之诗,而肯观伪杜、伪韩之诗乎?"你学得再像也是假的,你是一个假杜甫、假韩愈,人家为什么要去读你的作品呢?为什么不直接去读杜甫、韩愈,读他们的原创性的作品?所以最好不要集中地学某人,学古人是可以的,这是一个初步。比如江淹在《文选》中间有三十首拟古诗,他分别拟他以前的三十个诗人,拟陶渊明,拟谢灵运,他都拟得很像。江淹拟陶渊明的那一首甚至后来都混到了陶渊明本人的诗集中,连苏东坡和陶诗的时候都把它和了一遍。江淹学得很像,但是这不是江淹的本来面目,江淹的本来面目还是他的《恨赋》、《别赋》,他自己写的那些诗才是他的本来面目。

比如说宋代的孙觌是南北宋之交的一个诗人。他很可能是宋代学杜学得最像的。但是,文学史上一般都不提他。当然我们现在不提他也许因为这个人人品不好,朱熹专门写文章骂过他的。但是他的诗太像杜甫了,完全像杜甫作品的一个复制品,所以它的意义就不大。所以我不主张从风格上直接去学古人的某家,但是古人的那些好作品是不是对我们就没有典范意义呢?它有的。那么典范意义在哪里?也就是说我们要想能创作出好诗词,还是应该好好地读一些古人的作品,读唐诗宋词,读宋诗,读唐词,都要好好地读。为什么呢?不是说我们读了以后就要学某家,将来学得很像某人,而在于我们要从这些作品中间吸取一些具体的写作技巧、写作的方法、写作的手段。这些东西是可以传承的,是可以从里面吸取营养的。所以实际上古人也是这么学的。

下面我们举一个比较明显的例子，就是宋代诗人黄庭坚。黄庭坚在现代拥有的读者不是最多的，但是历代，凡是评宋诗，基本上都是把他跟苏东坡放在一起并列的。赞扬宋诗的人说，宋诗好，有苏黄；骂宋诗的人也说宋诗不好，有苏黄。那么黄庭坚本人的创作经验，特别是他向后辈传递的写作经验，里面有一个很重要的部分，就是怎么学古人。

　　黄庭坚在一封书信中说："自作语最难，老杜作诗，退之作文，无一字无来处。"杜甫写诗，韩愈写古文，他们是每个字都有来历的。当然说每个字是夸张了，就说他们的作品都是充分地吸收了古代作品的营养，充分地借鉴了古人的创作经验的。为什么我们有的时候没有这个印象呢，他认为，"盖后人读书少，故谓韩、杜自作此语耳"。你们就认为是他自己创造的。实际上呢，他都是有所由来，都是有继承性的。下面又说"古之能为文章者，真能陶冶万物，虽取古人之陈言入于翰墨，如灵丹一粒，点铁成金也"。这一段话被后人用四个字来概括，叫"点铁成金"。意思就是把古人的那些句子、某些手段，用到我的作品中来，使它焕发出新的生命。他还有另外一段话，见于惠洪写的《冷斋夜话》。"山谷云：诗意无穷，而人之才有限。以有限之才，追无穷之意，虽渊明、少陵，不得工也。"就是陶渊明和杜甫也不可能巨细无遗地表现整个世界，有些题材也是他们不擅长写的，有些风格也是他们不擅长表达的。然后他下面又说了，"然不易其意而造其语，谓之换骨法。窥入其意而形容之，谓之夺胎法"。这一段话经常被人用四个字概括，叫做"夺胎换骨"。这两句话牵涉到一个创作经验的问题，就是说怎么从古人成功的写作中学到经验，获得艺术上的教养。黄庭坚说，可以对古代的好作品进行一定程度上的转换，借鉴它。这种做法当然肯定不如原创好，原创是最好的。但问题是天下哪有那么多原创的东西，你没办法原创。有的地方你部分地借鉴一下、模仿一下，这还是可以的。所以我觉得，黄庭坚说的这个办法对我们今天的人还是可以用的，只要不用过头就行了。你不要原封不动都拿来，我改几个字就算自己的，那当然不行。但是适当地借鉴一两句，即使毛泽东也是这样做的。毛诗中的好句子，"天若有情天亦老"，这是他的么？这是李贺的呀，他拿过来，放在他的一首完整的诗里觉得还比较和谐，大家也就不追究了。

现在来看一看黄庭坚的这个问题。首先，这个做法不是黄山谷发明的，这个做法是由来已久的，比如说杜甫。杜甫晚年到了湖南，写了一首诗，叫《小寒食舟中作》。里面有两句诗，"春水船如天上坐，老年花似雾中看"，写得很好。"老年花似雾中看"同学们都还没有体会啊，要到我这个年龄。老眼昏花了，看什么东西不是很清楚了，所以看花好像隔着雾。前面一句大家都有生活经历，叫"春水船如天上坐"，春天雨多，江水很满，如果在非常清澈的水面上行舟的话，水天一色，水天相连，你仿佛觉得这个船就是在天上走。杜甫这句诗写湖南的春水，写得真好。南宋诗人刘克庄在《后村诗话》中评这一联，说"此联如在目前，而古今人所未发"，他说杜甫是有独创性的。

但是我们查一下诗歌文献，觉得杜甫也不是完全独创的。首先，南朝诗人释惠标有一首诗叫《咏水》，中有两句，"舟如空里泛，人似镜中行"。比杜甫早一点的沈佺期，有一篇《钓竿篇》里也有类似的修辞，叫做"人疑天上坐，鱼似镜中悬"。当然我们不能说有了这两个前代的作品，杜甫那一句诗就没有价值了，它还是有价值的。他把五言诗变成七言诗了，写得更加凝练了。但是不管怎么说，杜甫还是有所借鉴的，因为杜甫是"读书破万卷"的，是"熟精《文选》理"的，他对全部《文选》倒背如流，对沈佺期的作品也非常熟悉。所以杜甫肯定是有所因袭的。当他写这句"春水船如天上坐"的时候，他的脑海里应该是有释惠标和沈佺期的句子。所以我们只能说杜甫也是学习古人的。杜甫本人也不回避这一点。他在《戏为六绝句》中就说"不薄今人爱古人，清辞丽句必为邻"，他将古代的清辞丽句都看作学习的典范。到了黄庭坚的时候，这种做法就更加突出了。我之所以要强调这一点，就是联系到我们今天的处境。请大家看《陈辅之诗话》，记录了一段王安石的话。王安石这个人性格是非常倔强的，是一定要标新立异的。但是当他面对唐诗的时候，就有这样的感觉："世间好语言，已被老杜道尽。世间俗语言，已被乐天道尽。"在他看来，典雅的好句子已被杜甫写完了，通俗一点的好句子被白居易写完了。那么请问宋代诗人还怎么写？当然说写完了有点夸张，但是唐人留下的空间比较小，这一点也不夸张。下面我们看两个例子。

北宋诗人王禹偁被朝廷贬到陕西的商州做团练副使。他当然心情很不好，然后写了一首诗，叫作《春日杂兴》："两株桃杏映篱斜，妆点商州副使家。何事春风容不得，和莺吹折数枝花。"应该说这首诗是写得挺不错的，首先这个景是比较独特的景，写得也比较风趣，他不是说桃杏被春风无意中刮断的，而是说春风容不得我拥有桃杏，故意欺负我。杜甫在成都草堂写的《绝句漫兴》，其中的一首："手种桃李非无主，野老墙低还似家。恰似春风相欺得，夜来吹折数枝花。"把这两首诗比一比，不得不说，真是叫作"世间好语言，已被老杜道尽"。你看这么特殊的一种题材，生活中间的某一个片段，一个很难得的镜头，杜甫写过，当北宋诗人王禹偁再来写，就跟他重合了。当然，王禹偁即使看到，明明白白有这首杜诗，他也没有生气。他不但不生气，他还大喜。他说我的诗写得这么好了，和杜甫一样了。虽然说是暗合，如果后代读者来看，我们不得不怀疑，他肯定是一种隐性记忆。他心中原有这首杜诗，写的时候却忘掉了。他以为自己想出了这个句子，实际上暗中还是受到杜甫影响。

所以我们说，在已经有几万首唐诗放在那里的时候，宋代诗人来写诗，要想一空依傍，自我作古，非常难。现在有的年轻诗人动不动就宣布自我作古，李白杜甫都不学，我觉得这是很难的，你很难完全摆脱他们的影响。正是在宋代的具体情境下，黄庭坚就提出了夺胎换骨。黄庭坚也是追求独创的，但是另外一方面，他说我们也不妨对古人的成功经验进行借鉴，进行某些程度的学习、摹仿。下面我们来看看黄庭坚本人做得怎么样。

首先看一首比较奇特的杜诗。这是杜甫晚年的作品，在夔州写的，叫《缚鸡行》："小奴缚鸡向市卖，鸡被缚急相喧争。家人厌鸡食虫蚁，不知鸡卖还遭烹。虫鸡于人何厚薄，吾叱奴人解其缚。鸡虫得失无了时，注目寒江倚山阁。"这是一首很诙谐的诗。这诗里出了一个成语，就是"鸡虫得失"，意思是很细微的得失。杜甫在夔州时候的庄园经济搞得不错，他养了好多鸡。诗中说家里有一个小仆人缚了一个鸡,要拿到市场上去卖。这个鸡被绑起来当然要愤怒地抗争了,翅膀在扑,嘴里在叫,"相喧争",写得很生动。为什么要卖这个鸡呢,很好玩,说家里人讨厌这个鸡老是吃虫子蚂蚁,所以要把它卖掉。我一直想不通,为什么这个鸡吃蚂蚁吃虫要把它卖掉呢,难道是这些家人都信佛不杀生,这个鸡杀生了,所以把它卖掉,要惩罚它?杜甫也没解释,我们不知道。然后杜甫就说"不知鸡卖还遭烹"。你们为了保护这个虫蚁,把鸡去卖掉了,鸡卖给人家,人家当然炖鸡汤吃了,这个鸡就要被烹了。所以他说,虫跟鸡和我们人的关系到底哪个更紧密啊?你们为了救虫蚁要把鸡卖掉让人家吃,鸡的命也是重要的。所以他就"吾叱奴人解其缚",刀下留鸡。第七句是总结,"鸡虫得失无了时",就这种琐细的得与失,因为对鸡是失,对虫就是得;虫失呢,鸡就得了。两者之间的得失是永无止境的,永远思考不清楚,永远没法好好地处理。最后一句是"注目寒江倚山阁"。不考虑这些东西,这些琐碎的东西都抛在一边了,我转头去看阁外的长江,看三峡,看一个辽阔的空旷的境界。也就是从细微得失的小境界跳出来,进入一个大境界,不考虑这些得失了。

　　黄庭坚读到这首诗,就来学了。请大家看黄庭坚的诗,题材完全不一样。黄庭坚写一首咏水仙花的诗:"凌波仙子生尘袜,水上轻盈步微月。是谁招此断肠魂,种作寒花寄愁绝。含香体素欲倾城,山矾是弟梅是兄。"前面六句都是描写水仙的。第七句"坐对真成被花恼",写得真好。水仙花一般是养在盆里供在案头。黄庭坚也把水仙供在案头,他天天坐在书桌前跟水仙相对,花都腻烦了。所谓"被花恼",就是花恼我了。前面七句都是描写这个水仙,最后一句完全不相干了:"出门一笑大江横。"我不再看水仙花,跑到门外去,看着宽阔大江在奔流,完全转入另外一种境界。南宋陈长方在《步里客谈》中说:"古人作诗,断句辄旁入他意,最为警策。"上面就是举的这两首诗做例子。一首就是杜甫的,一首是黄庭坚的。这两首诗的共同之点在哪里呢?在于它的结构。其他都不一样。杜甫是叙事,家里人要卖鸡;黄庭坚是描写水仙,是咏物。完全不一样。但是它的结构是类似的。这个结构就是，八句诗的前面七句都是写一个主题，到第八句突然转折，到了另外一个境界，从一个比较细微的境界跃入一个宽阔的伟大的境界。完全变了。陈长方、黄庭坚是学杜甫的，学的就是他的结构。我觉得这个判断是合理的。这种地方你说他是剽窃么，他是因袭么？我觉得，这应该说是推陈出新，是很成功的继承。用黄庭坚自己的话说，就是"夺胎换骨，点铁成金"。

我们再举一个例子。杜甫有一组绝句叫《存殁口号二首》分别写一个活着的朋友和一个死去的朋友。所谓"存殁"，存是生存，还活着，殁就是死了。其中一首是这样写的："席谦不见近弹棋，毕曜仍传旧小诗。"席谦是杜甫的朋友，他善于弹棋；毕曜也是杜甫的朋友，他善于写绝句。杜甫就一句话说一个朋友，说好长时间不见席谦，不看到他弹棋了，毕曜的小诗还在世间流传。第三句诗是接第一句的，还是写席谦的，"玉局他年无限笑"，因为席谦还在世上，我们将来还有见面的机会，还会有很多的欢乐。第四句是接第二句的："白杨今日几人悲。"毕曜已经死了，他的坟头白杨都已经长大了。这首诗不一定有多好，但是它在结构上有一个特点，就是第一句接第三句，第二句接第四句。这个结构是比较奇特的。因为一般都是一二句两句写一个人，三四句转入另外一个人，一般都是这样写。杜甫却是交叉着来。

下面我们看黄庭坚（山谷）《病起荆江亭即事十首》其中的一首："闭门觅句陈无己，对客挥毫秦少游。"这个大家都熟悉，陈师道是苦吟诗人，写诗时要关上家门。秦观才情奔放，对客挥毫。一个写得慢，一个写得快。两句话分别写两个朋友。第三句接第一句："正字不知温饱未？"陈师道晚年好不容易做了一个小官叫作"正字"。因为陈师道一生穷苦，所以黄庭坚就关心地问，你这个正字啊，现在能够温饱了么？这是接第一句。第四句是接第二句。因为写这首诗的时候，秦观已经死在藤州，所以他就说"西风吹泪古藤州"。这首诗也说不上有多好，但是它的结构，一三两句写一个活着的朋友，二四两句写一个死去的朋友，这肯定是模仿杜诗的结构。南宋的洪迈在《容斋续笔》中就指出来说,"乃用此体",说黄庭坚的这首诗就是用杜甫诗的那个体;"时少游殁而无己存也",这时候秦观已经死了而陈师道还活着。所以我们说古人对于他们的前辈,在创作经验上进行继承,进行学习,进行模仿,是有不少成功的经验的。到了今天,我们应该更大程度地发挥。因为我们今天面临着的文学遗产更加丰厚,我们不但面临着唐人的作品、宋人的作品,还面临着元明清,你说元明两代也许稍微差一点,清代好作品很多啊。清代纳兰容若的词、龚自珍的诗、黄仲则的诗,也有很多好作品。所以我们要接收的文学遗产更加多了。当我们写作的时候,你说我要一空依傍,古人作品我都不读,都自己想,何苦呢?而且也不一定想得出那么多来。你读一些,从里面接受一些好的经验,好好地模仿,模仿得久了,自己的水平提高了,这个时候就可以独创。我觉得我们不妨多读读古人的作品,来了解古人留下来的好的经验。

我们在读古人的作品的时候,千万不要急于挑剔。年轻人有时候是会有这个毛病的。就是读古人作品的时候,很轻易地说,这里写得不好,或者那里是个缺点。假如你一读就觉得很好,理解得也很畅尽,这当然很好。但是万一你阅读的时候觉得有点不大对,有点不通,这个时候你不要轻易地下判断,你要仔细地思考一下,或者多查查参考书,多请教请教别人,读得细一点。有的东西要仔细读,仔细推敲以后,才能真正地领悟。一开始你可能并不太理解。下面举一两个例子。

我们还举杜诗。杜甫五十岁那一年写了一首《百忧集行》。"忆年十五心尚孩,健如黄犊走复来。"这首诗的最后两句是"痴儿不知父子礼,叫怒索饭啼门东"。家里有个不懂事的小孩,根本不懂得父子的礼节,他到了吃饭的时候没饭吃,在门的东边叫,"叫怒索饭",要饭吃。这两句诗当然也不是杜甫的代表作品,也不是特别好,但是它写杜甫家里窘迫的境况还是蛮生动的。这里要推敲的是一个押韵的字。这个"东"字。这首诗的最后四句是押一个韵的,押的就是东韵,最后一个字就用了这个"东"。有人议论,说杜甫的这个孩子,到吃饭时候没有饭吃,为什么一定在门东叫?他为什么不在门西叫,不在门南叫,不在门北叫？古代的房子都是一个独立的建筑，他为什么跑到门东去叫，杜诗为什么用个"东"字？这里杜甫诗不是凑韵，是不是因为押的东韵，所以用这个"东"字？我们先放一放，再看下面一个例子，《义鹘行》。这是写一个传说。一个砍柴的人看到一对老鹰做了一个窝，生了几只小鹰，然后一条大白蛇爬到树上去把小老鹰吃掉了。老鹰打不过白蛇。然后公鹰就飞到远处去请救兵，结果请来一只鹘，一个猛禽，鹘飞来以后就把白蛇给击毙了。所以杜甫说这是一只像侠客一样的鹘，写了一首诗来表扬它。最后说"聊为义鹘行，用激壮士肝"，用来激励人间的壮士要见义勇为。问题是这个押韵的字为什么用"肝"字。这首诗是古体诗，它押的是先韵和寒韵。先韵跟寒韵里面跟内脏有关的只有一个"肝"字。所以他是不是凑韵才用的这个"肝"字？读者会产生这个怀疑。宋代有一个无名氏，他写了一本书叫《漫叟诗话》，正好说到这两个例子。"庖厨之门在东。"古代建房子是讲究方位的，厨房都建在东边。为什么这个小孩跑到东边的门外去叫呢？东边就是厨房，要吃饭当然跑到厨房门外去叫了，所以这个东门实际上就是厨门。第二个例子"用激壮士肝"，他说"肝主怒"。古人认为人的器官是分别管一种情绪的，现在中医还说，某人肝火太旺、肝火太盛，所以愤怒这种情绪是由肝来管的。所以杜甫写了一首《义鹘行》用来勉励人间的壮士，激励他的肝。杜甫用一个"东"字作为韵脚，用一个"肝"字作为韵脚，他是有所考虑的。这种地方不要粗浅地理解，就以为他错了，就来批评他。读诗是一件细活。我们读其他文本可以一目十行，唯独诗歌是不能一目十行的，一定要仔细地读，仔细地体会。因为如果你不经过仔细地体会，往往对诗歌的真实的内容、意义，乃至它的艺术上的特点，难以理解。要仔细体会，反复地咀嚼。所以诗歌是最容易消磨时间的。我一直说，大家旅行觉得烦闷的话，你带本诗去，一路上随便你飞机、火车等多少小时都不会烦闷，你拿本诗选出来慢慢地咀嚼，时间很快就过去了。

我们现在来看一个例子，看一首大家都熟悉的作品，《北征》。《北征》是杜甫集中的第一长篇，最长的诗，七百五十个字。我们读这两句："我行已水滨，我仆犹木末。"就是我已经走到水边上，我的仆人还在树顶上。这两句话写杜甫离开凤翔到羌村去探亲途中的一个情景。我们南大的前身是中央大学，中央大学文学院院长叫胡小石，胡先生有一篇文章叫《杜甫北征小笺》，这里面就问，"人非猿猴，何得行于树杪？"杜甫的这个仆人又不是个猿猴，他怎么会在树顶上走。胡小石先生有疑问。他下面解释，说"骤见似无理，而奇句却由此而生"。问题是胡小石先生没说它奇在哪里。我读了以后还是不懂。胡小石先生当年在中央大学讲唐诗，不细讲的。他拿一首唐诗来，摇头晃脑地念，吟诵。吟诵以后说："妙啊，妙。"完了。你还要听，没有下文了，他到此为止了。他这里也没解释到底是怎么一回事。但是我们不能因胡小石先生说妙，我们也说妙。我们要来考虑一下这两句到底怎么回事，为什么是奇句呢？明末清初的金圣叹有一本书叫《杜诗解》，里面也讲到这两句。他说为什么主人杜甫已经走到水边上了，他的仆人还在后边呢？他解释说："我心急步急，仆心宽步宽。"杜甫因为急着要回羌村去探亲，这个仆人却不急，他又不去探亲，他是受雇于杜甫的。所以杜甫在前面急着走，那个仆人却在后面慢慢地走。金圣叹毕竟是个封建时代的文人，他严重低估我们劳动人民的职业道德。唐代的劳动人民受雇于人，主人在前面急着走，他怎么会在后面慢慢地跟？不会的，一定也是紧跟着主人走的。所以他的解释也是不对的。

  胡小石没说清楚，金圣叹的解释好像也不对，我们现在自己来解读一番，这两句诗是怎么回事。首先，我们肯定，这两句诗写的不是在一般的路上旅行，而是特殊地貌地形下的旅行，就是陕北。陕北是黄土高原，它在唐代时就沟壑纵横，一道沟，一道梁，高低不平。所以杜甫跟他的仆人走的是一条高低不平的路。杜甫已经走到谷底去了，有水在流，回头一看，他的仆人还在山坡上，中间隔着几棵树，仿佛还在树顶上。

  再看金圣叹的问题，为什么杜甫走在前面，仆人落在后面？前人就说过，原来主仆两人的旅行状态不一样。简单地说，杜甫骑着马，仆人步行。仆人不但步行，仆人肯定还挑着行李。因为我们从《北征》诗的后部可以看出来，杜甫到了羌村以后，见到久违的妻儿，不但给儿女带来了布帛做衣服，还给他的太太带了好多化妆品。他的太太很高兴，当场就化起妆来了。他的小女儿也学着她的妈妈化妆，"学妆无不为，狼藉画眉阔"。所以杜甫的行李比较多，让仆人挑着。主人骑着马在前面走，仆人挑着担又步行，他一定落在后面。所以是"我行已水滨，我仆犹木末"。

这两句诗我们以前理解到这里就差不多了，但是还有可以推敲的地方。推敲的地方在哪里呢？也许年轻的朋友会问，杜甫为什么只有一匹马，为什么不让他的仆人也骑一匹马？问题是他没有马了。这个时候，唐朝正在凤翔集结军队准备反攻长安，几乎所有的马都征到军队里去作战马了。《新唐书》、《旧唐书》、《资治通鉴》都记得很清楚，当时在凤翔的临时朝廷里面，副宰相以下都步行上朝，没有马骑的，马都集中到军队里去了。所以杜甫一开始也没马。他是向他军队里的一个朋友李将军借了一匹马，因为杜诗里面有一首《徒步归行》，徒步归行就是步行回家。"妻子山中哭向天，须公枥上追风骠。"杜甫这首诗就是写向李将军借马的。

当我在 80 年代读研的时候，我读《北征》，就是这样理解的。当然还有更深一层的理解，说杜甫不是一开始就有马骑，他是走到邠州才借到马的。有个叫李嗣业的将军驻扎在邠州，杜甫跟他借到了这匹马。但是，北大陈贻焮教授的《杜甫评传》出版以后，我们的理解又深入一层。陈贻焮教授说杜甫这匹马不是在邠州借的，而是在凤翔就有的。也就是说，主仆两人一上路就是主人骑马，仆人步行。他的证据是什么呢？他读另外一首杜诗《九成宫》，《九成宫》里有这样的句子，"驻马更搔首"。九成宫是唐朝的一个行宫，在麟游，而麟游正好在凤翔和邠州之间。就是杜甫离开凤翔，向东北方走，先走到麟游，再走到邠州，然后再走到鄜州的羌村。陈贻焮先生推断说，杜甫这一次去探亲，心里很急。他不可能走到邠州借到马以后，再回到麟游去看九成宫。杜甫路过九成宫，路过麟游时，已经骑着马了。所以这匹马一定是在凤翔借的。我们结合史实来考察，觉得这是合理的。因为李嗣业的军队原来是驻扎在邠州的，但这个时候大唐帝国正在集结军队准备反攻长安，所以附近的军队都靠拢到凤翔去了。

我们读古人的作品,是要细读的。细读以后,"我行已水滨,我仆犹木末"这两句诗,你才会觉得它有多么深刻的意义。它貌不惊人,但是内涵非常丰富。所以古代的作品,尤其是杜诗这样的经典作品,不是轻易就能读过去的,我们应该仔细地体会,仔细地读。这样才能学到古代诗人的创作经验,从而推进我们自己的写作。

(讲稿整理人:南京大学　唐颢宇)

诗歌的正解与误读

中山大学 陈永正

注诗之难,有主观与客观两个因素。所谓客观,是指注家自身所具的条件。所谓主观,是指对诗歌文本的理解。真正的注家要具备理解诗歌的能力,多闻善学,独立思考,公心卓识。清学者齐召南《李太白集辑注序》指出:"注古人书,虑闻见不博也,尤虑其识不精。既博且精,又虑心偶不虚不公。"这是对注者的基本要求,一是博闻,多读书,知识广博;二是精识,善于鉴别,正确理解;三是公正,避免偏见曲解。近人郭绍虞亦云:"昔人谓史家要有才、学、识三长,我以为注家也是如此。"昔人,指唐代史学家刘知幾。学,广博的知识;识,深刻的见解;才,天赋的能力。清代史家章学诚更补上一"德"字,史有史德,文有文德。德者,谓著述者之心术。注家下笔之际,亦应怀敬恕之心,虚心公心,为古人设身而处地。备此四端,始可言诗,始可注诗。

作为一位注释家,须博闻多识,贯通古今,有深厚扎实的学问功底。当代的学者也许不可能有古人那样的博学,但也应有丰富的文字、语言、文学的以及古代文化的知识储备。注家须培养多方面的兴趣,广泛涉猎各种书籍,具备较为宽阔的知识面。注家须是通才,既要博学,还要学有专攻,经过长期的专业训练,既要有较高的文学修养,特别是诗学修养,也要对传统的训诂之学有所研究,才能谈得上笺注诗歌。注家须有深厚的诗学根柢。钱锺书指出注家之"大病尤在乎注诗而无诗学"。所谓诗学,所包含的内容自然极广,首先就是对传统诗歌的熟习。在熟习的基础上还要经过长期的理性训练,掌握一整套传统批评术语和具体的研究方法,才能着手进行注释。必须懂得诗词格律。李东阳

《怀麓堂诗话》谓："诗必有具眼，亦必有具耳。眼主格，耳主声。"注诗者亦当如是。具眼，是识力，鉴别能力；具耳，指能解音律。不辨平仄，即不懂格律，有似于音乐评论家不识音阶，自然谈不上去欣赏及评判作品。

诗意的理解可分为三个层次：一，言内意；二，言外意；三，象外意。注释，在释义方面，有两个步骤。第一步是要释"言内之意"，最主要的还是要释"言外之意"。一是揭示其表层意义，一是发掘其深层意义。言内意，即所谓表层意；就是诗歌在字面上的意义。一字一词，注释清楚；每句每章，解说明白，这是最基本的。每个词语的具体意义，每句诗的字面解释，言内之意是确定的，不容有错，一错即是硬伤。近代选家的"串解"，大体上都是解释言内之意。读者也可依据注释，准确地把诗句翻译成当时口语。言外意，即所谓深层意，就是诗歌所蕴含的内在意义，包括诗人的本意及其普遍意义。诗人的本意，是当时诗人作诗的动机以及其所希望表达的意义。普遍意义，则是超越时空的，以小而喻大，言近而旨远，历千古而常新。言外之意，是诗歌的内在精神。古人云"诗无达诂"，当谓对诗歌的深层意难以作出确切的解释。要把握到言外之意，则需要直溯诗人的灵魂。象外意，则是"空蒙"的，若有若无，超乎诗的本意，即使诗人自己也不一定意识到。解诗，要揭出诗人的"言外意"，回避诗歌的"象外意"，不应过度阐释而生出诗人的"意外意"。

自古及今，诗歌的注释本盈百累千，而注释中之失误亦极为常见。注释致误原因是多方面的，其要者有二：一是注者态度欠严谨。或一时疏忽，导致本可避免的常识性错误；或未曾深思熟虑，随意为之而致误；或因循剿袭，以讹传讹，袭旧注而传谬；或因文字校勘、繁简体混淆而致误。二是注者缺乏从事注释工作的条件，主要是知识及理解力的欠缺。如缺乏古代文化常识，不明出典，不明经典古义，不明典章制度、风俗习惯、天文地理常识；如断句有误，不知语法，或因古今义不同而误，歧义选择错误；不明训诂，对词义理解不确，对字面普通而义别者推敲不足，似是而非，以常用义、后起义释特殊义、古义，误释人名、地名、书名等专名；或望文生义，曲解意旨，不明诗意；或主观臆测，以今证古；或对前人说明文字没读通而妄解。如此种种，不一而足。

注释中之失误，在所难免，以李善之博学，其注尚屡为后世学者抉摘瑕疵。胡绍煐《文选笺证》自序云："《文选》李氏注则援引赅博，经史传注，靡不兼综，又旁通《仓》《雅》训故及梵释诸书，史家称其淹贯古今，洵非溢美，然择焉不精，往往望文生训，转失本旨。"并举多例说明李注之失。如左思《咏史》八首之八："咄嗟复雕枯。"李善注："《仓颉篇》曰：咄，啐也。《说文》曰：啐，惊也。"胡氏云："咄嗟，犹俄忽。《仓颉篇》：咄嗟，易度也。而《注》引《说文》以咄为啐。……既背正文，复乖古训。"闻人倓《古诗笺·发凡》批评李注云："李善《选》诗注，向称该洽，而引用处，亦颇有可疑。如《十九首》'忽如远行客'，注引《韩诗》'二亲之寿，忽如过客'云云，查今本作'过隙'，并非'过客'，'三岁字不灭'，注引《韩诗》'赵简子坐青台'云云，今本并无其文。"闻氏所谓"今本"，已非原书之旧，安知李善所引《韩诗》，可能更接近原本，以"今本"否定唐人所见之本，于理不合。是以《韩诗外传》许翰校云："盖韩本作'客'，《说苑·建本篇》作'隙'，《家诗·致思篇》亦作'隙'，后人因以改《韩传》耳。"纪昀亦云："释事忘义，李善注《文选》亦然，此注家之通者。然后人注少陵，注义山，牵引史传，纷纷穿凿，又不如但注事料，其意义听人自领也。"(《瀛奎律髓》卷二十四)

洪刍在其所著《诗话》中已指出，北宋时杜诗注本注释典的谬误："世所行注老杜诗，云是王原叔，或云邓慎思，所注甚多疏略，非王、邓书也。其甚纰缪者：佛经称善巧方便僧璨惠可二祖师名。故诗曰'何阶子方便'，又曰'吾亦师璨可'，注乃云：'子方，田子方。''璨可，诗僧。'顾恺之小字虎头，维摩诘是过去金粟如来，故《乞瓦棺寺顾恺之画摩诘像诗》卒章云：'虎头金粟影，神妙独难忘。'注乃云'虎头，僧像；金粟，金地当饰。'此殊可笑也。"赵次公《杜诗先后解》注中亦多次驳正旧注，每云："旧注非是。"钱谦益《注杜诗略例》指出注杜家错谬数端：一，伪托古人；二，伪造故事。本无是事，反用杜诗见句增减为文，傅以前人之事。三，傅会前史。注家引用前史，真伪杂互。四，伪撰人名。有本无其名，而伪撰以实之者。五，改窜古书。有引用古文而添改者。六，颠倒事实。有以前事为后事者。七，强释文义。八，错乱地理。九，妄系谱牒。《四库全书总目》考证精严，"提要"中常指出各种诗注中的谬误。如卷一九一，指出余萧客《文选音义》一书注释之失，凡有数端：一曰引证亡书，不具出典；一曰本书尚存，转引他籍；一曰嗜博贪多，不辨真伪；一曰摭拾旧文，漫无考订；一曰迭引琐说，繁复矛盾；一曰见事即引，不究本始；一曰旁引浮文，苟盈卷帙；一曰撮钞杂见，徒溷简牍。上述钱氏及四库馆臣所指出的注家错缪诸端，亦可作前车之鉴。

对旧注本注中的失误，后世学者常以"补注"等形式纠正之。若作新注，则可略而不较。今人为古代诗歌作注，应吸取近代的研究成果。近百年来，学者们做了大量工作，考证、训诂等多方面都有创造性的成绩，还纠正了不少前人的错误，今之注家，尤应留意。注释之学，所谓创始者难工，继事者易密，后之注者，偶有发现旧注舛误之处，即诧为创获，沾沾自喜，甚至肆口诋諆，轻薄古人，有伤忠厚之道。平心而论，前人每种注本，或多或少总有可取之处，学问是无法穷尽的。

"解"，比一般的"注"更易出错。字词典故的"注"，只要老实认真，锲而不舍，总可以寻得真源，而"解"，则是对诗意的解读，一是要准确地译述原文，二是要深刻地理解原意。近年出版的一些诗词笺注、赏析本，注释大多还可以，但一到串解则露出破绽了。

一、诗歌注释的基本原则

1. 正确理解诗意

这是对注释者的最基本的要求。当然，要真正领会诗人最深层的用意，实在很难，但至少要把诗歌字面上的含义了解清楚，一词一句，是什么意义，全诗是在说些什么。这最低的要求看似寻常，要做到却也不易。注释者必须逐字逐句吃透，理顺句子间的关系，以自己的心思去重组全诗，在把握整体的基础上才开始词语句子的注释工作。

近年不少诗歌注本中，最常见的问题就是对整体诗意理解错误，也就是说，注释者根本就没读懂全诗。这样，无论如何去细致地训诂考证，征引故实，都成了无的放矢。方回《瀛奎律髓》卷二四评："任渊所注，亦多卤莽，止能注其字面所出，而不识诗意。"后世注家，更常见此病。如晚唐诗人韩偓《过茂陵》诗："不悲霜露但伤春，孝理何因感兆民。景帝龙髯消息断，异香空见李夫人。"齐涛《韩偓诗集笺注》谓："世称西汉以孝治天下，故云。"又谓"景帝，疑为黄帝之误"。陈继龙《韩偓诗注》谓"霜露，指秋季"，"汉武帝提倡以孝道治天下"。二者都认为此诗是赞美汉武帝的孝道。按，《礼·祭义》："霜露既降，君子履之，必有凄怆之心，非其寒之谓也。"郑注："皆为感时念亲也。"悲霜露，是对景帝而言；伤春，是对李夫人而言，诗意是讥刺汉武帝不怀念父亲景帝而只思念李夫人，有违孝道。两位注者的理解恰与原意相反。

因一字一句错释而误解语意，导致全诗的主旨皆失。韩愈《奉和库部卢四兄曹长元日朝回》："太平时节身难遇，郎署何须叹二毛。"黄叔灿《唐诗笺注》云："如此太平景象，人所难遇，身为郎署，不必以二毛为叹矣。美之亦羡之矣。"按，一"遇"字释错，全篇意皆误。遇，意为遇合，遭际。太平时节，缺少建功立业的机会，故谓"身难遇"。下句典出《汉武故事》，颜驷身历汉文帝、景帝、武帝，"三世不遇，老于郎署"。诗犹韩愈《送李愿归盘谷序》之"大丈夫不遇于时"之意。非美之羡之，而是惜之慰之。黄庭坚《题季张竹林村》诗："太平无用经纶者，乞与闲身向此闲"，魏庆之《诗人玉屑》所载张乖崖绝句"独恨太平无一事，江南闲杀老尚书"，同此用意。钱仲联《韩昌黎诗系年集释》校定为"难身遇"，亦未会作者之本意。诗歌中的关键词眼，特别是某些虚词，更不可以滑眼看过，有时解错一字，导致对全诗的理解错误。如贾岛《寄长武朱尚书》诗："不日即登坛，枪旗一万竿。角吹边月没，鼓绝爆雷残。中国今如此,西荒可取难。白衣思请谒,徒步在长安。"陈延杰《贾岛诗注》谓五、六句"言中国兵力微弱,难取西荒也"。黄鹏《贾岛诗集笺注》同意陈氏的解释,并补充说:"考唐史,大和中兵灾不断,天旱水涝,到开成间则有缓合(和),并边患始远去。中国如此,则指大和间国家势微。"齐文榜《贾岛集校注》:"言唐朝现在如此强大,西北外族想加以侵扰掠夺并不容易。"三家注释皆误。此诗是寄赠左神策长武城使朱叔夜之作,时朱将赴泾原节度使任。五、六句谓中国如今兵力这样强盛,要收西北地区哪会困难呢?"可难",即"岂难"。全诗皆颂美之语。一语错解,诗旨全失。如明汤显祖《香山验香所采香口号》诗:"不绝如丝戏海龙,大鱼春涨吐芙蓉。千金一片浑闲事,愿得为云护九重。"徐朔方《汤显祖诗文集》笺:"芙蓉,阿芙蓉。一名鸦片。"徐氏又谓此诗揭露万历帝派人到澳门采购鸦片之事。徐氏之说颇受学界注意,并广为引用,似乎已成定论。其实此诗所咏仅为采购龙涎香之事,验香所,是朝廷设在广东香山的机构,专门负责检验进口香料。芙蓉,亦非指鸦片,只不过形容大鱼吐沫而已。千金一片,谓龙涎香之价贵。末句之"云",更非吸鸦片之烟雾。全篇善颂善祷,并无"揭露"之意。牵涉到重要史实,尤不可不慎。

2. 要注意审题

古人作诗,内容与题目是切合的,注家一定要认明题意,分清对象,理清作者的思路,才能了解其言外之旨。否则易致误解,不如无注。如项斯《落第东归逢僧伯阳》诗中二句:"翠桐犹入爨,清镜未辞尘。"黄鹏注云:"翠桐入爨,犹言无心于琴技。翠桐,琴之代名词;入爨,用于烧饭。清镜蒙尘,即为无心修理边幅。二句状诗人落第后之颓唐。"按,上句暗用汉蔡邕"焦尾琴"之典。翠桐,桐之未成琴者,喻未第者。此以桐之被烧、镜之蒙尘喻己之落第,为自己的有才能被扼杀被弃置而深感伤恫。两句紧扣题意,是"比"而不是"赋"。

苏轼《少年游》词序云:"[紫姑神]为诗,敏捷立成。余往观之,神亦请余作《少年游》,乃以此戏之。"有句云:"清香未吐,且糠粃吹扬。"龙榆生《东坡乐府笺》及邹同庆、王宗堂

《苏轼词编年校注》注均引《庄子·逍遥游》："是其尘垢粃糠，将以陶铸尧舜者也。"薛瑞生《东坡词编年笺注》因之，并谓"此以姑射仙人比紫姑，因不见容，故云'清香未吐，且糠粃吹扬'而无所'陶铸'也。"按，此典出《世说新语·排调》："簸之扬之，糠粃在前。"本为调侃之语。词意谓紫姑神善诗而未作，自己无才而居前，如扬米去糠，糠在米上也。此亦东坡之戏语。龙、薛未将序文与词意结合，注解皆误。

刘辰翁《水调歌头》词，题中说到自己容貌与耐轩相似，因"自号为小耐"。过片三句："日给华，芎䓖本，薛羊书。"吴企明《须溪词》校注云："芎䓖，香草名，茎叶细嫩时曰蘼芜，叶大时曰江蓠，根茎入药。"司马相如《子虚赋》：'芎䓖菖蒲。'薛羊书，'薛'字疑误。按，袁昂《古今书评》：'羊真、孔草、萧行、范篆，各一时之妙。'羊，乃羊欣；萧，乃萧思话。"并谓"薛"字为"萧"之讹。按，题旨为容貌相似，全词皆从此着笔。日给，植物名。《太平御览》卷九七〇引杜恕《笃论》："日给之华与椋相似也，椋结实而日给零落。"芎䓖，植物名。《淮南子·氾论训》："夫乱人者，芎䓖之与藁本也，蛇床之与麋芜也，此皆相似者。"薛、羊，指书法家薛稷与羊欣，薛稷学虞世南书，羊欣学王羲之书，只得其形似。刘词意谓自己仅得貌似而乏耐轩之神采。词中连用三个比喻。吴注脱离了题意，注释的征引也就不准确。

顾贞观《木兰花慢》词："数鸣珂旧曲，谁第一、擅欢场？有燕骨千金，楚魂九畹，姓自余香。"张秉戌《弹指词笺注》云："燕骨，比喻年事已老的贤士。"又云："此三句意谓如今只剩有风流名士，怨魂香骨的姓氏留存下来。"按，此词题注已明确点出"马湘兰故居"，"燕骨"句，切"马"字，"楚魂"句切"湘兰"二字，湘为楚地，九畹，语本《离骚》"余既滋兰之九畹兮"。

康有为《送门人梁启超任甫入京》诗："道入天人际，江门风月存。"有注本云："天人际，指宇宙自然规律（天）和社会人事规律（人）之间会通统一的本源。引句夸奖梁的学问已经到了这样高深的程度。"其实这两句写的是梁启超的同乡先哲陈献章。陈是广东新会江门人，世称白沙先生。陈献章《江门钓濑与湛民泽收管》诗有"江门风月钓台深"之语。其弟子湛若水《送蒋道林诸君登钓台依石翁师韵》诗亦云："自拜江门风月句，一回一读一沉吟。"康有为诗中只是期望梁启超能继承陈白沙江门学派的道统而已。且"道入天人际"是何等高标，用在一位十九岁的小青年身上亦为不伦。

蒋春霖《东风第一枝·春雪》词："春回万瓦，听滴断、檐声凄楚。"刘勇刚《水云楼诗词笺注》云："春回二句：苏轼《新城道中》：'东风知我欲山行，吹断檐间积雨声。'"按，蒋词题标明咏春雪，意谓雪融成水，从檐间滴落。黄庭坚《次韵高子勉》之一："雪尽虚檐滴，春从细草回。"即此意。刘注与词意全无干系。

3. 词语注释要贴切

贴切，指要与题意、句意以及全诗意旨切合。在正确理解诗意的基础上，力图每个注释都能符合诗意。一词多义，同一词语在不同的场合下有不同的含义，必须细察上下文意，选择最贴切的义项作注释。不要脱离原文，孤立地就字释字，就词释词。望文生义，更是注家大忌。只看到字面上的常意，便不深究；或主观臆测，强为解释。

词语有古今义，尤须辨明。注释词语，要分清本义与后起义。以后起义作注，每易致误。有出处的词语，应遵照传统的习惯的解释，不要望文生义，以意为之。仅翻检当代辞书或上网检索，亦易致误。柳永《乐章集》中有"藩侯"一词，薛瑞生注云："藩侯，出于斯拉夫语，意为领主。"按，藩侯，指藩王。中国古代即有此词，与斯拉夫语无涉。韩驹《抚州邂逅彦正提刑道旧感叹辄书长句奉呈》诗："学士南来尚岩穴。"钱仲联、钱学增注："岩穴，洞穴。指简陋的住处。"按，《庄子·让王》："隐岩穴。"诗意谓张彦正南渡后尚伏处山林，得不到朝廷任用。如周邦彦《西河·金陵怀古》词"佳丽地"一语，孙虹《清真集校注》云："佳丽地，美女如云的地方。此特指金陵，今南京市。谢朓《入朝曲》：'江南佳丽地，金陵帝王州。'"按，谢诗又源出曹植《赠丁仪王粲》："壮哉帝王居，佳丽殊百城。"李善

注:"佳,大也;丽,美也。"佳丽地,谓宏大美好之地,下文全由此三字生出,注者以后起义释之,一语之误,全篇旨意皆失。傅山《耐贫》诗:"肮脏置从来。"有注本云:"把自己安排在一条肮脏的路子上。""肮脏"一词,古义为高亢刚直貌,诗中以写自己的志节,若照今义解为污秽,则有乖本意,全诗之旨意皆失。蒋春霖《琐窗寒》词:"半床翠被支峭冷。"刘勇刚《水云楼诗词笺注》云:"翠被,用翠色的鸟羽装饰的外氅。《左传·昭公十二年》:'翠被,豹舄,执鞭以出。'杜预注:'以翠羽饰被,以豹皮为履。'"按,《左传》中的"翠被"之"被",意同"帔",指披肩。元好问诗"翠被匆匆梦执鞭"即用此。而蒋词中的"翠被",只不过是诗词中常用词,指织有翡翠纹饰的被子或翠绿色的被子。南朝梁简文帝《绍古歌》:"网户珠缀曲琼钩,芳茵翠被香气流。"陆游《夜游宫》词:"独夜寒侵翠被,奈幽梦、不成还起。"

　　词语的解释,有其一贯性,父祖典故相仍,不能故作新解。如杜甫《北征》诗"朱门酒肉臭,路有冻死骨",历代注家对"臭"字的解释向无二义,近年有多位中青年学者撰文认为,"臭"字在古代主要的意义是"气味",因而把杜诗中的"臭"解作"香",意谓富贵人家酒肉飘香。按,《艺文类聚·人部八》引王孙子《新书》楚庄王"厨有臭肉,铸有改酒,今君厨肉臭而不可食,铸酒改而不可饮,而三军之士皆有饥色"。古诗人用典,多取其原意,不会以臭为香。明邝露《赠内子邓硕人糠斋》诗:"彤管名高逸,梁鸾未足偕。"杨明新《峤雅》注云:"彤管,《诗经·邶风·静女》:'静女其娈,贻我彤管。'笺:'彤管,笔赤管也。'此处盖指妻子送给作者的笔。"又云:"此句言夫妻分开。"按,《毛传》云:"以君及夫人无道德,故陈静女遗我以彤管之法。德如是,可以易之为人君之配。"邝诗用"彤管"一语,以称美己妻如静女般德才兼备、情怀高洁,既无送笔之意,与"夫妻分开"更有天壤之别。

　　解诗,切勿意气用事。或以今衡古,厚诬古人;或借古人之酒杯,浇胸中之块垒。白居易《追欢偶作》颈联"十听春啼变莺舌,三嫌老丑换蛾眉",赵翼《瓯北诗话》卷四云:"三嫌老丑换蛾眉，以色衰而别换佳丽。"舒芜《伟大的诗人不伟大的一面》一文，据此二语而指斥白居易为"赤裸裸的老流氓"、"老淫棍"。按，"老丑"，是指诗人自己，而不是指歌女。就诗歌语气而言，"嫌老丑"，意即"被嫌老丑"。杜甫《述怀》诗"亲故伤老丑"，宋苏辙《同赋迟春晚》诗"但恐少年嫌老丑，眼前无复一时人"，明陈献章《咏木犀》诗"花意未应嫌老丑"，老丑均自指，皆谓自己因老丑而被伤被嫌。白居易《四年春》诗亦云："少年嫌老可相亲？"就常识而言，"蛾眉"一词，只用于代指青春女子，"换蛾眉"，是以蛾眉来换蛾眉，而不是以蛾眉换掉老丑。十年间三换蛾眉，歌女买进时一般是十四五岁，几年后被换时也不过是十七八岁，正当妙龄，无论如何跟"老丑"沾不上边。

注意诗中的句式句法。诗词中，前后数句，有时主语不变，有时则句句变换，必须认真细读，理清脉络，理解诗意。如柳永《受恩深》词："待宴赏重阳，恁时尽把芳心吐。陶令轻回顾。免憔悴东篱，冷烟寒雨。"薛瑞生注云："意谓花落烟冷，陶令也会憔悴东篱，无悠然之兴。"孙光赏、徐静校注《柳永集》注云："陶渊明可以少回头几次，免得在东篱下采菊而憔悴不堪。"其实"憔悴"的主语是菊花而不是陶令。词意谓希望诗人能好好欣赏它，免得它笼烟打雨，寂寞地萎谢在东篱之下。王国维《满庭芳》词："人何许，朱楼一角，寂寞倚残霞。"叶嘉莹、安易《王国维词新释辑评》注云："倚残霞：谓倚楼而望暮霞。"其实词意谓人去楼空，只见一角红楼凭倚在暮霞的光影里。语本李商隐《闲游》诗："强下西楼去，西楼倚暮霞。""倚"的主体是楼而不是人。顾贞观《谒金门》词："三十矣，弹指韶光能几。梵课村妆从此始，心期成逝水。那少真珠百琲，迟却红丝一系。得婿今生应似子，斯言犹在耳。"张秉戌《弹指词笺注》云："此篇除发抒了一点叹老伤逝之感慨，特意表达了对一桩心事的系念，即盼望得到一位像自己儿子一样的女婿。"其实词中以婚姻失时喻个人的功名迟暮。时词人年方三十，更谈不上去找女婿。

二、望文生义

望文生义,亦是注家大忌。只看到字面上的常意,便不深究;或主观臆测,强为解释。有以下几种情况。

1. 不明出典

这种情况在注本中甚为多见。诗人用典,每如盐入水,外表看不出来,注者徒然作字面的诠释,而于其含意全然不知。有些看来是极普通的字眼,中有典故,最易疏忽而失注。有时注家只解释诗歌字面意思,而没有注明故实出处,这在普及性注本中是允许的,但在专业性的笺注本中就算是失注了。

韩偓《锡宴日作》:"臣心净比漪涟水。"《即目》:"寸心如水但澄鲜。"陈继龙《韩偓诗注》云:"漪涟,微波。喻臣子忠心耿耿,几不起波澜。""此言己心光明磊落,犹如清澄之水。"齐涛《韩偓诗集笺注》亦仅注"涟漪"、"寸心"、"澄鲜"字面意义。按,《汉书·郑崇传》:"尚书令赵昌佞诣,素害崇,知其见疏,因奏崇与宗族通,疑有奸,请治。上责崇曰:'君门如市人,何以欲禁切主上?'崇对曰:'臣门如市,臣心如水。愿得考覆。'"颜师古注:"言至清也。"韩偓时为群小所攻,处境与郑崇相似,因以设喻。若不注出此典,则诗意不显。

如秦观《和游金山》诗:"寄语山阿人,泠然行复御。"周义敢等《秦观集编年校注》:"泠然,解悟。《一切经音义·十四》:'泠然,解悟之意也。'御,进用。"按,此诗写山行,据上下文意,当用《庄子·逍遥游》"夫列子御风而行,泠然善也"之语。泠然,轻妙貌。又如同书《春日杂兴》之一:"秣马膏余车,行行不周路。"周注:"不周,指不平直的路。"按,不周,为传说中山名,见《山海经》。《离骚》有"路不周以左转兮,指西海以为期"之语。刘克庄《挽柯东海》诗:"撰出骚词奴宋玉,写成帖字婢羊欣。"曹中孚校注《宋诗精华录》云:"宋玉,战国楚著名辞赋家。羊欣,南朝宋人,字敬元。《宋书·羊欣传》称其'泛览经籍,尤长隶书'。这联乃赞柯东海在辞赋和书法方面的杰出成就。谓其可以奴称宋玉,婢使羊欣。"

按，"奴宋玉"，语本杜牧《李长吉歌诗序》，谓李诗可"奴仆命骚"。"婢羊欣"，羊欣书法学王献之，仅得其形似。梁武帝《古今书人优劣评》谓"羊欣书如大家婢为夫人"。若不注出，句意则无着落。

晁冲之《夷门行赠秦夷仲》诗："一生好色马相如。"钱仲联、钱学增《宋诗三百首》注谓司马相如琴挑卓文君，又准备娶茂陵女为妾，故说他"好色"。其实语本司马相如《美人赋序》："王问相如曰：'子好色乎？'"又如黄庭坚《玉楼春》词："争寻穿石道宜男，更买江鱼双贯柳。"马兴荣、祝振玉《山谷词》校注："宜男，祝颂多子之词。"《北史·崔㥄传》："婚夕，文宣帝举酒祝曰：'新妇宜男，孝顺富贵。'"按，此词为士女游春之作。宋人以正月二十一日为穿天节，庄季重《鸡肋篇》上："妇女于滩中求小白石有孔可以穿者，以色丝贯之，悬插于首，以为得子之祥。"故曰"宜男"。下句典出《石鼓文》："其鱼维何？维鱮维鲤。何以贯之？维杨与柳。"

有些词语典实经过压缩，则尤须注意。柳永《惜余欢》词："芳酒载盈车，喜朋侣簪合。"薛瑞生注："簪合，连缀、会合。《仪礼·丧礼》：'复者一人，以爵弁服簪裳于衣左。'"按，朋侣簪合，语出《易·豫》："大有得，勿疑，朋盍簪。"孔颖达疏："盍，合也。簪，疾也。若能不疑于物以信待之，则众阴群朋合聚而疾来也。"簪合，即盍簪，意谓急来相聚。

2. 不知故实

如宋刘克庄《病后访梅九绝》之六："区区毛郑号精专，未必风人意果然。犬彘不吞舒亶唾，岂堪与世作诗笺。"《宋诗精华录》曹中孚注："连猪狗不吃、舒亶见了也要唾弃的，难道配得上为梅花诗作笺而去讽刺世事吗？"按，邵惭《闻见近录》载，苏轼咏桧诗有"世间唯有蛰龙知"一语，王禹玉进谗神宗，谓轼有不敬之意。章惇诘之曰："相公乃欲覆人家族耶？"禹玉曰："闻舒亶言尔。"惇曰："舒亶之唾，亦可食耶！"刘克庄曾作《落梅》诗被权奸史弥远谓其"讪谤当国"而遭贬斥。故此诗谓谗言如舒亶之唾，连猪狗都不屑吞之，又怎有资格阐释《落梅》诗的深意呢？"犬彘"句，本《汉书·元后传》："不复顾恩义，人如此者，狗猪不食其余。"由此可知注今典之难矣。

　　陈寅恪《笺释钱柳因缘诗完稿无期黄毓祺案复有疑滞感赋一诗》："机云逝后英灵改。"胡文辉《陈寅恪诗笺释》注云："机云，指陆机、陆云。此处疑喻指同为松江人的陈子龙。""似谓陈子龙抗清兵败而自杀殉国，此后山河易主，天地间英灵之气遂亦销沉。"按，诗语本宋人庞元英《谈薮》："谢希孟在临安狎娼陆氏，象山（陆九渊号）责之曰：'士君子朝夕与贱娼女居，独不愧于名教乎？'希孟敬谢，谓后不敢。它日，复为娼造鸳鸯楼。象山闻之，又以为言。谢曰：'非特建楼，且有记。'象山喜其文，不觉曰：'楼记云何？'即口占首句云：'自逊、抗、机、云之死，英灵之气，不钟于世之男子，而钟于妇人。'象山默然。"陈诗用此，谓柳如是为英灵之气所钟，故胜于男子也。柳亦娼女出身，用陆氏之典甚切。陈寅恪《观桂剧桃花扇剧中以香君沉江死为结局感赋二绝》诗："殉国坚贞出酒家，玉颜同尽更堪嗟。可怜浊世佳公子，不及辛夷况李花。"胡文辉注云："李花当是比喻李香君，而辛夷比喻柳如是。"并引陈氏分析谢三宾白辛夷诗，谓辛夷"实指河东君肌肤洁白而言"。按，上句语出《史记·平原君列传》："平原君，翩翩浊世之佳公子也，然未睹大体。"下句出自《桃花扇·眠香》。侯朝宗为李香君作定情诗，有"青溪尽是辛夷树，不及东风桃李花"之句。郑妥娘打诨道："俺们不及桃李花罢了，怎的便是辛夷树？"陈诗意谓侯朝宗这位不识大体的浊世佳公子，在气节上连郑妥娘等妓女都不如，何况是殉国的李香君呢。郑妥娘能诗，钱谦益《列朝诗集·闰集》录郑诗七首，称其"有出世之想"。钱氏《金陵杂题绝句》亦云："闲开闰集教孙女，身是前朝郑妥娘。"突出"前朝"二字，亦见妥娘之志节。

　　典故，如赵次公所谓有父典、祖典，即所谓故事上再加上故事。注家往往只注祖典而失注父典。陈与义《谨次十七叔去郑诗韵二章以寄家叔一章以自咏》之二："身谋共悔蛇安足。"胡穉注引《史记·楚世家》中画蛇添足事，而诗之句式实出自韩偓《安贫》诗："谋身拙为添蛇足。"亦有只注父典而漏祖典者。如陈洵《尉迟杯》词："短楫桃根俱入曲。"刘斯翰《海绡词笺注》云:"吴文英《莺啼序》:'记当时、短楫桃根渡。'"应注出《古今乐录》所载晋人王献之《桃叶歌》:"桃根复桃叶,渡江不用楫。"又陈洵《声声慢》词:"问洛阳鹃语,光景匆匆。"刘斯翰注:"王沂孙《水龙吟·牡丹》词:'怕洛中、春色匆匆,又入杜鹃声里。'"按,此用北宋邵伯温洛阳天津桥上闻杜鹃声预知世乱之典。若不注出祖典,则全词用意不显。

3. 误注邻典

两个或两个以上的典故史实,意思相似或其核心词语相同或相近者,可称为"邻典"。如有关桃花的典故,有陶渊明的"桃源"典,有刘晨、阮肇误入天台的"刘阮"典,有刘禹锡重游玄都观的"刘郎"典;有关阮氏的典故,有阮籍的哭途穷典,有阮咸的阮郎贫典,很容易混淆。邻典意近,注家一时不审,以致误引作注。

庾信《聘齐秋晚馆中饮酒》诗:"欣兹河朔饮,对此洛阳才。"倪璠注:"《后汉书》:'袁绍、公孙瓒相击,天子遣太仆赵岐和解关东,使各罢兵。瓒因此以书譬袁绍,于是引军南还。三月上巳,大会宾徒于薄洛津。'按:河北青、兖、冀诸州,瓒、绍所据,故称河朔饮也。"又引《魏志》谓袁绍"威震河朔"以实之。倪注误。按,此用夏日避暑之典。《初学记》卷三引曹丕《典论》,谓刘松在河朔,"常以三伏之际,昼夜酣饮,极醉,至于无知,云以避一时之暑,故河朔有避暑饮"。河朔饮之典,古人诗中常用,而当代不少诗歌选本都未能辨明出处。如柳永《女冠子》词:"别馆清闲,避炎蒸、岂须河朔。"薛瑞生《乐章集校注》云:"河朔,谓黄河以北之地。《三国志》卷六《袁绍传》:'振一郡之卒,撮冀州之众,威振河朔,名重天下。'"

杜甫《清明》诗:"渡头翠柳艳明眉,争道朱蹄骄啮膝。"王洙注:"朱廷平善相马,魏文帝将出,取马入。廷平曰:'此马今日死矣!'及将乘,马恶香,啮帝膝。帝怒,遣使杀之。"胡仔《苕溪渔隐丛话》卷九指出:"余谓此事非是。王褒《圣主得贤臣颂》云:'驾啮膝。'注云:'良马低头至膝,故曰啮膝。'子美之意,当出于此,盖前事非佳也。"王洙注典出《三国志·方技传》,"廷平"当作建平,"啮膝"一事,与杜诗意不合,亦属误注邻典。赵次公《杜诗先后解》注中早已辨明此事,胡氏偶未察耳。

黄庭坚《薄薄酒》诗:"丑妇自能搔背痒。"史容注:"《神仙传》:王远字方平,过蔡经家,麻姑手爪似鸟爪,蔡经心中私言:'若背痒时,得此爪以爬背,当佳否?'"史注所引麻姑指爪事,为常见典故,与诗句字面亦近。然钱锺书《管锥篇·全后汉文卷一》指出,当用汉光武帝《赐侯将军诏》:"卿归田里,岂不令妻子从?将军老矣,夜卧谁为搔背痒也。"试细审读,光武诏意似更贴切。又,黄庭坚《送莫郎中致仕归湖州》诗:"滔滔夜行者,能不愧清尘。"史季温注:"《汉书·朱买臣传》:'富贵不归故乡,如衣锦夜行。'"光聪谐《有不为斋随笔》指出:"此用《三国志》田豫答司马宣王书:'年过七十,而以居位,譬犹钟鸣漏尽而夜行不休。'"黄诗意说,莫郎中及时致仕还乡,其清操当使那些贪恋权位的"夜行者"有愧。史注误引邻典。

吴伟业《鲞》诗:"自惭非食肉,每饭望封侯。"靳荣藩《吴诗集览》卷十下注云:"《左传》庄十年:肉食者鄙。"吴世昌《词林新话·诗话》亦云:"此用曹刿故事,'肉食者鄙',岂堪言兵?此谓我非食肉者,可以言兵,而犹望休兵乃进一层言之。"靳荣藩后来也发现自己注释的错误,在《吴诗补注》中作出更正:"食肉,《后汉书·班超传》:燕颔虎颈,飞而食肉,此万里侯相也。前注非是。"刘世南亦指出梅村此句实用班超之典:"自愧不能如班超之投笔从戎,平定海疆,而又时刻盼望早日结束战争。"误注邻典,诗意全非。吴嘉纪《怀汪二》诗之八:"寄言轻薄子,敝卢临海峤。漫讥阮氏穷,终学任公钓。"方福仁《典故辞典》把"阮氏穷"归入阮籍"哭途穷"类,然《怀汪二》诗十首,多写乡居穷困之状,故诗中所用的当是《世说新语·任诞》所载阮咸家贫之典。

康有为《与菽园论诗兼寄任公孺博曼宣》诗有"正始如闻本风雅"句,好几种选注本都把"正始"注作"正始体"、"正始之声",谓是指嵇康、阮籍等人的诗歌继承了《诗经》的传统。也是误注邻典。其实这句还是有出处的,《世说新语·赏誉》:"不意永嘉之中,复闻正始之音。"意谓"微言之绪绝而复续"。康有为诗中用此,自有其深意。注家既要着眼词语注释,更要联系诗人的思想感情、政治观点去阐明诗意。康有为是把当时的政治环境看成是晋代永嘉乱世的,故希望当代诗歌能复续风雅之绪。诗中以一"闻"字点明典故的出处,滑眼看过,便失本旨。清李黼平《南园诗社行》诗"不意永嘉闻正始"亦用此典。

韩偓《六月十七日召对自辰及申方归本院》诗:"坐久忽疑槎犯斗。"陈继龙《韩偓诗注》与齐涛《韩偓诗集笺注》均引《博物志》所载有人乘槎至天河,被观星者称"有客星犯斗宿"之事。但此诗还用了一个典故,《后汉书·严光传》载,汉光武帝与故人严光论道旧故,"因共偃卧,光以足加帝腹上。明日太史奏:'客星犯帝座甚急。'"本诗合用二典,以谓皇帝眷顾恩深。

苏轼《殢人娇》词:"满院桃花,尽是刘郎未见。"傅干《注坡词》、龙榆生《东坡乐府笺》注释均引刘晨、阮肇天台桃花之典。按,此与下文"司空自来见惯"均用刘禹锡事。刘氏《元和十年自朗州承召至京戏赠看花诸君子》诗:"玄都观里桃千树,尽是刘郎去后栽。"傅、龙误注邻典。又,苏轼《蝶恋花》词:"佳气郁葱来绣户,当年江上生奇女。"龙、薛笺注及邹、王校注均引《后汉书·光武帝纪》"南阳望气"之典。按,当再引《汉书·钩弋赵倢伃传》:"孝武钩弋赵倢伃,昭帝母也,家在河间。武帝巡狩河间,望气者言此有奇女,天子亟使使召之。"诸家漏注,"奇女"一词则无着落。

错引情况相类的史实,也算是误注邻典。陆游《投梁参政》诗:"颇闻匈奴乱,天意殄蛇豕。何时嫖姚师,大刷渭桥耻?"钱仲联《剑南诗稿校注》注引《旧唐书·郭子仪传》,谓郭子仪为关内副元帅,镇咸阳。"虏已过渭水,并南山而东。天子跳幸陕。子仪……率骑南收兵。"钱注误引史实。陆诗当用唐太宗擒颉利之典。武德九年八月,东突厥可汗颉利引兵南下,至渭水便桥之北。太宗轻骑独出与颉利盟于便桥之上,颉利军始退。贞观四年,唐军出塞,大破突厥军,俘颉利至长安。唐太宗大悦曰,当日称臣于突厥,朕未尝不痛心疾首,今者"单于款塞,耻其雪乎"!事见《旧唐书·李靖传》。

柳永"楚台风快"一句,薛瑞生注:"楚台,凡歌舞之所多称楚馆秦楼或楚台歌榭。"按,句意本宋玉《风赋》:"楚襄王游于兰台之宫,宋玉、景差侍,有风飒然而至,王乃披襟而当之曰:'快哉此风。'"

4. 穿凿傅会,为学者之大忌

《汉书·王吉传》云:"以意穿凿,各取一切,权谲自在。"十二字已道尽穿凿之弊。陆九渊《与孙季和书》则指出穿凿傅会的原因:"学不至道,而日以规规小智,穿凿傅会。"朱熹《答江德功》亦云:"自己分上更不曾实下功夫,而穷日夜之力以为穿凿附会之计,此是莫大之害。"朱、陆二氏之学虽有异同,而在这个问题上看法是一致的。刘将孙为詹大和《王荆文公年谱》作序,略云:"李(壁)笺比注家异者,间及诗意,不能尽脱窠臼者,尚袭常炫博,每句字附会,肤引常言常语,亦跋涉经史。"所谓"句字附会",实是注家常犯之病。注家专意于诗,日夜苦思作者的用意,愈钻愈深,认为一句一字,都包含玄机,以至疑神疑鬼、走火入魔,陷于其中而无法自拔。陈寅恪《杨树达积微居小学金石论丛续稿序》指出,论者须对原作者"表一种之同情,始能批评其学说之是非得失,而无隔阂肤廓之论","但此种同情之态度,最易流于穿凿傅会之恶习"。注家过于投入,超越时间和空间,以今人之心去忖度古人,妄图代古人立言,那就难免穿凿傅会了。注诗者征引前人诗句,以明其所本,自是分内之事,求索过细,则又易陷于穿凿饾饤,致为识者所讥,要恰到好处,实在不易。古人读书多,融汇于胸中,落笔时自然流出,即有与前人相同相似,亦非着意仿效袭用,即起古人于地下,指证其亦当茫然失笑。但笺注家又不可不一一指出。注家穿凿傅会,尤为诗之大厄,古来学者常议及此。陈廷焯《白雨斋词话》自序云:"雕镂物类,探讨虫鱼,穿凿愈工,风雅愈远。"陈氏所批评的词学之失,也是注家常犯之病。着眼琐屑,因小失大;攻其一点,不及其余;穿凿附会,自以为能扑入深处。又有诗中本为常语,而注家附会以典故或随意发挥。如贾岛《送姚杭州》诗:"人老江波钓,田侵海树耕。"齐文榜《贾岛集校注》:"'人老'句,谓严光也。"并引《后汉书·逸民传》语以实之。如此种种,尤须避免。

穿凿傅会,其要者有两端:一为强合时事,二为滥用比兴。

注家穿凿傅会,在古代诗人中,尤以杜甫及李商隐二人之诗最遭荼毒。说到杜诗,首首都是忠君爱国君子之心;说到义山诗,首首都是向令狐陈情告乞之意,真不知诗为何物矣。郭知达《九家集注杜诗》曾噩序谓宋人注杜,每有"牵合附会,颇失诗意"者,"此杜诗之罪人也"。《瀛奎律髓》卷二十四引纪昀评云:"释事忘义,李善注《文选》亦然,此注家之通弊。然后人注少陵,注义山,牵引史传,纷纷穿凿,又不如但注事料,其意义听人自领耳。"释事忘义,是诠释未及;穿凿傅会,则是过度诠释。孔子谓"过犹不及",不及,犹可补救,太过,则不可挽回。允执厥中,实在是不易做到。

宋代以来,注杜者无不留意史实考据,其中精核者自可成立,而牵合穿凿之处,亦屡见于注本中,每为后人所诟病攻驳。穿凿傅会亦为伪注者的伎俩。郭知达《九家集注杜诗序》指出,托名东坡的杜诗注,"掇其章句,穿凿附会,设为事实",以售其伪。宋濂《杜诗举隅序》云:"务穿凿者,谓一字皆有所出,泛引经史,巧为附会,楦酿而丛脞;骋新奇者,称其'一饭不忘君',发为言辞,无非忠国爱君之意,至于率尔咏怀之作,亦必迁就而为说。"宋氏能诗,才力格调亦规模老杜,对杜诗有心得,所论自是个中人语。以史证诗,以诗贯史,本是良法。但用之过当,则反成傅会。刘将孙云:"注杜者,谓少陵'诗史',谓少陵'一饭不忘君',因深求之字句间,强傅以时事曲折,第知肤引以为忠爱,不自知陷于险薄。凡注诗尚意者,易蹈此弊,而杜集为甚。"《四库全书总目》卷一四九《杜诗攟》提要云:"自宋人倡诗史之说,而笺杜诗者遂以刘昫、宋祁两书据为稿本,一字一句,务使与纪传相符。"先入为主,牵此就彼,当代不少学者皆有此弊。

冯集梧《樊川诗注自序》云:"注诗之难,昔人言之。自孟子有知人论世及以意逆志之说,而奉以从事者,不无求之过深。夫吾人发言,岂必动关时事。"白居易《与元九书》谓杜甫千余首诗中如《新安吏》、《石壕吏》、《潼关吏》、《塞芦子》、《留花门》之类的诗歌，"亦不过三四十首。杜尚如此，况不逮杜者乎！"袁康竹《校印虞山钱氏杜工部草堂诗笺序》云："孟子车氏有云：'以意逆志，是为得之。'此千古读诗之法，亦正千古笺诗之法。而昧者多所拘墟，强为穿凿。"毕沅《杜诗镜铨序》谓杜诗"不可注"，"后人未读公所读之书，未历公所历之境，徒事管窥蠡测，穿凿附会，刺刺不休，自矜援引浩博，真同痴人说梦。于古人以意逆志之义，毫无当也。此公诗之不可注也。"李顾《古今诗话》云："作诗用事要如水中着盐，饮食乃知盐味。此说诗家秘密藏也。"接着举杜甫《阁夜》诗"五更鼓角声悲壮，三峡星河影动摇"为例，谓上句出《祢衡传》："挝《渔阳掺》声悲壮。"下句出《汉武故事》："星辰影动摇。东方朔谓'民劳之应'。"《瀛奎律髓》录此诗，纪昀评曰："只是现景，宋人诗话穿凿可笑。"纪氏认为并非用事。

赵翼《瓯北诗话》卷九评靳荣藩注吴梅村诗云："靳荣藩论梅村，谓'大家手笔，兴与理会。若穿凿附会，或牵合时事，强题就我，则作者之意反晦'。此真通人之论也。乃其注梅村诗，则又有犯此病者。梅村五古如《读史杂诗》四首、《咏古》六首，七古如《行路难》十八首，皆家居无事，读书得间所作，岂必一一指切时事？"并指出靳注谓《读史》第一首刺阮大铖，其二刺薛国观，其四刺孙可望云云，皆为附会。靳氏注梅村诗，费尽毕生心力，仍不免有此。

5. 滥用比兴，易成穿凿附会

黄侃《文心雕龙札记》云："若乃兴义深婉，不明诗人本所以作，而辄事探求，则穿凿之弊固将滋多于此矣。"如阮籍《咏怀》八十二篇，历代注甚多，每以比兴之义释之，引喻附会，愈钻愈深，而诗中真意转觉渺茫矣。陈沆《诗比兴笺》一书，耗其毕生精力，凿井见水，而泥沙未净，其中主观臆测之语甚多。《四库全书总目提要》卷三五六批评吴乔《围炉诗话》云："所谓唐人之比兴者，实皆穿凿附会，大半难通。即所最推之李商隐、韩偓二家，李则字字为令狐而吟，韩则句句为朱温而发。平心而论，果尽如是哉？"李顾《古今诗话》云："说者谓王右丞《终南山》皆识时宰。诗云'太乙近天都，连山接海隅'，言势位盘据朝野也。'白云回望合，青霭入看无'，言徒有表而无内也。'分野中峰变，晴阴众壑殊'，言恩泽偏也。'欲投何处宿，隔水问樵夫'，言畏祸深也。"把一首雄奇的写景诗解释成政治讽刺诗，歪曲了原意。又如王琦注李贺诗，过于重视发掘其中所谓的微言大义，陷于穿凿附会而不自知，反而沾沾自喜、自以为是。

诗中的比喻、象征，往往都有习惯的用法，注释者更不应望文生义，凭己意猜想，随便发挥。如贾岛《延寿里精舍寓居》诗"耳目乃廛井，肺肝即岩峰"二句，齐文榜注释："以人比宅，水井像耳目，假山则似肺肝。"黄鹏笺注："耳目，指代外在感受；肺肝，指代内心世界。廛井，虚静状；岩峰，不平状。二句言耳目虽然虚静，亦难消化心中块垒。"按，二句所表达的是古诗文中常见的意思，身居闹市，心在山林。诗意谓，耳目所闻见虽为市井，而肺肝之感受犹似幽岩。延寿里地处繁荣的长安城中，而诗人寓居的精舍却花木满径，可以闲静地栖居。

6．以诗考史，尤须慎重

望文生义，牵强穿凿，捕风捉影，以点概全，当代学者时或有之。注家企图以一词之新释来推断史实，更属冒险。每观时人之诗词注本，所注古典，易知正或误；所注今典，则难断是和非。此亦一是非，彼亦一是非，北看成南，真是真非，未易辨别也。薛瑞生《乐章集校注》云：《临江仙》词："鸣珂碎撼都门晓，旌幢拥下天人。马摇金辔破香尘。壶浆迎路，欢动帝城春。扬州曾是追游地，酒台花径犹存。凤箫依旧月中闻。荆王魂梦，应认岭头云。"《笺注》："〔荆王〕《汉书》卷三五《刘贾传》：'荆王刘贾，高帝从父兄也。'……按，荆王魂梦，谓英雄之梦，建功立业之梦，非才子佳人之梦。〔岭头云〕有别于巫山之云，承上文，故云'应认'。"《附考》："此亦为投献词，其投献对象当为一刘姓而又有知扬仕履者。查《北宋经抚年表》，自宋太宗太平兴国至哲宗元年间，刘姓之知扬者，唯刘敞一人耳。""此词写于刘离扬赴阙时也，当在嘉祐三年（1058）春夏间。果否，待详考。又，唐圭璋断柳永卒于开皇五年（1053），似有误。"按：荆王，即宋玉《高唐赋》中的楚王。沈佺期《巫山高》诗："徘徊作行雨，婉娈逐荆王。"李商隐《代元城吴令暗为答》诗："荆王枕上元无梦，莫枉阳台一片云。"校注者据"荆王"一词考定投献对象为刘姓，并以此考及柳永卒年，未免有管窥之嫌，全词意旨皆误。

当代学者很关注所谓的"暗码系统"问题，认为诗中的某些特定的词语，"如双关语、歇后语、谐音字等"，必须与其全部诗文相参证，始得其命意所在，笺释者则要努力去破解其暗码云云。无疑，这在中国注释学史上是个创见，也有其一定的道理。但愈钻愈深，矫枉过正，到了"楚天云雨尽堪疑"的时候，每一首诗都成了政治谜语，解诗则有如解梦，那作为艺术品的诗也不复存在了。

三、古代名物及风俗制度

古代名物、风俗、制度，更应弄清楚，不要随便乱猜。

1. 人名

人名尤应注意。在古籍中，或取其姓，或取其名、字、号中的一字，稍不留意，便会致误。人名入诗，常压缩为一字，两人并称而用两字。注家于此亦须留意。《古诗笺》录黄庭坚《李君贶借示其祖西台学士草圣并书帖一编二轴以诗酬之》诗："当时高蹈翰墨场，江南李氏洛下杨。"闻人倓注："《名画评》：李萧远，南唐人。清凉寺有元宗八分题名、萧远草书、董羽画海水为三绝。"按，李氏，指李煜，南唐后主，能文善书画。"使之早出见李卫。"闻人倓注："李卫，李斯、卫恒。"按，李卫，指卫夫人。卫夫人名铄，卫恒从女，李矩妻。冠其夫姓，故称李卫。两处人名，闻注皆错。

常有一名而多指者，须据上下文意而辨别。黄庭坚《减字木兰花·中秋无雨》词："前年江外，儿女传杯兄弟会。此夜登楼，小谢清吟慰白头。"《山谷词》校注："小谢，指南齐诗人谢朓。清吟，指谢朓《晚登三山还望京邑》诗名句'澄江静如练'。"按，谢朓被称为"小谢"，为人们所熟知，但并称"大小谢"的还有谢灵运与其族弟谢惠连。《诗品》："宋法曹参军谢惠连：小谢才思富捷。"联系上文"兄弟会"，可知词中的"小谢"当指谢惠连，引以喻作者之弟黄叔达。

2．地理名物

地理名物方面的考释，亦是笺注的难点。清经学家惠栋为王士禛诗作注时，也强调地理名物"注家最易舛讹"。注释诗歌，需要有历史地理知识，否则便无法正确理解诗意。如贾岛《留别光州王使君建》诗中"楚从何地尽，淮隔数峰微"二句，齐文榜《贾岛集校注》仅注："淮：淮水，即今淮河也。"黄鹏《贾岛诗集笺注》云："五、六句写归心所望：楚从何尽，能见故园？淮隔峰微，则归路茫茫。楚地为淮南道，故此处楚淮对举。"按，二注均未能达意。诗为留别光州刺史王建之作。光州，地处淮水南岸，其北则非楚地，故云"尽"。"何地尽"，犹言"此地尽"，故作问语，更见留别之情谊。要重视地理志书及地方文献。诗中涉及地方上的人名、地名时尤应注意，检索方志及有关书籍。如黄庭坚《山谷诗外集》有题为《避秦十人》诗："九真承诏上龙胡，尽是骊山所送徒。唯有邓公留不去，松根楮鼎煮菖蒲。"史容仅注"龙胡"、"骊山"的常典，全诗之意茫然不知。王象之《舆地纪胜》卷三十四引此诗，注云："山谷《题玉笥山邓仙》诗。"同卷又载玉笥山上有"九真池"、"九仙台"之胜。多种方志皆载，世传孔邱明等十人避乱玉笥山中，修炼岁久，九仙得道，九龙控驭上升。故诗中"九真"当指九仙，"邓公"为十人中未得上仙者。人名、地名弄清楚后，全诗即可通解。

实词泛用、虚用、活用，易生误解。黄庭坚《次韵子瞻和子由观韩幹马因论伯时画天马》诗："曹霸弟子沙苑丞，喜作肥马人笑之。"任渊注："张彦远《画记》云：'韩幹官至太府丞，尤工画马，初师曹霸，后自独擅。'此云'沙苑丞'，未详。"任渊已知韩幹曾任太府丞，但诗中称其"沙苑丞"，又查不出韩幹任此职的证据，只得说是"未详"。此诗为黄氏名作，常被收入各种评注本，而"沙苑丞"一语，均不得确解。按，据《元和郡县图志》卷二载，沙苑在华州冯翊县南十二里，"以其处宜六畜，置沙苑监"。诗云"沙苑丞"实为诗人之谑语。沙苑丞专管牲畜，自要求养得肥壮，韩幹喜画肥马，故以此戏称，并不是说他真的当过沙苑监的官吏。

宋人饶节《戏汪信民教授》诗："汪侯思家每不寐，颠倒裳衣中夜起。岂作蓐食窘僮奴，颇复打门搅邻里。凉风萧萧月在亭，老夫醉着呼不醒。山童奔走奉嘉宾，铜瓶汲井天未明。"钱仲联、钱学增《宋诗三百首》："岂作，反诘语。意即不作。""'颇复'句，句意承上，谓也不去打门惊扰邻里。"其实，全诗均嘲戏之辞，意谓汪氏半夜起床向邻里叩门求食，这邻里正是饶节自己，亦即诗中借醉不起的"老夫"，而"山童"却不得不侍候这位不速之客。一词之误，诗意全反。

3．风俗制度

风俗制度更不容忽视。韩偓《湖南绝少含桃，偶有人以新摘者见惠，感事伤怀，因成四韵》诗："酪浆无复莹蠙珠。"陈继龙注："此以蠙珠比喻樱桃果实的晶莹剔透，即使奶酪也无法与之相比。"按，古代习俗，以酪浆调和樱桃而食。《景龙文馆记》："上幸两仪殿，命侍臣升殿食樱桃，并载以琉璃，和以杏酪。"莹，读去声，意谓使之光鲜。苏轼《浣溪沙》词"小符斜挂绿云鬟"之"小符"，傅干、龙榆生均引《抱朴子·杂应》之"赤伏符"以释之。按，此为端午词，宜补注陈元靓《岁时广记·钗头符》："《岁时杂记》：'端午剪缯彩作小符儿，争逞精巧，掺于鬟髻之上，都城亦多扑卖。"黄庭坚《玉楼春》词："酥花入座颇欺梅。"马兴荣注："酥花，此指用有色绢或纸制成的花。陆游《冬至》诗：'盘里酥花也斗开。'"按，酥花，以酥油点抹而成的花。宋人饮食习俗，于盘中点酥作花，以为美观。苏轼《腊梅赠赵景贶》："天公点酥作梅花。"文同《惜杏》："新枝放花如点酥。"又，黄庭坚《清平乐》："蜀娘谩点花酥。"亦同此意。吕本中《丁未二月上旬》诗："青城插皂旗。"钱仲联、钱学增《宋诗三百首》注："皂旗，黑色旗帜。古代用作帝王出巡的仪仗。"按，此诗写宋徽宗父子在青城投降金兵。皂旗，为金人的旗帜。

4．释道及天文术数

有关释道以及天文术数方面，是注释难中之难，稍一不慎，即易致误。

韦应物《寄全椒山中道士》诗："涧底束荆薪，归来煮白石。"陶敏、王友胜《韦应物集校注》："相传道家服食有'煮五石英法'等，见《云笈七签》卷七十四。《真诰》卷五：'断谷入山，当煮食白石。昔白生子者，以石为粮，故世号曰白石生。'""煮石"是有关道教的常典。注文所引《云笈七签》成书宋代，不宜径引，且"煮白石"与"煮五石英法"意有别。所引《真诰》成书于梁代，亦非最早出处。应引晋葛洪《神仙传·白石先生》："（白石先生）常煮白石为粮，因就白石山居。"则与诗意贴切了。

黄庭坚《促拍满路花》词："自然炉鼎，虎绕与龙盘。九转丹砂就。"马兴荣注："道家谓炼金丹有一至九转之别，而以九转为最胜。晋葛洪《抱朴子·金丹》：'九转之丹服之，三日得仙。'"按，词中所写的是道教内丹术，而不是服食金丹的外丹术。九转，喻内丹炼养的火候。《悟真篇》："若要修成九转，先须炼己持心。"炉，喻人的头顶；鼎，喻人体中的丹田。龙、虎，喻铅、汞，即木、金，亦即元神与元精。吕岩《七言诗》："认得东西木与金，自然炉鼎虎龙吟。"《悟真篇》："自然有鼎烹龙虎"，"五行全处虎龙蟠"。虎绕龙盘，元精与元神互结。又，黄庭坚《采桑子》词："虚堂密候参同火，梨枣枝繁。深锁三关，不要樊姬与小蛮。"注："参同：相合为一。《韩非子·主道》：'有言者自为名，有事者自为形，形名参同，君乃无事焉。'梨枣句，唐韦应物《答偶奴重阳二甥》诗：'贫居烟水湿，岁熟梨枣繁。'"按，此首全用道教术语。魏伯阳作《参同契》，为言炉火之书。谓参同《周易》、黄老、炉火三家而归于一。词言"参同火"，指内丹术之炉火。候火，喻意守丹田。梨枣，为丹药汞、铅之代称。陶弘景《真诰·运象二》："玉醴金浆，交梨火枣。此则腾飞之药，不比于金丹也。在内丹术中指火、水。三关，应引《黄庭内景经·三关》：口为心关精神机，足为地关生命扉，手为人关把盛衰。"词中所言之"参同火"及"梨枣"，均为内丹术用语。词意谓谨守身心，不亲女色。如孔尚任《送牧堂上人游五台》诗"层崖翠接蔚蓝天，百丈清风待皎然"句，注云："皎，白色的光，这里指月光。"马斗全指出，"百丈"与"皎然"俱为僧名。诗中以皎然喻牧堂，百丈清风喻五台佛地。人名错解，全诗主旨皆失。

四、校勘

注诗前先要做好校勘工作，定本尽可能无误或少误。

1. 一字之误认、误释

一字之误认、误释，亦会导致对全句甚至全诗的理解错误。

孟浩然《送杜十四》："荆吴日接水为乡。""为"字，佟培基笺注本作"鸟"。按，活字本、凌本、嘉靖本、丛刊本、《才调》、王《选》、《绝句》皆作"为"。"鸟"字仄声，显误，校勘者因不知平仄而取误本。傅璇琮《唐代科举与文学》341页引《唐诗记事》载温宪诗："十年沟湟待一身，半年千里绝音尘。"前一句"年"字必为笔误，平仄不合。查原书作"口"。东坡《临江仙》词（"尊酒何人怀李白"）上下阕第四句，吴讷本作"花开又花谢"、"夜阑对酒处"，《全宋词》、邹同庆《校注》从之，薛瑞生《笺证》去"又"字。按，二语傅干本"花开花谢"、"夜阑对酒"；龙榆生从之，是。毛晋本作"花开花又谢"、"夜阑相对处"，亦可。吴本平仄不合，当为钞手之误。薛本去"又"字，上下阕不统一，更误。又如马兴荣《山谷词校注》，《采桑子》"两行芙蓉泪不干"一语，出校云："两行，《丛刊》本作'两打'，'打'字显误。"实际上应校为"雨打芙蓉泪不干"，"行"字平仄不合才是真的"显误"。黄庭坚《从舅氏李公择将抵京辅以江南初自淮之西犹未秋日思归》诗："归心摇摇若秋带。"史季温注："谢朓《辞随王笺》：'归志莫从，邈若坠雨，翩似秋蒂。'注：'秋蒂去于树。喻已别王也。'恐'秋带'字误。"刘尚荣校："秋带，库本作'楸带'，清钞本作'秋带'。按当作'秋蒂'，详史季温注。"按，二字应据库本。"楸带"，即楸线，楸树经春长出的柔枝。刘氏已校出，惜未能择善而从,失之交臂。

2. 注家应懂诗词格律

认真按格律校勘,择善而从,注释方能无误。

秦观《满庭芳》茶词,有"香生玉乳"一语,徐培均校注《淮海居士长短句》、周义敢等《秦观集编年校注》,均谓"乳"字误,校定为"香生玉尘",并引例句数十言以解释"玉尘"一词,谓即茶末。按,词律此句应是"平平仄仄","尘"字平声,不合律,必误。

3. 注释者应有文字学知识

对线装书中的繁体字、异体字要懂得辨认和解释,这是古籍整理工作的一个最基本要求。近年出版的一些中青年学者编撰的书籍中,更添了一种前所未有的问题,就是因异体字、简化字的误认而产生的误注。如贾岛《就可公宿》诗:"十里寻幽寺,寒流数㳇分。"黄鹏笺注:"㳇,水名,《说文》:'起雁门葰人成夫山,东北入海。'可知可公幽寺在㳇水流域。"按,"㳇",为"派"之讹字,非㳇水之"㳇"。且"㳇"音"孤",平声,于此诗中不合律。时可公(即无可,岛从弟)居于白阁峰(位于今陕西户县西南)下的草堂寺中,注者据"㳇"字推断"寺在㳇水流域",更是大误。又,"成夫山",当为"成夫山"。一字之注,已包含四种不同性质的错误,可见"小学"的功夫还是要认真做好的。

还有一种新的失误,就是因异体字或繁简字的转换而致错解。如"間"、"閒"、"閑"三字,古书中,"間"与"閒"同,"閒"又通"閑",简化字更把"閑"、"閒"统一作"闲"。贺铸《六州歌头》:"间呼鹰嗾犬"句,多种选本都录作"闲呼鹰嗾犬",或解作"写闲时出外打猎"。钟振振指出:"首字依格律都用仄声,而'闲'字却是平声,所以必误。贺词此句与上文连起来串讲,是说除了聚众令饮以外,间或出城打猎。"又如纳兰性德《鹧鸪天》词"马上吟成促渡江,天将间气付闺房"二句,张秉成《纳兰词笺注》中,"间气"印成"闲气",解云:"此二句意思是皇后骑在马上吟成诗句,催促皇帝挥戈渡江,从而帝后失和,生了闲气。"大误。旧谓杰出人物秉天地之灵气,间世而出，故曰"间气"。"间气"之"间"字读仄声。纳兰词谓萧后女中豪杰，为天地之间气所钟。词意是赞美萧后的，注家因一字误解，全词的本旨皆失。顾贞观《苏幕遮》词："斗酒双螯，随分吾家事。"《木兰花慢》词："也当他、斗酒听啼莺。"张秉戍《弹指词笺注》云："斗酒，比赛酒量。"注者误把"斗"字认为是"鬭"的简化字。此外"斗酒听莺"，用《世说新语》中所载的戴颙携斗酒双柑听黄鹂的故事，为习见典故，更应注出。又如柳永《受恩深》词："雅致装庭宇，黄花开淡泞。"孙光贵、徐静《柳永集》校注："菊花开在湿润的土地上。黄花，菊花。淡泞，湿润的泥土。淡，程度不深。泞，泥泞，泥浆。"按，泞，音 zhù。非"濘"字的简化字。淡泞，意为淡泊。且"泞"字是韵脚，与"宇"字相协，更不能读成"nìng"。可见"小学"的功夫还是要认真做好的。

　　康有为《自题三十影像》诗："犀顶龟文何肯相，电光泡影认须眉。"舒芜等《康有为选集》注云："按照封建社会最迷信、最欺骗、最反动的宿命论相法：这种额头隆起、脚掌上有似龟背纹的，主做大官，享巨富。这种相法有为是不信的，故云何肯相——什么骨相！"按，"肯"字，实为"骨"字之误。崔斯哲手录《康南海先生诗集》以异体字书之，当代整理本误"骨"字为"肯"字。此为律诗中的颈联，"骨相"与"须眉"对偶，若作"何肯"，则不成联语了。且康有为终生笃信相法，亦曾论及谭嗣同、梁启超等人的面相，本诗中亦为自己的骨相而沾沾自喜。注者据"何肯"二字断其"不信"，亦谬。

有我、无我之境说与王国维之语境系统

中山大学 彭玉平

一、不断调整中的两境学说

在《人间词话》学术史上，对有我之境、无我之境①的争论与对"隔与不隔"说的争论一样，属于热点问题之一。在初刊本《人间词话》中，关于有我无我之境的论述主要集中在第3则、第4则，第3则乃从物我关系详细分析两境之区别及高下，第4则申言两境与动静之关系及其呈现出来的优美与宏壮两种审美形态。但对勘王国维的手稿本与《国粹学报》本（以下简称"初刊本"）②，颇有意味。手稿本第33则云：

> 有有我之境，有无我之境。"泪眼问花花不语，乱红飞过秋千去"，"可堪孤馆闭春寒，杜鹃声里斜阳暮"，有我之境也；"采菊东篱下，悠然见南山"，"寒波澹澹起，白鸟悠悠下"，无我之境也。有我之境，物皆著我之色彩；无我之境，不知何者为我，何者为物。古人为词，写有我之境者为多，然非不能写无我之境，此在豪杰之士能自树立耳。

初刊本第3则在列举了体现两境的例句后，对两境的表述略有

---

① 本文提及有我之境与无我之境，按行文方便，或简称"有我无我之境"，或简称"两境"。
② 本文所引用王国维《人间词话》手稿本文字，均出自彭玉平撰《人间词话疏证》，中华书局2011年版；所引用初刊本、重编本文字，均出自彭玉平评注《人间词话》，中华书局2010年版。以下引述词话文字，只标明手稿本、初刊本、重编本的情况及具体则数，其他不再一一标注。

调整：

> 有我之境，以我观物，故物皆著我之色彩；无我之境，以物观物，故不知何者为我，何者为物。古人为词，写有我之境者为多，然未始不能写无我之境，此在豪杰之士能自树立耳。

两本对勘，王国维对有我、无我之境的理解并没有发生多少变化，只是将两境的"观物"特点作了对比分析，立足于"我"的观物——以我观物，即为有我之境，将"我"物化的观物，或者说淡化"我"的观物——以物观物，即为无我之境。两境都涉及审美主客体的关系，但侧重在对审美主体的要求各不相同。

如果再把手稿本分为初稿与修改稿的话，其实手稿"古人为词"云云，已经是王国维修改后的文字了。手稿的原稿是"此即主观诗与客观诗之所由分也"，后将此句删掉，改为现今的表述。但删掉的只是表述的语言，未必就是删去了思想，或者说主观诗与客观诗之分可能正是王国维论述有我无我之境的理论因缘之一。

如此，从王国维的删改痕迹，我们可以大致理出王国维撰述此则的思维过程：或许先有主观诗与客观诗的分类观念，然后分别列举作品，根据"物"中所体现出来的"我"的不同形态，而分为"有我之境"与"无我之境"。在将手稿选录发表时，再次斟酌此则，增加了何以造成"物"中之"我"具有如此不同形态的原因，乃在于存在"以我观物"与"以物观物"的不同方式。至此，有我与无我之境的表述才趋于定型。

厘清了这一撰述修改过程，我们可以试着从王国维的思维原点出发来勘察两境内涵的变化。在19世纪中期的法国诗坛，围绕着"主观"与"客观"的话题，就文学是否需要抒情等问题展开了激烈的论争。此前的浪漫派诗人认为诗歌不仅需要抒情，而且所抒发的感情必须切合诗人自身，具有鲜明的情感个性。而后起的"帕尔纳斯派"则认为诗歌如果将表现诗人的个性作为宗旨，则很可能成为诗人"怪癖"的表现园地，极端的唯我主义使诗歌变得狭隘，主张"不动情感主义"，将诗人的触角伸向客观景象，从而使诗歌具有雕刻般的冷静明晰。回顾这一段学术史,浪漫派的注重诗人个性与"帕尔纳斯派"的侧重客观意象,都自蕴其理,但也都存在着强调过甚以致理论失衡的问题。

王国维可能也意识到主观诗与客观诗分类的未尽合理,所以,斟酌之下不取此说。盖有我之境与无我之境作为理论范畴应该也可以基本涵括主观诗与客观诗的说法;再者,有我之境与无我之境在本则开头就一路说来,如果加上主观诗与客观诗的说法,与本则的语境也不太谐和,至于说让两种范畴体系同时存在就更没有必要了。

但我觉得,还可能有的原因是:主观诗与客观诗的说法毕竟是从创作整体的角度提出的分类概念,而王国维在分析有我无我之境的时候,其实已经将两境的针对范围限定在名句上。无论是冯延巳、秦观的词句,还是陶渊明、元好问的诗句,都是以"句"为考量对象的。在此背景之下,主观诗与客观诗的分类显然与有我无我之境的区分无法完全契合。

同时,删去"主观诗"与"客观诗"的说法,也与王国维潜在的文体观念有一定关系。两境的划分固然是着眼于"文学"整体而言的,特别是在初刊本中,相关的理论阐述完全是一种泛文学理论的气度。但我认为,王国维对两境的划分其实内蕴着一定的文体观念。就有我之境的例证来看,王国维所选择的"泪眼"、"可堪"之句,皆为词句;而无我之境的"采菊"、"寒波"之句,则皆为诗句。则有我之境侧重于词体,无我之境侧重于诗体,乃是可以得到一种直观上的初步证明。同时,在此则的结尾,王国维特别提到古人为词多为有我之境的史实问题,则更可以将例证的直观落实为文体的意义了。当然,王国维并非将两境的划分与文体进行直接的对应,而只是从总体倾向上来以有我之境对应词体,以无我之境对应诗体而已。王国维应该考虑到了这种文体对应的不周密性,所以,在此则最后,王国维特地提到两境对应文体的意义仅在于多与少而已。若词体,固然是有我之境者居多,但也未尝没有无我之境;换言之,诗体中的有我之境也是客观存在的,只是无我之境相对普遍而已。

以上是删改的情况。就增加句子的情况来看,也有值得注意者。如果说主观诗与客观诗的话语更多地带有西方色彩,那么初刊本发表时增加的"以我观物"、"以物观物"则明显地属于中国传统话语。因为宋代邵雍《皇极经世书》在解释何谓"反观"时,就用"以物观物"以区别于"以我观物"。而邵雍正是王国维曾经熟读过的人物,这删改的一笔,其实也许包含着王国维不欲过多或者过于明显地带上西方学术影响的用意。

以上是对王国维在斟酌文辞中可能流露出来的心理的分析。要对其理论作进一步分析,我以为上述的这个过程是基本前提,不容忽略。

二、两境的情感取向与情感类型

有我之境与无我之境具有明确的情感取向吗?从理论表述上看,王国维区别两境只是就"我"与"物"的关系状态而言,两境的情感取向并不明显,至多只能说是潜伏在这一理论的背后。所以,要回答这个问题,必须先从王国维的举证来分析。王国维对于有我之境,选取了冯延巳的"泪眼问花花不语,乱红飞过秋千去"与秦观的"可堪孤馆闭春寒,杜鹃声里斜阳暮"词句来作说明。冯延巳语境中的女子希望能将满怀的心事通过问花而得到解释,并释去内心的惆怅,但"花"以拒绝和远去给了女子更沉重的精神打击;秦观在前路茫茫时,希望环境能给以慰藉,但视觉所见、听觉所闻,无一能传达出温情,反而加重了压抑和痛苦之感。这种物性与我性的强烈悖反,使得"我"与"物"之间形成了尖锐的对立。所以,在王国维例举的词句中,有我之境所传达的自然是偏重悲情。

而在形容无我之境时,王国维则举了陶潜的"采菊东篱下,悠然见南山"与元好问的"寒波澹澹起,白鸟悠悠下"诗句为例。陶潜与元好问的性情如何,可暂不置论,但被王国维援引的诗句都传达出一种谐和安谧的景象,则是相似的。是先有这种景象才焕发出诗人从容的心境,还是先有诗人的心境,才有这心境中的景象,一时难以明辨。总之,在诗人的笔下,作为诗人的"我"与所表现的"物"之间呈现出谐适的情境。所以,就王国维所例举的诗句而言,无我之境所传达的当侧重于从容安和之情。

以上的分析仅是立足于王国维的表述语境而已。问题是：王国维的举例是带有偶然性、个别性，还是带有概括性、涵摄性呢？这就需要结合更多的语境来作出分析，才能坐实两境是否有情感取向以及有着怎样的情感取向的问题。这就不能不注意这一则：

> 《诗·蒹葭》一篇，最得风人深致。晏同叔之"昨夜西风凋碧树。独上高楼，望尽天涯路"，意颇近之。但一洒落，一悲壮耳。

这是初刊本的第24则，但它在手稿本中却是开篇的第1则，直接催生和引导了《人间词话》的撰写历程，则其特殊意义自是应予关注的。王国维说《蒹葭》有一种风人深致的洒落在里面，而晏殊的"昨夜"二句，则包含着悲壮的情怀。联系王渔洋在《古夫于亭杂录》中曾认为《秦风·蒹葭》有一种庄子所谓"令人萧寥有遗世意"的意味，则王国维所说的"洒落"与王渔洋援引的"遗世意"，其实有一种相似的内涵在里面，这或许可以视为无我之境的一种理论渊源。而"昨夜"二句的悲壮是源于理想的确立与目前的状况之间存在着巨大的差异，追寻这一份理想注定是一个艰辛甚至悲壮的历程，则"悲壮"云云，自然也可以切合到有我之境的语境中来加以分析。从以上简要的分析来看，王国维对有我之境与无我之境的理论锐感，其实已然潜伏在手稿第1则中了。

但上述的这种情感取向，更多是表现在现象上。悲壮、悲凉的内涵固然无需作过多的解释，而洒落或者遗世、谐适，却需要穿透现象，看清其深层的情感底蕴。勘察无我之境的情感内涵，我认为需要结合王国维所推举的"豪杰之士"才能大致衡估出来。若依《文学小言》之说，被王国维誉为旷世而不一遇的诗人有屈原、陶渊明、杜甫、苏轼四人[①]；若依《人间词话》之说，堪称文学天才的起码有眼界始大感慨遂深的李煜、旷达超逸的苏轼、以自然之眼观物自然之舌言情的纳兰性德等。其中，除

[①] 《文学小言》第7则，《王国维全集》第十四卷，浙江教育出版社、广东教育出版社2010年版，第94页。

了陶渊明的"采菊"二句已经明确被列入无我之境之外，其余诗人并没有在对无我之境的分析中被凸显出来。

如果把这些文学史上的"豪杰之士"略加分类的话，其在文学上的认知大致可以分为以旷达超逸为基本特征的陶渊明、苏轼一类，以悲情淋漓为特点的屈原、杜甫、李煜、纳兰一类。陶、苏可不论，因为王国维在阐释无我之境时，从所举句例来看，两人在这一理论框架内不至于引起怀疑。问题出在屈原、杜甫、李煜、纳兰身上。屈原的遭谗不遇而眷眷故国之意，杜甫忧国忧民的老臣情怀，李煜对人生无常的深层感慨，纳兰哀感顽艳的凄美之情，显然都指向情感的悲凉。如王国维在其代笔的《人间词乙稿序》中就说："纳兰侍卫……其所为词，悲凉顽艳，独有得于意境之深，可谓豪杰之士，奋乎百世之下者矣。"就是把作为豪杰之士的纳兰与悲凉的情感直接对应的。则无我之境的悲凉与有我之境的悲凉如何加以区别，就成了一个不容回避的问题。要明了这种区别，初刊本第18则就不能忽略了。其文曰：

> 尼采谓：一切文学，余爱以血书者。后主之词，真所谓以血书者也。宋道君皇帝《燕山亭》词亦略似之。然道君不过自道身世之戚，后主则俨有释迦、基督担荷人类罪恶之意，其大小固不同矣。

这一则词话简直是专为解答上面的疑问而撰的。所谓"以血书者"其实就是抒发悲情的文学，但为什么有的悲情属于有我之境，有的悲情却属于无我之境呢？这里就涉及悲情的力度及涵盖范围了。若是言一己特殊之悲情，就是有我之境；若是言普适之悲情，就是无我之境。美国宾夕法尼亚大学汉学家李又安（Adele Austin Rickett）在其翻译的《人间词话》中曾将"有我之境"译为"personal state"，将"无我之境"译为"impersonal state"，倒是与本文的观点颇为契合。[①] 宋徽宗的《燕山亭》词，

[①] 王国维著、Adele Austin Rickett（李又安）英译、张徐芳今译：《人间词话》，凤凰出版传媒集团、译林出版社2010年版，第15页。Adele Austin Rickett 的英译曾经得到浦江清、钱锺书、杨绛、周汝昌、吴兴华、周策纵、傅汉思、师德克·卜德等人的指点，因此从某种程度来说，译者对无我有我之境的理解也是得到这些学者的认同的。

悲则悲矣，但系于自身之命运而已；而李煜的生命无常之叹虽然也由自身的遭遇而兴起，但笔锋所至，已经超越了作为生命个体的李煜自身情感，而代言了人类具有普遍意义的感情。王国维将宋徽宗悲情之"小"与李煜悲情之"大"对勘而论，似乎正是遥相呼应着有我之境与无我之境的理论的。

通过以上简略的分析，我们可以明白：为什么在初刊本中，王国维在阐释完有我无我之境的基本理论之后，接着的是如下的第4则：

> 无我之境，人惟于静中得之；有我之境，于由动之静时得之。故一优美一宏壮也。

优美、宏壮的语源及内涵容后讨论。就情感的"小"、"大"而言，所谓有我之境的"由动之静"时得之，乃是指诗人将在特殊的场景中所引发的情感从激荡的状态慢慢沉淀为一种切近的认知和判断，因为仍不离乎特殊的情景，处于由动之静之"时"，所以其感情自然带着强烈的个人色彩，因此而表现出宏壮的特点。所谓无我之境的"惟于静中得之"，乃是指此时诗人已经完全从特殊的情景中超越出来，情感沉静，思虑深沉，从而提炼出带有普适性的情感了。这种提炼如果不能脱离具体的情景，则其一定是不纯粹的，这是王国维要在"静中得之"前面加上"惟"的原因所在。宏壮与优美，其实正是从小和大的不同角度来区分有我之境与无我之境的差异的。饶宗颐在《人间词话平议》中认为无我之境"惟作者静观吸收万物之神理，及读者虚心接受作者之情意时之心态，乃可有之"，亦是将静观与"吸取万物之神理"结合起来的。又说："大抵忘我之文，其长处在极高明；现我之文，其长处在通人情。"[①] 应该是契合王国维的语境的。而胸襟、学问才是大诗人高明的底蕴所在。所以初刊本第44、45则云：

> 东坡之词旷，稼轩之词豪。无二人之胸襟而学其词，犹东施之效捧心也。

---

① 饶宗颐：《文辙——文学史论集（下）》，台湾学生书局1991年版，第747、748页。

> 读东坡、稼轩词，须观其雅量高致，有伯夷、柳下惠之风。白石虽似蝉蜕尘埃，然终不免局促辕下。

所谓"雅量高致"其实就是"胸襟"的内涵。只有具备了这样的胸襟，才有可能从具体的现象中超脱出来，发现更深层、更本质的内涵。要达至无我之境，正需要有这样的胸襟来支撑。

然而，如何进一步理解从"采菊"二句、"寒波"二句所带来的作为无我之境表征的谐适静谧之情呢？要回答这个问题，仍须切入王国维的语境之中。王国维列举的是陶渊明和元好问的诗句，这里仅以陶渊明为例。陶渊明的旷达和归隐之心素来流播众口，《归去来兮辞》中所描写的"舟遥遥以轻飏，风飘飘而吹衣"[①]曾经把陶渊明长期定格在杯酒风流的隐逸形象之中。但陶渊明分明在《杂诗》中用"一心处两端"来描述自己在远骛与归田之间的矛盾抉择，他的数隐数仕就很好地诠释了他的这种内心矛盾。他的"达生"自然也因此积聚着很深的"忧生"底蕴。陶渊明其实非常眷恋于生命的可贵。其《九日闲居》有"世短意恒多，斯人乐久生"之句，即可见其贵生之情怀。但在陶渊明的时代，愈是贵生，就愈是痛苦，因为篡乱频仍的时代，注定了需要将生命面对痛苦和虚幻的现实，所以，陶渊明的诗歌在数量上绝大多数都是倾诉其生命的忧患意识和痛苦历程。如《饮酒》之"吾生梦幻间，何事绁尘羁"，《杂诗》之"虽留身后名，一生亦枯槁"，等等，都流露出强烈的焦虑意识。好在陶渊明没有如后来的李煜一样沉浸在痛苦之中而无力自拔，而是在盘桓了人生的现实和意义之后，在《归去来兮辞》中将自己的人生最终定位表述为"委心任去留"五字，从而真正超越了忧生的阶段，而臻于达生的境界。他的"采菊东篱下，悠然见南山"正是他在历练了人生的忧患之后，才显现出的弥足珍贵的从容。如此说来，陶渊明的旷达也曾是以悲情为底蕴的，只是忧生如同静水，深流在旷达的底层而已。王国维举证陶渊明的"采菊"二句来说明无我之境的表现形态，当然只是提出了结论，而将这

[①] 本文引用陶渊明诗文均出自龚斌校笺《陶渊明集校笺》，上海古籍出版社1996年版，文中不再一一标注。

种结论的形成过程省略了。但我们在追溯这一结论的内涵时，却有必要还原出其原始形态及其发展过程，如此才能不为所举之句例限制。因为王国维在论述境界之时，就已经分明将"喜怒哀乐"都包括在里面了。

在《清真先生遗事》中，王国维以常人之境界与诗人之境界，呼应着有我之境与无我之境的情感理论。其语云：

> 夫境界之呈于吾心而见于外物者，皆须臾之物。惟诗人能以此须臾之物，镌诸不朽之文字，使读者自得之，遂觉诗人之言，字字为我心中所欲言，而又非我之所能自言，此大诗人之秘妙也。境界有二：有诗人之境界，有常人之境界。诗人之境界，惟诗人能感之而能写之，故读其诗者，亦高举远慕，有遗世之意。①

王国维所说的"大诗人之秘妙"其实就是揭示"豪杰之士能自树立"的原因所在。因为只有豪杰之士才能写出"字字为我心中所欲言，而又非我之所能自言"的作品，也只有这样的作品才能引发读者"高举远慕"的遗世情怀。王国维在这里所说的远慕、遗世，并不一定就是专指老庄超旷的情怀——当然也可以包括此点，而主要是指超越具体的个人化的悲喜之情，而获得对人类普适之情的认知和认同而已。

明乎以上对两境情感内涵和类型的分析，或许可以对初刊本第 2、第 5 两则有了更多的认同。其文曰：

> 有造境，有写境，此理想与写实二派之所由分。然二者颇难分别。因大诗人所造之境，必合乎自然；所写之境，亦必邻于理想故也。

> 自然中之物，互相关系，互相限制。然其写之于文学及美术中也，必遗其关系、限制之处。故虽写实家，亦理想家也。又虽如何虚构之境，其材料必求之于自然，而其构造，亦必从自然之法则。故虽理想家，亦写实家也。

这两则词话往往被疏离在对有我无我之境的阐释之外，但其在初刊本中分居第 3、第 4 两则论述有我无我之境的一前一后，仅从

---

① 《清真先生遗事·尚论三》，《王国维全集》第二卷，第 424 页。

结构上而言，其与两境的关系就值得重视。造境和写境都可以由"大诗人"来完成，是因为造境和写境两者都涉及写实与理想两种方法的问题。写实近乎有我之境，而理想近乎无我之境。理想是在写实基础上抽象演绎出来的，而写实同样需要在理想的观照下进行。造境与写境之间实际上存在着交叉的关系。写实家与理想家之所以如此难以区分，就在于诗人既离不开自然，又必须进行必要的虚构，如此才能既不离乎现象，又能烛照本质。

王国维关于写实与理想、写实家与理想家的区分，起码在表述上是颇为纠葛的，因为写实与理想并非可以平行而论。若要追求无我之境，则必须先经历有我之境才有可能。初刊本第60、61则云：

> 诗人对宇宙人生，须入乎其内，又须出乎其外。入乎其内，故能写之；出乎其外，故能观之。入乎其内，故有生气；出乎其外，故有高致。
>
> 诗人必有轻视外物之意，故能以奴仆命风月；又必有重视外物之意，故能与花鸟共忧乐。

这两则词话也多为学界论述有我无我之境时所忽略，其实，它们与前述造境、写境与理想家、写实家一样，也是与有我无我之境直接相关着的。因为需要重视外物，所以要入乎宇宙人生，从而写出人生、花鸟之忧乐，展现生动的有我之境；因为人生纷纭，世事万千，所以也需要轻视外物，要超乎外物来观察外物，如此才能奴仆风月，写出宇宙人生之高致，展现沉静的无我之境。从王国维这些表述来看，若无有我之境，其实也难有无我之境，无我之境是建立在有我之境的基础之上的。两境不仅有着高下之分，而且有着前后之别。

三、艺术直观与两境之转换

王国维在勘察了西方和中国古典两种哲学美学理论源流之后，看到了中国当下对"美术"的忽视及"利害"观念的甚嚣尘上，因而介入审美教育领域，而以"无欲之境界"作为美育的基本目标。他在《孔子之美育主义》一文中说："呜呼！我中国非美术之国也。一切学业以利用之大宗旨贯注之。治一学,必质其有用与否;为一事,必问其有益与否。……而世之贱儒辄援'玩物丧志'之说相诋,故一切美术皆不能达完全之域。美之为物,为世人所不顾久矣!庸讵知无用之用有胜于有用之用者乎?"① 这一节论述可以视之为王国维强调美育的社会现实背景所在。在这样一种语境中,"无用之用"高于"有用之用"的意图是昭然在焉,所以,在同样的语境中形成的"有我之境"与"无我之境"的高下关系,也就自然可以理解了。

如何将纠缠于社会种种利害之中的"我"转化为无欲之"我"?或者说以"无欲之境界"替代"利用之大宗旨"——也就是从"有我之境"上升为"无我之境"?这个问题,王国维在《孔子之美育主义》中并未解答。但在《叔本华之哲学及其教育学说》中,王国维曾引用叔本华之语曰:"他物则吾不可知,若我之为我,则为物之自身之一部,昭昭然矣。而我之为我,其现于直观中时,则块然空间及时间中之一物,与万物无异;然其现于反观时,则吾人谓之意志而不疑也。而吾人反观时,无知力之形式行乎其间,故反观时之我,我之自身也。然则,我之自身,意志也;而意志与身体,吾人实视为一物。"② 这一节言及观我观物、直观反观的区别,其要义是在比较中凸显直观的作用和意义,因为要泯合物我之间的界限,唯有直观方能达致此效。王国维几乎是用邵雍的话语译述着叔本华的意思。

直观与概念之间其实是先与后的关系,本于直观的知识较本于概念的知识要更真实切近。无我之境因为贯穿了物我之情而更能彰显一种自然的真实,而有我之境因为物与我的对峙,在彰显一种感情的同时也往往遮蔽一种感情,所以在真实程度上自然略逊前者。王国维在《叔本华之哲学及其教育学说》一文中说:"概念之为物,本由种种之直观抽象而得者,故其内容不能有直观以外之物。而直观既为概念以后,亦稍变其形,而不能如直观自身之完全明晰。一切谬妄皆生于此。而概念之愈普遍者,其离

---

① 《王国维全集》第十四卷,第18页。
② 《王国维全集》第一卷,第36～37页。

直观愈远，其生谬妄愈易。故吾人欲深知一概念，必实现之于直观，而以直观代表之而后可。若直观之知识乃最确实之知识；而概念者仅为知识之记忆传达之用，不能由此而得新知识。真正之新知识，必不可不由直观之知识，即经验之知识中得之。"① 王国维强调直观之于知识的重要意义，于此言之甚明，或者说真正的知识是存于直观而非存于概念的。因为由"直观"而变成"概念"之后，"谬妄"也因之产生。因此以直观为主要观照方式的无我之境较之以概念为主要观照方式的有我之境，其在涵括性和真实度上，都是明显要胜过一筹的。

王国维赞同叔本华将美术的重要性置于科学之上，因为美术之知识全为直观之知识，而科学虽源于直观，但既成为一科学，则自然会形成以概念为核心的体系。王国维在《叔本华之哲学及其教育学说》一文中说："科学上之所表者，概念而已矣；美术上之所表者，则非概念，又非个象，而以个象代表其物之一种之全体，即上所谓实念者是也，故在在得直观之。如建筑、雕刻、图画、音乐等，皆呈于吾人之耳目者，唯诗歌（并戏剧、小说言之）一道，虽藉概念之助以唤起吾人之直观，然其价值全存于其能直观与否。诗之所以多用比兴者，其源全由于此也。"② 正是基于文学多以比兴表现出直观，并将这份直观存留于读者，所以较之以概念为主的历史要更具审美价值。"吾人欲知人生之为何物，则读诗歌贤于历史远矣"。③ 话说得略过，但从直观的角度而言，仍是大体合理的。因为文学通过比兴的方式"以个象代表其物之一种之全体"，使得其既超越个象的局限，又不至于落入概念的境地，而"物之一种之全体"却得到颇为充分的彰显。诗人的直观与读者的直观，就在这种近乎"耳目"的感受中获得共鸣。

从以上的分析来看，王国维对有我之境与无我之境的划分，虽然在处理物我关系上，邵雍与叔本华有着殊途同归的关系，但

---

① 《王国维全集》第一卷，第43页。
② 《王国维全集》第一卷，第50页。
③ 《叔本华之哲学及其教育学说》，《王国维全集》第一卷，第51页。

若细致考量其话语体系及具体内涵,似乎浸染了更多叔本华哲学美学的思想。王国维把哲学与美术视作天下"最神圣、最尊贵"的学科,而这种神圣与尊贵的原因正在于其"无与于当世之用"。王国维在《奏定经学科大学文学科大学章程书后》一文中说:"且夫人类岂徒为利用而生活者哉?人于生活之欲外,有知识焉,有感情焉。感情之最高之满足,必求之文学、美术;知识之最高之满足,必求诸哲学。"所以从超越生活之欲的理念出发,王国维竭力主张哲学家、诗人都要放弃兼为政治家的努力,他认为中国历史上的孔子、墨子、董仲舒、张载、程颐、程颢、朱熹、陆九渊、王守仁等哲学家,无一例外都深度介入政治领域,导致其哲学有欠精纯,不免令人遗憾。中国哲学是如此,中国文学也是如此。他分别列举了杜甫的"自谓颇腾达,立登要路津。致君尧舜上,再使风俗淳",韩愈的"胡不上书自荐达,坐令四海如虞唐",陆游的"寂寞已甘千古笑,驱驰犹望两河平"等为例,说明这些诗人的抱负、忠告、悲愤都超越了一个诗人应有的本分。而这些所举之例都是出自"大诗人"手笔,至一般诗人,就更是如此。所以王国维把"一命为文人,便无足观"视为中国之金科玉律。他对中国古代诗人不能超越利害关系,降低了审美的纯粹意义深表遗憾。他在《论哲学家与美术家之天职》一文中说:"……转而观诗歌之方面,则咏史、怀古、感事、赠人之题目弥满充塞于诗界,而抒情叙事之作,什佰不能得一,其有美术上之价值者,仅其写自然之美之一方面耳。甚至戏曲、小说之纯文学,亦往往以惩劝为旨,其有纯美术上之目的者,世非惟不知贵,且加贬焉。"[①] 王国维为什么反对文学中的咏史、怀古、感事、赠人一类的题目,因为这些题目注定要将"直观"上升到"概念",才有可能契合题目。王国维此论虽然是在西方哲学的观念之下对中国古典诗歌的一种历史审视,但客观地说,其所提出的现象确是比较突出的。如此说来,王国维"无我之境"说的提出,正有着引领中国文学发展方向的意义在内。

---

① 《王国维全集》第一卷,第 132~133 页。

王国维早年接触的德国古典和近代哲学家，无论是康德，还是稍后的叔本华、尼采，都是将哲学与文学作为一种彼此精神相通的学科来认知的，所以其中的概念、理论有许多是通贯二者的。这是王国维在告别哲学之后能迅即进入文学研究的原因之一。王国维《奏定经学科大学文学科大学章程书后》一文在说明经学与哲学的密切关系时说："至文学与哲学之关系，其密切亦不下于经学。……特如文学中之诗歌一门，尤与哲学有同一之性质，其所欲解释者，皆宇宙人生上根本之问题。不过其解释之方法，一直观的，一思考的；一顿悟的，一合理的耳。"① 哲学以合理的思考解释宇宙人生之根本问题，诗歌以直观的顿悟来表现同样的问题。王国维从对象的角度考察中西文学、哲学关系的共通性，确实是符合历史事实的。王国维在这种比较中特别提到诗歌一门，更注意到诗歌与哲学在解释方法上的差异性，而其对诗歌直观顿悟方法的重视，又必然要回归到审美的超利害性，也必然要落实到对"无我之境"的青睐。这种观念之间的承传，在王国维的学术思想中其实是一种"链"，虽有曲折，但彼此关合甚深，这也意味着考察王国维的思想，一定要将这种链条完全厘析清楚，才能知其来龙去脉。

王国维在撰述《人间词话》之时，已经是研究文学有年了。文学的特点使得他对哲学、美学中的"直观"有了更多的认同。文学特别是诗歌的价值在于给人以情感上的慰藉，文学不在于是否表达道德政治、痛苦绝望，而在于能否以一种平和自然的情感状态使人趋于平静。所以从某种程度上来说，文学也具有某种宗教功能。王国维在《去毒篇——鸦片烟之根本治疗法及将来教育上之注意》一文中曾将禁绝鸦片之道归诸宗教和美术二者，因为"感情上之疾病，非以感情治之不可"，宗教可以赐人以希望，而美术给人以慰藉。只是"宗教之兴味存于未来，而对美术之兴味存于现在"而已。情感慰藉是王国维对文学功能与价值的基本定位，这当然也是王国维自己需要情感慰藉时走向文学的深层原因所在。

---

① 《王国维全集》第十四卷，第36～37页。

王国维早期著述中崇尚无我之境的理论端倪所在多有。《文学小言》提到的"餔餟的文学，决非文学"、"文学者，游戏的事业也"，"个人之汲汲于争存者，决无文学家之资格也"，等等，皆可为"无我之境"下一边缘的注脚。不过若从理论而言，比较成型的有我之境与无我之境之说似已先见于《文学小言》第4则："文学中有二原质焉：曰景，曰情。前者以描写自然及人生之事实为主，后者则吾人对此种事实之精神的态度也。故前者客观的，后者主观的也；前者知识的，后者感情的也。自一方面言之，则必吾人之心中洞然无物，而后其观物也深，而其体物也切。即客观的知识实与主观的情感为反比例。自他方面言之，则激烈之情感，亦得为直观之对象、文学之材料，而观物与其描写之也，亦有无限之快乐伴之。"① 王国维这里说的事实与精神，其实类似于后来在《人间词话》中说到的物与我。所谓"心中洞然无物"即"无欲之我"，所谓观物之深、体物之切，正是说明在"无欲"的状态下所观察的往往能触及本质、超越个体，而带有一定的普遍性。所谓"激烈的情感"其实就是王国维《人间词话》中阐释境界之"境"时曰："境非独谓景物也，喜怒哀乐亦人心中之一境界也。"无论是相对客观的自然、人生之事实，还是激烈之情感，都可以在"直观"中观照其本真状态和本质属性。王国维在《文学小言》中的阐释，严格来说，只注意到"物"的不同，而没有注意到"我"的不同，又因为"我"的特性是不变的，所以对于观照过程和观照方式方面的变化也未遑顾及，这正是其有我之境与无我之境理论初始状态不太圆满的一种体现。

虽然有我之境与无我之境的关系确如饶宗颐所说，是"及其所至，皆天地之至文也"②，两者各有特点也各有胜场。但因为王国维是从哲学走向文学，是从"有用"走向"无用"，是从"实用"走向"美术"，是从"凡人"走向"豪杰之士"，则借

---

① 《王国维全集》第十四卷，第93页。
② 饶宗颐：《人间词话平议》，收入饶宗颐《文辙——文学史论集》（下），台湾学生书局1991年版，第747页。

重"直观"来超越"有我之境"而臻于"无我之境",也就显得十分自然了。

四、两境的中西哲学、美学思想渊源

王国维的有我无我之境说并非凿空而论,而是渊源有自。观物而达万物之情,其实也一直是哲学追踪的目标之一。《周易·系辞下》便将包牺氏所作的八卦,看成是"通神明之德"、"类万物之情"的,所谓"神明"、"万物",自然是超越于具体的人或物的。而无我之境说与庄子思想的关系,更引起了许多学者不约而同的关注。饶宗颐在20世纪50年代初撰的《人间词话平议》应该是最早提及此点者。其语云:"王氏所谓'无我',亦犹庄周之物化,特以遣我而遗我于物之中,何曾真能无我耶?"① 周策纵在60年代初撰《论王国维人间词》,也已多次揭出王国维与庄子哲学特别是《人间世》一篇之关系。② 张文勋在70年代撰《从〈人间词话〉看王国维的美学思想实质》一文,在阐释分析"无我之境"时也认为"这是我国庄子的哲学和西欧叔本华、克罗齐等的'直觉主义'的翻版"③。佛雏对王国维词学的系列概念都作了细致的辨析,他在《王国维诗学研究》一书中说:"王氏论艺,深有取于庄子。他标举的'无我之境',跟庄子的'丧我'、'忘己',很有关系;'以物观物'正与'以天合天'互为注脚。"④ 这些学者对王国维诗学与庄子哲学的关系所做的渊源性的考察,颇有见地。

王国维对《庄子》一书曾下过深厚的涵泳体会功夫,庄子所谓"无我"与"吾丧我",其实都是将"我"回归于天地间之一"物"而已。不过庄子是藉以建立人生境界,而王国维藉

---

① 饶宗颐:《文辙——文学史论集》(下),第747页。
② 周策纵:《论王国维人间词》,台湾时报文化出版事业有限公司1981年版,第40页。
③ 姚柯夫编:《〈王国维〉及评论汇编》,书目文献出版社1983年版,第261页。
④ 佛雏:《王国维诗学研究》,北京大学出版社1987年版,第252页。

以建立艺术境界而已。《庄子·齐物论》记南郭子綦"嗒焉如丧其偶",颜成子游问曰:"形固可使如槁木,而心固可使如死灰乎?今之隐几者,非昔之隐几者也。"南郭子綦则以"今者吾丧我"回应颜成子游的疑问。其实在庄子的语境中,"丧偶"与"丧我"在本质上是一致的。二者之关系,窃以为王夫之论之尤精。其语曰:"夫论生于有偶,见彼之与我异,而若仇敌之在前,不相下而必应之。而有偶生于有我,我之知见立于此,而此以外皆彼也,彼可与我为偶矣。赅物之论,而知其所自生,不出于环中而特分其一隅,则物无非我,而我不足以立。物无非我者,唯天为然。我无非天,而谁与我为偶哉?故我丧而偶丧,偶丧而我丧,无则俱无,不齐者皆齐也。"① 在王夫之看来,庄子之所以"凌轹百家而冒于外者",正是因为庄子"不立一我之量,以生相对之耦",万物齐一,其道自高。庄子要把我与物的差异去除,因为"物无非我","我无非物",物我之间本来是"齐"的,只是因为儒墨诸家"相竞于是非而不相下,唯知有己,而立彼以为耦,疲役而不知归"②,这才"逼出"庄子的齐物之论,以醒蒙蒙之世人。

从话语上而言,无论是以我观物,还是以物观物,其境界的呈现终究是在"物"的层面。而在考量"物"的内涵上,庄子显然比康德、叔本华和尼采更为全面。在《庄子》一书中,"物"字出现了310次,其中近三分之一是以"万物"的词汇出现的。而且,在很多情况下,"物"也就是"万物"的简称而已。③ 所以《荀子·正名》说"物"是"大共名",或即基于"万物"的观念。王国维后来撰《释物》一篇,其观点也与此呼应。他引《说文》以"万物"释"物"之义,并归纳"物"的含义经历了由"杂色牛"之名到"杂帛"之名再到"万有不齐之庶物"之名的变化。④ 其结论也同样可以汇合到庄子的语境

---

① 王夫之:《庄子解》,中华书局1964年版,第11页。
② 王夫之:《庄子解》,中华书局1964年版,第10页。
③ 参见林德宏《中国古代关于物的哲学》,载《江海学刊》2009年第2期,第11页。
④ 《观堂集林》卷第六"艺林六",《王国维全集》第八卷,第187~188页。

之中。

在庄子看来，阴阳交和而成物，《庄子·田子方》云："至阴肃肃，至阳赫赫。肃肃出于天，赫赫发乎地。两者交通成和而物生焉。"① 物是如此，天地与人亦是如此，离乎阴阳，皆无以成。庄子在《人间世》中把"若与予"看作"皆物也"，当基于阴阳化生之学说。即今日话语中"人物"一词，也当是由此而形成。庄子在《齐物论》篇中得出"天地与我并生，而万物与我为一"的结论，在庄子的哲学中，实在是水到渠成的事。庄子重视物，其实就是重视天地、重视自然、重视人类自身。

不过作为"人"的物与作为自然物的"物"终究是不同的，而圣人与常人的处物之道也各有异。所以，在《山木》篇中，虽然庄子把"物物而不物于物"作为处理人与物关系的基本准则，但人之物与物之物毕竟是不能等量齐观的。《庄子·在宥》云："有大物者，不可以物。物而不物，故能物物。明乎物物者之非物也。"人在万物之中具有当然的主宰意义，所以人之物的价值和意义应在自然万物之上。而圣人的处物之道则是至高境界。《庄子·知北游》云："圣人处物不伤物。不伤物者，物亦不能伤也。""唯无所伤者，为能与人相将迎。"圣人与物的关系，其实就是"与之为娱"。在这种物与物的互娱中，物性与自性两相将迎，彼此回护，都得以最真实和最自然的状态呈现出来。

明乎庄子关于"物"的哲学，再来看王国维有我无我之境的论述，两者的契合就十分明显了。王国维从对立两极以立论的思路与庄子堪称不谋而合，王国维辨析两境的区分在于观物主体的不同，有我之境因为是"以我观物"，"我"的主体强势便不能不在"物"的身上留下痕迹，"我之色彩"云云，即此之谓也。但"我之色彩"的强盛也必然会遮蔽掉"物之色彩"。而被夸大了的"我"之性与被遮蔽了的"物"之性，因为都失却了平衡和本性，所以原本应是彼此之间的"相将迎"，变成了

---

① 本文引用《庄子》文本，均出自王夫之《庄子解》，中华书局1964年版，文中不再一一标注。

"我"对"物"的单向作用,彼此"相娱"的意义也就消失了。

至无我之境则不然。因为观物主体亦是一物,主体与客体并无强弱之分,作为主体的物与作为客体的物其实呈现出一种"互观"的状态,所以主体与客体也都只具备一定的相对意义,其角色也随时处于互换状态。在此情形下,观物双方何者为我、何者为物,确实是难以分辨的。

将"无我之境"溯源于庄子,主要是就思想的传承而言的。若是从理论话语来说,邵雍其实要显得更为重要。邵雍《击壤集自序》批评宋人"殊不以天下大义而为言者,故其诗大率溺于情好也",认为"诚为能以物观物而两不伤者焉,盖其间情累都忘去尔,所未忘者独有诗在焉"。① "无我"底下藏着"隐我",才有可能写出好诗。其《皇极经世书》卷十二《观物内篇》云:"圣人之所以能一万物之情者,谓其圣人之能反观也。所以谓之反观者,不以我观物也。不以我观物者,以物观物之谓也。既能以物观物,又安有我于其间哉!是知我亦人也,人亦我也,我与人皆物也。此所以能用天下之目为己之目,其目无所不观矣。"又卷十四《观物外篇》亦云:"以物观物,性也;以我观物,情也。性,公而明;情,偏而暗。"邵雍的语境当然与王国维不尽相同,如邵雍语境中的"情"有时偏重于个人化的小我之情,这与王国维语境中的"情"往往具有很大的涵括性就不同了。但邵雍是将圣人与一般人区别开来的,圣人可以"一"万物之情,则这种被"一"之后的情感,也就是"公而明"的情感了,具备了邵雍所谓"性"的内涵了。这也同样契合了《周易·系辞》所谓"类万物之情"的义理。《周易》提及的包牺氏、邵雍提及的圣人,其实也就是王国维语境中的"豪杰之士"、"大诗人"。一般人是我自我、人自人、物自物,只有圣人才能将我、人、物三者融通为一,所以才能上通神明之德、旁及万物之情。则无论是哲学至境,还是文艺佳境,都在于追求天人万物之普适性的理致和情感。王国维的无我之境在这种学术背景中,被考量得就更为清晰了。

---

① 《文渊阁四库全书》第1101册,第3~4页。

在王国维的语境中，无我之境、有我之境与优美、壮美是彼此对应着的。《人间词话》初刊本第 4 则对应而论两境与优美、宏壮的关系，便透露出其两境说其实包孕着一定的西学渊源。王国维曾在《叔本华之哲学及其教育学说》中援引叔本华的观点说："美之中又有优美与壮美之别。今有一物，令人忘利害之关系而玩之而不厌者，谓之曰优美之感情；若其物直接不利于吾人之意志，而意志为之破裂，唯由知识冥想其理念者，谓之曰壮美之感情。然此二者之感吾人也，因人而不同，其知力弥高，其感之也弥深。独天才者，由其知力之伟大而全离意志之关系，故其观物也视他人为深，而其创作之也与自然为一。故美者，实可谓天才之特许物也。"① 而在《古雅之在美学上之位置》一文中，王国维将优美、壮美的差异分析得更为具体透彻。王国维接受了巴克（即伯克）、汗德（即康德）等关于美之性质在于"可爱玩而不可利用"这一点，将美从当日社会之利害关系中抽绎出来。物我之间的和谐与矛盾的状态，自然形成了作品中的优美之感情与壮美之感情，从而形成无我之境与有我之境两种类型。

将庄子、邵雍的哲学话语与康德、叔本华的美学话语转变为文论话语，这是王国维的贡献所在。应该说，王国维的理论建构离不开这些中西哲学、美学的渊源。当然，王国维的学术思想取资多方，其中也包含着日本学者的智慧，如日本哲学家桑木严翼提出哲学家要内蕴小宇宙，以包藏天地万物，捕捉万物之精髓，其实就是以"无我之境"来作为哲学家的基本要求的；又评说莎士比亚的剧作所包含的感情"无量无际"。哲学家与大诗人，在这个逻辑基点上达到了真正意义上的沟通。②王国维译述其书，受其影响也是完全有可能的。不过，我们在追溯其哲学美学思想渊源时，更多地应该放在其如何在中西学术之间寻求着自我思想的立足点，否则，王国维理论的原创意义也就难以彰显出来。

---

① 《王国维全集》第一卷，第 39～40 页。王国维在《红楼梦评论》第一章中也分析过优美与壮美的区别，语言略似，观点相同。

② 参见王国维译桑木严翼之《哲学概论》，转引自佛雏《王国维哲学译稿研究》，社会科学文献出版社 2006 年版，第 14 页。

五、馀 论

"豪杰之士"是王国维美学、文学理论的关键词。王国维不仅在阐释无我之境时用过,而且在其他的场合也有使用,如果再加上若干意思相近的词汇如天才、大诗人、大文学家等,则"豪杰之士"对于王国维相关理论的建构来说,其基石意义是毋庸置疑的。"豪杰之士"的特点就在于他们能超越一般个体、小我的局限,而从整体、大我的角度来观照事物,并将这种超越具象的观照及由此提炼出来的情感和思想付诸文字。王国维在《人间嗜好之研究》一文中说:"若夫最高尚之嗜好,如文学、美术,亦不外势力之欲之发表。……若夫真正之大诗人,则又以人类之感情为其一己之感情,彼其势力充实不可以已,遂不以发表自己之感情为满足,更进而欲发表人类全体之感情。彼之著作,实为人类全体之喉舌,而读者于此得闻其悲欢啼笑之声,遂觉自己之势力亦为之发扬而不能自已。"① 追求就在对"大诗人"的特殊要求中体现出来。

不能不指出王国维关于有我无我之境所存在的难以弥缝的理论缺陷。他将两境的划分与文体体性、价值高下、情感宽狭、动静状态等联系起来分析,似乎是存在着自足的理论体系。但细究之下,不免同时也存在着理论基石的不稳定。譬如只是以句为单位,则这种有我之境或无我之境在全篇中的地位其实充满着流动性,与篇中其他部分的呼应或者悖反,也必然带来两境的微妙变化,有我或无我的判定,更多地需要依赖于全篇的情感基调。这其实与其提出境界说同样侧重于"名句"的观念有关。再如就其造境与写境、理想家与写实家、入乎其内与出乎其外、重视外物与轻视外物等理论来看,有我之境与无我之境的互相依存要更为常态,则将"我"与"物"的关系作如此截然的分别,如果不与其他相关的论述对勘,是很容易将对这一理论的理解引向简单化或绝对化的。有我之境与无我之境虽然可以大致地予以区

---

① 《王国维全集》第十四卷,第115~116页。

分,但两者之间的价值高下与文体取向都存在着许多未定的因素,或者说,王国维对此的价值判断不免带着自己的偏嗜在里面。从上述这些方面来看,1915年,王国维在《盛京时报》发表重编本时,将有"我之境与无我之境"一则及相关条目删去,或许是意识到两境的基石过于狭窄了。这也意味着,我们当然可以考量无我有我之境的基本内涵及理论意义,但这种考量应该是一种在阶段性基础上的考量,其在王国维文学思想中的学术地位或者终极意义,却是需要慎重言说的。

只有回归真实　才能重焕生机
——诗词创作及常见病救治例说

湖南省文史馆　熊东遨

选择这样一个话题来做文章，是因为传统诗词发展到当下，其走向已经在很大程度上被"官腔"绑架了。诗词，在许多人手里，成了某些特定口号的代名词。媒体上各种假大空式的"表态"、"跟风"作品盛行；直面现实、倾吐真情的作品则难得一见。有之，也限于一些非主流的小范围之内。唐代诗人白居易说："凡今秉笔之徒，率尔而言者有矣，斐然成章者有矣。故歌咏、诗赋、碑碣、赞咏之制，往往有虚美者矣，有愧辞者矣。若行于时，则诬善恶而惑当代；若传于后，则混真伪而疑将来。"（《四部丛刊》影宋本《白氏长庆集》卷四十八）此话至今仍具警示意义。

外在的真实面目，内在的真实感情，是构成诗词的基本元素；只有回归真实，才能延续生命。本文将从"真实"这个基点出发，从不同的侧面探索当代诗词如何继承传统、融汇时代、续发正声的问题。

一、生活中处处有诗

生活是诗的源泉。诗人只要热爱生活，就能随时随地发掘诗材，写出属于自己的诗来。生活中处处有诗，生活中的诗人人可写。过去是这样，现在也是这样，将来还会是这样。

1. 诗不必担心古人做尽

诗不必担心古人做尽，正饭不必担心古人吃尽类耳。"人事有代谢，往来成古今"，历代都有不同诗料，不同语言,此社会发展之必然也。李太白才纵高,焉能写出宇宙寻幽、月宫探秘?静坐忧诗,杞人属也。果真如此,则大家都不必活了。

这是我在《求不是斋诗话》(黄山书社2009年版)中说过的一段话,此话只想辨明一个事实,并不针对任何人。不用说远在唐朝的谪仙人李太白写不出"宇宙寻幽、月宫探秘",即便是当代的大诗人毛泽东,也没法写出"微信、频聊、互联网"来。担心前人把诗做尽,完全没有必要。李太白无法梦见的,当代就有人写出来了。

水龙吟·黄昏飞越十八陵(作者:魏新河)

白云高处生涯,人间万象一低首。翻身北去,日轮居左,月轮居右。一线横陈,对开天地,双襟无钮。便消磨万古,今朝任我,乱星里,悠然走。　　放眼世间无物,小尘寰、地衣微皱。就中唯见,百川如网,乱山如豆。千古难移,一青未了,入吾双袖。正苍茫万丈,秦时落照,下昭陵后。

此作一空前人依傍,形式古,内容新,格调高,气象大。全词写高空飞行中所见,真正的前无古人。"一线横陈"、"双襟无钮"、"地衣微皱"、"百川如网"、"乱山如豆"等语,气韵生动,形象可感,直可与张宗子"长堤一痕"、"湖心亭一点"、"舟中人两三粒"媲美。作者成此佳篇,固赖其高才,亦赖其飞行生活实践。是之谓得"天"独厚,常人难与相争者。

我也有过一首类似的作品:

中秋后一日自黔返粤夜空机上作

直出浮云上,依稀近桂庭。待将秋水意,说与素娥听。

织锦张天幕,牵牛入画屏。深宵穿广宇,我亦小行星。

新河是驾驶战斗机,我是搭乘民航机。虽不够"乱星里,悠然走"的气派,但凭着这颗"深宵穿广宇"的"小行星",也足可令谪仙人在唐朝那边望洋兴叹一回。

乡　思

早已无深梦,晨光落碧霄。怨君明月句,引我洞庭潮。

　　　　岸柳如相问，乡愁孰可浇？柴门传电信，未老是溪桥。

　　第三句"怨"字情绪太激烈，改"怨"为"诵"，自然扣着东坡老，精神一振，气象一新。第五句"如相问"不若"犹堪折"，前者两不搭界，后者上下关联。结句大好，惜上句张力不够，无法推将出来；"柴门"、"电信"夹杂其中，不古不今，不伦不类，换作"旧游人尽老"，则上下水接云衔，风神立现。

　　　　早已无深梦，晨光泻碧霄。诵公明月句，引我洞庭潮。
　　　　岸柳犹堪折，乡愁孰可浇？旧游人尽老，未老是溪桥。

2．真实是诗词创作的生命

　　真实是诗词创作的生命。从生活中觅诗，有这样两条基本原则：场景可以虚拟，事实不能虚构；情绪可以夸张，情感不能假设。"舍弟江南殁，家兄塞北亡"之类的编造，只会徒遗笑柄；同样，"纵做鬼，也幸福"式的卖弄风情，也会令人生厌。

　　　　　　　　　秋　　兴
　　　　清凉十月中，虚与早春同。柳老生寒意，雁鸣恋故蓬。
　　　　抬头见新月，抚瑟对疏桐。君唱东流水，吾歌夕照红。

　　此诗有毛病，也有些味道。"十月中"按说已经不是秋了，作者用的或是新历；作旧体用新历，如同着汉服穿皮鞋，不伦不类。改作"凉生九月中，不与早春同"，道破题目，方为正招。第三句"寒"字与首句"凉"字意近，词费；第四句犯"孤平"，俱应调整。第五句"新月"与"月中"自相矛盾，取景失真了；"新月"者，初月之谓也，作"霜月"始宜。结尾意不足，稍作补充，可以收束。改过以后再来读，秋中之"兴"就会不一样：

　　　　凉生九月中，不与早春同。柳失娇柔态，鸿鸣凛冽风。
　　　　抬头见霜月，抚掌对疏桐。谁遣枫林醉？西山一抹红。

　　再看《白头翁自嘲图》："一根两根三四根，无赖儿孙数发真。原上春风吹不尽，西山盗寇莫相侵。"想法虽佳，但表达不到位，缺少自嘲诗应有的谐趣；场景也有失真之嫌。"儿孙"宜作"孙儿"，前者是两辈人，后者专指孙辈。小孙子数白发，才见"天真"，儿子在一边看看就好了，不必亲自动手；事实上也不可能出现两代人同时上前为老翁数白发的情况。末句借老杜，不伦不类。这首诗,话题可以不变,内容则须就医。原作留下十二个字,其余另行补充,重新组合后,作者的本意未改,味道却不可同日而语了:"白发非关三两根,孙儿细数太天真。今朝拔去明朝长,不用春风吹到门。"

又有一首《山村》:"烟花三月植桑麻,近岸山村四五家。田舍夕阳烟袅起,柴门犬吠守篱笆。"篇中现成词语太多,难见特色,如"烟花三月"、"柴门犬吠"之类。"植桑麻"不确切,定要"植",也不在"三月",三月已到采桑期,是为失真。次句"近岸"无据,即便不究,亦与上句气不接,是为凑字。"犬吠"须有因,倘无"风雪夜归人",安有"柴门闻犬吠"? "夕阳烟袅",犬儿是不会理睬的。作如下改,不唯回归了真实,而且横生了趣味:"春风输绿到桑麻,掩映山村四五家。未识何方佳客至,数声犬吠出篱笆。"

二、人人都有作诗的资格

写诗不是谁的专利。诗人不分地位,不分性别;无论贵族草民、青丝白首,一旦被称作"诗人",就只有创作水平的高低,没有身份地位的贵贱和年龄性别的差异。然而写诗容易,写好诗却很难,须做足功夫才有可能出精品。

1. 诗从传统中来,多读、读懂而后始有

诗从传统中来,才是正途。怎么来?很简单,就是对老祖宗留下来的东西,要多读、读懂。读得懂前人的诗,才提得高自己的诗。试举两例请大家看看。唐代张祜有一首著名的《宫词》:"故国三千里,深宫二十年。一声何满子,双泪落君前。"这首诗字面很通俗,似乎一眼就能看明白。我要问的是:诗中的"深宫二十年",能否改作"三十年"或者"四十年"呢?如果不能,理由何在?

数字也有个性,不能任意变着用。譬如"深宫二十年"。题曰"宫词",顾名思义,是写宫女的词。古代宫女入宫,年龄大致在十六至十八岁之间。深宫二十年,三十七八岁,对于女性来说,这是一个尴尬的年龄段。青春期已过,更年期未来,生理机

能犹盛；然而人老珠黄，漫说皇帝不可能再留意，即便放出宫去，也难以找到幸福的机会了；何况这种囚禁生活，还远远看不到尽头。只有在如此绝望的情况下，才会有"一声何满子，双泪落君前"的情绪失控。何满子，传为唐玄宗开元年间的歌手，因事获罪于君，临刑进此曲以赎死，曲调悲愤，使"苍天白日黯然失色"。老宫人闻其声而泪落，这是感同身受，触到了痛处。这种情绪，入宫十年的时候不会如此强烈；因为二十多岁的女性毕竟还有优势在，仍具竞争力。"深宫三十年"也不成，接近半百的人，天癸已尽或将尽，生理上已经没有多少感觉了；要一位临近或过了更年期的女性，再撕肝裂肺般的"双泪落君前"，不说"一声何满子"，便是十声百声也难以起作用了。深宫四十年、五十年会怎么样？"白头宫女在，闲坐说玄宗"，那时她们已经完全成了看客，正漫不经心地奚落着从前的主子，乐还乐不过来呢，哪还有闲心为他人落泪？由此我们可以得出结论：改变了"二十年"，就失去了真实。

再看一首宋代曾几的《三衢道中》："梅子黄时日日晴，小溪泛尽却山行。绿阴不减来时路，添得黄鹂四五声。"此诗前三句不用做更多解释，无非是在说天气如何好，游兴如何高，风光如何美。关键是对"添得黄鹂四五声"这个结尾，要怎么理解才到位。仅仅把它看成一幅"鸟鸣山更幽"的画图，显然是不够的；它的重点在于向人们透露大自然的一派生机。至于怎么透露的，这就需要动动脑子。

过去有人在欣赏这句诗时，不是觉得归途中黄鹂添声不可索解，便是牵强附会，说什么"黄鹂也解人意，故多鸣以迓归客"。上海辞书出版社出版的《宋诗鉴赏辞典》对此也是含糊其辞，只说"这'不减'与'添得'的对照，既暗示了往返期间季节的推移变化，也细微地表达出旅人归途中的喜悦"。

诗人设置的那个"添"字，已经为解答这一疑难提供了线索。只要联系全诗的时令、气候、绿阴以及往返的时间差等条件认真想一想，就会恍然大悟：啊，原来是又一窝小黄鹂出世了！新"添得"的这"四五声"咿咿呀呀，不正是小鸟争食的声音吗？大自然的蓬勃生机就是从这些刚出壳的小鸟儿嘴里透露出来的。

2. 学会"洗牌"、"站队"

作诗，说复杂很复杂，说简单也很简单。说复杂，是因为它有太多的讲究，什么"比兴"、"神思"、"妙悟"、"性灵"、"神韵"、"境界"……万类千门，玄之又玄，妙之又妙，全面掌握它们需要下很大的功夫；说简单，是因为中国诗都由汉字组成，屈陶李杜苏辛用过的，我们可以照用不误。关键是必须学会"洗牌"、"站队"。这里所说的"洗牌"、"站队"，是指诗词创作过程中对汉字的挑选以及排列组合等综合手段的运用。常用汉字只有几千个，古往今来的所有好诗，都是从这些汉字中"洗"出来、"站"成的。"洗"是摹丁，"站"是结阵；相对于前者，后者尤为关键。因为字挑出来了，如果队站得不好，照样难以成诗或难以成好诗。同样的十个字站成一排，"怜新雨后竹，爱夕阳时山"不是诗；颠倒一下字序，变成"竹怜新雨后，山爱夕阳时"就是好诗。"我亦添薪火，班门学众贤"不是诗，搬一下家，变成"我亦班门弄，添薪助众贤"就有几分诗的面目了。只要能将所选汉字排列组合好，使每个字都处于最佳位置，诗就不会差到哪里去。下面来做一些实验。

实验一：减肥输血

春　望

二月暖阳斜倚枝，长天远望几相思。
青匀山麓松摇画，黄驻柳绦风纵诗。
半岭浮云一岭梦，一江清水半江痴。
春光迷眼谁人看，兰棹空回雁可知？

这首七律是一位网络写手作的。乍看有几分模样，细读则似是而非。这些半通不通的句子，说它是诗，只怕你也不肯。不过，只要我们不把它当作诗看，而是当成一堆文字看，按顺序从中挑出"二月暖、远思青、匀画黄、风云梦、江半春、谁回知"十八个适用的字，重新排列组合一下，另行补个"动作"，一首标准五绝就出来了。这种从原作中先挑出大头，再行小补的重组方法，可以称之为"减肥输血"法。减了肥不一定就成"美女"，但至少会比原先好看："二月风回暖，江云动远思。青黄匀作画，春半梦谁知？"

实验二：变性瘦身

临江仙·梦里仙音

浅饮三更斟露冷，风摇半榻竹凉。疏菊有泪探芸窗。霜凝孤影淡，唯有握笺香。　　欲上九天长进酒，蟾宫焦尾幽扬。嫦娥飞袖桂花香。关山千里月，怜我照前堂。

此作同样出自网络写手。你看他"笺香"而后又"桂花香"，一韵两叶，"香"过了头都没有发觉，可见其粗心大意到了何等地步。虽不成词，但仍可依照前例，从中挑选出"饮三更露冷，风摇半榻凉，有泪芸窗影，香上飞桂花"二十个字来，重新打扮打扮，便可瘦身成一首五绝。只是变词为诗，类于变性，所以题目要换。作《秋夜》就很好："露饮三更冷，风摇半榻凉。桂花香有泪，飞影上芸窗。"

实验三：手术美容

临江仙·游武夷山

晓雨乍飞峦隐色，翠青摇落苍杉，忽闻初霁小桥边。天游之字起，逶迤入云端。　　眺尽空蒙犹透碧，大王玉女流连，神游九曲竟思还。飞溪盘黛岫，一折一层天。

这首词和上篇是同一作者。篇中虽仍有不尽如人意处，如诗味多于词味、行文略显拖沓等，但整体较前首为佳。尤其是"飞溪盘黛岫，一折一层天"一结，意象飞动，语感大佳。得此一结支撑，前面该精简的精简，该充实的充实，该合并的合并，通过美容手术，可变出一首蛮有味道的五律：

晓雨添峦色，青摇碧落间。路延之字顶，人立小桥边。
登眺空蒙透，情怀玉女牵。飞溪盘黛岫，一折一层天。

实验四：浴火重生

春　耕

新雨已停郊外好，雄鸡阵阵太阳升。井桃微笑薄烟绕，河柳轻拂黄鸟鸣。　　老汉扶犁知水冷，黄牛有力奋蹄轻。铁铧掀我心田梦，当晚敲诗到五更。

罗列了不少物事，却未找到诗的感觉。只末二句有些意思，冲着这点意思，可从前六句中拈出"老汉、黄牛、犁、雨"，另行剪接拼装，翻造出一首颇为别致的绝句来。我在《求不是斋诗话》中曾经说过:"即事、咏物,宜取其一点而深掘之,切忌贪大求全,面面俱到。求全则易失之薄,一两石灰,焉能白楼房一栋?与其淡饮百杯,不若浓尝一盏。"浴火之后,八句诗虽然只剩下一半,但通盘活了:"父老吆牛破垄青,一犁残雨带残星。非农我亦知春计,自把诗田仔细耕。"

三、好诗的基本要求及其实现途径

把诗写好是诗人的共同追求,如何把诗写好是诗人的共同困扰。虽说诗无定法,亦无定评,但有一些基本的要求和路数,有必要明了并掌握。

1. 写出个性

应酬诗非不能作,作宜认真也。应酬不是应付,总要有些个性方好。以赠答为例,若一首诗如通用礼品,可以赠张三,亦可以赠李四,则此种诗大可不必劳神去做。必得赠老者以杖,赠少妇以裙,赠童子以饼,方可为之。

这是拙著《求不是斋诗话》中的又一段,虽然是针对应酬诗说的,但对其他类型的诗也同样适用。诗的个性分为主观和客观两个方面:主观个性一般是指诗人作品的风格,客观个性则是指诗人所写对象的特点。这里强调的是后一种,即要求诗人写此是此,写彼是彼,揭示出所写对象最本质或最具代表性的特征来。比如写开国元勋朱德、贺龙、彭德怀,如果只是"戎马倥偬"、"身经百战"、"指挥若定"式的概写,则读者无法判断你说的是谁;倘若亮出"一条扁担"、"两把菜刀"、"一纸万言书",所写为谁就不用问了。山水诗也一样,写出了个性,就能让读者一眼认出来:"黄鹤之飞尚不得过,猿猱欲度愁攀援",蜀道;"水是眼波横,山是眉峰聚",江南;"水似青萝带,山如碧玉簪",桂林。诗从传统中来,老祖宗的手段,够我们学的。

现在请大家审读一首诗,看看其中有何个性特征:

访邓边无人村村在开平侨乡(作者:熊东遨)

颓垣无语自生哀,往昔繁华没草莱。

檐角蛛肥犹织网,树头花瘦不成胎。

古今去国情俱急，多少还乡梦未谐。
　　红字半墙书万岁，疑团留付后人猜。

即使不看题目，我们至少也能从诗中得到这样一些信息：废弃已久的荒村；荒村的原主人已然去国；若隐若现的主人去国原因；荒村曾经有过繁华、热闹甚至疯狂；诗非古人所写。诗中透露出的信息就是个性；其最本质的地方是真实记录了历史。

　　　　　　酉水舟中拾趣（作者：熊东遨）
　　一注星河水，分流到鄂西。人言青嶂外，时有野猿啼。
　　薄霭来风窟，凉波转石梯。谁家小儿女，摆手踏花泥。

起首点题，"星河水"喻其清澈；三、四句传闻，虚写；五、六句眼见，实描；结尾推出土家摆手舞这一特写镜头，将风光锁定。美景宜人，不可移置他处。

下面看一个修改案例：
　　　　　　水　仙
　　冰雪难羁袅袅身，凌波漫舞下凡尘。
　　花同梨蕊晶莹色，神似幽兰淡雅魂。
　　不待故园三径绿，先添新舍几枝春。
　　莫言倩影匆匆过，一缕清香一片心。

个性大致有，但不彰。其他小问题难免。次句"下凡尘"，大鼓书似的，太俗，作"绝清尘"便好。中二联说得过。按一般标准不改也行，如今刊物上不及这几句却占据版面者多的是；但真要成诗，标准低了不行，故亦例加润色。如原句的"花"与"蕊"、"神"与"魂"，意思都相犯，不能轻易放过。结尾常套，"心"韵又出（我主张诗宽到词韵，新韵尚在实验中，初学者不宜），改用一个洛神故事，既暗扣"凌波"，又添些寓意，应是不错的选择。"陈王"，陈思王曹植，援前人例略用。请对比一下，改后的"水仙"，形象是不是更鲜明了？

　　冰雪难羁袅袅身，凌波漫舞绝清尘。
　　韵留梅萼霜前色，影动幽兰月下魂。
　　野径未知何日绿，陶盆先得几枝春。
　　洛滨谁复陈王似？莫把痴心错许人。

2. 融入感情

> 作诗本乎情景，孤不自成，两不相背。夫情、景有异同，模写有难易，诗有二要，莫切于斯者。观则同于外，感则异于内，当自用其力，使内外如一，出入此心而无间也。景乃诗之媒，情乃诗之胚，合而为诗，以数言而统万形，元气浑成，其浩无涯矣。（明·谢榛《四溟诗话》卷二）

情是诗的血液，无情之诗，类于失血躯壳，妆扮得再漂亮也是僵尸。天地自然，岁时节候，风物人文，交游纪事等，一经入诗，便须偕着情走；有情则诗生，无情则诗死。情，从某种意义上说，就是思想。先看几个例子：

偶感·拆迁一年后因生计又移家安置房遥遥无期
（作者：苏痕）
何堪岁末再离群，此去途歧更隔云。
寸土遍遭经济策，九州难置祖宗坟。
家园平后心空忆，消息传来利已分。
近说网屏能种菜，春风随意任耕耘。

这首诗是我在网上看到的。甫一过眼，心便为之一动，当即写了如下一段点评："诗笔为现实立照，具见当下民生问题缩影。而现身说法，力道更透一层。结以谐语出之，深得'以乐景写哀'之法，哀痛倍增。"

此诗属于纪事类，它所体现出来的"情"，是一个时代的诉求，这个时代我们正在经历着；此"情"非一己之私怀，而是整个弱势群体的内心呼喊。"家园平后心空忆，消息传来利已分"，读着这样锥心的诗句，我们在痛切之馀，也更加坚定了支持习近平主席将反腐进行到底的决心和信念。

磨石桥早春（作者：马少侨）
平畴十里菜花香，匝地云飞一抹黄。
小雨万针秧出水，晚风双剪燕归梁。
日边曾记栽红杏，客里如今又绿杨。
箬笠芒鞋亲检点，一年农事正春忙。

此作出自一位已经过世的老前辈之手，妙笔生花，状乡村早春景色如画。"小雨"、"晚风"二句，观察入微，意象飞动，有无限生机奔涌。颔联上忆以往，下写目前，略含身世之叹。结语以繁忙农事扣题收束，字里行间，颇见躬耕之乐。时先生方罹左祸，籍列右班，务农即所谓"劳动改造"也。身处逆境而其心不馁，诚乃宠辱无惊者。此诗动人处，固在美景勾描，更在心声吐露。随遇而安，处变不惊，这种淡定情怀不是每个人都有的。

情，并非像"我爱你"那么简单；真情，是从心里流出来的，不是从嘴里吹出来的。下面为大家解析一首时代赞歌：

　　临江仙·新居——纪念邓小平诞辰一百周年
　　　　旖旎风光酣梦醒，悠扬鸽哨欢鸣。远天一片早霞迎。高楼林立处，万户享升平。　　老伴喃喃言欲哽，终得几净窗明。南巡名画挂前厅。拳拳春草意，煦煦艳阳情。

只有字数没问题，其余与词距离不小。起首句尾"醒"字有两读，仄读同声部通叶，平读赘一韵，不宜用；又"旖旎风光"与"梦"搭配也不好，太甜腻了，不类老年人语，故全句都改。次句保留，第三句稍动，略存本来面目。歇拍二句大而空，浮泛无味，作"千窗分一格，自在享升平"，岂不有情趣得多？所谓"享升平"，与其揣摩他人，不如自家体验。请大家记住：写诗填词，不要老想着代表他人说话，人家并没有太多让你来代表的需求。下片语言更不像词，唯意思略有可取。"老伴"莫出场太早，"言欲哽"尤无必要。"几净窗明"句太现成，且意脉与前面不衔接，"得"字又出律，应删。把上片裁下的"旖旎"和"醒"移用此处，倒是合适不过，"占得馀年春旖旎，风光宜醉宜醒"，多好的岁晚情怀！"老妻知我此时情"，这时候请出夫人恰到好处，"南巡名画"一经她亲手挂出，副题之意便尽寓其中。全词至此，应戛然而止，把联想空间留给读者为宜。颂时之作，首在得体，原结二句比托不类，有阿谀之嫌，伤格，理合删除。

　　　　好梦觉来天欲曙，悠扬鸽哨欢鸣。碧空无际早霞迎。千窗分一格，自在享升平。　　占得馀年春旖旎，风光宜醉宜醒。老妻知我此时情。南巡名画卷，亲手挂前厅。

3．留出空间

写诗不宜自家把话说尽，而应将想象的空间留给读者；诗有想象空间，才有馀味可寻。"状难写之景如在目前，含不尽之意见于言外。"梅圣俞所界定的好诗标准，就有这一条在内。有一首《鲁山山行》："适与野情惬，千山高复低。好峰随处改，幽径独行迷。霜落熊升树，林空鹿饮溪。人家在何许？云外一声鸡。"前六句情景交融，令人陶醉；结尾一问，馀味无穷。这是把想象空间留在收篇之后的例子。

　　唐诗人贾岛的空间是另一种留法，《寻隐者不遇》："松下问童子，言师采药去。只在此山中，云深不知处。"诗写寻访友人过程中的一个小小片断，运用虚实结合的手法，避开了烦琐的细节描述，信手拈来在古松下和童子的一段对话，稍加剪辑，便勾勒了一幅有场景、有剧情、有形象，极尽变化的水墨写意图。全诗二十个字，有十四个字被用来写童子的答话。我们正是从童子先是含糊、继而明朗、最后茫然的答话里，听到了诗人一句紧似一句的追问，体会到了他渴望见到隐者的迫切心情；童子的态度，也有一个从礼貌到应付至最后不耐烦的变化过程。双方形象跃然纸上。诗中涉及景物的，只有"松下"、"云深"二处。前者从眼前着笔，交代了事情发生的方位；后者借童子说出，强调了不知隐者去向的原因。然而，松曰"下"，足见松之高古；云曰"深"，自明山之远大。一实一虚之间，透露出了隐者居地古木葱茏、云霞缭绕的壮丽风光。

　　古贤的两例，所留想象空间或在篇中或在篇后，妙味无穷。我做过一次将空间预留在开篇之前的试验。《日寇陷南京偕友人避难陪都舟中见杜鹃感而有作》："便作团圞梦也奢，共谁挥泪说无家？河山不解沦亡苦，依旧春前放好花。"这是我假托抗日战争时期一位前辈的声口写的，类似于为剧中人物代笔。诗的后两句是"以乐景写哀"的常用手法，虽也有些馀味，但不难品出来。真正的想象空间，是在开篇之前的空白里。"便作团圞梦也奢"，连做个完整的梦都成了奢望，主人公经历了多少流离颠沛、一夕数惊的日子，落笔之前，已然尽有，何用再费文字？"共谁挥泪说无家"也是如此，按常理，"无家"的痛苦，只有向"有家"者诉说，才有可能得到舒缓；可现在同行的"友人"也已"无家"了，诉无可诉啊！由此不难联想到，当时的中国，在日寇铁蹄蹂躏之下，无家可归者何止万千。留空间于开篇之前，非我首创；稼轩的"更能消、几番风雨，匆匆春又归去"早我几百年。瓜卖过了，下面来做件"嫁衣"。

4．立起形象

什么是形象思维？什么是形象？概念书本上都有，用不着我赘述。我只讲如何立起形象的问题。有三点在这里强调一下：其一，人有人的形象，物有物的形象；纸上能呼，人之形象成；闭眼可见，物之形象在。其二，形象是多样的，有象同而意异，有意同而象异。其三，相同的物象，表现于诗人笔下，应有不同的意象。以月为例："举杯邀明月，对影成三人"，月是酒伴；"今夜鄜州月，闺中只独看"，月是传情信使；"当时明月在，曾照彩云归"，月是见证人。不多往深里说了，先立起几个形象来请诸位过目：

鹧鸪天·春归翌日作（作者：熊东遨）

诉尽离怀雨半溪，等闲误了饯春期。纵教梅子能私我，毕竟榴花不似伊。　　随白羽，数红衣，更无一个与心宜。眼波眉影思量遍，恐在天涯独自啼。

这是春归次日，我应朋友之约补写的"饯春"词。春本身不具形象，只存在于某一时间段中，你可以感觉到她的来临与归去，但无法和她说话。怎么饯？抽象的说法肯定出不了味。倘能用拟人手法化虚为实，形象一立，味道就会自然出来。有了"纵教梅子能私我，毕竟榴花不似伊"、"眼波眉影思量遍，恐在天涯独自啼"这样的描摹刻画，一个婀娜多姿的鲜活身影，不就在你眼前晃动么？彼此间的交流，此际也成了可能。

临江仙·辛卯夏夜烦霜约赋《娇娜》

（作者：熊东遨）

记得空林曾见汝，当时月在瑶阶。一声娇笑影先来。纯情珠乍吐，稚面蕊初开。　　恩信识当生死际，浑然忘却形骸。素襟只与小青偕。所怀元自洁，尽管让人猜。

"娇娜"是《聊斋》中人物，异史氏笔下的鬼精灵。要把这样一个鲜明的形象从原著里拔出来重塑，难度可想而知。上片借回忆破题，先设定一个"月在瑶阶"的静夜环境，营造出萧森的氛围；继而用"一声娇笑影先来"七字，让人物快速登台亮相；最后用"珠乍吐"、"蕊初开"两比，将其形象锁定。娇娜初见孔生时年龄只有十三四岁，"蕊初开"与此恰符。下片侧重于人物的内心刻画，突出的是一个"洁"字。须说明的是，这个"娇娜"与蒲翁笔下的已有所不同，在她身上，多少带着些另一位《聊斋》人物"婴宁"的影子。做人要老实，作诗要不老实，完全照搬原文，词不会出味，蒲老先生也不会高兴。

　　　　　原桃花岛解散记之
　　　　恶浪催谁万木殇，桃花岛上几悲凉。
　　　　应思陶令听风雨，莫向曹公论短长。
　　　　此去清风千里路，赊来明月一分塘。
　　　　寄我相期知鹭侣，半笺诗里话斜阳。

情趣有馀，工夫未到。该造声势处应造声势，该承题省略者应省略。"陶令"、"曹公"，与此何涉？自家出面，始见情怀。五、六句上失准下离题，稍加变易，形象自成。结联失粘，修改不难。"鸳鸯侣"一出，靖哥蓉妹，立时便可呼也。

　　　　恶浪频催万木殇，可堪孤岛剩悲凉。
　　　　此时自顾听风雨，何处相逢话短长。
　　　　足踏清风千里路，鬓添明月几分霜。
　　　　无诗寄我鸳鸯侣，半幅云笺写夕阳。

　　以上所道，纯属一家之言，如有不当，请予批评。献上近作一首，以为结语：

　　　　　偕诗社同人小憩雁荡大龙湫
　　　　偶同溪石坐清幽，便觉生涯近一流。
　　　　凉玉共看千斛泻，翠云分作几团收。
　　　　欲凭元始佳山水，守住心形小自由。
　　　　何用百年重订约，已留鸿爪在龙湫。

愿大家都能凭着元始的"佳山水"，守住各自心形的"小自由"，做一个无愧于时代的好诗人！

民国词研究的现状及其思考

华东师范大学　朱惠国

从词学研究的领域看,晚清民国词,尤其民国词研究已然成了亮点和热点,不仅每年发表文章的数量不断增多,学术上新的突破也时有所闻,一些以前较少涉及的问题,如民国中小词家年谱的编撰、民国词集的整理、民国词社的梳理与研究等等,近几年均有所进展。从目前的发展态势看,这种热度有进一步延续并强化的趋势。

民国词学确实热了起来,但也就是近十几年的事。新世纪以前,民国词学十分沉寂,从1949年新中国成立直到20世纪末,几乎无人涉足,甚至"民国词学"的提法也是在近几年才被明确提出。究其原因,这和我们国家学科设置有关:我们习惯上以"五四"为界,将中国文学史划分为近代和现代两部分,传统的词学研究一般到王国维结束,而现代文学的研究又往往将旧体词创作归入传统文学的范围而不加关注,因此长期以来,民国词与民国词学事实上成了近代、现代文学都不管的研究盲点。"五四"为界的近、现代文学区分,造成民国词研究的尴尬地位。关于这个问题,马大勇先生在研究20世纪诗词学的文章中也专门谈到。

20世纪90年代中期开始,尤其是进入新世纪以来,民国词研究开始受到重视,并逐渐趋热。其原因主要有三点:

（1）民国词学是新的学术增长点。目前唐宋词研究虽然依然还有很多没有解决的问题,值得进一步开掘与深入研究,但毋庸讳言,也确实呈现出相对饱和的状态,大量唐宋词家、词作被重复研究,出新越来越难。因此一些研究者逐渐眼光向下,到明清词以及民国词中寻找选题。相比之下,由于学科分割的原因,从整体上看，民国词研究尚处于拓荒阶段，大量民国词资料尚未被整理，研究空间巨大。这一状况客观上吸引了大量的学术淘金者。

（2）民国史研究开始松动。之前的民国史撰写基本上是正确的，但由于种种原因，也存在一些片面性，有一些史实被遮蔽。如对抗战史的研究、对胡适等文人的评价等等。随着两岸关系的和解，以及学术研究方法的改善，研究者越来越尊重客观，尊重史料。学界对民国史的研究开始出现新的气象，这一定程度上也带动了民国词学的研究。因此民国词研究的趋热并不是孤立的，它是整个民国史研究趋热在一个方面的表现。

（3）词学现代化问题的研究。对于词学有无现代化的问题，我们认为是有的。这里要对词和词学作区分：词的创作从整体上看，无所谓传统和现代，但词学的情况却有所不同。所谓词学，最早是指词章之学，明清时比较多的是指填词，也即我们现在所说的词的创作，只有到了近代，才理解为一种对词进行研究的专门学问。1934年4月，龙榆生在《词学季刊》第一卷第4号上发表《研究词学之商榷》一文，对词学作了界定，将之定义为一种专门研究词的学问，包括图谱之学、音律之学、词韵之学、词史之学、校勘之学、声调之学、批评之学、目录之学等等。这八个方面，有些属于技术性的研究，如图谱之学、音律之学、词韵之学、校勘之学、声调之学、目录之学等，这些学问虽然在近代也有一些变化，但总体上看，变化不是最大的，传统的成分比较多。但是这期间对词的艺术性研究，对词家、词派的研究，以及对历代词论、词评的重新评价等一系列工作，却无论在学术观念、视角还是在研究手段上都发生了很大的变化，基本上完成了由传统到现代的转换。转换的标志：直观看，现代词学研究成果表现为专著与系统的文章，而张惠言、周济时代的传统词学则以选本、点评、序跋、词话为主体；深一层看，现代的词学研究以融合西学的现代文艺学为理论基础，以现代科学方法为主要研究手段。晚清、民国词学是词学现代化转换的重要一环。因此，研究词学现代化问题，无形中也促进了民国词研究。

目前的民国词研究主要集中在四个方面：基础性研究、民国词学理论研究、民国词家的个体研究，还有最近几年兴起的民国词社和词家群体研究，基本上涉及了民国词研究的主要方面，产生一些成果，但也存在一些问题。

下面结合这几年的研究情况，选择谈三个问题。

一、民国词资料的搜集与民国词的界定

民国词资料的搜集是民国词研究的基础，从前几年的情况看，民国词研究基本上处于粗放性发展阶段，宏观的研究和容易把握的词人个体研究偏多，而类似资料收集等基础性研究相对较少，这也是本人在《民国词研究的回顾与展望》一文中提到的三个研究瓶颈之一。这几年的情况开始有所改变，一方面，粗放型研究到一定阶段，必然会遇到资料不全的困境，研究难以深入下去，部分学者开始回到基础研究方面来；另一方面，国家社科规划部门也看到了这一问题，开始在民国词的基础研究方面加大资助力度，因此这几年有关民国词基础研究的项目立项开始多起来了。

但一旦真正涉及这方面的研究，问题马上就会出现，其中最明显也最迫切需要解决的就是民国词的界定问题。之前老辈学者也有从事民国词基础性研究的，如马兴荣先生、严迪昌先生等，但由于立足于晚清民国词研究，基本都不涉及这一问题。马先生主要做晚清民国词人的生平研究，以编撰晚清民国词人年谱为主，严先生编有《近代词钞》，虽然里面包含不少民国词人的作品，但以近代词为主体。现在明确是民国词，这就有一个断代的问题，需要将民国词作两方面的区分：一是和晚清词作区分，二是和1949年以后共和国时期的词作区分。这种区分并非想象的那么容易。事实上，任何断代诗词研究都有词人、词作朝代归属的问题，只是以往的朝代时间跨度比较大，这一问题不是很突出。如清代历时267年，前面和明代相交，后面和民国相交，需要厘清的词人、词作、词集数量和整个清代相比，比例不是很大。而中间二百余年纯是清词，无需断代。民国的情况则很不同，从1912年民国元年到1949年新中国成立结束，连头带尾也

就 38 年，前半与晚清交集，后半与共和国时期交集，其中还不乏横跨晚清、民国、共和国时期的词人，所谓真正意义上的民国词人几乎没有，因此民国词断代的问题十分突出。

这个问题直接影响了民国词资料的收集和整理。从我们目前从事的工作看，民国词的存在形态固然多样，但从搜集的角度看，最主要的是两种——词集和单首的词作。前者包括民国时期的排印本、石印本、刻本、油印本、稿抄本等，后者主要是发表在民国时期各类报刊杂志中的词作以及未结集的、保存在公私藏家手中的零星抄本和作品等。但两者都有同样的一个问题，是按创作时间来算，还是按发表时间来算。我们认为，发表在民国时期的词作未必作于民国时期，如不少民国时期发表的词作事实上作于晚清，同样，作于民国时期的词作未必发表于民国的期刊报纸上，有相当一部分词人的词作在民国时期并未及时发表或刊刻，直到 1949 年以后才结集刊刻或者发表。从理论上说，用创作时间来界定最为准确，创作于民国时期的就是民国词，反之则不是。如果按这种方法界定，民国词实际上包括两部分：一是民国时期发表、出版的词作、词集，剔除其中作于晚清的词作；二是民国后发表的，但创作于民国时期的词作。但事实上这样操作起来很难，且不说一首一首甄别的工作量，有很多词作事实上即使花费工作量也是难以甄别的。词不同于诗，离开小序和其他史料，光凭作品本身考证比较困难，很多情况下其实无法考证、判断创作时间。因此，用创作时间来界定虽然准确，但操作上有一些具体困难。相比之下，按发表时间来界定，虽不很准确，但操作起来比较方便。从目前情况看，以第二种为主、兼顾第一种的方法比较妥当。也就是说，以民国时期发表、出版的词作、词集为主，尽可能剔除其中可以辨别的晚清作品，加上可以辨别的、新中国成立后发表的作品。我们认为，这是一种比较切合实际的做法。

但目前大部分学者采用的方法，主要是以人定词，将那些民国时期比较活跃的词人，如朱彊村、张尔田、陈曾寿等，列为民国词家，对他们的词作与词学活动进行研究，这是比较粗放的做法，其实并不准确。随着研究的深入，对这些比较大的词人词作的研究，还是要细辨每一首词作的创作背景，但小词人的研究就会比较困难。这还只是研究，如果编辑民国词，这个问题会更加突出。

这里还有一个再创作的问题。具体来说，有两种情况：晚清时期创作，但民国时期修改后发表的，算不算民国词？同样，民国时期创作的，新中国成立后修改、发表的，算不算民国词？这也是要考虑的。

除了时间上的界定外，民国词资料的搜集还有一个空间拓展的问题。民国时期和中国历史上的其他朝代都不同，它的空间不是封闭的，从一开始就和海外有相当密切的联系。这里有两种情况：一是海外创作的民国词。随着对外交流的增加，有的民国词是在海外创作的，如廖恩涛、吕碧城就有不少词作于海外，目前这部分作品已经开始引起注意，对于这部分作品的搜集应该没有太大的问题。因为这部分作品虽然创作于海外，但大部分发表、刊刻于国内。问题是还有一些作品不仅创作于海外，发表也在海外，如在中国香港、台湾或者南洋地区等，这部分作品要不要搜集，也是值得讨论的一个问题。至于民国时期海外华人的创作与唱酬活动，我们认为不属于民国词的范畴，应该列入属地国的文学研究范畴。二是内地流落到海外的民国词。这里也有两种情况：一是民国前后，词人群体在向海外迁徙时，不少国内的词集被携至海外；二是词创作于国内，但结集、刊刻于海外。我们认为，在搜集民国词资料时，这部分资料也应该列入搜集范围。据我的学生谢燕博士的初步研究，海外民国词集有四方面的特点：第一，词集虽同名，但收词数量不同。第二，词集为生前大陆未曾刊刻的海外孤本。第三，大陆因为一些历史原因散失的词集在海外保存比较完好。第四，对某个词人群体的资料保存既精且全。可见，海外收藏的民国词集十分丰富，并有重要学术价值，如果将这部分收藏遗漏，民国词学研究将受到明显影响。

二、民国词的分期

对民国词的分期，现在比较多的分法将"五四"和抗日战争作为分期标志,把民国时期的词分为三段。至于研究20世纪百年词史的学者则分得更为疏一点,将1919年和1949年作为两个重要分界点,在百年词史的视野中,将民国期间的词分为两段。应该说这样的分期法也有一定的道理,重大的社会事件自然会对文学创作产生重大影响。但问题是,词的创作虽然在民国时期依然十分活跃,但毕竟已不是主流的文学样式,它对不同社会事件的敏感性有所不同,比如1919年的"五四"新文化运动和1936年底抗日战争对民国词创作的影响就很不同。为了说明这一问题,先来看求洁《民国词集研究》(华东师大2010年硕士学位论文)中提供的一些数据:

年份	出版词集数量	年份	出版词集数量	年份	出版词集数量	年份	出版词集数量
1912	7	1922	11	1932	35	1942	19
1913	14	1923	12	1933	49	1943	16
1914	21	1924	18	1934	26	1944	8
1915	9	1925	27	1935	17	1945	5
1916	11	1926	18	1936	28	1946	5
1917	19	1927	13	1937	17	1947	12
1918	7	1928	17	1938	13	1948	10
1919	19	1929	29	1939	15	1949	9
1920	16	1930	26	1940	21		
1921	23	1931	23	1941	19		

据作者自己介绍,她的资料主要通过图书馆卡片实地翻检和网络搜寻相结合的方式收集而来,主要查找了中国国家图书馆、上海图书馆、浙江图书馆、北京大学图书馆、北京师范大学图书馆、华东师范大学图书馆等国内主要图书馆。另外,还利用北京大学、北京师范大学、南京大学、四川大学等高校图书馆合力创建的"学苑汲古——高校古文献资源库",对其他高校的图书馆收藏的民国词集作了搜索与统计。通过统计,"将各地馆藏情况罗列如下:国家图书馆237种,上海图书馆264种,浙江图书馆

125 种，华东师范大学图书馆 115 种，复旦大学图书馆 92 种，上海师范大学图书馆 131 种，北京大学图书馆 45 种，清华大学图书馆 37 种，北京师范大学图书馆 59 种，南京大学图书馆 67 种，南京图书馆尚未完全穷尽。略去其中重复的，总计有 900 馀种词集。""按整理状况，经笔者的统计，凡其出版年月不详者，约有 240 馀部；出版年月已知者约 670 部。"从作者的说明看，这 670 部词集只是上述图书馆收藏的可以断定出版年份的词集，并非民国时期全部的词集。据笔者所知，这 670 部词集中也尚有遗漏，为尊重原文作者，我们不擅自补入。另外，根据求洁的全文，表中还有几部晚清词集混入其中，因此表格的统计数字并不精确。也就是说，这不是一份完美的统计数据。但尽管如此，民国时期能够确定出版时间的主要词集大致都在了。通过这张表格，大体能够看出整个民国时期词集的出版概况和词集在民国三十余年中的大致分布情况。

通过上表，我们发现一个比较有趣的现象，1919 年的"五四"新文化运动以扫除旧文学为号召，轰轰烈烈，但 1919 年的词集出版数非但没有下降，相反还有明显上升。如果说该年出版数的增加是前一年的延续，那么 1920 年、1921 年的词集出版数依然呈上升的态势，这就难以解释了。很显然，"五四"新文化运动实际上并没有对传统词的创作以及词集的出版产生影响，相反，词集的出版在"五四"当年，以及之后几年还形成了一个小高潮，出现繁荣的景象。除了词集的出版数，传统词的内容、形式等，在"五四"前后也没有明显的变化。且不说晚清民初主流词家，如朱彊村、郑文焯等对"五四"新文化运动不敏感，即使一般传统词的词家也对此事件不敏感，基本不会因为"五四"而发生创作上的改变，相反倒是"五四"新文化作家，在提倡白话文学的同时，并没有真正放弃传统诗词的创作。至于"五四"对传统词学理论的影响，那是另一个话题了。可见，从创作的层面上看，"五四"事实上并没有改变传统词的创作路向和创作环境，因此，以"五四"作为民国词分期关节点的做法值得商榷。事实上，民国词集出版数出现明显变化，开始呈直线上升态势的是 1929 年，这种情况一直持续到 1936 年。这里有个重要的背景，就是1927年北伐战争胜利，国民政府取得名义上的全国统一，民国词家的生活环境和创作环境相对改善。由于词的结集需要一个创作的准备期，因此1927年当年的词集出版数并没有立即上升，到了1928年开始缓慢上升，1929年则见出成效，明显上升。因此，1927年对于民国词的创作具有重要意义。民国词创作环境发生重大改变的另一个重要事件是1936年的抗日战争爆发，民国词家原本相对平静的生活被打破，有的去了西南，有的去了南京，有的躲进租界，有的则直面战争的威胁，大部分词社停止了活动，词的创作数和词集出版数呈现明显的下降。从上面的表格看，1936年还保持一个相对高的数字，这主要是前一年创作和结集数的延续，但从1937年开始就呈比较明显的下降趋势，除了1941年前后有一个小的反弹外（1940年12月底《同声月刊》创刊），这种出版低迷的情况一直没有变化，直到1949年民国在大陆结束。

因此，如果要将民国词作分期的话，我们认为可以大致分为三期：1912年民国成立到1927年为第一期，1928年到1936年为第二期，1937年到1949年为第三期，这种区分法主要考虑词的创作实际。其中第二期是民国词创作的繁盛期，无论词的创作数量、词集的出版数量，还是词社的活跃程度，都达到一个相对繁荣的时期。如将这一时期和整个民国史相比较，与民国史研究中所谓"黄金十年"的提法基本一致。如果我们进一步将第二期作区分，那么1931年底的朱彊村去世是一个重要事件，在此之前朱彊村绝对是词坛的领袖人物，而之后以龙榆生为代表的1900年左右出生的新一代词人开始崭露头角，并随着《词学季刊》的创刊（1933年4月），中国词学研究和创作的格局有所变化。如果再要细分，第二期中1928年至1931年、1931年至1936年可以细分为二期，这样，民国词从1912年至1949年的38年，总共可以分为四期。

三、民国词社研究

民国时期各种词社特别多，活动也比较频繁。这种情况的出现，和民国时期词社的成立比较方便、形式比较简单有关，只要有一个人发起，十来个朋友响应，定时聚一下，一般是找地方吃饭，然后定题、选调、选韵。词可以当场做，也可回去做。有的词社活动没几次就消歇了，有的可以活动到十数次、数十次，甚至上百次，如天津须社活动就比较频繁，月三集，"凡三年，得集盈百"。词社中，有的创作上有共同追求，有的就只是一般的酬唱，并没有明确的创作追求。因此民国期间，有一些词人前后甚至同时参加两个以上词社。我们认为，这种情况在中国古代也是有的，但古代没有影响的中小词社因没有文字记录，大量已经湮没了，而民国离当下近，这些中小词社的信息被保留下来，就产生了民国词社比较多的印象。

目前的词社研究，总体看，还是比较初步的，有一些文章，也有一些项目立项，但基本上处于清查家底的阶段，也就是说，搞清楚民国时期存在过哪些词社。这些研究是必要的，其意义就是为以后的进一步研究提供了一份比较详细的目录。当然比较深入的研究也是有的，比如新加坡国立大学林立先生结合民国遗民词人研究，对天津须社所做的研究就比较深入。另外，现代文学研究者尹奇岭先生所撰《民国南京旧体诗人雅集与结社研究》也是相对集中研究南京诗社、词社的专著。但从总体看，这样的文章和专著目前还不多。此外还有一些社科项目，是以民国词社为选题的，但尚未见到专著或者论文集。

从目前的研究态势看，主要有两方面的工作要做：

第一，将民国词社研究作为一项系统工程来做，也就是说，要有一个规划，将所有的词社逐个进行比较全面的研究。这项工作依靠个人的力量有点困难，需要政府立项，或者几个学校合作。作为个人来说，最好在自己力所能及的范围内，做几个词社，最好不要和别人重复；然后静下心来搜集材料，梳理每个词社的基本情况。这需要时间，但做起来其实并非很难。因为一些大的词社都有社集保存下来，结合作品和其他资料，可以考证出每一次活动的时间、参与者以及具体内容。华东师大已经有两个学生分别以上海三四十年代沤社和午社为题，撰写了学位论文。这两篇论文还有可进一步提高的地方，但上述词社的基本情况都搞清楚了。在此之前也有杨柏岭先生和汪梦川先生对上海春音社的基本情况做过考察，文章发表在上海的《词集》集刊上。这样，三个比较大的词社的基本情况搞清楚了。如果坚持下去，将一个个词社都搞清楚，最后综合起来，就可以呈现出民国时期主要词社的基本状貌、内在联系和发展过程。在此基础上再写出一本比较完备的民国词社史，就比较实在。这样研究民国词社，就会比较全面、深入，意义也比较大。

第二，理清词社与当时词学思潮的关系。这个问题因词社而异，如上所言，民国时期大部分词社其实就是一种文人雅集，日常活动主要以友朋、同好间的诗词酬唱为主，不一定有共同的创作追求，或者共同的诗歌主张。但也不能否认，有些词社活动是有一些共同思想基础的。另外还有一些词社曾在成员间发生过一些争论，这些争论一定程度上反映了当时的词学观念的变化以及词学思想的发展趋势。搞清楚这些词社与民国期间词学思潮的关系，具有比较重要的词学史意义。

试举一例。在1941年第1卷第3号至第8号《同声月刊》上，刊载过一批有关四声问题的文章和论词信札，这些文献由于数量较大、较集中，且观点基本上都对填词死守四声提出批评，曾引起过当下不少词学家的注意，已经有一些研究文章在行文中引述了这些材料。但是绝大部分学者都不知道，这一批文章的出现都与发生在午社的一次争论有关，只有搞清楚了午社的情况和这次争论的背景和整个过程，才能完全理解这批文献的内涵和价值。午社是民国时期比较大也比较特别的一个词社，成立于1939年上海的租界内，有社集二十余次，直到太平洋战争爆发、日本人占领租界，才停止活动。该社成员主要来自此前上海的沤社和南京的如社，主要有廖恩焘、林鹍翔、冒广生、仇埰、夏敬观、金籛孙、林葆恒、吴眉孙、吴湖帆、郑午昌、夏承焘、胡士莹、龙榆生、陈运彰、吕贞白、何嘉、黄孟超、陆维钊等人。四声之争的起因是1939年7月冒广生写的一篇长文《四声破迷》，此文后改名《四声钩沉》，发表在1941年5月的《学林》第七辑。文章主要是对当时词坛，包括午社中一部分成员填词死守四声的问题，提出反对意见。但冒氏为了阐述自己的观点，又在文中提出两个非常新奇的观点：其一，宋人填词不守四声；其二，四声是指宫、商、角、羽（所谓琵琶四弦），而不是平上去入。文章一出，一片哗然，大家对他关于四声的解释均不认同。最先提出不同意见的是夏承焘先生，他在1940年三四月间撰写了《词四声平亭》一文，与之商榷。文章先发表于《之江中国文学会集刊》第五期，以后又改名《唐宋词字声之演变》，收入他的《唐宋词论丛》。夏氏没有直接反驳冒广生，而是根据唐宋词发展的实际，梳理了唐宋两代填词辨四声的发展线索，"予细稽旧籍，粗获新知。知唐词自飞卿始严平仄。宋初晏柳，渐辨上去。三变偶谨入声。清真益以变化，其兼守四声者，犹仅限于警句及结拍。自南渡方（方千里）、吴（吴梦窗）以还，拘墟过情，字字填彻，乃滋丛弊。逮乎宋季，守斋（杨缵）、寄闲（张枢）之徒，高谈律吕，细剖阴阳，则守之者愈难，知之者亦鲜矣。"认为四声宋人辨是一种客观存在，有一个发展过程。但他又认为，周邦彦"唯其知乐，故能神明于矩矱之中"是一种活声律，以后方、杨等人不明此中道理，拘泥四声，活声律成了死声律，就是一种弊病了。再以后的人严守四声，更无必要。文章写成后，夏氏发给社中成员征询意见，引起比较热烈的反响。《同声月刊》上的这一批文章就是在此背景下产生的。其实除了当时在《同声月刊》上发表文章的吴眉孙、张尔田、龙榆生以及社外成员陈能群和施则敬外，夏敬观也以信札方式发表了很好的意见，只是没有刊出，夏氏的这些意见被记录在夏承焘的《天风阁学词日记》中。如果将所有这些文章和观点收集起来，结合午社的活动情况和人员的关系，就能对这场争论以及这些文章有更深的理解了。

再进一步，如果联系当时词学思潮的演变，就会发现这场四声之争具有更为重要的词学意义。晚清以来，因朱彊村等人的提倡，梦窗词风盛行，有关这个问题，彭玉平教授早在2004年就写过一篇《朱祖谋与晚清和民国时期的梦窗词研究》，介绍得很详细，可以参考。反映到创作上，就是要求守律、严辨四声。但问题是朱彊村本人懂音律，深明其理，因此虽然讲四声，却不拘泥四声，用夏承焘的话来表述，就是活声律。而以后的效仿者不懂音律，不明就里，死守四声，一味模仿，唯恐失律，以致以文害意，弊端丛生。到了30年代末40年代初，这种情况愈演愈烈。即使在午社内部，一部分来自如社的成员也有此问题。比如唱和温飞卿的词，要求守原作的四声，而根据夏承焘先生在《词四声平亭》一文中的考证，温飞卿之时尚未有辨四声的做法。飞卿尚无四声，而后之唱和者却要严守四声，这确实没有道理，这确实是死声律的典型表现。在此背景下，午社中冒广生、夏承焘、张尔田、吴眉孙等人尽管对四声的理解有分歧，但对这种严守四声、以文害义的风气都提出了严厉的批评。正如龙榆生针对当时拘泥四声的风气所言："今沪上词流，如冒鹤亭（广生）、吴眉孙（庠）诸先生，已出而议其非矣。吴氏与张孟劬、夏瞿禅两先生，往复商讨，力言词以有无清气为断，而深诋襞积堆砌者之失，孟劬先生亦然其说，而以情真景真，为词家之上乘，补偏救弊，此诚词家之药石也。"（龙榆生《晚近词风之转变》，《同声月刊》1941年第1卷第3号）龙榆生虽没有直接卷入这场四声之争，但他反对死守四声的观点还是很明确的。午社的这场四声之争，初步扭转了晚清以来弥漫在词坛上几十年的梦窗风，表明民国词学观念又一次发生变化，意义重大。只是此后不久太平洋战争爆发，词社消歇，词家星散，抗日战争以后又是解放战争，一直战争不断，新中国成立后词学大背景发生变化，这场意义重大的四声之争渐渐被遗忘。最近看到一篇讨论晚清民国梦窗词风的论文，以为此风气一直没有得到清算，这恐怕并不属实。其实梦窗词风在30年代末就开始遭到清算，标志就是午社的"四声之争"。

可见，搞清词社的真实情况，理清并认识词社活动对当时词学风气的影响，的确是目前民国词社研究需要注意的问题。

20 世纪香港诗词概说

香港中文大学　联合书院　黄坤尧

一、香港诗坛百年风貌

　　1840 年鸦片战争以后，香港由英国管治，殖民地整体的社会发展步骤与内地的城市不同，文化上也由中西的相互碰撞、冲击，转而至于讲求协调和融合，讲求效率，面貌一新。尽管香港社会不断朝多元的方向发展，但有些东西总是比较保守的，有时还要刻意保持原有的民族特色，不会胡乱求变。例如诗词艺术，读者、作者虽然不多，不成气候，但总有一个传统的格调摆在上面，也就是一种特殊的品味、一些规律来维系着诗词的感觉，过分的改变太不像话了，如果跟传统严重脱节，没有味道，也就说不上是诗词了。香港诗坛上承唐宋风流清丽的馀韵，兼桃岭南雄奇雅健的笔调，关怀天下时局，面向陌生多变的新世界，诗人辈出，内容广泛，在西风疾吹中傲然挺立。虽然谈不上创新体制，但也没有瑟缩于西方文化庞大的身影之下，一直都能稳守传统的阵地，在一个国际化的商业城市中营造出高情雅韵，李杜宗风，一灯不灭，晚清宋调，亦见嫡传。甚至在一些荒诞的岁月里，更赖以维持坠绪，保护传统中华文化的优良种子，挣扎求存，然后再在适当的气候里破土而出，甚至还倒过来以出口转内销，重新燃起了中华诗词的熊熊烈焰。在整个 20 世纪之中，香港诗坛在中国政局改朝换代之后经历了两次的高潮，先是二三十年代重建传统文化，回应"五四"运动的疑古思潮；次是五六十年代的诗社勃兴，更是直接面对大陆惨烈的"文革"运动，在文化救亡的严肃使命之下，前仆后继，愈见悲壮，共同见证了中华诗词不死的传说。特别是五六十年代众星拱照，诗社林立，姿采纷呈，新刊的总集别集亦多，在繁华的闹市里，在"文革"的硝烟中，虽然不见得有任何商业价值，但香港诗词却在一角清幽的园林里茁壮成长，繁花似锦，星月争辉。过去香港不断地吸纳来自全国各地的诗才，香港的诗史其实也就是中国的诗史，不分左右，不辨主客，不论流派，不管雅俗，大家摒除成见，逐渐地融为一体，通过诗艺的切磋，香港诗词早就在一个艺术的国度里统一起来了，甚至足以填补中国诗史残缺断层，以至现代文学空白的一页，将现代和传统之间重新嫁接起来。至于八九十年代至千禧跨世纪以后，本土化的思潮兴起，香港诗词开始构成特有的自我本位，表现时代风貌，气象一新。

（一）香港诗坛的分期

20世纪的香港诗坛大约经历了四个世代：清末民初、二三十年代、五六十年代、八九十年代，前后跨度二三十年左右，可以分别表现出不同的世局变化和文学生态。

1. 清末民初

香港诗坛长期以来都是由外来的文人带动的，早期过客很多，有些还留下诗词作品①，但长期住下来的就不多了。所以早期的进展比较缓慢，诗人不多，主要是由报界和商界带动的。文人办报健笔很多，鼓吹新政，解放思想，诗词乃馀事矣。1862年王韬（1828—1897）抵港，创办《循环日报》，逐渐揭开香港诗坛的序幕。继起者有香港大书院毕业的胡礼垣（1847—1916），1885年创办《粤报》，提倡新政，倾向维新思想。潘飞声（1858—1934）于1894年冬来港任《香港华字日报》编辑，1900年创办《实报》，刊登了很多诗词作品，文采风流，影响最大。商界则以陈步墀（1870—1934）为主，其科场失意之后，乃于1906年由潮州来港，协助父兄打理乾泰隆的米业。1908年广东水灾，陈步墀以《救命词》三十首刊于《实报》，呼吁赈

---

① 蒋英豪（1947— ）选注二十六家诗作，以1919年以前为限。参见《近代诗人咏香港》，中华书局1997年版。

灾,字字血泪,感动人心。陈步墀除了出版个人的诗词八集之外,还编成《绣诗楼丛书》三十六种,这是香港出版的第一套丛书,保留大量清末民初的名流墨宝及文化史料,价值巨大。以上四人都是清末的香港诗人,各有诗集传世。其中,王韬《蘅华馆诗录》保留了近代中、日诗人交往唱和的作品甚多;潘飞声《在山泉诗话》则评论清末的诗坛,人物繁多;胡礼垣参与创建香港文学会,辛亥革命前后所作《满洲叹》七律一百五十首、《民国新乐府》十二章及《柬黎都督元洪》,保留大量的史料文献,反映香港知识分子的观点角度,著《胡翼南先生全集》;陈步墀《绣诗楼诗》各集的序跋题辞唱和中更展现了早期香港诗坛广泛的交游网络,各有所成。

辛亥革命以后,民国肇建,但香港诗坛却成了遗老的天下。陈伯陶(1855—1930)隐居九龙城,潜心著述,表现故国之思。1916年9月17日,以祀宋末遗民赵秋晓生日为题,写诗填词,出席者有吴道镕(1853—1936)、张学华(1863—1951)、汪兆镛(1861—1939)、黄佛颐(1886—1946)等十一人,怆念时艰,悲怀身世,孤臣孽子,蝉鸣鹃泣。其后参与唱和者有丁仁长(1861—1926)、张其淦(1859—1946)、何翙高(1865—1930)、黄日坡(1855—1929)、苏泽东(1858—1928)、赖际熙(1865—1937)、李景康(1890—1960)、梁浯(1861—1918)等,共三十五人,编成《宋台秋唱》一书①,家传户喻,脍炙人口,而宋王台更几乎成了香港人在异族统治下怆怀故国的精神象征,不断地在香港诗中重复出现。又黎国廉(1874—1950)、刘景堂(1887—1963)均于辛亥革命前夕来港定居,深负词名,对促进香港词坛的发展贡献亦大。

2. 二三十年代

1919年五四运动以后,白话代兴,但香港的文人负隅顽抗,不肯轻易放弃文言写作,而诗词逐渐兴起,诗人亦多,香港反而

---

① 苏泽东编:《宋台秋唱》,香港:1917年初刻,1979年重刊。

成了保存固有文化的基地。赖际熙任香港大学中文讲席①,为了弘扬国粹,挽救沉沦的人心,1923年乃与洪兴锦、俞叔文(1874—1959)、李海东(1889—1965?)等创设学海书楼,聚书讲学,当时登坛讲道者都是侨居香港的清季翰苑名公,有陈伯陶、区大典、赖际熙、温肃(1878—1939)、区大原(1869—1945)、朱汝珍(1865—1943)、岑光樾(1876—1960)等太史②,高风亮节,士林景仰。其实他们诗词的造诣亦高,国学根基深厚,对香港文化、香港文学自然都会产生深远的影响。1927年香港大学中文学院成立,赖际熙为首任院长,初以教授传统国学经史子集及古文辞章为本,育才亦多。1935年,许地山(1893—1941)来港后,逐渐推行课程改革,分为文学、历史、哲学三组,接通中西文化,发扬汉学,面目一新。1927年黄伟伯(1872—1955)定居香港,筑负暄山馆于九龙塘,经营地产,流连文酒,提倡吟咏,著述亦多。其他名家尚有陈竞堂(1864?—?)③、江孔殷(1865—1950)、俞叔文、叶珮瑜(1875—1952)、何恭第(1879—1941)、李景康等。又诗社活动也很蓬勃,战前有正声吟社(1931—1932)④、蟾圆社(1936—

---

① 香港大学创设于1911年,翌年增设文科,并聘赖际熙、区大典(1877—1937)二太史,讲授中文经史。参罗香林(1905—1978)《香港与中西文化之交流》,香港:中国学社1961年,第223页。

② 参见邓又同(1915—2003)辑《学海书楼主讲翰林文钞》,香港:学海书楼,1991年。

③ 陈竞堂,字贷粟,广东宝安人。1910年任元朗讲席,1922年退休,获享政府长俸。著《克念堂诗稿》、《诗鸣阁唱和集》、《贷粟轩稿》二卷(香港:香远印务局,1924年),集中有和陈伯陶、苏泽东《游宋王台两首》、《宋王台一首》诗,尤多写元朗及蚝田风光。

④ 参见《正声吟社诗钟集》(香港,1932年)。陈谦《海隅诗话》云:"正声吟社是寓港的文人随意组合,未有在港府注册,亦不收月费,杂用开支统由黄伟伯一人负担。每次雅集后,佳卷送《华字日报》刊登。"载《香港旧事见闻录》第四十六章(广东人民出版社1989年版),第344页。

1937)、千春社（1939—1941）①等。战时来港避难的诗人很多，例如杨铁夫（1866—1944）、杨圻（1875—1941）、叶恭绰（1881—1968）、吕碧城（1883—1943）、柳亚子（1887—1958）、李猷（1914—1996）诸家，人物往还，为香港诗坛注入了新元素，吹皱一池春水，平添无限波澜，自然也有很大的刺激作用。此外，当时的报刊杂志很多，例如《天文台》（半周评论）②、《大风》（旬刊）③等都兼载大量居港或旅港文人的诗词作品。可惜未几香港沦陷，大批的文化人先后逃离魔掌，风流云散，万马齐喑，一切又渐趋沉寂了。

3．五六十年代

在香港沦陷的末期，黄伟伯、谢焜彝（1877—1958）等筹组天风社（1944—1945）④，1945年复与伍宪子（1881—1959）、冯渐逵（1887—1966）组硕果社，人称前四子；后由何直孟（1886？—1968）、韦汪瀚（1897—1972）、吴肇钟（1896—1967）、许菊初（1901—1976）主持，则为后四子。1947—1966年间，出版《硕果社》九集，录得诗人七十三家，其中很多人没有专集传世，只靠诗刊保存作品。硕果诸子以顺德籍作家为多，雄霸香港诗坛二十馀年，是香港最具影响力的诗社。

---

① 卢湘父（1868—1970）《千岁宴十周年纪念大会开会词》云："回忆己卯年（1939），朱汝珍、江霞公两太史，倡诗社于孔教学院，星房虚昴，则叙会而敲诗钟。维时如黎季裴、郑洪年、叶恭绰、李景康、杨铁夫、叶茗孙等，皆一时名士。而湘父与俞叔文，亦在其列，合计千馀岁，因号曰千春诗社。"参见《香海千岁宴耆年录》（香港，1965年），第47页。又参1941年，黄咏雩（1902—1975）《千春社席上赋呈朱聘三、江兰斋、卢衮裳、卢湘父、俞叔文、黎季裴、杨铁夫、胡伯孝、郑韶觉、叶遐庵、黄慈博、陈觉是、卢岳生、李凤坡诸子》一诗，载《天蠁楼诗文集》上册(花城出版社1999年版)，第275页。

② 《天文台》由陈孝威（1892—1974）于1936年11月创办，1949年4月停刊。1950年10月9日在香港复刊，1973年停刊。

③ 《大风》由宇宙风社、逸经社同人合办，社长简又文（1896—1979）、副社长林语堂（1895—1976），编辑陶亢德（1908—1983）、陆丹林（1896—1972）。1938年3月5日创刊。

④ 谢焜彝《硕果诗社第三集序》云："回溯十五年来，初结蟾圆社，甫及二十八会而声沉。再组天风社，又仅一十六期而云散。"参见《硕果社》第三集（香港，1951年）。又参见冯渐逵《春日宴天风吟社》，收入《冯渐逵诗存》（香港，1966年），第16页。案此诗编于乙酉年，即1945年。

战后香港诗坛一片兴旺,名家辈出,加上解放战争,1949年以后逃港者尤多,香港诗坛几乎成了右派的天下。而诗社更如雨后春笋般涌现,此起彼落,十分热闹。著名者有业馀文社(1946—1950)、健社(1951—)、青社(1952)、风社(1954—1969)、春秋诗社(1957—1976)、披荆文会(1958—)、瀹社(1959—)、旅港清游会、南薰诗社(1977—1979)、锦山文社(1972—1991)、鸿社(1973—1980)、愉社(1974—1998)。而词社则有坚社(1950—1955)、海声词社(1963—1984)、芳洲社(1967)、岁寒词社(1969)、乙卯词社(1975)等,可以代表不同的文学群体。其中很多诗人、词人以至书家画人等都是相互往还的,名单重叠的很多,他们纯是依兴趣结社,自由组合,易聚易散,通过写作和吟唱,出版刊物,浪荡江湖之中,相濡以沫,自然也就起促进诗艺的作用了。其他以诗刊作联系的,尚有何古愚(1897—1981)辑《变风集》(1950)、黄伟伯等撰《鸡鸣集》(1952)、李景康编《现代诗钞初集》二卷(1955)、易君左(1899—1972)《现代诗选》(1955)、古卓仑(1888—1964)、黄相华(1905—2002)等编《现代诗选》第一集(1956)等。

  60年代以后,东西"冷战",而世局则相对稳定。当时出版的诗刊除了立足本土之外,更面向世界。1959年彭国栋(1902—1988)及甄陶(1902—1982)等在台北成立亚洲诗坛,出版诗刊。于右任(1879—1964)《亚洲诗坛成立大会讲词》云:"今天的亚洲诗坛,是中、日、韩、越四国的诗人,集成的一个文学团体,尤其是在万方多难的今天,发起这一个号召,其意义,其影响,必能在人类诗史上占最重要的一页!必能为诗坛与人类创造光明锦璨的远景。"[①] 1963年,甄陶主编《亚洲诗坛》在香港复刊,至1980年止,共刊二十二期。1965年《亚洲诗坛乙巳征诗特刊》,参赛者有中、日、韩、越、泰、印度、星马、菲、中国港澳、美洲十个地区的诗人。1964年,郭亦园编《网珠集》,《例言》云:"搜集者为香港诗坛,则从耳目所接,自近及远,以为之次第。故以港澳为起点,次台澎,次菲律宾,

---

① 甄陶主编《亚洲诗坛》港版第一集扉页,香港诗坛社1963年。

次越南，次泰国，次北婆，次星马，次英美墨加诸地，但计里程之远近，不以后先为抑扬。"① 1969 年，何敬群《〈网珠续集〉序》亦云："此观于近二十年来，海内外诗风之盛，自港台南洋各属，遍至南北美各国，凡有华侨聚居之地，即莫不传讴吟之声，亦莫不风动当地，成为中华文艺之代表。"② 二书网罗作者亦多，两集合并，总计共得 379 家，除了中国港澳台之外，还远及南洋及欧美各地华埠，颇有古诗人采风之意，在抒发时代的悲情之外，回望故国河山，自然也兼带文明重建的积极意义了。诸书且有互补的作用，不过其中有些不是香港的本地作家，用者宜有所区别。

战后来港的诗人以学者为多，主要任教于大专院校，例如伍俶（1897—1966）、郑水心（1900—1975）、曾克耑（1900—1975）、陈荆鸿（1902—1993）、熊润桐（1903—1974）、王韶生（1903—1998）、梁简能（1907—1991）、王淑陶（1906—1991）、陈湛铨（1916—1986）、吴天任（1916—1992）、饶宗颐（1917—　）、苏文擢（1922—1997）、劳思光（1927—2012）等。其他名家有廖恩焘（1864—1954）、邓芬（1894—1964）、李家煌（1898—1963）、张叔平、韩穗轩（1902—1992）、余祖明（1903—1990）、李家炜（1904—1975）、郑春霆（1906—1990）、张纫诗（1912—1972）、翁一鹤（1912—1993）、傅子馀（1914—1997）、潘小磐（1914—2001）、陈凡（陈百庸，1915—1997）、劳天庇（1917—1995）、高旅（邵元成，邵慎之，1918—1997），从事各行各业，左右都有，不拘一格，各领风骚，丰神俊朗，兼容不同的政见和流派。此外番禺刘氏一门风

---

① 郭亦园（1902—1979）编：《网珠集》（香港：香港诗坛，1964 年）。收录中国港澳 122 家、中国台湾 29 家、菲 26 家、越 4 家、泰 38 家、北婆 2 家、星马 17 家、英美墨加 14 家，共得 252 家。何敬群（1903—1994）序、《例言》、郭亦园编后记。

② 郭亦园编：《网珠续集》（香港：香港诗坛，1969 年），第 2 页。收录中国港澳 126 家、中国台湾 28 家、菲 23 家、越 8 家、泰 12 家、星马 12 家、北婆 4 家、印度尼西亚 3 家、海外 12 家、遗稿 10 家，共得 238 家。蜷厂（张叔平，1898—1970）、何敬群序。删除重复，两集合并得中国港澳 181 家、中国台湾 46 家、菲律宾 39 家、越南 11 家、泰国 45 家、星马 24 家、北婆 5 家、印度尼西亚 3 家、英美墨加及海外 20 家、近贤遗稿 10 家，共达 384 家，准确计实 379 家。

雅，三代能诗，除了刘景堂以《沧海楼词》鸣世外，刘子平（1883—1970）、刘叔庄（1894—1952）亦享盛名。刘德爵（1909—1990）生前虽不以诗示人，但融贯中西，阅历世情，佳作琳琅，成就特大，深得隐逸诗人之旨。周策纵论云："予于德爵其人，既交臂失之；今读其诗，岂可再失之交臂？予昔年与友人书，论陶渊明之为人及其诗，谓皆由于生不逢时，于无可奈何中归于隐逸。实缘挚情之挫折，不因推理而了悟，故能感人深切，与理学家及学者之诗大异其趣。予于德爵之为人与诗，不免有同感焉。盖受庄子与渊明之影响甚深，而以近体诗之律绝出之，与李贺、李商隐又不同，可谓自成一格，此其可贵也。"①四方八面涌来的诗人共同缔造了香港诗国的高潮，保存国粹，相对于大陆沉寂的诗坛来说，香港自然是生机勃发，显得一片青葱了。

70年代适然楼主撰《香港诗坛点将录》（1954—1974）②，综论香港诗坛大势，以伍俶（叔傥）列为托塔天王，居于首位，其他排座次的有天魁星熊润桐、天罡星曾希颖（曾广焌，1903—1985）、天机星黄尊生（1894—1990）、天闲星刘景堂、地魁星陈湛铨、天贵星梁寒操（1899—1975）、天富星吴天任、天勇星郑水心、天雄星曾克耑、天猛星易君左、天威星黄嗣拔（1920—1997）、天立星郭亦园等，都是名重一时的诗人，英才并起，风格多样，从神州大地移植过来，挹彼注此，才能造就香港诗坛特有的繁华盛世。

4．八九十年代至千禧新世纪

香港诗坛老成凋谢，相对显得平静。但经过百年陶冶，本土作家崭露头角，而内地新移民也正在不断地填补新血，相互融合，泯除狭隘的地域观念，立足本土，深入社会，缔造香港精神，亦具时代风貌。近期香港诗词逐渐从传统中淡出，表现出特

---

① 周策纵（1916—2007）：《〈番禺刘氏三世诗钞〉序》，收入黄坤尧辑《番禺刘氏三世诗钞》，香港：学海书楼2002年版，第4页。
② 适然楼主《香港诗坛点将录》，《名流月刊》第廿六期（香港：永泽出版有限公司，1980年11月）转载，署名老兵，第10～12页。

有的新世纪、新事物、新思维、新观念,似在探索出路。目前诗词刊物不多,有《岭雅》(1983),已刊四十二期;鸣社原名诗小组(1988),刊《诗课选辑》、《鸣社诗辑》、《鸣社诗辑续编》、《邃加师逝世五周年纪念集》等;《砖玉集》(1992)已刊三十辑以上;《长青雅集》原名《长青吟荟》(2002)刊一四二期;璞社(2002)刊《荆山玉屑——香港浸会大学璞社诗辑》四编;其他《香港诗词》(2009)十期、《博文诗艺社》(2011)九期、《香江艺林》(2011)五期、《香港汕尾诗词》(2012)三期,等,都足以反映新一代的诗情。此外,《岁华》、《绿水青山尽是诗》二书也选录了香港中文大学师生的诗词作品,或亦可供参考及补遗之用。[①]

《香港名家近体诗选》收录香港诗人的近体诗作品一百九十七家[②],过去的诗人由后人提供资料,或由编者选录;当代的诗人则全由个人自行选录及投稿,授权出版,限2003年满四十岁者,每人五至十首。所谓近体诗指的是五七言绝句、律诗及五言排律说的,不收古体,严格要求完全符合韵律规定。本书可以大体展示香港诗歌的整体风貌、香港诗歌发展的轨迹,摹写时事风光、民生社会、交游网络、文化建设等,自然也是香港诗人的心灵纪录,可以全面准确地提供认识香港诗坛的基本资料。

(二) 香港的诗风及流派

香港诗人众多,但以外来的移民为主,加上近代中国政局屡变,香港其实就是逃亡者的乐园,在英国人的庇护下,可以获得短暂的栖息。香港第一位诗人王韬就是被清廷通缉来港的逃犯,诗中以缅怀故国及江南故人为主,写本地生活题材的比较薄弱。后来经过了多次的改朝换代,香港先后成为革命分子、清朝遗

---

① 参见邓仕梁(1938—)等主编《岁华——香港中文大学三十五年中国语言及文学系教师文艺作品集》(香港中文大学中文系,1998年12月);蒋英豪主编《绿水青山尽是诗——崇基的诗·诗的崇基》(香港中文大学崇基书院,2002年)。

② 何文汇、何乃文(1933—)、洪肇平(1946—)、黄坤尧、刘卫林(1958—)编辑:《香港名家近体诗选》,香港中文大学出版社,2007年;第二版修订本,2010年。

老、"左"派、右派、汉奸、富豪地主以至粤闽居民、归国华侨的安居之所。香港开埠历史稍短，本身传统文化的底蕴不深，碰上西风东渐，信息发达，商业繁荣，言论自由，法制健全，民生安定。香港就像一张白纸，可以任人随意地涂抹上去，反而是比较最容易吸收外来文化的地方，取长补短，充满调和融合的色彩。因此，形之于文学之中，香港的诗风亦是以传统与现代相结合为主，表现多元格局，包容异己，显出开放精神，不拘一格，畅所欲言。此外，逃亡者在借来的时空下，过去的辉煌已经不复存在，往往显得谦卑和忍让，珍惜友谊，以期获取更广阔的生存空间。因此，除了意识形态革命与保皇、左翼与右倾之争外，香港的诗风基本上是百花齐放的，明显缺少理论的争拗，甚至很难、也不必影响别人；加之无利可图，也就没有人事的冲突了。诗可以还原为纯粹的艺术，只能自抒怀抱，欣赏含蓄，让诗句在小众中流转，温柔敦厚，表现平和之美，自得之乐。宗唐宗宋，悉随尊便，大隐于市廛之中，思想自由驰飞，各适其适，多姿多彩。

　　香港诗歌的流派极多，诗人一般都是独立的个体，大家亦各有其思想情操及审美观念，每人自成一派。至于组织诗社，一般并不是建基于共同的文学理念，反而是冀获知音，藉此排遣旅途上的寂寞而已。加之家居狭窄，坚社的雅集能在何香凝（1878—1972）的府第中举行，只能说是异数，后来廖恩焘逝世，刘景堂就移往寰翠阁茶座中与诸子论词了。所以诗社其实也就是茶局或饭局，有佳主人出钱出力最好，否则就要大家科钱相聚，因此这样的诗会全是兴趣小组，易聚易散，随时组合，感情的因素多于理论建设，很难凝聚共同的理念。至于大学教育方面，教师也只能在短暂的课堂上自我发挥，随缘启发，下课后各散东西，诗词也不见得有任何特殊的魅力。因此，香港的诗坛多是出于自发的个人的好尚，师生也不见得能维持长久的关系，很难打造独特的流派和品味。现在回顾香港百年诗词的流派，在短暂多变中也许还可以看出一些端倪。例如，硕果社、坚社讲求雅正，温柔敦厚，显得平和，格调自高；健社不拘一格，雅俗共赏，甚至提倡粤语白话诗，写出社会怪状；春秋诗社以亲台诗人为多，仕途失意，思乡情切，有时会表现强烈的情绪；海声词社以女性词人占多，婉约芳馨，神魂悠荡，则又别具迷情境界。至于郭亦园客居香港，放眼世界，选编《网珠集》、《网珠续集》；甄陶编《亚洲诗坛》诸集，遍及寰宇，采诗观风，气象雄豪，尤为博大；披荆文社、鸿社、锦山文社等以商界为主，联络交谊，出钱出力，尊重文人，愈显包融；旅港清游会登山临水，重现自然之美，亦见怀抱。此外，香港诗坛以宗唐为主调，有潘飞声、陈湛铨、苏文擢、潘小磐、谢启睿（1919—1999）诸家，绮丽销魂，风华绝代。而宗宋者则有曾克耑、陈荆鸿、劳天庇诸家，着重表现力，骨格亦高。其专攻魏晋者，则有伍俶、梁简能、刘德爵、饶宗颐诸家，逸韵幽姿，高情古朴，遗世独立，意象翩飞。至于以粤语及民俗入诗者，则有廖恩焘、郑贯公（1880—1906）、翁一鹤、张江美（1914—2006）诸家，雅俗共赏，且见谐趣，剖析社会现象，具有深刻的写实力度，笑中有泪。而高旅诗词深得聂绀弩（1903—1986）诗的神髓，风格相近，嬉笑怒骂，光怪陆离，刻画荒诞的人事，具有深刻的批判精神，自然也表现出浓厚的家国情怀。

香港是一个移民社会，诗人几乎都是由外地移入的，本土诗人不多。《现代诗选》第一集选录了八位上水廖氏的诗人及作品，让难得一见的本土诗人亮相。他们都是20世纪50年代或以前出生的诗人，有些是清朝的读书人。目前可考在香港出生的有何香凝、李惠堂（1905—1979）、郭魂（1921— ）、潘新安（1923— ）、方宽烈（1925—2013）、刘峻（1930—1995）、林佐瀚（1935—2001）、方镜熹（1935— ）、李鸿烈（1936— ）、邝健行（1937— ）、邓伟贤（1939— ）、周锡（韦复，1940— ）、梁巨鸿（1940— ）、韦金满（1944— ）、陈创乐（1944— ）、何文汇（1946— ）、陈树衡（1948— ）、陈樵山（1948— ）、文幸福（1949— ）、方满锦（1949— ）、何世强（1950— ）等。有些还是原居民，例如上水李鸿烈、新田文幸福，其家族在香港已经住上好几个世代了。他们大多数都是在香港受教育及成长的。有些离港又返港，例如郭魂、周锡、刘峻。诗人的出身及道路虽然不同，但因缘际会，都对香港的诗歌事业有所贡献，也许还可以构成真正的香港诗风。何文汇从

90年代以来不断推行诗词比赛的工作,他是新市镇文化教育协会创会会长,从1989年开始举办"全港学界律诗创作比赛",迄今已办了二十五届;香港区域市政局从1991年起办"全港诗词创作比赛",后来由香港公共图书馆接办,现在也已办了二十四届,引出很多长者诗人,同时也培育了更多的新秀。50年代以后在香港出生者更多,在此也就不一一引录了。其实香港人并没有强烈的省籍观念,也没有什么排外情绪,只要住久了,语言可以沟通,就会得到大家的认同,也化成香港的一分子了。所谓本土诗人,其实也包括很多在香港受教育及成长的外来移民,意识形态上比较一致,尤其是八九十年代以来,香港诗词的本土风格逐渐形成,在思想、审美、语言以至生活模式、大家共同关心的话题等,都和内地及台湾有所区别,甚至有时一眼就可以看出来,从而形成一种特有的香港文化、香港品味。

(三) 香港诗词的"现代"意义

1955年香港出版《现代诗钞初集》二卷、《现代诗选》,1956年则出版了《现代诗选》第一册,不约而同地选用了"现代"的概念,而且选的都是旧诗而非新诗,可见香港传统诗歌曾经一度自称为现代诗,比较特别。五四运动以后,新诗,也就是白话诗,逐渐取得现代文学上正统的地位,而传统诗词则逐渐淡出,以致遗忘,甚至被宣布死亡。但香港诗人仍然锲而不舍地为旧体诗词争取"现代"的身份,珍惜传统文化,发扬大汉天声。《现代诗钞初集》凡例第一条说:"现代诗向无总集,惟民初陈石遗曾选近代诗,所录不及今人。欧公谓物聚于所好,本社同人久有此心,力所不逮,谨向海内外诗家征求,勉存文献。"①可见现代诗是指由民国初年至50年代的今人诗歌。而《现代诗

---

① 李景康(1890—1960)编纂:《现代诗钞初集》(香港,1955年),卷一选52家,卷二选56家,共108家。《征诗启事》发起人录陈融(1876—1955)、商衍鎏(1874—1963)、劳纬孟(1874—1958)、黄伟伯(1872—1955)、叶伯纶(1867?—)、李景康、熊润桐(1903—1974)、吴肇钟(1896—1967)、许菊初(1901—1976)、刘太希(1899—1989)、梁简能(1907—1991)、韦汪瀚(1897—1972)、潘小磐(1914—2001)、苏文擢(1921—1997)、韩穗轩(1902—1992)15家。

选·征诗小启》亦云:"民国以来,耆宿犹多,典型不少。灵光尚在,硕果仍存。……或有隐耀韬光,陑穷闾巷;销声匿迹,肥遁山林,佳什未付之枣梨,姓名未著于社会,而自鸣天籁,不乏好音。固宜珊网肆张,玄珠是索。此《现代诗选》之编印所由发起也。"古卓仑更在《现代诗选·序》中说:"干戈扰攘,文化沦胥,作者自作,亡者自亡,欲求保存于不坠,留之以飨后人者,亦岌岌乎不可得。流亡海外之士,悉然忧之,而有刊印《现代诗选》之举。"① 又易君左《现代诗选》以台港诗家名流为主,选录一百人。② 可见"现代"也是指民国说,藉以保存一代文献,堂堂正正,历史自有评价,而非刻意与新诗争取"现代"的身份。可是当时台湾的新诗亦称现代诗,1953 年 2 月纪弦(1913—2013)发行《现代诗》季刊,提倡"新现代主义",主张"横的移植",1956 年 1 月 20 日更在台北成立现代派诗社。香港与台北的现代诗运动几乎是同步进行的,可是两者的体制新旧不同,派系不同,又没有发生任何论战,只能说是偶合,所谓"现代",自然兼具革新与复兴的意义了。再者 1958 年元旦,由牟宗三(1909—1995)、徐复观(1904—1982)、唐君毅(1909—1978)、张君劢(1887—1969)共同署名的《为中国文化敬告世界人士宣言》,同时在《民主评论》和《再生》两家杂志上发表,积极推动现代新儒学的发展,重建中华文化,重视人性的自觉和德性伦理的陶冶,使中国文化与世界文明接轨,而传统诗学自然更与儒学紧密地融为一体了。

二、诗与政治
——伍宪子《美国游记》及《梦蝶诗存》

伍宪子(庄,1881—1959),广东顺德人。少从简朝亮

---

① 《现代诗选》第一集(香港,1956 年 6 月)录 154 家作品。古卓仑(1888—1964)序,黄相华(1902—2002)跋。

② 易君左:《现代诗选》,载《华侨诗话》(香港:复兴仁记印刷厂承印,1956 年 5 月),页 167—237。易氏选录 100 家,另张维翰(1886—1979)、余井塘(1896—1985)2 家未列于目录中,实得 102 家。诗词 352 首。已逝诗人概未列入。

（1852—1933）的简岸草堂读书，再到康有为（1858—1927）万木草堂听讲，潜心经史掌故性理词章之学。光绪三十年（1904）来港佐徐勤（1873—1945）办《香港商报》，加入维新会，鼓吹君主立宪。宣统三年（1911）武昌起义，应康有为命至东京执笔代撰《共和政体论》。民国元年（1912），由日本到加拿大。1913 年，在北京与徐佛苏（1879—1943）办《国民公报》。1914 年，被袁世凯（1859—1916）聘为总统府咨议，力陈国体之不容变更，反对帝制。1919 年，回香港接办《共和日报》（《商报》改名）。1927 年，与梁启超（1873—1929）、徐勤等建立民宪党，1928 年 7 月赴美国旧金山主持该党机关报《世界日报》笔政。1935 年，为纽约致公堂创《纽约公报》。① 1940 年挈家赴港，沦陷期间住在九龙寓所。1945 年春，与黄伟伯等组硕果社，在寓斋中举行雅集；同年任民宪党主席。1947 年，任民社党主席。晚年流寓香港，1956 年任教联合书院。著《美国游记》、《梦蝶诗存》等。

伍宪子《梦蝶诗存》约 800 首，未见刊行，《伍宪子先生传记》引诗 32 首、词 3 阕。② 《美国游记》附诗 80 首，作于 1935 年③；而《硕果社》七集录诗 144 首，则是"二战"后的作品；此外佚诗 6 首，去其重复，约得 251 首。

（一）伍宪子《美国游记》横越美洲大陆

1928 年伍宪子赴美，负责民宪党在海外的党务，兼任旧金山市《世界日报》主笔，宣扬民主及宪政的理念。伍宪子在旧金山的博浪楼中住了七年，日写新闻论说。1935 年坐汽车横越美洲大陆，沿途参观考察，直抵华盛顿、纽约，一方面向美国取经，寻求治国之道，另一方面更是团结宪政党的同志，向广大的侨胞宣传抗日救国。《美国游记》固属游记散文的体制，叙写风

---

① 致公堂属洪门组织，1848 年成立，总部设于旧金山，势力遍布北美及南洋一带。《纽约公报》1935 年创刊，1947 年改名为《五州公报》，1948 年停刊。
② 参见胡应汉著《伍宪子先生传记》，香港：四强印刷公司，1953 年。
③ 参见伍庄著《美国游记》（三藩市：《世界日报》社，1936 年 3 月）。编入《梦蝶丛书》第八种。

土，议论时局，书中也有很多中美民情及中西文化的比较，令人耳目一新。此外，作者在旅途中诗兴大发，吟咏亦多，配合政治议题，自然也是大时代的纪录。扉页有《〈美国游记〉写成自题两章》云：

  八十天行万七里，百篇短札百篇诗。
  观风问俗经重译，察政知情用再思。
  大好河山资感慨，些微文字费奔驰。
  求名不是鲰生事，聊备遗忘子细推。

  亦是天书亦罪言。有人传诵有人燔。
  只因职责非攻伐，不为聪明报怨冤。
  执两用中犹择善，计功谋利讵图存。
  寻常勿作辎轩记，一阐提应拔钝根。

其一首联指出八十日的行程，留下了各百篇的诗、文；颔联"观风问俗"、"察政知情"是此行的目标；颈联感怀故国，但靠文字驱遣表达；末联"鲰生"自喻浅人也，不敢贪求名声，诗文写作聊备遗忘而已。其二首联表达本书的政论观点，大家角度不同，功罪高低的落差很大。颔联说明论政乃职责所在，并非肆意攻击他人；也不会卖弄小聪明来报怨报冤，向往世界和平，大家讲讲道理。颈联"执两用中"、"计功谋利"表示做人做事的基本原则。末联"辎轩"喻轻车使者，此行穿州过省，横跨美国，采风问俗，了解世情。希望读者不要把《美国游记》当作一般的闲书来读。"一阐提"乃佛家语，喻永无成佛之机的人，或可拔除钝根，启发灵明，明白国家民族的危机所在。二诗固属七律体制，对仗工整，但语文浅白，用典不多，议论纵横，自书心迹。又回国前在所摄照片上题诗二首，亦云："纵使文章惊美陆，空抛心力剩人头。""伤心国土惊将尽，带血文章呕未干。"自出同一机杼，表现伍宪子诗中浓郁的论政色彩。

  伍宪子由罗生（Los Angeles，即洛杉矶）出发，开车途经亚罅笋拿省（Arizona，即亚利桑那州），出没于干沙、火风、雪山、激流及高原牧场之间，诗中描写沿途的异国风光，例如"枯枝槁草争生气，赭石黄沙照老颜"、"未驾明驼行瀚海，如飞乘鸟入真空"、"旧有激流冲石壁，犹留痕迹未消磨"［《顷文（Kingman，即金曼）途中》三首］；"高寒直透冬衣里，光焰遥瞻雪帽端"、"映日雪峰银铠戴，造林松树玉屏围"、"既是牧场须水草，可能赤壤变陶瓷"（《亚罅笋拿省途中三章》）。有感于美国的公路建设，因有《评孙文衣食住行说》，诗云：

  最大民生衣食住，浅人无识又加行。
  须知公路新开辟，只让双轮去竞争。
  有足失灵难步缓，当车为险定尸横。
  画蛇若许多添笔，尚漏邮飞与电航。①

伍宪子论云："又念连日所过公路，都是预备行车者，不是预备人行者，故车路之旁，无人行之路。若人行车路，则必为车所辗。公路确是车行路，非人行路也。而我国之浅人孙文讲《三民主义》，特于人生衣食住三要素之外，加一个行字，谓之衣食住行。其信徒以为新鲜，其实画蛇添足。我国交通部向以邮电路航为四大要政，若果行之属于路政者，可以特别抬出，加入于人生衣食住，而谓之衣食住行。则邮电路航亦可以特别抬出，一律加入，而加不胜加矣。孙文浅人无深识，其乱说无足怪，不料举国愚人亦信之也。予因有感，为赋一章。"这里对孙文（孙中山，1866—1925）的《三民主义》学说大加挞伐，显然是出于党派的成见。"行"代表一切的交通设施，其实是分不开人行、车行的，自然包括邮电路航四项，就是要提高生活的素质，极具象征意义。伍宪子将"行"解释为"人行"，未免强词夺理、偷换概念。此外伍宪子又批评孙文"以为林肯之民造民理民享是三民，彼之民族民权民生亦三民也。不知移步换形，东施效颦矣。孙文之三民主义，识者观之，只觉肉麻，曷尝有丝毫动人之价值耶。"② 两者的"三民"观念不同，林肯（Abraham Lincoln，1809—1865）强调公民权利，而孙中山说的可能偏重于

---

  ① 注云："庚韵与阳韵通叶，权宜偶一用之。"见《美国游记》，第11页。
  ② 《美国游记》，第121页。案林肯1861年2月11日在葛底斯堡阵亡将士公墓（Gettysburg National Cemetery）落成仪式上发表演说称"and that government of the people, by the people, for the people"。

整体国家机器的运作。

其后伍宪子三人经纽墨西哥省（New Mexico），抵辣通（Raton，即拉顿）入卡罗罅度省境（Colorado，即科罗拉多州），5月23日到垦士省（Kansas，即堪萨斯州）。《垦士省积麦馀剩，停而不种》诗云：

> 高原又下三千尺，赶道急过萧里桥。
> 村树渐多人亦密，地沙犹满草难翘。
> 不关亡国愁禾黍，为甚荒田弃麦苗。
> 过剩产生闻说道，何妨再借宋今朝。①

注云："去年宋子文来美，借美国过剩之麦与棉。宋子文别号今之宋朝。"此诗表现农业生产力的不同，美国馀剩，中国缺粮。末联藉宋子文（1894—1971）向美国借粮事件，讽刺国民党没有治国的能力。又垦士省《吐碧卡（Topeka，即托皮卡）省长公署二章》诗云：

> 真是共和政治平。公廨掉臂任游行。
> 六层再上千三寸，一览无馀两万城。
> 竟溲过朝作师慧②，未凌绝顶愧雌英。
> 圆穹尤喜天坛制，高大包容在不争。
>
> 旗象当年廿一星。煌煌省治似明庭。
> 正门东向开新制，十字横过尚教型。
> 女职依然喷香露，官箴曾否议花瓶。
> 中西风俗难通说，谁解深闺伴读经。③

伍宪子云："予等入游吐碧卡之省公署，门外无兵守卫，任人民出入，真是平民政治。返观我国省长公署，卫兵荷枪，防守森严，展转询问不得入门者，相去不可以道里计。我国公署正门皆南向，盖朝堂旧制，天子南面而治也。美国公署正门皆东向，盖为华盛顿开国时定制，取吸受东方阳光生气也。孰谓欧美人不

---

① 《美国游记》，第23页。
② 注云："并非轻其无人，适当溲时耳。"《美国游记》，第31页。
③ 《美国游记》，第32页。

讲风水耶。"又"英雌"句释云:"同时有女子数人,竟能鼓起勇气,登其绝顶。"又其二注云:"省署内女职员不少,美国女权盛,无怪其然。中国近来亦效之,然中国女职员,有花瓶之讥,美国则司空见惯,当无此议。究之此制良否,予未敢言也。"二诗颇着意于中美制度的比较,美国的官署开放与包容,只能说是国情文化不同。至于伍宪子诗中对女子体力、能力的怀疑,未免充满传统大男人的偏见,则民主宪政之说,可能也不见得是人人平等了。此外在蔑梳利省(Missouri,即密苏里州)的圣路易(新蕾,St. Louis),伍宪子有《纵游奥花伦(Ofallon)公园二章》"每念珠江惭愧极,廿年前后弊滋多"①,比较两地的水质及科学管理,弥添感慨。

  伍宪子等在5月27日抵圣路易,停留七天,其间特别关注两条政局的消息,牵涉宪法的施行问题。一是美国大理院打消复兴例。② 罗斯福总统(Franklin Delano Roosevelt, 1882—1945)在1933年实施"国家产业复兴法",视为救济工人的良策,但美国最高法院则谓政府无权力规定工作时刻与工金。政府利用工律以限制商业,剥夺商人之自由,殊失宪法之平。二是南京政府欢迎日大使。伍宪子云:"南京党政府外交部欢迎日大使之口血未干,五月卅号日本已提出严重要求,罢免河北省府主席于学忠(1890—1964),并勒令河北省府迁移往保定。是日日军之驻京津者竟巡行示威,开大炮轰击河北省公署,连放无弹大炮六响,以勒逼迁移,原来南京党政府就是欢迎此等'亲善',就是开此等'最有意义之新纪元'。卖国贼之心肝,真匪夷所思矣。然而我国无宪法,我人民不能改造政府,我实耻之,夫复何言。"③因此,在6月2日宪政党新蕾支部的欢迎会上,伍宪子发表演

---

  ① 伍宪子云:"民国三年,予当广东内务司司长。自来水公司归管辖下,正拟整顿之,不料方着手而调任。其后官商争夺,股东之资本无着,至今仍弊漏百出也。"《美国游记》,第49~50页。

  ② 大理院即最高法院。复兴例即"国家产业复兴法",政府规定雇主须遵守最高工时(一般每周40小时)、最低工资(一般每小时30~40美分)和按规定的条件雇佣工人。

  ③ 《美国游记》,第56页。

说，讲解共和民主的意义，及中国当前的训政工作，他说："彼为训政大师，我为训训政大师。彼之训政，是争权夺利；我之训训政，是公权公利。"① 亡国已经逼在眉睫，期望国民党人从速觉悟。会后有《宪政党同志赠我以三十年前之干城学校照片，写赠夏士文君》五古一诗云：

> 立会卅七年，国危忧未已。天乎党无罪，政权不属耳。忆昔全盛时，遍百二埠地。始会创加西，继起及全美。东达纽约城，西极旧金山。芝加哥中部，圣路易并峙。救国尚公权，诛奸存信史。能令牝朝惊，能激壮士死。百日记维新，众心誓雪耻。功非恶革命，事当寻条理。满蒙疆连带，民族谁分彼。锦绣好山河，破碎无头尾。事后忆先生，仁言瞻百里。今过圣路易，夜谈犹娓娓。讲武干城校，摄像群英伟。难得夏士文，不同堪麻李。心雄胜万夫，贼见犹披靡。说罢写新诗，功高从旧纪。中国若不亡，宪政方今始。②

此诗历叙宪政党的创会历史及鲜明的政治主张，诗中特别提到康有为"仁言瞻百里"，具有远见。此诗凛凛英风，激越豪迈，理直气壮，最为佳制。

6月19日由积彩（Detroit，即底特律）抵先丝那打（Cincinnati，即辛辛那提）。6月21日有《吊陈凤初同志孤坟》一诗。伍宪子云："廿一日同陈鹤鸣谒其仲兄凤初之墓。凤初为宪政党同志，曾任伽蓝拔士宪政会会长。两年前，不幸先卒于先丝那打。"

> 十五年前一别后，不期万里吊孤坟。
> 人生六十年犹短，球运东西地岂分。
> 有弟情深曾哭恸，问君灵在可声闻。
> 苍松直上凌霄汉，独抚徘徊对夕曛。③

6月28日有《坚顿（Canton）谒麦坚尼墓作》云：

---

① 《美国游记》，第58页。
② 伍宪子云："照片内之同志尚存者七八人，夏士文君亦在内，盖当时与堪麻李（Homer Lee，1876—1912）同为教练。堪麻李后变节从孙文。"见《美国游记》，第54～59页。
③ 《美国游记》，第96页。

  百万公民为建坟。异于党子葬孙文。
  竟移赈款充私用,更藉陵工坐利分。
  王气江宁今亦尽,乡风坚顿胜能群。
  今朝展拜行吾敬,亦爱雄才亦纪勋。①

麦坚尼(William Mckinley,1843—1901,即威廉·麦金莱)是美国第二十五任总统,不幸在任内遇刺身亡,百姓捐款建坟。伍宪子论云:"予谒林肯坟时,知其用款仅三十五万五千元,因转念孙文坟之靡费国帑千万,曾讥斥之。今谒麦坚尼坟,感想亦如是。夫以孙文之人格,未及林肯麦坚尼一足趾,虽靡费千万国帑而筑坟,未见馨香也。"甚至在颔联中揭露了国民党官员藉修建中山陵谋利的弊政。②

7月4日为美国独立纪念日,伍宪子到了费城(Philadelphia)。《游独立厅》云:
  漫游不觉圆双月,适值今朝到费城。
  独立鸣钟成合众,自由建国遂兴兵。
  岂期百六年间事,竟就三千里外行。
  如此应为华盛顿,神州我欲正民生。③

又《七月四日抵费城登独立厅》云:
  徂徕(July)竟有秋凉气,正是天风送我来。
  今日登堂参庆典,当时独立敬真才。
  军权廿载羞盘据,民治千秋自拓开。
  堪笑沐猴称国父,为奴党子不知哀。④

---

① 《美国游记》,第112页。
② 伍宪子游林肯坟场论云:"以视中国之孙文,绝无功业于国家,而只有祸国。其党人乃为之筑'孙陵',费逾千万,比拟帝王。且没收西北饥民之赈款,而筑迎榇大道。党子党孙之悖谬如此,岂不愧见美国之人民哉。"见《美国游记》,第63页。
③ 《美国游记》,第138页。
④ 伍宪子论云:"我中国不幸,则入于一般贪权夺利之小人之手,只知藉党营私,欺骗国民,冒称'国父',不畏有识者所笑。其党子党孙大多数均无人格,试问如何治军,如何为政,如何立国。无怪党治数年,奉送东北四省于日本,至今尚冥顽不灵,包办亡国。今我见美国人而惭愧,而无言可说也。"见《美国游记》,第139页。

7月5日由费城至纽约（New York），《自由神五十大寿》云：

　　两文明铸自由神。新陆河洲记法民。
　　掌现金光持世界，心惟佛理转钧轮。
　　论年汝是中天寿，得运谁如老弟①身。
　　无限感怀偶题句，倭师屯扎沪江滨。

7月23日由波士顿（Boston）复回纽约，顺道游娲是利女子大学（Wellsley University），这是一所富豪贵族女校，宋美龄（1897—2003）就曾在这里留学。伍宪子口占一律云：

　　翻译新名娲是利，朝歌胜母让三分。
　　山明水秀添脂粉，鬓影衣香及带裙。
　　昔有杨妃沾教泽，近归党国建高勋。
　　是真革命精神富，鼙鼓渔阳付不闻。②

以上四诗已经到了旅程的终站，伍宪子游兴渐减，而家国之感则相对加深了。因此，在这些诗中，面对美国的独立纪念日，以及历史上的风云人物，其实他所想到的还是中国的问题。例如《游独立厅》"如此应为华盛顿，神州我欲正民生"，显然是受到华盛顿精神的感染，有救民于水火之意，承担重责。《七月四日抵费城登独立厅》"堪笑沐猴称国父，为奴党子不知哀"，则讥笑国民党人甘于为奴，在这国家民族的存亡关头，不思进取，反而将孙中山沐猴而冠，打扮成"国父"，可就不配了。《自由神五十大寿》"无限感怀偶题句，倭师屯扎沪江滨"，日本的军队步步进逼，而上海也已战云密布。又《游威士泮（West Point）陆军大学感赋》中末联亦云："可惜嘉禾杂稂莠，王赓竖子竟降倭。"注云："十九路军在淞沪抗日时，有蒋中正之旅长王赓送

---

① 自由神像建成于1886年10月28日。注云："我比自由神长四岁，故呼为老弟。"见《美国游记》，第150页。

② 见《美国游记》，第169页。诗中朝歌、胜母皆古地名。《鲁仲连邹阳列传》云："臣闻盛饰入朝者不以利污义，砥厉名号者不以欲伤行，故县名胜母而曾子不入，邑号朝歌而墨子回车。"《索隐》云："曾子不入，盖以名不顺故也。"《集解》引晋灼曰："朝歌者，不时也。"司马迁（前145—前86?）撰：《史记》，中华书局1959年版，第2487页。

地图于日领馆。当时沪上喧传王赓献地图。王赓曾毕业于威士泮军校，党府中人称为陆军奇才者也。"① 如果王赓（1895—1942）的传闻属实，当然就是民族罪人了。否则以"喧传"的材料入诗，可能就欠说服力。《娲是利女子大学》"昔有杨妃沾教泽，近归党国建高勋"一联明显地影射宋美龄就像杨妃般，只能是红颜祸国，一再显示他对女性特有的偏见。② 大抵伍宪子借题发挥，藉诗句抒发心中的沉郁和幽恨，而诗人的忧患意识也表现得淋漓尽致。诗该是有为而发的，必须唱出时代的强音。伍宪子是政治上的异见者，针对国民党的弊政，大加挞伐，有时可能说得过火，但读来别有会心，事理清晰。

（二）伍宪子《梦蝶诗存》与大同愿景

1940年以后，伍宪子住在香港。1945年春组硕果社，并在寓斋中举行首次雅集。《硕果诗社》刊行九集，前七集都有伍宪子的作品，得诗144首。伍宪子晚年淡出政坛，明知时不我与，空谈理想，难以有所作为。在港以讲学为主，宣扬孔子的理念，诗中英雄之气渐减，禅佛的悟识渐高，繁华散尽，返璞归真。意象丰富，含蓄清新，表现超逸平淡的境界，而论政的议题也日渐薄弱了。1945年《闻道和平》云：

　　收蓟传闻足放歌。况生今日喜如何。
　　修罗掷弹天空遁，饿鬼争粮地狱过。
　　念佛与谁寻净土，登仙无处望银河。
　　正逢绝路难为计，报道休兵已议和。

伍宪子在香港初闻胜利的消息，喜形于色，颇有绝处逢生之感。

---

① 《美国游记》，第155页。
② 伍宪子《波士顿华侨欢迎演说会》云："民十六年宁汉分裂，蒋中正被其党人排斥，辞职赴日本，与宋美龄定婚。当时日本报纸大书特书，谓'蒋中正来朝，投于国祖之怀中'。国祖者何人，日本浪人头山满（1855—1944）也。孙文从前在日本，住在头山满之家。日本人谓国民党人认孙文为国父，即当认头山满为国祖。今蒋中正到日本，求头山满帮助，欲复握中国政权，与日本当局密订'亲日反共'之约，盖由'联俄容共'变而为'亲日反共'，由'打倒帝国主义'变而为投降帝国主义，实在于十六年时。"见《美国游记》，第164页。

"修罗"即梵语阿修罗,意译为非天,古印度的恶神名字。颔联专写战争的惨酷。同年《乙酉中秋旅港感怀》云:

> 久阴积雨势滂沱。静卷晶帘望素娥。
> 未信天河长洗甲,不闻玉宇降鸣珂。
> 云梯短足疑难踏,垢镜真形更待磨。
> 绝曲霓裳成幻想,尚劳孤客事奔波。

"久阴积雨",这是抗日战争胜利之后所深感的疑虑。"未信"句写理想的落空,担心战事尚未完结,未必能得到真正的和平。颈联拟重整河山。而末联的"孤客"可能是伍宪子自喻尚要为国事奔波了。《落花五首》之四透视南京政局的发展。

> 江南风景近全非。践踏谁羞自损晖。
> 昨夜杨花吹隔院,今朝烟露怯单衣。
> 犹馀蝶梦迷红瘦,只托鹃声怨绿肥。
> 狼藉满庭时节换,几人回首忆芳菲。①

此诗作于1946年,多用象征手法,颇有讽刺时局的意味。首联争夺不休,自损晖光。颔联疑真疑幻,一切都看不清楚。颈联绿肥红瘦,争权夺利,整个世界都充满迷惘及怨愤之情。末联时移势易,过去的芳菲时节特别令人怀念。《戊子九日二首》云:

> 双十狂欢已过时。继逢阳九动忧思。
> 龙山落帽风吹鬓,泰岳登峰火及眉。
> 射雁关弓忘旧箭,题糕没字斗新诗。
> 应知他日谁称健,且看黄花莫傍篱。
>
> 无地登高可避灾。长房今在费心裁。
> 干沙槁草行千里,白骨青燐遍九垓。
> 未许囊萸携酒去,难容把菊望人来。
> 讲经射马升平事,静待春回扫劫灰。

这是1948年重阳节之作,烽烟遍地,忧思不已,升平的期

---

① 以上三诗见《硕果诗社》第一集,香港:复兴积臣承印,1947年,第3~4页。

待落空,将来只会馀下一片劫灰。可见伍宪子对时局是十分悲观的,国民党的统治将成过去,国家恢复无望。可能这也是当时很多国民的共识。《闻陈布雷之丧》云:

> 往日长沙策治安。文章馀事犯颜难。
> 应知得国求师友,安用忧时见肺肝。
> 鸿雁哀鸣宵雅废,江山愁对夕阳残。
> 奉天草诏今成梦,党义千篇墨未干。①

1948年11月13日,陈布雷(1890—1948)自杀身亡。他是总统府国策顾问,蒋介石(1887—1975)的秘书文胆。首联以贾谊的《治安策》为喻,可惜君主专横独裁,未能"得国求师友",知人善用。全诗严厉地批判蒋介石只剩下江山残局,不留情面。同时刘子平《次和宪子〈挽陈布雷〉之作》云:"一死如何国可安。鸿毛轻许泰山难。词臣枉自输心膂,行路终能识肺肝。不见陈尸关大计,孰令烧尾入群残。廿年衮阙何曾补,岁岁丝纶口血干。"② 同是指出陈布雷的死谏没有作用,蒋介石根本不会用人。诗中"烧尾"即烧尾宴,指升官入职,改变过去的身份,其实就是背弃人民群众。同年刘子平《次和曾仲则〈香江茶肆夜话〉并柬宪子》结亦云:"不是狂流终横决,商量心德返提孩。"③ 同是对政局绝望的表示。1949年以后,国民党败象毕呈,撤出大陆。伍宪子议论时局,诗作亦多,《登澳门松山新亭》云:

> 朝暾出没海云间。郁郁孤松鳞甲斑。
> 东北几时仍重镇,西南无地可移山。
> 燔师经略名犹忌,失路英雄悔已难。
> 异域新亭资感慨,不堪回首望青湾。

又《一念》云:

> 一念相差各有言。争心雄辩震天喧。

---

① 以上三诗见《硕果诗社》第二集,香港:复兴积臣承印,1949年,第6、8页。

② 刘庸:《空桑吟草》,参见黄坤尧编纂《番禺刘氏三世诗钞》,香港:学海书楼2002年,第119页。

③ 《番禺刘氏三世诗钞》,第107页。

> 不趋左右同源路，竟闭圆通众妙门。
> 欲解益棼须静气，能观难蔽待除根。
> 灵思运入阴符后，尽是苍生血泪痕。

又《己丑十月十日》云：

> 廿五年间看弈棋。冤冤相报了无期。
> 麇军拥柜违神命，学语登城类汉儿。
> 廷鹿莫为非马辨，夏虫难以语冰知。
> 莽操懿裕开新局，何事风翻五色旗。①

以上三诗都是1949年的作品，伍宪子在澳门松山新亭远眺隔岸的内地河山，松山亭刚于5月28日落成，青湾即青洲，填海成陆，接近关闸边境。颔联指从东北到西南，国民党兵败如山倒，民心全失，回天乏力。"燔师"即败军，出《左传·襄公二十六年》"楚师大败，王夷师燔"②句。《一念》指党派各有主张，大家未能以平心静气、包融团结的宪政模式解决政治上的纷争，徒令一党专政，大家互不信任，结果引发国共内战，最后受苦的还是苍生，惨不忍睹。《己丑十月十日》写国民党的报应，大势已去，根本不明白治国之道。结局直斥蒋介石就像王莽、曹操、司马懿、刘裕等枭雄，推翻了象征五族共和的五色旗，相当于谋朝篡位。当然，这是伍宪子从民宪党的观点来看中国的大历史，只能代表一个久被忽略的视角。现在事过境迁，或可供我们重新思考，认识历史转变的契机及中国的政治前途，但历史毕竟是不可能推倒重来的。

20世纪50年代以后，两岸分治，大局初定，香港在英国人的管治下，在借来的时空里，更成了人间净土、逃亡者的天堂，让很多中国人有一个喘息及思考的地方，冷眼旁观，重新出发。1952年，伍宪子《自题小照》云：

> 不露骄容不象迁。棱棱风骨貌清癯。

---

① 以上三诗见《硕果诗社》第三集，香港：复兴积臣承印，1951年，第5页。
② 杜预（222—284）注云："夷，伤也。吴楚之间谓火灭为燔。"孔颖达（574—648）疏云："言军师之败若火灭然。"《春秋左传注疏》卷三十七，台北：艺文印书馆影嘉庆二十年（1815）江西南昌府学开雕本，1955年，第637页。

于人犹憾难为佛，故我依然总近儒。
　　　忧患久经赢发白，文章失用悔心粗。
　　　行年七十忘将老，抖擞精神读异书。①
又《观弈》云：
　　　敛手残棋局外观。欲行不忍意盘桓。
　　　明知险极还思救，似得生机强自宽。
　　　两造斗争心事各，中枢筹运老谋难。
　　　百年世运都如此，枉用精神与废餐。②
又《秋怀》云：
　　　郁郁孤怀困不舒。故园草木失扶疏。
　　　渐忘儿女春闺事，肯傍龙蛇大泽居。
　　　万里投荒寻笠屐，几人争地借犁锄。
　　　童时尚忆秋声赋，夜起挑灯读异书。
又《旅港多年，久蛰思动，归乡不得，出国多阻感赋》云：
　　　天下汹汹日，民奸道力微。闭门难自了，放马又安归。
　　　荆棘铜驼没，沧溟海鳄迷。宵深酣梦后，风雨正凄凄。
又《寒夜与友人对酒》云：
　　　多年不饮酒，心事转宁静。今夕喜逢君，对酒如对茗。本非贪杯人，未遇赏心境。只为三冬寒，寂坐中宵永。诗人旧风习，酒城争管领。醉时辩惊筵，狂时眠落井。我与君独异，多言吐骨鲠。不问量有无，自节心常醒。三杯情未完，一觥温欲冷。人物尽谈资，世界当前景。莫逆两心通，笑视双睛炯。谈倦夜将阑，银河星耿耿。大地好江山，倒入杯中影。③

以上六诗写出了伍宪子晚年的精神状态，烈士暮年，壮心不已，但心境已显得相对宽厚平和了。《自题小照》徘徊于儒佛之间，政治上已不可为，行年七十尤好读异书，在传统的经典之

---

① 《硕果诗社》第四集，香港：九龙仁记印务馆，1954年，第1页。
② 《硕果诗社》第六集，香港：文化耀记印刷所承印，1957年，第5页。
③ 以上四诗见《硕果诗社》第七集。香港：文化耀记印刷所承印，1957年，第5页。

外,可能要为精神另寻出路。①《秋怀》"童时尚忆秋声赋,夜起挑灯读异书"及《旅港多年,久蛰思动,归乡不得,出国多阻感赋》"宵深酣梦后,风雨正凄凄"二诗则写出无所依归,表现内心的绝望和哀痛。《寒夜与友人对酒》写冬夜对饮,藉酒寄意,吐属抑郁,消弭块垒,回顾一生的经历,都成幻象。结语四句眼前一亮,星河耿耿,打通心结,至于无憾,达到人天之间的悟境,而这也是诗人一生凄美的结局。

伍宪子继承康有为、梁启超立宪的理念,毕生只有论政,没有秉政。伍宪子云:"由据乱而升平,由升平而太平,是孔子《春秋》三世之义。既由君主而变为民主,万无再复君主之理。民主政治自然有许多不满人意地方,只当渐改良之。若极权政治,则等于复返专制,亦等于复返野蛮。"② 光明磊落,掷地有声,可见他对民主坚定的信念。唐君毅《〈伍宪子先生传记〉序》云:"吾得而读之,乃更有会于清末立宪一派诸先生之用心,与其精神肝胆之所在;及伍先生之为学与为人,皆皦然儒者之行,足为来者之矜式者也。"③ 揭出"精神肝胆",表现儒者气象。

伍宪子诗才高气傲,精于用典,中西比照,议论时局,斑驳迷离,色彩鲜艳。硕果诗人群中,最为高调。其诗以七律为主,湖海纵横,风云气盛,都是出色的议政之作。我们甚至可以从硕果社诗人群的作品中,透视出伍宪子儒者良知与公义的形象,给海内外广大同胞一个"太平"和"大同"的愿景,表现出诗人与政治家相结合的独特风范。

---

① "异书"在伍宪子晚年的诗中一再出现,例如1949年《对客》云:"息虑焚香读异书。客来不速爱吾庐。欲倾肝胆难为语,正待风云敢自迂。酒醉莫妨今日事,名高岂动一时誉。偶然心会存微笑,相对忘形在太初。"见《硕果诗社》第三集,第5页。

② 《中国民主宪政党党史》,第141页。

③ 《伍宪子先生传记》序文。

三、画笔之外——邓芬诗词的感情天地

邓芬（1894—1964）以画名家，兼擅曲艺，诗词次之，亦精于书法及治印等，多才多艺，感情丰富，且深负狂名，潇洒不羁。生平不善于营生，然而亦不愁生活，战时逃难四方，仍赖画笔得保温饱，疏财仗义，结交不同阶层的人物，每多传奇故事。邓芬画作存世者较多，已结集者有《昙殊居士书画集》[①]、《邓芬百年艺术回顾》[②] 二书。至于诗词方面，零篇散页，随写随弃，几乎未作任何的整理。目前经他亲自写定的，只有《妈阁寄闲杂咏》64首[③]、《水明楼忆事》25首[④]两本小册子，作品数量不多。其他由后人从书画中辑录所得，主要有《邓芬艺文集》诗词169首[⑤]、《藕丝孔居诗词编年》78首[⑥]。综合诸家辑录所见300余首，去其重复，目前得诗210首、词20阕，合起来亦足以建构邓芬丰富多彩的艺术世界，以及悱恻芳馨的诗词胜境，在书画之外，另创一番天地。

（一）早期诗开新世界

邓芬诗才焕发，随口吟成，风格多姿，题材多样，具有深厚的文人气质。为了配合作画，他固然也写题画诗，深化画幅的意境。但更多时还是钟情于个人抒情写实之作，感于时事，有为而

---

① 陈友篪（丙光，1938— ）编印：《昙殊居士书画集》，澳洲均和有限公司，凝翠轩经售，1976年1月。
② 澳门市政厅文化暨康体部制作：《邓芬百年艺术回顾》，澳门市政厅，1997年8月。
③ 邓芬：《妈阁寄闲杂咏》（庚辰自春至冬漫题，从心先生手录稿，1940年），唯书稿后面亦补抄1941年的作品。
④ 邓芬：《水明楼忆事》（从心先生存记），共十四版面，收入《邓芬百年艺术回顾》，图版九。
⑤ 潘兆贤（1938— ）编印：《邓芬艺文集》，香港：采薇楼，1997年。其中《阿赖耶室诗词文集抄存》乃邓修手稿，1965年，陈明真藏。
⑥ 林近（1923—2004）编：《藕丝孔居诗词编年》，收入《邓芬百年艺术回顾》，第159～163页。

发。其中《无题》二首作于1921年辛酉,是目前可见的邓芬传世最早的诗作,刻骨相思,清新脱俗。

  肯随红紫斗芬芳。别有鲜妍向日张。
  粉饰尽除兰作佩,素餐应借菊为粮。
  寒侵玉骨常思化,淡入娥眉妒不扬。
  却下晶帘望明月,秦云何处想衣裳。

  占得林园八月春。只应秋水与精神。
  风流已误题红客,月色翻疑抟素人。
  香梦夜长银蜡灺,断肠声急玉龙瞋。
  却嫌洛下缁尘满,来伴天寒白屋贫。①

  邓芬题画诗中喜欢引用李商隐(813—858)的诗句,其实他早期的作品亦深得玉溪生精致典丽的风神。当时邓芬二十八岁,或是新婚前后赠妻刘琇之作。其一描画对方"鲜妍"的艳光,加上素妆的"兰作佩"及"菊为粮",具有一种寒淡自持的本质,然后隔着水晶帘望月,画中美人丰姿绰约,也就若隐若现地呼之欲出了。其二首句将八月塑造出一片林园春色的景象,着力摹写美人的神韵与姿态,甘愿舍弃尘俗,下嫁"天寒白屋贫"的书生。二诗注满喜悦之情,想象入神,写出美人高贵典雅的形象。同年邓芬获邀参加广东省美术展览,列名广东艺苑,崭露头角。

  邓芬早期作品尚有《自画像》一阕,写在1922年的画幅上,题为"癸亥九月十五日三十初度倚声自祝",也就是1923年的生日作品了,依格律当为《水调歌头》,词云:

  红烛啼天曙,秋气上青枫。不堪三十年事,回首月明中。天则周郎颜子,寿则钱铿李耳,生死一般同。愿为丹青老,人欲得天从。 恨蛇豕,怜鹬蚌,笑鸡虫。英雄割据无已,南北复西东。休问人间何世,最怕飘摇风雨,日暮怨

---

① 邓芬:《无题》二首辛酉作,参见《阿赖耶室诗词文集抄存》,收入《邓芬艺文集》,第55页。

途穷。领此一尊酒,沉醉菊花丛。①

起拍二句有声有色,气韵沉雄,写出三十岁英姿勃发的形象,跟画面相当合衬。上片举出历史上夭寿两类不同的人物,各有成就,活得出色,自然就"生死一般同",表现豁达。而他则立志向丹青方面发展,希望天从人愿,写出新世界。下片指斥当时军阀混战的现实,世局迷离,飘摇风雨,不期然也染上一份悲哀的色彩;结拍自我开解,"沉醉菊花丛"则是从无奈中走出自我的新道路,显得相当自负。

邓芬很钟情于这幅早年的自画像,后来还六度题诗补字,勾勒时局的变化,感慨青春消逝,同时更写出岁月不饶人的感觉,渐见悲苦,显得无奈。1936年《丙子秋日香港补题》云:

惆怅高楼月自明。秋风吹冷故人情。
醉死难逢千日酝,饥驱只为五侯鲭。
能为黑白眼同视,欲判是非心已盲。
莫愁卓足非吾土,生日何曾见太平。

当时邓芬四十三岁,早已步入中年,人情冷暖,生活逼人,是非不分,内忧外患。末联更为悲哀,完全是一片末日的景象。1940年《庚辰妈阁朱文公生日之日题》云:

有酒逢辰累十觞。彭彭华发换星霜。
承先庶孽惭家督,违难流民甚国殇。
合眼且温前度梦,低心又逐少年场。
闲中只伴丹青老,翻被蛾眉妒不扬。

此首遭逢战乱,流民载道。颈联回想"前度梦"及"少年场",一切已成过往,尤为沉痛。末联"闲中",无所作为,而"只伴丹青老"则是重申一向的素志而已。1943年《癸未九月稿》云:

华灯低照画屏风。人面真能借酒红。
已拚死生畀豺虎,何须得失问鸡虫。
年居丽日当天午,秋遣繁霜入鬓中。
丛菊细看吾泪在,万方多难苦甘同。

此诗或题《癸未九月还佩楼自题小照》,当时已经回到广州居

---

① 邓芬:《自画像》,收入《邓芬百年艺术回顾》,图版一,1922年作品。

住，颔联二句颇有身陷虎穴忘怀得失之意，结语"万方多难"，在困境中看不到任何希望。1947年《丁亥九秋》云：

> 明月昨宵悬。临风独怆然。敢作千秋想，希留一面缘。往事多疑梦，停杯笑向天。

这是邓芬生日诗中最后的一首，诗六句，中间二句指出心中所想念的对象，当是《水明楼忆事》中的杨氏女子，当时已离世三年了，但美丽的倩影还是拂之不去。1954年"拟得截句，惟嫌伤时，不足录也"，1958年"一蹶长途，息偃匡床"，更是呈现出一片老态，难以为怀了。而我们也可以从这一系列的生日作品中追踪作者一生思想感情的轨迹，世道沧桑，变幻无常。

1926年丙寅元旦日醉题的《群鬼争食图》则是早期邓芬诗中写实的力作，抨击现实世界的丑恶，不留余地。

> 终南进士方沕酒。以扇障面张笑口。好奇欲觑鬼纷纠。指缝故纵群鬼溜。鬼忘死活竞趋走。鬼面青黄朱白黝。鬼声娇嗔哭笑吼。世界已鬼谁良莠。鬼亡尊卑与牝牡。礼义廉耻鬼何有。日日蝇营复狗苟。争权夺利相杂揉。翻腾奔突火坑斗。丑态百出指难偻。讵觉钟馗瞰其后。天际伸彼巨灵手。一握群鬼如葱韭。启齿大嚼齿生垢。齷齪定作三日呕。嗟嗟尔鬼蚩蚩莫可究。炉边掷笔我且酌大斗。①

这是一首题画诗，也是邓芬画中的名作。七古二十一句，句句用韵，一韵到底。此诗欲擒先纵，故意先让群鬼从指缝中漏出来，以纵鬼为戏。跟着摹写周围群鬼争食的世界，不择手段，例如"鬼忘死活竞趋走"、"世界已鬼谁良莠"、"礼义廉耻鬼何有"、"争权夺利相杂揉"等，把整个世界弄得一片乌烟瘴气，最后钟馗出来清理门户，把群鬼一把抓起来吃掉，却换来呕吐大作，原来就是吃鬼也不好过的。末二句以九言句作结，邓芬冷眼旁观，以饮酒解闷，映射惨淡的人世，而现实的丑恶比之群鬼的攘夺更为难堪，有过之而无不及，以致无可救药。此诗情节丰富，气韵生动，富有想象力及创意，从传统的画鬼诗中脱颖而

---

① 邓芬：《群鬼争食图》，收入《昙殊居士书画集》，第19页。又参见《邓芬先生诗词搜逸》，第120页。

出,诗画相辉,自然更引人入胜了。

(二)《妈阁寄闲杂咏》

《妈阁寄闲杂咏》64首,著录1940年旅居澳门妈阁隐秀园及清平直街寄闲俱乐部一带的生活情事,尤多关涉世局之什及友侪死生新故之感,稍为完备,也是邓芬诗词作品传世较多的一年。其中有些更是1941年的作品,当是稍后补录进去的。又此集的诗词多属集句作品,例如《诉衷情》"集白石道人"三阕、《鹧鸪天》"集白石道人句"、《写怀集唐人句,庚辰秋夕》10首、《悼许天民,集元好问句四绝》、《挽梁季宽丈致广,集元遗山诗句六首》、《集放翁小除夜杂咏》8首、《夏日集剑南诗》17首、《妈阁遇故人并赠鲍少游、王济远,集剑南句》,共得词四阕、诗46首,其他自制的仅得14首而已。从这一本册子的集句作品中,可见邓芬熟习唐宋诗词,他特别爱读元好问、陆游及姜夔的作品,几乎随手拈来、运用自如。他的弟子以学画为主,能写诗词者不多,相对来说就是欠缺文化素养,同时也写不出更深层次的神韵。

1941年,邓芬在《秋江图》扇面的背页题诗一首云:

晤语无人与遣愁。空堂卧对一灯幽。

飘零自是关天命,局促常悲类楚囚。

乐事久归孤枕梦,歌辞散落满江楼。

天涯稳住归心懒,风月佳时事不休。

注称"比来集句独多剑南诗,妈阁客中画余约积有二千首。右录一律为诗,君轼吾兄雷公两正,辛巳七月,从心先生芬"①。可见当日澳门闲居时集句之作多达2000首,可惜都已散佚,无从寻访了。

《妈阁寄闲杂咏》多题赠之作,第一首《眉妩》"赠文姝翠璃将之羊石",词云:

记卷帘款恰,挂席相催,无计阻归去。欲问人间世,飘

---

① 邓芬:《秋江图》扇面,收入《邓芬百年艺术回顾》,图版十八,1941年作品。

摇甚,连宵听尽风雨。此心似水。况百年、光景如驶。最怜尔、锦幄初温夜,抱灯景儿睡。　　来日朱门深闭。莫梦随云散,身作萍寄。楼上黄昏月,江干暮,生涯谁念神女。避兵异客,恨未曾、因梦留住。叹无主荷花,生日后、又秋至。

案,此词原稿字句改动甚大,有些地方还看不清楚。又此词或题《赠行调寄百宜娇》,则异文更多,几乎重新写定,另作一首了。①《眉妩》与《百宜娇》同调异名,"避兵异客"句依《词谱》亦当叶韵。《眉妩》乃在澳门送文翠瑶北归之作,羊石即广州的别称。② 同时邓芬尚有《诉衷情三叠,集白石道人句赠别文娘》之作,此外在《致张君华函》中也提到文娘的故事。

　　君华六兄:前函谅达,何不一复,念念且盼。词中人已深闭鸧笼,不能越出,思一见亦无由。初其人拟返羊石,因连日阻风未果,故曾得屡召在东亚楼上,凭阑私语,讵为鸧疑有药师之约,遂即日除牌。(国难时期,未免过虑,即近笑话了。)昨闻姐妹花告知,已入精神病院。尝梦里相呼也。我正感老去不堪游冶,岂尚有狂奴故态,足为妮子眼中物耶!往日销魂,录中又增一页,而梁季宽丈必曰,又来作孽矣。不料遭逢多病之身,宁有不以小词报其雅爱乎?风尘知己,其胜前恭后倨之大人先生们,曷胜慨叹也。此致吟安。《诉衷情》三叠如何,请拍正。芬顿首。季兄笔均此不另述况。君华六兄雅鉴。③

　　文中"东亚"指东亚酒店,在澳门新埗头街1A号,现址还在营业。"季兄"指区季谋。而文娘自然就是邓芬的"风尘知

---

① 邓芬《赠行调寄百宜娇》词云:"怅卷帘通款,渡口临分,流水送将去。忍问伶俜事,飘摇甚,连宵风雨无已。此心似水。况百年、身世如寄。最怜尔、锦幄初温夜,独牵引离绪。　　何日朱门深处。莫梦随云叶,身逐风絮。无赖扬州月,江干暮,湔裙多少游女。避兵异客,恨未能、先作归计。甚无主荷花,生日后、渐秋至。"参见《邓芬先生诗词搜逸》,收入《邓芬艺文集》,第121页。

② 羊石即五羊石,邓芬《寄李录斋广州》诗有"羊俱化石天应老,珠已投江陆亦沉"句可证,见《妈阁寄闲杂咏》。

③ 邓芬:《诉衷情三叠,集白石道人句赠别文娘》及《致张君华函》,参见《邓仲先先生手札》,收入《邓芬艺文集》,第26～27页。

己"，最后未能回到羊石，反而为鸨母所逼，入了精神病院，事颇怪异，个中原因亦不得其详了。又邓芬在《鹧鸪天》"有赠，集白石道人词句"有"雁怯重云不肯啼。阿琼愁里弄妆迟"句，"阿琼"当亦指文翠璃而言。① 邓芬对友人反覆细说这位澳门的风尘知己，可见感情真挚，而感人亦深。

《妈阁寄闲杂咏》中提到当时交往的名流有吴伟佳、邓祥、许天民（？—1940）、梁致广（季宽，1876—1940）、陈融（颙庵，1876—1955）、杨圻、李录斋、鲍少游（1892—1985）、王济远（1893—1975）等。《挽杨云史，妈阁秋初挽寄香港》云：

  酬简初逢袖海堂。近闻封事有遗章。
  呕心已鬼同长吉，避乱何人识幼安。
  万里江山恐日蹙，几时寇盗得天亡。
  先生不朽攘夷颂，埋骨非吾土亦光。

杨圻著《江山万里楼诗词钞》，战时来港避难，在简经纶（1888—1950）的袖海堂金石书画社中结识邓芬。1941年7月15日病逝于九龙法国医院，临终前尝集《焦氏易林》而成《攘夷颂》②，申明抗战必胜的理念。陈融著《黄梅花屋诗稿》等，战时举家避难越南。1939年秋托廖侠怀（1903—1952）转交邓芬诗三首：

  老优满腹古丹青。商我江干买醉亭。
  酒后一笺拘柳媚，红楼梦觉又重听。

  敝袖残缣一寸无。六观如是客心枯。
  三巴飘泊渔山子，肯为颙园补一图。

  海边何地可盘桓。慰子江湖画骨寒。

---

① 邓芬《鹧鸪天》"有赠，集白石道人词句"，末题"词长诸兄拍正，意谓如何。前离人稿。季谋、君华两兄。昙芬顿首。"参见《邓仲先生手札》，收入《邓芬艺文集》，第39页。

② 杨圻《攘夷颂并序》，1941年7月7日作，原刊《大公报》1941年7月18日，参见程中山《江山万里楼诗词钞续编》，香港：汇智出版有限公司2012年，第378～380页。

闻道风怀犹在柳,和烟和雨上阑干。①

陈融第一首回忆当年听曲《梦觉红楼》;第二首客中求画;第三首"闻道风怀犹在柳",专写邓芬的风流韵事。邓芬《寄答顒庵陈协公见问三首用元韵》云:

杨柳江头不断青。春风依约过旗亭。
十年画壁成陈迹,唱到魂销亦厌听。

自笑如今锥也无。故园北望眼将枯。
支离骨立风尘里,欲起重泉郑侠图。

莲花思茂柳思桓。曾寄天涯问暖寒。
忽诵三巴飘泊句,知公情重早相干。

邓芬诗中感谢故人情重,同时更借北宋郑侠所绘《流民图》为喻,似亦不甘老于丹青,而有以画报国,反映人民流离失所的惨况。杨圻、陈融都是当代赫赫有名的大诗人,邓芬相与酬唱,自亦功力匹敌了。其他李录斋、鲍少游、王济远等亦为当时的书画名家。

(三)《水明楼忆事》

《水明楼忆事》25首专录跟"九月初三"赋别的一段恋情,由1938年起至1952年止,历时十五年。水明楼原在上海东照里,是他们最先共同生活的地方,叶恭绰尝为篆"水明楼"额。

邓芬诗词中写情的作品甚多。1929年,他在上海跟一位苏州女子杨娟(如月,1912—1943)相恋,纳为侧室,翌年带返广州故里。区少幹云:"他曾随赌商某到上海,从仁志里里携得一位颜如玉归来,但到了中年即便'放归樊素'。他对一般事

---

① 陈融题作《赠诵先》,"敝袖"作"故袖"。见《黄梅花屋诗稿》,香港:《至乐楼丛书》第三十二,1989年,第45页。

物，都是鲜克有终的。"① 1937 年 9 月，邓芬举家来港避难，暂住山边台周之贞（1882—1950）大宅。山边台（Hill Side Terrace）位于湾仔捷船街旁，须拾级而上，或称山坡台。现时山坡台 1 号 A 还有已荒废的圣璐琦书院（St Luke's College），旧日的招生广告称山边台校舍，由大道东 99 号旁适安街直上。后来意见不合，1938 年戊寅九月初三日山边台怅别，而杨娟就回上海去了。②《七娘子》云：

    清秋一别人何许。今宵明月生南浦。破碎乡关，流离儿女。凄凉不易长安住。　萍踪可忆天涯絮。潮回依旧东流水。九日黄花，满城风雨。销魂不见来时路。

词中摹写战乱的惨况，生活逼人，只能黯然归去了。《减字木兰花》"戊寅九日重题"亦云：

    心魂如在。人事已随魂冀改。谁道无缘。误尔青春有十年。　甚时重见。一去莫如弦上箭。觅觅寻寻。瘦了黄花又几分。

从词中"误尔青春有十年"之句，杨娟北平人，因避难来了上海，在虹口酒家楼唱歌。他们初遇于 1926 年重午，杨娟才十四岁；1929 年再遇于上海，并在中秋夜订情。1938 年又有《戊寅下元夜》诗云：

    黄尘莽莽欲何期。秋入东篱似不支。
    风流无复人如昨，一样清光似月儿。③

下元是十月十五日。邓芬望月怀人，凭诗寄意。可能当年大家都陷入一种困境之中，有所"不支"了。此后九月初三日即为他

---

    ①　四近楼（区少幹，1903—1982）作：《广东画人邓芬的"偏传"》，收入《邓芬艺文集》，第 6 页。

    ②　邓芬《自述》云："时□客山边台周宅，一日忽下楼商于余曰：羊城未陷，有家可归；羊城既陷，则归无日矣。而留居友家，不自作计，大有今夜不知何处宿之慨。丈夫子对此，是其无赖乎？数口之家，倘一遭白眼，虽能相识遍天下，顾而之他已也。惟朝秦暮楚之感，人言可畏哉。不及乎图，人将谓君为值乱图赖也。况君癖嗜不良，不禁攸攸之口，而自塞其聪，妾深耻之。"邓芬指为"愿怒而发"。残稿一篇，刘季藏品及供稿。

    ③　参见邓芬《零珠屑玉水墨画册》，《邓芬艺文集》，第 22 页。

一生的隐痛所在，几乎每年都要忏悔一次，有所赋咏，并借以抒发相思之苦。1939年《己卯四月望夕偶成》云：

> 茫茫皓魄浸江天。云汉相期信渺然。
> 别久未妨千里共，耐寒无赖一宵悬。
> 呼为白玉盘何在，新裂齐纨扇已捐。
> 可是入怀慰残夜，尚怜孀独为谁圆。①

又《己卯九月初三夜香港青山寺又题》云：

> 无滓长空见蔚蓝。西风吹鬓影㲀㲀。
> 别来十二哉生月，第一难忘九月三。

1944年得到杨娟逝世的消息及遗照，诗云：

> 别后相思又七年。几多讯息慰生前。
> 岂期入梦新为鬼，合赋招魂一问天。
> 旧国初归犹异客，侯门修阻况重泉。
> 黄昏楼上初三夜，风卷疏帘月上弦。

注云："甲申九月会海上客来相告，那人于去年冬病逝姑苏，并携来一讣，遗照在焉。默念久之，不觉泪俱神往。"重泉修阻，语语沉痛，自然亦难以忘怀了。1952年诗云：

> 欲寻残梦到江南。晓籁荒鸡落枕函。
> 桃叶渡头年十七，杨枝歌罢月初三。
> 词中有誓斯而已，别后相思甚不堪。
> 百八蟾光圆又缺，无多忆语影梅庵。

注云："壬辰九月初三夜，藕丝孔居挑灯枯坐，念想十五年前，未免有情，欹枕深更，鳏鳏无寐，起而书此，作为最末一页，于我心戚戚焉矣。"追忆当年跟杨娟订情，她只有十七岁；而"百八蟾光"则是仳离十五年的日子，以此诗作一了断，而《水明楼忆事》自亦成了邓芬心中一份永恒的忆念，感人亦深了。

此外，在《水明楼忆事》册子的前部尚抄录《庚辰秋日写怀集唐人句，妈阁率录稿》九首，中缺其三："人情已厌南中

---

① 邓芬：《己卯四月望夕偶成》，收入《水明楼忆事》。或题《暮春月下有忆》，末联"慰"作"望"，"为谁"作"照人"，文字少异，收入《邓芬艺文集》，第120页。

苦。秋月春风等闲度。云雨巫山枉断肠,岂能贫贱相看老。"按此卷已见《妈阁寄闲杂咏》,原为10首;其后又有一本,注云:"以上十首,或连成七古一段,亦有人认为合作。惟拙意仍分咏,似寄意更远也。诗坛一削。"① 其中有人,似亦为杨娟所作。

《水明楼忆事》之《诉衷情三阕,集白石道人》,注云:"如月濒行,曾于渡头重晤,时舟人解缆,不能尽所欲言,别后海上使者来传语,属为小词志别,乃书簏寄与,真不知所云。"显为杨娟濒行赋别之作。唯此卷亦见《妈阁寄闲杂咏》,不注所赠之人。而上文所引另卷抄本则题《诉衷情三叠,集白石道人句改为赠别文娘》,甚至在《致张君华函》中反覆申说文娘的悲惨遭遇。可能《诉衷情三阕》一词二用,分指两段不同的感情,徒添惆怅,难解难分。

(四) 避风塘杂咏

邓芬晚年流连于避风塘中,饮宴听曲,并为女弟子司徒珍、司徒玉撰曲度腔,天涯歌女,名重一时,而作品流传甚广,同时也成了大家津津乐道的韵事。避风塘系列作品有自书诗卷两首、16 首、23 首等不同的卷子,甚至连《与杨善深同游》四首、五首亦编入其中,去除重复,共得绝句 25 首。② 1960 年,邓芬《庚子立秋后怀避风塘二首》,或题《庚子七夕妈阁怀避风塘》,诗云:

娟娟月影照惊鸿。不避虞罗不避风。
白马黄衫客何处,徐公城北宋墙东。

三更灯火二分月,一曲绫绢半夜钟。

---

① 邓芬《物换星移几度秋》卷集唐人句十首,参见《邓仲先生手札》,收入《邓芬艺文集》,第 37~38 页。
② 邓芬《自书诗卷》录《避风塘选录十六绝》、《与杨善深同游之四》、《题明皇幸蜀图》,收入《邓芬百年艺术回顾》,图版六十五;《避风塘感怀》五首,图版八十;又《避风塘杂感》十九首,补漏录四首,共二十三首,参见《阿赖耶室诗词文集抄存》,收入《邓芬艺文集》,页 47~54。

> 莫倚短篷吹尺八，秋江寂寞有鱼龙。①

二诗互有异文。其一诗中用黄衫客挟持李益与霍小玉相见故事，希望得遇知音。其二写静夜中的乐韵悠扬，意境高逸。又《避风塘选录十六绝》，今录前五首云：

> 十字街头老少年。看花尝堕紫骝鞭。
> 晓风残月和朝雨，拨尽琵琶第四弦。
>
> 半世骄人一字闲。我心止水恨连山。
> 于今老眼能舒处，只在铜锣又一湾。
>
> 小艇飘灯对夜分。荡胸不复有层云。
> 扣舷彼女能高咏，旧曲红楼得再闻。
>
> 尝随流水为飞絮，又化春泥护落红。
> 犹有旧时明月在，照人华发首如蓬。
>
> 相逢翻恨十年迟。细意深言胜旧知。
> 一自小红低唱罢，懒将娇韵制新词。

以上各诗检点平生，抒情写意。其一少年时看花奏曲，极享奢华。其二"半世骄人一字闲"，而老年又"只在铜锣又一湾"，消耗华年，感慨无端。其三写司徒姐妹的歌音，希望能再现"旧曲红楼"的盛世景象。其四伊人已去，而旧时明月亦不复当年的青春气息了。其五亦有喜遇知音之感，再现白石词仙的风韵。避风塘诸诗自是邓芬晚年的得意之作，晓风残月，靡靡哀思，唱出身世之憾，腾播众口，构成香港诗坛中一道亮丽的风景线，同时更成了邓芬诗中的名牌作品。

邓芬避风塘系列词作亦多，其中《浪淘沙》四阕最负盛名，

---

① 邓芬：《庚子立秋后怀避风塘二首》，参见《邓芬百年艺术回顾》，图版六十四；附见《自书诗卷》，图版六十五；又《庚子七夕妈阁怀避风塘》，参见《阿赖耶室诗词文集抄存》，收入《邓芬艺文集》，第79页。首句或作"冥冥月影照惊鸿"，或作"惊鸿照影月疑弓"；次句"不避风"，或作"只避风"；第三句"客"字或作"向"，或作"却"，异文略多。

传世有多种不同的卷子。前二阕原题分咏"菊"、"梅"的，表现花中的高贵品格，后来也合并为避风塘系列了。

　　　　寂寞思华年。哀乐随缘。秋容淡淡对霜妍。怕到西风帘卷处，况是篱边。　　皎皎复娟娟。月照孤眠。扣舷夜夜系灯船。自觉此心无所住，不在人天。

　　　　容易鬓霜侵。独自沉吟。酒痕襟上泪痕深。夜已渐长妨梦短，梦又难寻。　　难买隔帘心。一笑千金。罗浮别后到如今。试待月明林下卧，环佩声沉。

　　　　一水碧盈盈。月白风清。琵琶怨恨不分明。只有余音时切切，未许寻声。　　莫道别离轻。灯火三更。推篷无睡数阴晴。冷落方知人老大，难赋深情。

　　　　灯火又黄昏。何处销魂。雍门消息不相闻。谁为水长山又远，传语秋云。　　昨梦了无痕。意绪纷纷。醒时携手醉时分。无赖茫茫江上月，空对金尊。①

首阕咏菊，"秋容淡淡"，末拍"自觉此心无所住，不在人天"，无所牵挂，得大自在。次阕咏梅，其中"梦又难寻"、"环佩声沉"二句，意在宣示内心深处的沉寂感觉。其三"一水碧盈盈。月白风清"，摹写避风塘晚上的歌音，可以令人忘怀身世之恨。其四雍门子周尝为孟尝君鼓琴，而邓芬早年亦尝在上海撰《雍门》一曲，可是"醒时携手醉时分"、"无赖茫茫江上月"，一切美好的影像很快又消失净尽了。

1962年，邓芬有《六月十五日赠司徒姐妹南游，集昔人句》诗云："大珠小珠落玉盘。抱得琴来不欲弹。鸿雁在天鱼在水，凭君传语报平安。"盖属赠行之作。其后复有词作三首，《蝶恋

──────────

① 邓芬：《浪淘沙》"菊"、"梅"二阕，参见《阿赖耶室诗词文集抄存》，收入《邓芬艺文集》，第65页；又《避风塘四首》（补遗二首），参见《邓芬先生诗词搜逸》，收入《邓芬艺文集》，第120页。《自书词卷》合为《避风塘四叠浪淘沙》，参见《邓芬百年艺术回顾》，图版五十七；又《荷花/自书诗》录《浪淘沙三叠》，图版七十九。组合各有不同。

花》"六月十五日小别",或题"壬寅六月十五夜铜湾寄意",词云:

> 强乐自宽来一醉。浇入回肠,非酒还非泪。月似银圆天似水,东风不便何曾避。　容易重阳归也未。人远玄都,谁识刘郎树?莫讶赠行无两字。当时切切多忘记。

此词期望司徒姐妹能在重阳前归来。又《踏莎行》"七月十五夜见寄",或题"壬寅六月十九夜避风塘写怀",词云:

> 无限深言,十分细意。别时曾致叮咛语。相思有泪可成潮,君前一样盈盈水。　压顶娇阳,埋身暴雨。蛮天历历槟榔树。薰风来为报行程,邻船又唤歌声起。

或写送行之后的思念感觉。下片起拍"压顶娇阳,埋身暴雨",一触即发,尤为凌厉,希望她们能够从容面对不同的逆境和挑战,词中甚至还用了粤语口语"埋身",带有唱曲的味道。又《一丛花》"九月十二夜宿避风塘有忆",或题"重阳后宿避风塘有忆",词云:

> 秋来多病为诗穷。梦雨夜蒙蒙。移灯待月船唇卧,怅天际、缥缈征鸿。消息可传,所思何在,犹是别离中。　绮窗朱户画帘栊。深掩麝兰丛。甘伺眼波梳洗处,曾几度、玉漏霜钟。野又露零,人如菊淡,无语问篱东。①

此词纯是写情及想象之作,上片在漠漠长夜中等待对方的消息。下片则是回忆中的温馨岁月,很多绮旎的场景一一呈现眼前,而"甘伺眼波梳洗处,曾几度、玉漏霜钟"更写出刻骨的销魂感觉,铸成生命中永恒的思忆。最后以"人如菊淡"作结,虚实相映,而美好的倩影逐渐淡出,自然也是邓芬词中最优美的绝唱了。尤其是在抗日战争的烽烟过后,香港重见太平,避风塘成为邓芬最后坚守的阵地,以及心灵的家园,魂牵梦萦的可能也是他在画境中无法构思表达的世界。

---

① 邓芬:《秋蝉/自书蝶恋花词》,参见《邓芬百年艺术回顾》,图版七十八。又参见《阿赖耶室诗词文集抄存》,收入《邓芬艺文集》,第63〜64、73页。林近订作"九月十四夜有忆",似误,参见《藕丝孔居诗词编年》,收入《邓芬百年艺术回顾》,第163页。

邓芬的诗词作品目前可搜得传世者约230首,说多不多,但精品却多,词作虽少,而词境尤为精纯。在上述四类重要的题材中,几乎都是诗词各写的,各领风骚。从整体的格局来说,邓芬的题画诗词并不多见,一般都是以诗画分写为主。因此他是很用心在意地构建他的诗词世界,很多时候还有特定的书写对象和环境,语不虚发。邓芬更擅长于写情之作,而诗词中的仕女丰姿绰约,别具风韵,悱恻芳馨,离聚无常,尤令人难以忘怀。此外世局迷离惝恍,人间多灾多难,写实之作亦复不少,例如1941年《途中口占,辛巳十一月十一日》云:

> 九陌尘昏日色斜。东眠西食作生涯。
> 无人能夺双双泪,有口徒含六六牙。
> 一掬珍珠沙谷米,几枝碧玉芥兰花。
> 贸然莫上行人路,嗟我黔敖已丧家。

又《辛巳月当头夕,即卅一年元旦,席间走笔,酬主人谢惠庭德生君让》云:

> 黄埃莽莽几桑田。形槁心灰不忍捐。
> 路上又多兵死鬼,词中曾作梦游仙。
> 当头且向今宵月,握手真成隔世缘。
> 难得惠连好兄弟,一尊相属话新年。①

这些都是战时实录,能吃到"珍珠沙谷米"、"碧玉芥兰花",显得特别珍贵;而"路上又多兵死鬼"则是地狱惨象,"握手真成隔世缘"更属万幸了。至于晚年与画坛诗坛的交往互动多,1956年《竹箑图》(与李研山、赵少昂合作)云:

> 凤饥能疗实非时。多谢慈悲信有之。
> 百尺尚馀残箨石,枝头留待抱孙枝。

1963年补题讨论画法:"近习竹法,拟与苏文顾李甚至柯郑辈惯用构置方法不同,乃专以净墨模竹,苗出姿致,远古人习见为

---

① 邓芬《途中口占》及《辛巳月当头夕》二诗乃刘季供稿,编入《南海邓芬艺术全集》。

旨。癸卯闰八月,善深道兄意谓何如?昙殊芬。"①

1960年《庚子赠徐悲鸿》云:

汗血周流笑画工。生惭殊相未能穷。
欲从无鬼论规矩,骨法何曾与鹿同。②

1962年《披荆文会二百会庆集,壬寅六月》云:

一幅西园雅集中。狂名独爱米南宫。
鸥因毛白头加墨,鹤为身高背似弓。
花塔旧盟馀七子,松斋上客有三雄。
何如咳唾成珠玉,得作诗人不怕穷。

注称:"癸亥1923画会十四人,今尚在者,余与谷雏、振寰、子枢、君璧、冠五、般若七人。""颛园五子,心一、吹万下世,希颖、润桐、少弼健存。"③

1964年《甲辰夏日偶感书赠韩穗轩》云:

酒债寻常不复赊。未能为国已忘家。
何妨弹铗思熊掌,不可窥墙问鼠牙。
徒说晬盆觇笔墨,得成英物属莺花。
等闲点染寒鸦色,一遣吾生住有涯。④

以上诸诗都显出积极探索、奋发迈进的精神,其他应酬及游戏之作,题材尚多,风格各异,保留了丰富的文坛史料,这里也就不一一细述了。将来有机会或可将邓芬的诗词作品辑为一小册,在画笔之外,呈现作者不一样的面貌。较之当代诗坛名家,亦占一席之地,写出了独有的摇曳风神。

---

① 邓芬:《竹篁图》,参见《邓芬百年艺术回顾》,图版三十四。又《画竹二截》之二,《邓芬先生诗词搜逸》,末二句"百尺尚馀诗荛在,竿头留待发新枝",略有异文,收入《邓芬艺文集》,第119页。

② 邓芬:《庚子赠徐悲鸿》,载《藕丝孔居诗词编年》,收入《邓芬百年艺术回顾》,第162页。

③ 邓芬:《披荆文会二百会庆集》,参见《阿赖耶室诗词文集抄存》,收入《邓芬艺文集》,第62页。

④ 邓芬:《甲辰夏日偶感书赠韩穗轩》,载《藕丝孔居诗词编年》,收入《邓芬百年艺术回顾》,第163页。又潘兆贤《邓芬先生诗词搜逸》订作《无题二首》之一,"已"作"尔",收入《邓芬艺文集》,第121页。

四、超时空的幽灵——《刘德爵诗稿》

刘德爵（1909—1990）是刘景堂的长子，在广州出生，1911年随父来港。1930年港大毕业，任教湾仔书院①，1940年以后辞职，专做补习老师。香港沦陷期间，一度远走桂平。战后回港也没有工作。著有中国古典诗词译著一种。② 刘德爵生前不以诗鸣，亦全不与诗坛来往，抱冲守璞，寂寞终身。

刘德爵不善应酬，平时来往的只有一位医生朋友。他每天抄书写字，数十年如一日，从不间断。他喜欢读书，记忆力尤佳；除通晓中、英文外，还自学法、德、意、西、日、俄诸国文字，有能力阅读各种外文。知识广博，洞澈世情。

《刘德爵诗稿》是他亲自写定的，存放家中，大概没有人看过。刘德爵出生于著名的诗词门第之中，但并不涉足诗坛，也没有像父祖辈风华绝代的表现。刘德爵很少出示诗作，所以显得神秘。刘子平《空桑吟草》有《示德爵》云：

> 劲翮天长仍薮泽，何时寥廓起清音。
> 山河错绣劳归眼，日月飞梭警客心。
> 长物别无身健在，佳诗偶得日沉吟。
> 华年相伴衡茅晚，又听商声枫树林。

此诗写于1942年，在逃难的日子中，"佳诗偶得"，可能刘子平早就读过他的诗了。此外，现存遗物中尚有高贞白（1906—1992）赠画两幅，专仿溥心畬笔法。一为"见宋人有此画，为德爵吾兄仿其意。一九五二年十二月，贞白"，一为"白居易寄题盩厔厅前双松，贞白写。一九五二年十二月题赠德爵吾兄，贞白"。③ 零缣断简，也是他跟文坛来往的一些联系。

---

① 参考 *Hong Kong Civil Service List* 各年纪录，香港历史档案馆藏。案，刘德爵（Lau Tak-Cheuk）先任中学教师，1935年起始任湾仔书院的正式教师。

② Lau Tak-Chuek. *Sitting up at Night and Other Chinese Poems*. Hong Kong: The Chinese University of Hong Kong, 1973.

③ 参见顾学颉（1913—1999）校点《白居易集》，中华书局，第169页。案，《白居易集》首两句"昔"作"昨"，"长"作"多"。

《刘德爵诗稿》存诗174首，以七律114首最多，次为五律30首、七绝25首、六绝四首、五绝一首。刘德爵诗大多数没有题目，就像《诗经》一样，只随意选取诗句首二字作题，占140首；不过题目有时也会重复，例如《幽居》、《不论》、《孳孳》、《云烟》各两首。其他摘取诗中二字为题者14首，另题《六言》四首。有题目者才16首，分别题为《戏场》、《放歌》、《哀文人》、《遣兴》、《读东坡诗书后》、《读昌谷集》、《老树》、《迷途》、《幽居》、《山居夜坐》、《汉武帝》、《地震》、《行路难》、《老境》、《风雨》、《隐者》等，较能显出作意。

　　刘德爵诗全是自抒怀抱之作，一首应酬记事的作品都没有。诗题或诗中全没有当代任何人名、地名、年月和时事。无迹可寻，根本不能作任何的考证。他是一缕超时空的幽灵，不杂人间色相，没有时代气息，纯以写意为主。刘德爵一生大隐于香江，大隐于市，可能比陶渊明还要彻底。刘诗稍欠文采风流，语言拙朴，说不上大家名家；但诗中却有一种孤怀独往的韵味，使他自成一家。刘德爵诗前无古人，后无来者，通达彻悟，无欲无求。求之于20世纪的香港社会，应该也算是诗坛的"稀有动物"了。

　　刘德爵诗托意于老庄禅佛，以梦呓般的语言，表现人生哲思。他看透了20世纪人类的心灵，不为物先，不为物役，充满存在主义的悲情；指点迷津，有时亦具宗教意味。所谓存在主义，就是在科学文明和社会制度的桎梏之下，人类的精神已被剥夺其本体存在。没有了本体存在，人也就被遗弃在一个毫无意义而又互不相关的物化的世界之中，难以用心灵沟通。生活只是毫无联系、没有过去未来的时间之流。人类的习俗、制度已经与它的根源脱节，人性迷失，找不到归宿。因而必须重新确认自我的存在。刘德爵诗深受存在主义的影响，他充分意识到他是生活于灰暗的、荒谬的、毫无意义而又没有存在理由的世界之中，充满了生命的焦灼感，从而只能通过"主观"来突破心灵的局限。例如《近来》云："避地区区称小隐，忧天悯悯付空谈。"《撼树》云："有涯多事世，无赖可怜生。"可见早就有参透世情之意。《江南》云：

> 江南正是落花时。大块噓风作五噫。
> 土偶无归桃梗去，飘零衰相旧天姿。

首句化用杜甫《江南逢李龟年》诗意。次句用《庄子·齐物论》"夫大块噫气，其名为风"，"大块"指大自然或大地。第三句用《战国策·齐策三》"今者臣来过于淄上，有土偶人与桃梗相与语"，土偶人乃泥塑的人像，而桃梗则是木偶人，象征人类在洪水中漂浮挣扎。末句"天姿"已成过往，只馀下"飘零衰相"，悲痛绝望。全诗象征一切都与传统和美好隔绝，漂泊无归。

《地偏》云：

> 地偏心自远纷华。蚁垤蜂窝亦作家。
> 穿隙尘埃看野马，喧池鼓吹听私蛙。
> 书从旧说求新义，辞托无根遣有涯。
> 细想人生应袖手，已惊石烂况抟沙。

首句化用陶潜《饮酒》"心远地自偏"诗意。首联远离纷华的人世，以蚁穴蜂窝为家。颔联出《庄子·逍遥游》"野马也，尘埃也"，形容云气的流动，而私蛙喧吹则象征议论纷繁。颈联读书解事，不必附庸俗见，自求适意而已，而这也就是存在主义的具体理念。末联世道迷离，海枯石烂，已经无可救药了。全诗乃经历了剧烈世变后的心路历程，惊心动魄。

刘德爵诗完全没有具体的时地人事的资料，难以系年。集中《行年》一诗大概作于七十岁，即1978年。而整本诗集表现出晚年的悟达和智慧，大抵也是70年代末期至80年代初期的作品。刘景堂等皆已早逝，所以没有看过。

> 行年七十久忘形。荒草萧萧满户庭。
> 瓶插菊花虚室白，酒斟竹叶小杯青。
> 楼台明灭模糊影，岁月经过长短亭。
> 莫向槐宫嗟梦短，钧天乐好亦须醒。

此诗专写忘形境界，荒草萧萧象征孤独的心境。颔联把家居塑成一个自足世界，颈联则写外缘的时空，内外映衬，虚实互见。末联槐宫就是槐安国的蚁穴，出李公佐《南柯太守传》，喻繁华一梦，根本不值得迷恋。

《鸡唱》云：
>鸡唱晓窗明。日长何所营。寻幽闲看竹，养素或餐英。
>居简而行简，心清并迹清。尘缘真一瞬，三宿亦忘情。

此诗专写生活感觉，他满足于一个居简心清的世界；世途如逆旅，人生只是过客而已，尘缘三宿，何必留情。相对于20世纪人性的凶残和贪婪，商业社会唯利是图，迷失本性，刘德爵诗不啻暮鼓晨钟，可惜沉溺的人依然未醒。

刘德爵诗偏尚说理，语言枯槁，难免会犯上写诗大忌。哲学与诗的表达方式不同，语言亦异，要将两者调和起来，善用比兴，注入感性，显出深度，方称佳作。《风定》云：
>风定水波平。虚舟随意横。襟怀常自得，时序不须惊。
>山色画中见，世情诗外轻。一杯竹叶酒，几颗落花生。

此诗中间四句全是理笔，境界虽高，但语言泛泛，没有神采。幸而起结四句都是诗笔，充满象征意味，引发想象，也就把整首诗托起来了，骨肉停匀，风神摇曳。又《红紫》云：
>红紫如茵春草肥。黄蜂粉蝶逐芳菲。
>数声清梵浮蓝寺，一片闲云绕翠微。
>小水纵横穿径过，大鸢自在戾天飞。
>游人各尽登临兴，作手嗟如陶谢稀。

此诗摹景细致，层次井然，包揽天地，真幻迷离，红黄蓝翠，色泽鲜妍，这在刘德爵诗中实属罕见的佳作。末联借题发挥，意在讥刺。一般人登临遣兴只是亵渎山水性灵，何来造境？何来造语？舍本逐末，不啻当头棒喝。《白发》云："倚梧自识忘弦意，遥看飞鸿入杳冥。"又《当牖》云："吾师濠上叟，知我亦知鱼。"天人意合，写出了忘形境界。现代诗人有时缺少的就是这些慧心和关心。

历史有它虚假掩饰的一面，贤者临文，亦所不免。刘德爵诗参透世相，但冷眼旁观，沧海横流，自也难掩一腔悲慨之情。《不论》云：
>不论牛鬼与蛇神。扰扰皆非心所亲。
>市上已无屠狗侣，江边且笑葬鱼人。
>隋珠赵璧谁能宝，周鼎商盘岂足珍。

  世换只馀灰认劫,水枯又看海扬尘。

  此诗不劳实指,读者随意代入历史或时局,都可得会心。首联写人世扰攘,无可恋栈。颔联屠狗辈喻樊哙等豪杰之士,而葬鱼人则喻屈原等忧患馀生。颈联讥刺人性迷失于财富与权力之中,不克自拔。末联"灰认劫"指大三灾中火劫后的馀灰,出《高僧传》;"海扬尘"乃麻姑三返沧海桑田之喻,出《神仙传》;合起来指人世将有巨变。

  又《云烟》云:

   云烟书画漫缘长。千卷徒为饱蠹藏。
   数见不鲜徒久涸,倘来如寄且轻装。
   西山已幸收薇蕨,北斗何劳挹酒浆。
   青史是非成戏论,参军苍鹘看登场。

  这首诗意有所指,却难落实。大抵前四句皆愤世之言。颈联以伯夷叔齐洁身自爱为喻,北斗句出《诗经·小雅·大东》"维北有斗,不可以挹酒浆",指大材小用;末联以滑稽戏喻世局变幻,是非难分。又《行路难》云:"政失萑苻争越货,时危蛮触屡称兵。"萑苻指盗,藏身芦苇水泽之中;蛮触指蜗角相争,为小事而斗。所谓"翔鹤九皋声闻远,彻天为作不平鸣",世途不靖,风云险恶,九皋遥鹤,声闻不已,哀哉!

  刘德爵晚居跑马地蓝塘道,山色苍翠,人境幽深,隔断了红尘扰攘,颇得闲适之乐。诗中山居景物一切可亲,心潮平伏;雅趣幽思,即成高调。《拂拭》云:

   拂拭铜炉自爇檀。书斋方丈膝能安。
   窗明几净日方永,读画听琴兴未阑。
   淡淡数枝兰竹静,泠泠一曲水云寒。
   近城且识闲居乐,不共红尘一例看。

前六句描写日常生活,本来就很平凡;但是结联突然冒起,近城而不为红尘所困,"心远地自偏"的努力没有白费,也就显出诗人的不平凡了。又《幽居》云:

   送青排闼有高丘。鸟语溪声与耳谋。
   寒阒无俦凭鬼瞰,虚空生白赖天游。
   书城坐拥近千卷,棋子闲敲满一楸。

花不着衣诸漏尽,任他去马与来牛。

《山居夜坐》云:

夜气笼群态,烟云入杳冥。虫吟千树黑,蛾扑一灯青。
阅世观潮汐,呼天问醉醒。无穷人事感,独坐数窗棂。

这些诗全以理境取胜,诗句着色以白、黑、青为主调,十分幽秘。《幽居》第四句出《庄子·人间世》"瞻彼阕者,虚室生白,吉祥止止","阕",训空也,喻清虚无欲,则道心自生;又《庄子·外物》云:"胞有重阆,心有天游。室无空虚,则妇姑勃溪;心无天游,则六凿相攘。""阆"亦训空也,"心游"乃人心空旷,始能有所容也。读书敲棋,幽居养志。"花不着衣"出《维摩诘经》天女散花的故事,结习已尽,心无挂碍,而无穷人事自然也操之在我了。《山居夜坐》全用白描手法,不着典实,这在刘德爵诗中并不多见。

《经霜》云:

经霜落叶一重重。独识青松性耐冬。
池水微漪供俯仰,山坡缓步得从容。
闲来累纸书驴券,梦觉有时迷蝶踪。
仙侣千年称小别,清风动地一相逢。

此诗充满意识流的情调,表现诗人内心纷乱而又缺乏逻辑联系的印象之流,几种不同的想法相互碰击,别开新境。首联欣赏青松耐寒。颔联山水怡情,从容自得。颈联"驴券"出颜之推《颜氏家训·勉学》引邺下谚云:"博士买驴,书券三纸,未有驴字。"指语言故作繁冗高深,不及要旨。"蝶踪"则出《庄子·齐物论》庄周梦为蝴蝶的故事,齐一物我。末联用江淹《别赋》"驾鹤上汉,骖鸾腾天。暂游万里,小别千年",写的就是仙凡之别;"清风动地"突然冒出了悟道的契机,灵光乍现。这在刘德爵诗的悲苦系列中极为罕见。

又《凭几》云:

凭几随时觚自操。踌躇满志奏铅刀。
餐风但作蜉蝣计,枕曲安知螺蠃豪。
涉世东风吹马耳,钓江夏日着羊袍。
管弦交响西来乐,似听松声万壑涛。

此诗首句出《淮南子·主术训》"操其觚，招其末，则庸人能以制胜"，"觚"为剑柄。次句借用《庄子·养生主》庖丁解牛的成功感，摆脱了个人的渺小和悲苦，把握要害，踌躇满志。颔联餐风枕曲，顺应自然。颈联"东风吹马耳"句出李白《答王十二寒夜独酌有怀》诗之二，指对世事充耳不闻；钓江句则以严光披羊裘钓泽中自喻，安于归隐。末联突然飘来西方的管弦乐，自是神来之笔，表现惊人的想象，中西古今，一体流行，时空的跨度很大。

刘德爵诗悟彻天人之际，处处都是充满智慧的语言，触境生春，灵光乍现。《云烟》云："云烟天上占风雨，蛮触人间改版图。变化从来新意少，笑看造物画葫芦。"人间天上，云烟版图，皆是虚幻无根，何来新意？《宠辱》云："山行踏尽崎岖路，巷口寻人补破鞋。"上句故作狂言大言，下句突然变得渺小卑下，千山万水踏破铁鞋难道就只为访寻巷口的补鞋匠吗？情节的落差很大，显出幽默感，世情无奈，有时只能自我解嘲而已。由此可见，刘德爵在诗中上下求索，所要追寻的是求真访道的决心，而非刻意求诗。诗只是一种工具，他利用诗的意象来提供思想腾飞的动力，试图冲破传统语言文字所能表达的有限空间；此外，他又利用诗中的典故试图扩充意义的世界，从有限中追求无限。诗让他的心灵在冥漠无垠的宇宙中驰飞想象，翱翔漫游，自由自在，得大解脱。

在20世纪的百年忧患中，刘德爵诗暮鼓晨钟，参透世情，写出魏晋风神萧散的意味，同时也是20世纪超时空的幽灵，既有东方古典的玄思，也有西方存在主义释出自我的理念。不过他所遵用的仍然是传统的格律，而老庄禅佛的典故又往往流于幽深曲折，意有所隔，看来也就很难引起普罗读者的兴趣了。

汉魏六朝诗歌如何表现诗人自我形象

广西师范大学 胡大雷

汉魏六朝诗歌,就是指《诗经》以后、唐诗以前的诗歌。

诗歌表现自我,就是诗人在诗歌中怎样有自己的形象,自己在诗歌里的思想感情以及语言行为要通过自己的形象表现出来。这里有两个概念要讲清楚,一是诗歌表现自我,另一是诗人的自我形象在诗歌中出现。

先说诗歌表现自我,诗歌无论是抒情还是叙事,总是诗人自己写的。诗人在诗中的抒情,或是从自己出发,这当然是表现诗人自我了;如果是从别人出发,那为什么从别人出发、怎样从别人出发,诗人自然要有自己的考虑与做法,这当然要在诗歌中表现出来,也就是表现诗人自我。诗人在诗中的叙事,或是叙自我之事,或是叙他人之事,前者是表现诗人自我;而后者也要表明为什么要叙这样的事,站在什么立场叙这样的事,这也是在表现诗人自我;即便是站在客观的立场上叙事,也要追问你为什么站在客观的立场上叙事,你的意图是什么。横说竖说,反正总有一个"我"字,若即若离在诗歌中,这是诗人的自我表现。

诗人自我形象在诗中出现,则是另一个问题。今天单拈出两个现象来讲,一个是讲诗人的自我形象怎样在乐府诗中出现,这里主要讲建安时期诗人的思想观念与诗人的自我形象出现的文学史演进;另一个是讲诗人在诗歌中用典故,讲诗人以用典的形式刻画诗人自我形象。

一、建安时期乐府诗中诗人的自我形象

汉代,乐府民歌兴旺发展并达到顶峰,这是一种迥然不同于

《诗经》与骚体诗的诗歌体裁。乐府民歌的特点是多方面的，其中有两点比较重要，对后代的影响也最为持久，这就是重在叙事与多吟咏他人，当然，这只是大体上说来。

就重在叙事而言，虽说乐府民歌叙事的作品与抒情的作品都有，但优秀之作大都是叙事的，如《妇病行》、《东门行》、《孤儿行》、《陌上桑》等等，皆记叙一个或几个生活片断或现实事件。正因为叙事性的作品是乐府民歌的菁华所在，故后世人们都以此为汉乐府的特点，《师友传灯录》所谓"乐府之异于诗者，往往叙事"即是此意。王运熙先生《汉魏六朝乐府诗》也说："汉俗曲却以叙事诗为主，这也是汉乐府的菁华所在。"吟咏他人而言，乐府民歌的人称本是多样化的，而第三人称的居多，这当然是吟咏他人之作；但也有第一人称之作，如"鼓吹曲辞"的《思悲翁》、《上邪》，"杂曲歌辞"的《伤歌行》，等等。第二人称之作虽少，但也有，如"相和歌辞"的《箜篌引》："公无渡河，公竟渡河。堕河而死，当奈公何。"但是，乐府民歌本是采诗官从民间采集而来，"孝武立乐府而采风谣"，所以诗的作者就难以确定。这样，在采诗者与读者看来，第一人称与第二人称的诗作也具有吟咏他人的意味。况且，当后人拟作乐府诗时，传统上要依乐府古题的题旨与本事来创作。所以古人说："古乐府命题皆有主意，后之文人用乐府为题者，直当代其人而措词，如《公无渡河》，须作妻止其夫之词。"（《唐子西文录》强幼安语）因此，从意味上讲，乐府民歌的传统就是吟咏他人之事，这从汉代文人的乐府之作也可以看出来，比如辛延年《羽林郎》、宋子侯《董娇娆》，既是叙事之作，又是吟咏他人的。

两汉文人多注重辞赋，到了建安时代，风气一变，文人也多作乐府诗，一时间云蒸霞蔚。开创建安文学风气的曹操，其创作就全是乐府诗，史称他"登高必赋，及造新诗，被之管弦，皆成乐章"。曹丕集子里，乐府诗超出一半；曹植的诗，乐府诗也有一半左右。建安七子如王粲、陈琳、阮瑀，也都作有乐府诗。

建安诗人创作的乐府诗，虽也有重在抒情而很少叙事意味的，但本文着重论述建安诗人是如何从前述重在叙事与吟咏他人这两大特点起步对乐府民歌进行改制的，这个改制就是诗歌中要有自我。那么，重在叙事与吟咏他人是乐府诗的特点，此二者既是建安诗人在改制乐府时坚守的基础，又是他们改制乐府民歌的对象，因为重在叙事与吟咏他人与表现自我，有时是相对立的，结果是，他们创作出来的乐府诗仍保存有重在叙事与吟咏他人的特点，但特点本身的意味却不同了。

先来看一下建安诗人完全继承重在叙事与吟咏他人原有意味的作品。比如陈琳的《饮马长城窟行》以对话的形式，写秦代筑长城给人民带来的苦难。陈琳的作法完全是乐府民歌式的：

饮马长城窟，水寒伤马骨。往谓长城吏，慎莫稽留太原卒。官作自有程，举筑谐汝声。男儿宁当格斗死，何能怫郁筑长城。长城何连连，连连三千里。边城多健少，内舍多寡妇。作书与内舍："便嫁莫留住。善事新姑嫜，时时念我故夫子。"报书往边地："君今出语一何鄙！身在祸难中，何为稽留他家子。生男慎莫举，生女哺用脯。君独不见长城下，死人骸骨相撑拄。结发行事君，慊慊心意关。明知边地苦，贱妾何能久自全。"

据郭茂倩《乐府诗集》载："言征戍之客，至于长城而饮其马，妇人思念其勤劳，故作是曲也。"陈琳所作，"则言秦人苦长城之役也"（吴兢《乐府古题要解》卷下），完全是繁衍古题古事，从中看不出建安的时代特点，亦完全是吟咏他人，从中也看不出陈琳的身影。所以有人怀疑这《饮马长城窟行》本是民歌，可能不是陈琳所作，虽说尚无可靠的证据，但也事出有因。固然可以说，游国恩《中国文学史》称这是"假借秦代筑长城的事，深刻地揭露了当时繁重的徭役给人民带来的痛苦与灾难"，但毕竟与直接反映现实隔了一层。拿陈琳之作比较杜甫《潼关吏》：

士卒何草草，筑城潼关道。大城铁不如，小城万丈余。借问潼关吏："修关还备胡？"要我下马行，为我指山隅："连云列战格，飞鸟不能逾。胡来但自守，岂复忧西都。丈人视要处，窄狭容单车。艰难奋长戟，万古用一夫。""哀哉桃林战，百万化为鱼。请嘱防关将，慎勿学哥舒。"

其中诗人的形象就很鲜明，包括其行动、思想。

当汉乐府民歌在创作之时,完全是"感于哀乐,缘事而发",有着强烈的现实性,但文人拟作时,如果只是拟其事而不见自己与当代社会的色彩,这样的乐府诗是担当不起反映时代精神的重要任务的。

建安诗人并不甘心自己的乐府诗创作只是叙述古事、吟咏他人,这样就势不可免地展开了他们对乐府民歌的改制,他们在以下诸方面逐步地作出了创新的努力。

第一,在重于叙述他人之事的同时赋予诗歌强烈的个人感情色彩,这方面以曹操的创作最具特色。其《薤露行》叙述:何进谋杀宦官而召董卓,宦官杀何进并劫少帝和陈留王,董卓迎还,废少帝,立陈留王为献帝,关东讨董武装兴起,董卓焚烧洛阳,挟献帝西迁长安。诗云:

> 惟汉二十二世,所任诚不良。沐猴而冠带,知小而谋强。犹豫不敢断,因狩执君王。白虹为贯日,己亦先受殃。贼臣持国柄,杀主灭宇京。荡覆帝基业,宗庙以燔丧。播越西迁移,号泣而且行。瞻彼洛城郭,微子为哀伤。

诗中充满情感的抒发,有对何进的斥责:"沐猴而冠带,知小而谋强。犹豫不敢断"等等,有对广大人民苦难心情的叙写:"号泣而且行";又有诗人自我心情的描摹:"瞻彼洛城郭,微子为哀伤",说自己望洛阳而慨叹,正如微子见殷墟而悲伤。其《蒿里行》,写兴兵讨伐董卓的关东诸侯互争权力而造成丧乱的时事,笔力凝聚在"生民百遗一,念之断人肠"这样的对自我内心世界的揭示上,此类诗的抒情特点,是从个人的角度出发而关注广大的社会。

第二,重于叙述包括诗人自身在内的群体人物之事,并赋予诗歌强烈的个人感情色彩,这类诗有曹操《苦寒行》、王粲《从军征》五首与《七哀》其三等。在《苦寒行》中,诗人叙述了自己与大军一起出征高干途中北越太行山的情形,看到山路陡峭、气候恶劣、战士艰苦,诗人情不自禁地以第一人称口吻深吟道:"我心何怫郁,思欲一东归。""悲彼东山诗,悠悠令人哀。"《从军征》五首,笔墨一方面叙述自己部队的战争历程与战况战绩,一方面又抒发征夫离别亲人之痛及对曹操所指挥战争的歌颂，表明诗人追随曹操建功立业的慷慨之志。《七哀》其三：

> 边城使心悲，昔吾亲更之。冰雪截肌肤，风飘无止期。百里不见人，草木谁当迟。登城望亭燧，翩翩飞戍旗。行者不顾返，出门与家辞。子弟多俘虏，哭泣无已时。天下尽乐土，何为久留兹。蓼虫不知辛，去来勿与咨。

写边城的荒凉与战争给人民带来的痛苦："行者不顾返，出门与家辞。子弟多俘虏，哭泣无已时"；诗中又以"边城使心悲，昔吾亲更之"，既点明自己的参与，又抒发情感。因此，此类诗抒情的对象，是融社会动乱中的广大人民与个人自身为一体的。

在上述两类诗中，诗人直接出面抒发真挚深沉的情感，于是加深了诗中所述汉末实事对于诗人自身及广大人民的意味。也就是说，强烈的个人感情色彩丰富了叙事的意味，可见出诗人并不只是忠实地反映社会动乱与民生疾苦，更是为了抒发自身在这种情况下的感情，并表达自己的志向。

从上述两类诗中，我们可以发现其叙事方法与乐府民歌有很大的不同，即诗歌不注重具体入微地描摹以人物冲突为核心的戏剧化情节，而是大笔墨地概括事件。比如，《蒿里行》中叙述袁术称帝与袁绍谋立刘虞之事，只用"淮南弟称号，刻玺于北方"两句便阐述殆尽；又比如《从军征》中叙述战争历程，也只是"一举灭獯虏，再举服羌夷，西收边地贼，忽若俯拾遗"短短几句。由此就产生一个问题：这种概括性大笔墨的叙事方式，是否就是创作既重于叙事又具有强烈个人感情色彩的乐府诗所必须运用的呢？换句话说，为了增进诗歌的抒情意味，只能这样概括性地大笔墨叙事吗？很显然，如此概括性地大笔墨叙事使诗人难以插进对自我经历的叙写，因此削弱了对诗人自我形象的表现。

第三，诗人不仅仅是诗中事件的叙述者，而且还以个人身份成为诗中事件的介入者。阮瑀的《驾出北郭门行》叙写了一个孤儿自诉后母对他的虐待，这个自诉是由诗人的发问引起的，整个事件是具体生动、富有细节的，可以指定为某一次的。诗云：

> 驾出北郭门，马樊不肯驰。下车步踟蹰，仰折枯杨枝。顾闻丘林中，噭噭有悲啼。借问啼者出："何为乃如斯？""亲母舍我殁，后母憎孤儿。饥寒无衣食，举动鞭捶施。骨

消肌肉尽，体若枯树皮。藏我空室中，父还不能知。上冢察故处，存亡永别离。亲母何可见，泪下声正嘶。弃我于此间，穷厄岂有赀。"传告后代人，以此为明规。

诗末尾两句是诗人听了孤儿自诉后劝戒世人之语，是诗人的情感参与。诗人作为作品中的人物参与事件，一来增加了读者眼中事件的真实度，二来诗人容易就自身所参与的事件发表感想。但是在《驾出北郭门行》中，诗人的形象并不丰满，因为诗中并未提供诗人参与事件的必要性，诗人只是外在地参与了事件，诗人与事件的关系仍是游离的，其意味甚至不如上述第二类诗中群体形象中的自我。

怎样才能吟咏出真正具有艺术形象意义的诗人自我形象呢？王粲《七哀》其一的意味稍深厚一些，诗云：

西京乱无象，豺虎方遘患。复弃中国去，远身适荆蛮。亲戚对我悲，朋友相追攀。出门无所见，白骨蔽平原。路有饥妇人，抱子弃草间。顾闻号泣声，挥涕独不还。未知身死处，何能两相完。驱马弃之去，不忍听此言。南登霸陵岸，回首望长安。悟彼下泉人，喟然伤心肝。

诗中先概括描述"西京乱无象，豺虎方遘患"及自己的背井离乡，然后描绘出长安乱离中的一个特写镜头："饥妇弃子"。诗人并不是这件惨事的直接承受者，而是目睹者，诗人最后也只是"驱马弃之去"而已。但诗人把这幅惨景与自己的背离家乡、告别亲人联系起来，因此，饥妇弃子的事件对王粲的意味就大大强烈于后母虐子对阮瑀的意味。尽管如此，与《驾出北郭门行》一样，诗人与诗中典型事件的关系仍是游离的，这表明诗人还囿于吟咏他人的成规，虽然保持了乐府民歌叙事时的具体生动、富有情节性，可是仅仅显示出这是自我的耳闻目睹，而不是发生在自我身上的事。

上述三类文人乐府诗，在重于叙事的基础上，或加强个体的情感抒发，或叙写包容有诗人自身的群体人物之事，或强调诗人的自我参与，都透露出一个强烈的愿望：诗人要真正参与诗中所叙的事件，诗人要塑造自身的形象。五言诗出现了蔡文姬《悲愤诗》那样的长篇叙事作品，诗人叙述自身不幸的遭遇，展现了东汉末年广阔的社会面貌，乐府诗为什么不能出现以诗人自我为主要艺术形象的叙事性作品呢？问题是，并不是每一个诗人都具有蔡文姬那样曲折丰富、惊心动魄的经历，因此，带有虚构性的吟咏他人之事的乐府民歌作法应该给乐府诗的叙事带来极大的便利，可叙述出来的又是他人之事而非诗人自身的，怎么办呢？整个问题就在于：怎样改进在传统是吟咏他人之事的乐府诗里表现自我的方式，怎样叙写出带有强烈自我意识的自我之事、刻画自我形象，而同时又具有虚构性的他人之事的全部丰富曲折。曹植在这方面作出了巨大的贡献，他在乐府诗中创造出一种似我非我、非我似我的新型诗歌艺术形象，由此其叙事方式也有了很大的改进，这就是我们以下要论述的建安诗人对乐府民歌进行改制的第四方面的事。

汉乐府与诗不同之处往往在叙事，建安诗人并不甘心自己的乐府诗创作只是叙述古事、吟咏他人，这样就势不可免地展开了他们对乐府民歌的改制，其中，曹植的贡献最大，尤其体现在《文选》所录的《名都》、《美女》、《白马》三篇上，他在乐府诗中创造出一种似我非我、非我似我的新型诗歌艺术形象，在传统是吟咏他人之事的乐府诗里表现自我，叙写出带有强烈自我意识的自我之事，同时又具有虚构性的他人之事的全部丰富曲折。

我们先来看《白马篇》：

> 白马饰金羁，连翩西北驰。借问谁家子，幽并游侠儿。少小去乡邑，扬声沙漠垂。宿昔秉良弓，楛矢何参差。控弦破左的，右发摧月支。仰手接飞猱，俯身散马蹄。狡捷过猴猿，勇剽若豹螭。边城多警急，虏骑数迁移。羽檄从北来，厉马登高堤。长驱蹈匈奴，左顾凌鲜卑。弃身锋刃端，性命安可怀？父母且不顾，何言子与妻！名编壮士籍，不得中顾私，捐躯赴国难，视死忽如归。

郭茂倩《乐府诗集》称此篇："言人当立功立事，尽力为国，不可念私也。"确实，此诗的重点是写人，以人物自身的行为与思想来刻画人物形象，诗中写游侠儿的武艺高强是着力描摹他超人的射术，写游侠儿的尽力为国是着力描摹他赴敌边城的举动，最后进入游侠儿精神境界的刻画。与曹操《苦寒行》、王粲

《从军征》与《七哀》其三叙写群体人物的行为遭遇相比，此诗是对一个具体英雄的赞颂。与阮瑀《驾出北郭门行》、王粲《七哀》其一相比，此诗不重某一具体事件的情节，而是全面概括地显示人物的本领与行为；不是摹写某次某时某一特殊行动，而是重在刻画人物某一跨度较大阶段内的经常性的行为。这些说明，是个体人物形象的整体引起了诗人的注意，而不是个体人物形象的某一特殊行动引起了诗人的注意。这样，在叙事方法上也不同于乐府民歌传统的对个别事件的叙述。那么，这个人物与曹植有什么关系呢？从诗中称他为"幽并游侠儿"，且是征战匈奴来看，曹植当然不是此种出身与经历。可是，从三国时代对天下统一的要求，从曹植《杂诗》表述本人"甘心赴国忧"、"国仇亮不塞，甘心思丧元"，及《求自试表》称自己"昔从先武皇帝，南极赤岸，东临沧海，西望玉门，北出玄塞"的经历来看，这个游侠儿又分明是曹植的自我写照。朱乾《乐府正义》就说："此寓意于幽并游侠，实自况也。……篇中所云'捐躯赴难、视死如归'，亦子建素志，非泛述矣。"这可视作曹植在乐府诗中塑造自我形象的努力，是对乐府民歌吟咏他人的革新。

《名都篇》是曹植另一首乐府诗，诗的基本叙述结构层次与《白马篇》相仿。先以射兔打猎描摹"少年"武艺的高强，再以宴会表现"少年"的英雄豪气，最后写"光景不可攀"，而这样的打猎宴会却日复一日，显示了主人公壮志不伸的精神世界。假如打猎宴会只是某一次具体的事件，那就起不到展现主人公心情苦闷的作用，因为诗中主人公的苦闷正是由于经常性的打猎宴会，而时光就这样流淌过去而引起的。这首诗显然也是以人物为中心的，吴淇《六朝选诗定论》说：

> 凡人作名都诗，必搜求名都一切物事，杂错以炫博。而子建只单单推出一少年作个标子，以例其余。……于名都中，只出得一少年，于少年中只出得两件事：一曰驰骋，一曰饮宴，却说得中间一事不了又一事，一曰不了又一日，只是一片牢骚抑郁，藉以消遣岁月。如狮在笼中，一片雄心无有泄处，只是弄毬度日。其自效之意，可谓深切著明矣。

这个"少年"形象中也有曹植的身影。当年曹丕、曹植兄弟生活在邺都，周围又有一群文人学士，他们优游不迫，照曹丕《与吴质书》所说，"昔日游处，行则连舆，止则接席，何曾须臾相失。每至觞酌流行，丝竹并奏，酒酣耳热，仰而赋诗"。但他们也希望建功立业，曹植努力追求的就是"戮力上国，流惠下民，建永世之业，流金石之功"（《与杨德祖书》）。也有这种理想未能实现的苦闷，所以谢灵运才称曹植为"公子不及世事，但美遨游，然颇有忧生之嗟"（《拟魏太子邺中集诗序》）。我们再来看诗中的"少年"，他既有"一纵两禽连"、"仰手接飞鸢"的本领，又有"鸣俦啸匹侣"的豪气；他又为如此虚度时日而遗憾，故称"白日西南驰；光景不可攀"。清唐汝鄂评此诗说："子建自负其才，思树勋业，而为文帝所忌，抑郁不得伸，故感愤赋此。"这首诗也是曹植以乐府诗塑造自身形象的努力。

　　《美女篇》是曹植着力刻画人物形象的又一佳作，诗中的美女盛年不嫁，曹植也是正当盛年而不被曹丕、曹叡所用。刘履《选诗补注》解释此诗意旨说："子建志在辅君匡济，策功垂名，乃不克遂，虽授爵封，而其心犹为不仕，故托处女以寓怨慕之情焉。"美女的身世与曹植的经历当然有求夫媚不得与谋抱负不成的区别，可他们伤哀怨慕的精神实质是相通的，都是有才质之美、品德之贞而不得施展，但我们只能说美女形象中有曹植的自我形象，而不能说美女就是曹植。前人多指出，《美女篇》脱胎于《陌上桑》，但两者在叙述上有根本的不同。《陌上桑》对美女容貌的刻画主要是为太守的无礼行为作铺垫，着力于叙述某次一个太守妄图霸占罗敷女而遭到拒绝与嘲弄的故事。《美女篇》中美女盛年不嫁并不是哪一次的遭遇，而是贯穿于美女盛年这一时间阶段的总体遭遇；也就是说，《美女篇》中对美女行为身世的描述并不像《陌上桑》那样限于某一地某一时的某一次。

　　于是我们看到曹植在塑造人物形象上对乐府民歌的改制了。其一，叙事不重在精心设计与描述故事情节和细节，而重在概括地勾勒人物身世行为；不重在摹写某时某地某次某一特殊事件，而重在刻画人物一生或某个跨度较大的时间内的经常性的行为。这样，乐府民歌中的叙事成分依然存在，但那种客观展开的戏剧化情节悄然隐退，人物既是结构的主线，又是主旨的体现。当发生在诗中主人公身上的事件失去了特殊性与偶然性后,这些事件自然而然就具有了普遍意义,或者说这些事件离读者更近了;进而,诗中的主人公也将丧失其个别性,会有更多的读者感到发生在诗歌主人公身上的事也可能较多地发生在自己身上。其二,把自我与诗中主人公结合起来,使诗中主人公既是现实生活中独立的一员,又是诗人的自我写照。诗歌主人公具有双重身份,对诗人来说,他似己而非己,非己又似己,既是客体,同时又是主体。这样,一方面仍保持了乐府民歌吟咏他人的本色,另一方面,诗歌又具有强烈的诗人自我意味,深化了乐府诗的内涵。进一步讲,在乐府诗中创造出似己非己、非己似己的主人公,又使诗人摆脱了自我经历的局限,而尽可能地以自我体验为基础扩大叙写范围,使主人公的经历更曲折复杂,其内心世界更丰富动人。这也是另一方面的深化乐府诗的内涵,加强了乐府诗抒情的力度,拓展了乐府诗反映生活的深度和广度。曹植的乐府诗仍然保持了乐府民歌叙事与吟咏他人的传统,但传统的内涵已有了相当大的改变;他对乐府民歌的改制,达到了时代艺术的高峰。

二、六朝诗歌用典的历史逻辑
——兼论"诗言志"与集体无意识

用典,运用典故,亦称用事,凡诗歌中引用过去有关人、地、事、物之史实或语言文字,即称"用典"。如《短歌行》叙主人公之事,"周公吐哺,天下归心",以周公叙自我。较早体现出用典特征的诗作还有魏人杜挚诗《赠毌丘俭》:

骐骥马不试,婆娑槽枥间。壮士志未伸,坎轲多辛酸。伊挚(伊尹)为媵臣,吕望身操竿,夷吾(管仲)困商贩,宁戚对牛叹,食其(郦食其)处监门,淮阴(韩信)饥不餐,卖臣(朱卖臣)老负薪,妻畔呼不还,释之(张释之)宦十年,位不增故官。才非八子伦,而与齐其患。无知不在此,袁盎未有言。被此笃病久,荣卫动不安。闻有韩众药,信来给一丸。

诗称"才非八子伦,而与齐其患"者,诗人把自己与历史上

"八子"曾经"志未伸"者并列起来，如果壮志得伸，也会与"八子"一样发达而有所作为。

诗歌用典的作用，一般有以下四点：使立论有根据、委婉表意、减少语辞之繁累、充实内容并美化词句。今天我们是探讨六朝诗歌用典的历史逻辑，阐发其产生、发达的文章学背景，通过用典功用的分析，揭示用典在诗歌创作中的内在合理性。虽然诗歌创作很早就有用典，但社会上有意识地视用典为"诗之为技"（钟嵘《诗品序》），则在南北朝时期，其标志就是文论家们把诗歌用典作为论述对象，如《文心雕龙》、《诗品》等。

（一）用典本为"笔"的专利

中古时期"文笔"的区分，内涵之一或为诗赋与"公家之言"之分。范晔《狱中与诸甥侄书》所谓知己的撰作"但多公家之言，少于事外远致"，"事外远致"是私人化情趣性文字，为诗、赋之类的"文"；"公家之言"是实用性文字，为"笔"。《文章秘府论》西卷引隋人《文笔式》称"制作之道，唯笔与文"，"文"有诗、赋、铭、颂、箴、赞、吊、诔，"笔"有诏、策、移、檄、章、奏、书、启，所述"笔"者即政事性的"公家之言"。"笔"的撰作多要用典，刘勰早有指出：

> 昔文王繇《易》，剖判爻位。《既济》九三，远引高宗之伐；《明夷》六五，近书箕子之贞：斯略举人事，以征义者也。至若胤征羲和，陈《政典》之训；盘庚诰民，叙迟任之言：此全引成辞，以明理者也。（《文心雕龙·事类》）

所以刘勰得出的结论，称文章用典的"明理引乎成辞，征义举乎人事"是"圣贤之鸿谟，经籍之通矩"。

经典中的以古论证。生活中尤其在政治中用古语以论证本是一种规则，这在经典中多有记载，如《左传》多有引古语之处，如：

> 《军志》曰："允当则归。"（杜预注："军志，兵书。"）又曰："知难而退。"又曰："有德不可敌。"此三志者，晋之谓矣。（《僖公二十八年》）

汉韩安国所称"古之人君谋事必就祖，发政占古语，重作事也"

(《汉书·韩安国传》)。发布政令或施行政治措施，必定用古语预测吉凶。

再从实际应用来说，汉初朝廷"以经义断事"，清人赵翼有所论证，其称"汉初法制未备，每有大事，朝臣得援经义以折衷是非"，举例如"张汤为廷尉，每决大狱，欲傅古义，乃请博士弟子治《尚书》、《春秋》者，补廷尉史，亭疑奏谳"；又如"倪宽为廷尉掾，以古义决疑狱，奏辄报可"等，结论即"此皆无成例可援，而引经义以断事者也"(《廿二史劄记》)。"以经义断事"与先秦《孟子》、《荀子》的著述引诗一脉相承；汉代也多著述引诗，如《韩诗外传》：

> 故人之命在天，国之命在礼。君人者降礼尊贤而王，重法爱民而霸，好利多诈而危，权谋倾覆而亡。《诗》曰："人而无礼，胡不遄死！"

《春秋繁露·尧舜不擅移汤武不专杀》：

> 且天之生民，非为王也；而天立王以为民也。故其德足以安乐民者，天予之，其恶足以贼害民者，天夺之。《诗》云："殷士肤敏，裸将于京，侯服于周，天命靡常。"言天之无常予，无常夺也。

而当有"成例可援"，即赵翼所称"后世有一事即有一例"，朝廷就要以典故、以前例定事、定礼，以旧制、旧例衡量当前的行事。所谓引经据典，《后汉书·荀爽传》载，荀爽"为硕儒"，对社会某些做法，荀爽"皆引据大义，正之经典，虽不悉变，亦颇有改"。《后汉书》载："龚遂字巨卿，拜尚书郎，性敏达，弥纶旧章，深识典故。每入奏事，朝廷所问，应对甚捷。桓帝嘉其才，台阁有疑事，百僚议不决，遂常拟古典，引故事，处当平决，口笔俱著。"

《论衡·别通》所谓"萧何入秦，收拾文书，汉所以能制九州者，文书之力也"，此即所谓"以文书御天下"。所谓"政事"多体现在"文书"之类的"笔"上。"笔"的特征之一是用典，即"成例可援"。《汉书·儒林传》载，公孙弘上书，称如何把"笔"类文字写得"尔雅，训辞深厚"，就是要重视文学掌故的作用。武帝从公孙弘请，命郡守与诸王相选学行并佳之士，赴太常学习，一年后经考核，通一艺以上者，补文学掌故缺。文学掌故得补郡国属吏之缺。掌故即旧制、旧例，懂得了掌故，处理政事有了依据，如《后汉书·左雄传》载：汉帝欲封乳母宋娥为山阳君，邑五千户，左雄就以没有先例而阻止，所谓"尚书故事，无乳母爵邑之制"。而作为处理政事的"笔"，其中多有典故是肯定的。就历代"笔"体文字看，如刘琨等《劝进表》、袁豹《为宋公檄蜀文》，在用典时，还提出"前事之不忘，后代之元龟也"，提出"此皆益土前事，当今元龟也"。刘勰《文心雕龙》的文体论多有"笔"体文字运用典故的叙说，如《檄移》篇称檄文的"标蓍龟于前验，悬鞶鉴于已然"，《奏启》篇称奏文的"酌古御今"，《议对》篇称晁错的"对"的验古明今，等等。公文撰作的用典习以为常。

钟嵘《诗品序》谈到诗歌的用典时说：

> 夫属词比事，乃为通谈，若乃经国文符，应资博古；撰德驳奏，宜穷往烈。至乎吟咏情性，亦何贵于用事？

他是从反对诗歌用典来谈的，此中告诉我们这样的信息："笔"的用典理所当然，"诗"的用典是受其影响，但没有必要。诗歌的用典，在"笔"之大家身上体现得最为显著。《诗品》载，任昉以"笔"著称，世称"沈诗任笔"，晚年对诗歌"爱好既笃"，但作诗"既博物，动辄用事"。

（二）诗歌用典的逻辑与文学史进程

诗歌用典的逻辑起点可从更大范围来思考。

其一，中华大地历史悠久，古往今来延续着讲史的传统，《逸周书·史记》载左史戎夫为周穆王讲史的例子。正面来讲，儒家特别讲究"法古"、"法先王"。《墨子·非命上》：

> 何谓三表？子墨子言曰：有本之者，有原之者，有用之者。于何本之？上本之古者圣王之事。于何原之？下原察百姓耳目之实。于何用之？废（发）以为刑政，观其中国家百姓人民之利。此所谓言有三表也。

所谓"本之"，主要是根据前人所谓"古者圣王"的政治经验，其依据是求之于古代的典籍。而反面来讲，夏桀商纣也成为世人鉴戒的对象，所谓"殷鉴不远，在夏后之世"。当诗强调"上以风化下，下以风刺上，主文而谲谏"训诫时，运用典故应该是自然而然的，过去的事是有确切意味的，述古最能体现训诫。如《文选》所录韦孟《讽谏诗》，前半部分就是述祖宗的讽谏经历，虽然这不是典型的用典，但可见诗歌以述古而训诫的用心。而且，对古代的人、事、物等，成为一种兴趣、一种爱好，如《梁书·处士·何点传》载，梁武帝践阼后与老朋友何点说："昔因多暇，得访逸轨，坐修竹，临清池，忘今语古，何其乐也。"诗歌的怡情同样需要"忘今语古"。

其二，"善士"之"尚友"传统。诗歌的用典，即把主人公与古人的"比事"并列，这本是古代素有的"尚友"传统，《孟子·万章下》：

> 孟子谓万章曰："一乡之善士斯友一乡之善士，一国之善士斯友一国之善士，天下之善士斯友天下之善士。以友天下之善士为未足，又尚论古之人。颂其诗，读其书，不知其人，可乎？是以论其世也，是尚友也。"

所谓"尚友"，就是要与古人并列在一起。

其三，诗歌由民间而文士的进程，使诗歌中显示知识成为必然。南北朝时盛行掌故知识的比胜，如梁武帝每招集文士策经史事并加其赏赉，梁武帝还每每与文士比试掌故知识。《梁书·沈约传》载：

> （沈）约尝侍宴，值豫州献栗，径寸半，帝奇之，问曰："栗事多少？"与约各疏所忆，少帝三事。出谓人曰："此公护前，不让即羞死。"

如《南史·孔休源传》在梁时孔休源的任用，"武帝尝问吏部尚书徐勉求一有学艺解朝仪者，为尚书仪曹郎，勉曰：'孔休源识见清通，详练故事，自晋、宋起居注，诵略上口。'武帝亦素闻之，即日除兼尚书仪曹郎。时多所改作，每逮访前事，休源即以所诵记随机断决，曾无疑滞。吏部郎任昉常谓之为'孔独诵'。"掌故知识储备的炫才式比拼，自然助长了文学创作中的用典之风，二者相辅相成。当钟嵘《诗品序》说"词既失高，则宜加事义。虽谢天才，且表学问，亦一理乎"，虽是反面而言，但也实事求是。

进而,诗歌用典又在"多用新事"上比胜。如《梁书·王僧孺传》载王僧孺"好坟籍,聚书至万余卷","少笃志精力,于书无所不睹。其文丽逸,多用新事,人所未见者,世重其富"。《陈书·姚察传》载姚察"唯以书记为乐,于坟籍无所不睹。每有制述,多用新奇,人所未见,咸重富博"。钟嵘《诗品序》也说"竞须新事"为"尔来作者,浸以成俗"。南朝文学创作的风气是所谓追求"新变",用典已是一种创新,而"竞须新事"、"多用新事"更是创新中的创新,为人注重。

由上述三者可知,当"属辞比事,乃为通谈"作为文章撰作的程序,那么在排比事例,把古代的事、人二者也列入自己的叙写之中,自然是合乎情理的,也显示出文人作品的本色。《文心雕龙·事类》讲诗赋等文体的用典历程:

> 屈宋属篇,号依诗人,虽引古事,而莫取旧辞。唯贾谊《鵩赋》,始用《鹖冠》之说,相如《上林》,撮引李斯之书,此万分之一会也。及扬雄《百官箴》,颇酌于《诗》《书》;刘歆《遂初赋》,历叙于纪传,渐渐综采矣。至于崔班张蔡,遂捃摭经史,华实布濩,因书立功,皆后人之范式也。

《南齐书·文学传论》论文学之"三体"其二:

> 次则缉事比类,非对不发,博物可嘉,职成拘制。或全借古语,用申今情,崎岖牵引,直为偶说。唯睹事例,顿失清采。此则傅咸五经,应璩指事,虽不全似,可以类从。

用典有所谓"语典"、"事典",所谓"君子以多识前言往行"。

"语典",魏时以曹操《短歌行》"青青子衿,悠悠我心"以及"呦呦鹿鸣,食野之苹,我有嘉宾,鼓瑟吹笙"为著,用《诗经》成句。傅咸有《孝经诗》、《毛诗诗》、《周易诗》、《周官诗》,即是"全借古语"。应璩《百一诗》,钟嵘《诗品》亦称其"善为古语",即多用语典,此以李善注看其诗中词语。"下流",《论语》曰:"是以君子恶居下流。""慎厥初",《尚书》仲虺曰:"慎厥终,惟其始。""名高",《韩子》曰:"说之以名高。"《史记》曰:"灌夫亦得窦婴,通列侯宗室,为名高。"

"侵诬"，《三略》曰："侵诬下民。""隳官"，《高唐赋》曰："长吏隳官，贤士失志。""田家"，《汉书》杨恽书曰："田家作苦。""酡醴焚枯鱼"，蔡邕《与袁公书》曰："酡麦醴，燔干鱼，欣然乐在其中矣。""仁智居"，《论语》曰："智者乐水，仁者乐山。""筐篋无尺书"，《新序》孙叔敖曰："府库之藏金玉，筐箧之汇简书。""避席"，《孝经》曰："曾子避席。""贱子"，《汉书》曰："王邑请召宾，邑称贱子。"

　　事典重于语典，这是因为事本来就重于言。《尚书·舜典》"询事考言"，即用"所行之事"来验证当初所立"言"的约定实现了没有，用事做得怎么样来验证"言"是否算数。言之所以为信者，以"事"为准，故魏徵所说"炀帝恃其俊才，骄矜自用，故口诵尧、舜之言而身为桀、纣之行，曾不自知，以至覆亡也"（《资治通鉴》），就是明显一例。

　　诗歌的写景、叙事、说理抒情都可以用典。

　　其一，写景的用典。《文选》颜延年《车驾幸京口侍游蒜山作》："元天高北列，日观临东溟。入河起阳峡，践华因削成"，李善注："庄子曰：阕弈之隶，与殷翼之孙，遏氏之子三士，相与谋致人于造物，共之元天之上。元天者，其高四见列星。司马彪曰：元天，山名也。《汉书》仪曰：泰山东南日观者。鸡一鸣时，见日始欲出，长三丈。所言日观者，望见长安，其高如视浮云。""《过秦论》曰：践华为城。《山海经》曰：泰华之山，削成四方。"这里景物的用典，让人沉浸在历史文化之中，壮大了普通自然景物之"游"的魅力。江淹《从冠军建平王登庐山香炉峰》"此山具鸾鹤，往来尽仙灵"，用典增添了登山的神奇。

　　其二，抒情说理的用典，如《文选》谢混《游西池》"无为牵所思，南荣诫其多"，李善注："《庄子》：庚桑楚谓南荣趎曰：全汝形，抱汝生，无使汝思虑营营。"运用"南荣诫其多"的历史故事，叙说"无为牵所思"的理，说理成为意象。此类用典多在下判断之处，颇有著述引诗之气，如《文选》谢灵运《富春渚》"怀抱既昭旷"，李善注："《庄子》苑风谓谆芒曰：原闻神人。谆芒曰：上神乘光，与形灭亡，此谓昭旷。""昭旷"有如此魅力，当然"外物徒龙蠖"了。

其三，叙事的用典。如《文选》颜延年《车驾幸京口三月三日侍游曲阿后湖作》叙他人之事，其"虞风载帝狩，夏谚颂王游"，李善注："《尚书·虞书》曰：岁二月，东巡狩。《孟子》夏谚曰：吾王不游，吾何以休。"以"虞风"、"夏谚"证明元嘉之治下的出游。其"江南进荆艳，河激献赵讴"，李善注："《吴都赋》曰：荆艳楚舞。《列女传》曰：赵津女娟者，赵河津吏之女也。初，简子南击楚，将渡河，用楫者少一人。娟攘袂操楫而请，简子笞之，遂与渡。中流，为简子发河激之歌。"今人进舞献歌之事被"江南进荆艳，河激献赵讴"替代了，于是，进舞献歌不仅仅只是其本身，而且还有进谏等意味。

（三）用典与新型诗歌意象

咏史诗所咏的历史人物在诗中是具有独立地位的，历史人物即为主人公。典故则不然，《文心雕龙·事类》称用典为"据事以类义，援古以证今"，即以历史事件表达类似的现今事件，以历史人物证明当今人物，其主要目的是观照现实，因此，历史事迹与历史人物在诗歌中是没有独立意味的，要紧的是替代与证明。但用典与咏史的共同点，即在诗歌中注入历史意象。古代文人诗歌自《古诗十九首》起的传统，就是追求直抒胸臆的自我叙说与评价，谢榛称《古诗十九首》"平平道出，且无用工字面，若秀才对朋友说家常话，略不作意"，此即所谓直抒胸怀。钟嵘《诗品序》云：

> 至乎吟咏情性，亦何贵于用事？"思君如流水"，既是即目。"高台多悲风"，亦惟所见。"清晨登陇首"，羌无故实。"明月照积雪"，讵出经史。观古今胜语，多非补假，皆由直寻。

他是站在反对用典的立场上讲，这也就是《古诗十九首》以来的诗歌传统。即便是运用比兴，也只是以他人之事吟咏自我，对他人之事也是直抒其怀。如曹植《美女篇》，刘履《选诗补注》解释说："子建志在辅君匡济，策功垂名，乃不克遂，虽授爵封，而其心犹为不仕，故托处女以寓怨慕之情焉。"

而典故的运用，就是在用历史意象进行叙说与评价。当我们用意象来阐述诗歌的表现力时,也就是说,用典使诗人创造出新型的意象——历史意象,把本来是直接抒发、叙说的感情、思想、理论转化为意象来叙说与评价。相对于原有的自然物象、社会物象、理论物象而言,新型的意象——历史意象的第一个特点,即对诗歌的抒情来说,增强了叙事意味。历史意象本身起码具有两重意味,一是现实,二是所追溯的历史;而后者往往是"事",如诗歌的景物,由于用典而被赋予历史文化事件内涵;诗歌的说理抒情,由于用典而被赋予曾经发生的历史事件场景等;新型历史意象具有的故事化情节,必定为诗歌创设新的语境与戏剧化的情境。而故事性、戏剧性本来与诗人的"诗言志"、"诗缘情"多是不搭界的,但因为运用了典故,二者紧密联系在一起,使"诗言志"、"诗缘情"传统下的诗歌内部有了故事性甚或戏剧性。历史意象的第二个特点,即把现实事件、人物与历史相并列起来,扩大了诗歌的抒情张力,庾信诗歌的用典最能说明这一点,以下述之。

(四)庾信用典的抒情张力

六朝用典,庾信为最,陈祚明《采菽堂古诗选》称"使事则古今奔赴",陈沆《诗比兴笺》称其"湘累之吟,包胥之哭,钟仪'土风',文姬'悲愤',苍然万感,并入孤衷",盛赞庾信诗歌的用典。庾信《拟咏怀》二十七首的用典最能显现出新型意象的抒情张力。

其一,庾信诗歌通过用典,有意混淆古今时间界限,把诗歌抒情主人公的"我"与诸历史人物并列起来,以扩大现实生活中的"我"的表现领域。诗人自我与具有特定意味的历史人物共同组成某种意蕴,抒情主人公的个体跳出自我小圈子的局限,个体有形无形地带有一种历史感,个体不仅具有个体本该具有的意识,而且成为历史长河中的一员,个体的情感也扩大而成为历史的情感。如其二十六:

　　　　萧条亭障远,凄惨风尘多。关门临白狄,城影入黄河。
　　　　秋风苏武别。寒水送荆轲。谁言气盖世,晨起帐中歌。
前四句描摹北地之景,是写现实的抒情主人公羁留北方的处境。

接着写李陵滞留不得南归,写众人送荆轲赴秦国,写项羽被围垓下的帐中长歌,这几件事本不与抒情主人公处在同一时间段,正因为都是出于绝境的悲,他们与抒情主人公贯联在一起。于是,读者在体味抒情主人公的悲的同时,也体味着李陵、荆轲、项羽的悲;于是,本不属于庾信个人事迹所产生的情感也归结到抒情主人公身上,这当然扩展了抒情主人公悲痛的内涵,其形象也就具有更深切的感染力。

如此以前人的事迹来阐述自己的经历,以前人的事迹替代自己来表达情感,抒情主人公的经历情感与历史人物的经历情感在诗中反复交相出现。如其四:

楚材称晋用,秦臣即赵冠。离宫延子产,羁旅接陈完。寓卫非所寓,安齐独未安。雪泣悲去鲁,凄然忆相韩。唯彼穷途恸,知余行路难。

抒情主人公怎样到了敌国任职而思念故国的经历情感,是以历史人物历史事件表现出来的。但庾信诗歌用典的意味还不仅仅在于替代,诗人把自己与具有相似经历的历史人物、历史事件并列在一起反复吟咏,诗人让流落异域的悲痛与汗颜任职的无奈一次又一次地激荡读者的心灵,让它一次又一次地重重叠叠地堆积在读者心头,深入并加强了抒情的力度。

其二,庾信诗歌通过用典,把个人遭遇与历史大事件结合起来,有意混淆具体发生在个体身上的事与广大人们所经历的事件之间的界限,个体不再只是个体,而成为整个集体中的一员。如《拟咏怀》其十三:

横流遘屯慝,上墋结重氛。哭市闻妖兽,颓山起怪云。绿林多散卒,清波有败军。智士今安用,忠臣且未闻。惜无万金产,东求沧海君。

前四句写大祸临头的气氛,"绿林"二句,以人物活动为中心的社会大背景的重笔叙写,典故的运用确定了抒情主人公是身处这样一个宏大的环境中活动的,确定了抒情主人公是如此集体活动的一员。"惜无"二句用典,写自己的有心无力,具体叙说自己是集体活动中的一员,社会大背景有了人物参与的具体感。典故的运用使诗歌体现出集体的经历就是抒情主人公的经历,集体的情感就是抒情主人公的情感。又如其十一：

    摇落秋为气，凄凉多怨情。啼枯湘水竹，哭坏杞梁城。天亡遭愤战，日蹙值愁兵。直虹朝映垒，长星夜落营。楚歌饶恨曲，南风多死声。眼前一杯酒，谁论身后名。

前十句叙写梁朝覆亡的悲剧，以舜之二妃啼枯湘水竹、杞梁之妻哭坏高城墙以及历史上各种战争的残酷为典，述说发生在梁朝故国人民身上的苦难；而"眼前"二句，则说这苦难也是直接发生在抒情主人公身上的。那么，整首诗的抒情主人公，已经分不清何为人民、何为自我，二者已经融为一体。

如此通过用典，诗人力图表明，这个抒情主人公不仅仅是诗人自身，而且是作为集体的一员，超越自身并代表众多历史人物抒情的。读者也就不仅仅被诗人的个人经历、情感所打动，而且还被整个集体以及众多历史人物的经历、情感所打动。于是，抒情主人公的情感领域此时此刻有着极大的扩展，不仅仅具有作者自身经历所引发的情感，而且还具有整个集体以及经历过其他各种各样事件的历史人物的情感，于是抒情主人公的情感具有更大的普遍性。当诗中直接抒情时，这是作为现实的人——庾信，从当前羁留敌国的处境出发去思考问题的；当诗中诗歌用典时，这是把抒情主人公与古代事件、古代人物并列起来，显示出庾信是从善于思考与回顾的诗人身心出发，用历史与社会来理解当前发生在自己身上的一切。因此，诗歌的抒情主人公不仅仅是诗人自己，而且还代表着更广泛的人群在发言。于是，读者不仅仅被诗人个人的情感所打动，还被历史上众多人物的经历情感所打动。

（五）用典与诗歌的文体特征

个人是作为集体中的一员来抒情的，这正是《毛诗序》所推崇的《诗经》作品的文体特征，即所谓"以一国之事，系一人之本，谓之《风》；言天下之事，形四方之风，谓之《雅》"。孔颖达《正义》曰：

    一国之政事善恶，皆系属于一人之本意，如此而作诗者，谓之《风》。言道天下之政事，发见四方之风俗，如是而作诗者,谓之《雅》。言《风》、《雅》之别,其大意如此也。"一人"者,作诗之人。其作诗者,道己一人之心耳。要所言一人,心乃是一国之心。诗人览一国之意,以为己心,故一国之事系此一人,使言之也。但所言者,直是诸侯之政行,风化于一国,故谓之《风》,以其狭故也。言天下之事,亦谓一人言之。诗人总天下之心,四方风俗,以为己意,而咏歌王政,故作诗道说天下之事,发见四方之风。所言者,乃是天子之政,施齐正于天下,故谓之《雅》,以其广故也。《风》之与《雅》,各是一人所为,《风》言一国之事,系一人,《雅》亦天下之事,系一人。《雅》言天下之事,谓一人言天下之事。《风》亦一人言一国之事。序者逆顺立文,互言之耳。故《志》张逸问:"尝闻一人作诗,何谓?"答曰:"作诗者,一人而已。其取义者,一国之事。《变雅》则讥王政得失,闵风俗之衰,所忧者广,发于一人之本身。"如此,言《风》、《雅》之作,皆是一人之言耳。一人美,则一国皆美之;一人刺,则天下皆刺之。《谷风》、《黄鸟》,妻怨其夫,未必一国之妻皆怨夫耳。《北门》、《北山》,下怨其上,未必一朝之臣皆怨上也。但举其夫妇离绝,则知风俗败矣;言己独劳从事,则知政教偏矣,莫不取众之意以为己辞。一人言之,一国皆悦。

虽然说诗人所抒发的,是个人之独特,所谓"妻怨其夫,未必一国之妻皆怨夫耳"、"下怨其上,未必一朝之臣皆怨上也",但所谓"一人"者,诗人;"言一国之事"、"言天下之事"者,诗歌主人公。那么,具体作品中的抒情主人公"我",具有双重身份,既是作为诗人在抒发内心情感,又是社会某个集体在抒发内心情感。

个体代表社会某个集体抒发的内心情感,就是所谓的集体无意识,一种代代相传的无数同类经验在某一种族全体成员心理上的沉淀物,它深深烙印在大脑中,深入潜意识;这也是指个体成员对集体的认同态度,是与归属感和认同感相联系的,是长期潜移默化的结果,往往表现为自然而然的遵从和无条件的接受。而诗歌运用典故,为个体代表社会某个集体抒发内心情感提供了文体的依据与实践的机会，并用艺术形式的方式固定下来，让诗歌主人公与历史人物及历史事件一起活动，与集体人物一起活动，用典使这种集体无意识成为一种集体意识的自觉表达，诗歌的表现力将有着极大的增加。而对于诗人个体来说，用典过程也使得集体记忆在自己脑海中被唤醒、激活，使诗人在创作的亢奋之中，感觉着自己不仅是为自我抒情，而且是为着集体甚或人类在抒情并呐喊！对于读者来说，他不仅感受着诗人个体的欢乐或痛苦，还感受着集体甚或人类的欢乐或痛苦。于是，通过典故的运用，诗人营造出一个历史与现实同存共生的氛围，创作出一个具有着双重身份的抒情主人公，他既是诗人自我，又是与历史人物并列的、集体群众中的一员。这就是用典的魅力。

六朝诗歌的用典有着最高崇尚，此即《颜氏家训·文章》所载，邢子才常曰："沈侯文章，用事不使人觉，若胸臆语也。"用典也有诸种缺陷，如钟嵘《诗品序》所说"句无虚语，语无虚字，拘挛补衲，蠹文已甚"之类，用典也有自己的规则，如怎样避免对历史的引用有误等。本文只对六朝诗歌用典的历史逻辑作出阐述，其他容后叙。

三、对今天我们写诗词表现自我的一点看法

一是突出"诗缘情"，一定是写自己最感动的事，争取写出来更感动读者。

二是要突出事，比如我们看到一个人非常悲痛地在哭，我们首先想要知道：发生了什么事？诗也一样，能不能感人，就在于这件事是否感人。因此要把"事"写出来，进而把发生了"事"的"人"写出来。

三是"事"很大、很多，或很概括，或很简练，诗中的事要求的是具体、形象、细节。如杜甫《闻官军收河南河北》：

剑外忽传收蓟北，初闻涕泪满衣裳。
却看妻子愁何在，漫卷诗书喜欲狂。
白日放歌须纵酒，青春作伴好还乡。
即从巴峡穿巫峡，便下襄阳向洛阳。

大事只"收蓟北"寥寥三字,其他都是写自己的事,写自己因国家大事"收蓟北"而发生与将要发生的事;其事或大或小或细节,因真实而感人。

第四,诗的叙事是比较难的,实在做不到的话,就可以先试着先用散文叙事,再用"诗"来吟咏,古人也是这样做的。如陶渊明《桃花源记》,就是先是记,后是诗;王勃《滕王阁序及诗》以序记事,以诗抒情。读者是非常喜欢读到事的,也是非常喜欢读到细节的。

现今是一个以读者为中心的时代,而不是以诗人为中心的时代,因此,我们的诗一定是以读者为中心的,为读者所用,为读者的体验所用;诗人更多地应该把自己的诗当作为读者创造一个非凡的、极致的体验之物。

种子推翻泥土，溪流洗亮星辰
——网络诗词平议

吉林大学文学院　马大勇

今天要讲的"网络诗词专题"，是我近年来所做的20世纪诗词研究的一个部分。在2006年到2007年间，我提出过一个概念——"20世纪诗词史研究"。网络诗词这样一个专题对我的20世纪诗词研究而言，相当于提前介入。因为在时间上，我还没有系统地做到21世纪、做到网络时代。四年前，《文艺争鸣》主编张未民老师在提出"新世纪文学"概念的背景下，建议我做新世纪以来的旧体诗词创作研究。这样我就接受了"命题作文"，提前介入了网络诗词。

我花了几个月时间阅读了相关网络作品后，在2011年下半年写成了一篇相当长的文章——《种子推翻泥土，溪流洗亮星辰》，初稿30000多字。修订后发表在《文学评论》2013年第4期，又收入我的《二十世纪诗词史论》。

在这个专题完成后，2012年在合肥召开的清代文学会议上，我和清代词学专家孙克强教授长谈。他听说我在做网络诗词专题，就向我约稿，做一本网络诗词选。于是就有了《网络诗词三十家》，入选作品1200首左右，除作品外，我在每一首或一组诗词后都有点评，由南开大学出版社于2014年出版。

让我们从当代诗词写作的基本状况说起。当代诗词写作，哪怕是到了21世纪，也有繁荣和衰败两种极端对立的说法。以中华诗词学会为代表的诗词写作界对当代诗词写作的判断是相当乐观的。几任负责人都说过，现在写旧体诗词的人的数量已经远远超过新诗人，每年产生的作品的数量也远远超过新诗，呈现相当繁荣的局面。但是对于大众来说，旧体诗词写作似乎没有那么乐观。在很多人印象中，旧体诗词创作界是黄茅白苇、一片荒芜。

特别是近几年出现的某些事件更佐证了这一点。在这样的背景下，我们尤其有必要关注网络诗词的概念。

首先要从学理上做一番简单的阐明：什么是"网络诗词"？对于网络诗词的概念本身及其在当代诗坛的分量乃至在文学史上的可能的位置，已经有一些学者表达了自己的看法。首都师范大学檀作文说过，网络诗词的内涵"不仅仅局限于网络"，网络只是一种传播介质，他想要用"网络诗词"这个概念将新一代的年轻诗人与依赖《中华诗词》等传统官方媒体成名的中老年诗人群区别开来。这就包含了一个价值判断。网络诗词界的主将之一嘘堂（段晓松）曾经提出"当代诗词在网络"，从价值上进一步确认了网络诗词的地位。另外一位在网络诗词界比较活跃的诗人伯昏子（眭谦）在一篇论文中提出"现代文言诗"在表现方式、审美价值、思想价值层面的三个"现代性"，我认为这种阐释也是指向网络诗词创作的。这些都说明在当代网络诗词理论归结的层面上，已经开始有很多人意识到，并且试图对网络诗词的价值作出界定。

我认为，"网络诗词"概念主要应有以下几个指向：

（1）时间规定性，为21世纪文学开启新门。网络的普及开始于2000年左右，这和21世纪的文学大门几乎是同时敞开的。我们作出的第一个判断是：网络诗词为21世纪文学开启新门，成为新的文学创作景观。当然这个判断还需要后面的论证。

（2）传媒的低制约度，为自由表达与共鸣提供可能，与纸质媒体、审稿制度划开界限。我们在网上发表作品和看法的门槛是很低的，甚至一度被认为是零门槛。当然现在也有一定的制约度了，可能被禁言、删帖。但相对而言，自由、平等的目标在网络平台上还是比较容易实现的。这种传播媒介的低制约度，为自由表达和共鸣提供了可能；这就与纸质媒体及其背后附着的审稿制度划开了一个相当明显的界限。所有的纸质媒体，只要是公开出版物，就一定要经历审稿程序，这样自由表达就可能成为问题，而这些问题在网络上基本不存在。

（3）创作主体的延展面大幅拓宽，诗词写作不再是老干部、学院派的专利。所谓创作主体延展面的拓宽，是指网络诗人的构成（社会身份、社会面貌）非常复杂。在我编选的《网络诗词三十家》中，当然还是出身学院、具有高等教育背景的诗人居多；其中也有一些社会身份相当"奇怪"的诗人。比如网上很有影响的诗人碰壁斋主（卢青山），1968年出生，湖南人，十七八岁时做过几年乡村教师；后来因为待遇很差，维生不易，转行到水泵厂做工人；后来又失业，现在应该在广东一带漂泊打工。但是他的诗词作品非常了不起，非常大气。刚才我们讲到的嘘堂，尽管在佛学界有高等教育背景，曾经加入过佛学院，但是他出家只有十年时间，二十九岁还俗，现在从事传播业。还有一位诗人莫大，在某个东南亚国家打工，完全处于社会底层。除了以上几位典型，非学院派的诗人还有一大批。像这样创作主体延展面的大幅拓宽，使诗词写作从网络时代开始就不再是老干部、学院派的专利，开始借由自由的传播媒介普及到社会的各个角落，让每一个有才华的作者脱颖而出，在网上赢得喝彩和尊重。

一、悲悯凝重的人文情怀

无论在文学史层面，还是在当代中国，"人文情怀"都绝不是一个新话题。既然不是新话题，为什么还要把它当成网络诗词的特点之一特意提出来呢？这要从我们面临的一个重要背景来看。在当代诗词写作界长期以来"老干体"横行、对人文价值极其漠视、肥皮厚肉之作遍地皆是的基本状况下，人文情怀已经成为非常稀缺的"微量元素"。在这种情形下，人文情怀闪现出来的每一点的光芒都值得珍惜和尊重。

所谓"老干体"，有很多有意思的说法。当代著名作家李国文先生讽刺过："除了五言为五个字，七言为七个字，没出数学错误以外，能如美国流行音乐RAP，能如顺口溜、莲花落、快板书、三句半，合辙押韵，八九不离十，可以会所而唱之，也就谢天谢地了。"这样的说法大概夸张了一点，但是"老干体"的真实情况也大体如此。比较典型的就是这一首流传于网上的"名作"，山东省作协副主席王兆山的《江城子·废墟下的自述》：

天灾难避死何诉，主席唤，总理呼。党疼国爱，声声入废墟。十三亿人共一哭，纵做鬼，也幸福。　　银鹰战车救雏犊，左军叔，右警姑。民族大爱，亲历死也足。只盼坟前有屏幕，看奥运，同欢呼。

这里有大量声律上的低级失误：平仄不分、四声不分、不合词谱，我们很容易看出来。但我们想说的不是它技术上的失误，而是在面对汶川地震这个我们至今仍记忆犹新的惨痛画面的时候，王兆山写出了因为"党疼国爱"，所以"纵做鬼，也幸福"。这首词挑战的不是文学底线，而是人伦底线，是人类基本的同情心和恻隐之心。

在这样的"老干体"映照下，网络诗词中悲悯凝重的人文情怀是如何表现的呢？我们随意找几首同时期的网络诗词作品。这一首是来自伯昏子的骚体诗《挽辞》（部分）：

邛崃高兮，横看岷山雪。锦城沼兮，远眺岷江月。……崇峻訇然开兮，溪谷顿竭。哀黎元之无辜兮，若蝼蚁而旋灭。际天葱茏，咸化蛇虺兮，噬人而饮血。六龙拟驰驾兮，奈何阻其列缺。天地雾兮，而独开人性之光。纵瑗磴荒墟之下兮，生命亦正翱翔。慈心虽有若微露者兮，聚则可使恣肆汪洋。十亿之人，荷戈披甲兮，同御国殇。……上所思兮，惟皎洁超拔之岷山雪。上所望兮，惟圆融朗照之岷江月。

诗的主题也是表达了在整个民族国家面对巨大灾难时，十亿人荷戈披甲、同御国殇的正能量的昂扬情绪。这一点和王先生是没有区别的。但在艺术水准上，二者确实有天壤云泥之别。同样写汶川地震，网上有"女长吉"之称的广东诗人添雪斋写过这样一首清浅动人的四言诗《童话及五一二的孩子》：

星星点灯，蝴蝶发芽。温柔白羽，温软光华。"天使姐姐，我要妈妈"。阳光初夏，怎又放假？没有痛楚，没有呵咤。"上帝爷爷，我要爸爸"。深黄淡紫，瑟瑟野花。斑斓大地，织锦云霞。"天堂好好，我要回家"。

像这样的四言诗，包括其他网络诗词佳作，给我们的第一印象是：的确和当代主流（指通过纸质媒体、官方审稿制度而客观形成的创作面貌）的诗词写作之间是有明显区别的。

当然，悲悯凝重的人文情怀，不仅仅表现在汶川地震这样具有巨大轰动性效应的事件上；实际上，中国发生的大大小小的事件，只要存在一定的传播效应、震动效应，都可以在网络诗词界引起其他层面所没有的、迅捷且轰动性的反响。在 2002 年大连"5·7"空难中，112 人不幸罹难，一位网络诗人胡僧（胡云飞）据此写出了他的成名作《一纸行》。在这首长诗中，胡僧写出了"生命不能承担之重"，给人非常大的震撼。2003 年的"李思怡事件"，同样在网络上形成了非常迅捷的震动性反应。当时嘘堂、添雪斋等名家都执笔对"李思怡事件"作出自己的记录和评价，一时间形成网络上的"李思怡现象"。根据我的观察，"李思怡事件"在当代文学的其他领域还没有形成类似的现象。

简单交代一下"李思怡事件"。2003 年，成都市，一个单身母亲带着三岁的小女孩李思怡生活。母亲因为吸毒被警察局带走，强制戒毒。母亲哀求警察放过自己，因为三岁的小女儿在家里无人照料。警察不同意，但承诺打电话到社区请人来照料。大概十几天后，小女孩的遗体才被发现，并且已经开始腐烂。"李思怡事件"在网络上包括在海外媒体都引发巨大轰动。有人发出过这样一种声音："没有人幸免于罪，我们都是李思怡的地狱。"这是一个令当代中国人共同感到耻辱的事件。在关于这个事件的网络诗词杰作中，胡僧的作品《挽歌为李思怡作》最为震撼人心：

> 黑漆门开兮大光明，白米饭兮玉米羹，阿妈在门兮神气清。黑漆门阖兮三岁之眼睛。黑漆门开兮大光明，红苹果兮黄橘橙，有人初见兮阿爸是名。黑漆门阖兮三岁之眼睛。黑漆门开兮大光明，豆奶甘兮雪糕冰，小哥哥兮欢唱声。黑漆门阖兮三岁之眼睛。黑漆门开兮大光明，糖七彩兮饼千层，邻居往来兮喜相迎。黑漆门阖兮三岁之眼睛。黑漆门开兮大光明，果冻杯兮可乐瓶，警察叔叔兮笑盈盈。黑漆门阖兮三岁之眼睛。三岁之眼兮长闭，三岁之哭兮渐逝。三岁之血兮枯萎，三岁之女兮见弃。铁屋兮如铸，漆门兮盘固。坚墙兮不语，时钟兮漫步。绒熊生尘兮寒月在户。

这首骚体诗的前五节运用了排比、复沓的传统手法。每节的第一句都是"黑漆门开兮大光明";第二句写的都是和李思怡被活活饿死这样一个令人惊悚的场面所对照的各种美食:"白米饭兮玉米羹"、"红苹果兮黄橘橙"、"豆奶甘兮雪糕冰"……每一口美味的食品都能够救回这条幼小的生命;第三句写爸爸、妈妈、邻居家的小哥哥等等,每个人都可以伸手挽救李思怡的生命,却没有人这样做;所以,每节的最后一句都是"黑漆门阖兮三岁之眼睛"——好像电影中的特写镜头一样,一双绝望的三岁的眼睛被关在黑漆门后面。其中最后"绒熊"这个意象的使用,是和目击现场的记者报道相一致的典故。报道中写道:李思怡的遗体被发现时,身边只有一只脏兮兮的绒熊,这是孩子生前最后的玩具。这首诗不应该只被看作网络诗词界的杰作。这首沉甸甸的、让人不能逼视的作品,放在三千年的诗歌史上都是有分量的,它代表了当代中国诗歌写作中最打动人的层面;同时,它可以被放在三千年的诗歌史上,与任何一位诗人的任何一首杰作来比较,称量出分量的高下。

在做《网络诗词三十家》时,我发现了一位直面现实、用锋利笔触记录当下事件的诗人沙子石子。如这首七言古诗《剖腹》:

七月宛宛来鸣禽,孰夺汝巢江之滨?欲哭欲哭惟喑喑。非瓦之坍墙之堙,父饫其腹亦饫心,父漉其血女之襟。豪商诟詈尤骄矜,洎天之晴夜之阴,若敢怨也报何深。缄之如素幕沉沉,江南温柔古犹今,路人之口江千浔,但敢侧目无呻吟,官家一笑囊其金。

(七月,沪上虹口区东长治路拆迁,杭姓居民剖腹自杀,新浪微博禁评。)

最后七字"官家一笑囊其金"的确是笔力千钧,我在后面加了这样的点评:"愤极非必怒目金刚也,此'一笑'岂不令人发上指冠?"当然,人文情怀不仅仅是和各种各样的事件联系在一起的,对当代社会各色人等的生活处境、生存景观,在网络诗词的角度下都有精彩的反映。

诗人天台有几首五言歌行的杰作,都是关注底层普通民众的生存状态的。有《地铁行》、《大城行》等等,其中最让我感动的还是《流民行》。所谓流民，在当代概念里一般称为农民工。这些所谓"城市流民"的农民工的生存状态，在天台笔下是这样呈现的：

> 故土三千里，迷天黄尘里。我本击壤人，一命竟如纸。一纸看灰白，不记断肠事。唯写一平安，寄家亦寄己。大地裂有声，折我九世耜。大地不养人，群鼠硕若兕。南北复西东，哀我几流徙。大城悬白日，人皆镬中蚁。有彼角昂昂，守穴黑目蚁。有我足踽踽，失路黄丝蚁。异味与异音，灼面多俯视。我来如盗娼，我来如仆婢。高榜五百条，不列稼穑技。唯有力可沽，庶能活妻子。倦无梦还家，裹骨一薄被。苍天开几缝，楼角风若矢。八面动弦歌，隐有警车驶。八面射珠光，躩如不敢止。通天路如麻，红灯烁不已。我影如透明，穿行大城市。

在悲悯凝重的人文情怀这样一个主题下面，我觉得有必要集中说到李子（网名李子梨子栗子，真名曾少立）。在李子笔下，这种情怀不仅仅表现为对某些事件和城市下层生活景观的反映。李子词中有这样一种类型，我称为"乡村镜像"式作品，其中同样饱含着人文情怀。李子长期漂泊在南北方的各大城市，对从小生长的乡村一直有着特别深的怀念。这种怀念在他的词中有一种幻象式的呈现，这是对城市生活、对当代中国城市生存现状的一种反拨和抵抗。这个类型当中，李子给我们贡献了很多首杰作，如这首《临江仙》，词题"今天俺上学了"，在艺术上也可圈可点：

> 下地回来爹喝酒，娘亲没再嘟囔。今天俺是读书郎。拨烟柴火灶，写字土灰墙。　小凳门前端大碗，夕阳红上腮帮。远山更远那南方。俺哥和俺姐，一去一年长。

"夕阳红上腮帮"这六个字，即使放在新诗里面也是非常漂亮的句子，极具画面感。这样一首词，我们读了心里的确非常温暖，感受到一种被点燃的、来自人性和人伦层面温暖的火焰和光芒。

再来看一首《清平乐·山村之夜》：

> 炊烟歇了，村口翁和媪。月下群山苍渺渺，迢递数声飞鸟。　树林站满山岗，石头卧满河床。三两油灯土屋，禁

他地远天荒。

这样的作品在李子的创作中有相当大的一批。特别是《风入松》这个词牌，我曾经有评价：李子掀开了"风入松时代"；而《风入松》这个词牌也是在李子手里开始获得新生的。这个词牌已经被我们忘却得差不多了，大家也不怎么用了，杰作也很少；但在李子笔下，用这个词调写出的杰作有一大批。包括以下这两首《风入松》，写江西赣州的农村镜像：

炊烟摇曳小河长，柴垛压风凉。那些月亮和巫术，砍山刀、聚在山场。麻雀远离财宝，山花开满阳光。　旱烟杆子谷箩筐，矮凳坐爹娘。铁锅云朵都红了，后山上、祖墓安详。老树枝头岁月，粗瓷碗底村庄。

红椒串子石头墙，溪水响村旁。有风吹过芭蕉树，风吹过、那道山梁。月色一贫如洗，春联好事成双。　某年某日露为霜，木梓赶墟场。某年某日天无雨，瓦灯下、安放婚床。几只火笼偏旺，一坛米酒偏黄。

不只是艺术技巧方面的高妙，回到悲悯凝重的人文情怀方面，这些词体现出的主要还是李子对于乡村镜像的痴迷怀念。放在文学史、诗歌史的维度上来看，李子的这些作品与古代田园题材的诗、词、文相比较，我们能够看出：李子的作品既与古人有缔结关系，又在当代中国具有全新的象征性意义。

李子有一首《风入松·出台小姐》，表达出了一种非常令人感动的、温暖的人文关怀：

大城灯火夜缤纷，我是不归人。浅歌深醉葡萄盏，吧台畔、君且沉沦。莫问浮萍身世，某年某地乡村。　梦痕飘渺黑皮裙，梦醒又清晨。断云残雨青春里，赌多少、幻海温存。一霎烟花记忆，一生陌路红尘。

拿它与古代文学中青楼题材的作品相比照，我们能明显感觉到：李子笔下的视角既不是轻薄的谐谑玩弄，也不是满怀着优越感地站在高处指手画脚。他把自己和"出台小姐"的人生摆在平等的层面上、同样的起跑线上，满怀温情和恻隐之心地来写这样一个群体的人生轨迹。李子笔下，"出台小姐"生命轨迹已经超越了这个特定群体。"一霎烟花记忆,一生陌路红尘",获得了一种人生普遍的悲哀感和深刻感。

二、自由多元的思想取向

我们关注到,网络诗词界有很多人用诗词这种形式表达了哲思性的关怀,探讨相当具有普遍性、深刻性的哲学命题。比如说,一位不很有名的诗人白天,写过一首同样名气不大的诗《等》:

> 我为等死者,复为等生人。等生长苦恻,等死焉欢欣。花开等花谢,月亏等月盈。飘风等终朝,霪雨等日晴。牛郎等织女,参星等商星。惟彼灵不灭,我等乃不停。千秋归一等,等者惟死生。是矣今日等,是矣明日等。是矣过去等,是矣未来等。

诗中间几句写得不大好,如果能去掉一半的篇幅,这首诗会漂亮。这里我们不关注技巧,只关注内容。诗的前面四句很让人震动,引人思考;到了最后八句,一个"等"字在白天笔下写得跌宕生姿。他把西方存在主义、荒诞主义的等待命题都浓缩到自己诗中,表达了一种漂亮的形而上的哲学思考。

另外一位大家很熟悉的网络红人发初覆眉(真名许方冬子),1986年出生。2005年前后,她开始在网上发表作品,随即引起一批老宿名家的惊叹。徐晋如、军持、刘梦芙等对她的作品都有很高评价。发初覆眉的作品中,这首《减字木兰花·我》,我以为是奇创之作:

> 我生如魇,我合无光珠蚌敛。我死之年,我是池中素色莲。　　我曾离去,我入倾城冰冷雨。我欲归来,我与优昙缓缓开。

词题是"我",词的八句每一句开头又都是"我"。"生"、"死"、"离"、"归"四个人生维度在她笔下都转化为一种女性特有的楚楚可人同时又非常深刻迷离的哲学思考。从这个意义上讲,网络诗词的思想取向确实有可圈可点之处。再看一位很有特色的词人象皮(靳晖)的《水调歌头》:

　　　　我是怎么了，谁与说分明。此时情绪难定，坐对暗之冥。若以光之速度，证以今之唯物，追梦也无情。却渴望蓝色，飞至海王星。　　水之恋，凝结痛，陨成冰。偶然天外来客，风去不晶莹。气化相思仍错，早作空虚泡沫，收拾死魂灵。残夜如能睡，迟起看黄庭。

　　《水调歌头》这个词牌大家很熟悉，但它和《清平乐》等等词牌在象皮的笔下常常呈现出一种特殊面貌。而《清平乐》开头的四字、五字句，象皮竟然这样写："什么是爱，为什么存在。"我们在看到这位词人的作品之前，恐怕很难想象有人可以把词突破到这种程度、把语言运用到这种程度。在这首《水调歌头》里面，象皮也表达了一定的哲学方面的想法。

　　当然，谈到网络诗词的思想高度和深度，还不能只看他们在哲思方面的表现。我以为还有一个重要层面，就是表达对历史，包括本国历史和人类文明史的深刻省思。对于历史的深刻反省、表达和思考，也是网络诗词非常值得尊重的品质之一。在这个层面上，我要特别提到胡马（徐晋如）。来看他的代表作《剧怜》：

　　　　剧怜思想误苍生，民主人权说未能。
　　　　漫道兴亡天作孽，从来政治鬼吹灯。
　　　　清谈夷甫悲难诉，歌舞莱公意可凭。
　　　　转念前朝馀涕泗，当时只合脑如冰。

　　这一首七言律诗，特别是前四句，我以为是当代网络诗词思想高度的一个象征。诗题所谓"剧怜"，取前两字，类似于《无题》。第二联"漫道兴亡天作孽，从来政治鬼吹灯"这十四个字，我在给徐老师《缀石轩论诗杂著》的序言中曾经赞赏过。来到中山大学，大家都会想到陈寅恪先生"自由共道文人笔，最是文人不自由"，这堪称20世纪旧体诗坛的名句。我以为徐晋如的这两句诗，分量不在陈先生这两句之下。"漫道兴亡天作孽"，为什么是"漫道"呢？当然不是"天作孽"，是"人作孽"，所以"从来政治鬼吹灯"。这十四字，堪称字字掷地有声，分量千钧。

　　这一首还只是对历史比较虚化的思考。我们再来看一首刚才提到的女诗人添雪斋。她在《Khmer Rouge》中的思考就比较具体：

言说卅年前，见此鲜红色。交趾并吴哥，中南半岛侧。五十万公里，西来兵马逼。何人来仗钺，红巾为国教。赫炎四月间，大泽龙振翼。礼拜东方红，师旗共和国。外雠或未平，拭目内中殛。轰然所弃者，智者并昆勒。恍如乌托邦，覆作阿鼻域。一城人烟渺，一国白骨黑。刀斧但森森，残肢四野蒩。人骨叠层塔，穿心断腰极。尸豸当果腹，游魂不忍忆。钳口并鼗棘，夜哭谁恻恻？尔后三年八月二十日，国之杀者四分一。革命百余万，筑此理想律。理想高万物，血色饰其质。逝者存其影，其影在空室。生者寻其亲，其亲在野蕻。残存黑白照，历历狴红溢。谁言鲜红温如火，分明见之冰冷且怵栗。廿余年后漠野间，尤存千百腥腐垤。萧萧风涌碧草肥，当年故事谁人悉？

Khmer Rouge 是法语，意思是"红色高棉"。柬埔寨的红色高棉政权，尽管曾经也是社会主义政权，和中国的关系也很友好，但今天包括中国在内的史学界的前沿学者对它已经形成了一定程度的共识：这是人类历史上最为邪恶的政权之一。在红色高棉执政的三年零八个月时间里，柬埔寨的400万人口被无辜屠杀了100万以上，超过全国人口的四分之一。面对这样一段被遮蔽很久的历史，素有"女长吉"之称、作品以荒寒奇幻著称而并不以思想性见长的添雪斋，笔下偏偏出现了这样一首分量极重的气盛胆张之作。在网络诗词界，对历史的省思并不是一两个人，而是有着相当普遍的基础。"言说卅年前，见此鲜红色。……恍如乌托邦，覆作阿鼻域"，这种大史诗的笔法，和胡僧的《挽歌为李思怡作》一样，是完全可以放在一部大诗歌史上去称量分量和位置的。

另外，像持之的《题林昭墓》，就作品艺术本身来讲，我还不是很满意，但这个题材比较少见，比较少人触碰。在1957年反右风暴中，林昭只是一个非常"小"的右派。"小"的原因有两点：第一，她的身份很普通，只是北京大学中文系一个普通的女学生。第二，林昭也没有过什么惊天动地的理论。林昭被打成右派的过程也很平常：只不过看见同学被打成右派，她认为不公平，出来说了几句公道话。当时校方正好发现钦定 10% 的右派名额还没有满，就顺手牵羊把林昭也打成右派。这些都非常平常。但是不平常的地方在于：从被打成右派那天开始，林昭从来没有低过头、检过讨、认过错。被关押在监狱的若干年中，在没有任何读书和写作条件的情形下，林昭拿出自己的白色床单，脱下白色衬衫，咬破手指，写下 20 万字的血书，表达她对现实的独立思考。持之《题林昭墓》：

灵岩山下一孤碑，谁记批鳞绝世姿。
汉吏能翻秦吏酷，太湖不减鉴湖痴。
世间拔舌愁成谶，釜底攻心气未移。
十丈朱楼沉碧血，行人经过耻言诗。

我在持之的这首诗下面加了这样的点评："写林昭不易，不仅要配得上其贞德般的圣洁，还需表达出她山海一般的悲愤。在林昭面前，一切文字都是轻飘飘的。"

对历史的描述、反省、反思是有很多个层面的。在做网络诗词选的时候，我也注意到了一位叫李梦唐的诗人，他有三首绝句《吊邓丽君墓》：

筠园孤冢小沧桑，旧日声名敌国倡。
海内今多歌舞地，花前犹唱夜来香。

攻心战起用韩娥，万户争传子夜歌。
绝似春莺来海上，一声光复旧山河。

洗尽风尘曲更新，偏安旧事等浮云。
我来一瓣焚香祷，不吊英雄只吊君。

注：上世纪 80 年代，大陆上下有听敌台之风。谚曰：
白天听老邓，晚上听小邓。

这也是当时让我产生非常强烈的惊艳之感的作品。

接下来我们看一下尘色依旧的《仵将军歌》。尘色依旧，江苏南通人，中学教师。这首有点梅村体味道的七言歌行，是为仵德厚仵将军所写。

仵德厚，台儿庄战役任敢死队队长，血战成名。解放战争中任国军三十军二十七师少将副师长,驻守太原,坚拒起义。因为他的反动立场,导致他的顶头上司、三十军军长黄樵松以及前来联系起义事宜的解放军八纵参谋处长晋夫等遇害。城破被俘,被判徒刑十年。刑满释放后指定到太原砖厂当工人,1975年获释还乡。2007年病逝,享年九十七岁。

对于这样一个在政治上我们早就有了是非判断的人的故事,尘色依旧有这样一种表达。诗很长,我只截取其中很少几个片段。诗的前面写了台儿庄战役的情况,接下来说到"八年苦战终得胜,将军名姓红日光。国家有幸大统存,忽有祸起于萧墙",解放战争开始了。这些沧桑都写完之后,在总结部分,尘色依旧写下这样几段:"事迹渐如浮云散,将军默默还乡里。种地放羊一老翁,三十年间劳若蚁。党争似忘国之英,他日国难孰奋起?……但知曾赴国难者,无关信仰是国魂。屏除主义国家幸,天佑吾土与吾民。"我们可以不同意尘色依旧的政治立场和大判断,但我们应该认识到,这首诗是他独立自由思考的结果。所以,看待网络诗词,还应该特别关注它们在思想层面对于历史场景的深刻反省、独立思考的闪光点。我以为这是网络诗词第二个让人非常珍爱的品质。

三、守正开新的艺术追索

网络诗词在艺术追求方面的特点和成就,回到文学史、诗词史层面,我认为主要有两个特质。特质之一是守正,对古代诗歌遗产的继承与对接;更重要的特质是开新。在继承的层面上,网络诗词到底能拿出多少原创性的、崭新的、让人惊艳的作品?这两个层面里,后者尤其值得我们关心;当然前者是基础,做不到守正,开新也就无法开。对于守正开新的艺术追求,说起来又是一篇大文章。

所谓"守正",即是对古典诗歌漫长传统的尊重和传承。进入20世纪以来,这一传统,主要是创作传统,随着白话文跃居语码高地而迅即冰消瓦解。十几年前,杭州的一个诗词社团留社——我们讲到很多网络诗词界高手都是留社成员——在《留社丛刊》第一期的发刊词中提到：自从白话文跃居语码高地以来，"久矣哉诗道之陨零也"。正因为对此有切肤之痛，他们才打出"汉语音节苟存一日，文言诗词必不能废"的旗号。将社团命名为留社，目的就是力图挽留并接续"古雅淳朴之人本，以当纷繁倏忽之世界"，倡导"苏世独立，横而不流"的芬芳悱恻的士大夫人格。这也是网络诗词在相当宽阔层面上的共识——接续、挽留、继承漫长的古典诗歌传统。从这个意义上讲，"守正"是判断网络诗词基本面貌和质地的重要出发点。

首先来看留社成员之一的班香室。班香室本名李达，1979年生。他的代表作有《山行效贾阆仙四首》：

众岫秋摇落，微阳石隐嶙。风吹偶惊客，树怪忽成人。
迸溜冷难饮，荒涂迷易频。境清犹久坐，宜尔独伤神。

石泉晴雨变，山木浅深同。蚁上阴厓藓，虫悬病树风。
行藏避客问，樵隐笑人穷。不得携妻息，应羞采药翁。

僻境犹深入，长吟得久淹。微行枫叶坠，断壁石形尖。
羽退秋穿牖，鬣疏松出檐。昔人耕凿地，桑竹朽株添。

避喧今日遂，敲磬此中闻。已作僧留发，长攀壁入云。
蛇归苔穴影，鼠窜石松群。绝顶深观化，岚阴换夕曛。

五律不好作，其创作难度人所共知，用古人的话讲：五律"如四十贤人，其中着一屠沽儿不得"。四十个字，每一个字都要精彩。有一个字不对，整首诗味道就会大打折扣。班香室这四首诗，全诗本就很漂亮，我特别看重其中几联："风吹偶惊客，树怪忽成人"、"蚁上阴厓藓，虫悬病树风"、"羽退秋穿牖，鬣疏松出檐"、"蛇归苔穴影，鼠窜石松群"，尖新处几突过阆仙原作。我们把它放在贾岛诗集中，完全是难辨楮叶。

还有一首碰壁斋主的《鲫鱼汤歌》。我对碰壁斋主的诗歌创作做了一个基本总结："碰壁今存诗自八零年代中期起，入手甚早，亦甚高，天分为之，不能相强。其诗词绝多，而芜杂之病亦必不可免，所谓才大气粗者也。能精选百数十篇，则精光顿出，龙剑冲斗。要之，固当今诗界罕见之大作手。碰壁出身微寒，久历坎坷，笔端常蕴悲愤，当其赤膊出阵，所向披靡，当与天杀星李逵相视而笑。《点将录》中，必居此席。"大家知道，点将录是一种很有意思的文学批评方式。我这里只选了三十家，连三十六天罡都凑不齐，不可能用点将录。但其中有几个人，我就会点一下。碰壁点成天杀星李逵；后面要讲到的秋扇（魏新河），因为是空军特级飞行员，被我点为"入云龙公孙胜"。我们在守正层面下看看碰壁斋主这首《鲫鱼汤歌》：

> 小鲫轻灵过指长，山泉浸浸如冰凉，辣椒甫出青其光，紫苏夺鼻喷黑香。持竿自钓山中塘，归来菜圃随一望，集此四物来厨房，铁锅架火烹奇汤。龙肝凤髓鄙而伧，仙人好此真俗肠。唯此四客虽平常，水陆之精靡不藏。肖家有母何老苍，为庖四纪技都忘，刀自入手手自忙，岂人有意相估量。饕餮者谁眼圆张，来绕锅灶穷彷徨，口涎滴沥如悬潢。食母之食岂才刚，少年到此中年郎，嗟无寸进与恩偿。母不我罪亦何妨，大盆到桌且先狂，亟呼亟呼酒来尝。

这首精彩的诗，放在苏轼、黄庭坚乃至更多大诗人的集子里，完全堪称可混同于原作的佳作。我对这首诗有几句点评："以柏梁体写老饕情状，诙谐奇崛，两臻其妙。集中难得快意之作。"碰壁斋主的整体风格是比较悲愤的，很多作品都藏着对人生的非常深重的感慨和悲哀。但这一首诗读起来心里比较快慰，有读杜甫《闻官军收河南河北》的感觉。

这些年来的网络诗词界，有两位女词人形成了一定影响，有众多粉丝。她们的词也被名之为"××体"，即发初覆眉的"小眉体"、孟依依的"依依体"。孟依依号称网上最神秘的女词人。到目前为止，没有一个人见过她的真面目，甚至连她是不是女词人也要打一个问号。这首《苏幕遮·冬日》也一度被称为"依依体"的代表作：

> 雪霏霏，春杳杳。一树梅花，一树梅花好。爱惜琼瑶何忍扫。雪满园庭，雪满园庭道。　　念行人，铺素稿。欲写相思，欲写相思巧。只说梅花将落了。君要归来，君要归来早。

这首词所以名为"依依体",特殊地方在于上下片的四字、五字句有两处重合:上片"一树梅花,一树梅花好"、"雪满园庭,雪满园庭道",下片在相同的位置也是一样。一词既出,网上竟羡慕其新巧,名之为"依依体"。这种词的写法其实古已有之,不是孟依依的原创。早在二十多年前,我的博士导师严迪昌先生在《清词史》中,写到阳羡词派三巨擘之一、《词律》的作者万树。万树就有这种写法,自称为"堆絮体":

> 彩分鸾,丝绝藕。且尽今宵,且尽今宵酒。门外骊驹歌一奏。恼杀长亭,恼杀长亭柳。　倚秦声,扶楚袖。有个人儿,有个人儿瘦。相约相思须应口,春暮归来,春暮归来否?

后来孟依依也在网上把这些情况说清楚,是从万树这里学来的。从这里我们可以看出:网络诗词界对于漫长古典诗歌传统的继承,其实是到了一个相当细致、完整、全面的地步。万树在整个词史上也只不过是二流甚至更靠后的词人。孟依依的这首"堆絮体"作品,如果不是对大量词作乃至词史有完整的全面的关注,恐怕也不容易发现并且模仿到这个地步。我觉得这个例子可说明当代网络诗词界对古典诗词继承的宽度和深度。

下面说说被我点为"入云龙公孙胜"的秋扇,这也是当代网络诗词界的一位奇人。我刚才说到创作第三个指向:创作主体延展面的拓宽。网络诗人的职业、社会身份非常复杂和宽泛。魏新河是其中一位鼎鼎大名的诗人,他的人生状态、社会身份也非常独特:1967年生,河北河间人。毕业于空军飞行学院(现空军航空大学),空军特级飞行员、教官。学诗词于孔凡章、王蛰堪,学书于启功、王遐举,学画于王叔晖、葛邑,并曾问学寇梦碧、萧劳、缪钺、吴柏森、曹长河、齐良迟、刘炳森、欧阳中石等前辈。著有《秋扇词》、《孤飞云馆诗集》、《秋扇词话》、《论词八要》、《词学图录》、《词林趣话》等。秋扇为当今之全能文艺天才,风雅情性植根血液骨髓中,襟抱高朗,一时无两。诗词则古今融贯,奇正兼备,必当推为诗坛大纛之一。秋扇的杰作中,"守正"者居多。在"守正"层面,我只选择了一首格外打动我的小词《浣溪沙·新月》。这是一首传统的咏物小词,我们来看看秋扇笔下的新月：

  初一潜形初二痕，初三初四小眉新。可怜初五半樱唇。
  甚底无情多照你，都应有意不看人。这番销尽剩馀魂。

  上片如此新巧，我们一望可知，从初一写到初五；下片全用口语，天籁横溢。我以为是秋扇之神品，纳兰见之亦当避席。这样的作品是在"守正"，是在学习古人，但学到这种程度，却让人产生非常大的惊艳感。

  "守正"之外，更重要的是开新，在守正基础上的开新。如何确认网络诗词的价值，如何把它作为一个时代特有的文学现象提出来，并赋予理论品质，其中"开新"的部分是我们格外要关心的。我们都明白这样一个道理：一味继承，哪怕继承到等同原作的程度，意义也是可疑的。有一句名言："若优孟衣冠，天壤间只生古人已足，何用有我？"如果所吟之风仍是唐时之风，所诵之月仍是宋时之月，这样的诗词的品质固然很好，但我们无法给予太高评价。从这个意义来讲，我们还需更加关注开新的层面。

  其中我们要提到华东师范大学的胡晓明老师给嘘堂的诗词集《须弥座》作的跋：

  这样就明白了，嘘堂的立场还是现代人，他不做中国传统的"孝子贤孙"，不管这个传统有多伟大。他的"文言实验"精神，一言蔽之，让"旧体"与"真想"相溶。这是晚清同光体诗人所做过的事，是诗界革命黄遵宪等做过的事，是王国维做过的事。嘘堂究竟做得怎样，有没有突过前人，总体如何评价，这将来是文学史的事情。文学史家将来会发现，真正的文学史，尤其是以自由、创造、平等、真诚为精神的诗史，应在网络；其次会发现，世纪初的以嘘堂为代表的"文言实验"，必然是一面极醒目的旗帜。

胡老师这篇文献不单单为嘘堂而作，他对于当代诗词特别是网络诗词价值的宏观判断，都是可取的。让我们看看被称为"网络诗坛一面醒目旗帜"的嘘堂的几首"文言实验"诗。五言古诗《自由之白日》：

  自由之白日，秘密我已悉。自由之秋天，炎阳犹赫赫。

楼道静悬钟，眩晕复沉溺。若有偷窥者，收听而返视。既已厌葳蕤，谁其辨五色。连空蝉声疲，呻吟孰可抑。裸妇肌胜雪，想像于禁闭。树叶转欲黄，暂停内分泌。偶尔闪微光，庄严如悲剧。观众固无言，悲伤或战栗。悲伤我不能，战栗亦乏力。我在自由中，自由独寂寂。乃入地下室，轰响发我侧。七彩球碰撞，一局斯诺克。

这样的现代生活场景，嘘堂运用了特别高古、纯朴的五言诗体进行复现。但这种生活场景的复现，既没有伤害五言古诗应有的味道，同时又是全新的，在我们眼前打开了一个新的诗歌写作途径。嘘堂的这首诗，我读起来的第一感觉是像艾略特的诗，像西方印象主义、表现主义的文学作品。那么把艾略特、惠特曼的意境包括西方许多现代主义流派的意境，用标准的醇厚的中国古典诗体表现出来——这样的诗歌在嘘堂出现之前、在网络诗词出现之前，我们是没有看到过的。

下面这首诗也是《自由之白日》组诗中的，是一首自寿诗。自寿诗，当然是为自己生日写的，写自己的心境和想法，包括诗歌创作的理念和感触：

谁在木雕上，抚慰一面庞。在夜行车里，见某种灯光。石盐已在水，底片泛微黄。万物皆影像，沉浸于暗房。而我所赞喻，所爱或所伤。所有乞求者，幽深不可量。似水管弯折，似四壁白墙。所有已逝者，立于语言旁。藉此而复活，低分贝音箱。群动若将出，孰能作颂扬。散为浮尘举，聚为道路长。天空固明媚，旗帜久彷徨。我本大地土，语言是我乡。我今何所思，语言使我盲。我今无所见，秋日如空仓。应有拾穗者，默自贮余粮。

在嘘堂的集子里，这首诗是一流的，但称不上最杰出的作品。但我们从这两首较长的五古作品里面，已经能够初步品尝到"文言实验"的味道，或者说，开新的味道。当然，在"文言实验"的大旗下面，嘘堂并不是孤军奋战，还有很多人在写类似的诗歌，也作出了很精彩的成果，比如响马。

响马在网络上也很有名。他的诗后来结成《响马集》，中间专门列出"实验"一部，也是直接打出"实验"的旗号的。他

有一首《创世纪》:

  如同捏泥巴,或者更简单。算上休息日,一星期时间。
再创新宇宙,以及伊甸园。然后坐下来,喝茶并闲谈。目瞪
口呆者,在一壁旁观。永远被封冻,封冻在冰川。

写得非常之奇幻。响马的"文言实验"的感觉走得比嘘堂更远。嘘堂的诗还有画面感,还在说具体事情和场景,而响马写作时的心态似乎完全被驾驭语言本身的快感所左右。他不写情景,情景既不是实存的,也不是幻象;他只是抓到一个题目来写,语言本身就可以让他产生快感。这和西方现代诗歌写作的途径和方法已经完全对接到一起了。下面这首《连环套》也是非常奇特的,艺术品质比上一首更棒:

  当昨夜隐退,当晨露变霜。口涎湿睡枕,梦魇饭黄粱。
结束即开始,落幕或出场。暂时离开后,再重温这床。如得
不失眠,则预演死亡。

诗的最后十个字给我相当大的震撼。《连环套》的题目不太好理解,但我们能猜测,他写的是一种周而复始的荒诞生活状态。这种状态归结到最后十个字:"如得不失眠,则预演死亡。"这十个字很平淡,但里面蕴含着生死的大关目。这样出色的作品也可以作为嘘堂"文言实验"大旗下的精彩贡献。

  还有象皮的《清平乐》:

  什么是爱,为什么存在。恍惚不能知梗概,梦醒蛾飞窗
外。 起来走走何妨,天空几点微光。偶尔一声虫泣,夜
风吹过身凉。

  盲之蝙蝠,黑暗中成熟。命运怎么能屈服,侧耳倾听风
速。 声波指点迷藏,内心自有阳光。看我空中起舞,自
由自在飞翔。

象皮的词数量不是很大,书中我也没有选很多。但在开新的层面上,象皮是非常值得注意的一个人。我在他的小传中作了这样的评价:在我心目中,李子是"开新"层面的一面大旗。如果说李子在点将录中可以被点到及时雨宋江的话,那么象皮和接下来要讲到的杨弃疾,就是宋江身边的两员护旗骁将赛仁贵郭盛

和小温侯吕方。他们和李子同向站立，处于同一个阵营中，但李子又不能掩盖他们的特点和锋芒。

我们来看看杨弃疾。杨弃疾在口语方面的运用，我以为是赶超了李子的。李子的口语入词如《临江仙·今天俺上学了》等等，在很多层面只是偶一为之，更值得关注的是他的词创作和新诗之间的关联。在口语运用方面，杨弃疾的确做到了很棒的地步。我们来看《减字木兰花·失学儿童》：

> 时间飞了，草帽被风吹着跑。我是花儿，看见阳光头就低。　噢乖听话，你的明天美如画。夜也光明，月亮摇船带梦行。

"儿"字古音是读作 ní 的，和"低"字是押韵的。这首词在格律方面基本是没有问题的，甚至是很严格的。到了下片，忽然写到这样一句："噢乖听话，你的明天美如画。"这好像是我第一次看到"噢"这个口语词出现在诗词作品当中，不知道大家有没有看到过。但是在写给失学儿童这样的一个情景里，这个口语词的运用实在是恰到好处、天衣无缝。

还有一首《定风波·豆儿》是写给自己的小女儿的：

> 四月春装小背心，三年出落小千金。屋后为何有山靠，欢笑，喜欢就可以登临。　山里神仙都不老，真好，新鲜空气绿森林。到底林中多少鸟，奇妙，什么鸟也有知音。

杨弃疾笔下口语的运用，简直让我们产生一种玩魔方的感觉。语言像橡皮泥一样被捏来捏去，随意捏成各种形状。而且格律、平仄都完全不是问题，我以为这是了不起的、让人惊叹的才华。

谈到开新，包括对现代生活场景的复现，还有一位武汉的诗人、词人独孤食肉兽，也是值得我们注意的一个人。下面这一首是他的代表作，也是当年在网络诗词界引起关注和讨论的作品《祝英台近·九九流行印象》：

> 黑胸针，银手袋，伞底眼神怪。雨幻灯箱，广告几回改。玻璃门上，飘浮万千人面，辨不出、门中门外。　怕超载，十载无梦无诗，还听旧磁带。愁外繁灯，城市夜如海。少年都是蓝天，人行路上，带不走、一丝云彩。

独孤食肉兽的这首词，被人称为网络诗词的"印象派"。的确,我们读了之后也会产生许多"印象派"的感觉:作者好像把很多互不关联的印象碎片剪切、粘贴在同一幅画面上,呈现出整体的画面感,这是对当代都市场景一种别出心裁的复建和重构。从这个意义上讲,独孤食肉兽的城市生活(或"印象派")系列堪称比较亮眼的类型。他在网上也有自己的特质和个性,以"兽体诗词"著称。再如《永遇乐·不来电的城市》:

城市浮游,万千因数,碰撞无限。对面车中,恍然是你,但发型都变。七年梦里,可曾有我,夜雨轻灯万点。又寒江、末班船去,堤长巷空人远。　　休闲时代,恹恹分泌生活,一汪平面。旧曲谁听,幽吧对坐,荡浅玻璃盏。人间戏剧,不关真假,长记高楼惊艳。眼神被、梭门夹住,缝中放电。

这首词中,我格外欣赏"堤长巷空人远"这六个字。整个词的情景的构建都是现代感的,但这六个字却又极有古典感,把整首词的味道都中和了。下片也很精彩。词题叫"不来电的城市",而词的最后写到"不关真假,长记高楼惊艳。眼神被、梭门夹住,缝中放电",以放电来结尾。这也是作者别具匠心的所在,从章法和构思方面都有奇特的闪光的地方。

以上是对网络诗词开新层面,特别是对于现代城市生活情境的一种复建的扫描和简单的盘点。在开新层面,我们还特别需要关注一点。从刚才举到的许多作品里面,大家会有所体会和感受:我们所面对的格律诗词(从时代来讲,又称古典诗词)和当代新诗之间的关联性。其实谈旧体诗词和新诗之间的关联性,既是一个我们应该关注的"新"话题,同时略做盘点又会发现这不是新话题。新诗诞生在 1918 年前后。学界公认,刘大白、胡适、俞平伯等人为中国新诗奠基。1920 年,胡适在《尝试集》中自白他的所谓新诗"实在不过是一些刷洗过的旧诗"。大家可能看过施议对先生整理出版的《胡适词点评》,其中有 100 馀首词。施先生把胡适的很多新诗都当作词,比如把五言八句的诗分片作为《生查子》。尽管我不完全同意这样的做法,但还是能够看到:胡适这样"洗刷过的旧诗"数量相当可观,比如以《好事近》这个词牌写的新诗就有几十首。从这开始,我们就可以体会到旧诗和新诗的关联性。这种关联性表现在几个层面。

首先,新诗的写作到底从旧诗中汲取了什么资源?特别是对于那些古典气味浓厚的新诗人,比如闻一多、戴望舒、徐志摩、余光中等等,他们到底从古典诗词中汲取了什么?另一个层面,我们所谓的旧体诗词、格律诗词写作,到底能不能从新诗中汲取东西?这些关联性一言难尽,但我们应该持有一种基本的态度。我个人的看法是:不应该把所谓的旧诗(请原谅我使用这个不太科学的概念)与新诗完全剥离。旧诗和新诗之间不是不共戴天的敌人的关系,不是二元对立的关系,他们完全可以相容,成为同盟军。2011年,我给徐晋如老师的新著《缀石轩论诗杂著》写了一篇不长的序文。序文中谈到旧诗和新诗的关系,我对徐晋如的看法表示不同意。在序文中,我也商榷了几点。书中徐老师作出了一个判断,把我们通常所说的旧体诗词称为"国诗"。"国诗"的概念我比较赞成,但还没有流行开。他说国诗和新诗"永无交集"。因为新诗是舶来品,是殖民主义的产物,而国诗是正宗;国诗和新诗不可能交集合流。于是我写了这样一段话:

> 这种谶语可能逞一时之快,但却忘记了,新诗从诞生之日起,就至少有一只脚是踩在中国古典诗歌的土壤上的……我想,新诗渊源之"舶来"并不意味着其将永远"乞灵"西方。我们这块土地上有三千年灿烂的诗脉,也有太多的苦难需要倾吐。对此,新诗人并非视而不见听而不闻。假以时日,"舶来"的新诗必将会"中国化",会形成自己的中国品格。我愿意葆有信心,也自信此种信心不会落空。

我在这篇序中,主要谈的还是新诗。其实回到新旧诗歌的关系,我的基本立场和态度也已经比较鲜明。2011年,我发表的另外一篇文章《二十世纪旧体诗词研究的回望与前瞻》中,也提出过这样的一点意见,浓缩成七个字"不薄新诗爱旧诗"。我们现在谈格律诗词或旧体诗词的写作,有很多我很欣赏的朋友、很尊重的老师的一些意见,我都不完全同意,包括徐晋如老师、刘梦芙老师,他们都曾经斩钉截铁地说中国的新诗没有什么价值。我对这样的意见不完全同意,可能是我自己也写新诗的缘故。所以我提出这样的七个字,我们爱旧诗,但也不去鄙薄新诗,这是理论的前提。

其次,旧诗和新诗能不能交融?新诗到底能不能和旧诗写作间产生密切的关联?事实上,从实践层面来看,我们的理论已经很滞后了:这种交融不仅已经出现,无论数量还是质量都让人惊叹。我们现在要作的只是理论批评,只能是总结和归纳;通过这样的总结归纳,我们希望这样的理论方向越来越清楚,希望更多人关注这种情况。

仍然举杨弃疾《好事近》为例:

仍是在双桥,我问玉兰开未。最好擦身雨里,趁桨声灯市。　　梦如剪纸贴窗前,明月去装饰。不去桥头听水,只楼头看你。

可以明显看到,这首词里有一些古典诗歌资源。比如"我问玉兰开未",可能从王维的《杂诗》里来,也可能从胡适新诗《看花》里来;"最好擦身雨里"似乎来自戴望舒的《雨巷》;"趁桨声灯市"则是从朱自清、俞平伯的诗性散文《桨声灯影里的秦淮河》里来。词的下片很明显是从卞之琳著名的《断章》里来的。当然,杨弃疾不止是简单的继承,他有自己的充满灵气的点化。比如"梦如剪纸贴窗前"这个意象的营造,卞之琳的诗里是没有的。下面的"桥头"、"楼头"是卞之琳诗写法的变化。当然,卞之琳的诗也并非完全原创,和古典诗歌也是有渊源的,这里我们不细说。总之,在杨弃疾这首《好事近》中,我们已经可以注意到旧诗和新诗的关系,他们之间的渊源已经能够让人感受到了。

在这种情形下谈旧诗和新诗的关系,我觉得有两个人特别值得关注:一个是嘘堂,一个就是李子。李子的很多词如果用胡适的话来说,其实就是一些"洗刷过的新诗";甚至写得比新诗还要漂亮,因为词的音乐性和格式比新诗更美。关于这一点,哈佛大学田晓菲教授有过精彩的论述。她的文章是用英文写成的,翻译过来后发表在《南方文坛》上。文章题目《隐约一坡青果讲方言》是李子词中的名句,标题是"现代汉诗的另类历史"。文中有这样一段话:

李子创作的可以说是一种全新的诗,亦即属于21世纪的旧体诗。这种诗歌的力量,正来自传统诗歌形式和现代人的情感、语汇和意象之间的相互交涉。……李子的诗有力地向我们证明,我们的批评话语不能截然地割断现代汉语旧体诗和新体诗之间的联系。它们是一枚硬币的两面,它们相辅相成、互相依存,它们都是现代汉诗,它们之间尴尬的关系就是现代汉诗的主叙事。近年来,两种诗歌形式互相接近彼此的愿望,正是它们奇特纠结成长的自然结果。现代汉诗的真正动力恰恰就来自两种诗歌形式之间的互相冲撞和交往。

在不区别旧体新体、格律自由体的情形下,田晓菲教授把它们都看作"现代汉诗",这是一个很高明的、不局限的意见,我是同意的。另外,她还认为"现代汉诗的真正动力恰恰就来自两种诗歌形式之间的互相冲撞和交往",在"现代汉诗"的框架下,这种声音非常值得我们注意。

在这样一个理论背景下,我们来看看李子的《采桑子》:

亡魂撞响回车键,枪眼如坑,字眼如坑,智者从来拒出生。　　街头走失新鞋子,灯火之城,人类之城,夜色收容黑眼睛。

把古典体式的诗词写到这样一种地步,的确让人大跌眼镜。这样的词与其说是旧体诗词,不如说更像新诗,可能更贴切一些。李子说过这样一段话:"我也不知道它确切是写什么。实际上,它是这样一种诗:其文本只有审美价值和模糊的意义指向,却没有唯一的解读,或者说可以有无数种解读。每位读者都可以根据自己的经验和知识,来对它进行解读,或者不解读,只享受一种审美的阅读快感。"从李子的回答中我们可以看出:李子对这首词的阐释几乎完全使用了现代语码和现代理论,没有用古典诗词的术语和方法。这也说明,这些作品本质上离新诗的距离甚至比离旧诗更近一步。檀作文曾经称李子这样的词"整体逼近新诗"。李子笔下类似这样的好作品还是很多的。下面的《清平乐》、《风入松》都是"整体逼近新诗"的,同时也都是佳作:

让花欢笑,让石头衰老。让梦在年轮上跑,让路偶然丢了。　　让鞋幻想飞行,让灯假扮星星。让碗钟情粮食,让床抵达黎明。

这也是一首奇创之作。不仅全篇八句都以"让"字开头，而且整个的语言构架、思维方式，都是完全新诗化的。这样的作品放在新诗里面，尽管称不上一流，但也是难得一见的好作品。这样，李子就把新诗和旧诗的关系整体性地推到我们面前。这首《风入松》也是李子影响很大、被包括我在内的很多粉丝追捧的作品：

> 天空流白海流蓝，血脉自循环。泥巴植物多欢笑，太阳是、某种遗传。果实互相寻觅，石头放弃交谈。　　火光走失在民间，姓氏像王冠。无关领土和情欲，有风把、肉体掀翻。大雁高瞻远瞩，人们一日三餐。

这首词整体上很好，我尤其激赏最后两句"大雁高瞻远瞩，人们一日三餐"。因为这两句词，我给李子起了一个独家称谓"曾大雁"，可见我对这首词的欣赏。总之，像李子这样的作品，的确给读者带来了许多阅读的惊诧和文本的愉悦。我在文章中曾经作出这样的判断："但是只要不戴有色眼镜，作先入为主的臆断，我们也应该承认：由于新诗思维、意象、手法的深度介入，李子及其同人们的作品确实突破了唐宋大师古老词汇的重围。"

对于李子的这些作品，鲁迅文学奖的获得者、也是最近在网上争议很大的周啸天老师曾经有过非常精彩的批评："李子词中有一些对句，如'种子推翻泥土，溪流洗亮星辰'、'果实互相寻觅，石头放弃交谈'是很好的。若非有爱于新诗，何来这等语言，这等妙思。这样的句子放在新诗中，能见惯不惊。放在词中，因为陌生，转觉漂亮。"李子的句子如果放在新诗中，尽管也可以称为佳句，但绝对不会带来像现在这样的审美惊奇感。这种审美上的惊奇是怎么产生的？因为"越界"而产生。

在面对"现代"这个巨大命题的时候，新诗诚然有着格律诗词不能比拟的表达优势和掘进深度，但当那些现代诗歌质素被"越界"纳入格律框架，以另一种熟悉而陌生的面目出现的时候，它难道没有因"陌生"而"漂亮"，因"漂亮"而获得震撼人心的艺术效应，因震撼人心而令我们重新审视自己生存的这个时空么？这是越界最终达到的目标，传递给读者最强烈的东西。诗歌之为诗歌，外在形式从来就不是第二义的。站在诗歌角度而言，形式即内容，内容即形式，它们之间不应作区分。因此，我非常同意田晓菲教授的判断，不管格律体、自由体，"他们都是现代汉诗"。在此意义上说，网络诗词的这种"越界"实际上正推启了千年诗词史之外一扇新的审美之门。

我们看到前面李子、嘘堂、杨弃疾、象皮等人的诗词，最直观的感受就是：一千年词史上没有这样的词，三千年诗歌史上没有这样的诗。它们给我们打开了一扇新的审美之门，提供了一种新的可能性。就像胡晓明老师所说的，到底怎么评价它们，那是以后的事情，将来的文学史逐渐会有定论；而现在我们至少知道它们是新的、有价值的，我想这就足够了。从这个意义上讲，我们特别关注网络诗词开新方面的艺术追求，这是对网络诗词价值判断最重要的理由。

对于网络诗词的基本情况，我从悲悯凝重的人文情怀、自由多元的思想取向、守正开新的艺术追索三个角度给大家作了简单的描述，谈不上多么深刻的理论总结。其中还有一些话题没有细说，比如说再往深入讲，有些现象值得关注，比如"语词解构"的问题。

诗人无以为名的社会身份也很特殊。无以为名，本名姚平，1965年生，上海人，法律本科毕业，现为上海仲裁委员会仲裁员、公职律师。其诗词才情垒涌，风格独异，尤以七律之对仗为最，令人往往有"好对偶被放翁用尽"之叹。网上"无名体"云云，大抵指此类也。总论其品格，在樊增祥、易顺鼎之间而尤近乎哭庵。解构语词者，则突过古人，别树新天矣。虽有过求工整拼凑处略同樊易，而亦一时俊杰，足以自立门庭。准《点将录》之例，则风流双枪将"董一撞"最允。

这里我们不看无以为名那些漂亮的对句，他的作品中有32首律诗的组诗，他称为《后格律时代的七律探索》：

黄昏快递的是金陵秋梦

可是霜初的确愁，终于淡化藕花洲。
移交白石高升鹤，委托黄昏快递秋。
无月支持山变态，有风领导水开头。
完全一洗金陵梦，理解蓑衣不脱钩。

　　　　从前总是无法让人回顾
　　　不堪顾问是从前，拖累寒衣盖酒边。
　　　入手花随风跌破，过头月被梦包圆。
　　　路难克服高低雁，秋好调停远近船。
　　　打击霜钟真寂寞，声声懊恼互关联。

　　在书中，我的点评还是感受性的："三十二首选十六，比例颇高，而仍多割爱者，可见激赏。无以为名这一组自称'探索'，我则明确以为此种解构之'探索'应予赞佩。首先，以后现代风格写前现代情怀，既兼顾了永恒之人性，亦表达出创造的能力与渴望。其次，诗中解构的不止是语汇，而且解构了我们对律诗的观感。第三，解构也是一种建设，诸多语汇因此获得全新意义。无以为名将解构'玩'至如此程度，足以自成一家，夺席诗界。"我没有做学理性的阐述和分析，更多的还是从态度上表达了对这种"探索"的赞赏和支持。像这样的课题我在文章中虽然没有涉及，只是提个醒而已，但网络诗词中还有很多个"点"值得我们去关心和研究。

　　到这里为止，我散碎地讲了很多作品，可以对网络诗词作一个阶段性的、个人化的、主观性很强的结语。这个结语尚不能引为定论，但又确是我对网络诗词的印象——我有信心，我的这些判断不会全部落空。将来随着文学史、诗词史的进入，随着大家的评价逐渐形成共识，我相信我的印象是合理的，是会得到承认的。

　　结语一：因为向传统虔诚致敬的"守正"姿态，因为"无论这个传统有多伟大"都坚持"现代人立场"的"开新"勇气，诗界革命派、南社、毛泽东、聂绀弩、启功们在20世纪做得很出色的事情，网络诗词在21世纪的前十几年就已经做得同样甚至更加出色；大师们在20世纪没有做到的事情，网络诗词在21世纪也已经做到或者正在做到。不得不直面的现实是：我们原本以为早被画上句号的诗词史程正在变成省略号，甚至变成惊叹号！这是我在面对网络诗词产生"惊艳"、"惊为天人"感受之后的理性判断。诗词史没有结束，它还将带着这种"惊艳"感延续下去。

结语二：十年来的网络诗词写作也正在崛起一种"新的美学原则"，正在出现一个"崛起的诗群"。对新诗比较熟悉的朋友们都知道，朦胧诗当年就有"三个崛起"。70年代后期，朦胧诗开始出现；80年代前期，对于朦胧诗到底是什么、诗可不可以这样写的问题，新诗界曾经发生过长时期的争论。其中的一些偏见和不当的批评，让我们至今想起来犹有愤懑。在1983年前后的一场青年诗会上，一位老批评家周良沛曾经说舒婷的句子"在青草压倒的地方，遗落一枝映山红"是色情诗。随着理论总结越来越清晰，朦胧诗的批评史上出现了"三个崛起"：即北京大学谢冕教授的文章《在新的崛起面前》、福建师范大学的孙绍振先生的《新的美学原则在崛起》和吉林大学徐敬亚的《崛起的诗群》。在朦胧诗的崛起面前，准历史之先例，我们有信心认为：朦胧诗最终被接纳并引领一代风骚的那一幕也将在诗词写作的历史上重演，这个惊叹号还将被续写，并被堂皇地载入史册。

结语三：尽管在文章中，我已经讲了几十首我个人心目中的网络诗词的佳作，但我们也明白，与每天都在产生的惊人创作总量（有人统计过，每天网络上会出现十万首诗词）相比，精品的产量只能是沧海一粟。我们不能否认绝大多数广义的网络诗词作品或琐细不堪，无聊透顶；或故弄玄虚，文理不通。种种弊病，不一而足，令人齿冷。但是如果有人以此为口实否定前面两个大判断的话，我愿意解释两点：第一，任何时代的任何一种文类的写作都只能产生出少数精品，要求遍地都是精品只能是不切实际的幻想或责难。第二，判断一个时代、一种现象、一个作家的成就究竟达到何种高度，具有怎样的潜质，我们依据的应该、也只能是最优异的那部分作品。只盯住某些相对的"劣质产品"并作为测量的主要标尺，我们将看不清李子、胡马等一批杰出诗人的真实面貌。针对少数最优异的作品，才能看清楚它们的真实面貌，才能对网络诗词有一个公允的价值判断，才能带着清醒的理论勇气走向明天。

在这三个结语的基础上，我有这样一句带着感情的判断。这是我整篇文章的结句，也用它为我们今天上午的讲座作结："种子推翻泥土，溪流洗亮星辰"，我相信，李子的这两句词既隐喻着网络诗词满蕴张力的现状，也预言着网络诗词充满光芒的未来。

（讲稿整理人：吉林大学　杜运威）

当代学人诗选讲

深圳大学　徐晋如

一、何谓学人之诗

我们要解决的第一个问题是，何谓学人之诗？

学人之诗，通常是和诗人之诗、才人之诗放在一起来说的，后来词学界在清朝的时候也模仿了这样的提法，提出来有学人之词，比如说段懋堂（段玉裁）这种大学问家，他写的词什么风格呢？写小令写得非常漂亮，骀荡、摇曳生姿。有词人之词，谭献认为，整个清代就有三家是真正的词人之词，一个是纳兰性德，一个是蒋鹿潭（蒋春霖），还有一个项廷纪。

这种提法最早是清代方贞观的《方南堂先生辍锻录》提出来的："有诗人之诗，有学人之诗，有才人之诗。"下面他具体地解释："才人之诗，崇论闳议，驰骋纵横，富赡标鲜，得之顷刻。然角胜于当场，则惊奇仰异；咀含于闲暇，则时过境非。譬之佛家，吞针咒水，怪变万端，终属小乘，不证如来大道。学人之诗，博闻强识，好学深思，功力虽深，天分有限，未尝不声应律而舞合节，究之其胜人处，即其逊人处。譬之佛家，律门戒子，守死威仪，终是钝根长老，安能一性圆明！诗人之诗，心地空明，有绝人之智慧；意度高远，无物类之牵缠。诗书名物，别有领会；山川花鸟，关我性情。信手拈来，言近旨远，笔短意长，聆之声希，咀之味永。此禅宗之心印，风雅之正传也。"方南堂先生承继了《沧浪诗话》的传统，以禅说诗，他认为，才人之诗的一个特点是，它来得特别快，才气纵横，而且会给你一种很惊讶的感觉，哇，原来它可以这样写，但是你在闲暇之时，再重新地咀嚼它，就会发现它淡而寡味，这就好像是那些讨一点生计的、给人放焰口的和尚。而学人之诗，用典使事，非常博赡，可是缺点在于缺乏文艺创作的天分。他们的学问是他们胜过他人的事情，而学问同时又是他们比不上别人的地方，就好比那些律宗的弟子，一辈子得不到大智慧。第三种，他提出来叫诗人之诗，诗人之诗的特点，首先，他们具有非常敏锐的文艺天分，同时，他们的性情特别地明显，所以他信手拈来，都能够一唱三叹，写的东西，每一句话你都懂，但是它的味道，你越咀嚼越觉得美好。他认为这个是风雅以降的正传。

如果说听这些理论感觉还是有点模糊的话，我们不妨来看几个例子。

清代有位诗人叫袁枚，每次我老师陈汜斋（永正）先生提到袁枚，提到他的《小仓山房集》的时候就说："那些是最差的。"当然，今天的很多人因为读惯了毛泽东诗词，读惯了报刊上充斥的"老干体"的诗词，会认为袁枚的诗很有性灵，很美，很有味道。但是那种味，是比较浅的味道。我们看袁枚的《谢太傅祠》：

  一笑翩然载酒行，东山女妓亦苍生。
  能支江左偏安局，难遣中年以后情。
  花下残棋儿破敌，灯前老泪客弹筝。
  荒祠隔叶黄鹂语，犹似当初丝竹声。

"一笑翩然载酒行，东山女妓亦苍生。"这个是从前人的句子"东山妓即是苍生"里化出来的。这首诗讲谢安的故事，基本上把谢安的生平给概括了一遍，你说这里面有多少是属于他自己的个人感慨？没有的，他只有非常客观冷静的叙述。技巧很好，他懂得一种时空的对照、今昔的对比，这样诗意一下子就出来了，但也是非常肤浅的诗意，他不能够打动人的灵魂。长期以往这样写，你就会觉得淡而无味。

郁达夫的诗也是典型的才人之作。才人之诗的特点就是清浅，它没有那种回味。好的诗应该是像吃橄榄一样，苦尽甘回，不能够像郁达夫、袁枚他们写得那么甜，甜得起腻。

我们看郁达夫的《钓台题壁》，这算是他的名作了：

> 不是樽前爱惜身，佯狂难免假成真。
> 曾因酒醉鞭名马，生怕情多累美人。
> 劫数东南天作孽，鸡鸣风雨海扬尘。
> 悲歌痛哭终何补，义士纷纷说帝秦。

郁达夫相对于袁枚，有其独特的地方，就是他的诗里面有一定的思想，有一定的批判，有一定的属于自己的历史感。但是，他的缺点依然是他写的诗句法上缺乏变化，不懂得把这些平常的顺溜的句子变成奇崛的突兀的句子，那才是写诗的基本技巧。

学人诗的代表，我认为顾炎武可以算得上是一位。他有一首《白下》——白下就是南京：

> 白下西风落叶侵。重来此地一登临。
> 清笳皓月秋依垒，野烧寒星夜出林。
> 万古河山应有主，频年戈甲苦相寻。
> 从教一掬新亭泪，江水平添十丈深。

"烧"，表示名词念 shào，野烧、春烧念 shào；表示动词，野火烧不尽，念 shāo。我们看这首诗，意象非常繁密，情感也非常沉重，是对南明朝廷的哀挽。可是，你能够感觉到什么呢？它很真，它很善，但是它缺乏美感，缺乏诗所应该有的魅力。那种语言之外带给你的审美快感，它没有。这是学人诗的一个典范。

我们再来看诗人之诗。诗人之诗的特点，是相对于学人诗，也相对于才人诗，要更加蕴藉，更加深沉，比如黄仲则，比如龚自珍。我们看黄仲则的《绮怀十六首》的第十六：

> 露槛星房各悄然。江湖秋枕当游仙。
> 有情皓月怜孤影，无赖闲花照独眠。
> 结束铅华归少作，屏除丝竹入中年。
> 茫茫来日愁如海，寄语羲和快着鞭。

"当游仙"的"当"念 dàng。"屏除丝竹入中年"其实是用了典故，《世说新语》里讲王羲之的，说为什么中年以后喜欢丝竹呢，他说我中年以后就正需要有丝竹来陶冶性灵，"恒恐儿辈觉"，我的这种心事生怕被那些小孩子、小年青们知道。但是你一点都不觉得他在用典，这是用典的高明之境。

最后两句也是绝对的名句："茫茫来日愁如海，寄语羲和快着鞭。"这是一个多大的创造性思维的转换！在他之前，绝大多数诗人都是在感慨我们美好的韶光过去了，"夕阳无限好，只是近黄昏"。可是他是看透了，未来的日子就像大海一样，那种愁苦无可断绝，还不如让日神羲和快马加鞭吧。当然他鞭的不是马，是龙，驾驭着六龙啊。这样的诗，就是情感浓挚，又有韵味，让你便于寻衍。

我们再来看龚自珍的《秋心》：

秋心如海复如潮。但有秋魂不可招。
漠漠郁金香在臂，亭亭古玉佩当腰。
气寒西北何人剑，声满东南几处箫。
斗大明星烂无数，长天一月坠林梢。

开头两句，完全是楚骚的风格。"气寒西北何人剑"，大家读到这一句就应该知道，金庸的《侠客行》里面"气寒西北"这个外号怎么来的。这首诗是作者考试失利，感慨标准化考试制度的不公。龚自珍是一个天才，他是绝对没有办法顺应这个体制的。一切的体制、规范化的体制，目的都是为了保护庸人的，一定是要打击最天才的人。龚自珍就是属于这样一个不幸被体制打击的人，所以他只好把自己对政治的热情，全部倾泻给了赌博，倾泻给了女人。这首诗的一个特点就是非常善于用比兴。"漠漠郁金香在臂，亭亭古玉佩当腰"，他未必会在手臂上插上郁金花，未必会在腰间佩上古玉，他写这两句诗是什么意思呢？就是《离骚》里所讲的"纷吾既有此内美兮，又重之以修能（tài）"，他就是要表现自己的内在美和外在美是合一的。可惜不得朝廷赏识，自己只能够东露一麟，西露一爪，没有办法在政治舞台上驰骋。你看到政治舞台上的那些人，全部都是星星，而我这样一轮皓月，却坠落到树林底下去了。

如果我们做一个相对比较粗浅的总结，大致可以这样总结：才人之诗思致浅薄，靠聪明、才气去写诗；而学人之诗的一个特点是思想非常深到，思力精绝，使事用典，繁密质实，但是比兴的感觉就不够；而诗人之诗最大的特点，在我看来，就是善用比兴，感情上既浓挚又蕴藉。

诗人之诗、学人之诗和才人之诗，它的原始含义如上所述。

但是，到了清朝末年，同治光绪年间，有一批诗人不单学唐诗，他们的诗被戏称做"同光体"。他们提倡的是合诗人之诗与学人之诗于一手。这句话是什么含义呢？就是强调，你既要读书，又要有天分，还要有技巧。在这样的一种理论背景之下，产生了文廷式、沈曾植、陈宝琛这些人的创作实践。

我们看文廷式的一首《幽人》：

幽人杖策江头立，潮去潮来变古今。
晋代衣冠半南渡，汉家陵阙又秋阴。
鲸鲵跋浪连山麑，虎豹当关白日沉。
曾跽敷衽谒虞舜，浮云西北此时心。

这首诗很显然是从李白的《登金陵凤凰台》化出来的，但是他化得非常好，有自己的东西。大家知道这是一位参加戊戌变法的先进知识分子，他的历史感是非常深沉的，他看到了当时的大清与世界的差距，所以他的忧患感也是李白当年所不具备的。不是说他会比李白高明，而是说他可以学李白而能够学到自出机杼。这就是一个学人诗和诗人诗合为一手的典范。

同样，沈曾植的《答若海病起之作》：

吹尽东风江上村。刹幡心动不堪论。
宵行齐鼠狸难捕，怪事巴蛇象可吞。
憔悴诗人依病榻，微茫《易》意筮归魂。
无穷天地长勤客，目断秦东碣石门。

"吹尽东风江上村。刹幡心动不堪论。"这里用了一个著名的典故，就是《六祖坛经》里面的。"宵行齐鼠狸难捕，怪事巴蛇象可吞。"这两句就是诗的语言。他的语法是怎么样的呢，"怪事巴蛇象可吞"，"巴蛇象可吞"是"怪事"的宾语，"巴蛇象可吞"是一个"怪事"，这样理解。"憔悴诗人依病榻，微茫《易》意筮归魂。"这个"《易》意"，对仗对得特别好，"诗人"对"《易》意"，为什么对得特别好呢？诗，诗人本来指写诗的人，是具有诗情诗心的人，但可以把它单独拿出来比喻《诗经》，而这个《易》本来就指《易经》，所以他的这种对仗对得极其工整，工整到让你没有感觉到他是在对仗。"无穷天地长勤客"，就是在天地间来往，感到无比辛勤的这些人。

我们再来看陈宝琛的《落花》。这一首是非常著名的落花诗，他有前后《落花诗》。这是写甲午战争中国败于日本：

　　生灭元知色是空。可堪倾国付东风。
　　唤醒绮梦憎啼鸟，罥入情丝奈网虫。
　　雨里罗衾寒不耐，春阑金缕曲初终。
　　返生香岂人间有，除奏通明向碧翁。

"生灭元知色是空。可堪倾国付东风。""倾国"，这里本来指落花，落花本来有倾国倾城之貌，可是它付与东风。这里比喻用我们一个国家的国力去建造的北洋水师竟然全部覆灭了。"唤醒绮梦憎啼鸟"，"醒"念 xīng。睡醒了念 xīng，喝酒酒意褪掉了念 xīng，但是这里是借了酒醒的意思，借了它的音，所以从平仄的要求说，这里只能念 xīng。

"雨里罗衾寒不耐，春阑金缕曲初终。"他这里的用典使事妙得不得了。"雨里罗衾寒不耐"，用的是什么？李煜的《浪淘沙》；"春阑金缕曲初终"，《金缕曲》，就是《贺新郎》，《金缕曲》这个曲子本来是咏新柳的，春天的时候刚生的那个柳，柳枝称之为金缕。后来就被人误用，开始慢慢地贺别人结婚，《贺新郎》，然后接着呢，《贺新凉》，咏秋景比较多了。但是这里，陈宝琛显然是知道《金缕曲》本来是咏初春的景象的，所以他用了"春阑金缕曲初终"。这一句还有一个很深刻的意思，它是讲甲午战败，正好是西太后颐和园落成，在里面歌功颂德、歌舞升平。

"返生香岂人间有"，人生岂有返生之香，这句话本身意思就很深刻了，他又用倒装的句法写。"除奏通明向碧翁。"最后一句的用典，我觉得是最高明的。这是《五代诗话》里的一个故事，它讲五代的时候有个人没学问，他写诗去咏天，就说这个天碧翁翁的。这样一个非常俗的典故，陈宝琛竟然把它写得这么雅，这种扫俗为雅的能力，才是一流大作家所具有的高明手段。

二、当代学人诗的含义

我们看第二个问题，当代学人之诗的含义是什么？首先我们要知道当代诗坛有几大派。在 1994 年的时候，中华诗词学会曾经做过一个调查，就是调查现在的诗词人口究竟有多少，它有一个基本的条件，就是懂格律，最后得出来的结论是 140 万。放在今天，应该远远不止这个数字。因为这二十年来，传统文化其实是在回归的。

但是我们不可忽略的，是在这远远超过 140 万的数字当中，其实绝大多数是属于"老干体"。"老干体"，实际上是老干部们写的诗。关于"老干体"的艺术风格，如果它也有艺术的话，建议大家去看看惠州学院杨子怡教授的一篇论文，就谈"老干体"的这种风格是怎样形成的，文章写得非常有意思，就是只要你避免它的那些毛病，基本上就可以算是入了门了。

第二种是以聂绀弩为代表的诗人。聂绀弩的诗实际上是一种诗体杂文，它本质上不是诗。聂绀弩和舒芜以及其他的七位诗人曾经出过一本合集叫《倾盖集》，这在文学史上绝对是可以占据一席之地的一部合集，并不是说它好，而是说它的确带来了一种完全不同的风格。

第三派人物，是所谓的实验体。实验体的诗人，才华也是很高的，而往往都是从写新诗开始的，所以他们把写新诗的那一脉的思维用到了写国诗当中来。尤其值得重点提及的是，他们写的是新诗而不是白话诗。我多年以前就有一个观点，就是说新诗跟白话诗完全是两回事。所谓新诗，在它背后的意识形态是西方的，是具有现代性的，在它的表现形式上，一定也是比较迷离惝恍的，这才是新诗。实验体的诗人是用新诗的思维去写国诗，也取得了一定的成就。

第四种，我称之为左派民粹诗。有一个"80 后"的小年青，自认为是当代的李白，写的诗就是写他的北漂生活，在北京怎么样生活在底层，怎么样地痛苦，怎么样仇恨这个社会，这就是我所说的典型的左派民粹诗。

最后，就是我们要讲的传统雅正派，这些就是我要说的当代学人诗。在我的概念当中，这个当代学人诗，并不是只有具有教授、研究员的身份，才叫学人诗，而是具备学人诗的风格特征的，就是学人之诗。

"老干体"的作品我们不用举例了,那么我们来看看聂绀弩的诗《推磨》:

百事输人我老牛。惟余转磨稍风流。
春雷隐隐全中国,玉雪霏霏一小楼。
把坏心思磨粉碎,到新天地作环游。
连朝齐步三千里,不在雷池更外头。

"把坏心思磨粉碎,到新天地作环游。"这都是当时整风反右的时候经常用的词汇。"连朝齐步三千里,不在雷池更外头。"就是讲推磨的时候齐步走,而且是不敢越雷池一步。这首诗很多人很赞赏,认为他写出了当代的生活。他们这些人都忘记了美学的最基本的原则。美是什么?美是和谐,和谐才能称之为美。所以他们的问题,包括聂绀弩相交游的这些诗人的共同问题、缺憾,都在于他们的诗不和谐。

《倾盖集》中,我认为唯一写诗写得好的是舒芜,可惜,他的诗名远远比不上聂绀弩。舒芜有一首《旦兮嘘堂》:

布幔寥落兮开一隙,吾与夜兮相溺。雨倏来而倏止,予荒芜以浅饰。时有美兮在室,相裸而视兮光仄仄。汝语吾,何寂寂。吾答,未汝识。汝之乳兮如蜜,汝之面容莫逆。吾莫与汝识,如春冬之对译。乃接枕而默默,犹希腊与哥特。布幔寥落兮开一隙。旦兮,在即,夜如败革。

这首诗看起来像是一首古风,但是我们换一种排法,取消它的标点符号,改为分行排列,你就感觉到它的本质上是一首新诗,以这样一种方式:

布幔寥落兮开一隙/吾与夜兮相溺/雨倏来而倏止/予荒芜以浅饰/时有美兮在室/相裸而视兮光仄仄/汝语吾/何寂寂/吾答/未汝识/汝之乳兮如蜜/汝之面容莫逆/吾莫与汝识/如春冬之对译/乃接枕而默默/犹希腊与哥特/布幔寥落兮开一隙/旦兮/在即/夜如败革。

它的特点,就和我们古典的诗风是完全不一样的。古典诗风往往有表层含义和深层含义,但是现代诗的特点是具有一种复义,它可以有多种不同的意义,而这多种不同的意义可能都是作者同时都想表达的。我们可以看到,这有可能是讲一男一女

"一夜情",又有可能是讲两个人的身体虽然接近了,可是他们的内心却无比的遥远。它重要的表达的意义是很模糊的,他要表达的是一种感觉。什么感觉呢?就是现代人情感无所着落,一颗心无法安放,一种存在的荒谬,所以实验体本质上是新诗。

当代的学人诗必须要符合这样的要求:既有深情,又有深思("思"做名词念 sì)。文辞风格一定是恪守传统,追求古雅。王国维有一篇文章叫《论古雅在中国文学中的地位》,这篇文章极其重要,大家回去可以认真地读一读。无论是"老干体",还是"五四"的这一些人,以及他们的继承者,或者实验体,或者那些民粹派的诗人,他们共同的特点都是诗是写给别人看的,都有一种强烈的我要进入文学史的想法。就像孔子说的,"古之学者为己,今之学者为人",真正的诗人一定是为己的,在写诗的时候,只想着自己的情感宣泄与表达,绝不会想着这首诗是不是要进入文学史。

三、当代学人诗作举隅

1. 钱锺书

钱锺书的诗更多地偏于学人诗。但是钱锺书的学人诗如果仔细去寻衍,透过那种故意地要让你看不懂、故意地让你望而生厌的语言风格,你能够感觉到他的背后有一种潜藏的深情。

我们看这一首《沉吟》:"王周通问私交在,苏李酬诗故谊深。惭愧叔鸾能勇决,挥刀割席更沉吟。"朱惠国在《万象》杂志上专门写文章谈过这首诗。从字面意义上来理解,他列举了好几位古人,或者说每一句都列举了两个古人。第一句是说南北朝时期的王褒和周弘让,王褒当时出使北魏,被留住不让回到梁朝,他写信给周弘让,周弘让也给他回信,感情非常深挚,没有因为他在别的朝廷侍奉敌人而把他打入另册。苏武、李陵的故事大家都非常熟悉,李陵投降了匈奴,苏武出使,两个人道不同不相为谋,在昆曲里面也有《牧羊记》这样非常有名的一出戏,里面就有苏武李陵河梁送别的故事。文学史或者说传统文学史认为,苏武李陵河梁赠别的酬唱诗就是五言诗的滥觞。第三句又讲了两个古人，阳斐和羊侃，当时阳斐是北魏的人，他到梁朝出使，梁朝的尚书羊侃是从北魏逃过来的，是北魏的叛徒，跟阳斐本来是好朋友，多少次要跟阳斐相见，阳斐坚决不肯跟他相见。第四句"挥刀割席更沉吟"，割席的典故也是涉及两个古人，管宁和华歆。管宁和华歆一起读书，看到外面有人婚丧嫁娶，华歆跑出去看，心总是不定，最后管宁把席子割掉了，说你不是我的朋友。

乍一看这首诗就是一个点鬼簿，有什么好的呢？但是你要知道这首诗是写给谁的，钱锺书写给他最好的朋友冒孝鲁。他跟冒孝鲁在回国的船上相遇，冒孝鲁是留学俄国的大才子，两个人一见如故，关系很好。可是冒孝鲁当时"落水"了，做了汉奸，钱锺书就想起来王褒和周弘让，两个人没有因为政治立场的歧异而影响交谊，苏武李陵同样如此。像阳斐那样决绝地跟朋友不相见，坚守自己的政治理念，坚守气节，实在太难了。从道义上来说，我应该跟你绝交，所以要挥刀割席，可是真的下不了这个决心，我跟你的交情实在是太深。这种审美就像核桃，你要把外壳敲碎了才能够吃到里边的仁，感受到果实的鲜美。

下面几首都是写给冒孝鲁的。这是1942年的，冒孝鲁"落水"有一段日子了，钱锺书也原谅了他，知道了他的种种不易，所以又写诗这样说：

龙性官中想未驯。书生端合耐家贫。
敛非澜倒回狂手，立作波摇待定身。
九牧声名还自累，群居语笑向谁真。
白头青鬟交私在，宛转通词意不伸。

"龙性官中想未驯。书生端合耐家贫。"我相信你"落水"投敌有说不出的苦衷，你不是为了荣华富贵而去的。下面两句是非常典型的江西诗派的笔法。从黄庭坚开始，宋朝的江西诗派擅长用点铁成金、脱胎换骨法，把平淡的顺溜的语句变得突兀，变得倔强，变得不那么顺溜，反而能营造一种惊奇的艺术效果，这就是江西诗派的法乳："敛非澜倒回狂手，立作波摇待定身。"非敛，非能够倒澜回狂的手，他要把它收敛住。"立作波摇待定身"，整个的句法都是奇特的。"九牧声名还自累，群居语笑向谁真。"你身边没有真正的朋友跟你对话，你千万不要忘记我始终是你的朋友，尽管我们俩在政治立场上是不一致的。"白头青鬓交私在，宛转通词意不伸。"我把我这番情感告诉你，可是我心里面也很难受，我为你惋惜。

1957年的时候，冒孝鲁被打成了右派，1958年，被发配到安徽大学去教书，钱锺书又给他写了一首诗：

　　廿载论交指一弹。移枝栖息祝平安。
　　镜中青鬓朱颜驻，诗里黄山白岳蟠。
　　差喜敛狂能止酒，更期作健好加餐。
　　然脂才妇长相守，粉竹金松共岁寒。

"廿载论交指一弹"，这种句法非常有力量。"诗里黄山白岳蟠"，气象非常深远。这一首是说我跟你二十年的交情，我的心是站在你这边的，我知道你没有错。

下面这一首写于1966年：

　　蕉树徒参五蕴空。相怜岂必病相同。
　　眼犹安障长看雾，心亦悬旌不待风。
　　委地落花羡飞絮，栖洲眠鹭梦征鸿。
　　与君人世推排久，白发无须叹未公。

"蕉树徒参五蕴空"，也是用了佛典，蕉鹿之典。"眼犹安障长看雾，心亦悬旌不待风。"这种句法是带有一点流水对的句法。"与君人世推排久，白发无须叹未公。"当时知识分子都受到了冲击，钱锺书是非常懂得保护自己的，而冒孝鲁就属那种本身有汉奸的历史污点，又是右派，受到的冲击要大得多。钱先生就说，我跟你的这种交谊，"与君人世推排久"，你不要有那么多的哀叹，因为朋友是永远在的。

1973年，冒孝鲁已经遭到了更大的冲击，在这个时候，钱先生义无反顾地给他写下了这首诗：

　　四劫三灾次第过。华年英气等销磨。
　　世途似砥难防阱，人海无风亦起波。
　　不复小文供润饰，倘能老学补蹉跎。
　　鬓青头白存诗句，卅载重拈为子哦。

"四劫三灾次第过。华年英气等销磨。"我和你一样，都是消磨了英气。"世途似砥难防阱",这个比喻把一个要说理的东西说得具有了形象的感觉。我们在人间看到像磨刀石一样的坦途,但是你要担心有陷阱。什么陷阱啊?引蛇出洞的阳谋嘛。"人海无风亦起波。"你要知道人心是叵测的,即使无风都要起浪,你看透这一点以后,你的心就会开解很多。"不复小文供润饰,倘能老学补蹉跎。"这里面又用了一个典故,陆游的老学庵。就是说我现在没有小文章来让你润色了,我也是希望能够到晚年的时候多学一点东西,不要让我的人生就这么蹉跎了。最后两句:"鬓青头白存诗句",这就是1942年写给冒孝鲁的"白头青鬓交私在"。"卅载重拈为子哦。"你现在遭到的这种不公正的对待,所有人都知道,不是你的错。我现在再明确地说一遍,我和你的私交始终是在的。这里面隐含的含义是什么呢?以前,我和你公义上不同,但是私交永远在,现在,无论是在私交还是在公义上,我永远站在你的一边。大家想一想,在"文革"的时候,要说出这样的话来,是需要多大的勇气,这是真正的生死之友。

下面这一首是作于1989年的《阅世》,堪称钱先生的压卷之作:

阅世迁流两鬓摧。块然孤喟发群哀。
星星未熄焚馀火,寸寸难燃溺后灰。
对症亦知须药换,出新何术得陈推。
不图剩长支离叟,留命桑田又一回。

"寸寸难燃溺后灰",第四句写得太漂亮了,漂亮在哪里呢?扫俗为雅。被尿泡湿的灰,无法再重新烧了,这本身是一个多么俗的东西,但是他就用来形容自己的内心何等之孤寂,何等之绝望。"对症亦知须药换,出新何术得陈推。"我们也知道国家的问题在哪里,该怎么改,可是我们又有什么力量去推行它呢?最后两句写得无比沉痛:"不图剩长支离叟",这个"长"读zhàng,是身无长物的zhàng,多余。我这个人活在世上,虽然被称为文化昆仑,虽然被称为国宝,可是我根本没有能力,我只能眼看着悲剧的发生,我是一个多余的支离的老人,"支离"这个词也是出自《庄子》。"留命桑田又一回。"桑田,典故,形容人事变迁，巨大的历史关口。这个关口我活下来了，可是，那些优秀的青年呢？

2. 程千帆

入梦四首

入梦飞熊遽化烟。金仙临载亦凄然。
寒衣无待山河改，枉种红桑七十年。

丹陛年时噤万灵。霓旌玉节满春城。
登真帝子如重降，且听秋林落叶声。

小星三五侍霞觞。娇妒犹传抵死狂。
一夕凤蝉零落尽，影娥池上月如霜。

莫为兴亡叹逝波。千秋恩怨复如何。
难求痼疾三年艾，苦忆逌人五夜歌。

四首诗，写的什么内容？苏联解体、东欧剧变。

第一首，"入梦飞熊遽化烟"，飞熊，指的不是姜太公，而是硕大无比的北极熊。"金仙临载亦凄然"的故事大家很熟悉了，魏明帝的时候，把汉宫的十二金人移走，结果金人流眼泪了。"寒衣无待山河改，枉种红桑七十年。"苏联做了七十年的实验，成为人类历史上最大的一个悲剧。

第二首，"丹陛年时噤万灵"，当年斯大林在世的时候，何等专制，知识分子哪有说话的份，全部被镇压了。可是现在，"登真帝子如重降，且听秋林落叶声"，斯大林灭亡了。

第三首，"小星三五侍霞觞"，"小星"本来是《诗经》里的一个诗篇，后来用来比喻小妾，这里指苏联的卫星国。"娇妒犹传抵死狂"，指当时首先起来反对苏联的铁托，南斯拉夫的领导人。"一夕凤蝉零落尽，影娥池上月如霜。"影娥池本来是汉朝宫殿里面的一个池沼，但这里用的是蛾，是这些本来仰仗俄罗斯鼻息的国家。

最后一首，"莫为兴亡叹逝波。千秋恩怨复如何。"你想想他们犯下的滔天罪行。

3. 潘伯鹰

第一首,《哀箕封》。箕子封在朝鲜,所以这首写的实际上是朝鲜战争:

> 瞻望海东头,哀哀箕子封。云车纷弹雨,舟师环火攻。烈焰腾千里,海霞为不红。赫赫殷商裔,遂虞绝其宗。举世祸诚亟,自残先履凶。齐楚霸未定,滕薛将何从。碎身为逸鹿,骧首谁真龙。抱器与为奴,灾至皆不容。毋为哀秦人,不阅伤我躬。

"赫赫殷商裔,遂虞绝其宗。"就是我们要担忧它,它的宗室不再延续了。"齐楚霸未定",齐楚指苏美。"滕薛将何从",这些小国——南朝鲜北朝鲜怎么办?"抱器与为奴,灾至皆不容。"抱着商周的宗器去做奴隶,这都是商朝的事情,一旦天下扰攘,大灾祸到来的时候,都没有办法像商周末年那样能够保全自己。最后两句,"毋为哀秦人,不阅伤我躬"。"我躬不阅",《诗经》的句子;"秦人不暇自哀,后人哀之",《阿房宫赋》的句子。你看他的用典使事何等绝妙。最后两句写出朝鲜战争以后,中国怎么样呢?他的判断是非常悲观的。

我们再来看《过梅村桥是故人乔大壮自沉处》,乔大壮也是著名的诗人词人,当年在四川出过诗词集的线装本《波外乐府》。

> 秋阳肆余威,河水郁深碧。衔悲彷城门,泪落莫能抑。异时风雨夜,去今几何夕。斯人竟不回,渺渺无留迹。偷生贵鲜耻,孰使子芳洁。沉吟终一决,自碎千金璧。青旻旷沉寥,此世苦逼仄。子实鸿鹄翔,求子视薮泽。永维平生亲,追恸肠为迫。盘胸念《黄鸟》,何吝以身百。欲行复迟迟,返顾渺烟液。子去诚洒然,不复畏弹射。

"秋阳肆余威,河水郁深碧。衔悲彷城门,泪落莫能抑。"完全是赋笔。如果你有一定的创作经验,就会知道,在赋比兴三者之中,赋是最难写的。因为比兴是容易讨巧的,容易把这种美感给传达出来,而赋,要能够写得动人,一定要有特别浓挚的感情,没有浓挚的感情,一写就全是白话,所以杜甫之所以了不起,是因为杜甫擅长用赋笔,你去读杜甫的《羌村三首》,连

"群鸡正乱叫"的句子都出来了,但是你一点都不觉得它俗,反而觉得它特别雅,因为它的情感太浓挚了。清朝的大诗人郑珍(郑巢经)有《巢经巢诗》。如果大家见到了一定要买,汪辟疆早就说过,说清朝末年的同光体表面上说我们学宋诗,实际上《巢经巢诗》才是他们的枕中鸿秘,才是他们放到枕头底下偷偷看偷偷学的最好的教材。郑珍的诗也是特别擅长用赋笔,我们称之为"白战体",就是完全不凭借任何的艺术技巧,就是平淡地去叙事,平淡地去描写,完全靠背后的那种浓挚的情感打动人。潘伯鹰的这首也是一首"白战体"。

"异时风雨夜,去今几何夕。"当时你去世的时候正当风雨之夜,但是现在过了多长时间呢?我仿佛仍然是在昨天。"偷生贵鲜耻,孰使子芳洁。"反语说一笔,你看那些活着的人,都是因为他们寡廉鲜耻,所以他们才能够活得很好,像你那样的赋情芳洁,像屈子一样高贵的人格,你不死何待啊!"沉吟终一决,自碎千金璧。"这又用了一个比的手法,你经过了仔细的思索,终于决定跟这个人世作最后的告别,仿佛是把自己最心爱的最价值连城的玉璧给捶碎了,你自己的命都不要了。青旻是秋日的天空,昊是冬天的天空。"子实鸿鹄翔,求子视薮泽。"你没有死,你实际上是化成了鸿鹄高飞远翔,我们要去找你的话,就到深山大泽之中去、到草野之中去寻觅你的踪迹。"永维平生亲,追恸肠为迫。"你是我一生中非常重要的好朋友,想起你来,我柔肠百转。"盘胸念《黄鸟》,何吝以身百。"《黄鸟》又是《诗经》的典故,"如可赎兮,人百其身",如果说可以换回你的命来,我们用上百条上千条的命都可以。秦观死的时候,苏轼在秦观郴州旅舍的《踏莎行》的后面作了一个跋,就讲"少游已死,虽千万人何赎",意思是说,这么优秀的、我生命中最好的朋友秦观你已经死掉了,再有多少人的命也换不回来了。就用的《黄鸟》的典故。这里也是用的《黄鸟》的典故。"欲行复迟迟,返顾渺烟液。""液",一般人是绝对想不到用这个字的。中南海被称为太液池,所以这个"液"既可以指液体,也可以指很大的水。"子去诚洒然,不复畏弹射。""弹",念 tán,动词。射,念 yì。

4．傅静庵

傅静庵先生，号桐花馆，和朱庸斋先生分春馆当时是齐名并列的，号称傅诗朱词，傅静庵先生的诗，朱庸斋先生的词，是广东当时最有名的。

傅静庵《得阿璇书》：

> 客中已苦病，家书转相促。展书求速看，一字一刺目。此何人书也，吾妻泪所畜。书中复何云，忍泪背人读。儿生才四月，念之态可掬。当我濒行时，抚儿莫啼哭。今我欲归时，儿命不可续。叹汝生何迟，恨汝死何速！虽然未逾岁，此犹吾骨肉。吾悲犹自可，妻恸又谁告。山斋归未能，春风长新绿。友朋来唁我，仰天一吟足。

"客中已苦病，家书转相促。展书求速看，一字一刺目。此何人书也，吾妻泪所畜。"以文为诗，还能够写得那么动人，这个就很了不起了。一般来说，文章不太像诗那样便于抒情，"此何人书也"，这完全就是文的句子，但是正是因为在诗里用了文的句子，才显得这首诗更加古拙、高古，这是写古风的秘诀。同样，写律诗的时候，如果用上古风的句法，"上有飘渺之飞楼"这样的句法，自然地就让人眼前一亮。但是这个不能随便用，一定要等你写得大家都认可了，你的近体诗写得不错了，你才能够破体。"书中复何云，忍泪背人读。儿生才四月，念之态可掬。当我濒行时，抚儿莫啼哭。"他当时跑到香港去了。"叹汝生何迟"，你为什么在这么一个天下扰攘的时候出生。"恨汝死何速！"你才四个月呀！"妻恸又谁告"（gǔ），"告"不念 gào，"永矢弗告（gǔ）"，《诗经》里面的句子。"山斋归未能，春风长新绿。"这是一种兴的手法，春风长新绿了，可是我的孩子再也回不来了。"友朋来唁我，仰天一吟足。"我还是罢了吧，这个"吟"，不是吟诗，是呻吟的吟，我还是仰天呻吟吧。但是仰天呻吟解决得了这种痛苦吗？解决不了。他把诗背后的东西交给读者自己去感受。完全是赋笔，但是情感太浓挚了，所以你一点也不觉得它有什么死板。读起来像文章，但它就是一首诗，而且是极其动人的诗。

再看傅静庵的自我供状，说自己的诗学渊源，学了孟郊的。

《读东野诗》：

> 东野耸诗骨，天地寒峥嵘。毛发日以疏，坐老长咿嘤。往往出奇峭，著纸多不平。或类老虫语，或作饥鸢声。或如鬼昼哭，或如猿夜鸣。一吟东野句，万物无遁形。昌黎虽博大，曷若东野精。低头拜东野，此语岂过情。奇葩乃天吐，所喻诚不轻。我爱东野句，忍古将何成。

"东野耸诗骨，天地寒峥嵘。"又是一个比，兴中有比，它既是一个比喻，读孟东野的诗的时候，你整个的骨头都仿佛耸起来了，你仿佛感觉天地之间那么寒冷，峥嵘得可怕；但同时它又是一种兴，它带出下文。"毛发日以疏，坐老长咿嘤。往往出奇峭，著纸多不平。或类老虫语，或作饥鸢声。或如鬼昼哭，或如猿夜鸣。"这种句法是韩愈开创的，叫作博喻，用多种不同的喻象去比喻同一个喻体。"一吟东野句，万物无遁形。"又是兴中有比。"昌黎虽博大，曷若东野精。"韩昌黎的诗风虽然很博大，可是他怎么能比得上孟郊的诗精纯。"奇葩乃天吐，所喻诚不轻。""喻"是明白；"诚不轻"，明白得太多了。"我爱东野句，忍古将何成。""忍古"就是终古，从古以来有谁能够学到东野的这种风格？

再看傅静庵的两首五言律诗。

海岛市海堤夜坐二首

> 百念成今夜，江心逐望齐。云危将月隐，地迥觉天低。
> 国已馀三户，吾何爱一畦。而今披发去，风叶任颠迷。

"国已馀三户，吾何爱一畦。"这两句堪称名句，"楚虽三户，亡秦必楚"，用了这个典故。就是说现在我们国仇家恨已经那么严重了，我哪里还能够去想着我那一亩三分地呢？"而今披发去，风叶任颠迷。"吾将披发大荒。

> 二客忽相对，江风来破熏。欲凭天与立，未必水无分。
> 汝意遂如此，吾犹有所云。重将灯下影，一照世间人。

"二客忽相对，江风来破熏。"这开笔就非常了得。写得何等的不用力，但是又何等的有力量。第二联："欲凭天与立，未必水无分。"是理语，是非常讲哲理的话，同时又是情语，能够把理和情圆融在一起，这就是他的高明所在。第三联："汝意遂如此,吾犹有所云。"这是流水对。一般的对仗好像你推一个小车,小车的两个车轮也是对仗的,它自然而然就形成一种惯性往前冲。所有对仗的句子都有这种自然而然往前冲的感觉,但是流水对往前冲的冲劲尤其大。"重将灯下影,一照世间人。"最后的结尾戛然而止。

5. 佟绍弼

我们来看一看佟绍弼先生的作品,《香港客舍晓望》,这是1939年所作:

> 昨宵风雨乱纵横。荓荓情怀向此声。
> 未悔成愚缘积爱,自知难死似贪生。
> 一时四海分秋色,白日沧波见晓晴。
> 我已无家归可得,空期云水逐鸥征。

"昨宵风雨乱纵横","纵",念 zóng,平声字。"未悔成愚缘积爱",我不是做不到像聪明人那样,但是我内心里面充满了人类的一切美好正义高贵的向往,所以我宁愿去做一个愚笨的人。"一时四海分秋色,白日沧波见晓晴。"这两句纯粹是老杜笔法,秋色、晓晴本身都是非常虚的东西,但是用"分"、"见"两个实字,仿佛就变成了可以分割的具象化的东西。"我已无家归可得",我已无家可归,可得归的意思。"空期云水逐鸥征",我希望像海鸥一样没有机心,《列子》里面的典故,但是我只是成为一种空想而已。

> ### 秋 夜
>
> 倦来敧枕夜三更。耿耿灯前睡未成。
> 凉夜几家人在梦,虚窗一片月谁明。
> 乾坤岂止三分在,性命微嫌一掷轻。
> 自惜壮年无着处,寥天风露不胜情。

"凉夜几家人在梦,虚窗一片月谁明。"这两句太漂亮了,真是一片神行,你无法说出来的好。"乾坤岂止三分在,性命微嫌一掷轻。"上两句简直是神仙的句子,这两句是人间的好句,是可以分析出它的好来的。讲我们这个国土还没有完全沦丧,我们怎么样牺牲也是值得的。"自惜壮年无着处,寥天风露不胜情。"这两句,因为前面的句子写得太好了,所以就显得平淡一些。

广深道中

去去浮生有所思。未秋村树已披离。
田因被水多荒没,我在看云一叹噫。
涉世微怜闻道晚,谋身已觉见几迟。
此行不作居夷想,聊为殷勤答故知。

"田因被水多荒没,我在看云一叹噫。"这两句又是江西笔法。这个对仗绝不工,绝不是那种工对的句子,但是它就是这种宽对,反而比工对要高明得多,句法就活了。"此行不作居夷想",君子居之,何陋之有?子欲居九夷。"聊为殷勤答故知",我不是说我想着要到香港去,我只是把它当作人生中的一个经历,我是为了能够写出更好的诗来报答我的这些知交朋友,何等高旷的情怀。

6. 陈永正

《慰友阻风》,有一个小注,"丙午作"。即1966年,"文化大革命"刚起的时候。"侵晨白鹤洞,日午黄牛滩。其自东来雨,难堪暮出关。高樯淹逆水,容与复西还。迟汝偕吾道,明朝发荔湾。""其自东来雨",这种句法化用《诗经》,何等高古。"难堪暮出关",上下联的对仗用典非常相衬,上联用《诗经》,下联用《老子列传》,用《史记》,这才是铢两悉称的对仗方法。在"文革"的时候,有无数的人为了逃避一种苦难,偷渡香港。迟,读 chì。

《孤来》,这也是1966年写的:"孤来不携伞,但道北风寒。明日众中别,今宵对面看。溯交论早岁,留址嘱清翰。薄送忽天霁,行行长道干。"讲一个友人,一个人来看他,这里面的北风寒,是指政治之风,不是指真正的天气。众中作别,背后有很多很多的让你想象的东西。

《新月》作于"武斗"更加激烈的1967年。"爱此哉生魄,江干立待昏。已拚微照隐,敢并夕阳存。波远子何在,雁惊弦欲援。冥冥忽难觅,灿以众星繁。"

"爱此哉生魄",这个"哉"字用得绝妙,特别古雅。《尔雅》开头"初哉",都是刚开始的意思,始也。"哉生魄",就是初生魄的意思。"已拚微照隐","拚",念pàn,读音同《花间词》里面牛峤《菩萨蛮》"须作一生拚,尽君今日欢"的"拚"。"波远子何在,雁惊弦欲援。"这是十三元的韵。在他的眼中,所看到的月亮,都浸润着一种忧患、恐惧。这是当时的人处在那样的一种制度之下,那样的一种可怕的境遇之下,每个人都感受到的那种莫名的恐惧。这种奇思妙想,谁想得出来?也是时代所赋予他的这种灵感,谁能想到月亮竟然是为了逃避人世间的弓弦,像大雁一样远遁?

下面这三首也是1966年的。《不别三首》:"不别洒然去,谁能怀好音。昨年初面夜,冲雨揽衣寻。情话沉虚幔,朝阳丽北林。而今成独往,缅想大江深。"讲一个偷渡成功的朋友。

第二首:"入暮风兼雨,君归不我过。孤帆破层浪,一夜渡三河。春逼故人去,水生歧路多。尝闻古离别,当泣以悲歌。""春逼故人去,水生歧路多。"这两句是天生的名句。"尝闻古离别,当泣以悲歌。"这是用了古风的句法,因此句法更加矫健。

第三首:"了无酬对意,客至总难亲。自与君相别,衡门久绝尘。片帆张半夜,一水浣千春。而我怀沧海,翔鸥不肯驯。"在那样可怕的境遇下,能够写出如此流利的漂亮的句子,太难得了。"片帆张半夜,一水浣千春。"你读到这样的句子的时候,难道你的全身不洋溢着一种幸福,洋溢着一种对于未来的乐观吗?"而我怀沧海,翔鸥不肯驯。"这叫十字格,即两句连起来才能表达一个完整的意思,五言的句子,它不是流水对,但又具有流水对不可断绝的特点,称之为十字格。而我怀沧海之翔鸥不肯驯,就是这个意思。这样写出来,结尾就一泻而下。

下面是陈老师最近所作的,《黄河壶口瀑布放歌》:

沧海泻杯河倾壶,悬流挟势群山趋,圻裂层岩陂坨粗。盘涡里外黄白殊,水争石夺不肯输,神划鬼剡得乘虚。巨浪扑噬若于菟,百里霞霞惊聋懦,激电翻霜俄纷如。游客骈首目睢盱,欲近还却三踟躇。阴洞螺磴下窥觑,水府凝泠森发须。乱溅亿亿摩尼珠,日影飘瞥虹影弧,一珠万象才须臾,已历娲羲抵盘瓠。不周触陷东南隅,赤帝挥手众灵驱,竟移太行塞当途。浊流逼仄无完躯,河伯色怒掉狂车,秦晋蹴踏中原屠。熔铸大钧一洪炉,水火漂焚无贤愚,黄土所抟皆为奴,仰天莫问民何辜。噫嘻戏!是欤非欤,长安闹市百六间,贵人恃恩持左枢,舞紫歌红群氓俱。欲攀龙髯祠鼎湖,欲犯帝座踞清都,于此乘槎溯天衢。九牛力挽麋千夫,柁倾桨折骇且呼,一堕不救失头颅。浮生扰攘一蘧庐,增之不足减则余,身世相仇悔其初。今我七十何所图,自保一身惭妻孥,去去流年疾逃逋,口钳形解胡为乎。观我生兮道未孤,及吾衰矣道已污,有心无力心可诛。壶水当酒能醉吾,阮家老兵不识渠,招来对饮晓及晡。微阳在户月在除,豪素满几聊可娱,毋用局束气不苏。神州百年终丘墟,休嗟微禹吾其鱼,泪墨淋浪笔于书。我泪未竭河已枯。

"沧海泻杯河倾壶",紧扣着壶口瀑布。"盘涡里外黄白殊",涡流水涡被激起来的浪是白色的,那些相对平静的就是黄色的。"巨浪扑噬若于菟",于菟是老虎。"日影飘瞥虹影弧",彩虹出来了。这首诗(的体裁)叫柏梁体,汉武帝曾经带领群臣登柏梁台,每人做一句,句句押韵,叫柏梁体。金庸先生《倚天屠龙记》的回目整个连起来就是一首柏梁体的诗。用柏梁体的好处是什么呢,就是它句句押韵,所以情感特别繁密。如果说一般的诗像古琴,甚至于像京胡,这个诗就像什么呢,像鼓,每一个鼓点都打得那么繁密。"不周触陷东南隅,赤帝挥手众灵驱。"这是用的今典,"不周山下红旗乱"。那位赤帝挥着巨手,所有的人被他欺骗,生灵众生全部被他所驱使。"竟移太行塞当途"。把我们的国脉国运全部堵住了。"黄土所抟皆为奴",黄土所抟的黄种人,怎么这么多年以来一个个的都没有独立自主,每一个人都过得像奴隶一样。"贵人恃恩持左枢",古代是以右为尚,这里为什么持左枢呢,这个左,是一个今典,指的是那些走左倾路线的人。"舞紫歌红群氓俱",这个更加明显指的是薄熙来。"浮生扰攘一蘧庐","蘧庐",蘧然一梦,用的是《庄子》的典故。"增之不足减则余,身世相仇悔其初。"用郭沫若的一句话说,篡党夺权者,一枕梦黄粱。"今我七十何所图",最后归结到自身。"阮家老兵不识渠",阮家老兵即阮步兵,步兵厨,就是做酒的。"不识渠",就是不识他。"招来对饮晓及晡","晡"

是早晨。"微阳在户月在除",除是阶梯。"豪素满几聊可娱,毋用局束气不苏。"我们在几案之上是有笔墨用来让自己感到快乐的。"休嗟微禹吾其鱼","微禹吾其鱼",这个本来是孟子的话,后来被王国维用进了他的诗里面去,陈老师是专门做过王国维诗词的笺注的,所以这里也是化用王国维的句子。"泪墨淋浪笔于书。我泪未竭河已枯。"他认为在这个时代,我们再不注重中国的文化传统,再不注重每个人奋发自强的话,我们这个民族真的就要灭亡了。

7. 王翼奇

这一首是写给毛谷风教授的。毛谷风教授编了一本当代诗词最好的选本,叫《海岳风华集》,选的都是名家。毛谷风先生还编了《历代七绝精华》、《历代律诗精华》,他编这些书又不会市场运作,出版社也不愿意给他出,他自己掏钱出,出了以后又找人去卖、推销,所以王翼奇先生就做了这首诗给他,叫《毛谷风卖书歌时君将赴京即以送行》:

> 诗穷而后工,诗工而益穷。我欲书此语,持赠毛谷风。谷风谷风何为者,征诗选诗忘日夜。编成贵谒出书人,可怜辞色不稍假:"双方须签协议书,包销三千汝能乎?书款先交十之四,兹事体大岂含糊!"书成奔走道路间,钱塘婺水几往还。纸贵价高买者少,抱向空斋掩泪看。谷风何须独愁予,时人那喜读诗书!况从职业论身价,诗人亦与歌人殊。君家阿敏金为嗓,珠光宝气何俊爽。侧闻啧啧有烦言,妙曲仍为天下赏。歌人本自颜如玉,歌中何止千钟粟;歌人下榻好楼居,香格里拉黄金屋。似君日夜爬格子,万言能饮几杯水?曼倩长身恒苦饥,无数侏儒饱欲死!君不闻十五月亮十六元,施郎早逝空招魂;君不见麝捣成尘莲拗寸,蒋君张君成长恨。卖书歌,歌正苦,我愿中宵伴君舞。当今选诗孰如君,一编着意期千古。卖书歌,歌莫哀,谷风谷风心莫灰。古来文章多寂寞,何况我辈贫且呆。君行过燕市,莫吊昭王台。黄金买骨终虚话,何处青山不打柴!

"诗穷而后工,诗工而益穷。我欲书此语,持赠毛谷风。"非常不费力,写得非常从容。"谷风谷风何为者,征诗选诗忘日夜。编成赍谒出书人,可怜辞色不稍假:'双方须签协议书,包销三千汝能乎?'""者"读jiǎ,"夜"读yà。这完全是现代的口语,他用到乐府诗中一点也不觉得俗,因为乐府诗本来就可以这样。"书成奔走道路间,钱塘婺水几往还。"毛谷风先生是浙江师范学院的,那个地方在金华。"君家阿敏金为嗓",你们姓毛的,毛阿敏怎么样,君家阿敏金为嗓。"妙曲仍为天下赏",你比得了吗?"歌人本自颜如玉,歌中何止千钟粟",意思是一首歌缠头无数啊。"歌人下榻好楼居,香格里拉黄金屋。"王老师跟我说,在香格里面拉,叫做香格里拉。(听众大笑)"似君日夜爬格子,万言能饮几杯水?""万言不值一杯水",化用。"曼倩长身恒苦饥",东方朔。"君不闻十五月亮十六元",《十五的月亮》那首歌只得到了十六块钱的稿费。"施郎早逝空招魂",施郎即施光南。"元"和"魂"都是十三元的韵。"君不见麝捣成尘莲拗寸",你想想看,麝香是多么好的一个东西,把它捣成尘土;莲花多么漂亮,把它拗成寸。"蒋君张君成长恨",指蒋筑英、张广厚,这两位科学家一辈子也没有过好日子。"当今选诗孰如君",现在那么多选诗的人都发财了,但是唯独毛谷风先生不是这样,他选的诗是要对历史负责任的,所以当然卖不出去了。"何况我辈贫且呆","贫且呆"用的又是一个俗语,一点不觉得俗,扫俗为雅。"君行过燕市,莫吊昭王台。"你看燕昭王千金市马骨,是重视人才的千古绝唱,你到那个地方千万不要凭吊。"黄金买骨终虚话,何处青山不打柴!"写得一气呵成,这才是当代的新乐府。

再看他的七律,王先生的七律当代第一。
　　　　括苍山中夜读李贺诗
　　　千载灵均嗣响谁。中唐忽见此瑰奇。
　　　生来骨相非凡马,呕出心肝是可儿。
　　　世路蹉跎秋士老,诗魂寂寞美人迟。
　　　忆君亦有如铅泪,独下苍山夜半时。

"千载灵均嗣响谁。"屈子以后谁会写得这么狂怪幽奇呢?"中唐忽见此瑰奇。"中国古代说玫瑰,指的是一种美玉,一种宝石。"生来骨相非凡马,呕出心肝是可儿。""儿"的古音念

ní）。"嫁与瞿塘贾，终朝误妾期。早知潮有信，嫁与弄潮儿（ní）。""忆君亦有如铅泪，独下苍山夜半时。"化用"清泪如铅水"，李贺的诗。这种一唱三叹，就像清代的词学家周济说南宋的大词人王沂孙的《碧山词》，无限感慨，皆以唱叹出之。王翼奇先生的诗完全是盛唐风格，皆以唱叹出之。

杭州马坡巷谒龚自珍故居

来从箫剑想英仪，太息当年国士悲。
六合残梅喑病马，一缄红泪湿青词。
秋风淮浦南归日，夜雪黄河北上时。
我亦飘萍文字海，四厢花影欲催诗。

"来从箫剑想英仪"，第一句给人一种悠远的感觉。"六合残梅喑病马"，即《病梅馆记》，"万马齐喑究可哀"。"一缄红泪湿青词。"青词是写给上帝的词。六合残梅，六合是何等阔大的意象，病马，马其实还是带有一点阳刚的。"一缄红泪湿青词，"又是何等纤微、婉约的意象，这两者组合在一起，就形成了一种特殊的艺术张力。"我亦飘萍文字海，四厢花影欲催诗。"没有最后两句，一般人也都能写得出来，但是加了最后两句，这才是诗人的作品，能够把自己的情怀跟他所要吟咏的对象联系在一起。"四厢花影怒于潮"，本来是龚自珍的句子，他化用过来。

杭州九溪谒陈散原先生墓

同光诗垒昔摩云。今日春芜属此坟。
浮世几人倾大雅，生刍一束吊斯文。
遥怜绝学无余子，永侍空山剩长君。
三爇馨香来再拜，不知心事竟何云。

"同光诗垒昔摩云。"陈散原当年曾经是同光体的大家，摩云大家。"今日春芜属此坟。"这里的结构是学温庭筠的《过陈琳墓》："曾于青史见遗文，今日飘蓬过古坟。词客有灵应识我，霸才无主始怜君。……""浮世几人倾大雅，生刍一束吊斯文。"不经意之间，这个句法如此灵动。"遥怜绝学无余子，永侍空山剩长君。"陈师曾的墓在陈三立墓的旁边。"三爇馨香来再拜，不知心事竟何云。"诗眼在"浮世几人倾大雅"，这是一个没有文化、仇恨文化的年代，在这样一个时代，像王老师这样一个文化遗民跑到陈三立的墓前，去表达对于这样一个在抗日战争中绝食而死的具有民族气节的大诗人的崇敬之情，是对于大雅正声的一种坚守。

王先生的幽默，还表现在他善作打油词。他讲当时上海有一个电视节目，叫《诗书画》，但女主持非常没文化。张大千本名张爰，女主持不认识，说张大千，叫张"爱"。华东师范大学有一位搞现当代文学的博士生导师点校吴梅的《词学通论》，错谬百出，"陈思王植"点校为"陈思、王植"。那个《诗书画》的女主持，"一枝红杏出墙来"，照着稿子念也不认识，念成"一枚红杏出墙来"。当时有一个出版社出版《三国演义》，"青春作赋"错成"青春作贼"。有一个女画家叫佘妙枝，报纸上写著名女画家佘妙妓。越剧演员王文娟错为王文娼。蔡子民，蔡元培嘛，错为蔡刁民。所以他作了《西江月·有感于书刊错别字》："才子青春作贼，佳人妙妓文娼。刁民二字太荒唐，竟是巍巍校长。张叟易名为爱，陈思改姓为王。一枚红杏出高墙，何等春光骀荡。"

8. 刘梦芙

我们看一首刘梦芙的《读人境庐诗〈拜曾祖母李太夫人墓〉感赋》：

堕地甫七载，即读先生诗。苍颜忆老父，字字诲儿时。青灯映窗牖，明月依庭帏。五言咏《拜墓》，长怀慈母慈。深情出肺腑，诵之酸泪垂。春风催我长，难忘绝妙辞。葆此纯孝心，家国方立基。大哉尼山教，仁者悯群黎。推己可及人，拯溺兼援饥。奕叶传圣哲，天下忧安危。先生贞刚士，念念坚不移。风涛涉异域，艰难求真知。爱国如爱母，殷殷疗疮痍。维新勇变法，导民为良师。陋儒不探本，妄谓先生痴：抱残卫封建，糟粕非所宜。岂识先生智，早越后起儿。两千年专制，一一曾鞭笞。治国烹小鲜，稳进步未迟。英雄纵戕折，青史铭丰碑。沧桑百载间，高擎革命旗。传统肆攻伐，精华弃若遗。祸烈愤"文革"，噬人多蛟螭。如狂颂叛逆，孝悌谁复持？道德成真空，拜金举国迷。先生九泉下，有泪应如丝。我来谒灵爽，秋菊荐数枝。诗犹在胸臆，暖意流熙熙。回望家山遥,高堂白发衰。未能效乌哺,思之摧心脾。愧瞻先生容,读书竟何为?谋生负累重,忧国叹位卑。遑言建勋业,蹉跎岁月驰。雕虫祇小技,世俗皆一嗤。先生诗最真,几人抉精微?骊龙怀宝珠,今尚潜光辉。孰谓我知音,寸草雨露滋。吾父逝不返,永含风木悲!

"堕地甫七载,即读先生诗。苍颜忆老父,字字诲儿时。"人境庐就是黄遵宪,读黄遵宪的诗,想起了父亲当年教过自己读黄遵宪的诗,因为黄遵宪的诗在晚清以来非常流行。"青灯映窗牖,明月依庭帏。……大哉尼山教,仁者悯群黎。"由自己的亲身经历、亲身所感想到了儒家的义理,儒家为什么要注重仁孝。"风涛涉异域,艰难求真知。"做新加坡英国的领事。"陋儒不探本,妄谓先生痴:抱残卫封建,糟粕非所宜。"现在这些不读书的人觉得黄遵宪先生保守,哪里知道黄遵宪先生是完全不保守的。"岂识先生智,早越后起儿。"比后来的不知道高明到哪里去了。"治国烹小鲜","治"表示动词念 chí,表示形容词念 zhì。"沧桑百载间,高搴革命旗。……如狂颂叛逆,孝悌谁复持?"这一百多年来我们中国最大的祸害就是从毁灭人伦开始,你要去判断一切的邪教,最基本的一条,它如果要你去灭绝人伦,不把人当人,那它就是邪教。在前面全部都讲大道理,但是下面感人的来了。"回望家山遥,高堂白发衰。未能效乌哺,思之摧心脾。"想起了自己的母亲。"愧瞻先生容,读书竟何为?……先生诗最真,几人抉精微?"他说大家都只看到黄遵宪求新求变的东西,其实他那些真正的符合儒家义理的、表现出人伦之乐的才是他的最好的东西。"骊龙怀宝珠,今尚潜光辉。孰谓我知音,寸草雨露滋。吾父逝不返,永含风木悲!"想到自己还健在的母亲,对她尽孝之日短,又想到自己受尽迫害去世的父亲。

2007 年在西安,我和杨启宇先生、魏新河先生、刘梦芙先生一起谈诗时,刘梦芙做三十三韵的《五古》:

杨君我呼兄,诗笔锻如铁。魏君我同门,词心玲珑月。徐子我畏友,卓识人中杰。关河恨修阻,梦魂时飞越。有缘会长安,把臂情怀热。斗室围一灯,灯光灿于雪。肺腑今夕倾,清茗解焦渴。莫谈家国事,遑言及俗物?高论惟声诗,霏微唾玉屑。魏君喜神韵，每引渔洋说。空灵幻奇境，声响出幽咽。美人隔秋水，可望不可接；太华闻清钟，余音袅未绝。杨子悲慨多，峥嵘重风骨。青春掷逝波，红羊遇浩劫。燃犀烛鬼魅，奋笔若斧钺；正声倡大雅，用韵则宽辙。徐君观万卷，境界殊宏阔。为诗葆元胎，生命涵热血。天马倏腾空，云烟讵能遏；神龙忽潜渊，波涛为之裂。我惭陪末座，歌咏患才拙。所愿把英华，勉力追贤哲。昆仑待跻攀，上有琼瑶阙；掣鲸碧海中，更探蛟鼍穴。转益求多师，少陵无他诀。新变可代雄，时世风云摄。精神贵自由，标格宜峻洁。落墨花缤纷，脱手珠圆活。诸子齐拊掌，此论尚精切。诗起百年衰，大纛要高揭。开窗夜气寒，月影终南没。骚魂天外招，晨星眺明灭。

"杨君我呼兄"，杨启宇先生年纪最大。"诗笔锻如铁"，杨启宇先生是一位思想极其深刻且口才极其好的人。"魏君我同门"，他们都是孔凡章先生的门下。"词心玲珑月"，魏先生是空军飞行大校，同时又是当代非常有名的词人。"徐子我畏友，卓识人中杰。关河恨修阻，梦魂时飞越。"大家一个在四川，一个在西安，一个在安徽，一个在广东，没有见面的机会。"斗室围一灯，灯光灿于雪。"俗手写就不会写下面这一句"灯光灿于雪"，加上这种比兴之后，这种句法就有味道了。"肺腑今夕倾，清茗解焦渴。""茗"，我们现在都念 míng，不对，这是个上声字。"莫谈家国事，遑言及俗物？"我们家国之事都不去谈它，难道还去谈那些俗人吗，还去谈房子票子那些事吗？"魏君喜神韵"，新河先生喜欢神韵说。"每引渔洋说"，王渔洋（王士禛）提出的神韵说。"空灵幻奇境，声响出幽咽。美人隔秋水，可望不可接；太华闻清钟，余音袅未绝。"这是他所追求的诗的境界。"青春掷逝波，红羊遇浩劫。"也是"文革"时候，杨启宇的父亲当年是国民党中央军校第一名毕业的，所以大家可以想象他后来遭受的摧折了。"燃犀烛鬼魅"，"燃犀"用了温峤的典故，温峤经过牛头渚的时候，燃起了犀牛角，看到水里面的东西，传说犀牛角烧的火可以入水。"用韵则宽辙"，杨启宇先生用韵不讲究平水韵的，他说自己用的是五花韵。"徐君观万卷，境界殊宏阔。为诗葆元胎，生命涵热血。"因为我提倡生命诗学，提出元胎说。"我惭陪末座"，刘先生当然是自谦了，实际上刘先生的思想学问诗歌都是第一流的。"掣鲸碧海中"，这个用了杜甫《戏为六绝句》的典故。"转益求多师"，杜甫的诗，"转益多师是汝师"。"少陵无他诀。"杜甫也没有别的秘诀，就是告诉你"转益多师是汝师"。"新变可代雄，时世风云摄。"意思是说，我们也绝对不反对实验体，不反对这种创新。"精神贵自由，标格宜峻洁。"但是我们一定要追求高贵的人文精神。"诸子齐拊掌"，拍手。"诗起百年衰，大纛要高揭。开窗夜气寒，月影终南没。骚魂天外招，晨星眺明灭。"最后几句就是很典型的老杜的《自奉先县咏怀五百句》的句法。

9．熊盛元

我们再看熊盛元先生，他有同题、跟陈汭斋先生的壶口瀑布一样主题的《观壶口瀑布》：

　　危崖中裂胆肝摧。脱锁狂蛟去不回。
　　虹影长横千尺剑，涛声怒挟九天雷。
　　难凭精卫填冤海，欲共胡僧话劫灰。
　　一曲悲歌今古续，飞湍溅处夕阳颓。

这首诗的情感经历了一个过程，就是从"危崖中裂胆肝摧"一直到"涛声怒挟九天雷"，他的情感是高蹈的，是激越的。从"难凭精卫填冤海"以后，理性占了上风，这个时候情感就转为抑郁悲凉，情感表达有层次。

　　　　　　丁亥人日雨中书愤
　　烟雨苍茫认太初。可怜愁字雁难书。
　　帝阍深闭长缄口，人日狂吟懒曳裾。
　　对酒空教呼咄咄，磨砖那得证如如。
　　谁吹铁笛重楼外，落尽梅花恨有馀。

"烟雨苍茫认太初。可怜愁字雁难书。"这一句是天才的写法，张炎的词就讲过怎么让大雁来写书信。"可怜愁字雁难书"，雁只会写"人"字，只会写"一"字。"对酒空教呼咄咄"，咄咄怪事啊，"呼咄咄"，这是一个典故。"磨砖那得证如如"，这是佛家词汇，"那"不念 nǎ，念 nuó，"更那（nuó）堪冷落清秋节"。"谁吹铁笛重楼外,落尽梅花恨有馀。"讲知识分子的言论自由受到限制了。

诸暨五泄歌

未见飞瀑影,先闻殷雷声。百虑一时尽,五内俱澄清。漫穿幽深谷,来寻虬龙骨。怪石多峻嶒,精魂何郁勃。万古积怨潭底沉,泪泉汩汩流不竭。一泄层崖巅,迷蒙起岚烟。千匹轻纱笼晓梦,荼蘼花雨飘满天。二泄峭壁下,云阵驰素马。吴越交锋金鼓鸣,败甲残盔弃荒野。三泄风卷钱塘潮,箭矢攒集海山摇。鼍怒蛟泣人颤栗,冥冥毅魄谁可招?亭畔蓦听生绡裂,抬眼惊看第四泄。跳珠乱溅凉侵肌,三春何来霏霏雪?乘兴更向五泄游,银河倒挂白玉楼。天龙女扬袂翩然舞,山鬼应节试珠喉。我携烟霞客,远追巢由迹。抖落襟上尘,暂与俗世隔。何当结庐傍松林,醉里高眠醒弹琴。尽泄胸中不平气,长伴空潭五龙吟!

"未见飞瀑影,先闻殷雷声。……万古积怨潭底沉,泪泉汩汩流不竭。"都是押的入声韵。"一泄层崖巅,迷蒙起岚烟。千匹轻纱笼晓梦,荼蘼花雨飘满天。"这是博喻。"吴越交锋金鼓鸣",因为诸暨是西子故里,所以他必然想到吴越交锋金鼓鸣。"败甲残盔弃荒野",这仿佛就是当时吴越的盔甲扔在那里,估计是那水里的石头。"三泄风卷钱塘潮,箭矢攒集海山摇。"传说吴王钱镠曾经带人去射钱塘江潮,所以"箭矢攒集海山摇"。"跳珠乱溅凉侵肌","跳"不念 tiào,念 tiāo。"银河倒挂白玉楼",白玉楼也是用了典故,李贺死的时候,有一个侍者说上帝造成白玉楼,要请你写楼记,所以李贺只好死掉了,二十七岁。"天龙女扬袂翩然舞,山鬼应节试珠喉。"前一句用的是唐传奇里面的典故,龙女牧羊;后一句用的是《楚辞》里的典故,"若有人兮山之阿,披薜荔兮带女萝",这是《山鬼》。所以他表面上看起来是在讲诸暨的五泄,一个非常重要的风景名胜,但实际上表达了非常多的对人世的见解。

再看他的《哀汶川二首》:

天公醉,地母狂。燔劫火,喷岩浆。天阴雨湿闻鬼哭,校园都成瓦砾场。白发人如枯柴立,眼中滴血吊杏殇。回头望官署，依前高矗参井旁！

　　"天阴雨湿闻鬼哭"，直接用杜甫的诗。"眼中滴血吊杏殇"，"杏殇"，他这里有个自注，就是孟东野的诗里面的典故，指刚刚开的小花。"回头望官署，依前高矗参井旁！"参井，是天上的星宿。

　　砅崖圻，山灵死。鬼火青，鹃血紫。捽发无语叩彼苍，缘何寡恩乃如此？岷江载恨日夜流，冤魂沉沙呼不起。怅吟四愁诗，空忆当年张平子！

作为一个诗人，在汶川地震的时候，他写出了这种动人的诗歌。我们如果用他的作品和写出"纵做鬼，也幸福"的王兆山来比，那么一个是人的悲悯，一个是野兽的鬼的歌唱。

（讲稿整理人：深圳大学　罗舒敏）

审美惊奇论

中国传媒大学　张晶

一

"语不惊人死不休",这是大诗人杜甫的执着追求;"学诗漫有惊人句",这是女词人李清照的傲然自信。"惊人",是人们对于作品的审美效应的一个重要标准。对于人们的审美心理来说,惊奇或云惊异是获得快感的必要契机。站在日观峰顶,我们惊奇于日出的壮丽;望着窗外的急风暴雨,我们惊奇于大自然的神奇威力;读着李白的"白发三千丈,缘愁似个长",我们惊奇于诗人想象的奇崛;观赏达·芬奇的《蒙娜丽莎》,我们惊奇于那微笑的神秘;听着贝多芬的《英雄交响曲》,我们惊奇于作曲家那伟大的心胸。……真正的审美快感,是伴随着惊奇感产生的。惊奇不等于快感,却是豁然贯通人们胸臆、发现审美对象的整体底蕴的电光石火。

惊奇是一种审美发现。在惊奇中,本来片断的、零碎的感受都被接通为一个整体,观赏者的心灵受到了强烈的撼动,而作为审美对象的作品里潜藏、幽闭着的意蕴,突然被敞亮了出来。观赏者处在发现的激动之中。也许,没有惊奇就没有发现,也就没有美的属性的呈现,没有崇高和悲剧的震撼灵魂,没有喜剧和滑稽的油然而生。正如亚里士多德所说的:"一切'发现'中最好的是从情节本身产生的、通过合乎可然律的事件而引起观众的惊奇的'发现'。"① 是惊奇带来了发现。在"发现"之中,本来

---

① 亚里士多德:《诗学》,人民文学出版社1962年版,第55页。

是平常的东西变得那样不平常，一切都在美的光晕里。

黑格尔非常重视惊奇在"艺术观照"中的重要作用，我们不妨举出他在《美学》中有关惊奇的大段论述：

> 艺术观照，宗教观照（无宁说二者的统一）乃至于科学研究一般都起于惊奇感。人如果还没有惊奇感，他就还是处在蒙昧状态，对事物不发生兴趣，没有什么事物是为他而存在的，因为他还不能把自己和客观世界以及其中事物分别开来。从另一个极端来说，人如果已不再有惊奇感，他就已把全部客观世界都看得一目了然，他或是凭抽象的知解力对这客观世界作出一般人的常识的解释，或是凭更高深的意识而认识到绝对精神的自由和普遍性；对于后一种人来说，客观世界及其事物已转化为精神的自觉的洞见明察的对象。惊奇感却不然。只有当人已摆脱了原始的直接和自然联系在一起的生活以及对迫切需要的事物的欲念了，他才能在精神上跳出自然和他自己的个体存在的框子，而在客观事物里只寻求和发现普遍的，如其本然的，永住的东西；只有到了这个时候，惊奇感才会发生，人才为自然事物所撼动，这些事物既是他的另一体，又是为他而存在的，他要在这些事物里重新发现他自己，发现思想和理性。①

亚里士多德曾认为，一切知识开始于惊奇。黑格尔就此指出，主观理性作为直观具有确定性，在此确定中，对象首先仍然满载着非理性的形式，因此，主要的事情乃是以惊奇和敬畏来刺激对象。黑格尔扩大了惊奇是哲学之开端的含义，认为不仅哲学，而且艺术、宗教，总之，"绝对知识"的三个形式都以惊异为开端，但三者的展开都远离惊奇。黑格尔上述这段话是在论述象征型艺术时所说的，他认为，象征型艺术或者说整个艺术，都起源于惊奇，起源于人从不分主客的蒙昧状态到能区分主客、能看到外物的对象性和外在性的状态之间。

德国著名哲学家海德格尔也非常重视惊奇与存在的关系，他

---

① 黑格尔：《美学》第二卷，朱光潜译，商务印书馆1979年版，第22～23页。

认为惊奇就是惊奇于人与存在的契合，或者说，人在与存在契合的状态下才感到惊奇。在海德格尔的思想里，哲学与诗是一体化的。诗与思都是存在的状态。他在《什么是哲学？》一文中指出："惊奇就是一种倾向，在此倾向中并且为了这种倾向，存在者之存在自行开启出来。惊奇是一种调音，在其中，希腊哲学家获得了与存在者之存在的响应。"① 柏拉图认为惊奇是哲学的开端，而海德格尔则认为"惊奇并非简单地停在哲学的发端处，就象诸如一个外科医生的洗手是在手术之前一样。惊奇承荷着哲学，贯通并支配着哲学"②。海德格尔还说："然而，惊奇乃是 πάθos。我们通常译为情绪、情绪的迸发。但 παθos 却是与πάθχεcν 即遭受、承受、承荷、共生和得到规定等意思联系在一起的。"③ 在海德格尔这里，哲学与诗的体验是联系得非常密切的。所谓"情绪"、"情绪的迸发"以及"承受、承荷、共生"等，与其说是哲学的，无乃说是更为诗化的、体验的。惊奇，既属于哲学，更属于诗。

西方的诗人与文论家颇有非常重视惊奇的美学意义的。或作为审美追求，或作为审美效应，或作为审美经验。柯勒律治论及渥兹渥斯时，就指出惊奇是这位诗人的美学追求，他说："渥兹渥斯先生给自己提出的目标是：给日常事物以新奇的魅力，通过唤起人对习惯的麻木性的注意，引导他去观察眼前世界的美丽和惊人的事物，以激起一种类似超自然的感觉；世界本是一个取之不尽、用之不竭的财富，可是由于太熟悉和自私的牵挂的翳蔽，我们视若无睹，听若罔闻，虽有心灵，却对它既不感觉，也不理解。"④ 渥兹渥斯通过诗歌创作要使所描写的日常事物有一种新奇的魅力，产生"惊人"的审美效应，以便激活熟视无睹的麻木感觉。俄国形式主义文论所提出的最著名的诗学命题"陌生

---

① 孙周兴选编：《海德格尔选集》，上海三联书店1996年版，第603页。此处为了统一术语，将原译文中的"惊讶"改译为"惊奇"。
② 同上书，第602页。
③ 孙周兴选编：《海德格尔选集》，上海三联书店1996年版，第603页。
④ 刘若端编：《十九世纪英国诗人论诗》，人民文学出版社1984年版，第63页。

化",也是为打破读者知觉的机械性,恢复生动的刺激性,造成一种令人吃惊的效果。什克洛夫斯基指出:"艺术之所以存在,就是为使人恢复对生活的感觉,就是为使人感受事物,使石头显出石头的质感。艺术的目的是要人感觉到事物,而不仅仅知道事物。艺术的技巧就是使对象陌生,使形式变得困难,增加感觉的难度和时间长度,因为感觉过程本身就是审美目的,必须设法延长。"(《作为技巧的艺术》)"陌生化"是要使本来熟悉的对象变得陌生起来,这就有惊奇的因素在其中。什克洛夫斯基以普希金为例指出,在他那个时代,人们已习惯于接受杰尔查文情绪激昂的诗歌语言,但普希金却使用俗语来表达并用以吸引人注意,这使当时人感到难以接受,而这正是一种陌生化的处理。著名的德国戏剧家布莱希特也在他的戏剧理论中提出"陌生化"效果的命题,其中更多地含有惊奇的内涵。比起什克洛夫斯基来,布莱希特的"陌生化效果"不是仅在形式层次上,而且通过这一手段,使观众(或读者)在惊奇感中思考,进而认识社会生活中还未广为人知的本质及深层结构,达到社会批判的目的。在其戏剧学名著《戏剧小工具篇》中,布莱希特指出:"戏剧必须使观众吃惊。要做到这一点,就必须运用对熟悉的事物进行间离的技巧。"可见他所说的"陌生化"就是要达到使观众"吃惊"的审美效应。西方马克思主义理论家本雅明以"震惊"为其核心的审美范畴,在评论波德莱尔的现代抒情诗时主要是运用这个范畴进行阐释。本雅明所说的"震惊",指作品被阅读时所引起的带有突发性、疏离性体验的审美心理学的感受效果,并把它视为现代艺术区别于传统艺术的根本特点之一。

上面所述使我们不难看出,在西方美学与文论中,惊奇是深受理论家和作家高度重视的审美范畴。从古希腊的亚里士多德到当代的美学思想家,对惊奇感深入探讨者大有人在。作为一个审美范畴,它是有着悠远的历史渊源的,在美学思想史上可以说是不绝如缕。

二

与西方美学中对惊奇的理论建树遥相呼应的是中国艺术理论中广泛存在的关于惊奇的思想资料。这些也许并不那么系统与思辨,却相当的丰富,且有十足的美学意味。"惊人"的审美效果,是中国古代诗文戏曲等理论中普遍性的价值追求。

关于惊奇的大量论述中,包含着许多既矛盾又互补的不同说法,显示着充分的艺术辩证法的性质。比如,既有关于审美心理中惊奇感的描述,也有文本中辞语之奇的分析;或云惊奇为"惟陈言之务去"的自觉意识的产物,或论惊奇乃得之于偶然不经意间的灵思。这其间有许许多多相去甚远的理解,却构成了惊奇这个审美范畴的复杂意蕴。

从诗学的角度来说,"惊人"是诗人们追求的一种至高境界和最佳效果。杜甫所谓"为人性僻耽佳句,语不惊人死不休"(《江上值水如海势聊短述》),把诗语的"惊人"作为最高的追求目标,同时也是"佳句"的价值准绳。在《八哀诗》中,杜甫称颂严武时也说:"阅书百氏尽,落笔四座惊。"也以惊人作为对好诗的赞语。宋代诗人戴复古论诗绝句中云:"诗本无形在窈冥,网罗天地运吟情。有时忽得惊人句,费尽心机做不成。"① 宋代诗论家吴可有学诗诗云:"学诗浑似学参禅,自古圆成有几联。春草池塘一句子,惊天动地至今传。"(《诗人玉屑》卷一)唐代大诗人杜牧有《偶作》一诗云:"才子风流咏晓霞,倚楼吟住日初斜。惊杀东邻绣床女,错将黄晕压檀花。"(《全唐诗》卷五二四)明代诗论家有《学诗诗》亦云:"学诗浑似学参禅,语要惊人不在联。但写真情并实境,任他埋没与留传。"② 宋代大诗人杨万里论诗以"惊人"为尺度,并举一些诗句为例,他说:"诗有惊人句。杜《山水障》:堂上不合生枫树,怪底江山起烟

---

① 《论诗十绝》,见郭绍虞等编《万首论诗绝句》第一册,人民文学出版社1991年版,第120页。

② 《学诗诗》,见《万首论诗绝句》第一册,第183页。

雾。'又'斫却月中桂，清光应更多。'白乐天云：'遥怜天上桂华孤，为问姮娥更要无？月中幸有闲田地，何不中央种两株？'韩子苍《衡岳图》：'故人来自天柱峰，手提石廪与祝融。两山坡陁几百里，安得置之行李中。'此亦是用东坡云：'我持此石归，袖中有东海。'杜牧之云：'我欲东召龙伯公，上天揭取北斗柄。蓬莱顶上斡海水，水尽见底看海空。'李贺云：'女娲炼石补天处，石破天惊逗秋雨。'"（《诗人玉屑》卷三）清代诗论家赵翼《杜牧诗》云："诗家欲变故为新，只为词华最忌陈。杜牧好翻前代案，岂知自出句惊人。"①

诸如此类者尚可举出不少，足以说明在中国古代诗人与诗论家的审美观念里，"惊人"是一个非常普遍而且重要的价值尺度，好诗、佳句，应该是"惊人"的。只有"惊人"，诗之使人惊愕感奋，击节再三，才有永久留传的可能。因而，诗人们也正是把"惊人"作为创作的自觉追求，诗论家们则将"惊人"作为衡量诗的重要标准。

若要作品产生"惊人"的审美效应，首先文本自身从意象到语言都须奇警不俗。"奇句"是产生"惊人"效果之客观基础，这在中国古代文论中有大量论述。而语言的独特性、创造性是"奇句"的主要内涵。陆机《文赋》中所谓"立片言而居要，乃一篇之警策。虽众辞之有条，必待兹而效绩"，就是说在一篇诗文中应有"警策"的奇句，作为全篇的灵魂。这种"警策"之"片言"有着高度的独创性质。陆机论及语言的独创性说："谢朝华于已披，启夕秀于未振。"譬喻诗人能够超越于古人，六臣《文选》张铣注此谓："朝华已披，谓古人已用之意，谢而去之；夕秀未振，谓古人未述之旨，开而用之。"甚是。宋人吕本中论及陆机"警策"之说云："陆士衡《文赋》云：'立片言以居要，乃一篇之警策。'此要论也。文章无警策则不足以传世，盖不能辣动世人。如老杜及唐人诸诗，无不如此。但晋宋间人，专致力于此，故失于绮靡而无高古气味。老杜诗云：'语不惊人死不休'，所谓惊人语，即警策也。"（《童蒙诗训》，见

---

① 《杜牧诗》，见《万首论诗绝句》第一册，第456页。

《宋诗话辑佚》）明确指出"警策"即惊人之语。刘勰《文心雕龙》中有《隐秀》一篇，其中言"隐"，乃是义生文外的含蕴之美；其中言"秀"，也就是警策卓拔的惊人之句。刘勰如是说："夫心术之动远矣，文情之变深矣，源奥而派生，根盛而颖峻，是以文之英蕤，有秀有隐。隐也者，文外之重旨者也；秀也者，篇中之独拔者也。隐以复意为工，秀以卓绝为巧，斯乃旧章之懿绩，才情之嘉会也。夫隐之体，义生文外，秘响旁通，伏采潜发，譬爻象之变互体，川渎之韫珠玉也。"此中所言之"秀"，正是奇警卓拔之句。"秀"可以产生"惊人"的效果，刘勰在《隐秀》篇的"赞"中说："言之秀矣，万虑一交。动心惊耳，逸响笙匏。"明确揭示了"秀"是给人以惊奇感的前提。

所谓"奇句"，主要是意象脱略凡庸，不主故常，令人匪夷所思。如诚斋所举的杜甫诗句"堂上不合生枫树，怪底江山起烟雾"，岑参的"忽如一夜春风来，千树万树梨花开"，东坡的"我持此石归，袖中有东海"。再如黄庭坚《蚁蝶图》："胡蝶双飞得意，偶然毕命网罗。群蚁争收坠翼，策勋归去南柯。"李贺《雁门太守行》："黑云压城城欲摧，甲光向日金鳞开。角声满天秋色里，塞上燕脂凝夜紫。"这类诗句都以意象之"奇"而著称。还有一些是以意之"奇"见长，如杜牧的《赤壁》："折戟沉沙铁未销，自将磨洗认前朝。东风不与周郎便，铜雀春深锁二乔。"李商隐《乐游原》："向晚意不适，驱车登古原。夕阳无限好，只是近黄昏。"王安石《明妃曲》："君不见咫尺长门闭阿娇，人生失意无南北。"这类诗都因立意奇崛而使读者惊叹不已。还有就是炼字之奇，如杜甫的"月傍九霄多"、"晨钟云外湿"等，王安石的"春风又绿江南岸"，辛弃疾的"马上琵琶关塞黑"，李清照的"守着窗儿，独自怎生得黑？"等等，都以用字之奇而有惊人之效果并得以传世。

能够"惊人"的奇句究竟是苦心孤诣、刻意寻求，还是遇之感兴、得之偶然？古代文论家、艺术家的看法并不一致。有些论者认为是前者，而大多数论者则认为是后者。创作主体在特殊的情感与外境的偶然遭逢中触发了艺术感兴，创造出只可有一、不可有二的独特意象，这才是真正的"奇"。宋人叶梦得评谢灵运的名句"池塘生春草"的一段话颇可令人玩味,他说:"'池塘生春草,园柳变鸣禽',世多不解此语为工,盖欲以奇求之耳。此语之工,正在无所用意,猝然与景相遇,借以成章,不假绳削,故非常情所能到。诗学妙处,当须以此为根本,而思苦言难者,往往不悟。"(《石林诗话》)"池塘生春草"是谢灵运《登池上楼》中的名句,读者在其中所感受到的是春天带来的惊喜,它有着历久弥新的艺术魅力,因而人们皆以奇句目之,似乎它是诗人刻意锤炼的产物。但从叶石林的角度来看,恰是审美主客体邂逅相遇的产物。正因其是极特殊的境遇下的情景相遭,所以是一般情识所难以推度的。也恰因如此,才更显现出"奇"的特点。清人贺贻孙说:"吾尝谓眼前寻常景,家人琐俗事,说得明白,便是惊人之句。盖人所易道,即人之所不能道也。如飞星过水,人人曾见,多是错过,不能形容,亏他收拾点缀,遂成奇语。骇其奇者,以为百炼方就,而不知彼实得之无意耳。"(《诗筏》,见《清诗话续编》)认为"奇"正是得之于无意之间。而宋人杨万里有诗云:"山思江情不负伊,雨姿晴态总成奇。闭门觅句非诗法,只是征行自有诗。"(《下横山滩头望金华山》)也是认为奇句是得之于人与自然的偶然相遇之中,而非闭门觅句得来的。殷璠编选《河岳英灵集》,评刘眘虚的诗云:"眘虚诗,情幽兴远,思苦词奇,忽有所得,便惊众听。"也指出其"思苦语奇"是"忽有所得"的产物。

唐代韩愈一派则立意于奇,以奇险怪谲为其审美理想,而在创作时则在陈言务去,刻意求奇。如韩愈所说:"当其取于心而注于手也,惟陈言之务去,戛戛乎其难哉!"(《答李翊书》)他对孟郊诗的奇奥非常欣赏:"有穷者孟郊,受材实雄骜。冥观洞古今,象外逐幽好。横空盘硬语,妥贴力排奡。"(《荐士》)皇甫湜说:"夫意新则异于常,异于常则怪矣;词高则出众,出众则奇矣。虎豹之文,不得不炳于犬羊,鸾凤之音,不得不锵于乌鹊;金玉之光,不得不炫于瓦石,非有意先之也,乃自然也。"(《答李生第一书》)力主出众之奇,而且认为只有奇才能传之久远:"秦汉已来至今,文学之盛,莫如屈原、宋玉、李斯、司马迁、相如、扬雄之徒。其文皆奇,其传皆远。"(《答李生第二书》)将"奇"作为文学作品具有传世的艺术价值的条件。

"奇"是否与"常"截然分开?也就是说,惊人之句一定要是奇奥险怪、迥异于一般诗句吗?按皇甫湜等人的看法正是如此。皇甫湜这样说:"谓之奇即非常矣,非常者谓不如常者。谓不如常,乃出常也。无伤于正而出于常,虽尚之亦可也。此统论奇之体也,未以言文之失也。"(《答李生第二书》)把奇与常视为对立的审美要素。而另一些论者的看法则异于是。他们认为奇与常是对立的融合与统一,"奇"也就在"常"里,或者说在看似自然平淡的风貌中,就有惊人好句。苏轼即持此种看法,他说:"渊明诗初看若散缓,熟读有奇趣。如曰:'日暮巾柴车,路暗光已夕。归人望烟火,稚子候檐隙。'又曰:'采菊东篱下,悠然见南山。'又曰:'蔼蔼远人村,依依墟里烟。犬吠深巷中,鸡鸣桑树颠。'才意高远,造语精到如此,如大匠运斤,无斧凿痕;不知者疲精力,到死不悟。"(见魏庆之编《诗人玉屑》卷十)苏轼所举这些陶诗,与韩愈等人所追求的"奇"是有相当大的距离的。这些诗句看似平淡散缓,质朴无华,细味之则精诣非常,奇趣盎然。显然这里的"奇趣"是更为内在于诗歌意境的。清人吴乔也认为:"唐诗固有惊人好句,而其至善处在于淡远含蓄。"(《围炉诗话》卷一)在淡远含蓄中见惊人好句。清代诗论家贺贻孙于此有明确见解,他说:"古今必传之诗,虽极平常,必有一段精光闪烁,使人不敢以平常目之,及其奇怪则亦了不异人意耳。乃知'奇'、'平'二字,分拆不得。"(《诗筏》,见《清诗话续编》)指出在平常的诗境中即有惊人的奇警所在。李卓吾:"世人厌平常而喜新奇,不知言天下之至新奇,莫过于平常也。日月常而千古常新,布帛菽粟常而寒能暖,饥能饱,又何其奇也!是新奇正在于平常。世人不察,反于平常之外觅新奇,是岂得谓之新奇乎?"(《复耿侗老书》,见《焚书》卷二)再如李渔论词曲重尖新惊奇,但同时又指出这种尖新惊奇即在日常见闻之中,而不在于离奇的杜撰。他论述词的创作时说:"文字莫不贵新,而词为尤甚。不新可以不作。意新为上,语新次之,字句之新又次之。所谓意新者,非于寻常闻见之外,别有所闻所见,而后谓之新也。即在饮食居处之内,布帛菽粟之间,尽有事之极奇，情之极艳，询诸耳目，则为习见习闻，考诸诗词，空为罕听罕睹，以此为新，方是词内之新，非齐谐志怪、南华志诞之所谓新也。人皆谓眼前事、口头语，都被前人说尽，焉能复有遗漏者。予独谓遗漏者多，说过者少。……由斯以谭，则前人常漏吞舟，造物尽留余地，奈何泥于'前人说尽'四字，自设藩篱，而委道旁金玉于路人哉！词语字句之新，亦复如是。同是一语，人人如此说，我之说法独异，或人正我反，人直我曲，或隐约其词以出之，或颠倒字句而出之，为法不一。昔人点铁成金之说，我能悟之。不必铁果成金，但有惟铁是用之时，人以金试而不效，我投以铁即金矣。彼持不龟手之药而往觅封侯者，岂非神于点铁者哉！所最忌者，不能于浅近处求新，而于一切古冢秘笈之中，搜其隐事僻句，及人所不经见之冷字，入于词中，以示新艳，高则高，贵则贵矣，其如人之不欲见何。"（《窥词管见》，见《词话丛编》）李渔对词的创作之新奇的理解与众不同，在他看来，新奇并不在于虚荒诞幻的离奇杜撰，不是远离现实生活的怪异奇诡，而就在于活生生的日常生活之中，关键在于创作主体对于生活的独特体验与审美发现，在日常生活中发现前人所没有发现的东西，通过一些日常生活情景而写出"事之极奇，情之极艳"，这才是真正的新奇。要达到这种新奇的境界，作家必须不停留在生活的表层现象，而是有深入的、特殊的体验。

似乎应该悖乎常理，才能称之为"奇"，其实真正的奇，恰恰是要在更深的层次上合于事理。用苏轼的话说就是"反常而合道"。东坡评柳宗元诗说："柳子厚诗曰：'渔翁夜傍西岩宿，晓汲清湘燃楚竹。烟消日出不见人，欸乃一声山水绿。回看天地下中流，岩上无心云相逐。'东坡云：以奇趣为宗，反常合道为趣，熟味之，此诗有奇趣。"（见《诗人玉屑》卷十）所谓"反常"即意象奇特，不同一般，但细思起来，又深合道理。这就是所谓"奇趣"。清代诗论家洪亮吉也主张"奇而入理"，他说："诗奇而入理，乃谓之奇。若奇而不入理，非奇也。卢玉川、李昌谷之诗，可云奇而不入理者矣。诗之奇而入理者，其惟岑嘉州乎？如《游终南山》诗：'雷声傍太白，雨在八九峰，东望紫阁云，西入白阁松。'余尝以乙巳春夏之际，独游南山紫、白二阁，遇急雨，回憩草堂寺，时原空如沸，山势欲颓，急雨劈门，怨雷奔谷，而后知岑之诗奇矣。又尝以己未冬杪，谪戍出关，祁连雪山，日在马首，又昼夜行戈壁中，沙石吓人，没及髁膝，而后知岑诗'一川碎石大如斗，随风满地石乱走'之奇而实确也。大抵读古人之诗，又必身亲其地，身历其险，而后知心惊魄动者，实由于耳闻目见得之，非妄语也。"（《北江诗话》卷五）洪氏认为真正的奇应是合于事理的，也即合乎现实的逻辑。他认为真正的"奇"应是"奇而入理"，以岑参作为典范；而如卢仝、李贺，"奇而不入理"则不是真正的"奇"。这种看法是很有一点艺术辩证法的味道的。

三

审美惊奇的客观基础在于艺术作品或其他审美对象本身的"奇"，但惊奇感更属于审美心理的范畴。惊奇感是审美主体的一种十分重要的审美心态，可以说，惊奇感是主体进入审美过程的关键性契机。在惊奇感中，世界如同被一道鲜亮的电光普照而变了模样，头脑中那些零碎的印象都豁然贯通为一整体，在惊奇感中，一切都从蒙昧的状态得以敞开。正如一个诗人所说："啊！惊异！有多少美妙的造物在这里！人类多么美丽！啊，鲜艳的新世界，有这样的人们住在这里。"[①] 这种感觉正是与惊奇感同时俱来的。如果说，原来未曾被审美主体注意到的事物（包括作品中的各种要素）都处在背景式的幽暗之中，而当主体对于这个对象感到了前所未有的惊奇，那么，原本幽暗中的一切，便都呈现在主体的眼前。禅宗的一个著名语录："老僧三十年前来参禅时，见山是山，见水是水，乃至后来亲见知识，有个入处，见山不是山，见水不是水；而今处个休歇处，依然见山是山，见水是水。"（《青源惟信禅师语录》）从"见山是山，见水是水"，到"见山不是山，见水不是水"，这其中恰有一个惊奇

---

① 转引自张世英《进入澄明之境：哲学的新方向》，商务印书馆1999年版，第213页。

的心理过程；再从"见山不是山，见水不是水"，到依然是"见山是山，见水是水"，又是一个惊奇的过程。在惊奇中，平时最平常的事物都变成了最不平常的了。

著名哲学史家张世英先生把中国诗学中的感兴与惊奇感联系起来，他认为："中国美学史上所说的'感兴'，其实就是指诗人的惊异之感。"① 给人的启示意义是很大的。作为审美心理的"兴"，正是有一个惊奇感在其中的。"兴者，起也"，即是兴起情感。宋人李仲蒙所谓"触物以起情"对感兴的阐释是最为恰当不过的。从美学的角度来说，感兴是主体审美对象在偶然触发下，在心灵中诞育艺术境界的心理状态与审美创造方式。在中国古典诗学的范围里，兴的获得契机主要是外物的触发。可以说，感兴的机缘是感物。惊奇感存在于"兴"中，是可想而知的。正如刘勰在《文心雕龙·物色》中所说"春秋代序，阴阳惨舒。物色之动，心亦摇焉。盖阳气萌而玄驹步，阴律凝而丹鸟羞，微虫犹或入感，四时之动物深矣。若夫珪璋挺其惠心，英华秀其清气，物色相召，人谁获安？"人心受到"物色"变化的影响而摇动震撼，也就是感到了惊奇。如当年的谢灵运在久病之后刚刚康复，初春里第一次登上湖边的楼台，看到造物主给大地带来的勃勃生机，池边已生满了蒙茸的绿草，林中也已变换了鸟儿的叫声，眼里的这一切，使诗人心中充满了惊喜之情，于是才有"池塘生春草"这样的名句的诞生。许慎《说文解字》云："感者，动人心也。"人心之动，即是惊奇感的发生。

惊奇给鉴赏带来的是审美快感。亚里士多德在论述悲剧时就指出："惊奇是悲剧所需要的，史诗则比较容纳不近情理的事（那是惊奇的主要因素）。……惊奇给人以快感。"② 无论是读一首诗，还是看一场舞蹈，也无论是观赏一幅名画，还是听一支美妙的乐曲，惊奇都是审美活动中所非常必要的。如果不能在鉴赏中产生惊奇的心理状态，那么，也就无从产生对于对象的审美效

---

① 张世英：《进入澄明之境：哲学的新方向》，商务印书馆1999年版，第212页。

② 《诗学》，人民文学出版社1962年版，第89页。

应。如果一看，一听，就觉得是陈陈相因，臭腐乏味，那又如何能够引起审美主体的兴趣呢？苏轼批评匠人之画云："往往只取鞭策皮毛，槽枥刍秣，无一点俊发，看数尺便倦。"（《又跋汉杰画山》）就是因为这种画作不能使人产生惊奇之感，很快就倦怠疲劳，当然无从产生审美的快感。李渔谈作文说："开卷之初，当以奇句夺目，使人一见而惊，不敢弃去。"（《闲情偶寄·词曲部》）"一见而惊"，就会使人"不敢弃去"，其实是"不忍"，正是因为有着很明显的快感。

关于惊奇在审美活动（包括创作与鉴赏两个方面）的作用，中外文论与美学中都不乏吉光片羽的精彩之言，但尚未有人把它作为一个审美范畴进行整合与熔炼。在我看来，美学的开拓与延伸可以从这个方面进行探索，一些新的美学范畴与命题的整合、熔炼可以使美学理论有一个切实的发展。

现代格律诗词学的若干问题

中山大学 张海鸥

一、现代格律诗词学的学科回顾和展望

本文所称现代,首先是个时间概念,指自 20 世纪初辛亥革命以来的时代,包括一般文学史划分的"当代"。文化现象的时限往往不是从哪一年哪一天才开始的,格律诗词有数千年历史,也不是从哪一年哪一天才突然进入现代的,所以研究现代格律诗词,不能不关注清末民初的文化进程,因而 1900 年到 1911 年这十余年,理应视为现代的前奏。中华民国成立于 1912 年 1 月 1 日,中华人民共和国成立于 1949 年 10 月 1 日,大陆文学史家习惯称民国时期为"现代",称新中国时期为"当代"。对研究格律诗词而言,统称现代即可,这是一个正在延伸的时代概念,"20 世纪"这个百年时间概念只是"现代"的起始。

用格律诗词指称"旧体诗词"、"古典诗词"、"古体诗词"、"传统诗词"、"国诗"等概念所共同指向的那种经典诗词文体,其中既包括唐人所称"今体诗",即宋以后人所称"近体诗",也包括与"近体诗"相区别的"古体诗"。"古体诗"与体式完全自由的"新诗"相比,也讲究一些格和律,即句式和韵式,所以"古""近"二称实可统称为格律体,方便与自由体永远对称,清晰简明,不会有"过时"的麻烦。其实区别任何事物,都须取其最简明扼要之义项,比如男人女人、飞禽走兽之类。

唐宋以后所谓"古体"与"近体"之分,实际就是格律宽严之别,却借用了时间远近概念,这就造成了许多麻烦,比如对我们这个时代的人来说,"古"和"近"的时间含义日益模糊,

往往古亦不古,近亦不近,有意义的只是形体区别。20世纪"新文化运动"以来,人们又用"新"与"旧"来区别自由体诗歌和古代那些讲究格律的诗歌,新、旧之称极其简明方便。但随着时间推移,其不科学性日益明显,比如"新诗"再过几百年几千年还算"新"吗?而旧体长新,"旧"的外延和内涵又该怎样厘定呢?因而近年又出现了多种名称,但哪一种都不能令人满意。比如比照"国画"、"国学"称"国诗",强调经典诗词体式具有特定地域民族元素和历史文化传统,自有一定道理,但从文化发展的意义上看,如果用"国诗"对应"新诗",那么后者便非中国之诗吗?虽然它的"出身"有外来文化元素,但在百年汉化的过程中,已经成长为汉语诗歌的一个重要种类了。而在全球语境中,"国诗"必须解释为中国的诗歌或汉语诗歌,那么汉语自由体诗歌怎能不在其中呢?

避繁就简,仅就文体形式而言,用"格律"对应"自由",无疑是最科学、最稳定长久的。说了一百年的"新"、"旧",改称"自由"、"格律",必然有点不习惯。况且"格律"与已经说惯了的"近体"、"古体"还有些纠结。不过任何名称都是约定俗成的,习惯成自然。就文体科学而言,"古体诗"也是讲一些格律的,和"近体"统称为"格律",符合实际,其与自由体诗和自由体歌词的区别清晰简明。"格律"与"自由"对称使用,无疑是最便捷、最科学的。

二、关于格律诗词创作的若干问题

(一)格律诗词的几种特殊体类

第一,现代人常用的体类是绝句和律诗,其中排律较少人作,其特殊之处在于排的就是对仗。

第二,古体诗常见人作五古七古,或称歌行。个人体会五古和七古最明显的区别是:五古更像娓娓道来的叙事,七古则更像亦歌亦行的抒情。

第三,特别提醒一下,"歌行"这个概念是古代各体诗歌中最复杂的概念。汉魏时期,"歌"与"行"有时合用有时分用,如《越人歌》、《迎神歌》、《燕歌行》、《东门行》、《老将行》等。这时期的歌或行,句式并不统一,或五言或七言或杂言。通常是配乐歌唱的。这方面有许多专题研究,兹不赘述。唐代以后,"歌行体"主要是七言诗,这方面薛天纬教授有《唐代歌行论》可参。

(二)格律诗词的用韵

我是四十岁以后才学习写诗的,自由体和格律体都写。四十岁以前偶尔尝试写过几首,根本算不上会写,更不要说写得好不好了。不惑之年始学作诗,未尝拜师而师范多多,用心揣摩。2000年以前,写格律诗词基本是用新韵的,连《诗韵新编》都懒得用。因为母语是"普通话",既无入声,韵部也宽,个人觉得非常方便。曾经与许多学者诗人探讨过,自己认可的理念是:新韵旧韵都可用,但在一首诗中不可兼用。

陈永正老师曾郑重送我四字劝告:"敛才就范"。他指的主要是用韵问题。我想了好几年,终于确认了一个文化理念:格律诗词是中华民族历三千多年形成的经典文体,有"文化化石"性质。学习写作格律诗词须首先按它原本的样式学懂学通,熟悉这种文学体式,并尽可能保护它的形体样貌,其中最重要的是韵和平仄,最好按其原本的样式和规则。

这涉及一个自古而今实际存在的问题。中国这么大,方言非常多,古代科举为了有统一的标准,国家也为了有一种方便交流的话语,就寻找具有最大公约性的音韵作为普遍通用标准,从隋朝到清朝,使用的是《切韵》、《唐韵》、《广韵》、《平水韵》、《佩文诗韵》系统。在现代,中华民国甫一成立,教育部便于1912年8月7日召开会议,决定统一汉字读音。其后二十年间,教育部专设"读音统一会"、"国音字典增修委员会"、"国语统一筹备会"等专门机构,反复研讨争论,最终确定以北京音为标准编印《国音常用字汇》,该书1932年印刷发行,同年5月7日,教育部宣布此书为法定"新国音"。新国音的原理也是在国民中寻求语音的最大公约性,却与使用了一千多年的通用汉语有了许多区别:没有入声,韵部变宽,有些字的读音发生变化。这就对格律诗词的写作和阅读造成了新问题——用旧韵还是新韵?这个问题争论了近百年,还将继续下去。

主新韵者认为,经典的格律诗词文体具有良好的适应性,完全可以适应"新国音"。"新韵格律诗词"具有充分的生存合理性。主旧韵者认为格律诗词就像"文化化石",是经典文化遗产,须保护其原汁原味原貌。争论持续不休,新韵诗词一直处在"妾身未分明"的尴尬境地。可知诗词经典文体之与时俱进、适应性存续,是一个比较复杂的问题。

既然格律诗词是经典文体,那么无论何时,学习格律诗词而不懂和不会使用旧音韵是不行的。所以我在诗词写作教学和诗教事业中,确定使用旧韵。渐渐地,我这个本来不懂入声的北方佬,用旧韵、用入声也习惯了。不过我可能比许多方言区的诗人更容易理解用新韵者。在某些比较特殊的情况下,自己偶尔还会用新韵,但已经注意在作品题或序中说明"用新韵"了。

(三) 当代诗词创作群体类型

近三十多年间,中国大陆写作格律诗词者,就其最显著的区别而言,大约可分四类诗群——学会诗群、自由结社诗群、学院诗群、网络诗群。

一是学会诗群。20世纪80年代,覆盖全国的"中华诗词学会"在北京成立。其后各地诗人比照中央与地方行政结构,纷纷成立了以省市自治区命名的"诗词学会",如"广东中华诗词学会"、"湖南中华诗词学会"等。此类诗词社团的组织形式、人员构成、运作方式、创作导向都与执政党、政府关系密切,诗词的风格和水平也多有共性,所以本文称之为学会诗群。据说"中华诗词学会的会员已达十余万"[①],这可能是当今中国人数最多、人员身份最复杂、创作水平最参差不齐,但组织活动最频繁的诗群。

---

① 陈友康:《二十世纪中国旧体诗词的合法性和现代性》,载《中国社会科学》2005年第6期。

二是自由结社诗群。指一批或从名师，或承家学，或凭天赋，诗词造诣比较精深，较早在诗词界脱颖而出，获得较高诗名，因而对诗词艺术拥有较多话语权的诗人。这些诗人不论从事何种职业，在诗词思想观念和艺术观念上都崇尚自由独立，与"学会诗群"最大的区别是与党政体制保持若即若离的姿态，不太愿意紧跟"主旋律"，通常自命清高，不尚谦虚，喜欢以诗会友，自由结社，互邀"采风"，比较矜持地互相延誉捧场，善意地互相维护一方诗词名家的形象。本文称之为自由结社诗群。这个诗群与学会诗群有比较密切的身份交集和活动交往，往往联合出动四处"采风"，表面上存在互相成全、互相维护的友好态势。自由结社诗群的诗词造诣和水平受到诗词界最普遍的尊重和认可。

三是学院诗群。指大学教师中的诗词作者及其学生。这些人因教学科研或课业所累，虽然爱好诗词却不能投入很多精力，因而作品数量较少，水平也参差不齐。多数人既不亲近各种诗词组织、诗词社团，也不常参与诗人的"采风"、"雅集"等活动。他们会在自己的工作范围内开设诗词写作课程，或指导学生诗词社团。比如近几年日益引起各方关注的"中华诗教学会"，就是这样一些高校教师诗人，本文姑且称之为学院诗群。学院诗群的成员与学会诗群和自由诗群也不乏交集和交往，在诗词教育事业方面，学院诗群会寻求与诗词界各方合作，以利于学生直接受益。

四是网络诗群。其特点是能熟练地利用网络发表诗词，阅读诗词，广交诗友，自由切磋讨论。网络诗群中的年轻人比例最大。其中一些天分高、诗词修养优良的人，会迅速获得群体认可，成为网络诗词"大V"。

以上区别四类诗群只是为了比较和表述的方便，是就整体倾向的最明显区别而粗略划分的。实际上以诗会友是比较宽容的文化行为，不是非此即彼那么简单。就个体诗人而言，往往既此亦彼；就诗人群体而言，也多见互相融洽的情况。所以，本文提出四类诗群的概念，只是方便学术研究之概括、分析、区别、表述而已。

（四）"老干体"（兼论"大众化"是个伪命题）

"老干体诗词"这个名称大约有三十多年历史了。其最初得名缘自两个文化元素：一是诗人身份多与"国家干部"有关。一批在党政军中有一定职务和地位的干部雅好诗词，退休前后纷纷参与各地中华诗词学会的活动或工作，其文化水平和诗词修养参差不齐。二是诗词风格有特殊时代的政治印迹，其中多数人写的诗词往往有较浓厚的行政官员色彩，喜欢配合政治主旋律，喜欢使用官方流行语汇和毛泽东诗词语汇，表述的思想情感比较官方化。于是"老干体"就成了一个含有特殊褒贬之意的诗词语汇，在比较随意的场合，人们使用这一语汇往往是强调一些负面评价，比如说郭沫若晚年的诗词是"典型的老干体"。

然而学术研究是科学，需要实事求是。"老干体诗词"在近三十年格律诗词兴盛的过程中，具有重要的普及和推广作用，以至于在学院诗群、自由诗群、网络诗群的创作中，也一直存在"老干体"，为数还不少。比如这次"诗词研究与传承暑期学校"招生，有的报名作品全然"老干体"风格，令我深感从小学到大学，"老干体"风格在诗词教育中有广泛的影响。"老干体诗词"的普遍存在，或许是由于其更能代表诗词的大众化言说方式，也更符合执政党和政府的颂歌期待。

颂圣歌德乃是诗歌史上绵延不绝的品类，只是不同时代有不同内涵而已。中国历代帝王宫廷都需要颂歌，这往往是诗歌繁荣发展的一个重要支持。俗话说"猫有九命"，文学艺术也是有许多条命脉的，人们常说文学的永恒主题是战争与死亡，爱恨情仇与悲欢离合，"诗穷而后工"，"赋到沧桑句便工"，等等，其实赞美讴歌又何尝不是呢？不只是执政者需要，所有人都需要的。颂歌并不是低劣艺术的同义语，颂歌也有思想境界和艺术水平高低之别。"老干体"与颂歌体、与古代的"台阁体"意思接近，也有境界高低之别，也有真诚的讴歌和虚假的赞颂之别。历代官员中都不乏优秀的诗人诗作，官员和诗人不是两种不可融洽的身份。古典诗学之"兴观群怨"理论数千年来一直受到人们普遍认同，可知诗如生活，是丰富多元的；诗写心情，是千头万绪的；诗才诗性诗趣主要出于人的禀赋和修养，而不是由职业决定的。

就当今诗词而论，官员诗人中同样不乏诗词才俊，其诗词或近艺术而远行政，或有深切的政治寄托，其思想见识、情怀意趣、诗词技巧、艺术水平都超越了诗词界原初认定的"老干体"水平。写"老干体"的诗人也有其诗词观念，其中有人真诚地认为诗词就是要写对执政党和国家有益的"正能量"，这不只是党和政府的需要，全社会都需要，这是诗词最实在的生命。这种诗词观念常见于他们的会议演说和诗词评论。下面用具体实例剖析"老干体诗词"中的一些基本元素，或许有助于理解学会诗群在创作动因、思维习惯、语汇选择等方面的群体特征。

比如有一首《登京口北固楼》诗，作者自己比较欣赏，恭维者也说好：

风雨千秋北固楼，登临举目望神州。
长江淘尽英雄事，又见新人立浪头。

题目即是写作缘起，这是学会诗群最常见的写作发动：游览采风，或曰"考察"，行程之中或之后用诗词记行写景抒怀。四句诗借鉴了辛弃疾《南乡子·登京口北固亭怀古》和杨慎《临江仙》。使用最常见的典故，这是"老干体"的一个特征，而用得好不好则是因人因作品而异了。具体比较一下，辛词第一句就是亡国之悲，进而因一代兴亡联想千古兴亡，用长江之恒久凸显朝代兴亡之短暂频仍，让读者在永恒与无常的对比中感到震撼。然后进入英雄礼赞的精神层面，不动声色地寄托自己怀才不遇、英雄失路的苦闷心情。杨慎《临江仙》借长江之永恒观照人事之成败，忖度英雄的历史价值，思考人生和历史哲理。相比之下，此诗说的是我亦登楼看神州，逐浪英雄代代有。其"新意"在于化悲慨为通达，结句努力推陈出新，如同陆游咏梅词写落拓文人孤独清高伤感，毛泽东词反其意写革命情怀。此诗有意一反千古长江诗词写悲愁恨泪的情调，暗用宋潘阆《酒泉子》"弄潮儿向涛头立，手把红旗旗不湿"的意境，以乐观通达颇带英雄豪情的历史发展观超越之。

在我看来，此诗的意趣与辛、杨二词相比，多了乐观豪放，少了沉郁厚重。结尾一句是标志性的"老干体"。究其精神渊源，当与毛泽东"青年未来论"、"接班论"有关，而毛泽东是受了达尔文进化论的影响。所以毛泽东影响下的新中国党政官员特别喜欢说"后浪追前浪"、"各领风骚"、"接班上岗"之类的话。"又见新人立浪头"即属此类套话，含有对"时代弄潮儿"的讴歌赞许，对江山代有人才出的期待，听起来一点不错，还有勉励新人的长者风度。但由于这种地道的"官员寄语"早已成了新中国的老生常谈，所以堪称"老干"风味。当然，一首诗从作者到读者，想法各不一样，正所谓"一千个读者就有一千个哈姆雷特"，也可能有人认为此诗好就好在结句推陈出新。可知写诗评诗各有持守，不可简单臧否之。

　　辛、杨之作皆有空前的艺术高度，其后同类或仿效之作，都难企及。所以比不上辛、杨之作是正常的，努力推陈出新是难能可贵的。本文并不是用顶尖之作衡量其他，而是想说明一些风怀意趣、风格特征、审美趣味等方面的差异。下面试以漫画式的夸张假设笔法强调不同诗群在思维和表达方面的差异。比如同是登北固楼作七言绝句，自由结社诗群可能会有人写："风雨千秋北固楼，几人英气壮神州。长江难尽英雄泪，洒向天风问自由。"网络诗群中可能会有人写："风雨千秋北固楼，栏干拍遍问神州。长江难洗贪官恶，谁为斯民减患忧。"学院诗群中的"象牙塔派"可能会写："风雨千秋北固楼，抚今思古叹神州。长江阅尽沧桑事，荣辱兴衰几钓钩。"这样的假设只出于我一人之见和一种视角，不是比较优劣，而且故意用漫画风格凸显其特征，不知能否约略说明各诗群精神气韵之微妙区别。

　　不论什么时代什么风格流派，诗词水平都有优良庸劣之分。诗词是需要特殊的情怀意趣、天分才具、文化修养的。从题材选择看，学会诗群与其他诗群有一个特别明显的不同。学会诗群会自觉自愿地配合国家政治主旋律，比如建党建军建国纪念日、党会人大会政协会运动会、火箭飞船高铁三峡大坝、过年过节颂中华等等。这些都是自由诗群、学院诗群、网络诗群不那么感兴趣的话题，但学会诗群很感兴趣。比如有一首诗《欢庆党的十八大》："南湖启渡驾红船。岁月峥嵘过险滩。破浪千重成巨舰，开来继往挂云帆。"回顾执政党历程，使用毛泽东词语，点缀李白诗典故，满怀歌颂和祝福的意思，这都是"老干体"诗歌的明显标志。

学会诗群不只大陆有，海外华人中也有一些。比如纽约有"全球汉诗学会"，有成员，有会刊，活动频繁，近年与大陆联系渐趋密切。美国的汉诗社团数量不少，华侨诗人的爱国情怀往往比大陆诗人更强烈。比如旧金山市中华诗词社团有几十位诗友经常雅集，笔者曾应邀担任其《咏中华百花诗书画集》的主编，深为其爱国情怀感动。其中许多人的诗词都有"老干体"风味。比如2014年春节，国家领导人讲话时引用了某华侨的一幅"老干体"对联，美国华侨诗词界欢欣鼓舞，此人甚至被捧为"金牌诗人"，迅速蹿红，出版个人诗词集，应邀回国参加各种文化活动。可知学会诗群目前影响之大分布之广，风格特征之明显，进而可见"中华颂歌"的时代需求和文化土壤何其深广。

诗词界所谓"老干体"，在语言词汇方面最明显的特征是以毛泽东诗词语汇为典范，派生出许多比较直白的颂赞语，至今常见于官方传媒。比如"挽狂澜"、"踏雄关"、"敌胆寒"、"写辉煌"、"奏凯歌"、"存浩气"、"树丰碑"、"壮神州"、"发奋图强"之类。其实许多词汇在毛泽东诗词中用得挺好，很有表现力，比如"雄关漫道真如铁，而今迈步从头越"、"苍山如海，残阳如血"等等。问题是新中国六十多年间，尤其"文革"期间，"毛主席诗词"在国人对诗词的触及、理解和学习中地位"独尊"，影响非常巨大深远。太多人引用或模仿同一语源，必然导致泛滥，原本好好的词汇语句很容易就成了陈语俗套，因而需要有意回避一段时间才好。"审美惊奇"、"审美陌生化"是缓解审美疲劳的秘方良药。

有比较乃有鉴别，再看一下学院诗群的作品，差异就更清楚了。

2012年5月，彭玉平教授作《蝶恋花》词："五月凤凰花似酒。醉在枝头，一任东风诱。才道柳绵轻拂袖。朱颜一霎凭栏后。　　谁会疏狂风雨骤。元宋馀音，细数方通透。料是年年铺锦绣。春心检点君知否。"余极喜"凤凰花似酒"句，以其风神摇曳意趣别致，因步其韵："五月凤凰花似酒。酝酿千秋，馥郁浑如旧。必是天公裁锦绣。芳华独许春红后。　持弄弦歌邻户牗。共此芳华，道艺相期守。且放疏狂轻紫绶。素心人远风怀久。"时蒙陈永正教授赞许。不意次年永正教授也以"凤凰花似酒"句连作五月、六月、七月三首：

蝶恋花·和海鸥玉平兄韵（三首）

五月凤凰花似酒，楼际晴霞，映日光初透。一片浓情君记否，相期况是春归后。　莫道孤高难领受，每到芳时，只许心魂守。一任明朝风雨骤，新枝已在千林首。

六月凤凰花似酒，不醉花开，只醉花开后。神血已凝香未透，成丹化碧终难久。　持醉问天天醉否，不梦天涯，只梦天涯友。海未成田根已朽，心中风雨年年又。

七月凤凰花似酒，酒到将阑，更觉难禁受。醉里飞花萦左右，多情欲近君怀袖。　况值山倾河改后，不复飘零，满地残红绣。坐待秋风吹白首，无花可落情依旧。

彭、张、陈皆执教康园，年龄各在五十、六十、七十岁之间。当此凤凰花季，皆以花、酒、醉为话题审视生活生命之美。会心者于其词中，或可见"知天命"、"耳顺"、"从心"之境界也。康乐园自康乐公谢灵运之后，一千四百余年，风雅赓续，此亦一时嘉趣美谈也。

（五）诗人的文体转型或兼容——自由与格律之间

我写诗词游走于格律体和自由体之间。选择哪种体式，与当时的心情意绪有关。情绪比较激动时更多用自由体，比较平静沉潜时多用格律体。可能也与用途有关，比如朗诵场合，当然是自由体比较合适，而祝寿贺婚朋友交往应酬则宜用格律体。要抒发或叙说比较多的意思，用自由体更便于无拘无束地挥洒；要抒写一些精致优雅的意思，宜用格律体。习惯了在各体间游走，在表达内心与选择体式之间，就不觉得有隔阂了。意思都从内心流出，用哪种体式，就使用哪种思维和表达习惯。换言之，无论何种体式，思想感情和艺术美都是相通的，区别只是思维和表达的方式须符合公众认可的惯性。不知这与一个人会说多种语言且能自如切换是否有点相似。

专攻一体与各体兼通，并无高下优劣之别，关键是诗理之通融。由此我想到当代诗坛和现当代诗词研究的现状。就创作而言，写自由体和格律体的基本是各写各的，两大诗群鲜有交集。诗歌批评和研究也是两个学科，基本上互不关联。准确地说，现当代诗学学科还没有格律诗词的地位。虽然格律诗词作家作品不少于自由诗，但主流诗学没有它的地位，独立的现当代格律诗学科也未形成。近几年已经有些研究现当代文学的学者关注格律诗词，也有一些研究古代文学的学者关注现当代格律诗词，都取得了一些研究成果。各级政府科研立项也渐有增加。这几年常闻诗人和学者言及二者融洽的话题。但"融洽"谈何容易！大部分诗人终生只作一体，大部分学者终生只治一学。但双栖兼能的诗人和学者从来都是有的。若诗人正好是一位双栖兼能型的，则研究者必须融洽研究之。今后的现当代诗词史或文学史学科，格律诗词再也不应该像此前那样被"无视"了。

（六）诗是隐喻的美文（反对散文化、口水化、大白话、家常话、顺口溜）

我不赞成诗歌"大众化"、"通俗化"、"口语化"的说法。诗歌从来都是、永远都是精神贵族的产品和消费品，是人类精神生活中高贵、高雅层面的审美内涵。所以我讨厌"口水诗"，反对"顺口溜"。写诗歌和体育比赛很不一样。体育追求绝对高度，写诗则要力避绝对低度。换句话说：武求胜负，文讲底线。武须大量训练，诗须宁缺毋滥。诗友们挑剔的就是毛病，最关注的就是低处。人家读了你几个烂句，就不愿意再看你的作品了，就"屏蔽"你，哪怕你忽然有了佳作，也会被忽略的。所以写诗要精益求精。

写诗歌和写论文一样，多未必好，少而精必定好。古今中外的优秀诗人都是凭几篇优秀之作宣示水平、确立声誉的。所以"代表作"很重要。相反，低劣的"代表作"同样重要。这些年被讥笑的"梨花体"、"羊羔体"、"生态诗"、"新闻体"等，不论是否得了大奖，都是被人挑出了最烂的作品公示于众，因而声名狼藉，一败涂地。所以诗人最好不要凑热闹现场"口占"，弄些垃圾顺口溜，恶心了别人也毁了自己。比垃圾顺口溜好一些的是平庸之作。这大概是许多作者都难免的。别人看了一般般，自己却敝帚自珍，自娱自乐。这是大多数诗人的通病，我肯定也病得不轻。陈永正老师讲课说诗歌是他的宗教。真正热爱诗歌的人，确实应该如信仰宗教一般。但热爱和信仰的程度，与艺术水平的高下程度是两回事。每个诗人都应努力追求自己的高度，而不应该写顺口溜。

至于诗词的内容、艺术品质，我主张无论自由体还是格律体，都要写真性情，要有为而作，要自然流畅，要用诗歌独特的美文表达方式——比、兴、寄托、象征、隐喻、片断、跳跃、借代等等，把诗词写得高雅优美，有别于其他文体。诗歌是隐喻的美文，在这一点上，自由体和格律体是相通的。诗词中的个人情怀如何具有普世意义，这是诗人必须努力斟酌料理的。

写诗歌需要有天分，有诗才，有灵气。但有了这些还不够，还需要有思想，有文化蕴蓄，有阅历见识。有文化有思想有情怀的人不一定会写诗，但没有就一定不能写出好诗。古往今来，最优秀的诗人都是学养丰厚、思想敏锐深刻、情怀美好丰厚的。

律诗平仄规范的速成教学法及其日常应用

武汉大学　王兆鹏

在正式讲诗词格律之前，我想我们对格律要有一个基本的认识。初学写诗的人，都觉得格律很严，是一种束缚。闻一多先生曾经说过，写律诗像是戴着脚镣跳舞。闻先生这句话往往被误解，既然是戴着脚镣跳舞，我们何不自己解放，把这个脚镣给去掉，新诗就什么格律都不要。格律是什么？格律是一种基本的游戏规则，它是辨识和判断格律诗与非格律诗的一个基本标准，它把格律诗和非格律诗划出一个边界。新诗因为没有明确的平仄，没有明确的形式规范，所以它没有很明确的边界，以至于"梨花体"等是不是诗都有争议。而古典诗词有格律，也就有了划清边界的标准。

格律也是一种操作规范、写作的基本要求。任何一种游戏都有规则，写诗也是如此。所以我们不要去抱怨：诗词格律怎么那么复杂、那么严格，你要玩这种游戏，就要遵守它的基本规则。斗地主有斗地主的规则，打升级有升级的规则，打德州扑克或者打桥牌，也各有各的规则。掌握了规则，就能够运用自如。之所以觉得诗词格律很复杂很困难，是因为初学者还不熟悉，还没掌握。下面我们就来讲怎样学习诗词格律。

一、问题导入

先讲第一个问题：什么是格律诗，什么不是格律诗？我们先看大家从幼儿启蒙的时候都会背诵的四首作品。一首是孟浩然的《春晓》，一首是柳宗元的《江雪》，还有孟浩然的《宿建德江》、王之涣的《登鹳雀楼》。大家先看看：左边的两首诗（指《春晓》和《江雪》）跟右边的两首诗（指《宿建德江》和《登鹳雀楼》），在字句上看，似乎没有什么差别，但一组是绝句，一组不是。那哪一组诗是属于格律诗，哪一组诗是非格律诗？或者说，这四首诗是不是都属格律诗？不谈内容，不说意境，纯粹从形式层面看一看这两组诗有什么差异。大家看押韵，左边两首诗押的是什么韵，是平声韵还是仄声韵？左边两首押的是仄声韵，右边两首呢，押的是平声韵。格律诗押韵一个最基本的原则是什么？需要押什么韵？（有学生回答：要押平声韵。）对，要押平声韵。押仄声韵的呢，就不是律诗。

再从平仄来看，孟浩然《春晓》第一句的"不觉晓"，都是仄声。在律诗中，每句末尾三个字都是仄声，这是不允许的。柳宗元《江雪》第一句"千山鸟飞绝"的第二、第四两个字，即"山"和"飞"字，都是平声，而律诗要求每句的第二和第四个字应该是平仄相间，就是说第二个字如果是平声，那么第四个字必须是仄声；如果第二个字是仄声，那么第四个字必须是平声。所以，从用韵和平仄这两个方面看，这两组诗中，右边这组是格律诗，左边两首不是格律诗，即古体诗，有人称为古绝。

二、规则讲解

那么究竟格律诗是什么，格律的要素有哪些呢？下面就讲格律诗的规则。在讲规则之前，我们稍稍了解一下古典诗歌的分类。

古典诗歌一般分为两类——古体诗和近体诗，也就是非格律诗和格律诗。所谓近体诗，就是格律诗，因为近体诗是在唐代才形成和定型的，所以唐人把这种新兴的格律诗叫作近体诗，而把非格律诗统称为古体诗。古体诗有乐府、古风、歌行等等；而格律诗分律诗、绝句和排律。从语言上看，古体诗有四言、五言、七言、杂言等等；而近体诗却没有杂言，没有长短句，只有五言和七言，有六言绝句，但六言绝句算不算律诗，学界还有争论。我们只讲人们一致认同的，即五言和七言。排律很容易和古体诗混淆，五联以上的是排律，白居易的《长恨歌》和《琵琶行》的句式也很整齐，它们怎么就不是排律呢？排律和齐言的古体诗有什么区别呢？排律诗除了首尾两联不对仗，中间全部都要对仗。其实在我们的日常学习和教学中所涉及的主要是律诗和绝句，因为排律要求中间都对仗，优秀的作品很少，我曾经做过唐诗排行榜，在唐诗300首名篇里面，排律几乎没有。明白了什么是古体诗和近体诗后，我们再着重谈近体诗，也就是格律诗。

格律诗的规则究竟有哪些呢？一共有六项。

第一是字数，必须是五言和七言。

第二是句数，有八句的，有四句的，排律是十句以上，我们今天不讲它。懂了律诗和绝句，排律也就自然明白了。所以今天我们主要讲八句的律诗和四句的绝句。所谓"绝"，就是截取的意思，明白了绝句是从律诗中截取两联下来，后面的有些规则我们就很容易明白了。

第三是句式。句式表面看起来很简单，都是统一的齐言，但音节句法要求变化。初学写诗者，往往不注意句型的变化。

律诗的句子是有节奏感的，诗句、词句的音节如何搭配是有讲究的。例如五言句，我们习惯的是上二下三，或者是上三下二，也就是二一二或二二一；但如果写成一二二句式，读起来就很别扭。黄庭坚有时故意写这种句式，如"石吾甚爱之"，读起来就有些不习惯，黄庭坚是有意创造一种特殊的拗劲。五言诗句的音节一般是二一二，七言诗句的音节一般是二二一二，或二二二一，即通常所说的上四下三。

音节之外，句子的字词组合方式也要有变化。每一联里，句型句法要有变化，一首诗八句，不能都写成一样的句型。写诗跟书法有相通之处。一幅书法作品，同一个字不会是同一种写法，不会写成一模一样的。无论是草书、行书、楷书，它都会有变化，轻重、肥瘦要搭配。写诗也一样，不仅用字要有变化，连字词的搭配、组合也要有变化。

我们看看王维的《山居秋暝》：

> 空山新雨后，天气晚来秋。
> 明月松间照，清泉石上流。

竹喧归浣女，莲动下渔舟。
随意春芳歇，王孙自可留。

第一联两句的音节构成是二二一，第二联两句也是二二一，第三联则是二一二，最后一联又是二二一。诗的前两联，每句的音节构成方式都是二二一，看起来没变化，可是它的句型句法，每一联都不一样。"空山新雨后"，是两个表达时空的短语。"天气晚来秋"，也没有动词，应该是主谓宾结构，只是省略了谓语，意思是"天气（是）晚秋"。"来"是助词，类似口语中的"说来"、"看来"。"明月松间照，清泉石上流"两句的句型是主谓状，跟第一联相比，句型就大不相同。颈联"竹喧归浣女"两句，句型是状谓主，谓语提前，主语移后，与颔联也不一样。古人写诗，不仅仅是要考虑字声平仄的协调搭配，还要考虑句法、句型的变化。

我们欣赏诗歌时，如果用换字法、换句法，是一种不错的方式。把原诗的字句给它调换一下，往往能够了解古人的用心，领会它的妙处。比如把颔联改成"明月松上照，清泉石间流"，表面上看，意思似乎没有多大变化，其实差别是很大的。第一是平仄不协调。第二字"月"为仄声，第四字应作平声，"上"是仄声，显然不合。下句第二个字"泉"是平声，第四字应作仄声，而"间"是平声。改换之后，平仄就不合了，意境也不一样。特别是"明月松间照"跟"明月松上照"意境就很不一样。"明月松上照"，是写明月在松树林的顶上照耀着，而"明月松间照"，是说月光照射在松树林里。王维是画家，善于体察大自然的光影变化。光线穿过树梢，照射在树林之间，月光照到的地方是明亮的，月光被树枝挡住的地方则是昏暗的，"明月松间照"，就描绘出光线明暗的对比效果。换了一个字，意境就大不一样。

如果我们把王维诗的中间两联改成"明月照松间，清泉流石上。浣女归竹林，渔舟下莲塘"，都成了主谓式结构，且不说意思平平，四句的句法也都一样，显得十分呆板。初学写作者，就习惯于用这种句型，因为它跟我们的日常思维是一样的。

我们再回到诗词的平仄上来。刚才讲了字数、句数、句式，再讲格律诗的第四个要求——对偶，也就是对仗。

对偶是汉语里一种特有的修辞方式、一种艺术技巧。有两个比较极端的例子，如："宫门桃李争荣日，法国荷兰比利时。"下句是三个国名，可跟上句对得非常工整："法国"对"宫门"，"荷兰"，可理解为荷花和兰花对上句的"桃李"；"比利"，可以理解成"比丽"，正与"争荣"相对。又如："三星白兰地，五月黄梅天。"从字面上看，对仗也是非常工整，只是平仄上有一点问题。大家看，"三星"的"星"是平声。"兰"呢，也是平声，平仄没有相间，不合要求。不过，从这两个极端的例子，我们可以看出汉语对仗艺术的巧妙。

律诗需要对仗。律诗的标准格式，或者说常规格式，是中间两联要对仗，不对仗就不叫律诗。也有变体的：第一联对仗，第二联不对仗，第三联对仗。第二联不对仗而第一联对仗的，叫偷春格，先春天而到。最典型的例子，是王勃的《送杜少府之任蜀州》："城阙辅三秦，风烟望五津。"这是第一联对仗。第二联"与君离别意，同是宦游人"，不对仗。第三联"海内存知己，天涯若比邻"，又对仗。这是一、三联对仗。还有前三联都对仗，只有尾联不对仗的。如骆宾王的《在狱咏蝉》："西陆蝉声唱，南冠客思侵。那堪玄鬓影，来对白头吟。露重飞难进，风多响易沉。"这种前三联对仗的诗还不少，七律中，杜甫的《登高》也是三联都对仗。这属于变格、变体。

律诗中间两联都必须对仗，绝句呢，对仗与否相对自由。绝句是从律诗中截取两联下来的。如果是截取的中间两联，就意味着都要对仗，如王之涣《登鹳雀楼》："白日依山尽，黄河入海流。欲穷千里目，更上一层楼。"都对仗。还有杜甫的《绝句》："两个黄鹂鸣翠柳，一行白鹭上青天。窗寒西岭千秋雪，门泊东吴万里船。"两联也都对仗。如果是截取的前面两联，那就是第一联不对仗，第二联对仗；如果截取的是三、四两联，那第一联对仗，第二联不对仗；如果是截取首尾两联呢？那就都不对仗。明白了这个道理，就知道绝句两联为什么可以对仗、也可以不对仗，可以两联都对仗、也可以都不对仗了。理论上是这么讲，不是说哪一首绝句是从一首律诗的中间两联截取下来的。说绝句是从律诗中间两联截取下来的，是就形式构成而言，旨在说明绝句为什么可以对仗、也可以不对仗的道理。

第五是用韵。前面这几条字数、句数、句式，都是一眼就能看明白的，对仗稍微还要琢磨一下。律诗里面比较难的是用韵和平仄。用韵呢，初学者有时不太在意。其实用韵有三条具体规则。刚才我们说到，律诗用韵的字必须是平声。"韵字须平声"，是一条。还有一条："韵位在偶句"，押韵的位置，要在偶数句，律诗是二、四、六、八句用韵，首句是灵活的，可用韵也可以不押韵。第三条是"韵部不能变"，必须一韵到底。律诗，不能前两句一个韵，后两句换一个韵。概括说来，用韵有三条基本要求：韵字须平声，韵位在偶句，韵部不能变。

第六是平仄。对于初学者而言，平仄最难掌握，所以下面重点讲平仄。平仄的核心要求是三句话：一句之内，平仄相间；一联之间，平仄相对；两联之间，平仄相粘。把这三句话记住了、弄懂了，平仄就基本掌握了。不过，除这三条之外，还有一个辅助性的条件，需要提示：单句末字须仄，偶句末字须平。偶数句的最后一个字必须是平声，为什么？因为律诗的偶数句要用韵，而且只能押平声韵，所以偶句最后一个字必须是平声字。律诗的各条规则不是孤立的，而是相互关联的。偶句的最后一个字一定是平声，单句的最后一个字一定是仄声，除第一句之外。把这点弄明白了，后面讲平仄相间、平仄相对就比较好理解了。

先说"一句之内，平仄相间"。我们在教学的时候，平仄可以用字来表示，也可以用符号来表示，平用一横，仄用一竖来表示。让学生做平仄练习的时候，用符号比较简洁。以王维的《山居秋暝》为例，它的平仄图是：

平平平仄仄，平仄仄平平。
平仄平平仄，平平仄仄平。
仄平平仄仄，平仄仄平平。
平仄平平仄，平平仄仄平。

这个平仄图，乍看上去好像也挺乱的，看不出有什么规律，其实不然。"一句之内，平仄相间"，不是指一、三、五，而是指二、四、六。五言律诗的第二个字和第四个字，七言律诗的第二、第四、第六个字，即偶数字要相间。汉字是以两个字为一个节拍，偶数字是节奏点。所以，"一句之内，平仄相间"，是指偶数字，五律指的是二、四两个字要相间，第二个字用的是平声，第四个字就必须用仄声；第二字如果是仄声，那么第四个字必须用平声。看看王维这首诗：每一句二、四两个字，都是平仄相间，非常有规律。不管句子的音节是二二一，还是二一二，它的节奏点是不变的，始终是在二、四两个字。

再说"一联之内，平仄要相对"。律诗两句为一联，看看王维此诗，第一联每句的二、四两个字，上句"山"是平，下句"气"是仄；上句"雨"是仄，下句"来"是平，两两相对立。第二联，上句"月"是仄，下句"泉"是平；上句"间"是平，下句"上"是仄。第三联两句的二、四两个字，也是上平下仄，上仄下平。第四联两句的二、四两个字，同样是上仄下平，上平下仄。都是"一联之内，平仄相对"。"对"，是对立、不同。

"两联之间，平仄相粘"，是指上联第二句偶数字的平仄与下联第一句偶数字的平仄完全一样。看看王维的第一联跟第二联之间，也就是第二句和第三句偶数字的平仄，是完全一样的。第四、五句的偶数字也是上平下平、上仄下仄，第六、七两句的偶数字是上仄下仄，上平下平，上下两句的平仄相同，也就是相粘。古人真是太有智慧了！律诗的平仄，既有变化，又有统一，很符合对立统一的辩证法，有变化之美，又有统一之美。格律诗，除了意境美、情感美之外，还有一种特有的节奏美。为什么古典诗歌便于记忆，一两岁牙牙学语的小孩能够背诵古诗，而不会背诵新诗？写新诗的诗人很郁闷，说国人好古，只教小孩背古诗，而不教小孩背新诗。原因是新诗里没有节奏感，不好记。心理学研究过记忆的原理，结论是瞬间的记忆靠图像，短时记忆靠的是声音，长时间的记忆靠意义，你要理解诗的意义是什么，才记得住。所以咱们背诗的时候，先要读出声音来，如果不读出声音，只是默读，就不容易记住。这是声音记忆在起作用。要把一首诗记得很牢靠，就得理解它的意思。不然的话，短时间里能记住，时间一长就记不住了。前几次课有老师来讲诗歌的吟诵，按照诗的旋律节奏去吟诵，就便于记忆。我们都有这种体会和经验,就是很多年前唱过的歌曲,歌词忘了,但还能够记住它的旋律、它的调子。这就是声音记忆的效果。古典诗歌,特别是律诗,为什么容易记忆?就与它特有的内在的语言节奏有关。国宝、国粹,有很多奥妙所在。奥秘之一,就在于这种特有的声情节奏,而特有的声情节奏,就是这种看似复杂、其实简单的平仄格式。

我们再来看杜甫的七言律诗《登高》:

风急天高猿啸哀,　　平仄平平平仄平
渚清沙白鸟飞回。　　仄平平仄仄平平
无边落木萧萧下,　　平平仄仄平平仄
不尽长江滚滚来。　　仄仄平平仄仄平
万里悲秋常作客,　　仄仄平平平仄仄
百年多病独登台。　　仄平平仄仄平平
艰难苦恨繁霜鬓,　　平平仄仄平平仄
潦倒新停浊酒杯。　　仄仄平平仄仄平

我们来看,一句之内是否平仄相间。第一句的二四六字,是仄平仄,第二句的二四六字是平仄平,第三句的二四六字是平仄平,第四句的二四六字是仄平仄。后面两联四句的二四六字也分别是仄平仄、平仄平、平仄平、仄平仄。这首律诗,也是一句之内平仄相间、一联之内平仄相对、两联之间平仄相粘。这三条,是律诗的通则,不符合这三条的就不是律诗,符合的即是律诗。

除这三条核心的规则之外,还有两条补充的规则,就是避免"三仄尾"和"三平调"。人们常说"一三五不论",所谓"不论",是说很自由,可以随意作平声作仄声。实际上,"一三五不论"是有条件的,并不是任何时候都"不论"。对于五言诗来讲,第三个字是要"论"的,对于七言诗来讲,第"五"个字也是有条件的,不是任意的,是有条件的自由。那要遵循什么规则呢?就是避免"三仄尾"或"三平调",又叫"三连仄"或"三连平"。无论是五言还是七言律诗,包括绝句,每句的最后三个字,不能全都是平声,也不能全是仄声。我们来看杜甫的"渚清沙白鸟飞回",这个"鸟"字就是仄声,它不能改成平声,如果是平声的话,就是三连平或者叫三平调了。这个"鸟"是

305

泛指，在江里盘旋飞翔的应该是沙鸥，但如果用"鸥"字，"鸥飞回"，就成三平调了，所以不说"鸥飞回"，而用"鸟飞回"。

再看"万里悲秋常作客，百年多病独登台"，如果我们调换两个字，改为"万里悲秋独作客，百年多病常登台"行不行？诗意上是可以的。"独作客"，写独自飘泊在外，意思也通，可"独"是个入声字，"独作客"是三仄尾，所以只能说是"常作客"、"独登台"。如果换成"常登台"，那又变成三平调了。

王维的五言诗里有些字也值得关注，像"空山新雨后"的"新"，在造语上比较新，生活中我们不会说"新雨"，而常说小雨、细雨、大雨、暴雨。"新雨"，含义是指入秋以来第一场雨，刚刚下的一场秋雨。这里应该有平仄上的考量，由此可以了解古人的炼字艺术。"天气晚来秋"这个"晚"字，也必须用仄声字，否则就变成了三连平。"竹喧归浣女，莲动下渔舟"里面两个动词，"竹喧下浣女"，"莲动归渔舟"，意思上也是差不多的，可换字后平仄就不对了，"渔舟"是平声，如果说"归渔舟"，就变成三平调了，所以王维用"下渔舟"，这里有平仄的讲究。

还有所谓犯孤平的问题。什么叫犯孤平？有不同的说法。一般而言，犯孤平是在五言律诗中，特别是仄起式的句子里，除了韵脚字之外，如果只有一个平声字，就叫犯孤平。在七言诗中，仄起式的后五个字，除了韵脚字以外，如果只有一个平声，也叫犯孤平。如果犯了孤平，就要把第三个仄声字改为平声字。一般写作，犯孤平不算什么大错，或者说是一个可以原谅的错误。如果比赛的话，可能要计较是否犯了孤平。

总之，格律诗的平仄规则、要求就是这几点：单句的末字须仄，偶句的末字须平；一句之内平仄相间，一联之间平仄相对，两联之间平仄相粘；忌三连平或三连仄。

三、平仄练习

为了让学员能够真正掌握这些规则，还要做些练习，先把格律诗的八种平仄谱式一一写出来。七言律诗、五言律诗各有四种谱式，即平起入韵式、平起不入韵式、仄起入韵式、仄起不入韵式。什么叫平起、什么叫仄起呢？不是第一个字平声叫平起，而是指第一个节拍的节奏点（即第二个字）是平声就叫平起，第一个节奏点是仄声的就叫仄起。"空山新雨后"的"山"是平声，就是平起，"风急天高猿啸哀"的"急"是仄声（古音读入声），就是仄起。所谓"起"，就是起点、开头之意。"起"是指第一个节奏点。所谓入韵和不入韵，就是指第一句用韵与不用韵。第一句押韵的，就叫入韵式，句末字必须是平声；第一句不押韵的，就叫不入韵式，句末字必须是仄声。王维的"空山新雨后"不入韵，所以"后"字是仄声，这就是平起不入韵式。杜甫《登高》诗的第一句"风急天高猿啸哀"押韵，这就叫仄起入韵式。刚刚提到的杜甫的"两个黄鹂鸣翠柳"，也是仄起不入韵式。

现在大家动手写一下，七言平起入韵式的平仄。七言平起入韵式，首句的平仄谱写成："平平仄仄平平平"，对不对？不对！出现了三连平。必须要改一个仄声字，那能不能随便改哪个仄声就可以了呢？不行的，因为平仄平要相间，所以第六个字必须是平声，不能改。因为这是入韵式的，押的是平声韵，所以第七个字作平声也不能动。只能是改第五个字了，改成"平平仄仄仄平平"。由此也可见，"一三五不论"是有条件的。一般而言，七言诗里，第一字、第三字，是可以自由的，是可平可仄的。

有一个小窍门，告诉学员怎样写这个平仄谱。先不把每句的七个字都写出来，而是先写出二四六的平仄，一三五是可以不论的嘛。上句是"平平仄仄仄平平"，那么第二句的二、四、六，应该是仄、平、仄，一联之内平仄相对嘛。七是什么呢？我们好像没有专门讲七言诗的第七个字，也没讲五言诗里第五个字的平仄要求。实际上讲了，单句末字须仄，偶句末字须平，针对的就是七言诗的第七个字、五言诗的第五个字，不过是通过押韵和不押韵的规则，把最后一个字给它限定了。那我们就把最后一个字也写出来。为了好记，两个字一组，第一、第二字写成平平，第三、第四字写成仄仄。第三句是相粘，相粘就是完全一样，二、四、六、七字的平仄是仄、平、仄、平，全句是"仄仄平平仄仄平"，对不对？哪个地方错了？对，第七个字错了，因为第三句是单句，末字必须是仄声，这一改的话，又出现了问题，又变成三仄尾了，我们又必须改一个字，改为：仄仄平平平仄仄。下面一句是什么？是平平仄仄仄平平。为什么要讲错误的写法呢？因为这是初学者最容易犯的错误。既然是相粘，那就完全照上句写好了，而没考虑单句不用韵、偶句需用韵的要求。这几个要点，在教学之中要特别注意。至于后面的第五、第六句、第七句和第八句，依此类推。

第二种练习，是判断正误。所谓正误，是按照常体来判断。这里有两首诗，一首是李白的《登金陵凤凰台》：

凤凰台上凤凰游，凤去台空江自流。
吴宫花草埋幽径，晋代衣冠成古丘。
三山半落青天外，二水中分白鹭洲。
总为浮云能蔽日，长安不见使人愁。

大家看看这首诗，按照刚才讲的平仄要求来分析一下，看哪个地方有问题。对，第二句跟第三句失粘，也就是平仄不一样，平仄没有粘住。"凤去台空江自流"、"吴宫花草埋幽径"，上句二四六是仄平仄，下句二四六是平仄平。粘，就是上下二句的平仄应该一致。第四、第五句也是这样，"晋代衣冠成古丘"、"三山半落青天外"，前句二四六的平仄是仄平仄，下句是平仄平。李白这首诗，是明显地失粘了。这是学谁的呢？大家都很熟悉的，是学崔颢的《黄鹤楼》。崔颢原诗是：

昔人已乘黄鹤去，此地空余黄鹤楼。
黄鹤一去不复返，白云千载空悠悠。
晴川历历汉阳树，芳草萋萋鹦鹉洲。
日暮乡关何处是，烟波江上使人愁。

"昔人已乘黄鹤去，此地空余黄鹤楼。"这两个"鹤"字都是仄声，就不"对"，一联之内，平仄相对，这里就没有"对"立。当然也有的版本作"昔人已乘白云去"。浙江大学胡可先教授最近出了一本唐诗教材，专门对此做了考察，他认为这句应该是"昔人已乘白云去"，他有版本依据，很有道理。"昔人已乘黄鹤去"，是清代沈德潜的《唐诗别裁集》所改，以后人们就沿袭相承而不知原本了。"黄鹤一去不复返"，不仅仅是三连仄，而是六连仄,这在律诗中是很少见的。"白云千载空悠悠"也是三平调。律诗里不能犯什么错误,崔颢就犯什么错误,他好像是故意的,你说他不懂吧,下面四句"晴川历历汉阳树,芳草萋萋鹦鹉洲。日暮乡关何处是,烟波江上使人愁",却是正宗的律句,平仄、对仗都非常工整。前四句,他好像是故意不按规则来写。因为前四句不合律诗的基本规则,所以有人认为不是律诗,也有人说应该算律诗。崔颢为什么要这样写呢?有一种解释是,律诗虽然在盛唐定型,但毕竟不是那么严格,而且也不是考试。即使是考试,唐人也有创造精神。崔颢到底是有意为之,还是无意为之,无从考证,我们也不能"起崔颢于地下而问之"。按照常规格式来讲,崔颢这首诗的平仄肯定是有问题的。

第三种练习,是拆解复原。所谓"拆解复原",是把一首律诗拆散,把原来诗句的顺序打乱,再给它复原。复原不是瞎蒙乱猜,而是按照律诗的规则来复原。

大家看看崔颢这首被拆解打乱的《行经华阴》诗:

无如此处学长生
天外三峰削不成
仙人掌上雨初晴
河山北枕秦关险
武帝祠前云欲散
驿树西连汉畤平
借问路傍名利客
岧峣太华俯咸京

最后一句"岧峣"的"峣",读 yáo,平声;"太华"的"华",读 huà,仄声。这读起来不成诗,咱们要给他复原。怎么复原呢?先把押韵的句子找出来,押韵的一般是偶句,句末是平声字的有五句:"生"、"成"、"晴"、"平"、"京",可以肯定,这首诗的第一句是押韵的,故全诗有五句用韵。哪些句子是偶句,哪一句是单句呢?现在定不了。第二步,找对仗,看谁跟谁对仗,哪两句是对偶的句子。律诗有两联是对仗的,先找出哪四句构成中间的两联,余下的再另行考虑。对仗的句子,常常是并列式的,哪句是上句,哪句是下句呢?我们已经知道仄声结尾是上句，平声结尾是下句，我们来找找看，哪一句跟哪一句是对仗，哪句是上联，哪句是下联。找对仗句，也有一些窍门，比如找方位词、找数字词等。"武帝祠前云欲散"与"仙人掌上雨初晴"，这两句中有方位词"前"和"上"，它们应该是一联。用同样的办法找出第二联，应该是"河山北枕秦关险，驿树西连汉畤平"。现在找出了对仗的两联。接下来就应该确定哪一联在上，哪一联在下，也就是说，哪一联是第二联，哪一联是第三联了。这又怎样去判定呢？这就要看谁跟谁相粘了，需要动手给这两联标出平仄：

  武帝祠前云欲散，仙人掌上雨初晴。
  仄仄平平平仄仄，平平仄仄仄平平。
  河山北枕秦关险，驿树西连汉畤平。
  平平仄仄平平仄，仄仄平平仄仄平。

"武帝祠前云欲散，仙人掌上雨初晴"是第二联。为什么呢？"仙人掌上雨初晴"的"人"、"上"、"初"分别为平、仄、平。下面"河山北枕秦关险"的"山"、"枕"、"关"三字也是平、仄、平，这样两联就相粘了。

  接下来再找首、尾两联。找首、尾两联，既要靠一点语感，也要靠平仄来确定。既然有五句押韵，那第一联上下两句一定都是押韵的。现在大家看一看，这八句中，哪一句是诗歌的首句？是"岧峣太华俯咸京"，还是"天外三峰削不成"？"天外三峰削不成，岧峣太华俯咸京"，是这样的吗？（有学生回答：应该反过来。）为什么这样不行，要反过来？因为"天外三峰削不成"的二、四、六字分别是仄、平、仄，正与"武帝祠前云欲散"相粘，因为"帝"、"前"、"欲"三字也是仄、平、仄。如果"天外三峰削不成"为第一句，"岧峣太华俯咸京"为第二句，那就与下面的第二联失粘了。现在找出了首联，那尾联就非常容易了。剩下的两句，按照结尾的平仄，可以确定"借问路傍名利客"为第七句，"无如此处学长生"为最后一句。

  复原出的原诗是：

  岧峣太华俯咸京，天外三峰削不成。
  武帝祠前云欲散，仙人掌上雨初晴。

河山北枕秦关险，驿树西连汉畤平。
　　借问路傍名利客，无如此处学长生。

现在总结一下，律诗拆分之后复原，可分四步走：第一步，找押韵。通过押韵，分出单句和偶句。第二步，找对仗。通过对仗，两两相连，确定中间两个对仗联。第三步，看相粘。通过相粘，确定两个对仗联哪个在前哪个在后，即何者为颔联，何者为颈联。第四步，再找出首尾两联。依此四步，一首拆分打乱后的诗就可以复原了。

下面再来看一首被拆解打乱的陆龟蒙的诗——《奉和袭美初冬章上人院》：

　　林寒却有烟
　　还如到四禅
　　菊承荒砌露
　　画古全无迹
　　相看吟未竟
　　每伴来方丈
　　茶待远山泉
　　金磬已冷然

前面已经讲过，依据方位词、数量词容易找出对偶句。除了方位词、数量词之外，还可以分析词性、句型和句式来找对仗。比如这首诗，"林寒却有烟"中有一个"有"字，"画古全无迹"中有一个"无"字，"有"、"无"相对，非常明显。"菊承荒砌露"中的"菊承"，是主谓结构，这八句中最能与之对仗匹配的，当属"茶待"，所以，"菊承荒砌露，茶待远山泉"应是一联。名词对名词，动词对动词。诗读多了，就很容易判断。还原后的诗作如下：

　　每伴来方丈，还如到四禅。菊承荒砌露，茶待远山泉。
　　画古全无迹，林寒却有烟。相看吟未竟，金磬已冷然。

四、平仄的日常应用

下面我们讲讲平仄的日常应用。除了写诗以外，还有哪些地方会用到平仄呢？一个是对联；一个是取名字，给小孩取名、命名；第三个就是标题，制作标题，文章的标题、报纸的标题，甚至广告，广告语，如果懂得平仄的话，也会增强一些艺术效果。

先说对联。写诗的人，一般都会写对联。对联，其实就是律诗中的对仗，平仄的要求也是一样的。对联也要求平仄相间和平仄相对，只是它没有相粘，因为对联只有两句，不存在粘的问题。所以，只要懂得了律诗的规则，也就懂了对联的规则。不过对联的平仄，跟律诗的平仄相比，又有一点变化和差异。相间、相对这个基本原则是一样的，但对联可以灵活变化。律诗要么是五个字，要么是七个字，字句很少，而且是固定的。对联就不一样了，对联短的两个字，长的N个字，一百个字、两百个字的都有。你想，如果是十几个字甚至几百个字的长联，始终是相间相间、平仄平仄地一路下去，那不是很单调乏味吗？所以，我们可以把对联的一句分成若干节段，每个节段的平仄各自相间。比如下面这副对联："春风送春处处春色美，喜鹊报喜家家喜事多。"像这个九个字的对联，上下联可以分成上四下五或上五下四两节，或者叫两个意群、两个小段，每一段的平仄各自相间相对就可以了。九个字一句的对联，如果是仄起式，按照律句，二、四、六、八字的平仄应该是仄、平、仄、平。如果我们把这九字句分成两节，上四下五，那么它的平仄可以作：仄仄平平，平平平仄仄。前四字作仄仄平平，是一个小节，二四相间；下一小节作：平平平仄仄，平仄也相间。九字联上句的平仄，不一定要作：仄仄平平仄平仄，完全可以写成：仄仄平平，平平平仄仄。就是说，对联里的平仄格式，稍微有些灵活变化。有些对联包含很多句子，每一句或者每个意群只要相间就可以了。有些九字联，甚至还可以写成上三下六，上三字的音节作一二结构，下六字作二二二结构。九字联句，既可以分成上四下五两节，也可以分成上五下四两节，还可以分成上三下六两节。相对而言，对联的平仄比律诗的平仄变化要多一些，它可以分段分节来处理、来相间，不必严守全句或者整句的相间。上联下联，不管分几节，只要每一节中相间、相对就行了。

另外，如果大家要写对联的话，还有一些"潜规则"需要注意。比如单双的字数问题。一般说来，挽联最好用单数句，贺联、喜联最好用偶数句，好事成双，每一句都是双数字，如六、八、十等。有人说，两联加起来，两个单不就变成双了吗？这样也可以，如果比较讲究的话，喜联、贺联的每一联都用偶数字比较好，喜庆。

讲两个例子。一是刚才提到的："春风送春处处春色美，喜鹊报喜家家喜事多。"从字面的对仗来讲，应该说对得很好，它用复选的手法，上句连用三个"春"字，下句用了三个"喜"字来突出新春之喜、春节之乐，构思还是不错的。但是，我们内行不仅要看热闹，还要看门道，对联除了字面要求之外，还要求平仄相对。

今人写对联，特别是那些半生不熟的对联，常常只考虑字面，不考虑平仄。古人对联，几乎没有不合平仄的。而今人写的对联，包括风景名胜中的对联，有的就平仄不合。上面这个九字联，我们可以把它分为两节来看，处理为"春风送春，处处春色美"，有没有问题呢？上节二四"风"、"春"都是平声，下节二四"处"、"色"两个都是仄声，这就不行，没有相间。我们可以帮着改一改，"春风送春"的"春"字不能改，它是要突出"春"字，跟下边的"喜"字相对，我们不能改变原联的用意，只能局部改，可以考虑把"风"字改为一个仄声字，"春雨"或者"春雪"都可以，"春雨"、"春雪"的"雨"、"雪"都是仄声。"春雨送春"，二四就变成仄平相间了。"处处春色美"，如果"处处"不改，可以把"色"字改成"光"，那么下句二四就变成仄平相间，全句改为："春雨送春，处处春光美"。改了两个字，意思还是一样，平仄也就合乎要求了。下联"喜鹊报喜"，这个"喜"字不能改，那我们就只能够改"鹊"字，可我实在是想不出改什么字为好。总不能写成"乌鸦报喜"，也不能说"沙鸥报喜"，那怎么办呢？没办法，只能作为专有名词，不改了。有些专有名词，不能因迁就平仄而随意改。杜甫《登岳阳楼》首句"昔闻洞庭水，今上岳阳楼"的"庭"，按照平仄要求应该作仄声，但它用的是平声，因为"洞庭"是专有名词。上面这副对联，可以改为："春雨送春处处春光美，喜鹊报喜家家喜事多"。除了"鹊"字不合平仄之外,其他平仄都相间相对。

再来看第二副对联:"一帆风顺年年好,万事如意步步高。"我们先划平仄。"一帆风顺年年好"的二、四、六是平仄平,平仄相间。下联呢,"事"、"意"、"步"就变成了仄、仄、仄,下一句平仄没有相间。除了平仄不协之外,"风顺"跟"如意"不对仗。"风顺",是主谓式结构。而"如意",是动宾结构,这两句平仄和字面都不对仗。如果你觉得"一帆风顺年年好"不改的话,那就要改下联,可以把"万事如意"给改了,"一帆风顺"对"两岸人和"。"两岸人和",可以理解成海峡两岸,也可以是大江两岸、珠江两岸。我再征一副对联,比较好对,但到现在还没有特别理想的下联。大家很熟悉韩愈的两句诗:"李杜文章在,光芒万丈长",我把它改为一句上联:"李杜文章光芒万丈",请大家下课后给我对出下联,既要平仄相对,还要人名对人名。

除了对联之外,取名字跟平仄也有关系。我们经常说,要取个好听的名字。好的名字,要注意音、义、形三要素。因为名字是要让人叫的、让人喊的,所以我觉得名字要把音放在第一位。如果名字不好叫,听起来也就不好听。要让名字好听,就要讲究平仄,最好是平仄平,或仄平仄,至少三个字的平仄要有变化。三个仄声很难叫,特别是连用三个去声字,更难念,比如"易燕燕",念起来就好难啊!有的名字念起来拗口,原因有二,一个是平仄没有变化,二是用了双声或叠韵。写诗的时候,有时用双声叠韵的修辞手法,可以发挥特别的艺术效果。可是取名字尽量避免双声字和叠韵字。双声是两个字的声母都一样,叠韵是两个字的韵母都一样。三个字,如果声母都一样,念起来就比较难。名字最好要平仄平,我的名字叫"王兆鹏",就是平仄平。

取名字除了音以外,还有义。名字,最好要有一定的寓意。台湾成功大学王伟勇教授主编过《实用写作教程》,有专章谈怎么取名字。关于取名字的要求,这里不便多说,只给大家提示两条取名的禁忌。第一是笔画,姓名中任意两个字的笔画加起来,不能是十四画。因为"十四"的谐音字不吉利,要尽量避免。

第二，名字里头的偏旁不能同时出现水火，水火不容，自我相克，命运就不顺。名字里面，有火字旁和水字旁的字、带水和带火的字不要同时出现。单一用可以，因为有人五行里缺水，或者缺火，就在名字里补水或补火。五行缺水，就用带水的字来补；五行缺火，就用带火的字来补。如果把含水、火的字放在一起，就会相克。说起来有些迷信，但民间有这么个禁忌。

取名字时，要注意五行缺什么，缺什么就在名字里面补什么。有的孩子既缺水，又缺火，怎么办？有一个办法，叫暗补，就是找一个既含水又带火的字，如带四点水的字。四点水，是水，也可以理解成火字，对吧？比如"熙"，康熙的"熙"，照明的"照"，古人不是写作火字底吗？现在写成四点水了。这四点水的字，就既含水又带火，可以补水火之不足。

除了要注意五行缺什么，取名还要注意属相。如果孩子属龙，取名字最好不要带"火"字。龙宜水，你取了火，烤他，多难受。属牛的，名字中带草字头、禾字旁的字比较好；不能带"车"字，一天到晚拉车子，多辛苦呀！名字要跟属相匹配。

取名字，讲究音、义之外，还要讲形，就是字形。我们现在都是电脑打印字了，问题还不大。如果是书法家，三个字的形状都一样，或者都是左右结构，或者同是上下结构，写起来就不太好看。所以字形也要注意，最好姓名用不同的字形。比如姓刘的"刘"，是左右结构，最好找一个上下结构或者是混合结构的字做名字，左右结构跟上下结构、混合结构的字搭配起来更好看。

取名之外，文章、报纸的标题也跟平仄有关系。文章的标题、报纸的标题，如果制成对偶式的，能讲究平仄就最好。报纸的标题，当然不一定要非常严格的对仗，相对整齐的话，就显得比较有艺术性，比较有吸引力。报纸的标题首先强调吸引眼球，注重新颖。新颖除了内容的新颖外，形式的新颖也是很重要的。题目的平仄和谐，读起来就好听，容易受人关注。

我是怎么注意到文章题目要平仄协调的呢？二十多年前，我在南京师范大学读博士的时候，常常向著名学者吴调公教授请教。当时他就住在我的老师唐圭璋先生的楼下。我去请教唐先生时，也常常顺便去吴先生家里坐一坐，同时向他请教。有一次，我写了一篇龚自珍词的赏析文章，拿给吴先生看，请他指点。文章的题目叫《剑气箫声两销魂》，吴先生看了题目后说："最好改一下，改成'箫声剑气两销魂'，平仄就协调了！调整之后，意思一样，可念起来感觉就不一样了，'箫声'，平平，'剑气'，仄仄，'两销魂'，仄平平，这就是一个律句了，对不对？"这次指点让我受用一辈子。

五、词的格律

最后简略说说词的格律。词的格律，不像诗歌的格律那样有统一的规范和要求，词是一个词调一种谱式。下面简要地谈一下词和诗的不同。

第一是字句的要求不同。格律诗是齐言句式，词是长短句式，而且每一个词调的字数句数是不一样的，最短的十六个字，最长的有二百四十个字，即《莺啼序》。大家熟悉的《莺啼序》，一般是吴文英的词，其实刘辰翁也有两首《莺啼序》写得挺好。《莺啼序》在南宋才出现，北宋没有。北宋比较长的词调应该是《戚氏》，柳永最先用这个调子写过词。

第二是用韵要求不同。格律诗只能押平声韵，词呢？平韵仄韵都可以押，可以通押，可以互押。有人写的词，读了以后不像是词，没有所填的那个词调的味道。仔细看去，原来是用韵有问题。原调要求一韵到底，他写来却随意换韵；原调是叶平声韵，他却押仄声韵，或平仄互押。要填词，必须按照词谱去写，否则名不副实，让人觉得很外行。

词的押韵跟格律诗近似，有三条要注意：一是韵字，指押什么韵，是平声韵还是仄声韵。二是韵位，在哪个地方押韵。律诗叶韵是固定在偶句，可是词就不一样，有的是句句押韵，有的是隔几句才押韵。三是韵部，是一韵到底，还是可以换韵。比如说《定风波》词调，是句句押韵，却是不同韵部的平仄韵交错使用。如苏轼的"莫听穿林打叶声。何妨吟啸且徐行。竹杖芒鞋轻胜马。谁怕。一蓑烟雨任平生"，上片三个平声韵中插入两个仄声韵。下片"料峭春风吹酒醒。微冷。山头斜照却相迎。回首向来萧瑟处。归去。也无风雨也无晴",两平韵（迎、晴）与四仄韵（醒、冷、马、怕）交错。还有《西江月》,上下片各叶两平韵,结句各叶一仄韵。所以,我们要特别提醒:词的叶韵要注意韵位、韵部和韵字这三要素。

第三是词的对仗要求不同。律诗的对仗是硬件、硬规则,词里对仗就没那么普遍。当然有几个词调,比如说《满江红》有两个对句,但可对可不对仗。还有《浣溪沙》调,也有两个对句,也都是可对可不对仗。

第四是平仄要求不同。格律诗的平仄要求有统一的规则,可是词的平仄却是错综变化的。从大的方面来说,词的平仄比诗要灵活自由;但就单个词调而言,词的平仄比诗歌更严格。可以说,诗的平仄具有普泛性,而词的平仄更具个体性和独立性,诗律是统一化的,词律是个性化的。

讲词律,有三大要素要注意。第一是用韵,第二是平仄,第三是句式。用韵和平仄这两条,一般写词的人都会留意。可是句式的问题,有些初学者,甚至有些老手,也不太留意。比如说词的五字句,有的是三二句式,有的是一四句式。如果常规是一四句式,你写成二三,读来就有些别扭、拗口,听着不像是那个调。词里还有一种特殊的句式,就是领字句,如柳永《八声甘州》里"想佳人妆楼颙望"的"想",就是领字。领字句,在律诗中是没有的,而词里比较多,柳永就特别爱用领字。领字,一般都用去声,去声读起来比较响亮。夏承焘先生的《唐宋词论丛》里专门讨论过这个问题,大家可以读一下。唐圭璋先生有一篇很精彩的论文,题目是《论词之作法》,也谈过这个问题,文章收录在他的《词学论丛》里,也可找来一读。

最后提示一下词的标点。词的标点,有两种原则,一是按照词意来标点,一是按照用韵来标点。按用韵来标点,就是凡用韵的地方打句号,不叶韵的地方用逗号。如果是句句用韵,就句句打句号。有些编辑不明白这个道理,遇到句句是句号,就犯迷糊,一首词怎么全是句号?常常擅自给你改了。另一个原则是按照词意来标点,逗号、句号、分号、问号、引号都用。现在学界通常有两种处理方式,一般的普及型选本基本上是按照词意来标点；专业性强的总集，如《全宋词》、《全唐五代词》等，是依叶韵来标点。这两种标点方式，各有所长，各有所短。按照用韵来标点，便于我们理解词的韵位，一看标点，就知道哪些句子该押韵，哪些句子不叶韵，但对词意的理解会带来一些不便。按照词意来标点便于理解词意，可是对原词的用韵就不能一眼看出来。

怎样去记词谱呢？最好是背诵一些典范的词作，我想这是大家共同的经验。如果单纯地背词谱，不太容易记得住。每个词调，有意识地牢记几首例词，再根据例词的平仄用韵句式去填写，这样容易掌握。词写好后，最好能核对一下词谱，因为同一词调有不同的体式，对照词谱之后，就可以明白自己写的词是否合谱。

（讲稿整理人：武汉大学　郑栋辉）

对仗艺术及其诗用

暨南大学 赵维江

一、学诗从作对子开始

（一）对联的诗学本质与意义

对子又称对仗，也叫对联，是古典体诗歌特别是近体诗最重要的部件。古典体诗歌语言形式的特征，最集中地体现在对子上，如杜甫的这首七律《登高》：

风急天高猿啸哀，渚清沙白鸟飞回。
无边落木萧萧下，不尽长江滚滚来。
万里悲秋常作客，百年多病独登台。
艰难苦恨繁霜鬓，潦倒新停浊酒杯。

八句四联，四个对仗。如果没有这些对仗，第二联、第三联我们改一下："无边落木萧萧下，滚滚长江不尽来。常作悲秋万里客，百年多病独登台。"意思没变，但是不对仗了，你体会一下，还有原来那个味儿吗？可能原来诗人那种天人同悲的感觉，就减少了很多。词曲一般不像近体诗一样，严格要求对仗，但是适当对仗也会增强作品的感染力。比如大家熟悉的李之仪的《卜算子》："我住长江头，君住长江尾。日日思君不见君，共饮长江水。　此水几时休，此恨何时已。只愿君心似我心，定不负相思意。"上下片各用了一个对仗，特别是上片这一"头"一"尾"，就把"我"和"君"紧密地联系在一起了。如果没有这个对仗句，可能就没有这个效果了。另外在辞赋、骈文里，对子也是非常重要的语言元素。对子的扩张，竟然形成了骈文这样一种特别的文体,可见做对子,真的是学诗的基础。

在诗体的谱系里,对子又自成一体。大家都知道对联,对联就是最典型的对仗体,实际上可以说它是传统诗歌序列中最短的诗体。有人叫它"无韵诗"、"二韵诗",总之,我们不能把它看成简单的两行字,实际上好的对联就是诗,一种微型诗。还有一种诗叫作诗钟,它是一种文字游戏,实际上也是一种对仗诗,只有两句。

(二) 对联与汉语言文字的特质

为什么对子对中国古典体诗文如此重要呢?我想并不是哪个人硬性规定的,而是决定于我们汉语特殊的发音特性和文字形态。我们先从语音上来看,汉语语音的一个基本特征是声调表意。在古汉语和今天的许多方言里,一个音节可以分为四声,当然普通话里也分四声,不过普通话的四声和古汉语还有很多方言里的四声还不太一样。我们说的四声指的是平、上、去、入,每一个声调都表示一个独立的意义,这些声调根据发音的特点又可以分为两类,一类是声调悠长,没有什么起伏的平声,这一类字数量特别多;另外还有三声,它们数量少,但是组成了一个小联合国,因为它们发声的时候都有起伏变化,所以叫作仄声。平仄两类字的语音,我们读的时候可感到十分鲜明的对比。我们写诗的时候,平仄交错、相对、相粘,也就具有一种特有的抑扬顿挫之感,这是其他的语言所没有的。我们都学英语,知道英语没有区别意义的声调,它的升调、降调只表语气,不表意义。

我们还知道汉语言是音节文字,音节是读音的基本单位,一个音节就是一个有意义的词,写出来就是一个字,这在古汉语中非常明显,现代汉语中多是双音节或多音节,即便如此,这些双音节和多音节词也是由单音节词构成的,并且这些单音节词大多也都有独立的意义。由于我们的汉语是单音节,如果在上下两句各使用同等数量的字,那么它们的音节数量也都相同,这样无论从语言上还是形态上,都造成了一种整饬和谐的感觉。如果没有这样的特点,就难以形成这样的效果,上面七个字,下面七个字,既工整,又有一种回环往复的感觉,这是拉丁语系的语言所没有的特点,例如英语"one"需要三个字母的空间,而我们的"一"只需要一个固定的空间即可,其他不同意义的汉字也只需要同等大小的空间。再看我们的汉字,又叫方块字,汉字可以方方正正、整整齐齐地进行排列组合,因而逐渐形成了对偶、复叠等修辞格,将这一格式引入诗词写作,也就有了律诗或某些词调里对仗的要求。汉字写出来从视觉上就给我们造成了均衡对称的感觉,而英语书写长短不齐,很难做到均衡对称。汉语和汉字这些独有的特点,为对仗这一修辞手法提供了物质上的客观基础。

对仗不仅是一种一般的修辞格式,实际上也构成了中国诗歌最基本的语言表现形式,成为打造中国诗歌以至于文、赋艺术魅力的重要手段。我这样说一点也不夸张,对比一下"五四"以来形成的新体诗,看看新体诗的困境,我们就能明白这个道理。新体诗的主要问题不是它的思想和情感表现力,主要还是它的语言形式问题。

对仗是一种对称美,客观世界万事万物本身就存在着一种匀称、对称、对立、均衡等各种和谐的、相辅相成的关系。我们的对仗,实际上就反映了世间这种对立统一的自然法则,反映了客观世界存在的这种对称美、整饬美、均衡美、韵律美、和谐美等各种美学属性,对仗不过是将这种自然关系、法则、属性表现出一种人为的手段而已,它是把自然的规律挖掘出来,然后重新铸造成这样一种艺术手段。对此刘勰认识得非常清楚。刘勰对对仗非常有研究,他的《文心雕龙》专门有一篇《俪辞》,骈俪的东西一般来说都是美丽的。刘勰这样讲:"造化赋形,支体必双,神理为用,事不孤立。夫心生文辞,运裁百虑,高下相须,自然成对。"清代是骈文复兴的年代,袁枚曾写文章,从"奇偶相生乃自然之数"的角度论证对偶存在之天然合理性。

对仗的魅力,还在于它体现了中国人传统的审美的文化心理。对仗讲求一种对称美、整饬美、均衡美、和谐美,可以说这不是中华民族独有的,世界上各个民族都有这种审美趋向。但是中华民族在历史上对这些美的追求可谓特别的普遍、自觉、专注和持久,这恐怕在世界上也是少有的。大家想一下中国文化的根基——五行阴阳说,就可以明白对仗的哲学基础了。按照这个五行阴阳的理论，是太极生两仪，这两仪就是一阴一阳、一天一地，到人间的一男一女，大家都熟悉太极图，两条阴阳小鱼对立而统一，它不是单纯的分立，而是你中有我、我中有你，一阴一阳的交合衍生出了天地之间的万千气象。我们的对仗，可以说正是按照这样一个原理铸造出来的。我们随意做个对子，可以说是"句里乾坤大，联中日月长"，对仗确实变化无端、丰富多彩。

（三）对联的渊源与发展

关于对仗的诗学意义、美学意义，我们就讨论这么多，接下来我们讨论一下对仗的渊源和它的发展。从文学史的角度来看，对仗这种修辞方式经历了大抵三个历史阶段。

简单地说，第一个是对偶阶段。从先秦两汉到魏晋南北朝这个漫长的历史时期，对仗这种艺术手法是处于对偶的历史阶段。对偶只讲形式上的两两相对，不像后世有语音平仄方面的要求。对仗实际上是语言内在规律的自然体现，所以在上古人们还没有意识到这种形式叫"对仗"的时候，就有了对仗。像上古歌谣里"日出而作，日入而息。凿井而饮，耕田而食"，这不是对仗吗？不过不像今时的对仗要求那么严。《易经》的卦、爻辞里，对仗句子也很多，像"仰观天文，俯察地理"，多工稳；《诗经》里的对仗就更不用说了，"青青子衿，悠悠我心"；《道德经》、《庄子》、《孟子》、《论语》，都有很多对仗的例子，像大家经常讲的"满招损，谦受益"、"君子坦荡荡，小人长戚戚"，都是非常整齐的对仗句。

第二个阶段是骈偶阶段。到了魏晋南北朝时期，由于佛教的盛行，很多文人去研究佛教、翻译佛经。这一翻译，就发现原来我们的汉语里，还有这么美妙的四声，于是就把它挖掘出来运用到诗歌和文章的写作里，这样就形成了诗歌中讲究"四声八病"的"永明体"，还产生了一种美文——骈体文。骈体文起源于东汉的辞赋，兴盛于魏晋，盛行于南北朝。从这个名字上我们就可以看到，这个骈体文的"骈"字，是两匹马并着。顾名思义，文章里面大量使用的，甚至全部使用的，都是对偶句，所以它又称为"骈偶文"。刘勰概括得很准确，说这些文章是"俪采百字之偶，争价一句之奇"。今天我们对于这个骈体文是骂得一塌糊涂，实际上骈体文是一种非常优美的文学体式，留下了大量脍炙人口的作品，比如大家都知道的《滕王阁序》，就连《文心雕龙》本身，都是骈文写的，多美啊！不过，光语言美还不行，内容必须很充实，写起来确实很困难。后来到了唐宋，骈体文被韩愈、欧阳修骂得一无是处，实际上骈体文对中国文学的贡献是不可低估的。

到了隋唐，对仗发展到了律偶的阶段。所谓"律偶"，就是格律诗里使用对偶句。格律诗，我们又叫"近体诗"，它正是形成于唐代，但要溯源的话，魏晋就为其滥觞了。像我们读过的唐代杜甫的《登高》，它里面用了四联对仗句，是典型的律偶。这个律偶，有比较严格的要求和限制了。

我们再从艺术形式上来看对仗，它大体经历了一个不断完善、不断发展的过程，开始只是"字俪"，就是把两个字、三个字整齐地排列起来，不管别的，像上古歌谣、《诗经》，基本上都是这样一种字俪。到后来，在字俪的基础上，发展到义偶。再到后来，到律偶阶段，要讲声对。字、义、声都要相对，这才是我们现在所讲的完整的对仗。另外，对仗最初也不是用在书面语言上，没有文字的时候，在人们的口语里，有一些能言善辩的人，可能一出口，就是一对一对的，大家觉得他说得挺好，于是向他学习，对仗后来被人们自觉地运用到文章里。对仗开始的时候，也只是像比喻、借代等修辞格一样，是一种修辞格，但到后来，竟然一枝独秀，发展成一种独立的诗体，就是一种微型的古典体诗歌。骈文、辞赋，实际上都是由对仗扩张而成的。

二、对仗要求与类别

（一）对仗的法则

我们要学习对仗，首先要了解它的基本特点，也就是要了解它的写作法则。对仗，对偶，顾名思义，就是要有两句，这是它的前提。就像孔子讲"仁"，是有单立人和"二"两部分，只有两个人在一起才能体现出仁义不仁义。一个家庭,要谈婚论嫁,那也必须有一男一女,这也是个前提。对仗这个词很形象,它本来的意义是什么?是古代朝廷或官员出行的时候,分设左右的、相对而立的仪仗,它最主要的特点是两边相称,语言上的对仗也是同样的道理。如何做到这种对称呢?有一些具体的要求。

第一,数字要相等。《毛主席语录》的第一条:"领导我们事业的核心力量是中国共产党,指导我们思想的理论基础是马克思列宁主义。"这两句在《毛主席语录》的第一页上,经常在公共场所的建筑物上被作为对仗句分写在两边,可是你看,一边是17个字,一边是19个字。不过写出来,一般的书法家不敢把它写得一个长,一个短,17个字那边可以把字距写得稍微大一点,一看,咦,很整齐!所以很长时间我都不知道它差两个字,我一直以为它是对仗。在实际生活中,有时候也会出现这种参差不齐的对仗句。

第二个要求,对仗要词性相当。就是上句和下句词性要相同或相近,名词对应名词,动词对应动词,形容词对应形容词。我们看这两个例子,就可以很清楚了:"隔帘闻细韵,铺纸赋新词。"对得很整齐,但实际上,我们在写对仗句的时候,往往做不到这一点。我在我们学校开诗词写作课,积累了很多同学的作业,这里我挑了几幅对仗句。这是我给大家布置的作业,让他们写写广州的"堵车",写写我们明湖的饭堂,写写运动场。先看这一幅:"东西南北皆为堵,前后左右全是车。"意思也还行,但是根据对仗的要求看,就不太符合了。前面我们按照宽对的要求,不说它的声韵、字声,就看它最后"堵"和"车"这两个字,"堵"是一个动词,"车"在这里是一个名词,显然用在一起不大相对。不过整个联意还不错,可以改一下。

我们再看写明湖餐厅的这幅:"品盘中餐,恒念颗粒皆辛苦。赏湖边景,心怀寒士俱欢颜。"这里我们按照词性相当的要求来看看,毛病在哪儿?一个是"恒",这是一个形容词,一个是"心",在这里是名词,显然不大对;最后面的"辛苦"和"欢颜",一个形容词,一个名词,也对不起来。其实"颜"字可改一下,改成"欣","俱欢欣"就可以了。"欢欣"和"辛苦"正好相对。

诗词写作中词类的分类和现代汉语的分类还不大一样，有些特殊的地方，我们都是要了解的。大致可以分为十三个类别，名词类最多，又可以分为若干个小类，专有名词要分成一类，因为专有名词一般要对专有名词，方位词要专门对方位词，数词要专门对数词。但是注意诗词写作所讲的数词，和我们数学的数词不完全一样，像"双"、"两"、"孤"、"半"、"独"、"众"、"百"、"千"、"万"等等，都属于数词，就看你怎么用。代名词是单独的一类，比如上面用了"吾"，下面就可以用"尔"、"谁"等等。像文天祥的两句对得很好："满地芦花和我老，旧家燕子傍谁飞。""谁"和"我"对得很工整。

形容词是单独的一类，颜色词又是单独的一类。颜色词大家注意，表示颜色意思的词都可以作为颜色词，不一定是"黄"、"红"、"蓝"、"绿"这些字眼，例如"玉"是白的，那就可以表示白颜色，而"金"是黄的，可以表示黄颜色。

动词往往是对仗句里面的诗眼，所以要特别小心地去选择。形容词有时候也当动词去用，这属于词类活用。

虚词，古汉语里的虚词和我们今天汉语里的虚词还不完全一样，主要包括介词、连词。虚词用在对仗句里，有时候有一种特有的灵动的效果，譬如韩愈等诗人就很喜欢用这些虚词入诗，特别是在对仗句里。

再一个就是连用词类，古代没有双音节这个概念，有很多两个单音节字组合在一起，但它们不像我们今天的这么牢固，诗人写诗、写对仗句的时候很喜欢用它们。这一类字被称为连用字，像"骨肉"、"宾客"、"兵马"、"干戈"、"星斗"等，经常连在一起用。连绵词是特别的一类，古代有一些字眼是不能拆开的，比如"苜蓿"、"葡萄"、"芙蓉"、"鹦鹉"、"蟋蟀"，拆开就不成意了，这是一类特别的双音节词，所以对仗的时候，也要连绵字对连绵字。你看柳宗元这两句："惊风乱飐芙蓉水，密雨斜倾薜荔墙。""芙蓉"和"薜荔"都是连绵词，都带着草字头，对得很工稳。形容词也有很多连绵词，比如"磅礴"、"依稀"、"踌躇"等等，大家特别注意去分辨。

还有重叠字，重叠字也是古人写对仗句最喜欢用的，像"悠悠"、"萧萧"、"茫茫"、"年年"、"滚滚"、"月月"等等。这里我要特别强调一下，大家要注意词类的活用。在具体的写作过程中，有些词类是可以灵活使用的，由于汉字通常由形旁和声旁结合而成，所以在一个字里有着非常丰富的内涵。同一个字，它可以表示不同的词性，有的不用做任何的改变，在具体的环境中，它的词性就变了。由于汉字的这个特点，所以在对仗的时候，我们要注意词类的活用，活用得好会有很多意想不到的意趣和效果。形容词做动词的时候，伴有将形容词使动的现象，你看"春风又绿江南岸"，这个"绿"本来是一个形容词，这里做动词来用。什么意思呢？春风又使江南岸绿了。一个"绿"字，使春风的形象顿时人格化、生动化了。形容词用得好，就有这样一种特别的效果。再就是名词作副词、作状语。在古代，由于记录的不方便，为了节省篇幅，少说那些没用的话，所以许多虚词就被省略了。像这两句："柴门闻犬吠，风雪夜归人。"这里的"柴门"和"风雪"都是名词，在这里都作状语。意思是说从柴门里听到了狗的叫声，夜里的人冒着风雪回到了家里。杜甫的诗："感时花溅泪，恨别鸟惊心。"其中的"花"和"鸟"也是作状语，用来说明原因：这个"泪"是哪来的？"心"是怎么惊的？都起这样一个状语的作用。我们看下面这一句："晓发梳临水。"这个晓发怎么梳临水？实际上，这里的"晓"是清晨，是指在清晨的时候，临着水去梳头发。所以这个"晓"，在这里是作状语用。

名词有时候可以作动词。你看杜甫的这两句："子能渠细石，吾亦沼清泉。""渠"和"沼"都是名词，在这里都作动词用，表示用小石块砌成渠道，让清泉水充满池塘。读这样的诗句时，脑子要有个急转弯。像下面大家熟悉的这两句，李商隐的诗："晓镜但愁云鬓改，夜吟应觉月光寒。"这个"镜"和谁相对呢？和下一句的"吟"，"吟"是个动词，怎么对得上呢？"镜"在这里其实也是动词，就是照镜子。早晨照镜子，看到头发又白了，愁心就顿然生起。

名词有时候可以作量词，可以使不可量化的事物量化。在写景上，可以使背景更加生动形象。比如在《红楼梦》里，贾宝玉为沁芳亭题了一联，他这样写："绕堤柳借三篙翠，隔岸花分一脉香。"这个"三"和"一"是数词，后面这个"翠"和"香"是没法数量化的，但是这里把它们当作量词来用，就显得很别致，让这些没有生命的、静的物象，一下子就灵动起来，有了一种人格。

活用的词类还有很多。由于汉字字形固定，不随着词性、主语、时态而改变，所以在对仗的时候，会由于需要而使词性发生某种转变，而转变以后，除了新的词性所表达的意思之外，还保留了一部分它原始的含义，这样原来词汇的内涵大大地扩张了，它的含金量也就比原来的就更高了。

我们再看对仗的第三条要求："平仄相对"，这也是非常简单的，但是平仄相对实际上是有规律的。律诗里只有四个典型的律句，我们把这四个典型的律句搞明白了，就能轻松地做到平仄相对。这四个典型的律句是这样的：一个是仄起仄收，仄仄平平仄，你注意这一头一尾的平仄；第二个是平起平收，平平仄仄平；第三个是平起仄收，平平平仄仄；第四个是仄起平收，仄仄仄平平。所有的近体诗，都逃不出这四个律句。这是讲五言，七言呢，就是在五言的前面加两个平仄相反的字。每一类句式都有它特殊的平仄要求：

一字句就是"仄，平"，或者"平，仄"，一般是上仄下平，对仗句多是平声落地。二字句一般是"仄仄"，然后"平平"。那三字句呢，要复杂一点，就是"平平仄"，然后"仄仄平"；或者"平仄仄"，"仄平平"。其实五字句、七字句都包含了三字句，叫"三字尾"。四字句一般是平平仄仄、仄仄平平，但有的时候也可以用平平平仄、仄仄仄平，大家要注意这个变化。六言句，常用的格式是仄仄平平仄仄，下联平平仄仄平平。八言句，实际上是一个三言句和一个五言句的组合，或者是五言句在前，或者是三言句在前。九言句可以看成是四言句和五言句的组合。十言句可以看作一个三言句和一个七言句。十一字句就是一个四言句和一个七言句。如果大家掌握了这个规律，再去写对子的时候就不会出现平仄失对了。

除了平仄相对，对仗还要求结构相同。所谓结构相同，就是断句的地方要上下一致。像"疏影"—"暗香"、"横斜"—"浮动"、"水"—"月"、"清浅"—"黄昏"，结构完全一样。

我举一首自己写的诗，大家看在具体的写作中怎样看待结构的相对。有一次我和朋友一块儿去钓鱼，竟钓了一只鳖。这事我觉得挺有意思，于是就写了一首诗打油凑趣：

  细雨蒙蒙塘水浑，二翁垂钓待鲸吞。
  野鹤飞去笑愚伯，岚气飘来慰苦魂。
  忽见圆圆披铠甲，徐行款款动黄昏。
  原知渭水鱼钩直，山寂心空真趣存。

诗里的对仗我觉得还比较工稳，我有意识地注意结构的安排。看颔联，出句"野鹤飞去笑愚伯"是"四三"结构，那对句"岚气飘来慰苦魂"也要"四三"的结构；颈联结构有所变化，"忽见圆圆披铠甲"是"二五"的结构，对句"徐行款款动黄昏"也要是"二五"结构，对仗句的结构一定要前后一致。另外，两联中的词语、意象对得也算比较工稳贴切。第一联，"岚气"对"野鹤"，一虚一实，一"去"一"来"，一"笑"无情，一"慰"有意。第二联"忽见"迅急，"徐行"缓慢，上有"圆圆"，下面就用了一个复叠词"款款"来和它相对。

最后一点是注意内容要相关。就是一联的上下句内容要衔接，意义要相关。不能上、下联风马牛不相及，要有逻辑的联系。表面上看起来可以没有什么联系，但逻辑上一定要有关系。

通过上述几条，我们可以看出楹联最大的特征有两个：一个特征是要高度地体现对称性。对联的"对"就是对称，上下句的字数、声韵、节奏、词性都要达到一种完美的对称。第二个特点就是"联"，就是上下要有关联，上句的内容必须和下句的内容联系上，不然的话就不叫"对联"了，叫作"对打"了，那就互相没有关联性了。

（二）对仗的禁忌

一个是"合掌"。就是两个手掌合到一起，这是一大忌。但是我们写诗的时候往往意识不到，看上去写得不错，实际上是合掌了。比如这一句:"宣尼悲获麟,西狩涕孔丘。"是说"孔丘获麟绝笔"这样一个故事,但是上句下句说的都是这样一件事,意思合到一起了,"悲"和"涕"同义,这里用了两句说了一件事。下面这个例子也是:"赏百年佳作,品千古美文。""佳作"和"美文"不都一样吗?这样的错误,我们的同学在初学的时候经常犯。

还要规避"一意"。我们来看这样一段诗话,南宋魏庆之《诗人玉屑》援引北宋《蔡宽夫诗话》说:

> 晋宋间诗人造语皆秀拔,然大抵上下句多出一意。如"鱼戏新荷动,鸟散馀花落";"蝉噪林逾静,鸟鸣山更幽"之类,非不工矣,终不免此病。

蔡氏指出晋宋间诗人诗中"上下句多出一意","一意"即"同义",出现同义相对是一种毛病。又如北宋沈括《梦溪笔谈·艺文一》说:

> 古人诗有"风定花犹落"之句,以谓无人能对,王荆公以对"鸟鸣山更幽"。"鸟鸣山更幽"本宋王籍诗,元对"蝉噪林逾静,鸟鸣山更幽"上下句只是一意,"风定花犹落,鸟鸣山更幽"则上句乃静中有动,下句动中有静。

蔡、沈二文中指出的"上下句"中"一意"相对的毛病,与前面所说的"合掌"有什么不同呢?应该说,这"一意"实质上也是"合掌",不过是隐形的"合掌"。一般说"合掌"是指上、下句使用明显的同义词和描述完全同样的对象;而"一意"则从形式上看并不"合掌",但最后"殊途同归",意思是一样的。如"蝉噪林逾静,鸟鸣山更幽"一联,出句、对句都是表现一种"幽静"景象。这个要求高了一些,即使一些大家,在具体创作时也很难完全规避。

对仗还要注意规避同字相对,两个字相同那就不是对偶了。在律偶里,同字相对是绝对要规避的。在近体诗里是要规避的,不过也有特殊的情况,诗人故意用同字,会出一种特别的效果。比方《老残游记》里有这样两句:"四面荷花三面柳,一城山色半城湖。"这里有两个"面",两个"城",它不算同字相对,它算一种特殊的修辞。但有的时候,包括杜甫、李白,他们写诗有意地去用这种同字。当然，这样有人说好，也有人持批评的态度。像杜甫的这一首诗，是《得舍弟消息》，在战乱中得到舍弟的消息，他说："乱后谁归得，他乡胜故乡。直为心厄苦，久念与存亡。汝书犹在壁，汝妾已辞房。旧犬知愁恨，垂头傍我床。"这里用了一个"汝书"，又用了一个"汝妾"，两个"汝"，很明显是同字相对，好不好呢？清代仇兆鳌写了《杜少陵集详注》，说这两个"汝"字用得好，"汝书、汝妾并提，律中带古"，律诗中带有古书的味道，"此杜公纵笔"。但也有人认为杜甫这是犯律了，不能因为是杜甫，我们就说好。像这种情况我们要灵活处理，关键是以意为主，根据表达、情感、需要来进行用字用词。

（三）对仗的形式

对仗的艺术形式很多，它的分类标准也不一样，这里我只讲几个比较熟悉常用的，对大家的写作意义比较大的。

第一种是借对。"借对"就是通过借义或借音的手段来达到一种对仗工整的目的。我们写律诗最难的恐怕是中间对仗四句。我写律诗往往是先有了好对子，然后扩展成律诗。如果没有好对子，我宁肯写绝句，或把它写成古体。所以我们写近体诗，对仗是最要紧的。但这个对仗不是那么容易的，尤其是煞费苦心、绞尽脑汁就是对不出来怎么办呢？可以去借一下音、借一下义。

借对分两种，一种是借义，一种是借音。借义是利用词的多义性，利用一个词的某一个意义与相应的其他词构成对仗。像杜甫这样两句："行李淹吾舅，诛茅问老翁。"这个"行李"的意思是什么啊？这里这句诗里要的是与"茅草"的"茅"相对应的意思，而"桃李"的"李"放在这里就很恰当，不然的话，"行李"或"诛茅"，还真不好找到对子。再看杜甫的这两句："酒债寻常行处有，人生七十古来稀。"这里的"寻常"和"七十"怎么能对得上呢？实际上它是借对。"寻常"也可以理解成一种长度单位，八尺是寻，二寻是一常，这样恰好和下面的数词对起来了。

借音就更有点不讲理了，不管三七二十一，这个音相同，我就把它拿来。我们看这几个例子："残春红药在，终日子规啼。"这里的"子规"和"红药"，要从宽对的角度也说得过去，但是要从工对的要求来看，一个鸟一个花不是同类。实际上作者在这里很巧妙地把"子规"的"子"和"紫色"的"紫"联系在一起，这样"子（紫）"和"红"就很自然地成了一对。

下面这个对子初看更有点让人摸不着头脑："住山今十载，明日又迁居。"这里的"十"对"迁"怎么对得上啊？"十载"、"迁居"，"迁"是动词，"十"又是数量词，"迁"实际上是借用了"千百"的"千"。借音多见于颜色对，因为颜色对不好对，颜色常见的就那么几种，字数很有限，怎么办呢？于是就想着这么个取巧的办法。我可以借"兰菜"、"兰花"的"兰"来作"蓝色"的"蓝"用，拿"皇帝"的"皇"来代替"黄红"的"黄"用，把"沧海"的"沧"用作草字头的"苍"，还有借"珠海"的"珠"、"珍珠"的"珠"来作颜色"朱红"的"朱"，也有借"清水"的"清"作"青蓝"的"青"、"青春"的"青"。像这两句就很明显，杜甫的诗："思家步月清宵立，忆弟看云白日眠。""白"和"清"（青）颜色就正好对上了。"东郭沧江合，西山白雪高。"这里的"白"和"沧"（苍）正好黑白相对。

如果我们有意识地去学习借对，掌握了它的技巧，写诗的时候，便可打破僵局，豁然开朗。我曾经写过一首诗叫《回南天》。一到春天的时候，广东潮湿得墙上流水，这样的天，老广叫"回南天"。我写了一首七律：

  南天吐湿浣羊城，润物涤尘云气盈。
  花色初凝粉泪滴，琼楼远望薄纱轻。
  漫书春字雾窗上，惊逝年华锦瑟鸣。
  一叶庐中诗伴酒，依然梦里弄新晴。

我写到颈联的时候有点犯难。我在雾窗上用手指写了一个"春"字，觉得这个意境很好，于是吟出了一句"漫书春字雾窗上"，但是下面怎么对呢？很伤脑筋。后来一想，不妨用一下"借对"，这个"上"本来是个方位词，我把它当动词来用，和下联的"鸣"不就对上了吗？

第二种是流水对。它的上、下联是承接的关系，像接力赛。如果单独拿出上联和下联，都构不成完整的意思。所以流水对是比较难写的，写得好就有一种流走之感。

第三种是"邻对"。本来工对是要同类的词对同类的词，花草对花草，禽鸟对禽鸟。如果放宽一点，借用邻类词来对，这就叫"邻对"。像"草青"对"头白"，"薄纱"对"粉泪"等，就属于这一类，但对在一起也挺工稳的。

第四种是"自对"，就是本句内前后部分对仗。我们平时写诗的时候可能无意识地到用了"自对"，但回过头来去读的时候，发现这句很有韵味。你仔细去分析它的结构，发现这里用了"自对"。你看这一句："秦楼鸳瓦汉宫盘，但觉游蜂绕舞蝶。"这个"秦楼"和"汉宫"对得就很工稳，"游蜂"和"舞蝶"也能对得上。这种自对，可以让诗句的韵味十足，读起来更有琢磨的余地。

第五是"扇面对"，也就是隔句对。这种对仗很罕见，有时候你写诗对不上来了，就可以用这种扇面对去应付局面。"缥缈巫山女，归来七八年。殷勤湘水曲，留在十三弦。"一、二句对不上，三、四句也对不上，但是第一句和第三句正好可以对起来，"缥缈"——"殷勤"、"巫山"——"湘水"、"女"——"曲"；第二句和第四句又是一个对子，"归来七八年"——"留在十三弦"。它就像折扇的扇面一样，间隔着对。你看折扇，从左侧看，看到的只是每个扇骨的左面；从右侧看，看到的只是每个扇骨的右面。而扇骨的另一侧面是看不见的，被隔开了。这就像隔句对，出句和对句之间隔了一句。词曲里这种折扇对比较多，柳永的这首《玉蝴蝶》上片云："水风轻、苹花渐老"，接着是："月露冷、梧叶飘黄"，第一句和第三句相对，第二句和第四句又正好形成对仗。词的下片也是这样的结构。

还有"错综对"。错综对是古代韵文对仗的一个特殊方式，句中相对的词语处在交叉错综的状态。就以我写的一首诗为例，我和张海鸥老师有一年同车回河北，我写了一首步朋友韵的《北归》：

北望千峰起啸吟，秋风送我逐飞云。

> 丹霞石笋羞衰暮，黄鹤楼空惊旅魂。
> 过岭当年轻鹎雀，而今知命羡山人。
> 有缘伴饮鸥盟在，一路狂歌入郭门。

中间两联，我就用了错综对。这里的"过岭当年"和"而今知命"明显对不上，但是"过岭"和"知命"却是可以对上的，"当年"和"而今"也是可以对上的。古人的诗词中偶尔也用这样的方法。这样做一个可能是讨个巧，我这里就是讨个巧；再一个可能是有意识地把它错开，形成一种错落有致的感觉。

最后我简单地说一下工对和宽对的问题。工对严格地说就是同类的词对同类的词，特别是名词里面，要小类对小类，就像我刚才说的花草对花草，禽鸟对禽鸟，实际上这种工对是很难的。唐人有六对、八对之说，实际上他们自己也很难做到这一点，所以一般的按照古人的说法，我们都是在用宽对。宽对就是我刚才说的，要达到那五个基本要求——字数相等、平仄相对、词性相当、结构相同和内容相关。

三、对联的写法

对联，是对仗应用实际最广泛的一种形式，是对仗的诗体化，是微型的古典体诗歌。"对联"，我们知道又叫"楹联"、"对子"，是用在特殊的场合的、有独立意义的对偶句，是我国一种独特的文学形式，有的时候悬挂在楹柱上、贴在门墙上，还有的时候把它挂在花圈上，或者是其他需要的地方。最常见的就是春联，春联可以说是对联中的主力军。关于春联的起源，一般的说法是在宋代，但是最近有学者研究，在唐代时春联就出现了。

差不多从大学毕业开始，我每年春节都要在家门口自撰自书一副对联。这是春节期间写的一副发牢骚的联。不过虽然是牢骚，还是充满了希望。上联是"陋室难采新日"，这个房间在阴面，太阳一天24个小时也照不到里面去，看上去十分简陋。屋门有几道裂缝，玻璃都坏了，所以我说"柴门易纳春风"，有春风，心里还是暖和的，所以门楣是"不亦乐乎"。到了暨大以后，我住在底层一楼，有个小院，头一年住进去是马年，也就是12年前，我撰了一副长联："小院中无山无林水自来喜有书斋可蛰薄酿堪饮犹如东皋佳处，大道上有车有马尘随起幸无王命必出厚金须求自是南海散人。"当时乔迁新居，心里挺高兴，自得之意在对联里不难看出。上联院内，虽然无山无林，但有自来水，终于有了自己的一个像样的书房，这是最高兴的，在这里可以读书、饮酒，还可和朋友吹牛，确实感到很惬意；下联写院外，尽管外面的世界很喧嚣，但我不需要去赴"王命"，不需要去博"厚金"，所以也乐的自在。这是我搬到小院里写的第一副联，这一写就写了一个轮回，今年又是马年，春节时照样写了一副，这副好像有点不大恭敬，上联写："马前兵马后炮万马齐喑俯首皆在刷微信"，"万马齐喑"好像对当前形势有微词，其实不是，是因为大家都在"刷微信"，顾不上说话。下联写什么呢？中国人喜欢在除夕夜看央视的"春晚"，我就拿这个说事："春晚舞春朝歌三春发蕴拜年惟祈梦豪金。"横批是"马年春梦"，习大大号召我们做"中国梦"，所以我就也写副梦联吧。

（一）对联的写作要求

第一，要有思想性，忌低俗恶搞。写对联尽管可以幽默搞笑，但是不要低俗，低俗了，你的人格就降低了。在对联里，应体现出一种高雅的情趣来。牛年的时候，我写了一副"牛"联，那一年正好发生了轰动全国的三聚氰胺事件，就发生在我的家乡河北，所以我对这事很有感触，就写在了春联里："化草芥为乳汁幼吾幼及人之幼未知那三聚氰胺为何物，奉忠肝于闹市忧股忧与楼之忧可待它一及风马于此春。"成语有"风马牛不相及"，表示不可能发生的联系，这里我则希望"风马牛"能相及相涉，把股市"牛"起来，借着春风，股市"牛"起来，楼市"熊"下去，虽然不现实，但寄予了自己对社会发展的美好希望。

第二，要有针对性，要切合使用对象。撰联要注意使用对象，要切合时令，要切合环境，要切合人物、气氛、行业等等，要因事制宜、因时制宜、因人制宜，弄得不好要出笑话的。比如有位朋友给母亲过生日，他要悬挂这样一副联："慈烛当风空有影,晚萱惊雨不留香。"你要粗粗地一看,有"慈烛"有"晚萱",是写母亲的,但仔细一读,它是一副挽联,"空有影"、"不留香",你拿去祝寿,母亲懂的话,还不当场气晕?不妨把它改成五言:"慈烛当风舞,晚萱惊雨香。"这个作祝寿联就可以。我也写过一些寿联、挽联。这里有一副寿联,是代朋友给他的老师写的,一位中学女老师:"育才治学堪称懿范沐绛帐春风拂拂吹开李花千树,教子相夫当誉淑贤喜萱堂寿乐融融初度宝婺七旬。""宝婺"指女神。写对联,很重要的一点就是要"得体"。什么是"得体"呢?就是要适合文体的要求,还要适合对联使用的对象和环境。

第三,要有文学性,要讲究文采。没有文采,写出来干巴巴的,虽然也是五个字、七个字,字对得很整齐,那没有什么人愿意读。这里我举一个自己的例子,猴年我写的一副长联,打趣一番猴哥。上联是说羊:

笑送羊年去,嗟羊情恭顺宜牧宜宰,羊肉鲜嫩可烹可炒还可涮。羊毛柔暖五羖羊皮赎回百里贤。羊儿肥,可拜庙堂幸为牺牲荐轩辕;羊儿瘦,尚可壮我博士风范。堪称尽美尽祥亦尽善。

这个"博士"不是说我自己,而是用了一个汉代"瘦羊博士"的典故。说皇上赐羊,但羊肥瘦不一,如何分争论不休,这时博士官甄宇主动拣一只瘦羊而去,争论遂止。下联是说猴:

喜迎猴岁来,说猴性冥顽难教难调,猴头丑卑当耍当嘲岂当冠?猴气刁蛮一根猴棒搅到九重殿。猴子乐,当礼佛祖甘沥心胆取经卷;猴子穷,正当返尔花果山苑。真乃似狂似独还似狷。

下联主要拿悟空说事。这副联写出来我还比较得意,尽管这么长,但平仄和内容对得都比较工稳,特别是结尾,你看"尽美尽祥亦尽善","美"、"祥"、"善",每个字都有一个"羊"字;对句里的"狂"、"独"、"狷"都有一个犬字旁。更得意的是把羊和猴的一些典故和历史融进去了,虽然是开玩笑,但也写出了一些世态炎凉,写出了一些社会现象和人际心态。全联70多字,不敢说文采斐然,也还有些书卷气。

第四，对联要有可读性，要做到雅俗共赏。因为对联特别是春联，一般放在公众场所，观众的文化层次参差不齐，你要让更多的人接受对联的内容，做到雅俗共赏，所以不妨轻松一点，不要老板着个面孔一本正经的，有时候适当地用一点俗词、俚语，包括网语。这几年我写春联，就尝试把一些流行的网语用进去，下面这副是龙年写的，上联写老兔：

老兔翩翩赴蟾阙，陪嫦娥，饮桂酒，时 Q 吴刚哮博坛。

莫胜却凡尘奔走，竟与泥龟，避之鹰犬，惟求一片青青草。兔子要求真低，吃草就行，但它酷爱自由。下联写新龙：

新龙款款返人寰，乘高铁，骑蒙牛，为 hold 幸福观春晚。直惊嗟家国谐和，望乎云厦，歌以管弦，还是八方朗朗天。

"乘高铁"，那年高铁出事了；"骑蒙牛"，蒙牛也出事了。下联是在针砭现实，确实这几年搞得不像话，我这里也想让老百姓借过年吐口怨气，对联这个形式也不错。我想强调的是，这副联有个小创新，用了一个"Q"，一个"hold"，将网上流行的热语用在古老的春联里，我觉得还蛮有情趣，很多同学看到后也觉得挺有意思。

第五，符合格律，讲究规则。对联有对联的规则，网上经常看到一些挺有趣的对联，其实内容挺好的，就是不讲规则。你看这里的几个例子，肯定是网友搞笑的，赵本山赠给刘翔一副联，说："赚了八年广告费，骗了两届奥运会。"刘翔又回赠赵本山说："大款演农民上了二十年春晚台，外籍装土鳖骗了十三亿中国人。"这两联的内容还真是不错，这网友还是挺有才的，但是他不懂得对联的规则，就是中间的语句可以放宽要求，平仄不一定相对，但是上下联的尾字的平仄一定要相对。你看，"费"、"会"倒是押韵，但都是去声，绝对不行！下一联"台"、"人"都是平声，也不行。有时候我们以意为主，可以把规则放宽一点，但基本规则还是要遵守。

所谓对联的规则，主要也是讲它的平仄格式，就是前面所讲的对仗的基本要求。一般情况下，对联的出句以仄声收尾，对句要以平声收尾，这跟写律诗一样。在悬挂的时候一定要注意按上右下左的顺序去挂。

(二) 对联的平仄格式

对联的平仄格式有两类：一类是律诗对偶格律型，另一类是非律诗对偶格律型，但是都讲格律。律诗对偶格律型就是按照律诗的律句去安排对联格律。有一点我强调一下，同样都是五字句，同样都是七字句，在对联里和律诗里有时候不大一样。在律诗里，五言一般是二三的结构，七言是四三的结构，但是在对联里，这种节奏可能有所变化，有的时候要变一下，比如三二或三二二，或一四或三四这样的节奏。如："三强韩赵魏，九章勾股弦。"这一五言联的句式就是"二三"，与一般"三二"不同。又如："松、竹、梅，岁寒三友。桃、李、杏，春风一家。"这一七言联的句式结构不同于一般的"四三"，而是"三四"。要注意，节奏、断句可以灵活安排，但是平仄交替的规则是不变的。

我们再看非律诗对偶的格律型，也称为联律型。它没有一成不变的格式可以仿照。在这类对联中，句子中的语义单位，也就是词组、短语、名词等，一个语义单位构成一个音步。汉语里一个音步一般是两个音节，但在非律型的对偶句中，音步往往突破双音节，有的三个字、四个字甚至更多个字。写作时，如果从严要求，不管句子的语义节奏如何安排，都应该做到平仄交替，一般以二平二仄（或二仄二平）这样的规则排列组合，即人们说的"马蹄格"。马行走后脚总是踏着前脚脚印走，每个脚印都要踏两次。若以一边的脚为平，另一边的脚为仄，左右轮流，那么"平平"之后便是"仄仄"，"仄仄"之后又是"平平"，所以人们把对联的平仄规则称为"马蹄格"。

但是如果这样严格要求，一些长联，像我写的那篇《说羊谈猴》，就很难写下去，那就只能放宽一点，灵活处理，比如三个字甚或四个字来一次平仄交替，不完全按照这个律句的要求来写。这里有两个例子，大家看：

蔺相如，司马相如，名相如，实不相如，
仄仄平，平仄仄平，平仄平，平仄仄平，

> 魏无忌，长孙无忌，彼无忌，此亦无忌。
> 仄平仄，仄平平仄，仄平仄，仄仄平仄。

上联是平声，下联是仄声，这是特例，也是允许的。这里讲的是它的平仄安排。它的平仄大体上是马蹄格，但许多地方突破了规则。我们再看下面这联：

> 坐，请坐，请上座。
> 仄，仄仄，仄仄仄，
> 茶，敬茶，敬香茶。
> 平，仄平，仄平平。

这一联虽然不太长，但它也有几个关节点，它的平仄安排，如果按"马蹄格"要求，肯定是不行的，出句全是仄声，对句则几乎全是平声。不过，将每一个音步当成一个相对独立的单位，以上句子的平仄安排也就不显得太出格了。这是非律诗对偶型的格律，它的要求比较宽，但是也必须要有自身的规律，比如我这首《说羊谈猴》："笑送羊年去"，仄仄平平仄；"喜迎猴岁来"，仄平平仄平。下面"宜牧宜宰"，平仄平仄，就不好按照这个"仄仄平平"的格式要求了；对句的"难教难调"，这个"教"当平声用，它是双读的，"难教难调"就是四平。在律诗里，三平调已经不得了了，我用了四平调，那没办法，它不是律诗，是对联，太长了要灵活处理。不过灵活处理要有自己的规则，以音步为单位来安排平仄，上面是四仄，下面就要四平。

我们再谈一下对联的宽对型的要求，非律诗对偶型的，就属于宽对型。比如我2012年写的一副长联，表达我们大学毕业三十年的感慨：

> 仿佛昨天，槐北新街初识，几多笑语惊飞雀，几多歌咏动太行。曾记否？夜呼闹市，月照寒窗。争风于花下，虹饮于醪乡。几多壮怀激烈，几多书生荒唐，算卅年烟雨都成逝水涌淌。
>
> 吁嗟今日，滹南故地重逢，何乃音声如旧时，何乃鬓颊染秋霜。可知乎？梦似人生，春归半晌。濯足于溪边，鲸游于骇浪。何乃鸿爪雪融，何乃浮云得丧，看一代风流最是钟情猖狂。

联虽长，有七八十个字，实际上是两首词，但上、下联大体平仄还是相对的，虽然没有那么严格。

（三）各种对联的写作

对联有很多种类，不同的场合有不同的写法。

我们首先来看节令联。它是用在特定的应时性、纪念性的场合的，内容一般都是咏物、抒情、议论、祝愿或者打趣。严格地看，可以把节令联分为节日联和时令联，节日联比如端午、元旦、春节，时令为春夏秋冬等，在节令联里最多的就是春节联、元旦联和国庆联。

春联等节日联大多是可以通用的，但也可以写得个性化，例如我写的春联，挂在我家门口行，挂在别人家门口可能就不合适了。2011年元旦的时候，我写了一副贺岁联发给朋友："人生似火煲汤煮饭烹茶酿酒最喜冬来送上三春温暖，年月如烟离灶别家解体随风犹思梦去遥祝一岁平安。""祝元旦快乐"，"祝一岁平安"这样的话太俗滥了，但在贺岁联里这个意思又是必须有的，怎么写得俗而不滥呢？我这联里有了"人生似火"、"年月如烟"这样的意境，而且还有家中灶火这样的生活意象，一种亲情和温暖感也就自然产生了，朋友看到后也能有一份感动。

再看喜庆联。喜庆联就是为值得祝贺的吉庆之事所写的对联，比如婚联、寿联、乔迁新居联等，都属于喜庆联。喜庆联写的时候一定要注意场合和对象，千万不能张冠李戴。写这种喜庆联，张贴的环境和庆贺的对象特别重要。前几年我们学校经济学院搞院庆，我曾为他们写过两副院庆联，其中一副是学院楼用的，对联这样写的："探究经世理财之学问，培育济民治国之英才。"这里把"经济"两个字嵌进去了，让对联有了个性，有了针对性。再看我为我们中文系的著名教授饶芃子先生写的一副寿联："饶美得于原野大，芃丰缘自本根深。"我觉得写得还可以，我校著名的书法家陈初生先生写成书法作品并裱好，寿庆时送给饶先生，饶先生看后很高兴。

接下来我们看哀挽联，又简称挽联，它是对亡故人吊唁、缅怀、评价的对联，风格一般是哀痛、肃穆、深沉、庄严。写挽联的时候，也要注意所哀挽联的对象，是长者，是同辈，还是晚辈。还要切合逝者的身份、地位和经历等。

　　当然，挽联也有一些通用的，比如"千古"、"不朽"之类的，但好的挽联一定是个性化的。例如我为我的硕士导师郑文先生写的这副挽联："来若清风着意染巴蜀青山锦绣，去如细雨无声润陇秦黄土苍茫。"先生是四川人，但是多半生是在甘肃兰州，所以联中有"巴蜀"、"陇秦"之说。上联写先生为人的清正，下联写先生处事的谦和。这副联是写给长者的。这些年很让我伤感的是，有一些同辈人英年早逝，比如词学界有一位才女邓红梅教授前年不幸去世，我们听到这个消息后很震惊，撰了一副挽联以表哀情。邓教授是我的同辈，年岁比我还小一些，所以挽联口气也有所区别："岂料霜信西来忽碎一塘疏影惟留驿梦徘徊难舍春风词笔，奈何蛾眉天妒怎堪千古闺音顿失大家斟酌竟成长恨鹃啼。"

　　第四类是景观联。景观联一般是写景的，这一类的联要把景色的特点抓住。我也写过一些景观联，例如为梅县的盘龙围屋所写的一副："盘围五百春兴古今鸿业赖力耕勤读，龙吐三堂水出多少英才为济世安民。"客家围屋是很有特点的，它体现了客家人敬祖重亲的心理，也反映出历史上客家人的生存环境和奋斗历史。其建筑也很有特色。在联里我着重就围屋主人数百年来的奋斗精神和围屋的外观特征来下笔。写景观联，注意不同景观要写不同的风格，如果是壮观的景观，对联就要有气势有力度；如果是清丽的风光，就要写得婉约灵秀。

　　第五是行业联，即针对不同的行业，如学校、公司、机关等机构写的对联。这一类联要抓住行业不同的特点来写。

　　此外，还有题赠联、杂感联。题赠联是赠人留存的，内容相对私密一点；而杂感联，有点类似于抒情诗，是写个人感慨的，我为大学毕业三十年写的长联就属于杂感联。

　　还有巧趣联，就是巧妙地使用修辞手法和语言技巧，构成一种幽默有趣的对联，表现一种谐趣，或者讽刺。有一副《三朝元老》很有意思，上联就用了七个数字："一二三四五六七"，下联是："孝悌忠信礼义廉。"上联少了一个"八"，下联少了一个"耻",实际上是告诉人们,这个三朝元老是个"忘"(王)"八"蛋,是个"无""耻"之徒。

还有一类学术联,这类联比较专业化,需要一些专业知识才能写得来,才能看得懂。比如我曾经为河源的佛学院题过一联:"佛性无我大我以悟真实义,学海有源寻源得观智慧光。"用了很多佛学的术语和经典,若没有这方面的知识,写来也困难,读起来也困难。

关于对仗,还有许多可讲的内容,比如由对仗构成的专门文体"诗钟",再比如对仗在近体诗和词曲中的运用等。我感到,能写出一副好对联不是一件容易的事。2003年,我是属羊的又逢羊年,就想写一副谐趣联,出句有了,是这样:"羊城客乃属羊人涮羊肉饮羊酒贺羊年又至。"但下联一空就空了十多年,明年又是羊年。我希望在座的各位都能帮我想一想,争取明年能把一副完整的对联贴到我家的小院门口。

(讲稿整理人:暨南大学　刘慧宽)

时空观念与诗歌艺术

武汉大学　尚永亮

一、宇宙与时空

我们每个人都生活在时间空间之中，时空是什么？简单地说，时空就是宇宙。"宇宙"这个词语，人们今天一般用来指代某一特定的实体对象，往往把宇宙和天体、太空等同起来，但实际上，在中国古人的观念里，"宇"和"宙"是不同的。古代的"宇宙"实际上是分开来加以解释的，如早在《尸子》一书中就提到："上下四方曰宇，往古来今曰宙"。"宇"就是上下四方，就是我们现在所说的空间；"宙"就是古往今来，就是时间。所以，古代的"宇宙"就是我们今天所讲的时空。这样一种概念，在墨家的后学所写的《经上》、《经说上、下》，以及《庄子·庚桑楚》和后来汉代的《淮南子·齐俗训》里面，都有提及。发展到东汉，张衡在其《灵宪》篇里又明确表示道："宇之表无极，宙之端无穷。"空间是没有极限的，而时间是没有终点的，这应该说是中国古人对时空最为概括也是比较深刻的表述了。

进一步来说，中国古人的时空概念还跟"庐舍"有关，也就是我们所说的房屋。如果从字义上来解释，早期的"宇"是指屋檐，"宙"是指房屋中的栋梁，这是从训诂学角度来看的。不过，也有学者给出了新的解释，"宇宙"的偏旁都是"宀"，也就是房屋的意思；"宀"下的"于"、"由"，不仅表声，也表意。"于"，意指"在其中"，我们平时所用的"于"就是介词"在"之意，人住在房屋里边，就有了空间的指向；"由"，意指"进出，来往"，人在房屋中进出来往，就有了时间的过程。这样看来，宇宙，在最初就有空间和时间的含义了。李白在其《春夜宴从弟桃李园序》中说道："夫天地者，万物之逆旅也；光阴者，百代之过客也。"天地，就是万物的旅馆；光阴，就是从百代的过客身上体现出来的。也就是说，百代的过客在万物的旅馆中进进出出，一进一出就形成了时间的推移。所以，李白的说法可以帮助我们理解"宇宙"一词的意义。

"宇"和"宙"有着紧密的关系，我们说时间和空间是分不开的，古人也是这样认为的，即"宇中有宙，宙中有宇"，宇和宙不仅互相包含，还互相借用、互相转换。钱锺书在《管锥编》中对此曾有过比较到位的阐释，他说："时间体验，难落言诠，故著语每假空间以示之。若往日、来年、前朝、后夕、远世、近代之类，莫非以空间概念用于时间关系。"时间是不可把握的，看不见、摸不着，于是就借助空间的概念和关系来形容之。在日、年、朝、夕前面加上往、来、前、后，也就是在时间名词前面加上空间性词语，用空间性的词语来界定难落言诠、难以体验的时间关系，于是就有了对时间的空间性界定。我们知道一个比较著名的词语——"无疆"。"文革"时候有早请示、晚汇报，那时最常说的一句话就是"敬祝伟大领袖毛主席万寿无疆"，"无疆"就是活得很长很远，没有尽头。这是一个时间性的词语，但考其最初本义却是空间性的。《易经》的《临》卦有言，"保民无疆"，"疆"是"疆域"，"无疆"就是说在空间上没有界限，无穷尽地伸展开去。由于时间的东西难落言诠，于是就用空间上的"没有疆界"来表现时间上的永恒和久远。至于其他的，像"往往"本指空间中的"在在"，今则用以表示时间上的"常常"；又如"分阴"、"寸阴"，"阴"本指时间，加上"分"、"寸"等空间性的词语，就把时间的短暂、宝贵形象化地展现出来了。由此可以看出，在中国古代文化里，"宇"和"宙"、空间和时间确是紧密关联、互相包容，同时又相互转化的。

中国古人不是机械、纯客观地去认识宇宙，而是把自然的宇宙时空和人关联起来，只有如此才给"宇宙"增加了灵性，也给人的认识增加了深度。中国古人对这种关系有非常深刻的理解。比如，《庄子·秋水》中说道："吾在于天地之间，犹小石小木之在大山也。……计四海之在天地之间也，不似礨空之在大泽乎？计中国之在海内，不似稊米之在太仓乎？号物之数谓之万，人处一焉；人卒九州，谷食之所生，舟车之所通，人处一焉；此其比万物也，不似毫末之在于马体乎？"意思是说，与无穷无尽的天地相比，人渺小得微不足道。庄子这种理解的最大功用就是，破除自我中心，为观察、认识、表现宇宙、自然奠定了基础。这样一种认识不仅仅在中国人的观念中存在，在西方近世部分学者那里也有表现。比如，受到禅宗影响的海德格尔就有着类似东方人的这些意识和观念。他最著名的那句话"诗意的栖居"，想必为大家所熟知。他在《形而上学引论》中说："老实说，人是什么？试将地球置于无限黑暗的太空中，相形之下，它只不过是空中的一颗小沙，在它与另一小沙之间存在着哩以上的空无。而在这颗小沙上住着一群爬行者，惑乱的所谓灵性的动物，在一个偶然的机会里发现了知识。在这万万年的时间之中，人的生命，其时间的延伸又算什么？只不过是秒针的一个小小的移动。在其他无尽的存在物中，我们实在没有理由拈出我们称之为'人类'此一存在物而视为异乎寻常。"这段话其实是非常深刻的，对人在宇宙中的位置有一个清醒的认识，它不仅仅是破除自我中心，同时也给文学艺术中的时空表现注入了一个人与自然、与外物比较存在的合理内核。

二、中国人时空意识的特点

中国人时空意识的特点之一，是仰观俯察，动态周流，返回自身。

中国古人观察外物的时候是"仰观俯察"的，先抬头看天，再低下头来看地，在抬头和低头之间做的是一个圆形的运动，最后回到自身。宋人范晞文《对床夜语》举例说，古人诗歌多相似之句："苏子卿诗云：'俯视江汉流，仰视浮云翔。'魏文帝云：'俯视清水波，仰看明月光。'曹子建云：'俯降千仞，仰登天阻。'……谢灵运云：'俯濯石下潭，仰看条上猿。'又：'俯视乔木杪，仰聆大壑淙。'辞意一也。古人句法极多，有相袭者。"这种说法有一定道理,中国汉魏以来的诗歌前后相袭的非常多,这种仰观俯察就是其中的一种表现。可是,范晞文只是指出问题的一个方面,如果深细一点,我们会发现在"前后相袭"的背后,隐藏着中华民族自古以来就有的观察事物的习惯和民族性的心理。《周易》就开宗明义:"仰观天文,俯察地理,近取诸身,远取诸物。"如此才能获得对外物的真切了解,从而形成一定的时空观念。由此看来,这样一种观念经过长久的承袭、积淀,可以说是源远流长。而仰观俯视的要点,则在于从外物回到人自身。如果只是仰观俯察,不与人联系起来,这种仰观俯察是意义不大的。一旦和人挂钩,就引起了人内心的震悸,也带来了人与外物的交流互动。

举例来说,王羲之的《兰亭集序》不仅是书法珍品,在散文中也是精品。其中写道:"是日也,天朗气清,惠风和畅,仰观宇宙之大,俯察品类之盛,所以游目骋怀,足以极视听之娱,信可乐也。……及其所之既倦,情随事迁,感慨系之矣。向之所欣,俯仰之间,已为陈迹,犹不能不以之兴怀。况修短随化,终期于尽。古人云:死生亦大矣。岂不痛哉!"这段话有两个方面值得关注,其一,作者观察事物的方式就是我们之前所说的仰观和俯察;其二,悲乐相继,乐未终而悲即来。中国人在观察外物的时候,并不是高兴到极端,抑或悲伤到极致,而往往是高兴的时候即念及其中所包含的悲,悲痛的时候又会看到悲之后的乐,盛衰相继,否极泰来,这就是中国人的思维特点,如此避免了一种极端和绝对。所以,在中国人这里较少绝对的失望,这和西方人观察问题是不一样的。中国古人往往是在静观默赏中反省回味,感到自身与外物的不可比拟,其中不乏孤独悲凉,不乏恐畏自怜,却没有人与自然的尖锐对立冲突和自然对人的巨大压抑。西方文学中,人和自然的冲突常常是激烈的。比如普罗米修斯被绑在悬崖上,每天受鹰之啄食,何等惨烈!又如《李尔王》中人物在暴风雨中的遭遇和独白,由此表现的人与自然的冲突都相当震撼人心。这在中国文学中较少出现,中国文学对待自然往往是静观默赏、反省回味,人们的感触大多是通过仰观俯察体悟出来的,因而就来得特别深长、特别沉重。

中国人时空意识的特点之二，是其独特的视点和思维习惯。

关于此问题，西北大学的李浩教授曾经在他的《唐诗美学》中谈到过，在此把他的观点和我的理解结合起来做一下介绍。和西方人相比，中国人观察事物、观察时空的角度与思维方式存在这样几种差异。一是西方人观察外物往往以自身为中心点，而中国人则以自然空间为中心点。二是西方人往往是由近及远，推己及人，而中国人则是由远及近，反求诸身。三是西方人往往以小观大，管窥蠡测，而中国人则多是以大观小，视天下古今为棋局。四是西方人更重视焦点透视，中国人则是散点透视。这恐怕在绘画方面表现得最为明显。比如，西方的油画利用的是焦点透视，极具立体感，布局很严谨、很科学；而中国的山水画、水墨画则是散点透视，注重高远、平远、深远，注重水墨晕染，消除边际。这是很不一样的。五是西方人更重视因果关系，前因后果，互相关联，非常紧密；而中国人观察外物的思考则更多是同步关系，人和自然是同步的。中国有三个"合一"，即所谓的"天人合一"、"情景合一"和"知行合一"，这其实就是一种同步关系。六是西方人重视单向推理，中国人则注重全方位呈示。单向推理容易把事物引向深入，而全方位呈示则更重视事物之间的关联和综合。西医和中医恐怕就是这样一种情形，西医多从某一病症出发，进行局部的诊治；中医则更重视某一病症和其他病症的关联，注意病源的探寻，不是头疼医头、脚痛医脚。所有这些，表现在时空的观察和思考方面，也就形成了人与外物不可分离、你中有我、我中有你、天人相关的一些特点。

中国人时空意识的特点之三，是抟虚成实、营造充满诗情画意的艺术空间。

中国人的时空观念之中，非常重视虚和实的关系。无论在诗歌、绘画中，还是戏曲艺术中，往往是虚实结合，以虚代实，从而营造出诗情画意，并且趋向于一种音乐性的境界。譬如山水诗之空灵，水墨画之晕染。水墨画利用墨的浓淡晕染，极力营造出云烟渺茫的空间境界。再如戏曲之虚拟，利用虚拟化的手段，扬起马鞭就是骑马驰骋、风云变幻，拿根桨做几个动作就是舟行百里、漂泊异乡。还有戏曲里的"圆场"，在戏台走上半圈、一圈、几圈，就预示着若干场所的变换。这样一种虚拟情境在中国文化、中国艺术中表现得非常突出，尺幅千里，用有限的事物反映无限，这就和西方事事征实的态度有了区别。所以，宗白华在《美学与意境》中说："空间在这里不是一个透视法的三进向的空间，以作为布置景物的虚空间架，而是它自己也参加进全幅节奏，受全幅音乐支配着的波动。这正是抟虚成实，使虚的空间化为实的生命。"大家如果仔细回味一下宗先生的这段论述，可以更深刻地体悟到中国艺术这样一种空间性的特点，也就是我们所说的充满诗情画意的艺术空间。

三、时空的几种关系与艺术表现

（一）空间表现

我们以中国诗歌最为兴盛的唐代为例，特别是盛唐人的诗歌，他们在运用空间性词语时，喜欢使用阔大、高远、具有强度和力度的词语，比如千里、万里、长江、黄河、高山、大漠、海日、江春等，借助这样一些词语来扩大诗境。盛唐人的风采和精神，在很大程度上就是借助这类空间性词语体现出来的。比如，李白的《关山月》："明月出天山，苍茫云海间。长风几万里，吹度玉门关。"风是"长风"，而且是"几万里"，几万里的长风从遥远的天际吹了过来，一下吹度玉门关，何等的力度！再比如李白的《庐山遥寄卢侍御虚舟》："登高壮观天地间，大江茫茫去不还。黄云万里动风色，白波九道流雪山。"空间场景极为阔大壮观，展示出主体意向的豪迈高远。王湾《次北固山下》中的名句"海日生残夜，江春入旧年"，在当时就极具影响，以致宰相张说将其亲笔题写，悬挂于政事堂中，"令为楷式"。

场景壮大，自然要用壮大的词语来表现。但有的诗人，明明是比较小的空间距离，他也要用阔大的空间词语来表现。比如，中唐诗人戴叔伦《除夜宿石头驿》的"一年将尽夜，万里未归人"，就是如此。从实际情况看，这是诗人在除夕夜住在石头驿写了这首诗。那么，石头驿在哪里？一般的注家认为，石头驿就在石头城下，就在现在的南京一带。戴叔伦是江苏金坛人，从南京到金坛应该是很近了，远远没有万里，也没有千里，大概一二百里之遥吧，但他却写了"万里未归人"。为什么用"万里"？后人围绕这一点进行了不断的争论：合适不合适？是不是过于夸大其词？从今天的角度来看，我觉得有两个原因：其一，诗人描写的其实是心理空间距离，虽然离家很近了，但是除夕之夜还没有回去，感觉上好像仍在万里之外，这就是心理的空间距离；其二，写诗是为了突出某种情境，恐怕不得不然。如果写成"一年将尽夜，百里未归人"，落差是不是就小了很多呢？用了一个"万里"，那种有家难归，离家非常遥远、非常痛苦的心情就淋漓尽致地呈现出来了。当然，也有一些论者认为，戴叔伦的这两句是抄来的。抄谁的呢？抄梁武帝的。梁武帝萧衍有一首《冬歌》，其中有"一年漏将尽，万里人未归"两句，被戴叔伦拿来，稍加变换，就变成了自己的话语。原诗有"万里"，所以他也就沿用了"万里"。但是，不管是哪种情况，都和他此一时期特定的心理状况有关联，都在借"万里"之词表现大年夜有家难归的怅惘和失落之情。

再举个例子，杜牧的《江南春绝句》："千里莺啼绿映红，水村山郭酒旗风。南朝四百八十寺，多少楼台烟雨中。"诗写得非常好，整个江南的春天是"千里莺啼绿映红"，千里之外，绿草红花，莺歌燕舞，春光明媚，如在目前。可是这样的一首诗到了明朝却遭到质疑，杨慎在《升庵诗话》中说："千里莺啼，谁人听得？千里绿映红，谁人见得？若作十里，则莺啼绿红之景，村郭楼台僧寺酒旗，皆在其中矣。"杨慎的意见提出来之后，遭到了很多人的批评，比如清人何文焕在《历代诗话考索》中就反驳："余谓即作'十里'，亦未必听得着，看得见。"大家想一想，谁的听力可以听到十里之外的莺啼？如果放在噪音污染严重的当下，一里之外有一声莺啼也未必听得见，除非是爆炸声。那么这首诗怎么写？"五里莺啼绿映红"？"一里莺啼绿映红"？那就不成诗了。所以何文焕接着讲："题云'江南春'，江南方圆千里，千里之中，莺啼而绿映红焉；水村山郭，无处无酒旗；四百八十寺，楼台在烟雨中也。"诗写的是江南春，既然是春天，眼下就有莺啼之声、绿映红之景,那么百里之外、千里之外,只要是处在江南春天的包裹之中,也都是莺啼绿映红。我们可以依据自己的经验推及其他,这是一种合理的艺术想象。杨慎不了解这一点,就犯了在诗中事事求实的错误。

实际上,这牵涉到如何看待文学创作和想象的真实的问题。在古人那里,与杨慎相似的批评并不少见。比如杜甫写了一首诗,写诸葛亮祠堂前的柏树,其中有这么两句:"霜皮溜雨四十围,黛色参天二千尺",说树木的粗有四十围,高有二千尺,后人认为这不合比例:"无乃太细长乎?"后来又有人说,唐时的一围是多少尺,四十围和二千尺正相匹配,杜甫讲的是合乎实际的。事实上,这两种意见,无论是对杜甫的批评,还是对杜甫的开脱,都犯了同一个错误,那就是将文学创作与生活真实完全混为一谈。我就不认为,杜甫在创作时先要进行一个细密的计算,然后才把这首诗写出来。恐怕不是的,他的主要目的是要表现树木的高大,他可以想象,可以夸张,他追求的是一种艺术的真实。再比如张继的《枫桥夜泊》:"月落乌啼霜满天,江枫渔火对愁眠。姑苏城外寒山寺,夜半钟声到客船。"诗写得很好,尤其是夜半钟声。大家想一想,在寂静的夜晚,响起了钟声,袅袅传开,声音不绝如缕,这对在客船上难以入睡的游子而言,该是怎样的一种心理感受?本是静寂的画面,钟声使它有了声响,静中有动,以动衬静,这又是怎样一种空灵的境界!可是这样一首诗,到了宋代就有人提出问题了。比如大文学家欧阳修就提出疑问,说诗写得不错,可是"夜半钟声"不合理,谁会半夜三更敲钟呢?后来又有人考证,认为别的寺院夜半不敲钟,唯有苏州城外的寒山寺夜半敲钟。究竟是否如此,不得而知。但是,以这样一种与实际一一对应的态度来要求文学作品,恐怕存在一定的问题。再如,宋代苏东坡写过一首很有名的诗句,"春江水暖鸭先知",清代有一位叫毛奇龄的评家就质疑了,说苏东坡不通情理,春江水暖鸭先知,那么鹅就不先知了吗?

类似这样的情况确实反映了古代某些人对文学作品的片面理解。再看杜牧的《江南春绝句》,"千里莺啼绿映红",它营造的就是一个阔大的空间背景,追求的是一种艺术的真实。同时,正是借助这样一个阔大的空间背景,下面的百千寺院、楼台烟雨才有了依次出现的可能,如果是"十里莺啼绿映红",那么,"南朝四百八十寺"怎么反映呢?那样的话就无法落到实处了。

(二) 心理时空

除了以阔大的词语营造空间背景之外,古代诗人还经常在诗中表现其心理时空。在不少情况下,只有了解了诗人的心理时空,才可能对诗歌有一个比较深刻的了解。比如,李白的《早发白帝城》:"朝辞白帝彩云间,千里江陵一日还。两岸猿声啼不住,轻舟已过万重山。"大家读了这首诗可能会有各自不同的感觉,但要问你读了这首诗的最深印象,或者说最为关键的一个特点是什么,用一个字来概括,我想可能大家都会说是"快"。早上离开白帝城,晚上就已到了江陵,从白帝城到江陵是一千二百里,这个距离在古代已很是遥远。可是,驾船经三峡顺流而下,用郦道元《水经注》的说法,是"朝发白帝,暮到江陵",可见速度之迅疾。李白诗中头两句,既是对《水经注》里这个说法的承接,也是源于其特殊的心理感觉。后两句向前推进一步:"两岸猿声啼不住",猿声还没有落下来、还没有停歇,轻舟已经穿过了万重的山岭,何等之快!这实际上是一种速度的审美,而速度的审美又源于感觉的愉悦,由于感觉非常愉快、心里非常舒适,所以诗人就觉得快极了。

这种速度的审美和感觉的愉悦,是构成这首诗的关键性因素。为什么诗人感觉愉悦呢?据传统的说法,李太白参加永王李璘的军队,兵败被俘,被押在浔阳狱中,后经朋友营救,出狱后被长流夜郎,从浔阳经过武昌沿着长江直上,到了奉节白帝城,恰在这时,遇到朝廷大赦的诏令,心里自然高兴,于是驾舟东返,直接从白帝城回到江陵。当然,也有人认为这种说法是有问题的,说李太白有可能已经到了夜郎,而后遇赦东返的。对此,我们不去深究。总之,李白这次回去心情是愉悦的,所以他才觉得速度非常快。一方面,西高东低的自然地势和迅急的江水使船顺流直下,速度确实很快;另一方面,诗人因心里愉悦,感觉上就比平时要快。而这种因心理感觉而形成的"快"感,实际上牵涉到语言学、文字学的问题。不知道大家注意没有,在中国的文字里,凡是和高兴相关的东西几乎都和"快"有关,比如愉快、畅快、痛快、快乐、欢快,都有一个"快"字。只要是表现人高兴的情感,大都和"快"有关,说明"快"本身就容易引起人们愉悦的感受,人的愉悦借助"快"字才更能充分地表现出来。"慢"就不同了,"慢"在中国文化里面往往和苦闷、愁苦有关系,比如张九龄的《望月怀远》:"情人怨遥夜,竟夕起相思。"因为心中之人不在身边,所以才会觉得孤苦伶仃,一个夜晚都无法入睡,想念着对方,这样一来,时间就过得慢了,夜也就显得特别的长。王建的《将归故山留别杜侍御》:"沉沉百忧中,一日如一生。"在人非常苦闷的时候,一天就好比一生,可见愁苦的时候时间仿佛停滞了。我们平时也会有这种感受,比如和恋人约会,如果对方只晚到了不大一会儿,你就会觉得等了很长时间。所以,人在心情急躁、苦闷的时候,都会觉得时间在延长。

实际上,心理时空在古代文人那里普遍存在着,它也一定程度地反映在中国文化中。概括一下,大致有三个空间的层级,而这三个层级又和时间的变化紧密关联,就是"天堂—人间—地狱"。以人间为界,向上是一种感觉,是快、是乐、是美;向下,是慢、是苦、是恶。天堂,是何等的快乐,所以时间就过得很快。中国古人有相当多这方面的说法,如"洞中才七日,世上已千年",形容神仙快乐,七天就度过了世上千年的光阴。大家熟悉的刘禹锡"到乡翻似烂柯人"的诗句,就是用了一个典故,说晋朝一个叫王质的人到山里砍柴,休息时观人下棋,一场棋看完,斧柄已朽,回到自己故乡,都已经换了几代人了。这些故事说明,神仙的日子与凡人很不相同,他们在快乐中过日子,日子因快乐也变得非常迅捷。地狱就不一样了,要经受各种苦难,像敲骨、吸髓、油炸、火烤,是非常痛苦的。四川的大足石刻就把佛教中地狱的变相加以图解,一一呈现,让人看了毛骨悚然,所以在那种极度痛苦的场景中就度日如年了。

（三）时空的艺术表现

我们重点选取中国诗歌里几个典型的意象，来看一下古人是如何表现时空的。

第一个意象，流水。提起流水，大家会想到两个它所象喻的对象，一个是时间，一个是愁苦。"问君能有几多愁，恰似一江春水向东流"，用流水来比喻心中愁绪，这是后起的内涵。而更早的，流水所包含的内涵是什么呢？是时间。从流水中体悟时间，实际上是由己观物，物我反照，打通外物与生命之后，在外物中感知生命的流逝。最早赋予流水以时间性内涵的是孔子，《论语·子罕》有云："子在川上曰：逝者如斯夫，不舍昼夜。"我想，这其中最起码包含三种意蕴：一，奔腾急速的流水日夜不息，一去不返，正有如时间的倏忽飘逝，一往不复；二，流水无穷无尽，前水虽逝，后水继来，正如时间的无始无终，不可竭止；三，流水是一个动态的过程，或细流涓涓，或奔腾汹涌，终至归入大海，正如人的生命行程，在经历了种种悲欢磨难之后，最后都要归于消亡。当然，这是我个人的理解，孔老夫子当年感叹的时候，也许没有想到这些。但是，从接受学的角度来看，作者之意未必然，而读者之意何必不然，我们顺着他的思考趋向进行可能有的几种解说，在阐释学上是允许的。

这样几种意蕴，表面上说的是流水，而在象征层面，指向的却是时间和生命。借助流水之喻，时间和生命的流动性特点在此得到了极度的凸显。我们知道，时间和流水的特点是不可逆的、永恒的。流水从西向东流过去就不会再返回来；时间从一个始点到一个终点，它是直线型的发展，不会返回头来。人生和它们有一个相似点——不可逆。人生也是一次性的，人从少年到中年、到老年是直线发展，不可能到了老年之后再年轻一次，这是它们的相似性。由于这样的相似性，于是人们就把流水、时间和人生给关合起来了。但是人生又与前二者有一个最大的不同点，是什么呢？前二者是永恒的，而人生却是短暂的。当然，这里的永恒和短暂，主要是从相对意义上来说的。而且其中更重要的，是它们的相似性。当流水、时间和生命的这种相似性被孔子发现了之后，他仅仅用了"逝者如斯夫，不舍昼夜"这九个字，就把它的内在意蕴非常深刻地展示出来了。这样的一种内蕴，到了孔子的20世孙孔融那里又有所继承。孔融曾给曹操写过《论盛孝章书》，开头就说："岁月不居，时节如流。五十之年，忽焉已至。"将时节与水流挂起钩来，表现对"忽焉已至"的"五十之年"的感慨，是这段话的惊警深刻处，也可视作孔融对其先祖"逝者如斯"直截了当的阐释吧。

自此以后，人们对流水、时间和生命间的关联就有了更为深入的感悟、更为形象的展现。比如，李白的《古风》："逝川与流光，飘忽不相待。"指出二者都具有"飘忽"即逝的特点。殷尧藩的《江行》："年光流不尽，东去水声长。"将"年光"和"流尽"关合一处，强化了时间与流水的内在联系。再比如，韩淙的《暮春浐水送别》："行人莫听宫前水，流尽年光是此声。"前面殷尧藩说"年光流不尽"，韩淙这里却说"流尽年光是此声"，不管是流不尽还是流尽，总之，"年光"和逝水有了较前更为紧密的交融。包括李端的"年如流水日长催"，都是变着法儿地将时间和流水联系在一起，表现其"流"速甚至"催"人老的意味。在这些诗中，"年光"、"古今"、"时节"与原本形容水之运动的"流"字关合起来，一方面强化了"水"与"时"的相似性关联，一方面丰富了时间内在的文化蕴含，于是就形成了一种规律，这种规律用钱锺书在《管锥编》里的话说，就是中国古代的文学作品、诗歌作品"莫非涵流光于流波，溶逝景于逝水"。"莫非"的意思是"无不是这样"，这是一个排他性的词语，也就是说，几乎所有的作品都是"涵流光于流波，溶逝景于逝水"的。事实上，不仅传统的诗文里是如此，即使在后起的小说、戏曲里，这种规律也不乏展示。比如大家非常熟悉的明代著名戏曲《牡丹亭》，写到柳梦梅出场时，就让他唱了这样一段思念杜丽娘的唱词："则为你如花美眷，似水流年。是答儿闲寻遍，在幽闺自怜。"这里只用了"如花美眷，似水流年"八个字，就将杜丽娘的如花美貌和似水流年展示出来，并因二者均变动不居、很快消逝，而给人造成一种对时光的深刻体认。

不仅在中国，在外国也有这种对流水和时间、生命的透彻感悟，特别是在汉字文化圈里，表现尤其明显。比如，日本人德富芦花写过一篇名叫《大河》的文章，我最初读到就感同身受。他这样说道："人们面对河川的感情，确乎尽为这两句话（按：孔子的话）所道破。诗人千百言，终不及夫子这句口头语。""不妨站在一条大河的岸边，看一看那泱泱的河水，无声无息，静静地，无限流淌的情景吧。'逝者如斯夫'，想想那从亿万年之前一直到亿万年之后，源源不绝，永远奔流的河水吧。……所谓的罗马大帝国不是这样流过的吗？啊，竹叶漂来了，倏忽一闪，早已望不见了。亚历山大，拿破仑翁，尽皆如此。他们今何在哉！溶溶流淌着的唯有这河水。我想，站在大河之畔，要比站在大海之滨更能感受到'永远'二字的涵义。"这段话有两个要点：第一，德富芦花作为一个异邦之人，他对孔老夫子这两句话的体悟，可以说和我们中国人的体悟别无二致，体悟得非常深刻，历史上的英雄人物、历史上的丰功伟绩都随着流水而纷纷逝去。第二，他认为站在大河之畔比站在大海之滨更能感受到"永远"二字的含义。我认同他这种说法。我觉得站在大海边上，大海的博大、气势的雄浑，是给我最深的感受，却较少感受到"永远"这样的涵义。其原因恐怕与大海是相对静止的有关。如果你站在长江边，不要说站在夔门三峡的江边，就是站在武汉的江边，对着大江静静观赏，前水刚刚流过，后水就不断地涌过来，那样一种持续不断的流动，似乎无穷无尽，给人的感觉真是太深刻了，这就是永远，就是永恒。所以，对流水的这样一种感受被德富芦花抓住了，于是就赋予流水、时间以永恒的特征，深化了对孔老夫子"逝者如斯"的理解；同时，也在强烈的对照下，表现了对个体生命倏忽即逝的感叹。就此而言，包含时间、生命意蕴而又具有久暂反差的流水意象，已经超越了单一的文学表现，而与文化、与人生获得了多层面的交融。

第二个意象，落花。落花在中国诗歌里也经常出现，从先秦的《诗经》到汉魏六朝的诗歌，再到唐诗、宋词，写落花的何其多也。其中写得比较好的，我觉得是初唐刘希夷的《代悲白头翁》："洛阳城东桃李花，飞来飞去落谁家。洛阳女儿好颜色，坐见落花长叹息。今年花落颜色改，明年花开复谁在。已见松柏摧为薪,更闻桑田变成海。古人无复洛城东,今人还对落花风。年年岁岁花相似,岁岁年年人不同。……"这是写落花,写美人,写时光的飘忽,写外物的不可待。在这些方面,刘希夷真是写绝了,尤其是"年年岁岁花相似,岁岁年年人不同"这两句,特别地出彩。在这样一首诗中,关键的意象就是落花。落花,象征着美的陨落,它是人生悲慨的触媒,从根本上说,落花就是时间的象征,也是生命的象征。刘希夷用流美的笔触、明丽的诗境,表现了青春少年的一种感伤和哲理启悟,就是时间对生命的穿透力和破坏性。时间,真是杀人于无形,你似乎感觉不到它在流逝,结果一个人就从少年人变成白头翁了,其迅捷令人唏嘘。当人们发觉这一点,蓦然回首的时候,半辈子都已经过去了。那时再来观赏落花,恐怕会别是一番滋味的。

《代悲白头翁》通过"落花"意象,集中地表现了时间对生命的穿透力和破坏性。这在中国文学史上,是有所传承的。它的承接者,我觉得应以《红楼梦》里的《葬花吟》为代表。我想,曹雪芹在写《葬花吟》的时候一定反复地揣摩过刘希夷这首诗。大家看,"花谢花飞花满天,红消香断有谁怜?……桃李明年能再发,明年闺中知有谁?三月香巢已垒成,梁间燕子太无情!明年花发虽可啄,却不道人去梁空巢也倾。……试看春残花渐落,便是红颜老死时;一朝春尽红颜老,花落人亡两不知。"将这些诗句与《代悲白头翁》粗略一比,就可发现其字句、结构、意象、诗情等多方面的相似性。如果说,《代悲白头翁》通过落花表现的是人淡淡的哀愁和感伤,还有一种青春的气息在内,那么到了《葬花吟》里,似乎已由一般的感伤发展成为凄厉,其悲伤的程度更深入了一层。王国维在评价秦少游的"可堪孤馆闭春寒,杜鹃声里斜阳暮"时,用了"凄厉"二字,我以为,"凄厉"用在《葬花吟》里,恐怕更为贴切、更为妥当。

第三个意象,秋。"秋"的意象包含很多,比如秋风、秋草、秋叶、秋气等等,都是在中国古代诗歌里常出现的词语。由于这样一种传统和积淀,"秋"就有了固定的意义内涵,简单地说,就是一个"悲"字。

最早悲秋的,是楚国的宋玉。他在《九辩》中一上来就说:

"悲哉，秋之为气也，萧瑟兮草木摇落而变衰。憭栗兮若在远行。登山临水兮送将归。"这样一种悲秋音响，自宋玉之后，可以说是不绝如缕。到了汉乐府，就有了"常恐秋节至，焜黄华叶衰"的说法，人们害怕秋天到来，秋天来了，预示着一种悲凉，一种愁苦，预示着生命即将终结。于是，在特别重视个体生命的中国古代诗人那里，自然容易形成悲秋的传统。毛诗《七月·传》说："春，女悲；秋，士悲；感其物化也。"一直到了清朝，黄景仁在《对月感怀》中还重复这一认知："秋士霜前草，春人镜里花。看来俱有尽，终古一长嗟！"秋士、春女，形成了悲秋和伤春两种传统。实际上是不是这样呢？有一定道理，但也不尽然。宋代时闺中女子也悲秋，以致说出"春月可喜，秋月使人愁耳"的话。这样一种悲秋的心理，在中国古代诗歌里不断蔓延，最后又发展到再现型的文学之中，比如戏曲《西厢记·长亭送别》："碧云天，黄花地，西风紧，北雁南飞。晓来谁染霜林醉？总是离人泪！"小说里也有，《红楼梦》中的《秋窗风雨夕》："秋花惨淡秋草黄，耿耿秋灯秋夜长。已觉秋窗秋不尽，那堪风雨助凄凉！"整个潇湘馆的秋风、秋雨以及林黛玉多愁善感的诗人气质非常紧密地吻合在一起，悲秋成为一种传统，也就形成了我们所说的悲秋意识。

大概在二十多年前，我写过一本小书，叫《中国古代文人与自然之秋的双向考察》，大概是最早从主题学角度论述悲秋意识、悲秋心理和悲秋传统的专著。其中涉及一个基本问题，就是人们为什么会悲秋。我觉得，在文人和自然之秋之间存在着一种异质同构的现象。自然界有春夏秋冬，四季轮回，不断推移。西方人弗莱认为：春是萌生的季节，夏是生长的季节，秋是衰老的季节，而冬是死亡的季节。他从原型象征的角度来论述四季和人的关联，有相当的道理。中国人也同样意识到了这一点，人的少年、中年、老年，就和自然界的春夏秋冬同步，其外在的结构、形态是相同的，所以谓之"同构"。但在此"同构"之外，还存在本质上的巨大不同。自然界的草木，春天生长，夏天繁荣，秋天衰败，冬天死亡，可是到了第二年春天，在春风的吹拂下，它又萌生了。"野火烧不尽，春风吹又生。"这就是自然草木的变化规律。可是，就像刚才谈流水意象所提到的，人生一旦到了老年，就走向了死亡，绝不会再返归回来从青年重新开始。这就是"异质"。当人们意识到人与外物外在结构的相同以及内在本质的巨大差异之后，马上会生出一种心理的落差，一种浓郁的悲秋心理。到了秋天，受悲秋传统影响的诗人受到外物些许的感发和触动，就会自觉不自觉地生出一种震悸，一种悲感。

老年人如此，青年有时也不例外。比如，白居易的《秋雨中赠元九》："不堪红叶青苔地，又是凉风暮雨天。莫怪独吟秋思苦，比君较近二毛年。"这里有个非常重要的词语"二毛"。大家最早接触到这个词，应该是从《左传》，宋襄公打仗是不杀"二毛"的。"二毛"是什么？泛指头发花白者，也就是黑发和白发杂在一起，称之为"二毛"。可是，到了后来，"二毛"有了固定的年龄指称。潘岳《秋兴赋》说"余春秋三十有二，始见二毛"，三十二岁的时候见到了白头发，后来的人们就把三十二岁视为"二毛之年"，或者说，"二毛"就预示着三十二岁，不是乱用的。当然，也有人提出相反的论据，认为虽然潘岳说了"二毛"之年是三十二岁，可是后来的庾信在《哀江南赋序》里面说过"信年始二毛，即逢丧乱"的话，而这一年他三十六岁。那么，"二毛"之年究竟是三十二，还是三十六？学界产生过一些争论，我们不去多谈。我这里之所以说这一点，是想说明白居易在写这首诗的时候也就是三十出头，可能还不到三十二，或者不到三十六。一个三十出头的人，就有了这样的悲秋心理，可见秋对中国文人的影响何等深重。如果你到了五六十岁，遇到了自然的秋天，人生之秋与自然之秋相重合，倘若再遇到时代之秋，即一个衰乱的时代，那么秋对人心理的触动就尤其深刻了。所以，中国有悲秋的传统，形成了悠远的悲秋意识。

日本早稻田大学有一位名叫松浦友久的教授，已经去世多年了。我1995年在日本的时候曾去拜访他，和他做过一次长聊。他在研究悲秋问题上先行一步，写过《中国古典诗中的春与秋》一文，其中这样说道："对人来说，时间意识是形成人生一次性自我感觉的根源。……有如夕阳与朝阳、落花与开花、落叶与萌芽的对比，只有在某个特定时间性事象的终结部分，人才易于感受到更鲜明的时间性。这基本上与这种一次性的心理构造有关。准此,则在'春—夏—秋—冬'的次序中意识到'一年'或'四季'这种代表性的时间单位方面,相比起春,不能不认为秋更易于令人感受到鲜明的时间性。"换种说法,一年四季有春夏秋冬,但在诗歌里,出现最多的是春和秋,而不是夏和冬,为什么?因为夏和冬,缺乏像春和秋那样对人心理造成的时间性触动。夏天,人们如果不是特别敏感,几乎感觉不到时间的快速流动,从初夏到夏末都是茂密的树木,万物没有变化;冬天,尤其是北方,万物凋零,下了雪之后更是白茫茫一片,你会感觉万物好像不动了,凝固了。可是春秋不一样。春天,树木从嫩芽开始迅速变绿,然后不断地生长;秋天,开始落叶了,树木开始凋零了,人也有了"昨夜西风凋碧树,独上高楼,望尽天涯路"这种视野的扩大,有了对外物的独特感知。所以由于自然外物不断的、迅速的变化,春和秋就比夏和冬给人心理以强烈得多的时间性触发。进一步来说,和春天相比,秋是事物发展的终结部分。任何事物一到它的终结部分,就比它在开始时更容易使人感觉到时间的速度,这几乎可以形成一个规律,也是有心理学依据的。松浦先生讲的就是这个道理,在特定的时间性事象的终结部分,人才易于感受到更鲜明的时间性,这是和一次性的心理构造相关联的。大概就是这样一种情形,赋予了中国文人的悲秋意识、悲秋心理以非常深厚的内在依据,也导致悲秋的音响在中国文学长河中此起彼伏,不绝如缕。

四、唐诗中的时空交融

唐诗中的时空交融,表现非常之多。刚才我们是分开来讲空间和时间,实际上,很少有诗歌孤立地去描写空间,或者孤立地去描写时间。在诗歌艺术中,时间和空间总是如影随形,没有脱离了空间的时间,也没有脱离了时间的空间,时空二者结合得非常紧密。其中结合得最完美的作品,就是大家非常熟悉的张若虚的《春江花月夜》。

这里,我只想提出几个重要的问题。这首诗描写了五种物象,这五种物象有虚有实,也就是题目中所提到的"春"、"江"、"花"、"月"、"夜",而其中更为集中的一个物象是"月",实际上这首诗主要描写的就是"月",其他物象都是对"月"的烘托和陪衬。那么写了月的什么呢?写了月的升、悬、斜、落的过程。刚开始是"海上明月共潮生",月从东方升起;接着是"皎皎空中孤月轮",悬在了高空;再接着,"江潭落月复西斜",开始西斜;最后是"落月摇情满江树",终于落下。直观地来看,这是一个时间性的过程。从初夜的升,到中夜的悬,最后到黎明前的落,整个是一个时间的顺序发展,一个夜晚就这么过去了。但同时,这样的一个时间过程发生在什么地方呢?发生在空间,发生在空间的不同位置,所以它又是空间性的。诗中围绕"月"的升、悬、斜、落,有了空间的位移和时间的变动。空间、时间在这里须臾不可分,你最后竟然不知道哪是空间、哪是时间了。所以我们说,在这首诗中,表现最突出的就是这种时空的交融。

这首诗里最为精警的部分应该是这样几句:"江畔何人初见月,江月何年初照人。人生代代无穷已,江月年年望相似。不知江月待何人,但见长江送流水。"如果没有这几句,诗歌就只是对物体外在色相的描写,是对一般男女情愁的概略性叙述;有了这几句,它就有了哲学深度,有了提人心神的亮点。"江畔何人初见月,江月何年初照人",这是面对往古发出的一种略带迷茫的叩问,有点像儿童的心态。少年儿童见到月亮亘古如斯,挂在天边,常会发问,江边最早是什么人见到月亮的?月亮又是什么时候第一次照到世间之人的呢?问句中带着一种迷离、朦胧、神奇、童真的味道。但又不止是儿童,成年人有时也会产生类似的疑问,换言之,在这样的问句中,包含着一种人类面对浩瀚时空极易产生的追究心理,包含着一种困扰人内心的永恒谜团。对此,作者问而不答,直接过渡到下边两句:"人生代代无穷已,江月年年望相似。"由此带出了人生。我前边说过,中国人在观察外物的时候,在萌生出他的时空观念的时候,都不是孤立的,都不是为了描写时空而描写时空,而是要和人相关联的。只有和人关联了,它才有了深度。那么在这首诗里,人和外物发生了一个比照：江月是永恒的，可是人生是短暂的，这样一种永恒的江月和短暂的人生发生对比之后，就让人产生了一种失落，形成一种感伤的心理。一般我们读这几句，理解到此就为止了。可是不然，张若虚的高明之处在于他对这样一种感伤进行了适时的冲淡。也就是说，他不只是把人作为个体来看待，他还将之视为一个代群、一个类别。人生个体虽然很短暂，可是作为整体的人类，却是代代不断地相沿的。江月无尽，人类也无尽。有了这样一层含义，"代代无穷已"的人生就和"年年望相似"的江月形成一种同步关系，其中虽有感伤，却并不沉重。在作者看来，亘古如斯的江月似乎在等待什么人，所以他说："不知江月待何人，但见长江送流水。"由此便又和流水关合起来了。一和流水关合，马上就进入了时间的层面，于是我们自然想到了"子在川上曰：'逝者如斯夫'"的话。当然，这里的"流水"不是正面描写时间的，却能给我们这样一种提醒，使我们在对长江"送"流水的观照中，产生出一种时间流逝的感悟。

由此看来，这首诗在表现时空观念和时空关系方面是非常有特点的，以致后来很多人都对它有过高度评价。闻一多先生在《宫体诗的自赎》中这样说道："有限与无限，有情与无情——诗人与永恒猝然相遇，一见如故。""这是一番神秘而又亲切的如梦境的晤谈，有的是强烈的宇宙意识，被宇宙意识升华的纯洁的爱情，又由爱情辐射出来的同情心。这是诗中的诗，顶峰上的顶峰。"为什么说它是"诗中的诗，顶峰上的顶峰"呢？关键在于它表现出强烈的宇宙意识。什么是宇宙意识？简言之，就是时空意识，或者说通过时空表现出的生命意识。正是由于有了时空意识、生命意识的沉积，这首诗才具有哲学的深度。我常常有这样一种感触：深刻的哲学、优秀的哲学，大都是可以通过文学的语言加以表述的，甚至化为优美的诗行；而优秀的文学、经典的文学，沉积到最后也一定具有哲理的启迪。哲学和文学在这个方面衔接起来，形成一种相互为用的关系。而《春江花月夜》，便在这方面做了一个非常经典的展示。

除上面所谈者外，唐诗中时空意识的交融及其表现，还可细分为以下几个较重要的方面。

（一）时空的对比和映衬

在中国古诗中，写到时空的作品非常多，往往是时空结合在一起来表现，而这样一种情形发展到唐代，特别是在唐代的近体诗中，可以说达到了一个非常完备的程度。近体诗和古体诗的一个主要区别大家都很熟了，它除了平仄律、粘式律等要求之外，很重要的一点就是讲求对仗。近体诗的对仗，对时空的结合与表现起到了一个非常大的促进作用，它易于使时间意象和空间意象相伴相随、前后映衬。往往是上句提到了时间，下句紧接着便出现空间，由此形成一种时空对。比如杜甫的诗，"乾坤万里眼，时序百年心"，前边是万里的乾坤，后边是百年的时序，"百年"和"万里"紧紧相对。杜甫的《登高》也是如此，"万里悲秋常作客，百年多病独登台"，前边是"万里"之地，后边是"百年"之身，如果前边有了"万里"，后边不加这个"百年"，或者是其他时间性词语，就觉得这首近体诗的对仗不工稳。其他如张祜的"故国三千里，深宫二十年"，柳宗元的"一身去国六千里，万死投荒十二年"，都是如此。

进一步说，在柳宗元这首题名《别舍弟宗一》的诗中，诗人不仅以"六千里"对"十二年"，而且还主客交映，互文见意。"六千里"是空间距离，极言其远；"十二年"，是时间概念，极言其久；而且六千里的"去国"不独指空间，它还包含着离开国门的时间；十二年的"投荒"也不独指时间，它本身即是一种空间的映现。"十二年"、"六千里"本是可以互换的。这样一种互文见意，拓展了诗歌的包容量，也深化了诗意。所以赵臣瑗在《山满楼唐诗笺注》里这样解释："一身也而至于万死，去国也而至于投荒，六千里也而至于十二年，其魂有不零落者乎？"这段分析，有助于对柳子厚这首以"零落残魂倍黯然，双垂别泪越江边"开头的诗的理解。而类似这样的例证在唐代的近体诗中，可以说不胜枚举，我们就不去多说了。

（二）时间的空间化与空间的时间化

我们发现唐诗中还有一个特点，就是时间的空间化与空间的时间化。很多诗歌不是孤立地描写空间和时间，而是把空间和时间互相转化。这种转化在不少诗里都有非常精到的表现。比如，杜甫的《咏怀古迹》，其中写王昭君的那首有这么两句："一去紫台连朔漠，独留青冢向黄昏。"表面上看，似乎没有什么特别的地方，但深入一层，就会感觉这里是有技巧的。"紫台"、"朔漠"，都是空间性的词语，可是，诗人用了包含时间性过程的"一去"和"连"字，就使得原本表现空间距离的句子有了一种时间化的意味。"黄昏"，是一个时间性的词语，可是前面加了一个表现空间指向的"向"字，也就使得表现时间的"黄昏"具有了空间化的意味。对此，刘若愚在《中国诗歌中的时间、空间和自我》中有过一段很好的解说："'紫台'和'朔漠'之间的空间关系被包括时间过程的'一去'和'连'时间化了，表示时间的一个特定片断的'黄昏'则被动词'向'空间化了，因为'黄昏'必须存在于空间里，才能被据说总是覆盖着青草的故墓来'向'的。通过时间的空间化和空间的时间化，杜甫把过去和现在，把明妃故乡的村庄和她在朔漠中的故墓都融合在本诗的完整世界里，超越了空间和时间的障碍。"这段解说应该说是深刻的。西方的一些学人，包括纯西方的学人和长期生活在西方的外籍华人，他们观察问题和我们大陆学人有一个很大的不同点，就在于视角的变换和更新，这点很重要。他们善于从常人不大注意的方面去发现问题，这种发现对不对还可以再议，但它毕竟提出了供我们思考、以前我们没有注意到的一些新问题，它使得我们对诗歌的认识，对诗歌语言形式特点的认识深化了。

类似《咏怀古迹》这类时空互相转化的情形，在唐诗中所在多有。再举一个大家很熟悉的例证，即王维的名句："行到水穷处，坐看云起时。"这两句我们多从禅学的角度去理解它，很少有从时间和空间的角度加以解说的。实际上，这两句也是典型的时空互相转换、互相涵融的例证。"行到"，一直在走，它是一个时间的过程；"处"，是一个空间场所。"行到水穷处"，一个时间性的过程就被一个处所的"处"给空间化了。"坐看"，是在空间发生的举动，"云起时"，是一个时间性的过程，"坐看云起时"，一个空间举动又被一个"时"字给时间化了。前边是时间的空间化,后边是空间的时间化,两句对读,就可看出,时空结合在此达到了一个非常高的程度。

(三)远望与登高的时空形态

时空交融的第三个方面,我要谈的是远望和登高的时空形态。这是时空意识非常典型的一种表现形态。提到远望和登高,恐怕我们首先想到的就是李峤的《楚望赋》,这篇赋很经典,学习唐代文学的朋友几乎都了解,因为作者把登高远望这样一种内在心理的变化说得非常透彻。我从中摘出了几句:"夫情以物感,而心由目畅,非历览无以寄枢轴之怀,非高远无以开沉郁之绪。……思必深而深必怨,望必远而远必伤。……伤则感遥而悼近,怨则恋始而悲终。……是知青山之上,每多惆怅之客;白蘋之野,斯见不平之人:良有以也。"这段话把登高对人情绪的舒展、打开做了很形象的表述,同时又把人登高之后那种"思必深而深必怨,望必远而远必伤"的心理情感活动展示得非常到位。质言之,在厚地高天和无穷宇宙的映衬下,人们体悟到了个体生命的渺小和短暂。

在登高望远者眼中,作为万物之逆旅的天地包含着无尽的人生情结,很少见过中国人描写时空意识而脱离人生的,只有把人生融入到时空观念、时空表现之中,才使得时空表现获得打动人心的力度。王勃在《滕王阁序》里说过这么两句话,大家恐怕很熟悉了,是怎么写的呢?"天高地迥,觉宇宙之无穷;兴尽悲来,识盈虚之有数。"登高以后,看到的是天高地迥,看到了天高地迥就觉察到宇宙的无穷无尽,何等博大!由宇宙的无尽就想到了人生的短暂,那种悲感隐然已经包含在其中。同时它又是变化的,是兴尽悲来,不是固定不变一直高兴下去,高兴完了继之以悲伤。兴尽悲来之后怎么样了呢?就是"识盈虚之有数",没有万古的江山,没有长盛的宴席,总是要衰的、要散的,有盈就有虚,有成就有败,盈虚、成败就是在这样一种登高远望的过程中展示在人们面前。

登高望远首先是一种空间的变换。"高"是空间由下而上的无尽伸张,"远"是空间由点到面的无穷扩展,高、远结合起来就是一个无限的三维空间组合。通过登高望远,最起码有三个方面发生了大的变化,自身是由低到高,景物是由小到大,视野是由近到远。大家想一想,在一个很低矮的洼地,或者平野之上,与站在高台或者高楼之上,所看到的景物,所引起的思想的震动,是不是一样的?不一样,完全不一样。柳宗元当年被贬到永州去,四面都是山林,他似乎被围困其中,于是产生了强烈的"顾地窥天,不过寻丈"的感受,把自己的谪居之地视作狱城。可是,一旦登上较高的西山,看到了空旷的场景,柳宗元的情绪便由悲生出了一种愉悦,虽然这愉悦非常短暂。在柳宗元的诗文里,我从未感觉到有像《始得西山宴游记》那么快乐的,那是一个使他暂时摆脱了尘世拘束的瞬间,在四无依傍、一望无际的空间场所,他的思想得到了自由的驰骋。这是由低到高发生的、对人心理造成的变化,它唤醒了主体因空间骤然开阔而获得的心胸扩展和释然,这一点是不能忽略的。不是所有的登高诗都朝向悲的一路,有不少登高诗反而能使人心胸特别开朗。刚才我说到悲秋的时候,只谈了悲的一面,实际上,秋高气爽、天高云淡的时候,还能给人带来愉悦的感受,使人感到高远、劲健。事物都是两面的,我只是因为重点强调悲秋的一面而对其他方面有所省略。登高望远同样如此。它一方面确实可以给人带来远志遥情的感发,但是更多地却会使人领悟到一种遗世独立的孤独感。所以登高望远之后,物理意义上的高远与登临者心理上的各种情绪,就在空间场景的变换中相激相荡,展示出不同的表现形态。

(四)登高望远的情绪表达

登高望远是中国古代人们常发生的一个举动,常言说"长歌以当哭,远望以当归",为什么要登高?登高是为了远望。为什么要远望?其中很大的一个因素就是回不去故乡,只好借远望以当归。我们知道,古人往往羁旅为客,在旅途上经年不得归,"望故乡渺邈,归思难收",柳永的词讲得很明确,"不忍登高临远"。为什么"不忍"呢?因为明知回不去,登高望远只能加重失落、怅惘之情,到头来反使得自己那份已非常沉重的、伤感的心情无法收拾,所以不忍、不敢登高。虽然不忍、不敢,但最后还是要登高，因为对故乡的那一份情愫使得他欲罢不能。所以由登高到远望，便不仅是一种逻辑的顺序，而且也是借远望作为不能归去的一种补偿、一种替代。这就是中国古代产生那么多登高望远诗歌的重要原因所在了。

借助登高，还可以更充分地表现个人的一种愁绪，一种苦闷。人在现实世界会遇到各种各样的不满，各种各样的坎坷，这些坎坷平常的时候没有外物的触发，它表达不出来，可是一旦登高之后，人站在一个相对高的位置，就和自然时空有了更为紧密的接触，当此之际，平常激发不出来的那些愁绪就一股脑儿地涌现出来，于是就有了陈子昂写的《登幽州台歌》："前不见古人，后不见来者。念天地之悠悠，独怆然而涕下。"作者的思绪先在时间的隧道中穿行，以两个"不见"，既表示世无知音，以凸显自己的怀才不遇之悲，又将人类历史截然划为两段，只留下自己身处的这段时空，使人生展示出强烈的瞬间性，把人引入刹那与永恒的沉思，从而产生人生短暂的思考。"念天地之悠悠，独怆然而涕下"，作者的目光转而在茫茫的天地间扫描，借一个"独"字，表现出个体在广袤宇宙中的孤单、渺小，将人引入有限与无限的思考，从而又生出深刻的孤独感。

事实上，登高望远的核心是在民族文化影响下文人对现实生命质量的审视。无论是长歌当泣也好，远望当归也好，它表现的大都是文人对世事、人生、自我、命运的思考，反映的是人在社会中生存的方式和生存的质量。意识到这一点，我们就可以在时空观念这一大背景下，较多地获得对古人的"了解之同情"了。

最后，我想以杜甫的《登高》为例，作为对登高望远这一诗歌艺术表现情境的总括。杜甫这首《登高》曾经被视为唐人七律中的压卷之作，写得非常好：

风急天高猿啸哀，渚清沙白鸟飞回。
无边落木萧萧下，不尽长江滚滚来。
万里悲秋常作客，百年多病独登台。
艰难苦恨繁霜鬓，潦倒新停浊酒杯。

我觉得还有必要从"登高"这个角度，从"时空"这个角度对它再做一番解析。这首诗有一个大的特点，什么特点呢？律诗是讲究对仗的，一般是中间两联要求对仗，可是这首诗不一样，这首诗是全首皆对，一开篇就对。"风急天高"对"渚清沙白"，"猿啸哀"对"鸟飞回"。不仅如此，它还有句内对。第一句"风急"对"天高"，第二句"渚清"对"沙白"。"风"、"天"都属于名词；"急"和"高"都是形容词；"渚"和"沙"都是水边的物体，而且偏旁都带水，属形体对；"清"和"白"都是色彩词，属色彩对。可是这样一首对仗非常严整、工稳的诗，我们读起来却完全感觉不到它在对仗。明明是对仗，却写得一气呵成，如行云流水，这就是功力。优秀的诗人写诗往往能达到这样一种虽然用力却不着痕迹的地步，这是这首诗首先引起我们关注的一点。

首二句作者的视线、观察的角度是不一样的。第一句是仰观，抬起头来，看到的是"风急天高"。他是站在哪里呢？站在夔门。长江三峡由西向东的第一峡就是瞿塘峡，峡口狭窄，两岸都是峻岭高峰，形如门户，名叫夔门，江水从门中穿流而过，汹涌澎湃。这里的风非常急，天显得非常高，尤其是秋天，站在夔门，这种风急天高的特点特别强烈，所以杜甫一上来就用"风急天高"四字，将景观和感受一笔写尽。这是仰观。接下来的"渚清沙白"，是俯视，是站在夔门边的白帝城往下看，渚是清的，沙是白的，将长江岸边的景色画龙点睛地表现出来。这是仰观俯察。这样一种观察方式和我们刚开始所讲的那个仰观俯察紧密地扣合起来，再次印证了中国文人那种传统的观察外物、观察自然的方式。再看，首句末三字是"猿啸哀"。"巴东三峡巫峡长，猿鸣三声泪沾裳"，在三峡一带，猿叫得非常凄厉，常能使无愁者生愁、有愁者增愁，所以杜甫用了"猿啸哀"，这个"哀"就为全诗奠定了一个基调，形成一种沉重的、哀伤的氛围。同时，他写这个"猿啸哀"的时候，用了一个特殊的平仄构成。这句的平仄式本来应该是"仄仄平平仄仄平"，但他现在用的是"平仄平平平仄平"，特别是最后这个"平仄平"，在两个平声中间突然用了一个仄声"啸"，"啸"发音短促，在"天高猿"这样一个平声延续的过程中，突然降低，降低之后，马上又抬起，用了一个"哀"，这个"哀"又无尽止地扩张开去，

"哀——",就是这样的一种声音。这种声音在声律上,特别在吟诵时,能造成一种特殊的哀感效果,给人带来一种强烈的心理刺激。大家如果喜欢吟诵,是可以从这个方面感触到杜甫在声律运用上这样一个特点的。这是首联出句的结尾。而在对句的结尾,他用了一个"鸟飞回"。"鸟飞回"是一个自然场景,可是有它的深意,这个鸟在飞,鸟在哪里飞?是在诗人脚下飞,是诗人在俯视的时候看到的下面的情景,由此见出杜甫立足点之高。由此看来,首联两句,一个"猿啸哀"点出了峡谷中间猿啸长鸣不断,一个"鸟飞回"交待了鸟在风急天高的峡口上下飞翔;前者诉诸听觉,后者诉诸视觉,前者紧张激烈,后者以闲淡之笔略作宕开,两句张弛相间,相互补充,可以说把三峡一带的景致写活了。这里固然没有写到杜甫,但是杜甫站在什么样的角度,他是什么样的神态,都通过这两句传神地表现出来。

首二句不仅自身意义完备,而且有着非常好的启下作用。由于风急天高,所以有了无边落叶的萧萧飘落;由于渚清沙白,所以有了不尽长江的滚滚而来。前边一联已然为后边一联做好了铺垫,做好了准备。我们都知道律诗有"起承转合"一说,那么它的颔联就是对首联的"承",承得非常好,使得"无边落木萧萧下,不尽长江滚滚来"两句水到渠成。这两句不是随便说的,到了秋天,树叶肯定要落,落了就容易引起人的一种悲感。可是杜甫在这里写的是什么样的落木?首先,他不是说"落叶",而是"落木",为什么要用"落木"?唐人很多地方都不写"落叶",也不写"树",都是用的"木"。从杜甫这里的描写看,"落木"不是一株两株,而是无边的落木,这个"无边"用得太好了!几乎看不到边,所有的树木黄叶都在飘零。"萧萧下",这个"萧萧"也用得好,有形有声,形神兼备。大家想一想,在急风的吹拂下,那些落叶哗啦啦地在飘,好像整个天地之间什么都不存在了,只有这萧萧而下的无边落木。这是什么场景?典型的空间场景。这个空间场景的描画,只通过"落木"、"无边"和"萧萧下"几个词语就展现得淋漓尽致。写完落木,接着转写长江,而且是"不尽长江"。长江是有源头的,长江发源就在唐古拉山脉,可是,在杜甫看来,夔门那个地方的江水滚滚滔滔，好像无穷无尽。瞿塘峡的峡谷非常窄，和武汉地区的长江不一样。武汉的长江、南京的长江都很宽阔，看不出波浪，看不出那种湍急的态势。可是在三峡，特别是瞿塘峡，长江奔腾而下，气势壮观极了，那个场景只能用"滚滚"来形容。当然，杜甫在这里又不完全是静止、客观地描写长江流水，他描写的是什么？我以为，在其潜层次里隐含着时间和生命。我们刚才在谈流水意象的时候，不是说到孔老夫子的"逝者如斯夫，不舍昼夜"吗？有没有关联？表面看来似乎没有关联，实际上，稍微深入地分析一下，就会觉察到有关联，而且内在的关联还比较紧密。一方面，杜甫写他站在夔门看到了长江；另一方面，这个无穷无尽的长江在不断地奔流，怎么能不使他生出时光流逝、生命行将就衰的感触呢？正是由于有了这样一种感触，所以他下边才说到"百年多病"，直接关系到自身了，这种自身的感触和长江的无穷无尽、和空间的落木无边有着一种对比的关系。黄庭坚说"老杜无一字无来历"，这个话说得有点绝对了，但是杜甫的诗思非常细密、针脚非常细密却是事实，写完之后，还会反复修改。所谓"新诗改罢自长吟"，"吟"，看看诗的声调工稳不工稳，用词到位不到位，达意准确不准确。理解了这一点，我们就会了解下边"万里悲秋常作客"这一联是承中作转，它不是一般的转，不是一下转开去就和上边没关联了，而是和上边仍然有承接，在承接中转折开去，这一转转得非常好。这句写到了悲秋，前边的"无边落木"是不是秋？"风急天高"是不是秋？都是秋！它只是不再看似静止、客观地去描写这个外在物象了，而是明确加入了客寓中的自己。既漂泊为客，又独自登台。台，很高的地方。他之所以能看到"鸟飞回"，就是因为他的立足点比较高。所以这个"台"和第一句就有了关联。台是在什么地方？台是在长江边上，所以就和第二句的"不尽长江"有了关联。这就是说，每一联之间都是有内在联系的。全篇从仰观到俯察，从落木到长江，从声音到形状，从空间到时间，都经过了周密的布局，于是逼出了第三联。

第三联写得非常好，是全诗的诗眼。宋人罗大经评价这首诗的时候，专门拈举出此联，说"十四字之间含有八意"。哪八意呢？万里，地之远也。悲秋，时之凄惨也。作客，羁旅也。常作客，久旅也。百年，暮齿也。百年，表明已经是衰老之身了，《庄子》中说过："人上寿百岁，中寿八十，下寿六十"，所以，这个"百年"就是指人生，指生命。多病，衰疾也。台，高迥处也。独登台，无亲朋也。大家看，十四个字而含八意。这八层意思，可以说是杜甫诗里面自然包含的，不是外加的。通过这样一种对人生的自我观照和艺术表现，这两句就有了一种冲击力、一种穿透力。而从形式上来看，又形成一种时空对照，前边"万里"讲的是空间，后边"百年"指百年之身，也就是时间，空间和时间又紧密地联系在一起。能够把空间和时间这样紧密地结合在一起，以密集的语意来恰如其分地表现现实生命和自身处境，在唐代除了杜甫之外，能做到的恐怕不多。李白诗的语意比较疏朗，他的"黄河之水天上来，奔流到海不复回"，很有名，但两句话只写了一件事，即黄河在奔流。杜甫不一样，杜甫的意象使用非常密集，这是老杜的特点。读老杜的诗，我们只有细细地深入字句层面，才能真正感受到一种"润物细无声"的艺术功力。李白写诗，往往是内在的情感不得不抒发，好像情感、话语就在嗓子眼儿待着，互相拥挤，一张口，诗句就出去了，写得很豪放。用余光中的诗来讲，就是"酒入豪肠，七分酿成了月光，余下的三分啸成剑气，绣口一吐就半个盛唐"，这是李白。杜甫不一样。杜甫有话一般不急着把它说出来，他是要让那句话在自己的舌头下边转上几圈儿，反复地想，想好了，工稳了，才把这句话拿出来，拿出来之后就基本定型了。而"万里悲秋"这一联，恐怕就达到了这样一种程度。

最后到了收尾，"艰难苦恨繁霜鬓，潦倒新停浊酒杯"。杜甫一生非常艰难。这个时候他已经离开了成都，到了夔州。他早年在长安，生活贫困潦倒，是"骑驴十三载，旅食京华春"，是"朝扣富儿门，暮随肥马尘"，是"残杯与冷炙，到处潜悲辛"。在长安待了几年之后，他也没有发达，还受到了皇帝的冷遇和左迁。"安史之乱"发生之后不久，他为避乱西赴秦州。在秦州待了不到一年的时间，就跑到了成都，住到草堂，这才过了几年稍微安稳一点的生活。接着，他就到了夔州，在夔州的时候，杜甫已经五十多岁了。这个时候的杜甫一方面老而弥精，其创作如百花酿蜜，已到最为纯甘的境地了，诗写得非常好。杜甫入蜀以后写的诗，和入蜀以前是不一样的，尤其是在律诗和组诗方面，可以说突飞猛进；但另一方面，经过多年的辗转奔波，渐趋衰老，又是多病之躯，其生活颇为失落、潦倒，心情也很不舒展。这里的"艰难苦恨"，就是对其过往生命历程的一个概括，而"繁霜鬓"——两鬓白发骤然增多，已非常繁密，则是他历练坎坷、日趋衰老的必然结果。如果仅仅是频添白发，倒也罢了，可是，他还因病而不能喝酒了。倘若能喝点酒，杜甫还可以把心中的忧愁解脱一下，现在连酒都不能喝了，是"潦倒新停浊酒杯"，那么诗人心中这苦恼、这愁绪，如何才能消释呢？杜甫有两句诗这样说道："愁极本凭诗遣兴，诗成吟诵转凄凉。"愁极之际本是想借写诗来遣兴，把这个愁绪给抒发出去的，可是待诗写成之后，吟诵一遍，内心的感觉反而倍加凄凉。事实上，《登高》就有这样一种况味。一方面，他不能借酒消愁，于是就写诗，借写诗来遣兴。可是最后诗写成之后，不仅没有排遣忧愁，反而加重了自己的苦闷情怀。我们读杜甫这首诗，这种感触是非常明显的。

  这首诗是不是就到此为止了呢？不是的。我们刚才重点讲到它的时空表现，而在讲时空的时候，又突出了时空与自我的对比和映衬，集中阐释了诗人置身万里悲秋、独登江畔高台所萌发的沉重悲情。但是，还有一点疏忽了。即从内容上看，这首诗表现的虽然主要是一种哀愁低沉的情绪，可是由于律诗的结构特点，以及杜甫对词语恰到好处的运用，这首诗读起来铿锵有力，体现出杜甫律诗最为明显的特点——沉郁顿挫。沉郁，指他思想感情的深沉；顿挫，指他诗歌节奏的鲜明。这两点结合起来，就有了一种悲壮的意味，有了一种沉雄的力度。所有这些，连同杜甫在诗中营造的阔大、迅急、高远、苍凉的时空背景一起，形成一种独特的艺术感染力，也使我们对中国古代的时空观念和诗歌中的艺术表现获得了深一层的认知和理解。

（讲稿整理人：武汉大学 刘晓）

下篇 作 品

教授作品（选）

陶文鹏　中国社会科学院

题严子陵钓台

富春碧水漾奇峰，峰顶双台说史踪。
皋羽悲歌天柱折，子陵笑拒汉皇封。
山怀浩气山雄峻，树汲甘泉树郁葱。
传语世间垂钓者，请来此地沐清风！

登太华

西岳撑天气象雄，黄河却变小蟠龙。
芙蕖竞放银潢上，日月齐生石掌中。
地展秦川千幅锦，人歌造化万年功。
畅神天外诗潮涌，一轴丹青一座峰。

游神农架

葱茏林莽隐神农，夏日清凉荡绿风。
九曲香溪流倩影，千年杉树傲苍穹。
野人踪迹红尘外，燕子悲欢古洞中。
最是销魂风景垭，云生云灭出奇峰。

王伟勇　台湾成功大学

同学会雅集垦丁民宿"海滨的家"

之一

三年三度过尖山，泛泛秋风未尽寒。
同学精神无老态，相谈采烈见童颜。
云窗日耀开天际，雪浪波翻戏海湾。
幸得眼明身健朗，浮生忙里要偷闲。

之二

海滨民宿向阳开，草树青青手自栽。
云岭催风翻石壁，潮声逐浪上楼台。
碗茶闲话桑麻事，杯酒欢谈柳絮才。
此去但期无近远，惜缘相伴乘时来。

晨起偕内子静观绿绣眼于阳台桑枝上筑巢

阳台桑老任花嘲，夏至炎枯绿树梢。
忽见穿梭双绣眼，殷勤枝上筑新巢。

惜　春

枝头零落尽，满地碎残花。晴鸟心难舍，空啼到日斜。

咏成大老榕

南台迟丽日，榕木向天青。但为自由故，生生不肯停。

门　前

门前一树桑，叶绿几经霜。不忍轻移去，时来鸟引吭。

莫砺锋　南京大学

南京车站送母东归

又作异乡别，石城寒雨霏。贫家多聚散，微愿每乖违。

梦绕故园路，泪沾新补衣。自怜犹寸草，何以报春晖。

化学系朱永教授来旁听予之杜诗课且赐以诗稿戏答

学道蓬莱术已精，归帆万里渡沧瀛。
岂知马帐成牛圈，却变吴歌作楚声。
论句君同钦杜甫，说诗我自愧匡衡。
华章读罢还三叹，从古人间重晚晴。

去岁得陈植锷书索高丽好大王碑复印寄之久而无报今忽闻其已于半年前病逝感念旧游作此

凌云峰顶共登临，指点江山慨古今。
三峡涛声犹在耳，十年尘事少关心。
案头黄卷兼文史，枕畔青囊卧武林。
吴越相邻非绝国，秋江水冷鲤鱼沉。

寄天水杜甫讨论会诸公

少陵诗里识秦州，苜蓿葡萄塞上秋。
三月寓居留胜迹，千年诗笔壮山丘。
前临蜀道千重险，却顾中原万斛愁。
今日群公凭吊处，滔滔清渭自东流。

敬吊保钓烈士陈毓祥先生

蹈海鲁连不帝秦，惊闻噩耗泪盈巾。
金瓯有缺成亏角，玉璧须全宁碎身。
少著英名荣弱冠，壮凭正气斥强邻。
钓鱼岛畔千重浪，定是胥涛日夜瞋。

旅居韩国光州除夜寄内

天涯岁末多霜雪，山色何时白转苍。
岂有三冬文史足，漫经半载稻粱忙。
朋交馈食粗成馔，妻女来书细作行。
独听邻家喧笑语，兹辰倍觉在他乡。

林继中辞去校长职后作诗示予次韵贺之

案牍从今别，芸窗度此生。山如千骥走，江作九龙横。
文史随心检，丹青肆意成。遥知风雨夜，自在煮春茗。

初识新疆师大朱玉麒教授乃江南人氏

江南才子海西客，气压班超笔未投。
学苑无边麟阁小，远征不复为封侯。

赴南疆途中屡忆岑参诗句

万里西征向北庭，谁怜双鬓已星星。
平生喜读嘉州集，独立平沙泪自零。

陈永正　中山大学

梦登天柱峰

一身无所寄，下瞩扰尘昏。崩坠犹孤拄，嵯峨敢自尊。
云开遵故道，水尽得真源。亘古幽潜意，中宵孰寤言。

历山舜庙偶作

牵牛洗耳岂忘情，试向江头问女英。
今日方知尧舜事，人言一让致升平。

七里峪阻冰

那敢临崖履薄冰，百盘至此意难平。
忍寒我亦须臾待，日上消溶自在行。

经法先生属题饶公夔府揽胜图

画道无方不可言，澄神独造范乾坤。
有情终悟菩提近，忘我能教气象尊。
胸次崔嵬成滟滪，心中风雨过夔门。
九州百世寥天一，谁与苍茫问古原。

题义山荆王枕上诗后

柯南柯北两难安,为雨为云只自宽。
且向阳台续残梦,独携仙枕过邯郸。

红 梅

香国春遥众艳殚,初逢竹外忍宵寒。
严妆可奈忘言对,独醒终怜倚醉难。
冰晕着人灯在水,梦华虚枕月依栏。
天然殊色知谁写,缄取诗魂耿耿丹。

昙 花

天花开谢未宜人,独惜清凉物外身。
枯枕梦回仍大夜,空香时复静中闻。

题秦代半瓦当①

一炬阿房已惘然,避秦人杳海东烟。
林间不逐中原鹿,但赏闲窗月上弦。

自注:①该瓦当形制为半圆,双鹿憩于树下。

烛影摇红·和燕云子伶仃洋词

断梦伶仃,海涯一舸当时约。有人披发下蛮烟,忍更寒波濯。　不记妆残粉薄。倚重帘、无言索寞。香消四十,水竭三千,鲛珠犹落。

清平乐·东遨先生属题小梅窗填词图

吹香珠浦。渐近长沙渡。缟袂临风如有诉。撷笛知谁共谱。　醉吟眉月初斜。微寒影透窗纱。漫忆楚山春雪,此生修到梅花。

熊东遨　湖南省文史馆

灵山道中即景

不似蚕丛险，攀援有棘萝。溯游尘屐湿，联唱晚蝉多。
片叶团清露，层田迭翠禾。小溪横石板，容得几人过？

夏日云台山雨中观瀑歌

知是何人操鬼斧，斫崖不与蛮丁伍。凿成此瓮欲吞谁？直溯源流到盘古。先生杖履瓮边来，瓮里元机敢浪猜。消得周天风雨逼，四厢都着云藏埋。忽听前川动幽咽，银涛隐隐凌空泄。雷滚云翻石屑崩，一霎真疑天口裂！游者观之喜复惊，史前幻象纷纷生。天地一时无主宰，百灵皆与人持平。沉醉洪荒犹未已，魔帘忽被风撩起。眼前重现大光明，翻觉不如浑沌里。

酉水舟中拾趣

一注星河水，分流到鄂西。人言青嶂外，时有野猿啼。
薄霰来风窟，凉波转石梯。谁家小儿女，摆手踏花泥。①

自注：①土家摆手舞为当地一绝。

生查子·重九夜登高寄友

同此履霜天，同此思亲夜。梦到未生时，身在无何野。
不见后来人，不见先行者。独自仰虚空，涕下何由写？

鹧鸪天·春归翌日作

诉尽离怀雨半溪，等闲误了饯春期。纵教梅子能私我，毕竟榴花不似伊。　　随白羽，数红衣，更无一个与心宜。眼波眉影思量遍，恐在天涯独自啼。

江神子·向晚芙蓉楼独坐时值壬辰大端午

旧愁都着玉壶收。甚来由，又登楼？醉里推窗，俯看大江流。要与龙标争一席，千载下，有人不？　　平生事业剩清游。远寻牛，近呼鸥。水洞云窝，那复计春秋。诗梦恰宜今夜续，杯在手，月当头。

虞美人·夏日桂平西山写意

非醒非醉松边卧，只是闲些个。清风一拂梦帘开，四面蝉声涌入画中来。　　相看妩媚如初好，留共他年老。同车载去也无由，但取精魂供养在心头。

水调歌头·暮春感事

风雨一番骤，莫说更能消。落红犹记当日，万点带愁飘。紫陌斜阳西去，更倩何人呵护？天意误儿曹。从此心期绝，无语对江潮。　　掩柴门，参古局，诵离骚。流光磨尽棱骨，枉自立中宵。扫净长街残叶，捧出晴空新月，眉样已重描。只有双归燕，还认旧时巢。

朱惠国　华东师范大学

壬辰岁尾，刘扬忠老师病后作诗，追和二首

阔步词坛领万兵，雄豪遥接稼轩情。
刘伶作别亦常事，期待来春大吕声。

夜阅营中四万兵，笑谈诗酒见襟情。
养疴暂牧南山马，寒尽黄钟又振声。

附：刘扬忠老师原作
我本词坛一老兵，卅年凭酒畅豪情。于今恭领岐黄令，暂歇歌喉待放声。

琴台四绝句步袁先生韵

其一

高山流水古传今，余韵杳然何处寻？莫道琴台风景好，有谁解会昔人心。

其二

知音自古胜千金,一曲心声感慨深。秋到琴台风又起,萧萧落叶似鸣琴。

其三

此台千载雨霜侵,一失钟期绝赏音。我到月湖空对月,瑶琴独抚暗低吟。

其四

落日西天洒碎金,凄凄碧草响终沉。赏梅月下诗家事,莫叹人间厚薄心。

减字木兰花·悼邓红梅女史,步庞坚兄韵

华章细谱,闺苑史才谁似汝。幽恨争知,冷艳香消讶摄持。伊人萧瑟,偏又才高天独嫉。孤月诗魂,秋老空怀江上春。

陇头月·悼吴熊和教授

断桥寒暮,北峰愁碧,坠星何遽。西望悠悠,长空一线,天风深处。　回思謦欬初聆[1],歇浦上、春风正度。十载回眸,伤情又在,荒烟迷树。

自注:[1]2003年,笔者参加施蛰存先生百岁华诞纪念活动,第一次见到吴先生。

黄坤尧　香港中文大学

甲午感事

岁序萦回百二更。钓台春涨海波倾。
频烦机舰穿梭过,寂寞鲸豚跃水迎。
甲胄凌云抒壮气,午驹腾日叶修平。
江山花鸟非无主,不许强邻倚鼾声。

韩幹神骏图[1]

风云翻绝塞,燕蹴雪花蹄。汗血通西域,丹青待品题。
雄姿人物壮,逸气海山跻。支遁呼神骏,奔腾向日嘶。

自注：①清宫珍藏韩幹神骏图于1962年复出，近日在辽宁博物馆展出。《世说新语》载支遁好养马而不乘，曰："贫僧爱其神骏。"

白云雅集和曾敏之诗意①

沿江高速到羊城。喜结文缘会众英。
甲第新姿春淡荡，午粮琼液漾空明。
相逢耆旧情怀壮，展卷风涛笔力擎。
杯酒一时湖海阔，白云宾馆畅浮生。

自注：①甲午正月初四日，随黄维梁、陈婕伉俪开车走新建广深沿江高速赴广州午宴，席上曾敏之以五粮液贺岁，并赠新著《沉思集》、《寒晖集》二种。同席许翼心、黄汉闻、潘梦圆等。

镇 日

西湖摇落久相依。遥感光纤度若飞。
一点丝牵愁不断，几回魂绕梦仍非。
疑真疑幻人间世，忘俗忘名物外机。
镇日不来无可奈，相思夜夜守屏帏。

如 梦

如梦林华一梦如。西湖烟树识君初。
桑榆未晚倾怀抱，网络深宵托简书。
南站迷离光影乱，红楼咫尺水云虚。
此身重①有梅花约，秦岭寒盟白雪居。

自注：①粤语"重"读去声，意即"尚有"、"还有"。

奉贺韦如、致德花月佳期

连理新谐绝世姿。韦如致德赋佳期。
茫茫人海修情分，淡淡星河映画眉。
曼谷园林甘苦共，蓬瀛仙侣岁华宜。
文章锦绣精雕巧，乳燕腾飞一卷诗。①

自注：①陈韦如散文多见载于台湾报刊，而李致德则在曼谷任职。

十分瀑布[①]

十分瀑布十分娇。两岸青山漾翠翘。
激浪奔腾冲水幕，行云缥缈散烟绡。
清凉雾縠人间世，闪烁波光岁月迢。
洗尽凡尘声色外，天灯冉冉落琼霄。

自注：①十分瀑布在新北市平溪东北基隆河上游，河水层层塌落，构成梯田状湖面，近日雨量较多，瀑布声势浩大，尤为壮观。瀑布冲落湖面，化作轻绡霞縠，扑面即有新沐之感。平溪燃放天灯，往往飘落山水之间。首句"十分"，前者乃地名，后者为修饰语，意义不同。

撕 裂

公义如今信几分。人间撕裂不堪闻。
智珠各握龙蛇舞，宝剑凝寒玉石焚。
海峡潮狂吞浪急，寰球火热治丝棼。
乘桴久已无出路，荡荡洪流仰圣君。

云 海

云海苍茫一点光。冲开黑暗舞霓裳。
夤缘轨道轻轻过，偏爱娥眉淡淡妆。
炎暑风雷囚斗室，阴晴圆缺探幽窗。
少年彩梦青春曲，回首当时意气场。

甲午七夕

八月初吉连七夕。计程已抵长安驿。银汉迢迢隔南北。五十步笑百步逼。仰望蓝天秋草碧。洞庭水阔无颜色。柔情百炼成追忆。鸳侣同偕三生石。此生岂愿长为客。虚幌阑干泪沾臆。

马大勇　吉林大学

七月二十一日至大连，与红雨欢饮三晚，诗二首赠之，用夏剑丞陈散原等唱和原均

遥看高天月一盆，四围万花气温存。
海角涛声人入梦，中年心事酒留痕。
病痊差喜脚腰健①，愁重渐知白发尊。
尚多少小情味在，可能歌啸撼云根。

注：①红雨腰肌劳损方愈。

斫得羊羔肉盈盆，饕餮自笑齿牙存。①
云破月来花弄影，事随春去梦凝痕。
变怪岁年诗千首②，纷纭时世酒一尊。
最喜小女娇红靥，学语粗完梢与根③。

注：①红雨楼下路边烧烤，老板名贾马力，每来必吃。②谈《网络诗词三十家》颇多。③红雨小女样样极聪颖可爱，学话富逻辑而出人意表。

金缕曲

二〇一四年一月二日夜梦见迪昌师，拥抱久之。

醒来倍惆怅。飞云车、清飙引去，半空犹响。早知再拜除非梦，梦也支离惝恍。做西爪、东鳞模样。可能真有神仙境，琼楼宇、筑成九天上。偶惦念，人间访。　　午夜心魂难安放。那梦中、深躬紧抱，热泪奔淌。先生一去十年久，我亦鬓白添两。尚学步、引吭高唱。荧荧一灯对冰雪，笑不觉、曙色贴窗亮。梦原是，心头想。

徐晋如　深圳大学

游　仙

岩岩九华山，郁郁三珠树。南斗上孤云，海蟾照前路。忆昔初拜登，衣襟溉芳雨。真人逆中途，道我容成遇。言将遗世去，

不复念亲故。鹤梦忽然醒，鸡窗初日曙。一自羁软红，十丈花如雾。谁将天地心，视作草间露。

感时一首

大宇微茫浊眼空。城头旗乱四更风。
老人星向天边见，侠士情犹世外通。
滚滚妖云来不绝，堂堂白日去无穷。
也应肝胆勤珍护，莫待缯丝叹网虫。

嫦　娥

一角山河云里看。可怜万里照虚寒。
长眉自似当年澹，心事宁从沧海宽。
连帚彗星还拂日，参天碧树不栖鸾。
疗情圣手何由觅，天上人间辨已难。

减字木兰花

百年心事。谁会凭栏歌啸意。四海斜易。袖手何人立大荒。浩旻无语。唯得片云相尔汝。万里秋山，终遣宾鸿度上关。

水龙吟

甲申春日于玉渊潭赏碧桃，得句云"东风吹转愁心，万花轻换人间世"。盖水龙吟也。归后冥思数日，未能终阕，余亦渐忘之矣。今岁客寓东莞，时既春而酷寒倍于腊余，居人云得未曾有也，乃为斯解以寄深哀。

东风吹转芳菲，可堪不换人间世。苍茫广宇，一花世界，骚心难寄。风雨凄其，宿星沉晦，鸡鸣都已。便逢人痛饮，蒲桃美酒，浑未辨、杯中味。　谁想擎云心事，到而今、二毛生矣。威禽远弋，鸥枭高据，因循成例。越剑龙喑，秦箫羊哑，冷清清地。满江湖只有，渔翁放棹，纫秋兰佩。

临江仙

杳杳天低鹘没处，西风也到沧溟。不堪秋气警兰成。谁将枯树赋，换作浪淘声。　　残萼不离枝上老，怜他红死红生。双鱼莫再误盈盈。层山归路阻，阻不断多情。

张海鸥　中山大学

诗词学校开学典礼

此地园林康乐怜，履痕隐处渺云烟。
虽无久计繁寒柳，幸有时温暖杜鹃。
平仄人生宽窄路，悲欢世事浅深缘。
诗魂未老诗人老，每趁弦歌便忘年。

满庭芳

诗词学校开学，一〇六学员十八教授风云际会，郁文堂畔凤凰树绽放新葩如火如荼。

郁郁乎文，悠悠乎道，凤凰又绽芳华。名黉大序，风雅事清嘉。屈指杏坛诗老，十八子、次第横斜。问天国、苏辛李杜，何处弄烟霞。　　英才无南北，青春弹剑，小驻云车。看此际、风摇血色诗葩。昨夜箫鸣弦颂，为谁奏，三叠蒹葭。鸥盟在，萍踪雁影，旧雨润新茶。

南乡一剪梅

诗词学校弦歌二日，秋雨绵绵暑热略消，康乐园林软红酥土芳草萋萋，杏坛莫砺锋陈永正二夫子殷勤授业，翰林陶公文鹏大士声带已哑，握别时唯指喉挥手致意，笑容疲惫，已乘祥云北归，幸夫人怜之而谅我也。料学林美少年彭玉平教授正徘徊于倦月楼中斟酌有无之境，香江诗老黄坤尧教授亦将启驾。一〇六弟子潜心修业于郁文堂中，诗道彬彬，文质彬彬。

南国雨声长。碧草红巾照海棠。点检蛮腰千万尺，情也苍苍。意也苍苍。　　诗事可商量。莫老风怀曲径藏。止水先生明正误，牵我心香。知我心香。

永遇乐·戏说茅台高粱

伟勇伟建兄赠我金门高粱,报之以茅台,临别之夜饮于中大小北门福雪酒家。

同姓高粱,或生赤水,或长台岛。各酿芬芳,孰当国酒,同种难同妙。闽南王氏,家盈风雅,世代声情愈好。今宵与、燕云季子,清歌把酒吟啸。　　圣贤事业,诗词歌赋,千古几人同调。嗜好从心,穷通任命,醉咏乡音巧。骅骐伯仲,穆王西迈,最喜瑶池青鸟。①为君约、秦箫宋管,轻舟短棹。

自注:①吾与伟勇兄同年属马,生日皆在年尾,同好唐音宋调。

闻彭玉平教授讲有无之境

闻彭教授课云:"喜欢诗词之人一定是好人,喜欢自恋之人一定是好人。"

闻道耽诗人自恋,每逢佳句便如痴。
瞿忧屈子衣冠异,失路樊南意象奇。
贾岛饥寒皆入律,苏公浓淡总相宜。
孤高倦月楼中客,亦许观堂是故知。

鹧鸪天

华东师大朱惠国教授,万云骏马兴荣二先生之弟子也,执掌《词学》门户。今特应邀为诗校授业,来去匆匆。鸥因琐事竟未能接待,幸彭玉平赵维江诸道友陪同午餐,歉怀稍释,唯向往之意难平。

沪上人来诵妙词。师承万马好风仪。丽娃河畔行吟久,康乐园中解道迟。　　明得失,论参差。百年词史事纷披。唯缺一曲樽前令,击箸长歌可待谁。

行香子·赠胡大雷教授

胡大雷教授是当代著名学者,在汉魏六朝文学研究领域,其《文选》研究、《文心雕龙》研究、《玉台新咏》研究、宫体诗研究等诸多成果标志着学科高度。今为诸生演讲《汉魏六朝诗如何表现自我》，实如治大国者烹小鲜也。

桂子飘香，孰与芬芳。月华照胡氏芸窗。精神魏晋，韵味齐梁。论宫中体，诗中道，史中殇。　　学通今古，名高中外，纳百川无欲则刚。推究义理，考据辞章。揽浙江风①，珠江月，入漓江。

自注：①大雷教授本籍浙江。

锦帐春

26日马大勇教授讲《网络诗词研究》，徐晋如博士讲《当代学人诗词》。二位乃当代诗词界创作与研究之少壮实力派。晚诗词吟唱会，陈永正先生特邀师兄吕君伉先生光临。潇湘杨雨伉俪恰与焉。诸生幸何如之！师生诵吟歌唱，管弦次第。又有分春馆道艺承传。

老馆分春，清陈秀吕。正懿范宗风赓续。赋比兴，儒道释，把圣贤寄语。浅吟深叙。　　忖度辞章，论衡今古。问徐马怎生扮咐。素心人，长短句。近沚斋堂庑。庸斋门户。

新雁过妆楼

诗词学校将近曲终，十八教授次第弦歌，远道诸公一一离去，权以此解送别。

岭表寻芳。风雅事、谁谙律吕宫商。马岗山水，掩映众妙微茫。细认红楼寒柳路，黉庠孰与共三光。理妆仪。长揖再敬，一瓣心香。　　诸公几番顾曲，许如花色貌，似火肝肠。共植兰蕙，芰荷陆佩堪当。今宵骊歌一曲，任汉韵唐风且绕梁。它年约、爱酒耽诗老，再蔽甘棠。

王兆鹏　　武汉大学

西藏纪行

1999年暑假，携妻孥游西藏。余素不善吟事，入藏后诗兴忽发，途中吟成数首，命曰《西藏纪行》。

踏莎行

过当雄县草地，车陷泽中，众藏胞合力推出。

绿草铺茵，温泉喷雾。跳珠倒溅蜿蜒路。泥潭留客挽飞轮，藏胞笑令轮飞舞。　　队队牦羊，行行雁鹜。牧童鞭指草深处。平芜尽处是冰山，游人争向冰山去。

渔家傲·游巴松湖，戏效穷塞主体

七月巴松湖景异。峰巅留雪送凉意。四面白云随步起。山影里。斜晖脉脉红楼闭。　　木筏一牵情万里。湖心岛上居无计。古寺千年禅胜地。人未寐。高歌一曲"开心泪"。

翻越冈底斯山

飞车之藏北，跨越冈底斯。云压千峰矮，风吹百草齐。牧童邀客至，猎马傍车追。最喜民风厚，乐游不思归。

走马纳木湖又名圣湖畔草原后野酌

梦作冰山客，冰山在眼前。飞车穹盖下，纵马圣湖边。兴逐白云起，乐随青草延。酒酣生意气，举手欲摩天。

游林芝

自拉萨至林芝四百馀公里，皆依山傍水而行。其间海拔落差大，高处四千八，低者方三千。气候多变，忽晴忽雨。虽时届夏秋间，而拉萨河源头、米拉山上，油菜花黄、山花遍野，如江南春时。

毕竟高原地，暑天春意盈。青山夹路送，绿涧伴猿迎。雨向车头打，云从人面生。菜花黄遍处，牦犊一声声。

游大昭寺有感

昔闻大昭寺，今上最高楼。扑鼻酥油味，抢眼叩长头。孜孜一生念，为赴瀛洲游。此身非我有，甘奉无量求。笑我迷途客，终不肯回眸。日日趁花发，持酒品清讴。

游纳木湖未果

7月29日,夜宿当雄县纳木湖乡政府。其地海拔近五千米,内子高原反应强烈,彻夜呻吟。未及尽赏湖中美景,天明即驱车返回拉萨。车中戏赋。

内子夜不寐,我亦秉烛陪。非学夜访戴,中途兴尽归。可怜湖边月,劝我勒驾回。多情牧羊犬,狂奔长相随。寄语天仙女,身去犹依依。他日若召唤,何须惜马蹄。

奉和袁第锐先生《琴台绝句》

其一
莫道时风煽拜金,世间犹自重情深。
不闻岁岁月湖上,总有蛙声说断琴。

其二
不似垂杨秀嫩金,春风一拂舞腰沉。
梧桐至死骨犹硬,化作清琴抚素心。

赵维江　暨南大学

无　题

何物无形喜弄人,秋风陌路拂红尘。
鹃飞耳畔啼声在,老树新枝又逢春。

湘西四题

芙蓉镇·运动了
一声运动国人惊,从此芙蓉[①]天下名。
谁解谢公悲喜剧?老街处处豆香盈。

自注:①古酉阳地王村,今名芙蓉镇,因谢晋导演同名电影而更名。疯人语"运动了"为影戏尾声。今行老街,时见豆腐店招牌,皆称刘晓庆之正宗。

张家界·仙人怨
武陵幽谷谪群仙,身化异峰待召还。

可奈土家夫子笔,引来人蚁断归缘。①

自注:①土家族画家黄永玉,笔名牛夫子,张家界以其画而为世人知。今湘西乃史上武陵源也,人迹罕至,古以神仙地目之;而今游人如蚁,不知神仙将如何出入耶?

凤凰城·掠影

群楼偎江吊脚行,商铺如林隐古城。
棰出满街甜辣味,时闻小巷卖花声。①

自注:①古城墙仍存,然已掩于店楼商铺中。木棰姜糖为凤凰特产。

凤凰城·感怀

名曰凤凰①传不虚,画圣文宗小巷居。
难信军旗曾遍竖,干戈化帛有三间。

自注:①凤凰城,画家黄永玉、作家沈从文等名人故里也。此地古为兵营,曾名"镇竿",或取镇压揭竿苗民意。

七律·中秋思友

甲午中秋和友人韵,用顶真格。

年年秋月照雕栏,栏柱遍抚哀曲弹。
弹指人生如逝水,水流樽酌化诗篇。
篇辞切切空思远,远梦依依相见难。
难得知吾二三子,子分情挚暖尘寰。

七律·紫荆园夜饮记

中山大学暑期诗词学校期间,与诸友夜聚紫荆园,饮杏花春酒,有海鸥兄高足出箫笛助兴,谈笑甚乐。席间建森兄即兴赋诗,中有"赵子迷离"句,余喜之,乃和一绝,日后补缀成律。永亮、兆鹏二兄自武大来,明日一留一去,众人唏嘘,颇有好景难长之憾,故诗中云云。承学、伟华、桐生、玉平诸兄与席焉。

赵子迷离频劝觞,楚江吟友慰孤肠。
忽闻箫笛荆园醉,遥指杏花骚客狂。
鲁鬼啸天非我事,粤庠弦诵瓣心香。
从来饮者伤离别,月驻鹏飞星不光。

七律·昆仑

甲午夏，赴京小驻，应化民兄之邀，与北师大春青兄、南开志耕兄至京畿安会。同窗重逢，相聚甚乐。杨兄重义尚雅，特请琵琶名师前来助兴，弹奏兄词《秦淮吟》及古名曲。临别，兄驱车百余里，执意送至京城方归。其景其情，令人感慨唏嘘。当夜得兄诗作，云："素手琵琶铮丽音，秦淮一曲动谁心。霸王解甲听鼙鼓，铁马嘶鸣裂胆魂。嘘叹三番拆旧梦，伤怀一别引离尊。长亭但看云烟去，洒泪凭栏对月吟。"感兄深情，依韵和之。兄有墨宝赠我与春青兄，中有"京师粤海两昆仑"句。"昆仑"戏语也，然移论兄弟情义，或可称之。

琵琶古曲献仙音，燕酒吴歌醉我心。
华殿清茶问冷暖，农家野味品浮沉。
梦回昨日窗同月，义重昆仑情胜金。
欢聚奈何霜发别，京师粤海动诗吟。

高阳台·端午节怀屈原

黍棕飘香，龙舟竞渡，喧天鼓角呈祥。可叹骚人，已成宫里赀郎[1]。子虚乌有织云梦，丽辞堆、大国辉煌。更那堪、瓦釜雷鸣，红唱东方。　　招魂不见行吟客，奈巫峰峻险，汨水微茫，五百春秋，终闻太史华章。何须有韵[2]方诗赋，写真义、自是天簧[3]。问今朝、再续长歌，谁可担当？

自注：①《史记》载，司马相如"以赀为郎"，即因家富资财而被朝廷任为郎官。②鲁迅称《史记》："无韵之离骚。"③天簧：即天籁。

双双燕

夜梦马航归来，醒后感而赋之。

对沧海问，大鹏杳无音，在天何处？归程半日，竟是百年长旅。痴小犹思蝶趣[1]，白发泪、凄成潦雨。曾言短别而回，怎地难闻只语。　　天意，从来如许[2]。莫是岛云浓，与真真[3]遇？瑶宫留客，宴罢亦当辞去。唯恐衣冠兽蛊，毒手下、生灵成土。宵寐楚些沉吟，默祷魂归柳浦。

自注：①蝶趣：马来西亚盛产蝴蝶，游客多购作纪念。稚子或未知父母失联事，犹在痴等父母礼物。②如许："如"读去声。③真真：《红楼梦》第52回记海上有真真国，其诗云："岛云蒸大海，岚气接丛林。"

尚永亮　武汉大学

别友人

脚下雷鸣走大江，横空倚剑看斜阳。
无边秋色感牢落，多恨人生助慨慷。
客里谢君三盏酒，旅途慰我九回肠。
萧萧班马自兹去，何处天涯不故乡。

杂　感

鄂中久客漫登楼，昂首长天咏四愁。
塞雁远从云外至，大江近向槛前流。
数声啸傲人千古，百丈崇台土一丘。
满目西风今又是，浮生世事各惊秋。

珞珈山庄赏樱评诗四绝

一
春寒料峭早樱迟，独有嫩芽上绿枝。
悄立楼头观物化，此时还胜花繁时。

二
嫩苞细雨两悠闲，一角园林对远天。
满眼清光满眼绿，东风唤醒珞珈山。

三
怒放花枝已盎然，轻摇翠叶雪盈天。
一年一度游人醉，占尽风华是此山。

四
每逢花季少年忙，旧韵新声各擅场。
南北喜迎诗国老，山庄此日费评章。

殷 墟

漫把文明较短长,细看甲骨想殷商。
桑田沧海从来事,禾黍秋风动夕阳。

甲午夏游黄海槎山

一气入云中,山形万古空。奇峰疑鬼斧,深洞自迷宫。
弦伴松涛起,天随雾雨蒙。晚来斜照处,白石似仙翁。

闲居用芦川居士韵写怀

长安一别几经春,素业时时自奋身。
壶里乾坤常乐己,山林文字少惊人。
休将马齿论前辈,且许鸡头接后尘。
似水浮生成甲子,逍遥齐物是通津。

学员作品（选）

车其磊　西昌市俊波外国语学校

遣　兴

年来屡计败归程，且作踟蹰浪子行。
万里家山常入梦，一声云雁倍关情。
骄人岂敢求燔炙，破闷还须调酒兵。
半世为文真倦厌，何人可肯赐长缨。

贺新郎

耿耿星河霁。怅无人，分辉共影，泛槎摇桂。犹记红泥温炉火，胼手拈针密细。只恐是，朝来迢递。一去舟车抛万里，阻重重，此后音书滞。长夜短，强长计。　　男儿不遘风云际。负深恩，书囊剑气，语豪空誓。四壁虫声叽唧久，不解眉心人事。莫念我，衣襟宽系。王粲登楼兰成赋，叹天涯，水渡山关继。应梦矣，睡门闭。

陈　慧　中山大学

五　绝

有酒须酬对，何妨圣与贤[①]。
回头初上月，再见已经年。

自注：①圣为清酒，贤为浊酒。

鹧鸪天

慊慊思归恋故丘，天涯岂得久淹留。愁如沧海随明月，月渐苍茫失屿洲。　　宵复旦，且休休。雁来平野啭新秋。而今便下重楼去。但与浮云共晚舟。

陈　伟　韩山师范学院

安庆独秀园有吊

山呼德赛气何雄，掣电惊飙过眼空。
独恨先生输一着，不知太祖是真龙。

韩江楼

一夕霜风下，萧萧满翠楼。波沉今古月，云闭海天秋。
青女偏宜冷，王孙不可留。隔江歌玉树，何处是神州？

有　感

风骨何人续建安？嵇琴阮啸叹才难。
斫残名士刀尤利，吹入沧桑笛亦寒。
月下优昙争一白，眼中琪树半成丹。
无端又起兴亡恨，被褐长宵伫赤栏。

虞美人

虹桥月榭依前是，弱柳愁难系。十年萍絮客重来，一苇横波摇梦到荒台。　　风盟云誓他生赎，芳草无情绿。晓莺声里忏前狂，消受海棠花落恨茫茫。

蝶恋花

日日江头携酒去，隔水听春，莫到春深处。柳外斜桥天欲暮，销魂一阵杏花雨。　　检点游丝千万缕，绿郁红沉，总是愁无据。梦里朝云期已误，东风不到天涯路。

百字令

辛卯仲秋与持社同人游九寨沟，用厉樊榭月夜过七里滩韵。

还山两屐，借沧浪、来洗云游尘躅。晞发阳阿招鹤侣，坐听霜空吹竹。快涧弹秋，老鱼剪碧，花梦波能续。人间何世？空桑留我三宿。　　好趁白社初盟，题襟印月，销尽平生独。色色灵幡风自转，梵唱疏林茅屋。天漏星流，舟藏海易，谁劝杯中绿。萤开青眼，一双飞入深谷。

王　骞　周口师范学院

长相思

未相思，怕相思。秋月春花有尽时，翠眉无展期。　　已相思，愿相思。但教君心如我心，相思甘似饴。

念奴娇

花开花落，梦中匆匆过，几年寒暑。秋夜初长衾枕冷，楼外谁家烟树。分韵题诗，飞觞饮酒，多少风流处。黄粱方煮，恍惚千载长住。　　沧海桑田浮生，算来空有，颓院无人顾。才子佳人皆往矣，千万幽情谁诉。旧爱成空，新欢未至，寂寞天将曙。早妆收泪，日轮催就新路。

誉高槐　湛江师范学院

秋夜怀人

西风吹大地，叶叶散秋声。露重沾衣润，云轻觉月明。思君今日意，起我故园情。寄语天边雁，长怀旧菊盟。

初夏登阿里山

昔闻宝岛名山秀，跨海浮槎细细寻。
万点流萤堪闭月，一泓夜色沐清霖。
长云近岸疑真幻，巨木参天证古今。
唯有新茶千叠浪，似催旧梦寄乡心。

月夜即事

轻风剪剪透新凉，静卧沉吟案有香。

最是扶疏修竹影，还将月色写书窗。

南乡子

粲粲荆花，曼舞翩跹落绛纱。细雨轻寒融香影。风定，明日落红应满径。

张奕琳　广东女子学院

咏素馨花①

独立良宵谁与共，素人云鬓暗埋香。
披灯至艳花开月，醉我何须时世妆。

自注：①素馨花，粤之名花。《南方草木状》云："花宜夜，乘夜乃开，上人头髻乃开。见月而益光艳。"又《广东新语》："花又宜作灯。雕玉镂冰，玲珑四照，游冶者以导车马。故扬用修云：'粤中素馨灯，天下之至艳者。'"

游星洲粤海清庙

甲午暑期，居星洲半月，偶访得粤海清庙，为星洲最古老之道教寺庙之一，内供玄天上帝。庙大隐于闹市中心，高楼环盖，人迹罕至，庙内香火不盛，仅一白发庙翁。感其不闻于世，乃作此。

巷尽玉尘纤，仙门忽可瞻。楼深埋福地，树暗点龙檐。
玄帝前庭老，青词旧雨沾。庙翁无揖客，闲坐弄龟占。

鹧鸪天·木棉花落叶始生

洗落丹铅不胜枝，秾华拼却邈难追。玉郎春睡无缘度，霞袖朝辞有恨垂。　　憎月令，误心期。天教红翠总相违。朱砂一点翻成碧，新绿阴浓兀自迟。

蝶恋花·夜熏梅香

露重虫吟凉未歇，残夜疏窗，莲座香初折，花气绕成心字结，玉箸篆出三更月。　　便向炉中烟爇别，聚沫成灰，几许沉香屑,记得梅妆当日绝,拈枝笑把流年说。

金缕曲·游瑞士诗隆古堡[①]

堡影垂湖首。绕残垣,涛声浩浩,镣环低叩。六载刑人曾经在,苦恨乌头难久。棠棣泣,何堪携手。倚柱楚囚天望断,只孤鸿,月月分星宿。颜色薄,别情瘦。　　从前覆水流年后。倩阿谁,精魂旧慰,物华重偶。才子蹉跎来游此,诗骨沉吟写就。又几载,风吹尘垢。日暮春归诗人去,叹缘悭,隔岸琴空奏。还忆唱、采薇否。

自注:①诗隆古堡位居瑞士日内瓦湖畔,宗教改革者博尼瓦尔曾囚困于此六载,镣铐加身,缚于柱上。其两位兄弟亦同时囚于此,并先后死于狱中,就地掩埋。后英国诗人拜伦游历至此,著有长诗《诗隆的囚徒》:"我的头发已灰白,但不是因年迈,也不是像某些人那样骤感忧惶,一夜之间变得白发斑斑……"闻名于世。

欧阳逸风　华南理工大学

冬游兰圃

冬来南国亦寻芳,晓雾凄迷水石凉。
应是寒深春尚浅,清风何处落兰香。

咏白紫荆

倏尔东风至,何期雪满枝。行人偏爱晚,游燕欲飞迟。
开遍霞裳冷,飘摇云鬓危。独来揖高洁,清夜月明时。

同游夜月答敏哲

何处仙家十二楼,清风无价不须酬。
寒花凝露人初静,素月分辉影欲流。
已待中宵绝车马,更无尘色扰清幽。
平生能几闲情日,吹彻笙箫莫问愁。

浣溪沙

同步清宵入杳冥,西园几度月华生,归程灯火欲倾城。

早有灵犀通款曲，恨无片语解深情。别离莫道太分明。

踏莎行

鬓乱轩风，衣生寒露。灯前执手销魂处。情深无计解缠绵，双星怅望银河渡。　　柳眼凝思，莺歌传语，烟波十里天涯路。春深何处避春愁，飞花漫逐红尘去。

八声甘州·珠江夜游

漫登临，几度此凭栏，击水泛沧浪。对秋江一道，楼灯千盏，滚滚流光。遥看天街何处，桂殿独昏黄。时有西风起，断续天香。　　无限繁华经眼，但喧嚣车马，虚梦高唐。是天涯倦客，偏自忆潇湘。幸佳人，邀游携手，伴玉箫，低唱且徜徉。匆匆去，眇烟波里，又费思量。

彭敏哲　中山大学

清明偶成

盈盈白露浸疏窗，谢絮辞风满故塘。
好雨应知心底事，随风吹梦到潇湘。

浣溪沙

曾记西园月下行，好风如水惹寒轻。桂香还傍水中亭。
孤月难留人杳杳，两心不语意盈盈。沾衣犹是落花情。

邱　亮　西南大学

不二门访禅

远上拾烟霞。山暝路转赊。难除遮目叶，不去着身花。
有象禅三昧，无形佛一家。未妨文字灭，指认即天涯。

书奉焕林先生

崎岖南北适衡门。十万烟云等此身。

常任南宫狂态度，允推北海猛精神。

癸巳春日作

燕子归飞春欲苏。山居且看辋川图。
折梅一朵逢花使，种橘千株唤木奴。
绣作天边金翡翠，钓来海底铁珊瑚。
江南山色青无恙，可入诸君法眼无。

忆江南

衡雁过，木下洞庭波。此去南归应似我。相思不住问湘娥，曾记旧时窠。

渔家傲·白沙渚上

大小米家争写意，可尝于此留题记。毕竟明珠抛笔底。舟已系，一片芦花呼不起。　乍起秋风鲈脍未，湖山但作归人计。脉脉江南皆似此。身又寄，三万六千烟渚里。

兰陵王·舟次里耶古城

入秦邑，流注苍茫一色。江滩下，惊濑激湍，水底鱼龙乍腾掷。翻飞白鸟急。堆积，奔涛击石。停桡处，连嶂拥关，高岸云堆雉千尺。　森森列如戟。望堞垒巍峨，关堠岑寂。当年三户何堪敌。终十万兵甲，八千尘土，连天清角入泽国，直将楚天坼。　行客，复谁识。剩鸟兽遗踪，蝌蚪陈迹。霜天更上城头驿。且坐论秦楚，起看朝夕。江天犹待，渚月隐，海日出。

王妍卓　中国社会科学院研究生院

捣练子

沉碧落，减婵娟，凛凛秋塘漠漠烟。怅望蓬山遥恨远，梦来素发落花笺。

谢池春·珠江

初识珠江,曾拭却、南云泪。映朝云、偎红吐媚。晴波无语,怕惊沙鸥寐。久凭栏、远烟含翠。　重寻故迹,付蕙意、凌波寄。渺行云、相期怎预?熔金佳酿,穗城霞觞醉。别清风、把花香馈。

甲午秋再至中大

乘秋归故地,此去正经年。郁郁逸仙路,幽幽世外天。流觞琼苑里,曲水粤江边。风舞花香至,寻英作小笺。

寄友人

夜梦桥南戏纸鸢,芳时桃李正华年。
凤凰绽落曾同立,红槿荣枯共比肩。
端午临江方作画,中秋对月又听弦。
相思一缕凭谁寄?鸿雁联翩入远烟。

早川太基　北京大学

紫荆园夜听琵琶

蕉下何人秉烛游,四弦巧写石泉流。
曲终但见芭蕉影,月露星光暗结愁。

长生殿

天汉二星灿,秋风动竹时。帘深空殿静,露滑碧苔滋。执手久无语,敛眉何所思。凄然数行泪,唯有两心知。

题广府光孝寺

蓝瓦丹墙秋日晴,柯林古额镇羊城。
飘香炉畔金仙坐,说法坛前石兽迎。
六祖传衣因壁偈,一生着眼是心旌。
菩提树影晚风碎,星落紫珠铿有声。

烛影摇红·广府

南国鸿都,石门屹立珠江渚。几人词客润枯肠,榕叶萧萧雨。直促清音口吐。未丧也、东京雅语。秋宵书阁,鹤发老儒,朗吟佳句。

雨霖铃

金炉余馥。凤槽遗响,欲断还续。花阴相见何夕,沉吟待久,春寒新浴。缟袂凌波一去,洛滨几回绿。十二街、无限斜阳,满耳歌钟抱幽独。　　画楼孰唱无愁曲。折桃花,醉步迷南北。芳期每夜风雨,摇烛影,四檐幽瀑。梦淡凝冰,魂逐飘红,碎残珠玉。又不觉、轻拨窗纱,月冷青芜国。

祝英台近·六榕寺

逐凉风,入精舍,塔势插天宇。佛面秋光,深笑欲何语。今年今日闲游,夙缘七世,眼如熟、堂前石柱。　　碧影舞,炎德涂地千秋,幽庭宋时树。清响淋淋,禅榻听灵雨。伫立人仰云龙,六榕二字,夕阳远、坡仙何去。

崔　淼　河北大学

孟秋观荷已谢友人赠我以莲蓬赋此记之

萍末西风仔细听,横塘吹皱叶亭亭。
故人多少怜秋意,遗我瑶池一朵青。

浣溪沙·旧游

芳草萋萋满目新,垂杨依旧挽行人。谢桥来尽梦中身。
金锁几回重欲扣,碧栏杆上更生尘。残阳无语独相亲。

浪淘沙·杨花

到处惹春愁,更向高楼。恨遮烟树隔汀洲。南浦几回如雪舞,难驻行舟。　　远梦自悠悠,何地淹留。恼人天气几时休。

雨后遗踪都不见，碧玉东流。

范云飞　武汉大学

杭州卧床听晨雨作

支离病骨未全瘳，懒有新诗作越讴。
草色偏回三月里，一帘青雨卧杭州。

珠江畔独步

自悔年来好远游，名城无处不登楼。
未期芦荻花前月，且泊菇蒲雨后秋。
奇骨一身耽磊落，寒江注眼竟温柔。
几回霜堕鹣衣侧，唤起轻轻是客愁。

送老郭之昆明

交交自黄鸟，好景正端阳。水曲江蓠外，城西折柳旁。长洲杂芳杜，树色染鱼梁。活活流江水，蕤蕤渐羽裳。醲醲才热肺，骊骍恰牵肠。为问君归处，还悲苗帝疆。翠羽猱柯郡，真珠歌舞场。远游穷禹迹，托命到蛮乡。辞赋惊山鬼，歌吟动夜郎。紫条垂弱柳，玉髓劝清觞。抱璧终频献，怀珠莫久藏。风云如假借，振藻赋长杨。

浣溪沙

红叶轻题忆旧痴，长亭烟柳袂分迟。一帘纤雨问归期。
空自伶俜愁念远，为谁憔悴苦吟诗。小楼凉簟乱青丝。

江城子

吴儿骑马更相招，醉冰醪，弄琼箫，门对钱塘，留意到春潮。涌金门外钱祠畔，吴水秀，越山娇。　　黄昏悄立卖鱼桥，雨飘潇，影招摇，莫作游人，容易使魂销。谢客年来憔悴处，春有意，暗芳韶。

水调歌头

我是江之水,却恋楚之云。不知红拂何故,零落到风尘。寂寞芳庭深锁,谁解虬髯心事,蹈海去西秦。不见凌波步,惆怅黯销魂。　　不是梦,醒时泪,却无痕。不如归去,且哭且笑为谁人?何处寒山凝碧,又有江湖渺渺,葬我一孤身。更倩深秋雨,为我泣黄昏。

高瑞杰　上海师范大学

与群贤夜览珠江

珠浪挞飞蓬,霓楼耸烈风。移船传笑语,不肯驭长空。

感王之涣题鹳雀楼

尽海生明月,苍山夹乱流。檐高留渡雁,河徙弃浮牛。仗剑三千里,凭栏十五秋。请缨还觅路,恐负少年愁。

咏　霜

晚芳尽落波清举,残叶沾风飒飒凉。
几处孤帆摇阒影,一抔淡月溅寒光。
含冤万载凝冰害,纳辱千红醉冷妆。
冬锁玉盘怀琥珀,呵来缕缕作陶唐。

庆宣和

寥雪深山浅纵横,远黛峥嵘。老树村头倚三更,苦等。苦等。

江城子·金陵怀古

石头半落嵌天涯,画图佳,酒旗斜。牛首春岚,和笑醉栖霞。展眼长江涛万里,豪俊往,几番夸。　　吴宫晋苑逐中华,俟兼葭,乱胡沙,手揽山河,犹唱后庭花。莫道金陵王气盛,夫子庙,煮新茶。

金缕曲·访陈寅恪故居

时维八月,序属清秋。余与诸贤俊南赴中大,并特入康园拜谒陈寅恪先生,陶铸所铺白道隐约可现,饶公所题篆书亦苍劲雄迈,然阁楼悠悠,已物是人非矣。睹物思人,感怀激荡,不能自已,故作金缕曲以寄情思,区区之意不能达万一,悲歌长唤,唯山高水长而已。

万里思盈袖。梦徊徨,伤怀昨日,黄昏侵酒。独立还因痴心笔,不改自由依旧。磐石固,道风孤守。斧钺几番摧国士,乱红飞,海内惊风骤。宁殉我,莫沾垢。　凤凰重艳松常秀,赴康园,斜阳仍漏,当年窗牖。白道依稀书斑驳,次第今人新友。叹多少,匆匆邂逅。赤县苍鹅应见惯,恨失行孤雁哀鸣久。泪未断,君知否?

郭鹏飞　中山大学

七月晦日午间罗公招饮海珠桥北初晤石斋赋赠

莘莘高凉子,清奇得石斋。云深秋水阔,和旨酒杯偕。
负手诗舟①上,闲吟山海涯。何期再良会,欢喜堕形骸。

自注:①诗舟乃石斋与其诗友雅集之所。

七月晦日珠江夜游

相惜朝游复夜游,星波如梦值清秋。
何人莞尔风头立,过眼灯蜺慕此舟。

浣溪沙·八月初一日与刘娟师姐、
　　子敬、子岫二友同游六榕

亭午无风暑气蒸,庄严宝刹乐归凭,绕行花塔自兢兢。
指读旧碑人我失,神游前古妙香仍。合留小影却劳僧。

风入松

八月初三夜饮大醉,扶头而出,与欧阳逸风、彭敏哲、早川太基、杜运威、王悦笛、李四维、李腾焜、陈新立诸兄狂歌江干，目若无人，快何如哉！念将毕业，俊友云别，不胜惜闵，赋此以赠。

雨丝风絮最难禁。杯酒复冰心。江干合是狂歌路，甚年来、不事登临。僝僽龙吟再作，徘徊夜色还深。　　绿窗松影更幽岑。诗绪枉相寻。座中一一风流客，记当时、把盏高吟。谁念匆匆又别，斜阳楼上横琴。

黄佳娜　云南大学

云大一年

坐对棠风趁月柔，滇云海鸟①细分眸。
兰篱不度青山外，一半乡心是寄留。

自注：①翠湖，昆城胜景也。人言每至冬日有海鸥自西伯利亚迢遥至此，环池而栖，其数繁多，扑腾上下，不避游人。

题康园松木

郁郁百年身，孤高未可邻。仙风吹沸海，木叶绝嚣尘。
久坐弦歌缓，微言凛气申。清阴承地起，孺子瀹机神。

咏月步香菱韵

玉斧新磨补更难，朝朝成玦岂知寒。
惯听风露心犹润，欲睇家山梦竟残。
太液池空唯掩袂，照园人去莫凭栏。
碧条且挂银钩小，洗净铅华待汝圆。

十六字令·寄叶子

休。有梦秋潮送客舟。人儿在，帘底幻虚眸。

虞美人

高墙又过秋千影，灯火暂分暝。宛乎一径任苍苔，只合深宵延梦到天涯。　　亭边桑子知何处，宿昔红如注。别来容易雾鬓欹，怕是素波分棹夜凄其。

一萼红·云翼兄游武大遥寄樱花图赋此酬之

托吟笺。认瑶台玉蕊，迢递到云天。远地嘘残，画中吒秀，嫮眼相看娟娟。惜花信，此番过了，浑未许，芳意护翩跹。满地琼英，一枝寒雨，半寄湘烟。　　漫讯水涯消息，但虫鱼争噫，空向南园。雾里拈花，风前试酒，定有骚客痴顽。不应恨，山间零落，直须幸，衔梦有青鸾。他日抱琴幽径，为谱华年。

江云鹏　中山大学

书　愤

海上云澜挟怒霆，廿年剑胆发于硎。
世间哺啜寻常见，懒觅千秋度厄经。

良　夜

良夜忽惊坐，心虺若辙鱼。唯将初润月，悉付未焚书。
桃李信非迥，饾饤原尽虚。未知寒共燠，梦堕已涟如。

落　花

此心只合寄鹡鸰，此志未随红雨凋。
洛浦幽期应自忏，楚天精魄倩谁招。
清辞纵可医寒瘵，孤弩诚难制暗潮。
梦入芙蕖风骀荡，鸣珂非藉美人箫。

西溪子

入伏以降连日阴霖。

莫是海陵成谷，莫是羲和倾毂。夏之瘼，秋兮涕，蝉如嘈。蓦地峭寒欺袂。淫夜例惊心，绛云深。

渔家傲

旧梦梳残心已虺，高楼子立风牵袂。蔓下几回聆水佩。簪有炜，氍毹为谶词为谏。　苏世惟蘖堪一醑，浓寒未泮翻成悔。孤雁何悭诒片纸。当日誓，南天秋月澄如洗。

八归·记梦

挼冰拟质，携云为侣，翻覆素霭千斛。横斜历历愁漪上，贻我醉时痴舞，醒时微蹙。蓦地天风生阆海，便幻作、觳痕盈幅。便幻作、指底龙波，与子共幽独。　休怨江南路迥，罗浮尘冷，一霎年光流镞。未搴芳瓣，屡呵纤手，款语泠泠堪掬：愿梅边月下，妾泪君心两如玉。空濛际、影形纷缬，熠熠孤星，中宵犹秉烛。

李　姝　武汉大学

陈寅恪故居

谢公遗韵诚千古，寒柳精神今复论。
春草池塘半迷梦，夕阳楼角一招魂。
堂中廿载成新史，岭外余生著逸闻。
寥落诗心谁识得，庄谐犹自叩天阍。

寄　人

三载久为别，征人何日归。幽州仍雪月，江汉已芳菲。款款无言语，依依但画眉。思君长入梦，梦觉又心违。

眼儿媚

雨落残荷叩清商，斜月剪秋凉。凄凄又似，琵琶写怨，滴墨成伤。　细缊成旧时模样，卷角泛微黄。相思相望，眉间心上，水阔山长。

刘慧宽　暨南大学

临别寄汕堂三首兼呈罗兵、运威二兄（其二）

羊城秋日似春深，暮馆惜花愁煞人。

大笑居然挽手去，共倾诗海到江滨。

秋夜邀同窗陈女史月雄游珠江有赠

千宵迭荡水，为汝一凝眸。拨棹情摇树，临风意满舟。
琤玖调锦瑟，婉转发清喉。江畔小蛮在，应怜樊素讴。

甲午教师节有感入粤二载蒙恩无限敬呈吾师赵先生

几度秋风入杏园，扬歌纵酒卧诗田。
修身不逮颜回老，觅学常通宰予眠。
把盏沉吟情切切，燃灯慰语意拳拳。
何时得悟门中道，无愧真经待漏传。

长相思·寄远人

花也留，月也留，揽尽春风抛却愁。相偎秉烛游。天一头，海一头，剩对几行停雁洲。空吟万里秋。

台城路·孟秋亭午与泽森师弟寻无盦故居

康园多少辛酸事，幽芳绿芜深阻。失道行人，有情词客，无语池塘高树。千寻百顾，恐风雨流年，移楼换柱。未识白头，凭谁认取君何处。　　荒庭蔓草过鼠，对尘阶暗牖，寂寞空仁。屈子吟江，东坡问月，豪杰一时有数。劫波难渡，叹泪断芸窗，诗埋红土。纵使春归，忍看蜂蝶舞。

刘梓楠　中山大学

隐湖畔桃花谢后作

迢遥古岸踏歌声。想象伊人在水清。
湖上西风独来客，断魂何处觅秦珉。

存簠先生有缀昵集之赠作此谨呈

英气吾生少，拜观情正羞。龙蛇似飞动，丘壑欲沉浮。

吟兴渐深夜，秋怀忽满楼。餐霞如可待，星斗更邀游。

寄 迹

寄迹吾来又几春。玉楼高对暮云颦。
渐凋松柏孤擎翠，剩有江湖相忘身。
万事波澜犹起伏，十年萌蘖半新陈。
奋飞无力空留怅，暂向书丛觅故人。

小重山·奉酬芳妹并依原韵

忘却江桥归已迟。夜阑灯影细、似相催。古槐秋柏暂低徊。罗衫薄，人迹望中微。　　一去草萋萋。应有无名恨、乱虫嘶。泽兰非复旧葳蕤。漫漫路，曲折亦如悲。

青玉案·伶仃洋

宣和梦断今千载。自别后、春难再。把酒凭栏如有待。鱼跳波际，雁回天外，欲雨愁云黛。　　狂澜极目精魂在。沈剑时时衔光彩。拟挈秋槎探碧霭。莫论盈缺，已成桑海，万国楼船逮。

永遇乐·甲午秋某夜侍王伟勇王伟健许永德诸先生暨燕云子师饮席间吟兴酣畅燕师有永遇乐词纪之谨依原韵

超海狂沤，临风邀醉，仙客瀛岛。祖席离樽，青灯赋笔，啴弄潮音妙。殷勤再劝，明朝莫问，须趁月高人好。认归途、茫茫秋野，寂夜似闻清啸。　　山川若此，休论文字，谁唱镜中凄调。绛汉盈盈，精禽留恨，难乞楼头巧。岁华空觉，暂欢还别，梦搅绿窗啼鸟。渺何年、江湖载酒，飒然一棹。

石燕婷　暨南大学

春 望

春深影浅碧荷塘，迭翠苔生林涧凉。
花事人声无觅处，莺飞草长自徜徉。

寄英德诸友

迢迢江上路,初发少年船。自出真阳峡①,方知蜀道难。
迩来书札意,强写客中欢。负手秋风里,琴冷不可弹。
自注:①真阳峡位于清远英德市。

岘山①怀古

不见诗人孟浩然,眼前空负好山川。
移来树影成新景,翻覆江声是旧缘。
岘石多情歌汉女,残碑无字纪当年。
登临怀古人何在,对此茫茫一后先。

自注:①岘山在襄阳,为诗人孟浩然故乡。古人多有题咏。岘山之石磨片可制乐器,曾侯乙墓出土之编钟,即为岘石所制。

如梦令 · 过在园二乔

一棹轻舟浮去,行过二乔暮雨。素手采莲蓬,闻得秋声如许。归赋,归赋,忘了当时情绪。

唐多令

故地久徘徊,萍踪亦快哉。那些年,同在天涯。最爱椰林风细软,沙滩上,两双鞋。　海上已花开,去年春又回。记得曾?旧日情怀。可笑伤心应若此,你不在,我还来。

齐天乐

春来此日嫌春浅,赏春那堪红减。绿掩枝头,香来雨后,众里寻它不见。凭谁指点?又风过如拂,缘差照面。莫道今番,东风肯与侬家便。　仿佛一场梦魇,去来浑不定,空劳鸿雁。负了山盟,此心尚记,岭上桃花弥漫。情多遗憾。是心结锁怀,无关春晚。料理愁思,忽然天已晏。

粟　健　西南大学

睡前闻雨声寄诸师友

不期夜雨扣窗沿，梦觉他乡意未眠。
寄旅秋风灯下客，细听桂子落阶前。

感　怀

虚岁近而立，丝丝白发生。空斋归暮雨，野树冷江城。
面壁烛花落，临池腕底轻。前尘鸿爪迹，推枕月将明。

岁末怀梅坞子

忽思曩者与君欢，懵懂轻狂俱少年。
把臂长歌催绿醑，挑灯双舞换银笺。
心通意气唯相视，情转深沉各忘言。
咫尺今朝一契阔，共谁闲话此凄然。

浣溪沙·秋兴

天末凉风送早秋，窗前积翠竞摇头，晚烟画角下西楼。
寒柳堂前花事永，分春馆外诵声悠。江心尽处入归舟。

念奴娇·遣怀

读书何事，待秋夜，窗下青灯如豆。洗月珠江，惜满地，竹影交加清瘦。海上风来，凤凰花落，点缀康园柳。不如归去，夜阑风定时候。　　檐雀窥语侵晨，寻声林里，落落疏阴透。花下盘桓，思缈缈，留得桂香盈袖。为赋新词，吟哦小径，伫赏烟霞旧。且持秃管，半笺轻墨难就。

唐颢宇　南京大学

下清宫

袖袍携得岭头云，要炼还丹与上君。

日月炉中关不住，半城春气碧氤氲。

端　居

高斋云雾里，寂寞论於陵。地僻回车马，门闲谢友朋。
雨痕书白壁，月彩暖青灯。长羡终南境，还悲病未能。

长安怀古

远客临关一叹嗟，长安大道往来车。
纷陈雨巷无非柳，冷落云楼半是花。
歌女教成虚北阙，诗人老尽剩南华。
青丝朱幰都何在，想象连宵旧狭斜。

忆王孙·金陵雁

秦淮一去费寒音。渡口无人有暮砧。雨闷风迷直到今。唳春心。梦里横塘树最深。

行香子·维也纳金色大厅音乐会

白色妆台，彩色玻璃。有人着，金色荷衣。飘摇裙幅，扰了玫瑰。任管参差，弦高下，指翻飞。　　繁华不记，伤悲不记。记天光，落满帘帷。提琴奏起，旧日歌词。在晚霞中，教堂顶，鸟群归。

金缕曲·冬日庙中

任唱华严驻。坐披衣、冬天淡日，梅阴过午。爇罢炉香长烘手，沉水润侵衫褛。推门见，药师殿宇。我在遥山孤寺住，此山深、此寺由来古。朝听磬，暮闻鼓。　　而今岂合前情绪。合着些、院中花鸟，案前僧侣。记得春时辛夷放，树底有双白兔。香积下、炊烟细缕。屋后一畦青菜熟，有时晴、时落些儿雨。莫去也！生而苦。

唐　苗　中南大学

潇湘秋客

梦里江南几度游，郴山郴水似余愁。
西风暮雨长沙客，孤楚天涯又是秋。

甲午八月初一日羊城逢故友

八月南飞燕，潘君夕偶逢。珠江天际水，沙面日边风。
建业孤求术，羊城苦立功。金钟邀美酒，饮散各西东。

秋日怀秦观

潇湘落日晚云收。望断桃源念少游。
寂寞离京迁丽水，伶仃辞世客藤州。
繁花赋寄千秋恨，乱叶歌传万古愁。
莫赎百身公已矣，郴江还似旧时流。

点绛唇

月冷云凉，秋薔满架薰罗帐。撩星汲浪。朔起流苏荡。
想小儿时，曾浅吟低唱。而今罔。玉楼重上，负你今生望。

破阵子

浩荡大江东去，无情雁落西风。成就功名皆赴水。烽火冥冥萧瑟中。楚吴终是空。怜取妆楼凝望，徒愁帆竞匆匆。残见斜晖烟两岸，不语封侯醉眼朦。那堪幽恨融。

永遇乐

待月披风，晚钟空寂，一川疏雨。渐老行人，未空兰苑，梦里斜阳暮。小楼吹彻，黄昏冷落，檐下紫薇轻诉。奈春回，辽天孤鹤，岁华柳折南浦。　　凭栏漏静，看梨花误，谁道有飞燕住。人笑衣冠，尘埃犹抵，吴楚皆成古。东君不负，闲愁最苦，字瘦薄笺难赋。阑珊处，花灯乱尽，昔人枉顾。

唐　雨　中山大学

无　题

晓霜如篆雾如丝，客我香江一望时。
冷院萧疏灯影里，岭南多是断肠枝。

寄张君

不洗尘嚣乐，偏将古意吟。鸣蝉知远路，泣雁诉余心。
夜静花痴呓，风柔路倦侵。长亭今尚在，叶落泪沾襟。

遣　兴

山城雨过碧芜涸，小试黄泥梗上新。
潦水泠同中夜月，寒烟明作四时春。
欲分意态高居处，愧逐尘嚣未烬身。
偏道稚儿应雀跃，来年荷畔学垂纶。

忆江南·秋思

窗前雨，何故洗清秋。一剪西风红叶少，几回南雁误妆楼。歌尽水东流。

鹧鸪天·雨夜感怀

夜半低吟绣幕垂，天涯依约别卿时。相思似水秋花尽，寒意如烟泪点迟。　　从未留，去方知，流年暗换费胭脂。纵然对影青春再，亦少当年一片痴。

沁园春·寄佳人

夜雨风凉，独上高楼，北望故亭。忆同携旧事，江城唱晚，共期来日，古镇歌盈。康乐追游，甪直归晚，卿一程来我一程。梦终醒，惊青衫滴泪，窗外箫声。　　案边苦酒寒灯，更添却、沈郎肠断情。愿今宵长醉，魂游玉阙，叩求月老，重系红绫。俗世凡尘，皆言痴语，笑看痴人坦赤诚。怎知我，念旧时冷月，对影三更。

王小清　中央美术学院

路遇村民婚庆醉酒山路行

新人备酒众贪杯，疑似红霞落满腮。
右晃左摇随路转，溪山图里踏歌来。

岩上观瀑

无心岩上任悠游，有意渊泉渡扁舟。
高岭风神听落瀑，笔端松下把云收。

山　居

日落西山野鸟稀，夜风露气起添衣。
推窗可对星晨语，旧隐东庐已忘机。

感怀山中逢四十一岁生日

中年方始作生涯，为访青山踏破鞋。
来往朱颜何惧老，阶前古寺树参差。

西山访瀑

瀑隐危岩一泻深，垂疏白练碧潭心。
四围荒野无人迹，我欲移家做彼邻。

月下独坐

深夜石阶尚且温，孤门对月冷清魂。
山风解意云根破，倒印庭墙苍树痕。

王彦龙　西北大学

岭南印象

数日清游惹梦思，东坡应恨我来迟。

岭南无限佳山水,收入囊中备写诗。

过净业寺,寺在终南山中

雨余山态新,苍翠倩谁匀。路远闲人少,风回古寺春。荣枯通物理,空色有迷津。向晚钟声震,悲欣不必询。

望江楼感旧

独上高楼眼便开,花潮涌动唤春回。
风随莺燕抒双翼,日照山河壮绮怀。
慷慨平生人不识,依稀前路我重来。
天涯此去无穷路,谁共长宵一举杯?

鹧鸪天·羊城随感

漫步长街任往还,千家灯火已阑珊。霏霏雾霭连天没,淡淡乡愁待梦圆。 思去往,忆悲欢,西风吹起一衫寒。者般夜色清如水,唯有幽人负手看。

苏幕遮·初中同学聚会,用堆絮体

酒盈杯,风盈袖。醉意阑珊,醉意阑珊后。嬉笑狂歌还似旧。一霎十年,一霎十年久。 枉凝眉,空回首。辜负韶华,辜负韶华又。且把校歌缓缓奏。感受如前,感受如前否?

齐天乐·康乐园夜游感怀

倦游天气清秋里,向晚风催寒雾。曲径花残,平林叶乱,杳杳碧荷深处。暗香如故。只清露沾衣,欲留还去。高树蝉嘶,凄然不减来时路。 回看珠江逝水,滔滔流不尽,孤恨如缕。银汉横空,霓虹掠水,脉脉听人低诉。千言万语。叹失意南来,又成孤旅。极目天涯,灯船归野浦。

王悦笛　武汉大学

游汉上友人失约

相期汉上泛江波，拟就兰桡发棹歌。
时至不来天欲晚，丹枫落子一何多。

返汉别京中诸友

细月挂觚棱，尖风吹玉绳。临分言不尽，抱病酒难胜。
赋别长笺费，衔书旅雁能。明朝传车上，知过几城灯。

弹　琴

肯拨商声合聋俗，自舒襟抱坐临窗。
初移两腕尘先振，才触七弦心转降。
苦调依风秋入浦，惊鳞衔恨夜翻江。
知音未有钟期在，红泪徽前堕一双。

鹧鸪天·渔父

家住严陵七里坡，朝燃翠竹暮收罗。一天云散开青嶂，双桨鸿惊激素波。　趋利禄，逗干戈，长安弈局近如何？平生不管兴亡事，惯看风滩红树多。

江城子·喜会故人又言别

持觞祖席忆初逢。旧游踪，遍芳丛。携手春城，十里画图中。坐对纹枰挥玉麈，书万字，酒千钟。　好花落尽雨濛濛。又匆匆，路西东。怅拨离弦，弹泪洒江风。一曲湘妃云雁断，留不住，五花骢。

凤凰台上忆吹箫·听琴

蚕馆丝匀，龙门桐爽，合成凉韵悠悠。声容好，青骢仰秣，玉勒迟留。虞舜苍梧空老，辍佳音、泪涨湘流。洛城外，中散促弦，哀乐都休。　曾记小怜别夜，来为我，依依拂轸溪头。坐罗荐，幽篁飒飒，膝上生秋。弹到弦肠俱绝，云不动、风起沧洲。清响散，愁边又得新愁。

吴晨骅　武汉大学

石鼓书院

蒸湘夹峙鼓鼙填，砥柱烽烟四十天。
风雨书声收拾起，子孙隔岸卧渔船。

暮过韶关

长列度南岭，桃源幽洞扉。溪盈三日雨，路傍两山圻。
次第芭蕉卷，绵延针叶稀。越关云色改，珍重理行衣。

黄花岗

黄花碧血葬英雄，声振南天醒聩聋。
一纸家书成永诀，百年国难奋孤戎。
红门曲径苍苔缀，清鉴方碑绿树笼。
古井幽亭消暑气，闲翁攒首弈棋中。

捣练子

吟粤调，理丝弦，袅袅和箫诉万千。含笑路人归客舍，夜深蓝蝶小池眠。

唐多令·赠别昔日长沙诸同学

黄鹤楚云间，樱飘藕叶田。落星辉、散已经年。九省通衢无过雁，江湘水，共流连。　　再会岭南天，蕉榕草木芊。涤风尘、雨骤荆园。十日凤凰栖又去，花似酒，酒无言。

八声甘州

尽匆匆脚步塞川流，声色五羊城。对珠江风月，小蛮灯火，歌酒承平。闻说轮摩穹顶，广厦竞高名。过客争留影，谁仰云轻！　　迢递彷徨行路，叹夜阑人散，何处归程？聚城中村落，沉醉客袍青。梦关山、还家锦绣，到门前、稚子笑相迎。盘飧暖，不贪兼味，不道霜星。

吴慧芝　中山大学

诗

半羡真经半念痴，朝花夕拾未为迟。
且将呕哑歌摇落，一日悲欢一日诗。

秋

日暮江潮破滞阴，西风万里送秋吟。
桂山雨后丛奔瀑，海月云开昼照林。
宕石疑霜同忆旧，零仃泛影独登临。
波澜四顾歌摇落，何处人间司马襟。

中　秋

东海无垠卷雪沙，盈空冷月照天涯。
飞星掠影生歧路，斫桂经年盼化槎。
抱柱耽思追逝水，烹梁断梦负琵琶。
觥筹今夜临佳节，小径疏篱立落花。

珠帘卷·雨

　　轻寒后，又芳菲。家家几簇红绯。难被春风抛却，东窗攀紫薇。　　不忆当时明月，更休道彩云飞。争奈是销魂雨，灯影里，正霏霏。

虞美人·祖厝

　　经年桑梓难回顾，不记桥头路。碧茶万顷水潺潺，点点沙鸥白鹭绕家山。　　夜来重觅溪前渡，斗草嬉游处。厝中不见旧颜欢，桃李花开花落自阑珊。

摸鱼儿·零仃洋遇雨

　　望滔滔，水平潮阔，氤氲浓淡将暮。青山沿岸扶疏柳，飞点点闲鸥鹭。频瞩顾，难极目，碧波深处文公渡。海天迷雾。念辗转孤忠，飘零一楫，耿耿再难诉。　　而今看，过尽归帆万数，熙熙来往商路。深谋远虑周旋处，千百载成朝露。椽笔误，被死节，强书碧血丹青赋。何人添注。恰素帜翻飞，两弦白浪，向晚雨如怒。

吴宇栋　辽宁大学

甲午生日自嘲诗

半月前于网上公开家族兴衰史，无奈遭人谩骂，而今又长一岁，感慨颇夥。

徒增马齿愧先公，残落清芬自陷穷。
蓬转东西牛马走，朝菌岂怕恶东风。

无　眠

入住中大紫荆园首晚，雨骤难眠，读张晖先生《帝国的流亡》有所思。又转而听雨，雨止，出门。少顷，至友醒而戏曰："梦睡无鼾声，我亦难眠。"

雨打双窗白，风鸣水竹清。一帘知暖冷，万卷晓衰荣。
月上梢头落，虫飞草底鸣。友人何不寐，待我奏鼾声？

题梦庐《秋景图》

来粤见梦庐兄，兄身体羸弱，于病床上出《秋景图》命作诗，遂题小诗于图上，画中行吟者实梦庐兄自况也。

从来花谢暗朱弦，积水迷途独冷怜。
孤雁悲嘶沉昳日，飞蓬乱偃没荒砖。
一番萧索心中事，几度苍凉眼底舷。
最是沉疴携忆苦，梦销书案作题笺。

减字木兰花

与杨君生气后，友人问我安好，我言："九成怒气一成悔意。"故填此词答友。

茶烟再续，听雨拍阑藏小屋。苦笑三声，打酒葫芦卖老僧。
今朝不语，明日自当归处去。莫倚骄杨，泪洒乾坤对夕阳。

踏莎行·金陵游春

漠漠轻阴，濛濛丝雨。伤心最是凭栏处。秦淮春水拍长堤，画桥烟柳来时路。　　已尽征鸿，更愁朱户。碧滩依旧群鸥舞。飞红几点过红墙，乱云垂下天将暮。

春风袅娜·春日闲思

甲午三月于嘉兴沚堂。

记春风十里，系住韶华。移棹桨，望平沙。正青山四处，难寻汝驾；我思春草，绿细飔嘉。缦缦婆娑，阿弥陀佛，惹却闲愁僧念家。不问朱门度寒骨，终哀人影隔窗纱。　　惆怅谢娘池阁，湘帘乍卷，凝斜盼、四处廊牙。梅盦处，已无爷。泠风别院，心向谁家？红袖罗巾，几番生泪，玉香罗袜，又有谁些。休言痴怪，笑多情闲闷，春心总扰，花影阳斜。

吴　琼　武汉大学

夏日偶得

依亭翠叶娟娟静，映日红花细细香。
一境清幽关不住，别留疏影照青墙。

傍晚游中大偶作

暮色斜阳远，苍山咽古今。青岩分曲径，白月对长琴。
郁郁千枝竹，悠悠一素心。是非何处定，闲坐看浮沉。

雨夜怀少陵

草堂旧梦惹啼痕，岁暮凄凉谁与论？
北雁凌风寻失伴，梧桐滴雨瘦孤魂。
河西没志拂衣去，陇右栖心著史存。
抱叶寒蝉催晚景，一生清骨一昆仑。

清平乐

风华年少，独爱溪边草。醉倚花丛君莫笑，一任斜阳晚照。
今朝游子天涯，凝愁老却烟霞。异日重归故里，隔窗细数桐花。

江城子

江城秋雨入斜川，倚栏杆，望孤山。人事凄凉，霜冷暗华年。身处书林还掩卷，青灯下，悄无言。　　残星清露对无眠，月纤纤，意阑珊。肠断天涯，犹恨负椿萱。梦里回乡思更切，桃花涧，水云边。

八声甘州·黄州怀东坡居士

今夏于黄州实习，重游赤壁，怀东坡遗爱，超然风骨，作此怀之。

问苍茫大地几浮沉，浊气咽豪英。幸秋菊为佩，木兰坠露，何惧膻腥。拣尽寒枝不著，风雨正相迎。江海寄清志，一任舟横。　　赋笔吟笺独伫，叹流水何在，难记归程。念是非难定，杯酒慰平生。侣钓翁，忘机赤壁，沁芳华，俯仰遁无形。对明月，遗爱古今，信步闲庭。

胥　奇　南华大学

甲午岁，共佳人游武大感赋

四月江城寒气微，临风玉笛谱芳菲。
珞珈春色生多少？十万樱花绕指飞。

游君山感赋

洞庭何所有，八百一青螺。鸥逐诗心近，霞浮醉态多。
凭高思帝子，举棹起风波。回首云深处，飘来进酒歌。

登岳阳楼

武陵三子岳阳游,更访人间第一楼。
酒兑佳肴山入座,风吹笑语月探头。
碧波涵照听柔橹,翠柳掀须看白鸥。
体物或能通大道,登高不必叹沉浮。

酷相思

逐水青丝千万缕,故园里,风摧絮。奈青石山中闻杜宇。劝不得,春归去,舍不得,花飞去。　总是风流无用处,怎敌过、匆匆语。问人面桃花还在否?不忍看,黄昏雨,不忍听,黄昏雨。

金缕曲·答佳人书

我亦泥中絮。看寻常、野舟横渡,落花如雨。结佩桃边人在否?遥见乱山无数。难忘是、西窗私语。水榭荒烟平地起,任啼鹃、响遍年来路。归不得,斜阳暮。　客心一日三秋度。问青禽、相思词笔,怎生分付?两岸霓虹多璀璨,柳色几番凝伫。见说道、痴情最苦。何处小楼吹玉笛?算无眠、同是天涯侣。花与月,总辜负。

杨　茜　首都师范大学

紫　荆

春山灵秀育,银烛晕红英。花影随风逝,纷纷天欲明。

读宋史有怀荆公变法用李懋言图书南馆听史韵

谁言欺孝武,敢与定三经。苦稼青苗月,雄州赤县星。
虢虞背盟尽,蜀洛塞苍冥。昔日簪花相,重来丰乐亭。

康园闻前事有感

水帘幽阒篆痕旋。飒丽飞琼砚底眠。

怒剑斫屏霜料峭，惊涛泻浪楮翩跹。
山陲饮马闲乘月，湖颖雕龙迥照莲。
濯足可疑花涧影，罡风收霁有青天。

一剪梅·蒲公英

璨爇金乌衔恨迟。摇落萱衣，舞入霜丝。孤檠憔悴照斜阳，减却春愁，添与相思。　衾冷风鬟卧雪闱。一簇荒寒，满地参差。拼将枯骨谢朱颜，帘底青瞳，陌上葭飞。

醉花阴·曼珠沙华彼岸花

镂血颤珠销幻蛊，冷萼凝光暮。堕焰葬前尘，飞恨冥香，吹到红妆负。　返魂腻水彤云渡，飘溷凄无数。泪卦判残盟，醉魇方醒，旧绿年年误。

宴清都琼花步梦窗韵

雪霰东风面。天阶醉，舞云莲袜低浅。清闱焦骨，蕃厘种玉，紫辰难见。金扃御辇应辞，绛帐暖、春宵叹短。撺梦絮、掌上娇娥，韶华尽锁宫苑。　仙姝亦老华颜，龙舟水殿，霜魄流远。云裳复理，妆铅点翠，馆娃休叹。胡尘浣香残碧，纵只剩、冰河怅断。泪眼看、偃月风销，汤瓶暮晚。

余红芳　西南大学

江边所遇

出山渔者入樵翁，放眼青山洗欲空。
知有邻家唤儿女，隔江来采木芙蓉。

送　客

送客短长亭，江南更远行。冷烟侵柳色，乱雨打蕉声。
星野分吴郡，日边浮洛城。悠悠天地外，此去不知名。

小　坐

雨后寒蛩一片天，二三对坐漫垂帘。
歌当竹叶酒中醉，舞合桃花扇底眠。
初取断章为故事，次削成句付流年。
邻家日暮生烟火，散落天边格外闲。

十六字令

灯！雨打黄昏彻夜明。清秋节，叶落有谁听？

蝶恋花

千万种愁犹摘取，山顶琅玕，海底珊瑚树。玉露金风朝与暮，琼花吹老无重数。　　八月浮槎谁与渡，回首河梁，唯有连天露。剩把相知倾肺腑，定然化作西湖雨。

雪梅香

碧空洗，轻帆点点点萍洲。念穿梭一叶，来时展去时收。秋兴沙鸥聚沙渚，夏阑云雀到云楼。楚天远，几盏渔灯，难写新愁。　　随流，到云梦，驿路当年，又是扁舟。别处相逢，越之万里鸿沟。苹叶有时载船尾，蓼花无限落江头。寻常语，诉与相思，初月如钩。

余建平　中国人民大学

登台城望玄武湖

台城青草又重生，玄武湖波风过痕。
最是十里杨烟柳，年年新绿叹故城。

逢甲秋日感兴

夜静读书久，虫鸣暗透窗。秋风推木叶，细雨润回廊。
月笼竹烟翠，声穿杨桦黄。故园应念远，草木已微霜。

世纪馆暮夜散步作

北平明月益亲人,廿五年来独照身。
闭户应知人事谢,读书不觉岁华深。
儿童相戏风含笑,南海神思梦未真。
桦叶萧萧垂乱发,故园长忆转深沉。

菩萨蛮·辞台湾归故乡

海峡一过寒烟漫,云山孤去千舟乱。暮色望故乡,归程何短长。　空山孤伫立,潮水拍岩急。何日复重游,归来梦未休。

浪淘沙·康乐园夜

岭外夜无眠,漫笔狂笺。欲书心事忆华年。梦里已行千万路,水阔云烟。　独自倚亭栏,细雨潺潺。凤凰花是二度看。应道来年花旧是,强自心宽。

满庭芳·忆山居作

日入云山,霞红江水,平畴远陌交连。临坡暂住,万户润云烟。燕子飞来私我,频低语、双翅翩翩。凭杖久,暮寒侵发,归去夜无眠。　年年,此际间。欲将归意,都付家笺。且莫思身外,长近尊前。酒醒无人相顾,又谁奏、横管急弦。他乡夜,山居独坐,又见故婵娟。

余煜珣　中山大学

事　到

事到不堪回首处,吟成无可奈何诗。
剜心尽作红红雨,易折纤纤第一枝。

雨　夜

万叶沙沙笑,君非自在身。营生人夥事,凭梦我为神。
偷取星河水,澄清世道尘。嗟乎除不尽,云破月粼粼。

步韵云翼兄甲午中元诗

白驹苍狗尚知不。岁月中分又近秋。
别久未迷前世路,夜深轻上故人楼。
相看蓬鬓镜无影,遍叩西窗雨说愁。
回首尘寰翻苦海,今宵许我暂维舟。

浣溪沙

又冷人间一夜风。愁眉怕展鸟惊弓。客过心上太匆匆。
相约共看星月老,长依每觉死生空。只今瘦影认前踪。

一剪梅·咏厓门宋元古战场

天远长如风雨遮。独立摩崖,久绕寒鸦。精魂沉海怅年年,遍问群鸥,故国繁华。　　昔泛赤潮今落霞。莫说兴亡,漫怨胡笳。笙歌早是彻西湖,舸舰都成,醉里星槎。

长亭怨慢

是昨夜、西风骤起。散入今日,促生凉意。又送君时,长亭依旧诱人泪。无改旧人泪。六年离苦,应久作、寻常事。毕竟怕勾魂,不忍向、行车相睇。　　已矣。等闲相逢日,别后不堪如此。人间窘迫,使各处、天涯憔悴。洛阳好、不是吾家,俗尘阻、归来无计。念今夜寒蛩,知我共君无寐。

张　任　武汉大学

游中大某园见巨树多有长藤缠绕,觉其有意戏作

此苑初游未问名,根虬叶茂岁痕青。
长藤遍绕深沉树,微雨斜阳争半丁。

独　居

频惊多梦夜,无月更何如?树冷风摇曳,池深雨疾徐。
故人今渐远,短发已知疏。岁长堪牢落,空留一屋书。

初至中山大学观陈寅恪先生故居未得入览有感

先生故苑遗三径，寒雨终朝打石墀。
万里青烟分散际，卅年①白眼厌看时。
碑刊独立空沉薛，世效文章自慕师。
聊避一枝真未远，瞻君风骨泪先垂。

自注：①先生约于1944年年底失明，遭此厄凡二十五年，此取成数概言之。

鹧鸪天

曾记林园斜照中，凭栏只是数梧桐。寒江一迹天涯远，回雁三年齐楚空。　　初白发，数成蓬，依稀颜色更朦胧。恐今相对多无语，又隔云山几万重。

八六子·晨过郴州吊少游

过郴阳，夜阑风雨，还欺眼底秋光。正远处青山淡抹，道边红叶惊飞，渚低水苍。　　潇湘仍入车窗，换取百千年岁，寒初已破南荒。怎奈向，孤凄馆门长闭，也无明月，也无过雁。那堪寂寂郴江自绕，泠泠晨露空凉。不思量，人间一投醉乡。

忆旧游·赠二发小

至今多少醉，饮尽风霜，山水都横。尔傍天山雪，尔居阳朔水，我立江城。别来旧信存未？堪对故音惊！奈岁晚归来，寒暄欲问，道又将行。　　营营，你他我，慎莫忆孩提，难记曾经。返照耕田后，看芦花飞起，丛竹青青。两湾夜色明澈，闲坐复追萤。听一片秋声，都添黑发零落星。

甄德如　北京师范大学

春　雨

萍翳敲开窗外音，流痕细碎不堪寻。
纵然吹去多飘渺，听到无心最可心。

访二贤堂海棠花

赋得诗书趣,欣然至许家。分明庭上木,实乃水边花。
未拾三生果,先撩一季纱。逢时颜色好,何故说枇杷①。
自注:①枇杷:苏东坡:"客来茶罢空无有,卢桔杨梅尚带酸。"有人问:"卢桔是什么?"答曰:"枇杷是也。"

桂 树

落落桂姿独看来,秋庭暮色绝尘埃。
因先摇落应为主,自此别离从未开。
灯火阑时栖白露,风云近处隔苍苔。
不和上苑同荣谢,只要亲移和月栽。

浣溪沙·醒后

欲把残诗纸上温,未题情味已三分。何怜故影积微尘。
谁向梦中轻唤我,我于醒后唤何人。一窗凉月应无痕。

卜算子

月淡柳眉弯,露冷池荷小。别样幽香隔水闻,渐已痴迷了。
一梦却惊秋,一夕何堪老。一绪萦怀未得言,独向西风恼。

满庭芳

古柳回春,疏梅迭梦。流光悄转年华。小窗尺幅,隐约透明霞。黯淡一街光影,闲倚处,风动帘纱。堪怜否,一怀幽绪,缱绻作虚嗟。　　携花,相约处,佳人妙语,醇酒清茶。劝春心暂驻,暝色清嘉。多少浮生契阔,随云淡,幻作无瑕。待相忆,风回倦影,人已在天涯。

郑韵扬　北京师范大学

夏夜怀友

旧忆沉思雨静尘。箧中书迹似氤氲。

问余何事不堪寐，梦了闲人又梦君。

听早川兄弹琴

客来东海上，危坐若林栖。借得天风佩，琤然见玉梯。
余音盈座静，微月过楼低。不觉茶香冷，寻归路亦迷。

黄　叶

楚雨秦云久负盟。缃笺十二字空横。
凝深颜色朝朝变，老速光阴各各惊。
御水元来无拾客，月宫争见有前生。
秋心未觉春心落，割断西风一夜声。

鹧鸪天·辛卯中秋答故人电

月落人归罢酒筵。渡头一曲太凄然。又惊如梦闻君语，从此今宵畏独眠。　抛恨笔，碎诗笺。眉间心上尽华年。乱红何计随舟往，好放轻身碧水天。

蝶恋花·火车夜过江城

遥看寒沉灯火杳。寂静河星，不是归来早。掠眼江山凝墨窈。当时不作今时好。　故事烟生如梦了。梦见何人，只向心中老。倚枕临窗同影笑。却言别后诗篇少。

角招·重到西湖

萼华堕。寒风急、雨深故把春锁。一痕烟墨拖。约记远山，疑未嵯峨。星星画舸。尽不管、前尘难荷。极望平湖微揆。虚空古镜银瓶，想芙蕖千朵。　犹那。柳迷袖弹。帘开雪落，拂绽樱桃颗。那年花事过。暗了长堤，扁舟愁坐。垂云渐卧。但一线、人间烟火。又听柔波自和。是谁识，昔时心、今时我。

陈玮琳　韩山师范学院

毕业季赠文滨师兄

文思漫忆前尘事，滨水偏怜白露时。
荷叶留人池馆碧，满襟香玉共天涯。

重访白塔寺有作

驱车寻古寺，亭阁蔽云稀。枯木藏秋魄，深山拾暮晖。
依稀钟问偈，窈窕月披衣。一径菩提寂，遗尘缓缓归。

和香菱咏月诗

素娥西去渐知寒，重上高楼倦倚栏。
琼树枝零乌影怯，菱花波动镜痕残。
清晖万古争秋白，玉露无由补漏难。
更向蟾宫痴问信，年光寂寂碧华圆。

鹧鸪天·梦

抚罢离弦旧雨凉，阑干倚处又斜阳。十年绮语成风絮，一夜春心瘦海棠。　　欹吕枕，话蕉窗。浮云易别只寻常。他时陌上归来晚，巢燕流莺各自忙。

临江仙·病中遥寄

小苑春深莺归去，依依数点红莲。银星惆怅映灯寒，有心还惜别，忍度翠屏山。　　梦入今宵花满路，幽襟凄断堪怜。觉来残照鬓华边，急风犹自舞，夜寂不成眠。

琐窗寒

岸草围红，飞鱼递泪，蝶盟难据。天涯梦短，欲采蘋花先去。问长空、鸿雁未休，风前旧约终辜负。瘦影嫌明烛，一时灯碎，溅愁如许。　　低诉，相思苦。菱花镜中鬓，似披鹤羽。红枫千种，消息却无寻处。叹那时、懵懂情深，不信世事多酸楚。又徘徊，检点残花，唤醒春来住。

陈新立　华南农业大学

有　感

逝逝此微光，感之同夜长。海天原自阔，躯骨几时刚。
未卜前程二，犹寻旧草芳。当时春梦在，回燕恋穿堂。

恨己之不争而碌碌役于形者

腥风暗雨涨昏池，稠梦原来堪一吹。
回首波心犹未定，几星悬挂在高枝。

睡前成一律自解并次顾青翎韵

或记深心昔怞时，野鸿去矣水云迟。
此春知共堪能慰，他岁未交何足悲。
几度寒梅开又落，一身枯槁聚犹离。
潇潇明日黄花雨，许我行歌不负诗。

鹧鸪天·甲午仲秋康乐园吟诵会归来见西城词因次韵之

　　莫道青丝容易催。酒风心事趁余杯。七弦犹听泠泠夜，三载偏如簌簌灰。　　春梦迹，迹留泥。而今漫托更嘲谁。分携各了江湖事，明日天涯与尔回。

临江仙·咏梅

　　绽蕊暗香摇夜澈，一枝孤峭何寻。由来春思此宵忱。却教梅落尽，顿老说而今。　　引得清寒听桂魄，梦痕吹雪原深。仙踪疑是共泥沉。群芳当恕我，所意在尘音。

凤凰台上忆吹箫·听歌次易安韵

　　瞳水无凭，黛眉长忆，旧歌潮引从头。算别春销铁，意冷吴钩。归想东风换世，浑不记、一曲曾休。梁音去、芳尘倦久，日复三秋。　　难休。断桥髡柳，吹雨笛声声，暮色淹留。正十年幽思，迢隔重楼。心事停云谁谱，回首更、时阻清眸。烟波褪、晴丝拂低，自泛闲愁。

洪　正　华南理工大学

有　感

明镜清台空惹尘，鸿泥雪爪亦非真。
胸中别具苍茫意，只得扁舟寄此身。

宿雨初收，因念前事，感赋

云收天初霁，携壶作漫游。青松犹巍立，黄叶去还留。
对饮陈藩榻，登临谢朓楼。西风多少恨，吹散自悠悠。

夜雨有感

夜冷人稀雨打蕉。遥思前事意迢迢。
三年枯泪痕尤在，一径残红萼尽凋。
灯影涵愁愁更起，斜风带恨恨难销。
煮茶题句聊自遣，切莫颓然负今宵。

鹧鸪天·元月十四夜感怀

夜冷烟轻竹隐墙，香灰落烬小疏窗。空余苍月翻枝影，不见红妆采暗香。　人未醉，酒先凉。几滴残泪浥空床。且将风雪埋诗里，乞得黄粱做梦乡。

临江仙·萝岗赏梅

斜倚瑶池疏影淡，霜花飞舞当空。飘然一去寂无踪。肩披清白雪，袖引入林风。　梅树不知人事改，年年还掩残宫。铁枝相指野陵中。又登旧梦处，远岫数重重。

念奴娇·与诸诗友夜游珠江

兰舟夜泛，望一天秋碧，浪拍矶渚。水阔风摇船不定，隔畔迷离烟树。彩塔凌霄，华灯点点，恰似乱红舞。江山如画，恍然身在何处。　但问入梦潮音，玉人何在，此际偏思汝。却向西风萧瑟里，浅唱销魂诗赋。又恐叹韶光，不堪多觑，一任轻飞去。回眸忽见，波光粼粼横注。

黎芳芳　湛江师范学院

飘　花

飘花又遇燕啼春，风动疏帘柳拂尘。
谁解芳心伤迟暮？铺天落絮寂寥人。

赠书法授业恩师

聊问平生憾，烟庐无酒笺。拈花姑作序，望月尚成篇。
噙墨消清夜，餐经养素年。尘心应不染，捧盏卧云边。

小重山·夜归迷途幸得梓哥哥相送至旅舍

归路深幽步渐迟。花魂惊树影，夜莺催。重楼叠幕正徘徊。风忽起，秋雨又微微。　　却看草萋萋。灯阑诗意浅，怕虫嘶。拈成半阕寄葳蕤。明月在，莫遣小词悲。

鹧鸪天·暮春湖上送人

苦别知交波欲开，碧湖清面落花哀。奈何岁月相逢晚，还罢明珠泪满腮。　　一簇簇，一排排。灞桥春色为谁栽？双飞燕子东风客，鸣柳黄鹂归去来！

行香子·记深圳园博园兼寄紫卿

是处风光，袅袅婷婷。更湖心、春水灵灵。落花疏影，寂寞如星。有诗中意，云中境，画中情。　　但邀知己，寻芳踏燕[①]。纵如今、两处营营。鹧鸪声远，庭院风轻。愿情如初，心如我，梦如卿。

自注：①燕：燕草。

满庭芳·惜别

雨堕牙花，风衔残叶，萧萧一苑骊歌。天涯路迥，尘事半消磨。却怪飞鸿难寄，认楼角、素瓣香萝。相揖后，龙波指冷，聊自慢吟哦。　　蹉跎！痴梦断，杯中沧海，眼底枯柯。似桓公揽辔，莫与婆娑。杳杳天低南峤，更谁念、鳌雁沉疴。搴帷际，几番决眦，夜气御如梭。

李芳华　中南大学

兰

幽居深谷中，借雨涴玲珑。俯仰轻盈舞，从来趁好风。

天问台上忆屈原

凤凰云雾巅，危立绝岚烟。俯瞰资江怒，遥观紫电悬。无人谙我意，何处问尧天。但愿河清浅，洁身归去焉。

行　止

长歌欲发霞光老，烟锁朱船却涨潮。
心事催归微雨湿，兼葭复被远风摇。
回眸空见云千滂，远眺谁堪水一迢。
憔悴此身何以许？不同残月共清宵。

潇湘神

甲午春晨，雨后独步于中南林，行至深处惊见一垂丝海棠似噙泪而立，始觉春逝，感而有作。

迟日痕，迟日痕。昨霄风雨裹芳尘。莫扰海棠花下泪，才交知己共销魂。

一剪梅

甲午初秋，与诸诗友夜游珠江。粼粼波光，何其似潇湘。既见广州塔之窈窕，能不念昔日偏好细腰之楚王？斯人不复，江水犹在。归而作此，以遣兴亡之叹。

今夜淹留意未央，莫遣愁肠，原似吾乡。秋风不顾暗生凉，坠了星光，乱了波光。　　遥指纤腰笑楚王，不见宫墙，何况娇娘。空留多少好文章，话老湘江，又话珠江。

满庭芳

错起严妆，飕飕蕉叶，几番催我寻思。已难消遣，风露更凄迷。唯有秋风会意，曾共我、弹断灵机。长门怨，相思易解，何况月明时。　　徨兮，心字尽，三更乍醒，笑靥依稀。怕人问憔悴，薄试单衣。堪把风光叹老，凭谁问、还赋新诗？沉吟断，再添一句，又是别君辞。

李四维　武汉大学

急　雨

急雨狂飙八面雷，云中疑是白龙来。
猖狂不效穷途哭，别样风流上啸台。

侠　客

时乱甘贫贱，襟怀只自知。抱关如有遇，刎颈未尝辞。
语重人多笑，行高众乃奇。从来刀下鬼，不敢诉阴司。

赠韩冰

问君何事尚淹留，匿怨相从我亦羞。
当路盖多鸡狗辈，为家自有凤鸾俦。
隋珠莫弃茫茫夜，赵璧堪归袅袅秋。
鸷鸟由来不群在，英雄且莫逐沉浮。

蝶恋花·狼

禀性未能安旧穴。独走关山，远逐辽天月。老去壮心弥激烈。引颈不觉成呜咽。　　三九疾风翻朔雪。踏遍清荒，毛直皮如铁。此夜碧睛光未灭。胡笳何必声悲切。

点绛唇·与王悦笛登岳阳楼

远望烟波，君山没在苍茫里。斜阳照水，一丈金鳞起。

楚客登楼，目若无余子。平生意，慨然谁似？昔日纯阳醉。

齐天乐·金陵记游兼赠故人

大江南抱金陵郡，相传旧来王气。雨浥荒台，烟笼古刹，老雀人前飞避。乌衣巷里。怕鹦鹉能言，忆中兴替。岂必登高，往还皆是断肠地。　　平生流泣能几？奈何临驿路，多费凝睇。素手停杯，纤腰共伞，谁道别时容易。他年春事。任楚水燕山，一枝劳寄。万种情怀，彼时难自已。

李腾焜　中山大学

杂　诗

闻老者自焚以抗拆迁事。
　　　朽骨无端助一焚。馀灰扬尽作青云。
　　　桑田已入朱门计，何处楼台又识君。

绮　怀

耽久不能诗。身惟许骋驰。调蟾分一色，剪烛坐余悲。
青眼尤须着，寒言自可疑。却怀同伞处，新雨细于眉。

返穗漫成

　　　又随萍迹挹秋星。分手心期近海滨。
　　　壮悔岂关攀浩荡，歧途偶畏感飘零。
　　　三年林壑隔鸥隐，两地风烟结眼青。
　　　留待他年鞍鞴夜，冲寒再说与谁听。

减字木兰花

秋萍卷碎。且放西风图一醉。月地朦胧。独为寒香惜此逢。
别时云髻。梦锁楼台休再倚。除却思量。未抵江潮此夜长。

夜游宫奉题永初六年花瓶砖砚拓片其年安帝广置宫苑

　　广厦鳞鳞飞去。尽坠作、人间萍絮。夜半蟾蜍和霜吐。贝宫开，兔园兴，皆冢土。　　愁满银瓶沍。任蛩响、贮成今古。题罢新词倚凋树。倩何时，为移枝，春且住。

霜花腴·听歌

素怀暗托，正远来、无人待理清宵。尘满愁封，拍迟杯劝，吟笺惯倚无聊。倦听紫箫。怪凄迷、春恨吹遥。认当时、剪烛谁期，梦移萍水阻横桥。　　归去艳歌偏爱，引东风不断，客鬓灯销。沉雨侵阶，残红堆潯，相思泛稳回潮。旧词更敲。想翠眉、难系长条。共孤香、细谱江天，夜深犹待招。

李晓倩　中山大学

观《素秋山居图》

远看千山犹碧色，云来如羽忽成城。
莫疑霜白无端冷，昨夜门前雁一声。

暮宿秋舍

暮雨萧萧后，云前草色温。一城风碧落，十里叶黄昏。
夜宿寒山舍，馨遗野径村。无心亦多感，吹梦过山门。

遥忆恩师

不辞伏案背如钩。教赋春风吹满楼。
批到抿茶朱笔歇，笑因数发白头羞。
烟云岭表今成雨，榫枥天涯默感秋。
路遇老翁先止步，始将遥忆换凝眸。

鹊桥仙

星河旧话，已沾昔露，且放清怀成玉。年年此日比佳期，忘情处、推敲拈句。　　一夜车马，千回晴雨，数到鹊桥仙曲。金风辗转又倾宵，梦里外、声声如局。

临江仙·梅

疏影还如云外客,冰心本自晴空。天涯霜迹送惊鸿。此生无所羡,长愿雪从容。 遥想山间明月夜,春来遍是淙淙。唯将相忆作相逢。一枝幽独梦,生灭北风中。

疏影·荷叶

神存郁郁。问世间过往,何事轻别。洗尽凡尘,来共泥香,归时亦自清绝。涟漪暗渡春秋梦,梦不到、繁霜微雪。趁晚风、一袭青衫,荡出喜忧千迭。 只记寒蝉歇后,小舟远复远,漂向残月。彼岸星辰,已隔炎心,又隔惊鸿幽咽。年年捧露谁知味,看此际、水孤云阔。纵意凉、凉也观晴,并作桨声明灭。

林晓萍　韩山师范学院

遣　怀

天真何故眷星眸,莞尔青山亦百忧。
重检私盟余我梦,湖寒已荐一城秋。

师姐毕业临别赠采莲图赋此赠之

苒苒清圆水一方,荷图漫卷足清狂。
三秋打稿苍葭渚,几度温茶绿野堂。
别后抱琴成契阔,晓来种梦自荒唐。
耶溪未改当时月,吩咐流波寄冷香。

法曲献仙音·过荷塘用姜白石韵

芦荡云怀,袖收烟语,棹过萍花深处。待水迷离,扫眉枯槁,倾愁换醉樽俎。叹早过芳菲汛,盟鸥挽春去。 倩谁共,问红衣,对歌何计?都忘却、横笛和他莺舞。旧梦欲重临,只如今、浮世难许。钓雪吟梅,暗迢遥、昨岁秀句。况鱼眠舟散,已惯荷塘轻雨。

江城子·金陵怀古

愁生南浦又千年。雾鬓斑。月难瞒。只合相思,江左种阑珊。短笛休邀风度曲,今古梦,几悲欢。　　何如王谢燕相关。老哀鹃。对残垣。影事秦淮,露电总无端。怅断离魂梅耿忆,桃花扇,旧家山。

点绛唇·重阳暮宿围龙屋

雁怯重云,炊烟依约辞残昼。暮寒盈袖,屋老灯如豆。一味陈愁,酿入桃花酒。重阳又,梦边清瘦,负冷枫如旧。

任晶晶　中山大学

村　雪

昨日枯枝朵,今为载雪花。寒英忽抱落,犬吠扰谁家?

隐　湖

隐湖两岸柳冥冥,烈日蝉嘶不可听。
流水高山争忍负?孤蝶漫绕愁难醒。

夏见叶落有感

闲步惯为客,未期黄叶飞。秋声何入夏?万木正分晖。不抵闲愁起,难言幽意微。此行犹可尽,此乐已成非。

少年游

临窗持卷,清欢不抵,晨起踏春阳。野径呼朋,曲桥说梦,随步兴悠扬。花飞处,玉人何似?香鬟已成妆。未尽流连,还拥笑语,归路亦徜徉。

临江仙·咏梅

枝瘦更无国色,浓香须凛严寒。黄昏风雨到几番。从来多俊赏,甘苦自相关。　　车马若求无迹,荒园寂寞阑干。人间几度夜阑珊，春来晴日暖，落去亦心安。

锦堂春慢

虚室凝香，街灯向晚，隔帘独对喧哗。象管蛮笺，一任细语流沙。念往日尘劳苦，惜取年少闲暇。正倚楼远目，几处行人，还未归家？　岂知江湖为客，凛霜风雪剑，往事如麻。明日飘蓬知何处，短梦天涯。回看双亲渐老，怎报得，恩重情嘉？静听笛声断续，餐饭频加，莫负韶华。

魏　翔　洛阳师范学院

岭南纪梦

未筹风雨忽倾梦，推枕惘然怨落迟。
箫咽满城能听几，一生憔悴一望知。

口　占

草偃寒风一木支，荆扉寂寞有心期。
新娥竞扫门前雪，过客虚题酒后诗。
两说遁人词尽厉，全交羊左道多歧。
志獐捕鼠难居下，只恐狙公属善骑。

端午祭屈原

风雷倾九州，临难路终休。裳袂失荷芰，剑心埋浪偶。
谁识骚客泪，尚怀老臣谋。诗剩飘摇夕，仍抱万古愁。

小重山·沙加①

谁遣星霜花树零。风幡应久立，望孤清。馀红堕泪写生平。浓烟冷，江野沸疏青。　江月漫倾城。潮来愁总似，梦中声。一身原罪付重行。凝情在，素手暗香盈。

自注：① 沙加：日本漫画家车田正美代表作《圣斗士星矢》中女神阿西娜的最高级别守护战士、圣域第六宫处女座黄金圣斗士。一生修佛，被称为最接近佛法的人。后圣战，为了保护正义而战死。死时在沙罗双树下，用血在花瓣写下遗书。

喝火令·夜起

梦外留谁影，花前是我春，恐搔蓬鬓见霜痕。狼藉早成翻覆，强起记灯昏。　月堕新蕉大，香迷树底尘，惯听箫语送离人。泪动江城，泪眼望销魂。泪与晓风同写，旧稿瘦三分。

贺新郎

甲午初秋，世荣兄返美。时余赴中山大学，怅惘寄之。

我自凭栏久，遍芦洲，寻香一缕，夕阳归后。君望岭南吾江右，共是登楼煮酒。休再看，江潭枯柳。狼藉二毛犹此树，问几番风雨能吹透。语未竟，别如旧。　弦歌击破君知否，放凌舟，帆轻好趁，泣猿云岫。君梦应留天之角，莫向残红写就。新着绿，来年许有。怕待生生空开落，料鬓花沾泪尘沾袖，将此恨，赠盈手。

杨昊臻　复旦大学

纸　船

岁暮寄微水，雪风吹一澜。由来折孤梦，此去渺千湍。
莫羡南溟好，何愁北渚寒。我于旧城市，湖海不相干。

重过松江

想见沧波涤路尘。苹花逐水殿前春。
莼鲈叹笑人归晚，风景徒留浪过频。
去此孤帆投北地，曾无杯酒慰南巡。
重来我亦远游客，烟柳萧萧且问津。

春游逢雨口占

天堕曾云接山骨，雨殷三径洗春尘。
无情最是风前竹，摇落清音不待人。

河 传

灯火。烟舸。莲枝轻锁。夜来江左。翠波寒浸洛阳城。短亭。照人双客星。　觉来身似丁香树。黛眉妩。结作花千缕。结成愁。上帘钩。敛眸。去年风里秋。

蓦山溪

柳烟凝露。云抚层城暮。素手剪昏灯,唤苹风,湘帘吹遽。琐沙萦记,画舸载潮还,荷畔路。三十住。燕子曾来处。　双鸳再过,苔满桃根渡。滞水漫摇波,计他年,残花无据。绮窗空槲,留待此斜阳,君若去。歌一曲。门外廉纤雨。

金缕曲·寄人

万事终垂睫。越十年,君应如我,惯撷苍月。划地夕阳红野草,唤取冰壶沁血。漫回首,长车欲发。故国谁看青衿皱,是东风、吹过梧桐叶。春到矣,送君别。　从来负尽花如雪。雁归时,谁醅梅子,小园轻说。两载黄粱都冷透,一笑当时呜咽。再重理,萧条词骨。或问多情相忘未,有痴人、醉拾淮山蝶。为静绾,披襟发。

杨文钰　韩山师范学院

古　榕

留云支月展虬枝,静立荒山绝媚姿。
见惯四时悲喜淡,成林蔽日老根垂。

榕　下

圆影送黄昏,垂根馀鹊喧。含情藏白屋,隔世护深村。
话旧重门掩,燃灯一笑温。陶然同坐月,不羡武陵源。

无　题

无端春意上蛾眉,照影惊鸿故故迟。

红玉生烟成晓梦,青禽传语约佳期。
丁香枝下遗新帕,豆蔻梢头验古辞。
一夕鹊桥求白首,纫兰结佩月明时。

点绛唇·七夕(其二,用方回韵)

云月绸缪,醒来肠结千千缕。敛眉轻语,惆怅分襟处。一霎相逢,珠泪融冰渚。留不住,梦归无路,双鹊惊飞去。

蝶恋花·七夕有赠(其二)

终古因缘和纸薄,前路迢迢,芳绪先抛却。莫使春心随絮落,殷勤不负蓝桥约。 雁远云轻难寄托,且进琼觞,莞尔还如昨。白首梦稀何惧错,此时欢抵千金诺。

满庭芳

碧水凝愁,层峦递恨,断鸿声远难追。簟空帘倦,池月独徘徊。岁岁花开有信,无人管,总被风摧。琼楼冷,朝朝怅望,候得几人回。 分飞,桑海事,寻寻觅觅,馀梦凄凄。况一眼千年,争忍相欺。清酒难消寸泪,不堪问,聚散难期。停杯久,鬓随春老,烛短夜迟迟。

附 录

开学典礼报告

张海鸥

尊敬的各位老师、嘉宾,亲爱的同学们:

这几天,郁文堂东侧的凤凰树又绽放了一百多朵火红的凤凰花,环护着为情所困的鲁迅先生,辉映着郁文堂的静谧和美丽。这是此树今年第二次开花,我觉得可能是上苍特意赐示的一个象征。

2009年7月,中山大学承办了"广东省诗词传承与实践研究生暑期学校",由我和彭玉平教授具体负责,为期四周,接收全国七十多位学员,聘请十几位著名学者诗人授课。今天在座的王伟勇教授、吴承学教授、彭玉平教授、徐晋如博士都曾为之授课。此举对弘扬中华诗词文化有重要意义,深受学员欢迎,学员们戏称为"诗词黄埔一期",也受到诗词界和高校同行好评。当时的学员,有些现在已经成长为较有名气的诗人了,有的在高校教授诗词写作课程。

有了这样的成功,2014年,广东省教育厅又批准立项,中山大学再次承办"广东省诗词研究与传承研究生暑期学校",目的依然是弘扬中华传统诗词文化,培养诗词写作人才和高校诗词研究与教学师资。作为政府的文教管理行为,此举善莫大焉。这次录取了一百零六名学员,分别来自陆、港、澳、台五十余所大学。其中大学教师十二人、硕士生博士生六十七人、本科生二十七人。这次的录取标准比上次高,全都是会写格律诗词的,其中许多人多次在各种诗词赛事中获奖,有人已出版过个人诗词集。所以这次课程设计的重点是学术研究和创作提高,而不是格律诗词入门。

由于财力和名额所限,许多报名者未能录取。其实在立项申请书上，我填写的招生人数是五十至七十人，现在录取一百零六位学员，远远超过了。这是因为想来的人太多。假如像上次一样只收七十人，那么在座者就有三十多位不能来了。我尽最大努力反复预算，但多招三十位学员的钱从哪里来呢？只好让广州市的同学和本科生学员自行解决住宿。所以今天才有这么多人共聚一堂。因此，我要向这些自行解决住宿的同学道歉并致谢！全体住宾馆的学员都应该感谢这些同学。另外，将住宿安排在紫荆园也是颇费斟酌的事，我曾联系了校外一些宾馆，可以节省许多费用，但想到天气炎热，路途辛苦，且途中可能有不安全因素，所以最终还是狠狠心"娇惯"你们一次，订了紫荆园，有点贵。紫荆园宾馆可是很难订到的，我在春节前就先下了手。

会务组四位同学张宁、黄春黎、彭敏哲、刘梓楠都是我指导的研究生，他们也是正式学员，却要辛苦操持如此繁杂的会务工作。希望全体师生不但要感谢他们，更要理解和支持他们的服务工作。

中山大学和我们中文系各相关方面都全力支持本校工作，教室水电等各种资源都允准免费。这固然是自家人待自家事的方式，但我深存谢意，希望同学们也如我一样感谢自己的校系，并珍惜这次难得的机会。

这次从各高校聘请了十八位教授诗人，他们中许多人都是蜚声国内外的著名学者、一代名师。我非常感谢这些老师慷慨俯允，从各地赶来授业，每人只讲一次固然太少，但在有限的时间里让学员们多见识名师，也是一个很值得珍重的道理。十八子论剑康园，布道杏坛，堪称一场诗词文化和学术的盛宴。希望师生们从此亦师亦友，多多交流。

所以我觉得郁文堂畔的凤凰树今年两度开花，或许是天上的文曲星对我们两度举办诗词学校的鼓励和祝福。那一百多朵灿烂的花儿，仿佛一朵朵诗魂，或者是一个个天赐的点赞。彭玉平教授《蝶恋花》词曰："五月凤凰花似酒，醉在枝头，一任东风诱。"张海鸥和词曰："五月凤凰花似酒，酝酿千秋，馥郁浑如旧，必是天公裁锦绣，芳华独许春红后。"陈永正教授和词曰："五月凤凰花似酒，楼际晴霞，映日光初透。一片浓情君记否，相期况是春归后。莫道孤高难领受，每到芳时，只许心魂守。一任明朝风雨骤，新枝已在千林首。"亲爱的老师和同学们，我们将在美丽的凤凰花下，在美丽的康乐园中一起度过诗意盈盈的十天。

一千四百多年前，康乐公谢灵运在这一带的池塘春草园柳鸣禽中度过了半年时光。从那时起，此地便含英咀华，蕴蓄人文。直到1904年，此地辟为大学，成为中国最美丽的大学园林之一。校园诗人燕云子曾经这样描述道：

康乐园林，嘉树成荫。凤凰似火，紫荆如云。芭蕉叶大，栀子香深。椰肥竹瘦，樟老梅新。哲生堂风摇九子铃，八角亭默对进士门。

他深深地热爱这座校园，热爱这里的诗词文化，他梦里梦外千万次地忖度：

我是你晚秋的一帧枫叶/斑斓你的富有/我是你清晨的一片羽毛/丰满你的从容/或许，我是你梦中的蝴蝶吧/美丽你千秋风韵/然而，我最是你燃烧的血与火/在你涅槃的黄昏/化作沉醉的老酒……

在这座美丽的校园里，我们可以自由地享受鸟语花香软红酥土，领略这里的诗词文化和多维学术，写作自己心灵的诗篇。

敬祝各位身体健康，心情愉快！

2014年8月20日上午

结业致辞

张海鸥

尊敬的老师、亲爱的同学们:

当年清华大学梅贻琦校长说:"所谓大学者,非大楼之谓也,乃大师之谓也。"他的话深得人心,已经成为中国大学界的一个共识。大学之元素有许多,缺什么都不好,但最不能缺少的正是教师。若想办好的大学,尤其不能缺优秀的教师。若想办一流的大学,则必须有大师。按这样的理解,这次研究生诗词学校在中山大学中文系举办,十八位教授诗家就是把中国最好的大学办到了康乐园,把中国最好的中文系办进了郁文堂,把中国最好的诗词文化和诗词学术带到了这个如流星般划过文化夜空的诗词学校。而同样重要的是,我们也招到了目前全中国最好的诗词学生,这个判断是有依据的,今天下午的学员作品报告会就是一个证明。最好的学生当然是最好大学的重要元素。最好的老师和最好的学生惺惺相惜,相得益彰,在最美丽的校园里充实着最好的大学,这是今年高等教育界和诗词界一件特别美丽的大事。

每位名师只讲一场的确太少,但这难能可贵的十八场演讲,或许是许多未来的开启。一段有意义的故事,其价值、意义和影响,需要长时间的验证,历史不会忘记的。

本校共录取了一百零六位学员,在十天的教学进程中,每位学员都认真听课、写诗词、交作业,全部合格。今天颁发的结业证书,落款是由广东省教育厅确定的:"2014年广东省诗词研究与传承研究生暑期学校筹委会"。"筹委会"的含义是广东省教育厅、中山大学研究生院和中文系,所以加盖的公章是中山大学研究生院和中山大学中国语言文学系。感谢管理此事的研究生院汪洋老师和广东省教育厅吴宝榆处长。

谨祝贺各位同学圆满结业！

同时，老师又评选了三十位同学荣获本校颁发的优秀奖证书，其中包括十一位"特别优秀奖"、十九位"优秀奖"。这是一份值得珍视的荣誉。其实本届学员诗词高手云集，有资格获评优秀者很多，我一一阅读了全部作品，认为有资格获得优秀奖的，再增选三四十位也不止。这就意味着这个"优秀奖"水平是优中选优，是高手较量的结果。况且诗词之评选，从来都不可能像体育比赛那样清楚地区分胜负，高手间的差别其实是很微妙、很不确定的，所以未能获奖的同学完全有资格自信。深望每位学员不要荒疏了所学所长，继续努力写作诗词，或者从事诗词教育，给中华诗词文化增加更多的光荣。我不知道在今后几年几十年间，这些学员中有多少还喜欢写诗，有多少成为有名气的诗人，有多少成为像今天的老师们一样的优秀诗人和学者，但我相信，一定会有的！我们共同期待并努力吧。

同学们，这次诗词学校虽然只有十天，但师生之缘、母校之缘却是真实的、正规的，你们是本届研究生诗词学校登堂入室的弟子，十八教授是你们的亲老师，中山大学中文系是你们的母校母系，愿大家且行且珍惜。

常写诗词，常联系，常回来看看。吴承学教授今年对一位毕业的博士说："你若离去……"，学生们深情地理解后面的话应该是"我有些不舍"。方文山给周杰伦写的歌词有一句是："你若撒野，今生我把酒奉陪。"我想借用这两个充满期待的表达模式：

今番离别，我们都有些不舍。

你若在诗词的天地里撒野，我把酒奉陪！

不管怎么说，美好的际会总难免惜别依依，亲爱的老师同学们，愿我们后会有期！

2014 年 8 月 29 日下午

学员学习总结（选）

归去一枝斜月影
南开大学　曹一鸣

为期十天的诗词之旅即将进入尾声。无论是在学识上，还是为人处世这方面，都有一定的进益。我想，这十天，本科阶段学习的最后十天，对我来说是非常难忘的。感谢张海鸥老师创办的诗词学校，为我们提供了学习的契机。

几个月前，偶然的因缘，读到了沚斋老师的词作，一首《临江仙》始终让我难以忘怀。"山后山前惊目艳，谁教芳意成云。游车盈路故林昏。未能甘寂寞，终是涴风尘。　归去一枝斜月影，相看笑捻当门。那堪同度此宵春。冷香微不动，聊为定心魂。"而今，在诗词学校，有幸聆听了陈永正先生的讲座，陈先生着眼于诗教"温柔敦厚"的观点，着眼于儒家的"修齐治平"，言传身教，让我很受启发。而陈先生的诗词吟诵对于我这样的外乡人来说别具一格，深深吸引了我，也让我体会了粤语的魅力。

我从小在父亲的指导下学习诗词，对于伴随我成长的唐诗宋韵怀有深厚的情谊。但是我深知，以这样浅薄的知识，完全是不够格的。在以后的学术道路上，"吾将上下而求索"，不断修正自己，戒浮躁，不断完善自己，臻于人格健全与成熟。

诗词是我心中的桃花源。冷香微不动，聊为定心魂。

学习小结
韩山师范学院　陈伟

此次广东省诗词研究与传承研究生暑期学校，诗词创作与研究的名师汇聚中山大学传道授业，我们如同享用了一顿诗词的大餐，可以吸取到各种丰富的文化营养，提高自己的诗词修养。老师们的道德文章，令我深为感动。陈永正老师说："诗就是我的宗教。"一句话掷地有声，振聋发聩。诗词是中国文化的精华，有强大的生命力。诗词是汉语最精美的文学体裁，只要汉语不亡，诗词就不会断绝。同学们都是来自各个高校的精英，在交流中，我深感很多同学都把诗词融入自己的生活里，用青春谱写出属于新时代的诗词，这也是我们这一代人的使命。我有幸参加此期学校，很珍惜这样难得的学习机会。同学们戏称此期学校为诗词的黄埔二期，希望以后还会有三期、四期……

愿诗词能够在中华大地上真正地复兴，开出绚丽的七彩之花。

学习小结
北京大学　早川太基

仆始游羊城，满街榕树，苍秀郁葱，盈耳古韵，触目皆新，作诗之兴，不能自禁，已得诗及填词十余首焉。日居绛帐之下，恭承鸿教，一旬之功，十倍平素，于其诗学，诚有资裨益矣。台湾王夫子，一言能解人颐，吟诵古诗，手舞足蹈；陈泚斋先生，言外神韵，悠扬不迫，听众正襟；金陵莫夫子，奥博翔实，一言一句，皆有所据；广府张夫子，举一事而述万机，其作亦有青莲之风。皆平生所慕其才学之人，会于一堂，特讲风雅之道，无所不至，深感周旋之妙，殆不知所云也。

又廿日及廿六日雅集，粤地诸子吟诵诗文，得听分春馆遗音，幽咽泉流，余响袅袅，不绝如缕，凄凉风味，沁五脏而彻骨髓，洗尽俗尘，耳目俱明，使人深慕广府尚文之风。

中华诗教学会理事会名单

名誉会长：叶嘉莹
会　　长：陈永正
常务副会长兼秘书长：张海鸥
副秘书长：彭玉平
副会长（音序排名）：
曹　旭　程章灿　邓小军　黄坤尧　胡晓明　钱志熙
萧丽华　施议对　尚永亮　周裕锴　钟振振
理事会由正副会长、秘书长及以下诸位理事组成（音序排名）：
陈建森　段晓华　郭建勋　高　明　胡可先　侯体健
刘锋焘　李　浩　刘卫林　李舜华　骆冬青　马大勇
沈金浩　檀作文　伍　巍　吴　晟　王力坚　汪梦川
徐　炼　徐健顺　徐晋如　杨子怡　尹占华　詹杭伦
赵松元　赵维江　周啸天　詹晓勇　郑虹霓

诗词学校师生名录

表一　授课教师

姓　名	性别	单　位
吴承学	男	中山大学
陶文鹏	男	中国社会科学院
王伟勇	男	台湾成功大学
李遇春	男	华中师范大学
莫砺锋	男	南京大学
陈永正	男	中山大学
彭玉平	男	中山大学
熊东遨	男	中山大学特邀
朱惠国	男	华东师范大学
黄坤尧	男	香港中文大学
胡大雷	男	广西师范大学
马大勇	男	吉林大学
徐晋如	男	深圳大学
张　晶	男	中国传媒大学
张海鸥	男	中山大学
王兆鹏	男	武汉大学
赵维江	男	暨南大学
尚永亮	男	武汉大学

表二　教师学员

姓　名	性别	单　位
车其磊	男	西昌市俊波外国语学校教师
陈　慧	女	中山大学博雅学院教师
陈　伟	男	韩山师范学院中文系教师
邓锡斌	男	中山大学中国语言文学系博士后
金春媛	女	深圳大学教师
柯贞金	男	广东轻工职业技术学院教师
王　骞	女	周口师范学院文学院教师
王伟健	男	台湾东吴大学教师
薛幼萍	女	肇庆学院文学院教师
许永德	男	台湾东吴大学教师
殷学国	男	韩山师范学院中文系教师
誉高槐	女	湛江师范学院文学院教师
张奕琳	女	广东女子学院教师

表三　研究生学员

姓　名	性别	单　位
杜运威	男	吉林大学文学院
谷　卿	男	暨南大学文学院
黄渊基	男	湖南农业大学经济学院
黄春黎	女	中山大学中国语言文学系
雷淑叶	女	澳门大学中文系
刘峻铄	男	中山大学中国语言文学系
罗婵媛	女	中山大学中国语言文学系

续表三

姓　名	性别	单　　位
欧阳逸风	男	华南理工大学
彭敏哲	女	中山大学中国语言文学系
邱　亮	男	西南大学汉语言文献所
王妍卓	女	中国社会科学院研究生院文学系
辛明应	男	南京大学文学院
余安安	女	中国社会科学院研究生院文学系
于莎雯	女	南京师范大学文学院
早川太基	男	北京大学中文系
赵郁飞	女	吉林大学文学院
郑栋辉	男	武汉大学文学院
郑　莹	女	上海大学文学院
张　宁	男	中山大学中国语言文学系
蔡　卓	男	香港浸会大学中文系
曹一鸣	女	南开大学文学院
崔　淼	男	河北大学文学院
范云飞	男	武汉大学国学院
高瑞杰	男	上海师范大学哲学学院
郭鹏飞	男	中山大学中国语言文学系
胡善兵	男	澳门大学中文系
郭　薇	女	武汉大学文学院
何　振	男	华东师范大学对外汉语学院
黄佳娜	女	云南大学中文系
江云鹏	男	中山大学中山医学院

续表三

姓　名	性别	单　　位
金　瑶	女	深圳大学文学院
李　姝	女	武汉大学文学院
梁　腾	男	广州美术学院中国画学院
林　锋	男	中山大学中国语言文学系
刘慧宽	男	暨南大学文学院
刘　晓	女	武汉大学文学院
刘子鹤	女	中南大学文学院
刘梓楠	男	中山大学中国语言文学系
罗　兵	男	辽宁大学文学院
罗舒敏	女	深圳大学文学院
吕志超	女	南京大学中文系
孟慧琳	女	首都师范大学文学院
庞海东	男	湖南大学中国语言文学学院
石燕婷	女	暨南大学文学院
粟　健	男	西南大学文学院
唐颢宇	女	南京大学文学院
唐　苗	男	中南大学文学院
唐　雨	男	中山大学中国语言文学系
王小清	女	中央美术学院中国画学院
王彦龙	男	西北大学文学院
王悦笛	男	武汉大学文学院
吴晨骅	男	武汉大学文学院
吴慧芝	女	中山大学地球科学系

续表三

姓　名	性别	单　位
吴宇栋	男	辽宁大学文学院
吴　琼	女	武汉大学文学院
胥　奇	男	南华大学城市建设学院
徐莹莹	女	华南师范大学文学院
许梦阳	男	北京大学历史学系
严晓博	女	中南大学文学院
杨　茜	女	首都师范大学历史学院
杨雪瑾	女	暨南大学文学院
余红芳	女	西南大学文学院
余建平	男	中国人民大学文学院
余煜珣	男	中山大学中国语言文学系
张　任	男	武汉大学文学院
甄德如	女	北京师范大学中文系
郑韵扬	女	北京师范大学文学院

表四　本科生学员

姓　名	性别	单　位
陈玮琳	女	韩山师范学院中国语言文学系
陈新立	男	华南农业大学工程学院
洪　正	男	华南理工大学机械与汽车工程学院
侯枫芸	女	肇庆学院文学院
金哲华	女	中山大学中国语言文学系
黎芳芳	女	湛江师范学院心理系

续表四

姓　名	性别	单　　位
李芳华	女	中南大学文学院
李　航	男	中山大学信息科学与技术学院
李四维	男	武汉大学国学院
李腾焜	男	中山大学地理科学与规划学院
李晓倩	女	中山大学中国语言文学系
林晓萍	女	韩山师范学院中国语言文学系
刘崇建	男	中南大学文学院
刘　曦	女	中山大学中山医学院
刘乃熙	男	中山大学信息科学与技术学院
屈俊杰	男	湖南师范大学新闻与传播学院
饶一凡	男	深圳大学生命科学学院
任晶晶	女	中山大学中国语言文学系
魏　翔	女	洛阳师范学院文学院
温嘉豪	男	湛江师范学院中文系
谢立和	男	广东技术师范学院文学院
谢文韬	男	西安交通大学
杨昊臻	男	复旦大学公共卫生学院
杨　赛	男	中南大学文学院
杨文钰	女	韩山师范学院中国语言文学系
张子正	男	中山大学中国语言文学系